回瀾閣

王蒙

回澜阁（第一辑）

冯文波　刘　莅　李华昌　王红梅　编著

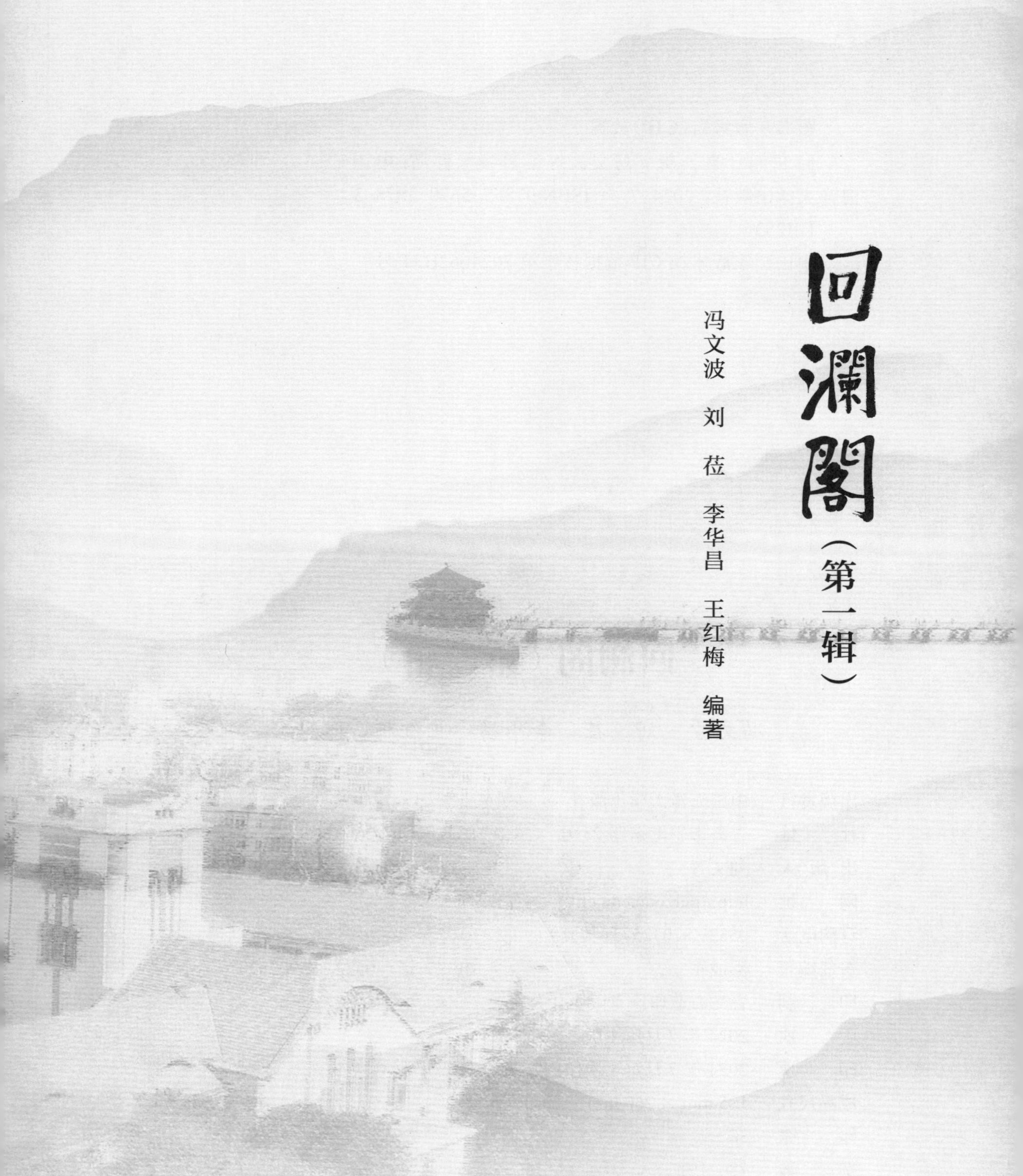

中国海洋大学出版社
·青岛·

图书在版编目（CIP）数据

回澜阁 . 第一辑 / 冯文波等编著 . -- 青岛：中国
海洋大学出版社，2024.7. -- ISBN 978-7-5670-3878-3

Ⅰ. I253

中国国家版本馆 CIP 数据核字第 2024662H3T 号

回澜阁（第一辑）

冯文波　刘　莅　李华昌　王红梅　编著

出版发行	中国海洋大学出版社
社　　址	青岛市香港东路 23 号　　邮政编码　266071
出 版 人	刘文菁
网　　址	http://pub.ouc.edu.cn
订购电话	0532 - 82032573（传真）
责任编辑	邵成军　　　　　　　　电　　话　0532 - 85902533
印　　制	青岛海蓝印刷有限责任公司
版　　次	2024 年 7 月第 1 版
印　　次	2024 年 7 月第 1 次印刷
成品尺寸	185 mm × 260 mm
印　　张	38
字　　数	786 千字
印　　数	1 000
定　　价	268.00 元

海洋大学百年华诞

贺中国海洋大学百年华诞

海洋大学百年育路
知识长河万里舟

甲辰年夏

中国工程院院士麦康森题写寄语

| 1 |

破砺奋进十年路
乘风破浪启新程

2024.6.12

中国科学院院士吴立新题写寄语

见微知著，呈展十年过往 校园天地 云蒸霞蔚
博览油天。预道百业未来 宏图经纶 辉煌延绵

在此校讯闻中心《问澜阁》开办十周年之际、
谨向各位同仁志贺、致谢

吴微波
2024. 4. 29

中国科学院院士宋微波题写寄语

3

打造高校新闻品牌

塑造一流大学形象

李华军

2024.6.11

中国工程院院士李华军题写寄语

風雨回瀾卅年載道

凌峰沂闞再傳佳績

包振民 2024.5.6

中国工程院院士包振民题写寄语

飞阁回阑听风雨

谋海济国书华章

薛长湖

2024/5/13

中国工程院院士薛长湖题写寄语

6

序言

　　在中国海洋大学，"回澜阁"是一个深受广大师生关注和喜爱的新闻专题栏目，尽管它开办的时间只有十年。十年间，一篇篇有深度、有见地、有情怀的文章记录着学校的发展变迁，讲述着中国海大人树人立新、谋海济国的故事，有温情，有豪气，有欣喜，有光芒。在 2024 年，把这一专栏的文章结集出版，献礼学校百年华诞，是颇具意义的一件事情。所以，当作者希望我为本书撰写序言时，我便欣然应允了。

　　将时针拨回到 2016 年 10 月，我有幸荣获了何梁何利基金科学与技术创新奖，本书的作者之一冯文波老师采写了一篇题为《以工兴海谱华章》的文章刊发于校园网的"回澜阁"专栏。从那时起，我便开始留意和阅读这一栏目的文章。

　　十年磨一剑，在日积月累中，这一专栏竟然刊发了 90 余期，采访了 100 余位科学家、师生和校友，其中包含 10 位院士，总计近 80 万字。涓涓细流，可以汇成壮阔的大海；点滴文字，也可以聚成大块文章，这是持之以恒的力量。从网络专栏到触手可及的书籍，这其中不仅是文字载体的变化，更是赋予这些文章更鲜活的生命力、可感知力，以及更久远的传播价值、鉴往知来的史料价值和"海味"十足的文化价值。

　　这本书是中国海洋大学十年发展的见证与缩影。书中不仅有对近 14 年间学校新当选的 6 位院士成长成才之路的深入挖掘，也有学校推动教育教学改革、实施大科学计划、助力乡村振兴的生动记录，还有师恩难忘、同窗情长、向海图强、斩获大奖的真切描写……写进稿件里的那些人和事，一桩桩、一件件，无不折射着时代变迁，镌刻着学校事业发展的印记。

　　这本书拥有存史资政育人的作用。书中不仅有对学校 2013 年至 2023 年重大事件、重要人物的记述，还有对丰厚校史文化资源的挖掘、传承和弘扬。书中记录着中国海大人 20 年如一日，建造"南海立体观测网"的使命担当，记录着海洋地球、海洋工程、海洋气象等学科脉络的绵延与发展之路，记录着抗日战争中中国海大人的英勇事迹，记录着中国海大人行走在黄河入海口、服务黄河三角洲建设的创新实践……一点一滴，一字一句,承载着过去,影响着现在,启迪着未来。

这本书是中国海洋大学一个内涵丰富的文化符号。在 100 年的办学历程中,中国海洋大学涵养形成了特色鲜明、底蕴深厚的校园文化,可谓"一砖一瓦尽历史,一草一木皆文化"。书中有对学校老一辈科学家心系祖国和人民、不畏艰难、无私奉献精神的弘扬,也有对扎根讲台、为人师表、启智润心的中国海大"大先生"的歌颂,还有对学校当代科技工作者矢志蔚蓝、勇攀高峰,屡立新功的赞美,更有对学校普通劳动者坚守平凡岗位、成就不凡人生的书写……字里行间,皆是对中国海大精神的延续和文化的弘扬,在传承中也蕴含着丰富、充实、创新和发展。"回澜阁"是学校新闻宣传的品牌栏目,也是校园文化建设的一个窗口、一个符号,再次以书籍的形式呈现给读者,必将更好地发挥以文化人、以文育人的作用。

100 岁的中国海洋大学恰是风华正茂,"回澜阁"新闻专栏犹如一株破土而出的幼苗,在这片饱经沧桑的沃土上,吮吸着阳光雨露,茁壮成长。我们期待下一个 10 年,下一个 20 年,下一个 100 年……让"回澜阁"把中国海大人谋海济国的故事,讲给中国听,讲给世界听,讲给未来听,讲给你我听。

谨以为序。

中国工程院院士 李华军

2024 年 6 月 6 日

目录

向海图强篇

问道沧海篇

以文化人篇

谈及"回澜阁",不免令人想起青岛的栈桥及回澜阁。那一座始建于 20 世纪 30 年代古香古色双层飞檐的八角亭阁,巍然屹立于碧波荡漾的滨海,飞阁回澜,游人如织。或许还有人联想起唐代诗人王勃《滕王阁序》中"层峦耸翠,上出重霄;飞阁流丹,下临无地"的名篇佳句。今天,这本名为《回澜阁》的书,既与大海有关联,也与文化有渊源。

2013 年初春,面对即将到来的中国海洋大学建校 90 周年,学校时任党委宣传部副部长、新闻中心副主任张永胜在研究新一年工作时,提议在学校的观海听涛新闻网开设一个深度报道栏目,突出原创性、文化性、"海味"性和厚重性,通过为师生提供全面立体、生动鲜活、有血有肉的新闻报道,宣传展示学校发展历史、办学成就和厚重文化,深度讲述中国海大人谋海济国的故事,并以此专栏纪念观海听涛新闻网创办十周年。孟子曰:"观水有术,必观其澜。日月有明,容光必照焉。"(《孟子·尽心上》)综合考虑学校的海洋特色与文化底蕴,故将其命名为"回澜阁"。

2013 年 4 月 3 日,对学校的新闻工作者来说是普通但不平凡的一天,"回澜阁"专栏正式上线了。时任新闻中心网络部主任李华昌撰写了开栏词:

观海之壮阔,听涛声隆隆。在信息的海洋里,我们像鱼儿一般漫游其中,探究奥秘,追寻快乐。

庄子曰:"鲦鱼出游从容,是鱼之乐也。"惠子曰:"子非鱼,安知鱼之乐?"庄子曰:"子非我,安知我不知鱼之乐?"鹰击长空,鱼翔浅底,万类霜天竞自由。鱼儿是快乐的,因为鱼儿也会思考。

探寻海洋奥秘,体味思考的快乐,让我们相约"回澜阁"。

一人一个选题,精心策划,遍查资料,深入采访,撰写打磨稿件,夙兴夜寐……我们进入校史深处,以撰写史志的严谨,去考究这所大学走过的每一个脚印;我们以学者的思辨,去揭示这所特色鲜明大学之于高等教育的镜鉴意义;我们运用文学笔法,去塑造一个个血肉丰满、形神兼备的人物。同事们满怀希望，热火朝天，干劲十足。

心中有希望，前行有力量，但更可贵的是坚持。光阴流转，岁月更迭。"回澜阁"如同初生的婴儿，从咿呀学语到蹒跚学步，一点点积累，一步步前进。从2013年至2024年，学校新闻中心的历任领导丁林、陈鷟、蒋秋飚、张永胜、张丽、孟凡、孙婧对这一专栏的发展建设给予了无私的支持与帮助，从事文章采写的同事们付出了太多的艰辛和汗水。大家齐心协力，为这棵幼苗遮风挡雨，提供充足的阳光和营养，呵护它成长。

十年间，这一专栏共刊发了91期，采访了100余位科学家、教师、在校学生和校友，其中包括文圣常、李庆忠、麦康森、吴立新、张偲、宋微波、李华军、包振民、赵玉琪、薛长湖十位院士，总计近80万字。

十年间，"回澜阁"从籍籍无名到逐渐被师生知晓，成为大家喜爱乃至期盼阅读的校园品牌专栏，可谓筚路蓝缕。回首来时路，心生感慨之余，更令人欣慰振奋。中国科学院院士冯士筰在阅读了《忘记背后 努力向前：新晋院士吴立新的海洋传奇》文章后，在2013年12月26日的研讨会上评价说："我对立新同志不是很了解，诸位（可能）也不是很了解。我最近看了一次采访，（这个栏目）叫'回澜阁'，这篇文章总结得蛮好，我学习了不少东西，总结得非常好。"2015年8月24日、9月10日时任校长于志刚分别发邮件评价说："'回澜阁'《师生之间那份多年不变的暑期约定》很好！正是我想象的形式！这样的师生互动、这样的教学科研一线的内容要通过包括通讯员在内的各种渠道多发掘、多报道。""'回澜阁'26（期）非常好！就是要把新闻报道的焦点转向一线的老师、干部职工。代我谢谢创作团队。"2015年12月8日，学校党委常务副书记张静发邮件评价说："微信推送的视频以及《三十载光阴 书写对科学研究的大爱情怀》报道都很好，获得了大家的充分肯定，感谢各位用心准备和积极工作！"……美好的期许、中肯的建议、鼓励的话语，似汨汨清泉，如缕缕微风，带给创作团队砥砺奋进的力量。

时光向前，岁月的指针转到了2023年，中国海洋大学建校100周年的脚步声已然清晰可闻。在学校一个世纪的风雨历程中，"回澜阁"专栏有幸记述了她十年发展的印迹，一篇篇文章、一幅幅图片蕴含着学校向一流大学攀登的智慧、汗水和成就，是时光的缩影，是历史的见证。主创人员决定，把这一专栏十年间刊发的文章结集出版，献礼建校100周年。

十年间，"回澜阁"刊发文章较多，体量庞大，且有的人物涉及多篇报道，内容不免有重复。为便于读者阅读，我们选取了其中的88篇，并依照人物、成就、事件、文化四个相对宽松的维度，划分为"群英荟萃篇""向海图强篇""问道沧海篇""以文化人篇"。我们特意在本书的封面署上了"第一辑"。一是开端，也是自我加压，更是期许。我们本着"十年树木百年树人"的理念，期望把"回澜阁"这一新闻品牌栏目传承延续，做精做优，在建校110周年推出第二辑、建校120周年推出第三辑……如我们共同挚爱的中国海洋大学，弦歌不辍，笃行致远。

世纪海大，谋海济国，孕育了底蕴深厚的校园文化。希望《回澜阁》的出版，为厚重而灿烂的中国海大文化创造性转化和创新性发展再添新的一笔。

回澜听涛，飞阁流丹。一切，都在生机勃勃地发展着、变化着、生长着、惊艳着。

让我们满怀欣喜地期待着。

群英荟萃篇

英雄回家路：李文波探亲记

冯文波

编者按：鲁迅先生说，世上本没有路，走的人多了，也便成了路。海大校友、当代大学生军官李文波22年如一日，像礁石一样扎根南沙，在平凡的岗位上走出了一条不平凡的成功之路。2013年4月15日至19日，李文波受中国海洋大学邀请，经部队批准，回山东探亲。本文尝试从记述他的回家之路着手，展示他平凡而又真实的成长之路。

母校也是家

在李文波心里有四个家，南方两个，北方两个。在南方，一个是由妻子和儿子组成的家，一个是他守候了22年的南沙永暑礁；在北方，一个是平度老家，另一个就是他学习、生活了四年的大学校园。这次重回海大园，学校安排李文波住在鱼山校区，除了生活上的方便，再就是考虑到他大学四年都是在那儿度过的，便于他重拾回忆，感怀往昔。

4月16日上午，李文波游览鱼山校园。海洋馆、赫崇本雕像、方宗熙雕像、图书馆、化学馆……最终再回到海洋馆。一路上，他看得认真，讲得仔细。

"回家的感觉真好，心情很激动，也很高兴，一切是那么熟悉……"在海洋馆前，他驻足停留，给我们讲述他当年上课的情境。"当时我们在地下室上课，一个班30来个人……"当问他是否还记得都上过什么课程时，他给我们列举了几门，任课老师却记不太清了。我们本想进去看看，但由于时间紧张就没走进海洋馆里面参观。

考入海大，专业编号 1181

1981年，在中国恢复高考后的第五年，李文波以优异的成绩考入了山东海洋学院（今中国海洋大学）。李文波的大哥告诉记者，那个年代虽然家庭困难，兄弟姐妹也多，但父母还是让他们都有读书的机会，唯独李文波勤奋好学、成绩优秀，考上了大学，他也是村里走出的第一位大学生。

当时，海洋系有两个专业，一个是物理海洋专业（简称水文），一个是气象专业。李文波就读于水文班，专业编号1181，第一个"1"代表海洋系，第二个"1"代表物理海洋专业，"81"代表1981级。

谈起报考学校的初衷，李文波不好意思地笑了：离家近，不用害怕想家。他说，上高中的时候因为住校，就很想家。报考大学的时候，他就第一志愿选择了青岛的山东海洋学院，同时，很多亲戚也都在青岛，周末还可以去他们家改善伙食。

想家，曾是李文波中学、大学时代害怕的事情，也正是这样一个"恋家"的人，毕业后却选择了在离家最远的地方工作，一干就是22年。

性格内向，生活朴实，不善文艺

"李文波性格内向，不善表达，有时班里开联欢会，同学提议让他唱个歌，他脸憋得通红，还是唱不出来。"时隔28年，再次相见的大学同学朱耀华回忆起当时的情景依然记忆犹新。据朱耀华介绍，大学时代他和李文波是很好的朋友，平时两人一起吃饭、学习、打篮球、踢足球。李文波生活很简朴，特别能吃苦。有一次，同学们抱怨说学校食堂的伙食越来越差，李文波却和朱耀华说感觉很好吃，比老家的生活条件好多了。

据李文波自己回忆，大学时期他一共花了家里800多块钱，最少的一个学期从家里带了40块钱，那时学校每个月给发27.5元的助学金，吃饭基本够用了。再加上姥姥、二姨等青岛亲戚的接济，他勤俭节约地读完了大学。

从平度骑自行车到学校上学，要走一天

"四年相处，我和同学建立了深厚的感情。毕业后的这28年，我时时刻刻想念他们，

到外地出差,只要有机会就和当地的同学见见面……每见到一个同学我都十分高兴。"谈起四年大学时光、同学间结下的深厚友谊,李文波如是说。

记者请李文波回忆下大学时代难忘的、有趣的事,他想了很久也没想起一件来。或许是时间太久远了,他真的记不清了,也许是大学时代的他本就是一名普普通通、默默无闻,每天看书、学习、吃饭、睡觉,过着平凡大学生活的学生,四年大学生活中真的没有什么刻骨铭心、终生难忘的事情。

那时候,交通不发达,李文波要骑自行车到青岛上学,天刚蒙蒙亮就出发,傍晚才能到学校。朱耀华跟记者讲,李文波为人忠厚老实,与同学们相处得很好。有一次放假,班上两名城市来的女同学,想去青岛的农村看看,李文波邀请她们去自己的平度老家。由于从学校出发时已近中午,他们骑着自行车一直到天黑也没到家,最后在过路车辆的帮助下才回到家。全家对两位城市来的姑娘给予了热情的接待,李文波带领她们感受了当地的风土人情,体验了下地劳作的辛苦……

大学时代有三个班主任

李文波大学时代的老师,大部分年事已高,有的已去世多年。大学时代他有三个班主任,分别是赵新民、张永良、王凤钦。据他自己讲,毕业后他和方胜民老师一直保持着联系,有一次方老师去南方出差还打电话说要去湛江看他,最终由于各种原因还是没能见面。

李文波说,上次回学校还是2011年6月,受干焱平教授的邀请参加中国海权教育馆的开馆典礼。平时回学校和回老家的机会都很少,一般都是赶上出差,有时间就回来看看,像这次这样专程回来的机会不多。李文波说,这次回来受到校长、书记的接见和师生的欢迎,很高兴,也很感激。遗憾的是没见到自己的老师,15号的晚宴方胜民老师因为去了台湾没能参加,16号的晚宴张永良老师也没能参加。

忠于选择,坚守梦想

在"2012感动中国人物"颁奖典礼上,推荐评委刘姝威这样评价他:李文波用自己的行动告诉当代大学生应该如何选择人生。

李文波从小就有参军的梦想,1985年上半年最后的几个月,李文波面临着择业的十字路口,校方征求毕业生个人工作意愿时,李文波毫不犹豫地填写了去海军部队工作的志愿。面对老师、同学的不解,李文波的家人却给予他莫大的鼓励:"干你自己想干的事业,我们支持你。"

校方被李文波的执着和真诚打动,主动与部队沟通,真是天遂人愿,居然成了。李文波被分配到东海舰队海测船大队,从事海洋调查工作。工作了6年之后,1991年8月,他又主动申请调往南沙从事水文气象工作,一干就是22年。

在南沙工作的22年,李文波有很多机会调离南沙。面对城市里优越的环境、舒适的生活,李文波说:"我不愿意脱掉军装,如果为了待遇,我早就不来部队了。"面对找他谈心的首长,他都婉言谢绝了。

22年里,他舍"小家"为"大家",忠孝不能两全时,他选择守疆护土、为国尽忠,从意气风发到两鬓斑白,他用平凡和感动谱写了一曲无怨无悔的青春之歌。

英雄归来,村庄很平静

平度,青岛的县级市,因盛产葡萄而出名。2013年平度市再次吸引了国人的目光,这次不是因为葡萄,而是一个从这里走出去名叫李文波的人,被评为"2012感动中国人物"。

崔家集镇丁家村地处平度市的西北角,1964年李文波就出生在这个小村庄。

4月17日上午,时隔两年之后,李文波再次踏上回平度的路。李文波说,工作后他也就回来过四五次,加上近几年农村发展变化之快,以至于他已记不清回家的路。中途,曾两次下车问路。

与想象中的不同,李文波的归来,丁家村显得很平静,没有鞭炮、没有锣鼓、没有鲜花,也没有夹道欢迎的亲人和乡亲们。有三五个老人、妇女和孩子在村头的胡同张望,他们或许也不知道来的是谁,只是好奇这突然到来的几辆汽车,以及车身上那醒目的新闻采访标示和前呼后拥扛着摄像机、拎着照相机的人。

下了车,李文波一时也分不清哪一家是三哥家,拐角处,遇到了同村的一个婶子,在她的指引下他走进了三哥李文海家的大门。

兄弟之间,最怕大哥

李文波姊妹八个,五男三女,他排行老七,按照兄弟间的排序,他是老四,这次回家,乡亲们依然喊他"老四"。

据李文波和他的弟兄介绍,大哥曾经是村小学的民办教师,他们弟兄几个都是跟着大哥读书。面对亦兄亦师的大哥,哥几个都很害怕他。记者问李文波怕大哥啥,他说,和那个年代所有的小学生一样,都怕老师。据李文波的大哥讲,小学期间李文波的成绩不是很突出,三年级的时候,还让他留了一级,把基础打牢。"上了中学之后,就知道用功了,赶上十里八村有放电影的他也不去看了,在家学习。"

"小学期间,你调皮捣蛋的时候,大哥打过你吗?"

"打过。"

"当时是怎么个情况?"

"有一次,我和同村的一个孩子一起偷大哥的小人书看,当时说好了互相保密看完了再放回去,后来这个同学拿着小人书被同村的另一个人看见了,然后告诉了大哥,大哥就惩罚我们,手心、脖颈都打过。"

据李文波的其他兄弟介绍,那时候,他们不怕父母,却怕大哥。

家里没啥变化,就是来采访的多了

在往平度赶的路上,三哥就给李文波打电话,问随行的有多少人,好准备饭。

进了家门,聊了不一会,就到午饭时间了。李文波的二哥、三哥、五弟很是热情,准备了丰盛的饭菜,一是为老四接风,二是欢迎随行的记者。

二哥亲自种的西红柿、三哥平时舍不得抽的中华烟、五弟自己酿的葡萄酒都拿了出来,兄弟间的感情和农村人的朴实真诚着实令人感动。

席间,记者问李文波的三哥,老四常年在外,不能回家给父母尽孝,你们有没有埋怨过他。老三摇摇头,说兄弟们多,完全可以照顾两个老人,涉及钱的问题,老四也出。

"老四现在出名了,有没有给家里带来什么变化?"

"家里人在电视上看到他都觉得骄傲、自豪,其他的没啥变化,就是偶尔有来采访的记者。"

父母坟前的儿子

此次回家探亲,在李文波行程中一项重要的安排就是给父母扫墓。午饭后,李文波在五弟和侄子的陪同下,带了纸钱和祭奠的果品,给父母上坟。

他们家的祖坟在村南不远处,一干人等步行前往。路上,李文波给大家讲述他童年的记忆,村边的小河、破旧的房子、弯弯曲曲的小路……

很快到了父母的坟前。摆好祭品、烧纸、磕头一番流程走完。李文波跪在坟前诉说着自己不能尽孝的愧疚,作为军人,守土有责,但也没给二老丢脸,请他们放心,不必挂念。

返回的路上,李文波遇见了几个熟人,没出五服的大叔,没出三服的嫂子……李文波主动和他们打招呼,他们也很热情地招呼着"老四回来了"。

平凡中的感动,默默中的坚守

平凡中的榜样力量无穷尽,平凡中的英雄更可敬。22年里,李文波在南沙永暑礁把工作当事业干,年复一年地采集着水文气象数据,测量着海天之间的变化。

朱耀华在1981级校友QQ群里得知李文波获得"2012感动中国人物"时,心情十分激动。通过多方打听,他找到了李文波的电话,时隔28年之后,这对大学时代的同学,在当年分别的地方再次相见。

从意气风发到两鬓斑白,两人抱在一起,泪水模糊了双眼。朱耀华说:"20多年来,你吃了太多的苦,受了太多的罪,这个奖是你应得的。"李文波却说:"没什么,我只是在普通的岗位上做了普通的工作。"李文波的二哥是个沉默寡言的庄稼人,谈起四弟这些年吃的苦,忍不住流下眼泪。"老四得这个奖我们不感到意外。"

22年来,李文波先后29次赴南沙执行守礁任务,累计守礁97个月,向联合国教科文组织和军内外气象部门提供水文气象数据140多万组,创造了国内守礁次数最多、时间最长、成果最丰的纪录,受到了联合国教科文组织的高度评价。

当有人问他,这样重复的工作有何意义,李文波说:"我对南沙的气象熟悉,在那里我可以更好地干工作,实现自己的人生价值。"

延伸阅读

◎ 关于吸烟

两天的接触下来,令人印象深刻的除了李文波平易近人的品行以外,就是他的烟瘾了。4月15日下午,下了飞机刚到学校,在学术交流中心办理入住手续的时候,他就问服务员有没有打火机或者火柴,不凑巧的是前台没有,又去隔壁海洋世界的一楼前台问,人家卖完了。最后终于在酒店二楼找了一只打火机给他送过去。

后来问他,当时是不是想抽烟。他说,是的,憋坏了,坐了好几个小时的飞机。在4月17日回平度的路上,中途他也是两次停车下来吸烟。

后来,我就问他,吸烟的习惯是在守礁的时候养成的吗?他说,一开始他是不吸烟的,部队知道他们守礁战士的煎熬,每次上礁的时候每人会发几条烟,他基本不抽,都分给其他战友了。架不住后来战友们总让他抽,天长日久就戒不掉了。

◎ 关于喝酒

中午,在李文波五弟家吃饭的时候,五弟特地准备了啤酒和自己酿制的葡萄酒招待大家。前去采访的记者、女士不能喝,开车的不能喝,能喝酒的寥寥。

大家就问李文波在永暑礁上是不是可以喝酒,他说,早些时候,不值勤或赶上重大节日时是可以喝一点的,现在管理更加严格了,不能随便喝酒。

问他酒量如何,他说一般,不过这次回来在学校确实喝了不少酒。

又问他,平时在礁上有啥业余活动?他说,可以打球、下棋、踢足球、看书,原来可以钓鱼,现在不让钓了。

◎ 关于行程

此次回来,李文波的行程排得很满,15号在路上走了一天,16号参加学校安排的各项活动,17号、18号回平度老家,18号晚上还要参加平度市市长举行的欢迎晚宴,19号返回湛江。

17号回家的时候,齐鲁网、青岛电视台的记者表示也想去采访下,原以为他会拒绝,他竟然同意了。

我说，留给你和家人团聚、拉家常的时间太少了，满打满算加起来也就 1 天时间。他说："基本够了，现在农村也很忙，弟兄们地里的农活也很多，我在家待的时间长了，他们还得照顾我，我在部队也还有很多工作要处理。"

李文波为人平和，很客气。记者们提出的要求他一般都会满足，但是他也有底线。他说，当时撰写他的个人事迹材料的时候，有人把他写成家里的老大，还说老家凡事都需要他操心，把主题拔得太高，很多地方与事实不符，他没同意。从那时起，他要求关于他的文字材料都要自己把关，坚决不搞弄虚作假的东西。

◎ 关于变化

在常人看来，李文波这下出名了，今后不用再守礁了，各方面的待遇应该也提上去了，其实不然。

16 号在给中国海大学生作报告的时候，有学生就问过他获奖后有啥变化。他说还是和以前一样，永暑礁他还回去，当前是从去年 4 月下礁到现在他还没回去过。

在陪同他回平度老家的车上，我又提起这一话题："李大校，获奖后生活上、工作上真的没啥变化吗？职称、职务、工资都没上调？"

"真没有。我现在是中级职称，技术 6 级，大校军衔。根据规定，我今年可以申报高级职称了，但如果批不了的话，明年差不多我就该退休了。"

我想，就算物质上没啥改变，但去他家采访的各路记者应该比先前多了起来，原本平静的生活也肯定受影响，再就是走在大街上也许会被人认出来。他没说，我也没再细问。不过，两天接触下来，李文波对待前去采访他的媒体记者很客气，也很配合，凡是他能做到的都尽量满足。

我又问："现在像射击、拉练等那些高强度的武装训练还参加吗？"

"这些现在部队都不让我参加了，就是早晨的跑步出操我还参加。"

闲聊中，我们还谈到了青岛高得离谱的房价，我问他："李大校，你们湛江的房子是不是也很贵？"

"嗯。不便宜。"

"你现在是不是也买了大房子？"

"我哪有？商品房谁买得起，我买了一个经济适用房。"

另外，李文波在作报告的时候提到儿子的高考成绩不是很理想，但几经周折，也最终进入了军校。他说，孩子受他的影响比较大，也希望踏着父亲的足迹继续前行，将来献身国防事业。

李文波对此事的回答是："也许好人应有好报吧！"

（本文刊于 2013 年 4 月 22 日，第 3 期）

一位古稀老人的棕榈志中法情

冯文波

    2013 年 4 月 25 日至 26 日，法国总统奥朗德对我国进行了正式友好访问，进一步拓宽了中法两国交往的"友谊之路"。回望中法建交的半个世纪，在两国人民的友好交往中，不乏文化传递的使者，中国海洋大学的李志清教授就是其中的一位。创办山东法语联盟（青岛），创新法语教学，编著法语教材，培养法语人才，三获法国政府颁发的"金棕榈教育与文化勋章"……如今，年近 70 的他依然行走在法语人才培养和中法文化交流的大路上。

生于战乱年代，长于书香门第

    1944 年的上海，虽处在日本侵略者的残酷统治之下，但作为国内重要的经济文化中心，依然是广大爱国青年和进步人士云集之地。他们宣传民主思想，组织开展爱国斗争，为祖国的解放奔走相告，复旦大学历史系教师李毅夫就是其中的一位，他经常在位于虹口区祥德路208弄35号的房子里与郭沫若、翦伯赞、傅雷等进步人士探讨学术、评议时事。1944年4月6日这一天，伴随着婴儿的一声啼哭，李家的第四个孩子降生了，取名志清。

李志清出身书香门第，他的父亲是留美化学硕士，回国后在复旦大学任教。据李志清回忆，小时候家里的文化氛围比较浓厚，一方面是因为父亲在大学任教，免不了受其影响；另一方面是因为父亲的很多朋友常来家里做客，探讨的也都是进步思想、先进文化，日久天长也深受熏陶。郭沫若、翦伯赞、傅雷等经常去李家做客，每当他们来访之时，父亲都要求李志清在一旁倾听。客人散去，父亲会让他复述讲话的大致内容和基本要领，回答得好，就会有一点奖励，如若回答不好，就会招来父亲的批评和责罚。相对于父亲的严厉，母亲则比较温和，时常教育他好好读书、本分做人。

李志清兄弟姊妹7个，他排行老四，哥哥姐姐年长他很多，很早就去了外地学习或者工作，弟弟妹妹们也于1958年跟随父母到了山东曲阜师范大学，更多时候他一个人留在上海读书，直到1967年大学毕业参加工作。所以，他小时候兄弟姊妹之间的关系不是很密切。李志清说，他们家是典型的"教师之家"，兄弟姊妹7个中，后来有5个当了教师。

崇拜傅雷，勤学法语

1962年的中国刚刚经历了三年困难时期，一切都在复苏，就在这一年，李志清考入了上海外国语学院法语系。谈起当初报考法语专业的初衷，李志清说："有两个原因，首先是兴趣，自己比较喜欢文学，当然或多或少也受父亲留美经历的影响，对外文的东西比较感兴趣；另一个是受傅雷的影响，小时候有机会见到傅雷，也知道他是从事法国文学作品翻译的，很羡慕，也很崇拜，甚至想着有朝一日可以跟他学习法语。"

李志清的大学时代正值"文革"前夕，风雨已经弥漫校园。他的祖父是资本家，1949年又去了台湾，于是"出身"不好的他就成了大家想要"改造"的对象。据李志清回忆，当时做事谨小慎微，每天只专心做好两件事：学习法语和锻炼身体，其他事很少参与。他每天都准时打开收音机收听中央人民广播电台的新闻节目，并尝试着翻译成法语。他说，同声传译和即席翻译的能力就是在那时候练就的，让他受益终生。

1966年本应是李志清这届学生毕业的一年，但因"文革"，他们的毕业分配事宜被搁置。班上的同学大都无暇关心学习和工作的事情，李志清却坚信他的法语不会白学，他的知识会有用武之地，终有云开月明的一天。

大学任教，下放劳动

1967年10月中央向各学校发出了"复课闹革命"的号召，于是李志清终于迎来了毕业离校分配工作的日子，他被分配到了西安外国语学院当老师。生于上海，长于上海的他初到北方有些不适应,特别是生活上,因为吃不到大米而经常饿肚子。工作上还好,他因为和学生年龄相差不大,也很聊得来,备课、讲课、课外活动倒是轻松,初为人师的那段时光给他留下了很多美好的记忆。

李志清参加工作没多久,又被分配到山东省济宁市鱼台县农机修造厂当了一名工人。在工厂劳动期间,李志清感觉到自己满腹的法语知识再无用武之地,搞专业研究也毫无希望,索性专心钻研农业机械制造,竟然小有成就,发明了一种名为"无动力旋转钉齿耙"的机械设备,因此从技术员晋升为工程师,并被推荐参加了1978年召开的山东省科技大会。

在工作稳定和稍有起色的同时,李志清的家庭生活也在发生着变化。先是到山东工作实现了他和父母团聚的愿望,再是1973年他也组建了自己的家庭,并增添了一个可爱的小生命。在李志清看来,似乎一切都在朝着稳定健康的方向发展之时,他的命运又起了变化。

两遇伯乐,先入山大,再进海大

就在李志清已经习惯了机械工人的生活,并觉得法语研究和自己已经无缘的时候,一次偶然的相遇,又让他看到了从事法语专业研究的希望。原来在1978年的山东省科技大会上,李志清巧遇山东大学党委书记孙汉卿,后者了解到他是学法语的之后,高兴地邀请他去山大任教,并表示山大正在筹建法语系,李志清欣然接受了。也正是在进入山大的那一刻起,李志清的法语教学和研究之路逐步转入正轨。

20世纪70年代末的山东大学法语系还只是停留在酝酿阶段,由于建设方案、师资、章程等都还没成形,李志清初期的工作主要是给学生讲英语,并奔走各方协调处理法语系的筹建工作。这期间他先后担任了山东大学英语教学部的副主任、外国语学院的副院长。直至1994年法语专业创建,用李志清的话说,时间很长,从他进入山大工作到法语系正式成立经历了16年的时间,但结果是好的。之后山大法语系在李志清的带领下逐步踏上发展快车道,人才培养、科学研究秩序井然,成绩显现。岁月流转,随着年龄的增长,如果没什么特殊情况,李志清会在山东大学退休。可命中注定他偏偏是个停不下来的人,2000年他再次遇到伯乐,他的人生轨迹又一次迎来了转折。

2000年年初,李志清约见一位正在山东省政协开会的朋友,朋友向他介绍认识了同在济南开会的时任青岛海洋大学校长管华诗,管华诗盛情邀请李志清去青岛,并希望由他创建青岛海洋大学的法语系。56岁的李志清面对管华诗院士的真诚邀约,再次被感动,他决定放弃即将退休后的悠闲生活,去青岛海洋大学开创另一新天地。

潜心著书立说,培养法语人才

青岛海洋大学外国语学院历史悠久,著名文学家、翻译家梁实秋曾在此任教,但法语教学却从未有人涉猎,李志清的到来无疑为学院的学科建设增添了亮丽的一笔。2000年李志清到校之后,尽管困难重重,但在校方的大力支持下,他依然大刀阔斧地推进法语系的创建工作,没有合适的教材就自己编,没有恰当的教学大纲就自己定,没有师资就亲自上阵,并积极搜罗聘请外教和国内优秀法语人才……事无巨细,他都要操心,以至于学院门口传达室的人都记住了他,每天来得最早,走得最晚。

功夫不负有心人。在 2000 年 9 月新生入学的时候,法语系迎来了第一批学生 22 人。谈起报考法语专业的初衷,现如今已成长为骨干教师的法语系副主任房立维说,当时觉得法语系刚成立,学校在第一批学生的培养上一定会下大力气,于是就报了。来了之后,庆幸自己的选择是对的,因为李志清教授也在这儿。同样的话,很多报考法语系的学子都说过,选择法语系,就是奔着李志清来的。

李志清说:"作为一名老师,学生喜欢我,这让我感到很欣慰。我会把这种喜欢当作一种动力,源源不断地投入对学生的培养中去。"李志清这样说的,也是这样做的。法语系成立之初,师资匮乏是困扰李志清的一大难题,虽然聘请了几名外教,再加上他自己加班加点地授课,也能维持正常教学秩序,但这只是权宜之计,从学科发展的长远考虑,还是要培养中青年教师,形成人才梯队。于是他做了一个大胆的尝试,从法语系自招的学生里培养教师。他在教学之余,注意观察什么样的学生适合当教师,就找他们谈话,做他们的工作,鼓励他们朝着法语教师的方向努力。想起 2001 年李志清教授找自己谈话的场景,房立维依然记忆犹新。"李老师认为我和班上的崔丹丹同学比较安静,属于安心做学问的类型,就建议我们争取 3 年本科毕业,然后继续读硕士和博士,再回来教学。"从本科阶段选出适合当教师的好苗子,再到硕士、博士毕业,这期间需要漫长的等待,李志清宁愿自己累点,辛苦点,多付出点,也要坚持把这件事情做成,学校对于他的决定给予了支持,允许两名学生在修满全部课程的情况下,提前一年毕业。学校法语系没有博士点,李志清就利用自己是法国多所大学博士生导师的身份,推荐她们去法国读博士,并和当地教授一起担任她们的联合培养导师。如今房立维、崔丹丹都已成长为法语系的骨干教师。在自己的职业生涯规划上,她们心中永存对李志清教授的感激之情。房立维说:"当时,李老师完全可以从外面引进师资,但他没有这样做,而是坚持用自己培养的学生,直到我们毕业入职……"按照同样的思路,李志清又从 2001 级学生里选拔了两名适合当教师的好苗子进行培养,如今也已登上讲台。在李志清的努力下,如今的法语系已搭建起十几人的师资队伍,并呈现出老、中、青梯队层次合理,内教外教相容的良好局面。

虽近古稀之年,李志清依然保持着对法语研究工作的热爱,且干劲十足。为了把自己多年来从事法语教学的经验总结下来,他先后主编了《大学法语》《法国语言与文化研究》《大学法语教学大纲》《新大学法语》《21 世纪大学法语》《20 世纪法国文学》《大学交际法语》等多部著作,且很多都是国家"十五""十一五""十二五"规划教材。他主编的《新大学法语》一直是国内众多高校法语专业的指定教科书,每年保持着至少 2 万册的出版量。除了在专业法语领域的孜孜以求和不懈探索之外,李志清还积极为法语推广工作努力着。他曾三届担任教育部大学外语教学指导委员会副主任兼法语组组长,三届担任教育部大学外语教学研究会副会长,至今依然担任教育部大学法语四级考试组组长……为了表彰他在法语教学大纲制定、教材编写、考试大纲制定、组织考试这一系统工程中的突出贡献,2005 年教育部为其颁发了国家优秀教学成果二等奖,这也是迄今为止我国法语界获得的教学成果最高奖。

三十多年来,李志清潜心著书立说,精心培养法语人才,为我国的法语研究和教学作出了卓越的贡献,2008 年他被聘任为二级教授,是我国法语教育界仅有的 3 名二级教授之一。

搭建中法文化交流之桥,三获金棕榈教育与文化勋章

李志清认为自己有两个饭碗:一是在中国讲授法语,一是在法国传播中国文化。也正是这"两个饭碗"让他为中法文化的友好交流搭建起一座座桥梁,且硕果累累。

法语联盟是一个以传播法国语言和文化为宗旨的非营利性组织,在我国大陆以"中外合作学校"的性质注册,其主要业务是教授法语,同时为赴法留学人员提供便利并组织中法文化交流活动。在李志清的积极协调下,2007 年 5 月 24 日山东法语联盟(青岛)在中国海洋大学揭牌成立,李志清任中方校长。联盟成立六年来,不仅开启了中法教育及文化交流的新篇章,也为推动青岛、山东乃至全中国和法国的教育合作与文化交流产生了积极作用。除此以外,李志清还积极促成中法城市间友好关系的建立,在他的努力下,2005 年和 2006 年青岛市分别与法国南特市、布列斯特市缔结友好城市关系,2012 年为表彰李志清在增进中法友谊、发展布列斯特市和青岛市友好关系等方面作出的贡献,李志清被授予布列斯特市"荣誉市民"称号。

由于李志清在法国积极推广宣传中国文化,他在当地学术界和教育界的声望与地位不断提高,并得到大家的认可。他先后被聘任为巴黎第七大学、昂热大学、雷恩第二大学、西布列塔尼大学、南特大学、土伦大学的客座教授,同时成为马赛第一大学、西布列塔尼大学、南特大学、土伦大学的博士生导师。鉴于李志清在中法文化交流方面的突出贡献,1996 年法国政府授予他金棕榈教育与文化奖骑士勋章,2005 年授予他金棕榈教育与文化奖军官勋章。2013 年他又获得了金棕榈教育与文化奖统帅勋章,这是法国政府颁发的金棕榈奖的最高奖,在中国法语教学界仅 1 人获得。

退而不休,余热生辉

如今,李志清已退休多年,但他依然闲不住,只要不出差,还是很早就到办公室,并坚持带研究生,给学生上课,搞法语研究。有人劝他说,操劳大半生,年近 70 了,就别折

腾了,享享清福算了。他却说:"我热爱法语,喜欢教书,应该站在讲台上,就如同战士应在战场上一样。"

法语系每年招收七八名研究生,李志清自己就要带四五名,还有法国相关大学的博士生也需要他培养。在系有关领导的一再要求下,从2011年开始,他不再给本科生上课,但他依然与本科生保持密切的联系,欢迎学生随时去他办公室请教问题。李志清说:"我喜欢和年轻人交流,也愿意在学术方向上给他们以指导。"

谈到未来,李志清说,现在青年教师逐步成长,法语系发展得越来越好,这方面已不用他操心。他希望在有生之年,继续做好两件事:一是充分利用自己在国内法语出版界的声望,在法语教材和相关著作编写方面让更多的青年教师参与进来;另一方面是利用自己法国相关大学博士生导师的身份,为更多的学生去国外深造创造机会。

生命不息,工作不止。在李志清的世界里似乎没有"停歇"二字,他将一直沿着法语人才培养和中法文化交流的道路走下去……

志清趣事

◎ 眉毛的故事

初见李志清的人,大多会被他一双浓密乌黑的眉毛吸引,并因此而记住他。因为这眉毛长得实在是茂盛,如鲁迅先生笔下的"野草"般生机勃发,也如鲁迅先生的"一"字形胡子一样个性十足,而且是很浓重的两笔。

李志清每每走在大街上,遇见占卦看相的江湖术士,他们都会喊住他,说:"老先生你这双眉毛好得很,我给你算一卦。"李志清摆摆手,一笑而过。别人谈论多了,李志清也会自嘲说,自己的眉毛配上五官很像一个大写的"苦"字,或许这也正是他对酸甜苦辣人生的一种自我解读吧!

◎ 与法国友人的故事

李志清爱交友,在法国也不例外。法国现任总理让-马克·艾罗是其中的一位。有一次李志清前去拜访,一进办公室发现对方桌子上摆放着有损我国主权的旗帜,李志清要求对方赶紧收起来,不然他转身就走,取消谈话。对方只好收起旗帜,谈话才得以继续。李志清说,他们还是不了解中国,建议他们亲自去西藏走一走,看一看。

有一次,李志清在法国友人的陪同下参观卢浮宫,一圈下来,这所世界上最古老、最大、最著名的博物馆着实让他赞叹不已。旁边的法国友人说话了:"怎么样,是不是比你们中国的故宫漂亮很多?"李志清笑着说:"你如果这样说,我就不客气了。卢浮宫好是好,但里面很多东西都是抢来的。"对方只好告饶。

◎ 入党的故事

大学期间,李志清被认定为出身不好,所以,连共青团也没资格加入,更别提入党了。

　　1979年李志清前往非洲国家毛里塔尼亚,参与中国政府在当地的援建项目,并任翻译。正赶上当地发生军事政变,中方援建人员所在的工地也岌岌可危,枪炮声此起彼伏,时不时有子弹划过。参与建设的300多名工人需要尽快转移到安全地带,怎么办?关键时刻,李志清找来中国国旗插在吉普车头,亲自开道,运输工人的车辆紧随其后,一路冒着随时可能被子弹击中的危险,冲过多道关卡,最终抵达安全区域。

　　政变平息之后,时任中国驻毛里塔尼亚大使赵源去工地慰问,得知李志清的事迹后,赞赏有加,听说其还不是中国共产党党员时,建议党组织尽快发展入党。李志清申请入党的有关材料递交到山东大学,又从山东大学反馈到中国驻毛里塔尼亚援建地。在入党大会上,有人表示抗议,说:"请李志清谈谈对家庭成长环境的认识。"赵源大使力排众议:"谈什么成长环境,军事政变发生的时候,你在哪儿?"就这样,李志清加入了中国共产党。

（本文刊于 2013 年 7 月 3 日,第 9 期）

爱上北极那片海

冯文波

他，曾经是机修车间的一名工人，机缘巧合进了大学；

他，曾经是"文革"后山东海洋学院招收的海洋学方向的 8 名研究生之一；

他，曾经依靠滑雪和狗拉雪橇成功抵达北极点；

他，是一位温文尔雅的中国知识分子，儒雅中透着谦和之美；

他，是一位具有朴素人文情怀，对海洋充满幻想的科学家；

他，就是中国第一个南北两极都登上的科学家——赵进平。

让我们一起走近这位进退有道、平淡若水的科学家，感悟他的科学与人生。

一、从机修车间走出来的"工农兵大学生"

1954 年的新中国，百废待兴、百业待举，正处于新民主主义社会向社会主义过渡的重要阶段,党和国家正在积极推进以"一化三改"为主要内容的过渡时期总路线,而赵进平就出生在这一年的11月。

他的老家在吉林省吉林市,家庭条件还算不错,父亲是市属郊区的副区长,母亲是《江城日报》的记者。受家庭熏陶、父母影响,赵进平从小就养成了勤奋好学、追求上进的品质。

赵进平的童年时期,过得无忧无虑,还算顺利。少年时期,适逢"文革",学校的正常教学秩序已被打乱。所以,1971年赵进平初中毕业后就进入了吉林省机械厂当了一名机修工人。凭着头脑机敏、勤奋好学,他工作做得得心应手,深得同车间师兄弟的好评与喜爱。动荡的年代,能在工厂里谋得一个稳定的差事,对很多人来说是可遇不可求的。对不满20岁的赵进平来说,工厂的生活忙碌而又充实,倒也过得舒心,可内心深处始终涌动着一股对知识的渴望。

特殊的年代,总会有"特殊的机遇"。1974年厂里来了6个"工农兵大学生"的名额,赵进平所在的机修车间分得1个翻砂铸造方向的名额,因为不是本专业,加上翻砂铸造的工作又脏又累,很多人都不愿意报名,整个车间就赵进平自己报名。全厂3000多名工人,初始报名者有200多人,厂领导经过认真评议研讨,觉得赵进平连翻砂铸造这样脏累的专业都肯报名,说明他是真心想读书,就把他排到了第7名作为候补。赵进平热爱读书、求学上进的精神虽然得到了厂领导和同事的认可,可是这候补的名次基本上宣告了他与大学无缘,赵进平也坦然地接受了这种结果,一如往常地从事着自己的工作。

人的一生往往含有戏剧性和偶然性,就在赵进平觉得自己上大学无望的时候,偏偏有两个人放弃了推荐入学的机会。一个冲压专业,一个物理专业,赵进平觉得冲压专业面太窄,就报了东北师范大学的物理系。

"工农兵大学生"是特殊时代的产物,以培养技术人员为主要目的,学校也多侧重学生实践能力的培养,不太重视课堂理论知识的学习。所以,赵进平的大学生活基本上就是在下工厂、去农村、进部队之间不停地切换,直到1979年毕业。毕业后,赵进平留校工作,那一年正是全国恢复高考的第一年,由他担任物理系新生的班主任。

在东北师范大学工作的日子里,赵进平结了婚,组建了自己的家庭,生活过得虽平淡却也温馨。工作之余,赵进平就跟着学生一起上课,把自己大学期间落下的理论知识补上。随着知识体系的丰富与完善,赵进平那颗好学上进的心又活跃了起来。

二、南下青岛,开启海洋求索之路

"文革"浩劫结束后,国家的教育秩序逐步恢复正常,继1977年恢复高考之后,1978年政府组织了"文革"后的首届研究生招生考试,在东北师范大学工作的赵进平听到这个消息十分高兴,他觉得自己一展身手的机会又来了。"考上考不上再说,至少可以试试。"回忆起当年决定报考研究生时的情景,赵进平依然很激动。

当班主任的日子里，赵进平不仅补上了物理专业学生所要学习的全部课程，而且对理论力学、高等数学、数理方程三门课程情有独钟，研究得相当透彻。所以，在报考研究生的时候，他没有报考普通物理专业，而是瞄准了考这三门课程的学校。经过仔细甄别，全国只有上海交通大学和山东海洋学院考这三门课程。思考再三，赵进平觉得上海离家太远，自己的姥姥家在山东，对那里的风土人情相对熟悉，就于 1980 年报考了山东海洋学院物理海洋专业，从此与海洋结缘。1980 年之前，赵进平没有走出过吉林省，更别提见到大海了。这一年的 9 月，他乘车南下，来到了魂牵梦萦之地——青岛。办完报到手续赵进平就去了栈桥海边，望着这片承载着他儿时梦想的蓝色汪洋，他百感交集、浮想联翩，直到夜幕降临。

赵进平是"文革"后山东海洋学院招收的第二届研究生，当时全校只有 9 名研究生，其中，就读海洋学方向的有 8 名（赵进平、吴德星、王佳、陈长胜、谢柳森、廖启昱、范植松、邵福源），还有 1 名就读海洋化学专业。赵进平跟随景振华教授从事海洋环流方面的研究，他因为没有海洋学方面的知识基础，学起来有些吃力。为了不被别人落下，他就去旁听本科生的课程，把自己欠缺的知识补回来。每一天，赵进平都忙忙碌碌，课程排得满满的，每周要听 48 学时的课程。因为学习太累，他一度患上了严重的神经衰弱，以致夜晚无法入眠，白天神情恍惚，无法继续学习。赵进平读书的山东海洋学院校址即今天的中国海洋大学鱼山校区，距离中山公园步行也就 10 多分钟的路程，可他初到学校的一年时间里，竟然一次也没去过。在好友的劝说与陪伴下，他去公园散步，放松身心，减轻压力，神经衰弱的毛病才渐渐好转。

回忆起在山东海洋学院读书期间的那些人、那些事，赵进平依然历历在目、感叹不已。当时海洋环境学院的教务员知道赵进平学习刻苦，学业繁重，不仅要补修海洋学方向的课程，旁听数学系的课程，还要主修研究生的课程，就在安排研究生课程的时候，尽量照顾他，根据他的上课需求调整教学计划。这位教务员就是海洋环境学院原党委书记张永良。"初到海大那会儿，他给予了我很多的帮助，虽然他现在退休了，但我们一直是很好的朋友。"

20 世纪 80 年代初期的山东海洋学院办学条件比较艰苦，冬天宿舍里没有暖气，夜晚更是冷得出奇，令人无法入睡。当时教室里有取暖用的煤炉，可是煤的供应量有限，白天上课都不够烧的。于是，赵进平就和其他几个同学一起，在夜幕的掩护下，趁烧锅炉的老头熟睡之际，推上独轮车去开水房"偷煤"，偷上几车就够他们烧很多天。冬天的夜晚，同学们围坐在教室里取暖、谈心。那时的赵进平身材偏瘦，但热爱运动，尤爱长跑，且风雨无阻，每每暑假过后，运动场上都会长满杂草，在草丛中有一条窄窄的小路，就是他跑出来的。

1980—1983 年赵进平在山东海洋学院度过了充实而又忙碌的研究生时光。毕业后，赵进平留校任教，他一边给学生上课，一边从事着自己喜欢的近海调查工作。"刚毕业那几年,我跟着侍茂崇老师搞海洋调查,几乎跑遍了整个渤海,我在船上的时间累计有 3 年之久。"回忆起自己当初参加工作时的干劲,赵进平自豪地说。令他更加自豪的是 1984 年参加了我国的首次南极科学考察,成为当时考察队中学历最高的考察队员。

首次南极科学考察归来之后,他不仅开阔了眼界,增长了经验,也更加热爱自己的研究方向——物理海洋学。在搞好教学、科研的同时,他也不放过自我提升的机会。1986 年,山东海洋学院设立了海洋学博士点,赵进平第二年就考取了本校的博士研究生,并在文圣常、陈宗镛、王景明三位教授的联合指导下顺利完成学业,于 1990 年毕业,获得了博士学位。学有所成日,即是远行时。毕业后的赵进平,离开了自己的母校——青岛海洋大学(1988 年山东海洋学院更名为青岛海洋大学),这所伴他生活学习了 10 年之久的心灵家园。

三、在外漂泊十四载,重回母校执教鞭

从青岛海洋大学博士毕业后,赵进平去了同在青岛的中国科学院海洋研究所做博士后。十年磨一剑,进入新的工作单位之后,赵进平多年积累的知识和才华得以施展,再加上他扎实肯干,积极进取,科研成果不断涌现,很快赢得了单位同事和行业专家的赞誉,成为海洋研究领域升起的一颗新星。回忆起在中国科学院海洋所的那段日子,赵进平依然自豪:"我是中科院海洋所招收的第二届博士后……当时依靠一台陈旧的电脑,我写出了 13 篇论文,结集成了一个论文集。"

就在大家对赵进平赞叹不已的时候,他又做了一件让国内外同行羡慕不已的事情。1995 年他参加了中国民间首次北极科学考察,靠着滑雪和狗拉雪橇到达了北极点。从第一次登上南极大陆,到抵达北极点,间隔了 11 年,也正是这 11 年的坚持不懈与辛勤付出,让他成为中国第一个南北两极都登上的科学家。多年来,这一荣耀一直伴随他左右,甚至成了一张特殊的名片。

鉴于赵进平在海洋科研领域取得的突出业绩,他博士后出站时从中级职称直接晋升为正教授,并被任命为中国科学院海洋研究所的副所长。

人的一生是曲折多变的,赵进平也不例外。1999 年,赵进平毅然离开了他奋斗了 8 年的中国科学院海洋研究所。赵进平说,时至今天他还是很喜欢中国科学院海洋研究所的工作环境,那儿有很好的科研氛围,适合人安心搞研究、做学问。

在中国科学院院士苏纪兰的引荐下,赵进平去了位于杭州的国家海洋局第二海洋研究所,在那里又工作了两年半的时间。其间,他担任了国家 863 计划"海洋监测技术主题"专家组组长,并为国家高技术的发展倾注了 7 年的心血。

2002 年,在中国工程院院士袁业立的邀请下,身为东北人的赵进平离开杭州,回到自己温暖的家——青岛,进入了国家海洋局第一海洋研究所,在这里又工作了三年半的时间。在一所工作期间,因赵进平担任国家 863 计划"海洋监测技术主题"专家组组长,

经常与中国海洋大学的专家学者在一起合作交流,这让时任中国海洋大学校长管华诗、海洋环境学院院长徐天真萌生了"人才引进"的想法,最终在徐天真院长的多次真诚邀约之后,2005年,在外漂泊14年之后的赵进平重新回到了他学习、工作过的中国海洋大学。赵进平说,虽然自己在外工作了14年,但是一直从未间断和母校的联系,心里一直装着母校。在学校读书工作期间,他与老师、同事相处都很融洽,彼此建立了深厚的感情,重回母校,并没有生疏感。

时至今天,赵进平重回中国海洋大学已经8年了。当记者问他8年来在海大的工作是否顺心的时候,他笑着说:"管华诗校长、吴德星校长都很支持我的工作,放手让我自己去干。2007年学校与国家海洋局极地考察办公室共建了极地海洋过程与全球海洋变化重点实验室,我们组建了自己的科研团队,截至目前已经发表了近100篇论文……总的来说,我们的极地研究发展势头良好,但这是一个'长跑'项目,我们正在赶路,贵在毅力和顽强。"

四、爱南极,更爱北极

赵进平是我国第一个南北两极都登上的科学家,极地是他的科研对象和努力方向。当记者问他南北两极更偏爱哪一极时,他没有正面回答,只是说1984年跟随中国首次南极考察队去南极是自己第一次去南极,也是唯一一次去南极,北极却去过11次。他还给记者讲述了唯一一次南极之行中鲜为人知的故事。

1984年国家海洋局筹备第一次南极科学考察时,缺少一台用以探测海水温度、盐度、深度的温盐深仪(CTD),当时全中国只有三台,但另外两台不能外借,只好向山东海洋学院求助,并答应给学校3个赴南极科考的名额。经过自愿报名和选拔,赵进平、张玉林和李福荣3名学校科研人员登上了开往南极的"向阳红10"远洋科学考察船。首次南极考察之后,学校连续多年没有拿到南极考察名额,赵进平眷恋南极的心灵之火因无处燃烧而渐趋熄灭。

直到1995年去了北极,晶莹的冰川、笨拙的北极熊、神秘的因纽特人、曼妙的极光……北极的世界神秘如昔,唤起了赵进平对极地的向往和深情,于是那片海域就成了伴其一生的研究方向。

在常人看来,北极是酷寒之地,在那种地方搞科研,除了单调、枯燥,就是危险,没啥乐趣可言,赵进平却不以为然。他笑着说:"除了完成科研任务,获得准确的科学数据以外,这里面还有很多值得珍藏和回忆的美好经历。"从1995年中国民间首次北极科学考察的"民间"二字的释义,到北极熊偷喝考察队的啤酒醉态百出,再到北极科学考察的险象环生,又到"雪龙"船为何不能开到北纬90度……赵进平讲得津津有味,丝毫不单调枯燥。

当记者问起北极研究的意义何在时,赵进平立刻严肃起来。"意义大着呢。"他说,因为人类社会的主体在北半球,气候的变化、大气质量和环境因子在很大程度上受北极的影响和控制。对中国来说,北极的意义就更大了。中国是北半球的大国,中国气候的变化与大气要素,都与北极息息相关。例如,2011年山东省遭遇50年一遇的干旱,连续121天没下雨,这与2010年夏季北极冰融化得太快,影响中国气候系统有关。我们的工作就是找出两者之间的联系,总结出规律,及时地发出预警信息。此外,北极还有政治、军事、资源、科学等价值。所以说,北极研究有重要的价值。

五、"不务正业",科学家的科普之路与人文情怀

这是1999年8月的一个寻常的夜晚,在远离祖国大陆的北极酷寒之地,忙碌了一整天的科考队员们,早已进入了梦乡。赵进平却丝毫没有睡意,正聚精会神地在"雪龙"船的工作室里记录着一天的发现和收获,并以科普文章的形式发布到网上,供大家阅读。自1995年第一次踏上北极,撰写了《北极,令人迷恋的梦境》系列文章之后,赵进平就喜欢上了这一在他人看来"不务正业"的行当,时间长了,甚至有种不吐不快的感觉。

赵进平认为自己作为一名科学家,有责任,也有义务把自己看到的、了解到的北极风光和科学常识告诉公众,特别是没有机会亲临北极的广大青少年,从而唤起他们的好奇心,培养他们的科学兴趣,激发他们产生探索极地和海洋的理想信念。

赵进平先后参与编写了《情系北冰洋》《壮美极地》等科普读物,前者凝聚了作者在其三次北极科学考察经历中的感受,表达了人类认识自然、研究自然、战胜自然的意志和决心,展现了我国科学家的拼搏精神和英雄气概,对年轻的读者有很强的震撼和启迪。后者是赵进平参与指导下,由两位学生完成的,这本书给未曾亲临极地又想了解极地的人描绘了一幅壮美画卷。人们通过阅读了解到极地的崭新印象,生发出对极地的美好祈盼,更加热爱极地,携手共同守卫这片梦幻之地。此外,赵进平每年都多次到中小学作关于极地的报告,由此唤起广大青少年对极地的梦想和企望。

作为一名理科出身的科学家,赵进平在繁忙的科研工作之中还能抽出精力普及极地科学知识,这种精神着实令人钦佩,然而更令人钦佩的还有他那娴熟的文字驾驭能力和富有文采、优美流畅的行文格式。关于这一点,1999年参与北极科考新闻报道的《人民日报》记者任建民在文章里曾赞叹不已:"他的科普文章写得神采飞扬,令我们这些以文为生的人有时候也自叹弗如。"

关于这一点,赵进平说是两个方面的原因造就的:一是"文革"期间,父亲被打成"走资派",家里的书籍也未能幸免于难,母亲选了一部分经典书籍埋藏于地下,得以保留。后来,赵进平就通过阅读这些经典名著,培养了对文字的敏感性,并喜欢上了写作。还有一个原因就是为了躲避各路记者。在1999年国家组织的首次北极科考中,随行的有来自国内不同媒体的20多位新闻工作者,每一次接受他们采访都要花费很长时间,科考任务繁重的赵进平只能牺牲科研和休息时间应对。注意到各家媒体的采访内容接近,

赵进平就想了一个主意，每天吃饭的时候，在餐厅询问各位记者都想了解什么内容，回去之后就把他们关心的内容写成文字稿发布到局域网上，供大家共享下载，从此，他的世界安宁了，而且他也养成了撰写极地科普文章的好习惯。从那时起，他不断为中国青少年书写着极地的神奇与壮美，并造福于中国极地研究的未来。

六、儒雅中展露谦和之美

赵进平给人的印象始终是温文尔雅，特别谦和，说话的声音不高不低，听起来特别舒服，全身散发着中国知识分子的儒雅气质。关于这一点，《人民日报》记者任建民这样描述他："一副中国标准知识分子样，身材偏瘦，衣着整齐，模样白静，不爱说话。"

谈起自己待人接物的性格，赵进平说，自己本身就是工人出身，后来在中国海大工作期间，经常租船出海和渔民打交道，他们都很朴实，尊重他人，日久天长自己也形成了这种性格。

赵进平具有较强的合作精神，能够与各类人员很好地合作。他尊重老同志，并乐于同年轻同志一道工作，得到大多数人的认同与支持。他说，组建科研团队，寻找合作伙伴他有自己的标准，太自私的人不能要，这种人迟早会和他人产生矛盾。目前的团队成员都很大气，经常替别人着想。关于这一点，赵进平在要求别人的同时，自己也是这样做的。据曾跟随他读书，现已参加工作的海洋环境学院青年教师李涛介绍，每次去北极考察，赵老师都亲力亲为，冲在最前面，有时不能确定浮冰的厚度能否承载科研人员和实验仪器，赵进平总是身先士卒，第一个跳上冰站，担当"探路者"的角色。

赵进平重回海大已经 8 年了，8 年里他培养了 20 余名硕士生和博士生。他说，有的学生毕业后干得还不错，已成长为本单位的骨干，这让他很欣慰。但也有让他感到遗憾的地方，有的学生毕业后却没能继续从事这一专业。在平时的教学中他会积极寻找机会、创造条件，培养学生的学习兴趣，引导他们热爱海洋、关心海洋，希望他们把海洋研究或者极地研究当做自己钟爱一生的事业来做。每年夏天，如果没有特定的科研安排，赵进平都会搞一个暑期班，地点多选在幽静、凉爽的地方，给学生们提供一个集中交流学习的机会。

谈起自己的老师，同学们说的更多的是亦师亦友的关系，他们觉得赵老师为人和蔼可亲，在学习、科研、生活上都给予他们很多的支持和关心，平时对他们的教育也是以正面激励为主，从来没有批评和指责。跟赵老师学习是一件很幸福的事！

七、退休之后，用心书写湛蓝人生

赵进平是二级教授，他可以在这个岗位上干到 65 岁退休。如果真的到了退休的那一天，对于这样一位与极地打了一辈子交道的科学家来说，他能闲得住吗？他能放得下自己朝夕相处的极地科研事业吗？记者带着这样的疑问，去问他。

他的回答令人惊讶："等我退休了，我就把极地研究的工作都交出去，让年轻人去做。我专心写我的海洋科普、科学幻想类文章，给广大青少年以启迪，唤起大家对海洋的好奇之心和热爱之情。"

回顾赵进平的人生之路，坚定执着和敢于冒险是他的特色，这也正是成为极地科学家不可或缺的品格。年近花甲的赵进平的冒险之心毫未减退，而是筹划着人生新的转折点。希望他的勇于进取之心和对科学的钟爱之情能够感染一代代海大学子，并永存于中国海大钟灵毓秀的长卷之中。

（本文刊于 2013 年 10 月 12 日，第 10 期）

忘记背后　努力向前
——新晋院士吴立新的海洋传奇

冯文波

爱音乐,着西装,戴眼镜,善直言,性开朗,成果多,是人们对 2013 年新当选中国科学院院士吴立新的印象。

在院士荣耀的背后,吴立新还有艰苦的成长记忆,勤奋的求学时光,执着的他乡寻梦,以及对科研的热情,对生活的热爱,对学生的关怀,对老友的感激,对新身份的思索……

我们将一一为你讲述,这位 47 岁中国科学院院士的故事。

成长记忆:"苦难是一种磨炼,也是一种修炼。"

桐城,地处安徽省安庆市北部。历史悠久,文风昌盛,是雄霸清代文坛 200 余年的

"桐城派"故里,享有中国"文都"之美誉。

这片人文勃兴、代有英才出的土地,如今成了名副其实的"院士之乡"。从 1955 年中国科学院开始选聘学部委员开始,桐城籍的两院院士已达 11 位之多,对于这个拥有 75 万人口的江北县城实属可贵。

2013 年 12 月 19 日,中国科学院公布了新的院士增选结果,任职于中国海洋大学、长期从事物理海洋研究的桐城籍科学家吴立新教授成功当选。闻此喜讯,桐城人为之高兴,海大人更为之鼓舞。

1966 年 9 月,吴立新出生于桐城市新渡镇姚坂村一户普通的家庭,他是家里的第五个孩子,上面还有 3 个姐姐、1 个哥哥。父亲吴珠美在离家四五十千米外的一个小镇做粮站站长,母亲在家务农,专心照顾 5 个年幼的孩子。在当时的生活条件下,吴家的开支大部分依赖父亲微薄的工资收入,日子虽过得拮据,但父亲还是坚持让每个孩子读书学习,给他们"知识改变命运"的机会。

时至今天,回忆起自己的父亲,吴立新说,父亲很少过问他的学习,但老人身上有两大优点一直是激励他前行的动力。每年夏天,吴立新都会去父亲工作的粮站过暑假,这期间,正是粮食收购、储藏的关键时期,农民送来的粮食,有时含有杂质,父亲会亲自分拣,水分太重,他会亲自晾晒、过滤……年幼的吴立新目睹了父亲的辛劳,也从中学到了尽职尽责和一丝不苟。父亲留给吴立新的另一个印象是很能干,电工、泥瓦工、木工……他都会,这一点也让吴立新很佩服,小时候梦想着有一天能成为父亲那样全能的人。

吴立新自幼学习刻苦,成绩一直很好。初中毕业那年,吴立新成绩排名在全县前 20 名。在老师和同学看来,依此成绩进入安徽省重点中学毫无悬念。能进入这所中学就读,基本就拿到了进入国家知名大学的通行证。就在大家为他感到高兴之时,命运却和他开了一个玩笑。体检时,吴立新因为视力不太好,未能被省重点录取,他只得填报了两个中专学校志愿。但因为吴立新的档案在省重点高中不能调出,这两所中专学校也不能录取他,一直到各个学校的招生录取工作结束,他的档案才被省重点高中放出。而这时候,吴立新已经无学可上了。后来几经周折,他才得以进入当地的一所普通中学——青草高中就读。

未能进入重点高中就读,对吴立新打击很大,老师和同学也为他感到惋惜。为此,吴立新在床上躺了整整两天。就在他心情懊恼、精神不振的时候,一个人的出现让他重新看到了希望。吴立新在青草高中的数学老师胡梦铎经常给他鼓励,让他树立在普通高中一样可以上名牌大学的信心,并勉励他说,视力不好搞不了科研,可以报考师范大学,将来做老师。在胡老师的鼓励下,吴立新重拾信心,刻苦学习。

高中的生活条件十分艰苦,早饭就是四两米粥,稀到可照人,午饭、晚饭就是米饭搭配自己在家带的咸菜。对于十六七岁的少年来说,正是长身体的时候,营养却供不上,以至于吴立新经常饿着肚子学习。回忆起高中的生活条件,吴立新说:"当时的条件确实很苦,但艰苦的生活也磨炼人的意志,让我收获了知识。从那以后,遇到再艰苦的条件我都可以坚持,不会畏惧。"天道酬勤,吴立新用了两年的时间读完了本应读三年的高中,并以优异的成绩考取了清华大学。

作为普通中学走出来的清华大学生,学校也以他为荣。时至今天,打开桐城六中(原青草高中)的校园网简介,里面还有这样一句话:"自恢复高考以来,学校向高校输送优秀新生近 5000 人,其中,吴立新等 10 人被清华、北大录取。"吴立新说:"这么多年过去了,学校只知道我考上了清华,却不知道我现在的情况。还是应该感谢母校,感谢老师对我的培养。"吴立新说,毕业后他也曾回过几次母校,看望当年给他上课的老师们,母校的变化很大,教学和生活条件有了很大的改善。

求学之路:"清华教我做事,北大教我想事。"

1983 年 9 月,17 岁的吴立新在二姐夫的陪同下,乘火车北上,来到了他理想中的清华大学,并从此度过了 5 年的本科时光。

吴立新报考的是力学系流体力学专业,因为是 1983 级学生,他所在的班俗称"流 3 班"。清华大学作为中国的顶尖学府,能到这里读书的学生肯定都是出类拔萃的。入学的那刻起,吴立新就感觉到了压力,全班 30 个人,他的成绩倒数第三。现在回忆起来,吴立新依然感慨:"那时真体会到了'人外有人,天外有天'。"不过,吴立新没有气馁,5 年里凭着自己的努力拼搏、刻苦学习,毕业时成绩在班里排前三名,并被免试推荐为北京大学的研究生。

清华 5 年,除了学习,吴立新也度过了快乐而美好的大学时光。每天下午 4 点半,清华校园的喇叭就响起来了:"同学们,现在是课外锻炼时间,走出宿舍,走出教室,去参加体育锻炼,争取为祖国健康地工作五十年。"吴立新都会从自己住的 1 号楼跑到圆明园,然后折返,一个来回 40 分钟。有时候,他也会和同学们一起打排球、羽毛球,赶上周末学生会把食堂的桌子清到一边,大家一起跳舞。丰富的校园文体活动,不仅强健了身体,陶冶了情操,也让他收获了自己的爱情。在一次同学聚会上,他遇到了他的爱人,当时在北京理工大学读书,现在中国海洋大学管理学院任教的张瑛,两人一见倾心,走到了一起。

1988 年本科毕业的时候,班里有 4 个免试推荐研究生的名额,吴立新名列其中。根据学校规定,必须有一位被推荐到外校,就这样吴立新进入到中国另一所最高学府——北京大学继续进行力学方面的深造。这期间,吴立新在我国近代力学奠基人周培源教授创建的湍流国家重点实验室跟随是勋刚教授从事涡旋动力学研究,一直到 1994 年获得力学博士学位。

当记者问起为什么会选择力学这一专业时,吴立新解释说,首先是受大环境的影响,20 世纪六七十年代中国的人造卫星升天、火箭发射成功、导弹发射……让他从小就对钱学森、钱伟长、周培源等科学家十分崇拜,而他们就是从事力学研究的;还有一个原因就是觉得力学研究应该对视力的要求不是很严格……谈到这一点的时候,大家都笑了。

11年的时间,吴立新游走于国内两所最著名的高等学府,从入学时的懵懂少年,成长为中国力学研究的青年才俊。谈起在两所大学的收获,吴立新说,清华大学教会我的是如何做事,北京大学教会我的是如何想事,一个是脚踏实地,一个是仰望星空。

当记者问他,在心目中两所大学孰轻孰重时。他笑着说,这是个"陷阱",我说谁轻都不好,在我学术研究和人生成长的道路上两者并重。虽然大学毕业已近20年了,吴立新也时常会回到这两所母校,并且带上自己的子女,让孩子们看看自己当年学习、生活的地方,感受两所大学的氛围与底蕴。

寻梦远方:"他乡虽好,但不是自己的家。"

吴立新的导师是勋刚教授早年曾留学德国,经常对学生讲力学研究的前沿在西方,并鼓励学生有机会还是要走出去,学习发达国家的先进经验。受老师的启发,读博士期间,吴立新就萌生了出国深造的想法,特别是斯坦福大学的湍流研究中心是他梦想的地方,无奈当时的大环境不允许,凡是出国必须有海外亲属关系,他没有,只能等。

1994年国家放宽了出国条件。吴立新有幸作为国家放宽政策以来的首批博士后前往美国学习深造。到美国的首站,他选择了位于新泽西州的罗格斯大学(Rutgers University)航天和机械工程系,在国际著名的计算流体力学学家Zabusky教授团队从事涡旋力学方面的研究。

初到美国,还是有些生活上的不适应。吴立新回忆,异国他乡,语言的障碍、居住环境的差异、生活习惯的不同,令他产生一种"孤独感"。当时妻子和女儿还在国内,直到1995年5月全家人才团聚。

1995年,Zabusky教授主持的科研项目结题。吴立新面临着新的选择,一是去日本的一所科研机构,继续从事航天方面的研究,当时对方给的待遇很优厚;另一个选择就是继续留在美国寻找适合自己的机会。思考再三,吴立新选择了继续留在美国,他说:"我不能来美国干一年就走了,我的梦想还没有实现呢!"天意留人,就在他进退两难的时候,看到了威斯康新大学麦迪逊分校气候研究中心的招聘启事,就这样他留在了美国。

正是在这里,吴立新完成了他科研方向的一次非常重要的转变,从涡旋动力学方向转向海洋动力学研究。威斯康新大学十分重视跨学科的研究,为不同研究方向的科学家交流互通提供了良好的环境和融通的平台。吴立新边学边干,不仅完成了从微观到宏观思维方式的转变,也实现了从局部到放眼全球的视野转换。后来,吴立新又从海洋动力学方向跨越到气候动力学,他所从事的"海洋气候年代际变化研究"在国际上产生了一定的影响力,引起国际同行的关注,所发展的气候模式动力实验体系被全球多个著名的海洋与气候研究中心所采用。

从 29 岁到 39 岁,10 年宝贵的时间,他在威斯康新大学不仅完成了学术方向的转变,也收获了许多比科研本身更宝贵的东西。吴立新所在的研究中心由美国科学院院士 John Kutzbach 率领,他在这位美国科学家身上学到了如何领导一个团队,怎样把不同背景、不同性格、不同特长的科学家聚拢在一起,朝着一个目标前进。吴立新从 Kutzbach 教授身上学到的这一点为他日后回国担任中国海洋大学物理海洋创新研究群体的学术带头人提供了莫大的帮助。

经过 10 年的积累,吴立新的梦想已经实现。妻子在威斯康新大学医疗基金会工作,儿子和小女儿相继在美国出生,买了房子,买了车子。事业稳步发展,家庭幸福美满,生活安逸稳定。时间久了,吴立新却有一种梦想实现后的"失落感"。他想追寻新的目标,不甘于每天在异国他乡的实验室里耗尽时光,他要为自己多年积累学到的知识找一个更加广阔的用武之地,这个地方在中国。

2001 年前后,适逢世纪之交,国内各高校开始把招揽人才的触角拓展到海外,纷纷制订优惠的海外引智计划,坐落于青岛的海洋大学也不例外。时任校长管华诗高瞻远瞩,推出了"筑峰工程"人才引进计划。该计划开列的优惠条件甚至比"长江学者"还要高,这在当时的中国高等教育界首屈一指。

只有栽下梧桐树,才能引得凤凰来。"海洋大学推出'筑峰工程'引进人才,其支持力度在当时的中国高等教育界是少见的,年薪 30 万的条件也很优厚。吴立新教授加盟海大就是对这一人才工程的最好证明。"长期参与并组织实施"筑峰工程"的人事处处长万荣曾不止一次在会议发言时把吴立新当作学校人才引进工作的亮点进行评述。

"筑峰工程"给出的条件在当时虽然比较优厚,却鲜有合适的人选。就在海大的领导层一筹莫展的时候,吴立新出现了,让他们看到了这一工程得以进行下去的希望。

2001 年秋天,吴立新回国探亲,受青岛海洋大学刘秦玉教授的邀请到校交流访问,并为师生作报告。这次正式访问,不仅为吴立新提供了与中国海洋界接触的机会,也让他看到了海大人为推动国家海洋事业发展而展现出来的信心和勇气。此后,吴立新与海大学者交往日益密切,与刘秦玉、田纪伟、罗德海等科学家也成了很好的朋友。

适逢学校"筑峰工程"出台,却没合适的人选申报,刘秦玉教授就鼓励吴立新申请,并希望他有合适的机会再回海大看看。"我与吴老师认识比较早了,1999 年我去美国威斯康新大学访问,经海大的另一位'长江学者'刘征宇教授介绍相识的。他这个人勤奋能干,而且充满了对科研的热情,容易感染别人。当时想这样的人才应该介绍到海大。"回忆起与吴立新教授的相识过程,今年 67 岁的刘秦玉教授如是说。

当时不到 40 岁的吴立新申请"筑峰工程"第一层次教授,还是有人持怀疑态度,对他能否扛起海大物理海洋发展的大旗表示担心。刘秦玉教授说:"虽然有一部分人对吴立新来海大持审慎的态度,但是我也咨询了很多国内外的知名海洋专家,像刘征宇教授、黄瑞新教授、王春在教授、文圣常院士、冯士筰院士等,他们觉得这个人的成长经历和科研能力能够胜任'筑峰工程'岗位。"

在刘秦玉教授和国内外同行专家的推荐下，2004年夏天，吴立新带着妻子、儿女来到了青岛。此时的海大已更名为中国海洋大学，学校招贤纳士助力国家海洋事业发展的信心比三年前更足了。

管华诗校长盛情接待了他，并且十分诚恳地邀请他回来，欢迎他加盟中国海洋大学这个大家庭，大家一起为祖国的海洋事业发展做贡献，时任海大副校长的吴德星教授也真诚邀请他到物理海洋实验室一起工作。吴立新被感动了："管校长和吴校长真情相邀，'筑峰工程'优越的条件，海大人干事创业的信心……当时的中国海洋大学如同一艘装在发射架上的火箭，一切都令人感动，我没理由拒绝，应该回来。"

吴立新说："我能迈出这一步，与家庭的支持是分不开的。妻子知道我是一个'不安于现状的人'，说要回就一起回，不能两地分居，这样我才能安心工作，了无牵挂。于是，2005年夏天，我们双双辞了工作，卖了房，卖了车，给孩子办理了退学手续，来到了海大。"

吴立新回国的决定，令他威斯康新大学的同事感到不解，也表示担心，很多人都担心他回到中国可能会"水土不服"。于是，大家都保持观望的态度。

吴立新是一个敢于挑战、勇于追求的人，既然选择了就不后悔。他要用自己的行动向大家证明，他不但不会"水土不服"，而且会在中国海洋大学这片沃土上收获累累果实。

科学研究："忘记背后，努力向前。"

初到中国海洋大学，吴立新对学校提供的工作环境无论是在"硬件"还是在"软件"方面都感到欣慰。做数值模拟用的计算机虽比不上美国的先进，但开展工作已经没有问题；在中国海大虽然不能像在国外那样有机会接触很多世界顶尖的海洋科学家，但这里聚集了不同涉海方向的中国知名专家学者，在物理海洋教育部重点实验室这一平台上大家可以交流互通、互相学习。凭着谦虚好学的处事态度和过硬的学术研究本领，吴立新成功地融入了中国海洋大学，并逐步得到大家的认可。

2010年，吴立新被任命为中国海洋大学物理海洋教育部重点实验室的主任。让他担任这一职务，说明了海大人对他的充分信任，大家相信他有能力带领大家把实验室的工作做好，把物理海洋学科引向更广阔的发展之路，从而保持住中国海大的特色和优势。

领导物理海洋这样一支队伍，一般人很难胜任，况且里面聚集了中国物理海洋科学的精英人才，既有德高望重的老前辈，也有雄姿英发的青年才俊。吴立新没有被这些所谓的困难吓倒，他有自己领导团队的核心理念，概括起来就是英文的"CORE"。C指的是"合作"cooperation，O指的是"遵守"obedience，R指的是"责任"responsibility，E指的是"尊敬"esteem。作为这一团队的领导核心，他让大家精诚合作、遵守规则、勇担责任、互相尊敬,朝着一个又一个海洋学术课题发起冲锋,取得了令人瞩目的成就。

2007年11月18日,由吴立新作为首席科学家、总资助经费达3200万元的"973计划"项目"北太平洋副热带环流变异及其对我国近海动力环境的影响"启动,这也是中国海洋大学承担的第四项"973计划"项目。2009年9月,吴立新带领的物理海洋学创新研究群体获得国家自然科学基金委首个物理海洋创新研究群体资助。2012年,他领衔的"海洋动力过程与气候"创新团队入选科技部首批重点领域创新团队。2013年2月,以吴立新为首席科学家的全球变化研究国家重大科学研究计划项目"西北太平洋海洋多尺度变化过程、机理及可预测性"获得科技部立项,并于同年3月11日正式启动。吴立新由此成为中国海洋大学首位既承担国家重点基础研究发展计划项目("973计划"),又承担国家重大科学研究计划项目的科学家。通过这些项目的资助,吴立新和他的团队在海洋动力过程与气候研究领域取得了一批有重要国际影响力的原创性成果。2011年5月,他和他的团队在国际著名杂志 *Nature Geoscience* 上以第一作者身份发表了在南大洋深层能量传递及混合研究领域的最新研究成果。2012年1月,在 *Nature Climate Change* 上以第一作者身份发表了在全球副热带大洋西边界流与气候变化方面的研究成果。该杂志发表专门评论,认为此项工作对于认识气候如何发生变化有重要意义。

在带领团队成员取得系列成绩的同时,吴立新本人也获得多项殊荣。2007年8月,吴立新成为国家杰出青年基金获得者,2009年成为山东省"泰山学者"特聘教授,2011年成为教育部"长江学者"特聘教授。

吴立新比较欣赏一句话:"忘记背后,努力向前。"在实际工作中他也是这样做的。在他看来,荣誉、成绩都是过去,他只看重未来,在物理海洋这条宽阔的科研之路上他将一直向前。他说:"学校把我聘为'筑峰工程'第一层次教授,并没有为我设定具体的发展目标和科研任务,而是让我自由地发展。在这样宽松的环境里,我只会努力向前,才能契合'山高人为峰'的人才理念。"

2012年5月,教育部和财政部联合启动实施了"高等学校创新能力提升计划"("2011计划"),中国海洋大学联合上海交通大学筹建了海洋科学与技术青岛协同创新中心,由吴立新任中心主任。中心自启动筹建工作以来,按照"国家急需,世界一流"的建设要求,在队伍建设、学科发展方面取得了一系列进展,且成果初显。2013年11月,*Nature Geoscience* 发表了该中心成员蔡文炬博士和郑小童博士联合署名的《印度洋偶极子对全球变暖的响应》综述性文章,这一成果不仅标志着海洋科学与技术青岛协同创新中心在"印度洋海-气相互作用"研究领域取得重大进展,也体现了该中心在协同创新能力提升方面取得重大突破。

谈到协同创新中心的定位和未来发展,吴立新说,该中心旨在把海洋科学和海洋技术紧密结合起来,以深海环境、气候、资源为主要研究内容,解决国家在建设海洋强国过程中遇到的重大科学与技术问题,采用与国际接轨的机制体制,准备用5～10年的时间将中心建设成全球著名的海洋科学与技术的研究中心之一,对我们国家海洋科学与技术的发展起到辐射带动作用。

2013年,是吴立新到中国海洋大学的第8个年头,8年来,吴立新用自己的实力和成就证明了他没有"水土不服",也用自己的虚心和热情赢得了大家的尊敬与爱戴。记者问他成功的经验,他用8个字概括:勤奋、热情、责任、团队。他说:"作为实验室主任,首先要以身作则,勤勉工作,努力付出;其次要保持对科学研究的热情,孜孜以求,永不放弃;再次要牢记使命,勇于担当;最后要加强团队建设,注重协调配合。"

谈到当下的工作状态,这位47岁的科学家眼前一亮,他高兴地说:"物理海洋学科人才济济,学术思想活跃开阔,再加上学校提供的平台与环境,剩下的就是大家如何想事、谋事、干事、成事了。"

生活点滴:"做孩子的榜样,做学生的良师益友。"

走进吴立新位于鱼山校区文苑楼的办公室,一股海洋气息扑面而来,最醒目的当数那张占据整面墙壁的世界海洋地图,与之相对的墙上挂着"观海听涛"四个大字,苍劲有力,贴近走廊的一侧墙壁悬挂一张缩小版的海洋地图,靠近门口处竖立着一件舵手造型工艺品,似乎寓意他正带领物理海洋教育部重点实验室乘风破浪,扬帆远航。除了海洋的气息,还能感受到一股蓬勃向上的朝气和干事创业的热情,因为在他不大的办公室里摆放了大大小小7盆绿色植物。

办公室的窗台上摆放着3张孩子的照片,桌子底下还放了一双运动鞋。从吴立新的办公室向窗外望去,就是学校的运动场。每当工作累了的时候,他会站在窗前看看孩子的照片,抑或换上运动鞋去楼下的操场上跑两圈。

生活中熟悉吴立新的人都知道他有两个特点:一是喜欢流行音乐,二是敢于直言。关于第一点,他回答得简单,音乐会让人保持良好的状态。说他敢于直言不讳,他说这是受西方文化的影响,对事不对人,如果有一天他不直言,别人还会觉得他好像变了一个人。

时间总是有限的,吴立新花在工作上的时间多,意味着他对家庭的照顾就少。每周他都至少工作6天,妻子和孩子也都习惯了,如果周六他在家,孩子们反而觉得不寻常。吴立新说:"爱人和孩子从来没有表达过不满,只是自己心里觉得有些亏欠他们。"只要在青岛,每天晚饭后,他都会和爱人一起去家附近的青岛山公园散步,锻炼身体,同时谈谈孩子们的学习和成长。孩子们也因有这样的父亲感到骄傲和自豪,特别是父亲所从事的海洋科学研究。

吴立新是一名成功的科学家,他也是一名优秀的教师。2012年吴立新获得了山东省"优秀研究生指导教师"的荣誉称号,以表彰他在研究生培养方面作出的贡献。迄今为止,吴立新一共培养了30多名研究生。在挑选研究生方面,他有自己的标准:一要对科学研究有热情,二要勤奋,三要耐得住寂寞。他还坚持研究生从本科生带起,他对看中的学生的本科论文都是亲自指导。他认为本科生在科研上是"一张白纸"，前几笔一定要画好，这样才能凸显"师傅领进门"的作用。同学们都觉得吴老师不仅是他们的"良师"，也是"益友"，工作中严肃认真，生活中却喜欢和他们打成一片，彼此交流毫无隔阂。据他的学生介绍："工作中，吴老师身体力行，以他对科研的执着和热情引导着我们。在生活中平易近人，一些网络流行语他都知道，交流起来很亲切的一个人。"

吴立新说，无论是对下属，还是学生，他喜欢用"爱心说"鼓励、引导和造就别人，要像金苹果落到银筐子里，而不是一味批评。"有的人喜欢'砍'，我喜欢'立'。"他说，自己要做孩子们的榜样，做学生的良师益友。

当选院士："院士是荣誉，更是责任。"

回顾自己的学术成长之路，吴立新这样说："清华北大11年是获取知识的阶段，在美国11年是学术积累的阶段，在中国海洋大学应该是科研产出的阶段。"吴立新把自己最具创造力的时光留给了中国海大，中国海大也尽可能为吴立新创造良好的科研和生活条件。

2013年成功当选中国科学院院士，亲朋好友和学生都向他表示祝贺，吴立新心存感恩："到海大工作8年来，工作非常愉快，感谢学校给我提供了广阔的发展平台和科研支撑。8年来在海大结识了一批志同道合、热爱海洋事业、有工作激情的朋友，他们不管是校领导还是刚进实验室的年轻老师，都能与我一起并肩奋斗，还有我的学生们，非常感谢他们，同时感谢海洋界老前辈的提携与引领、海内外朋友的长期坚定支持和鼓励……"采访临近尾声，话语间，吴立新说得最多的是感谢。

当选院士之后的路如何走，是很多人关心的问题。吴立新笑着说，原来怎么走，还将怎么走，在科研的道路上当选院士不应成为一个人的最终目标。

"当选院士，是别人对自己工作的一个肯定，作为荣誉我很高兴；但更是一份责任，一种使命，我肩上的担子更重了，"吴立新说，现在是我们国家海洋科技发展的黄金时期，也是几代海洋人梦寐以求的时代，建设海洋强国的使命我们责无旁贷。作为一名老师，要为国家培养一些高素质的海洋科技人才，作为实验室和研究中心的主任，要面向国家重大战略需求，瞄准科学前沿，以更加开阔的国际视野来带领实验室和中心建设。同时，也必须考虑物理海洋学科的整体发展，这是义不容辞的。

（本文刊于2013年12月19日，第12期）

文圣常：鲐背之年的故事人生

冯文波

在历史悠久的海大园有一条路,叫院士小路;有一座楼,叫文苑楼;有一个"万字号"的奖学金,叫文苑奖学金……这一切都紧密联系着一个人——我国海浪学科的开拓者,中国科学院资深院士文圣常。时至今天,文圣常院士已走过了 92 个春秋,但他依然关心学校的发展,并以自己的方式奉献着力量。凝望这位鲐背之年的老者,他的人生里承载了太多的故事,太多的感动,值得我们年轻一代去学习,去领悟,去践行。

有情有义文圣常

人非草木,孰能无情。一个人能将生死放弃,却无法放弃那一个"情"字。文圣常就是一个重情重义之人,他对故乡的思念之情,他对中国海大的热爱之情,他对海洋的奉献之情,他对学生的培育之情……无不昭示着他的无价情义。

光山县，地处河南省的东南部，与湖北省相邻，南依大别山，是一个山清水秀、人杰地灵的地方。一代名相司马光，党和国家的卓越领导人、中国妇女运动的先驱邓颖超等家喻户晓的名人皆出生于此。1921年11月1日，文圣常诞生在这片人才辈出的土地上。

2012年11月16日晚，在河南省光山县文化中心举行的首届"感动光山人物"颁奖晚会上，出生于该县砖桥镇的文圣常荣膺"十大情系光山人物"首位，主持人宣读的颁奖词中这样描述：作为一个学者、教授，文圣常一生的研究成果和获得的殊荣不胜枚举。作为一个光山人，1999年获得了"何梁何利基金科学与技术进步奖"，获得奖金20万港币。获奖后，他一分不留，将20万港币全部捐给了祖国的教育事业，其中10万港币捐给了家乡的学校。文老，是学界泰斗，是大别山骄子，是我们光山人的骄傲。他对家乡殷殷情、拳拳心，怎能不让家乡人民为之感动？

2000年11月初，文圣常回到了阔别达半个世纪之久的家乡，亲手把10万港币的汇票交到时任光山县委书记张国晖的手中。文圣常在与张国晖的交谈中说，他几十年来总想报效家乡，但一生教书，没有积蓄，这次将获得的何梁何利奖的一半捐给家乡，多少也算是尽点对家乡的报答之情。当地政府用这笔善款在砖桥镇初级中学建造了一座四层的海洋希望教学楼，建筑的设计风格形似起伏的波浪，寓意着这栋地处中原地带的教学楼与文圣常、与海洋的关系。

2013年11月下旬，记者一行2人奔赴光山县，实地走访了这所中学，并与校长、教师、学生进行了交流，听他们讲述文圣常与这所学校的渊源。

砖桥镇初级中学校长陈立家介绍，除了捐建教学楼，文圣常院士还曾于2011年12月份向学校捐赠了一批海洋科普图书，学校图书室也设立了"文圣常赠书专柜"，以此鼓励引导学生们向文圣常院士那样热爱海洋、关注海洋。此外，文圣常院士还与学校的学生们互通信件，对孩子们的成长成才加以指导和勉励。文圣常在写给该校学生李赛洋的信中这样说："我很惭愧，没给家乡做什么事，虽然这和我从事的专业的特殊性有些关系。我已高龄，能做的事愈来愈少了，但对力所能及的事，我将努力做好，来报答乡亲们的浓情厚谊。"

文圣常对家乡的殷殷情意，不仅体现在对教育事业的资助上，还体现在他对文氏家族的眷恋，对亲人的思念上。

他的侄子文贤敏给记者展示了2001年新修订的《文氏宗谱——圣常公传》里记载的文圣常2000年回乡探亲与族人促膝长谈的情景：

此次荣归故里的圣常公，不辞一路风尘与官方应酬的劳顿，会见与探视了诸多家族亲人。在会见中，兄台给余的印象是：平易、谦虚、健谈、风趣而机敏。在会见仪式上，精神矍铄的圣常公致辞云："一个人要热爱自己的国家，热爱立身的社会。然，热爱国家，热爱社会，首先要从热爱自己的家乡，热爱自己的家族做起。如果连家乡家族都忘记了，又何谈热爱国家，热爱社会？为了事业，为了报效国家，我离别家乡六十载。然六十年来我无时无刻不在思念我的家乡,思念我的家族。今日,在座诸君全都是我的文氏族人,我的兄弟、侄儿。此时此刻,这么多文姓共聚一堂,共叙天伦,终于了却我六十年的心愿,何其乐也。"

文圣常在同族兄弟中排行老四,在自家兄弟姐妹中排行老二。但子侄们还是习惯于称呼他"四爹",在与侄子文纪武的书信来往中,最后的落款也是"四爹"。文圣常虽远行他乡,但乡音乡情未变,血脉相连,桑梓情深。

文圣常用情至深处不仅有他的家乡,还有他无私热爱、勤勉工作了60年的海洋大学。

2000年文圣常把何梁何利奖的另外10万元港币捐给了海大,设立了文苑奖学金,用以每年从全校1万多名本科生中选出品学兼优、富有创造精神和实践能力的3名优秀学生进行表彰,此奖学金代表着学生在海大学习的最高荣誉,俗称"万字号"奖学金,截至目前共有42名优秀学子获此殊荣。为了让这一奖学金保持长久,2006年,文圣常主动给校领导写信,表示想从自己的工资收入中拿出一部分补充到文苑奖学金,11月16日下午,第七届文苑奖学金颁奖仪式结束后,文圣常打开了他手中的一个黑色塑料袋,里面装着他从银行取的10万元现金,他希望学校收下这笔钱继续奖励海大的优秀学子,此情此景令无数人感动。2009年,他又把获得的青岛市2008年科学技术最高奖的50万元奖金中的20万元捐给了文苑奖学金,另外30万元依照《中国海洋大学本科生研究发展计划实施办法》有关规定,捐供本科生研究发展使用。

于志刚书记说,文圣常院士犹如一座精神的灯塔,引领着海大进取的方向。吴德星校长说,以文院士为典型代表的老一辈海大人的无私奉献精神积淀形成了今天海大独特的校园文化和优良传统,这也是海大精神的精髓所在。

先生有情,如此挚爱着海大;海大也有情,向先生致敬!

巧文善思文圣常

文圣常大学期间学的是机械工程,后来又从事海浪研究,一生都与理工科打交道,但他却是一位极具人文情怀的科学家,思维灵动,文采飞扬,逻辑缜密。管华诗院士称赞他是"集科学精神与人文精神于一身的完美结合者"。

文圣常在武汉大学求学期间,就喜欢阅读新闻、文艺、哲学、逻辑学之类的书籍,对于世界经典名著,通常直接读原著或者英译本。莎士比亚、雨果、莫泊桑、罗曼·罗兰的著作他都曾爱不释手。此外,他还喜欢阅读柏拉图、亚里士多德、苏格拉底、黑格尔等人的著作,直到现在他依然觉得亚里士多德对他的逻辑思维影响很深。

说文圣常巧文善思,是一位极具思辨能力和人文情怀的科学家,我们不妨从一个个生动的案例中去洞悉和领悟他的才华。

在某一年的新春团拜会上,文圣常即兴发言,对海大的校训"海纳百川,取则行远"

进行了拆分解读:"海大有容、纳贤礼士、百舸扬帆、川流不息,取经求法、则明理析、行云流水、远无不及。"经他一拆解,不仅妙趣横生,而且充满了哲理与韵味。他对校训的即兴表达,被现任文学与新闻传播学院党委书记陈鷥记录了下来,并引用到了以后的文章中。

2008年10月28日上午,文圣常院士题写的海洋环境学院院训"浩海求索,立言济世"揭幕。吴德星校长曾解释说,"浩海求索"是鼓励海洋学子在充满奥秘的大自然中去探索,取得新的发现,获得新的认知;"立言济世"是让我们崇尚学术,严谨求实,脚踏实地。8个字不仅涵盖了海洋科研的伟大精神,也给热爱海洋的人指明了成长和努力的方向。

1946年去美国航空机械学校进修时,文圣常曾翻译了加拿大人罗伯森著的《原子轰击与原子弹》一书,在译者序言中他这样写道:

原子弹的使用,将人类文明带入一个新的时代。做个现代国民,似乎应具有一些原子方面的常识。所以在美国,除了广泛的通俗读物,电影、广播中也有讲述原子的节目。这本小书的译出,对读物贫乏的祖国的读者,谅不无些微帮助吧。

序言中的文字朴实而又亲切,流畅而又十分明了,让人读来心领神会,不得不佩服作者的语言文字驾驭能力。

陈鷥在文章《有心之器,其无文欤?聊聊语言文字的功用与魅力》一文中还引用了文圣常院士《海浪原理》的绪论:

海浪是种久被习知的现象。它密切地关系着许多海上的活动。这首先表现在波浪对船只的影响。由于波浪的颠簸,船身各部结构可引起种种变形和应力,有些在第二次世界大战期间建造的船只,因对海浪情况估计不足而遭到损坏;颠簸对乘客的舒适和货品的储放是不利的;颠簸可引起船只的共振,如从前有只俄国船经过中国东海的时候,由于船身的共振,船长被舱壁碰破头而死;海浪还影响船只航行的方向和速度……

这样的文字,毫无晦涩难懂可言,如同一位老者向你讲述一则引人入胜的故事,娓娓道来,通俗易懂,深入人心。

勤勉清廉文圣常

在鱼山校区学习或工作的人可能会注意到,每天中午时分,总有一位老人,身材瘦弱,拎着一个黑色的布兜,缓缓独行在去往文苑楼的路上,寒暑不易,风雨无阻。他就是海洋大学的老院长文圣常院士。他虽然已经年过九十,但仍在为学校的学术事业贡献着自己的心血。时间久了,文圣常院士行走在路上的情形已成为海大园的一道风景。他必经的那条路,也被人们亲切地称为"院士小路"。

文圣常一生勤奋好学,只要是自己看准的事,都会认真完成。1946年,25岁的他在美国留学,为了让国人多了解一些与原子弹有关的知识,他制订了严格的工作计划,翻译《原子轰击与原子弹》一书:1946年4月27日购于美国圣安尼托城,5月12日至8月20日译完初稿(101天),8月20日至9月7日抄完初稿(共19天),9月8日至9月29日一校完毕(共22天),9月30日至10月13日二校完毕(共14天)。这期间,他还承担着学习美国航空机械知识的任务,翻译工作大部分是在学习之余完成的,他的勤奋刻苦着实令人敬佩。

文圣常钟爱海浪研究工作,孜孜以求,乐此不疲。1997年元旦,76岁的他还曾赋诗一首,表达自己虽年事已高,但依然可以为科研事业效力的心境。

> 对镜难觅青丝在,幸留瘦肢耐疾行。
> 莫嫌余辉热温微,洒向人间也暖情。

随着年龄的增长,这位长年生活在海边、聆听阵阵涛声的慈祥老人,耳朵已经有些背了,从科研一线退居到二线,凝聚着心血的物理海洋实验室也不常去了。但他一刻也不得闲,总想发挥自己的能力,为学校做点什么。

2002年,中国海洋大学学报英文版创刊,文圣常任主编。12年来,他始终坚持终审每篇待出版的文章,而且逐字逐句审查修改,许多作者至今还保存着他的亲笔修改稿,以此鞭策自己保持对科研工作的严谨与执着。

据长期与文圣常院士搭档的学报英文版编辑季德春老师介绍,审读专业性学术论文,不仅要平心静气,耐得住寂寞,还要有深厚的英语基础,这两点很多年轻人都难以胜任,可是如今92岁高龄的文院士依然在坚持,着实令人敬佩。12年里,文圣常院士审核了近700篇论文,大到文章的谋篇立意,小到一个单词、一个标点他都标得仔细清楚。

文圣常是一个勤勉的人,也是一个清廉的人,从不以自己院士的身份谋私利。他的侄子文纪武给我们讲述了这样一则故事。

前些年,文纪武的两个儿子退伍转业,他就给文圣常写信,请他帮忙给家乡的领导打个招呼,在县里给安排个好差事,却被文院士回绝了。在给侄子的回信中,文圣常说,两个孩子还年轻,让他们自己好好努力吧。

时过境迁,现如今文纪武的两个儿子都有了自己的生意,日子过得幸福而且温馨。谈起当年的事情,文纪武说,他不会埋怨四爹,因为他就是一个那样清廉的人。

耕海踏浪文圣常

文圣常与海洋结缘,源于他1946年1月乘船去美国深造。在浩瀚的太平洋上,他乘坐的几千吨的轮船竟像纸船似的随着波浪起伏摇摆,他为这排山倒海的波涛惊叹。惊叹之余,他的脑海里闪过一丝灵光,这滚滚的波涛又何尝不是一种取之不尽、用之不竭的能源呢?

他利用自己已有的动力机械知识和能量转换常识,又阅读了大量关于海浪的文献资料,经过精心研究,很快设计出一种利用海浪能量的动力装置。1947年回国后,他曾经利用自己出差之际,先后在嘉陵江畔、北戴河边、青岛汇泉湾内成功地进行了多次试验。依托这一试验成果,文圣常撰写了《利用海洋动力的一个建议》一文,于1953年在《机械工程学报》上刊发。迄今所知,这是我国学者最早进行海浪能量利用的试验。

文圣常在1998年发表的《我是怎样结识海洋的》一文中这样写道:"(当年)我研究波浪利用的念头的确是幼稚的,因为我并不理解海上残酷条件下工作难度的分量,这念头也的确是冒险的,因为我舍弃唾手可得的工程师职位,而去追寻一个可能成为笑柄的目标。但决心还是暗暗地下定了,并构想出实现这一目标的方案……"

回国后,文圣常也曾打听国内哪儿有从事海洋研究的机构,但当时的情形下我国还没有专业的海洋研究院所,只是在青岛观象台的海洋科曾开展过为数不多的海洋调查活动。文圣常专门写信给青岛观象台,表达想从事海洋研究的愿望,但没有回音。

1953年山东大学海洋系成立,首任系主任、我国著名物理海洋学家赫崇本教授广揽人才,经青岛观象台推荐,聘请文圣常来山东大学教授海浪课。从此,文圣常犹如鱼儿入海,在这所因海而生的校园里耕海踏浪,取得了一个又一个开创性的海浪科研成果。

20世纪50年代中期,文圣常主要从事海浪谱的研究。针对当时国际上盛行的两种研究海浪的方法,文圣常提出了"普遍风浪谱及其应用"的著名论断,在涌浪研究中他提出了"涌浪谱"的理论。鉴于这两大成果的学术价值,经著名地球物理学家赵九章教授和赫崇本教授联名推荐,文圣常的成果在中国最高学术刊物《中国科学》上以英文发表。后来又被译成俄语,在苏联著名海洋学家克累洛夫编著的《风浪》论文集中全文刊出。

20世纪60年代中期,文圣常主持了国家科委海洋组海浪预报方法研究组的技术工作,该研究组提出的海浪计算方法很快在国内得到广泛应用。在这一成果的基础上,70年代文圣常又制定出近岸工程设计和管理的技术标准,经多次改进后该成果作为国家级的规范列入交通部《港口工程技术规范》第二篇《水文》第一册《海港水文》中,该成果荣获1985年国家科技进步奖二等奖。

尽管文圣常在20世纪50年代创设了自己的风浪谱理论,但他一直认为该理论还有进一步提升和完善的空间。经过一段时间的努力,他又提出了理论风浪谱,与国际上提出的各种风浪谱相比较,文氏理论风浪谱更能对风浪随风速、风时、风区、水域的变化进行较系统的描述,还可以利用有效的参量来描述谱形,便于应用。

20世纪的最后十年,联合国教科文组织提出了"国际减灾十年"的号召,年逾古稀的文圣常承担起专题项目"灾害性海浪客观分析、四维同化和数值预报产品的研制"的研究工作。研究成果不仅在国家海洋环境预报中心应用于风浪预报,还用于中央电视台灾害海浪预报,在防灾减灾中取得了重大的社会效益和经济效益。鉴于文圣常在我国海浪研究领域取得的重大成就和为推动海洋科教事业发展作出的突出贡献,在1993年他当选为中国科学院院士,这也是青岛海洋大学历史上的第一位院士。

潜心科研的同时,文圣常还把自己的成果汇集成专著和教材,将知识传授给那些对海洋充满梦想的莘莘学子。

1962年出版的《海浪原理》,是国内外出版的第一部海浪理论专著,美国同一题材的书籍出版于1964年。1984年,文圣常与他人合著的《海浪理论与计算原理》出版,该书系统地介绍了国际上截止到80年代初的海浪研究成果,在500余篇文献中,近400篇是70年代以后发表的。《海浪理论与计算原理》成为我国海洋学界广为引用的专著,对促进我国海浪研究、培养海洋科技人才和指导生产实践发挥了重要作用。此外,文圣常还为我国的海洋教育事业编著了《海浪学》《液体波动原理》《图解与近似计算》《海洋近岸工程》等教材。

"桃李芬芳海洋科学尊先圣,波澜壮阔原理创新超寻常。"这副由"中国遥感地学之父"陈述彭院士在文圣常院士80岁生日时题写的寿联,概括了他为国家海浪科研和海洋人才培养作出的卓越贡献。

虚怀若谷文圣常

从1953年受赫崇本教授之邀来校,到今天,文圣常已经在海大的校园里度过了60个春秋。60年来,这位老人不仅创造了丰硕的海浪科研成果,培育了许多优秀的海洋人才,而且还给我们树立了淡泊名利、勇于奉献、崇德守朴、勤恳敬业的人文精神。

这位献身海洋科学的老人,向来都是低调的,谢绝参加任何和其专业无关的社会活动,他说:"对于未知的领域,我没有发言权。"他更喜欢以一颗平静的心投入自己的工作。

作为我国海浪学的开拓者,文圣常在海洋学术界有很高的威望,人们都敬仰他,尊重他,他却始终认为自己的工作不足称道。美国、英国等一些世界名人传记中心要为他撰写传记,他都婉言谢绝。他这种虚怀若谷的心境更加令人敬仰。

即使面对自己的亲人,他也保持这种谦逊内敛的风格。在2002年1月写给侄子文纪武的信中,他提到2001年11月1日,学校举行了海洋环境学院建置55周年暨文圣常从教50年庆祝大会。"学校将我办公的一栋楼命名为'文苑楼'(我再三请辞,才不用我的名字),还举行了学术报告会,学校的报纸出了增刊。总之,给了我很大荣誉,我当然很惭愧……我将校报增刊寄给你,你可了解更详细些……你们也不要给人留下'炫耀'的误解。"

文圣常院士这种淡泊名利、谦恭低调的品质堪称表率和典范,时刻感染和影响着中国海洋大学的每一个人。

故事人生文圣常

◎ **梧桐树的故事**

2013 年 11 月 28 日下午,在第十四届文苑奖学金颁奖仪式上,文圣常院士给大家讲述了这样一则故事。

文圣常院士现在居住的房子是开山修建的,部分山体作了保留,其中有一块很大的石块儿与山体间有一个细小的缝隙,以他的视力是看不到这个缝隙的。每天上下班,文院士都从这个大石头前走过。

不知何时,有一颗梧桐树的种子掉进了这个狭小的缝隙里,过了一段时间它竟然发出了翠绿的嫩芽,这个新生的嫩芽令每天路过于此的文院士感到喜爱,可他又为这棵嫩芽未来的发展和成长感到忧虑,因为总担心风吹、日晒、雨淋等恶劣的环境会危及它的生命。在文院士的担心中,时间一天天过去,上下班的时候他也密切地观察着这小生命,令人意想不到的是,这棵嫩芽竟然成长为一棵细小的树苗,小树苗依然是令人喜爱的。但是,对于小树苗的前程文院士还是感到忧虑。时间依然在流逝,文院士每天还是从石头前走过,这棵幼小的树苗竟然从几毫米粗细慢慢长到了 1 厘米,后来长到了直径几厘米左右,这令他非常高兴,也让他看到了这棵树未来成长的希望。

寒来暑往,转眼 20 多年过去了,如今那棵直径 1 厘米的小树苗,竟然长成了一棵直径达 40 厘米的大树,在文院士的房后接受雨淋日晒,随风歌唱,沿着阳光向上生长。

文院士说,原来他担心那个大石块会阻碍威胁这棵树苗的生长,现在反过来了,梧桐树越长越粗,把石块向外挤压,以至于人走到那个石块跟前,觉得那个石块岌岌可危,随时会倒下来。他还说,这一方面让他感到生命的伟大,令人敬畏;另一方面,他想告诉大家这种生命的顽强是一种天赋,是生命进化的结果,是天生旳,是不能改变的,但是我们人类不仅有天赋还有智慧,而智慧是可以在人的生活、学习和工作中不断发展的。他希望广大同学既要珍惜自己的天赋,又要发展自己的智慧,更好地服务国家建设。

◎ **两斤点心的故事**

在 2012 年的一次校友座谈会上,时任文学与新闻传播学院党委书记陈鹭给大家讲述了这样一则故事。

陈鹭在校长办公室工作的时候,有一次与校办其他同志一起陪文圣常院士去医院看病。回校之后,文院士竟买了两斤点心拎到胜利楼校长办公室。当时校办的年轻同志对文院士不是很熟悉,就问"老先生你找谁",文院士说:"我是文圣常,我来感谢你们陪我去看病。"此语一出,现场的年轻人感动不已。

陈鹭说,通过这样一件小事,我们能感受到的是文院士没有觉得自己是院士,没有觉得学校人员陪他去看病是理所应当享受的特权,而是怀着一颗感恩的心,向对方表示感谢。

◎ 叔侄团聚的故事

2013 年 11 月下旬，记者去光山县采访，文圣常院士的侄子文纪武给我们讲述了这样一则叔侄团聚的故事。

20 世纪四五十年代后，文圣常与老家的亲人失去了联系，且长达好多年。有一天，文纪武的一个邻居拿着一张《光明日报》找到他，说上面刊登了一则山东海洋学院的新闻，里面提到一个叫文圣常的人，应该就是他失散多年的叔叔，建议文纪武联系下。于是，文纪武赶紧给位于青岛的山东海洋学院写信，但信寄出去一两个月却没有回音。他又写了一封，过了没多久他终于收到了自己叔叔的来信，至此，叔侄得以联系上，并最终团聚。

关于文圣常院士的故事还有很多，如身份证的故事、他每天形影不离的黑色手提包的故事等。这位鲐背之年的老者，如同一个精神的宝藏，需要人们去挖掘，去领会，去学习。

（本文刊于 2014 年 1 月 3 日，第 13 期）

于热带海洋中探"微"知著的海大人

——中国工程院院士张偲访谈

冯文波

"故圣人见微知著,睹始知终。"

——汉·袁康《越绝书·越绝德序外传》

张偲,中国科学院南海海洋研究所所长,2013 年海洋领域新当选的 4 名院士之一,我国海洋微生物、热带海洋生态工程研究领域著名专家,1981—1985 年在山东海洋学院(今中国海洋大学)海洋动物专业就读。今天就让我们一起聆听这位"于热带海洋中探'微'知著的海大人"的故事人生。

成长记忆："我对海洋的热爱是与生俱来的。"

文昌，古称紫贝，自西汉建置已有 2100 多年历史，为海南三大历史古邑之一。这所历史悠久、凭海而立的县级市，不仅是闽南文化、岭南文化、南洋文化、热带文化交汇之地，而且人杰地灵，名人辈出，是宋氏家族——孙中山夫人宋庆龄的祖居地，是大将张云逸等 196 位将军的诞生地，素有"文化之乡""国母之乡""将军之乡"等"九乡"之美誉。

由文昌市中心出发，向东北方向走大约 50 千米，就是海南岛东北部的第二高峰——抱虎岭，因山势狰狞，形似巨人抱着一只老虎而得名。1963 年 5 月，张偲就出生在抱虎岭所在的翁田镇。

20 世纪 60 年代初，历经三年困难时期之后，众多的家庭深受贫苦之苦，张偲家也不例外。父亲是一名小学老师，母亲在家务农，操持家务，照顾 4 个年幼的孩子。

生活虽然艰苦，但父母还是很开明，节衣缩食供养孩子们上学，鼓励他们好好学习，将来成才报国。

张偲自小聪明，且勤奋好学，再加上父亲的熏陶和影响，从小学到中学他的成绩一直很好。高中时代，他就萌生了报考海洋大学、献身海洋科研的念头。1981 年，张偲如愿以偿，从当地著名的高中文昌中学以第一志愿考取远在青岛的山东海洋学院。

"我从小在海边长大，对海洋有一份与生俱来的热爱，特别是那些珍奇独特的海洋生物更令我着迷，就想着有一天可以报考海洋大学，将来从事和海洋有关的工作。"

此后四年，这位在海边长大，习惯了热带气候和南方生活习惯的海南小伙与青岛这一北方海滨城市紧密地联系在了一起。

求学之路："海大，让我从海洋之乡，走进海洋学堂。"

在文昌中学的 1981 届毕业生中，像张偲一样对海洋怀有独特感情的同学还有很多，当时被山东海洋学院录取的就有 3 名，分别是海洋动物学方向的张偲、海洋植物学方向的赵平孙、物理海洋学方向的郑有任。

1981 年 9 月，3 名操着海南口音的青年学子，怀着对海洋大学堂的渴望，结伴北上，他们乘汽车，转轮船，坐火车，经过 7 天的辛苦奔波，终于来到了青岛。

回忆起在山东海洋学院读书的那段日子，张偲说，当时每月有国家补助的 19.5 元的生活费，日常的生活开支基本够用。平时也没有太多的想法，主要还是想好好学习。"我这个人比较内向，也没啥文体特长，除了偶尔和同学们打打球以外，很少参与集体性的活动。我入学时，1977 年恢复高考后新招收的前四届学生，有三届还在学校就读，师兄师姐学习都很用功，受他们的影响，我也加入自觉学习的行列。"

当时，张偲所在的班有 30 名同学，中间 1 人出国，1 人休学，直至毕业一直保持着28 人的规模。一、二年级的班主任是周正灵，三年级时换成了郑家声。谈起自己读书时的老师,张偲说,山东海洋学院的老师都很有责任心。"当时给我们补习英语的王惠珍老师,不辞辛苦,利用周末和假期给我们补课,她认真负责的形象经常浮现在我的脑海中。"此外,无脊椎动物胚胎学的主要创始人李嘉泳教授、从事海洋生态学研究的李冠国教授等都给张偲留下了深刻的印象,并成为他迈入海洋大学堂的领路人。

初到青岛,也有很多让张偲感到好奇的地方。1981年11月,青岛下了大雪,在热带气候环境下长大的张偲感到十分新鲜,也顾不上冷,就和同宿舍的李军、徐长安、陈兰涛、丁夏明、薛钦昭等人一起去运动场上堆雪人、打雪仗。那时候学校开设游泳课,张偲他们经常去第一海水浴场游泳。当记者问他游得怎样时,他笑笑说:"还好,算中等水平吧。"

四年的大学时光,美好却很短暂。1985年毕业的时候,张偲和班上的其他十几名同学一样选择了继续攻读研究生。他报考了中国科学院南海海洋研究所,跟随谢玉坎教授从事贝类生物学方面的研究,硕士毕业后就留在了所里工作。谈起回南方的原因,他笑笑说:"北方的冬天太冷了,我这南方人受不了。"1995年9月,在工作的同时,他又考取了本单位的博士生,跟随潘金培所长、王宁生教授等老师从事海洋生物活性物质研究。读博士期间,张偲多年积累的学术才华和科研实力得以显现,并获得学术界同行的认可。1996年,单位选派他访问印度研究与工业委员会,在印度药物工业研究所和印度分子与细胞生物学研究所学习,1997年获得海南省青年科技奖和广东省首届"十佳博士生奖",1998年获得中国科学院院长奖学金优秀奖。1998年7月张偲作为中国科学院南海所自己培养的首位博士顺利毕业,并被中国科学院特批为研究员。

回忆起自己在海洋科研殿堂里不断成长的经历,张偲说:"在学术科研的道路上,遵循中国科学院'任务带学科'的原则,我不断调整细化自己的研究方向,从本科时的海洋动物学,到硕士时的贝类生物学,到博士时的海洋生物活性物质,再到今天的海洋微生物多样性。在这种调整和细分中,我这个从南海边成长起来的少年,一步一步走进了海洋科研的殿堂。"

也正是凭着这种踏实肯干、孜孜以求的进取精神,锋芒初露的张偲立足南海这个大舞台取得了一系列令人瞩目的成就。

科学研究:"海南哺育了我,南海成就了我。"

南海,作为世界上最大的边缘海之一,拥有356万平方千米的面积,其中我国管辖海域210余万平方千米。在这片广袤的蓝色国土上开展科研工作,定能有所作为。

从1986年开展硕士学位论文试验研究开始,张偲选择自己的家乡海南省作为科研工作的第一站,在三亚鹿回头中国科学院海南热带海洋生物实验站开展实验研究工作,顶烈日,迎海风,有时甚至会遇上台风和暴雨,张偲都没有退缩,顽强地坚守着自己对海洋科研的承诺,一干就是10个年头,直到1995年回所专心攻读博士学位。

　　海洋微生物是最具优势和特色的海洋生物资源,是海洋生物地化循环的三个生物环节(海洋植物生产者—海洋动物消费者—海洋微生物分解者)中非常关键的一环。它通过生物转化在有机环境回复无机环境过程中发挥着重要作用,是缓解当前环境污染和富营养化的关键因子。这一领域的研究,关乎海洋生物资源的国家权益保障、创新药物的资源安全、生态环境安全与健康修复等国家重大科技战略。

　　2009年12月17日,以张偲为首席科学家的我国第一个海洋微生物"973计划"项目——"海洋微生物次生代谢的生理生态效应及其生物合成机制"正式启动。该项目聚焦"海洋微生物的特有次生代谢过程及其生物学意义"这一关键科学问题,选择我国特有海洋环境和特色海洋生态系统的微生物类群,关注物种多样性和遗传多样性,发现具有生理与生态学效应的新颖次生代谢产物,研究海洋微生物的关键次生代谢过程和主要功能基因,揭示生物合成途径和调控机制,发展基因重组技术、代谢工程技术,丰富生物合成基础理论,开发组合生物合成新技术,从而为创新药物和特色环保制品的开发奠定基础。

　　作为我国热带海洋生态工程的学术带头人,张偲把微生物研究和生态工程相结合,围绕"热带海洋微生物多样性的时空分布特征及其功能"关键生态工程科技问题,开展微生物多样性的观测、认知和利用研究,目前已有效鉴定海洋微生物新属4个、新种13个,从而发展了热带海洋生态工程理论,促进热带海洋生态保护和生物资源利用的工程化,为发展我国海洋战略性新兴产业与海洋生态文明事业作出了突出贡献。

　　在开展海洋微生物、热带海洋生态工程研究的同时,张偲也重视海洋微生物的绿色利用,并把目光瞄准了海洋药物领域,开展海洋生物活性物质的研究与开发。近年来,他领衔的"海洋生物活性物质及其化学生态学学科组"先后负责了"热带海洋生物活性物质的利用技术""南海生物活性萜类和生物碱的构效关系及其作用机制""海南岛红树植物的活性化合物及其化学生态学的研究""马氏珠母贝氨基多糖胶囊的研制"等国家"973计划"前期研究项目、国家"863"计划课题、中国科学院重要方向项目和广东省优秀团队基金项目等国家和省部级课题33项。其中,"热带海洋生物活性物质的利用技术"分别获得了2004年海南省科学技术进步奖特等奖和2007年国家科学技术进步奖二等奖。

　　张偲与他的团队分离鉴定了1100多个海洋生物化合物,发现了139个新化合物,筛选出93个具有抗阿尔茨海默病、抗肿瘤、抗菌或抗动脉粥样硬化的生物活性化合物,完成了国家药准号新药"海珠口服液"、两个保健品、多个功能食品、系列化妆品和新生物农药的研制,创造了良好的经济和社会效益。

　　这期间,他不仅于2000年担任了广东省海洋药物重点实验室主任,而且还于2005年以高级访问学者的身份去美国威斯康星大学药学院进行交流学习。这些都为他更好地开展海洋生物活性物质的研究与开发提供了平台支撑和技术支持。

在潜心一线科研的同时，张偲也注重学术成果的总结积累，先后在国内外核心刊物发表论文169篇（含SCI收录论文139篇），出版专著2种，获授权发明专利39项（含2项日本发明专利）。

张偲在海洋科研领域的辛勤付出，不仅换来了一系列重要的科技成果，也为他赢得了许多的社会荣誉。他获得了国家科技进步奖二等奖、海南科技进步特等奖、广东省科技成果一等奖、中国专利优秀奖、何梁何利基金科技创新奖、广东省专利金奖和广东省丁颖科技奖等奖项，还于2005年和2006年先后获国务院政府特殊津贴专家、全国海洋科技先进工作者等荣誉称号。

2013年12月19日上午，他又收获了一份沉甸甸的荣誉——成功当选为中国工程院环境与轻纺工程学部院士。

当选院士后，在接受家乡报纸采访时，他说："海南哺育了我，南海成就了我。"这应该是他对自己50年人生成长和30年海洋科研的最好诠释了。

多重身份："还是喜欢大家称呼我张偲。"

采访中，张偲递给记者一张名片，上面印着中国工程院院士、所长、研究员3个头衔，针对这种多重身份，记者问他更喜欢人家称呼他什么。他笑着说："我还是喜欢大家称呼我张偲同志，有些身份是可以变的，这个不会变。"

多重身份叠加带来的首要影响就是张偲比以前更忙了，日程每天都排得很满，"忙"是一种常态。他说，以前自己只是一名海洋科研工作者，每天忙于科学实验，撰写论文，培养学生，担任所长以后，增添了许多管理和行政的工作，除了搞好自己的科研，还要统筹谋划中国科学院南海所的长远发展；现在当选了院士，自己肩上的担子就更重了。

虽然工作很忙，很累，但谈起自己的科研领域、中国科学院南海所的未来发展和院士的职责时，张偲眼前一亮，侃侃而谈。

他说，海洋微生物大约有2亿个种类，但可培养的还不到1%，可利用的更少。我国的海洋微生物研究还处在起步阶段，微生物—高科技—大产业，我们还有很长的路要走。今后工作的方向是："希望把我国海洋微生物的基本状况（家底）搞清楚，研究开发利用部分海洋微生物的价值，争取应用到海洋生态保护、环境修复、医药保健等领域，并吸引更多的年轻人参与进来，做好这一行业的人才培养工作。"

作为中国科学院南海海洋研究所的负责人，他说，南海在我国四大海域中面积最大，而且地理位置具有特殊性。它的西北方是被称为地球第三极的喜马拉雅山，珠峰高度达到8848米（正极），东部邻近海域是世界上海洋最深处马里亚纳海沟，达到负10 000米，号称地球第四极（负极）。第三极（正极）和第四极（负极）的遥相作用，促进了南海的张裂、发育、扩张、演化和发展，从海洋地质学来看，这两极是通过南海相连着的，这里面有许多的科学问题等待我们去研究。为此，我们制定了"立足南海，跨越深蓝"战略，争取通过我们全所人员的共同努力，为海洋强国建设作出基础性、战略性和前瞻性贡献。

谈到自己的院士身份，张偲表示自己会谨记院士的责任与义务，当好国家科学智库，为国民经济社会发展提供咨询服务，做好科学研究和人才培养工作。"当院士不容易，当好院士更难。"张偲笑着说。

工作虽然很忙，张偲也有自己的调节方式，中国科学院南海所的对面就是中山大学，晚上 10 点钟左右，忙了一天的他会去校园里走几圈，锻炼身体，放松心情。他每年至少回两次文昌老家，特别是春节的时候和父母兄弟团聚一起，感受亲情的温暖和团聚的欢乐，"那一刻，什么工作、所长、院士都不重要了"。

记者问起，平时工作这么忙，对家庭照顾不上，妻子和孩子会不会不满时。他笑着说，"女同志抱怨男同志很正常"，好在妻子的工作不是太忙，而且也能给予理解，儿子在国外学习。提起儿子，他说孩子学的是文科，当初没有把他领到海洋的路上来，海洋面积这么大，亟待解决的科学问题也多，从事海洋科研还是大有可为的。

献身海洋科研近 30 年来，张偲那种安静平和、勇于担当、积极求索的精神给无数人留下了深刻印象。今后，他将继续在广阔而又深邃的海洋中，去发现，去探求那一缕缕的微小生命之光，为我们描绘出继海洋动物、植物之后又一个斑斓的海洋世界。

采访手记：和蔼的"老师兄"

此前记者多次联系张偲采访，他都以太忙婉拒了。后来他才同意 2 月下旬在广州接受采访，记者临出发之时，又被他推迟了。3 月初，他到青岛出差，说找个下午可以一起聊聊，记者欣然前往。

提前赶到他下榻的酒店，在一楼找了一处喝茶的地方。

4 点钟，张偲院士准时下楼与我们会面。他和记者想象中的不一样，原以为他是那种一脸严肃、不苟言笑的科学家，没想到他很爱笑，而且也随和得很，谦虚得很。

他提议我们随便聊聊，边喝茶，边聊天，如朋友一样。彼此落座，自我介绍时，我说"你是大师兄"，他说"我是老师兄"。看得出，他确实很放松。

先前准备的采访提纲也打乱了，就跳跃式、穿插式地问。有些问题他不愿回答，或者两三句就把我打发了，只得先放一放，过一会再问。请他提几条学校未来发展的建议，他说没意见，逼得紧了，他就说，于志刚书记、吴德星校长规划得已经很好了。我多次追问，他只好说了自己的看法，很在理，只是言辞有点犀利。

言谈中，有两点很深刻。一是他确实不大喜欢这种新闻采访，他说实在被我们逼得没办法，又是校友，只好遂了我们的愿。二是他深爱着海大，无论是对求学时的回忆，还是对学校未来的发展建议，都是感情流露。

在接触中感觉张偲院士是一个勤奋且严谨认真的人，有两个细节为证。一是采访结束时，我说晚上请他吃饭，他请辞了，理由是此次来青要开两天的会，晚上随便吃点，赶紧回去看明天的评审材料,还开玩笑说材料不看不好,在会上说胡话更不好。二是采访结束后的第二天晚上,已近凌晨 1 点了,他给我发了一条短信,叮嘱我稿子写好后务必让他看下。第二天醒来,看见短信,我回过去的时候,已是上午 10 点了。想想人家凌晨还在工作,自己睡到日上三竿才起床,得出一个结论:院士都是奋斗出来的。

采访结束时,已是华灯初上,原本说只谈 30 分钟的我们,愣是聊了两个半小时,看来彼此很投机。

分别时,张偲院士欢迎我们去广州,我说:"您很忙,哪有时间接待我们。"他说:"这个你放心,南海所有很多海大校友,6 个人的领导班子 5 个是海大毕业的,去了肯定有人接待。"

我说,好,一定去。到时,一起采访。他摆摆手,采访就免了。

(本文刊于 2014 年 3 月 21 日,第 14 期)

麦康森的海洋强国梦：
屯鱼戍边，把网箱挂在钓鱼岛

冯文波

麦康森，中国工程院院士，1978年山东海洋学院水产系由烟台迁回青岛后招收的第一届学生之一，也是1982年水产系硕士点获批后录取的3名研究生之一。在学校水产科学近70年的发展历程中，他是见证者、参与者，亦是推动者。日前，记者走进他的办公室，听他讲述那一段段动人的水产往事。

成长记忆："只为争取一个上大学的机会。"

化州，广东省西南部的一个普通县级市，地处两广（广东、广西）三地市（湛江、茂名、玉林）的交汇中心，扼"粤西走廊"咽喉，是中国著名的南菜北运基地之一。因当地独特的气候条件和地理优势,而盛产一种名为"橘红"的水果,俗称南方人参,在明清时期曾被列为皇宫贡品,故有"中国化橘红之乡"的美誉。这里也是中国工程院院士麦康森的故乡。

1958 年 10 月,位于化州市杨梅镇梧桐村的一户普通农民家庭迎来了他们的第 5 个孩子,父亲麦声扬给他取名康森。麦康森有 3 个姐姐、1 个哥哥,此后不久又添了一个弟弟。

在那个生活遭遇严重困难的时期,麦声扬夫妇二人艰辛地维持着这个 8 口之家。麦康森 4 岁那年,父亲积劳成疾,不幸去世,整个家庭失去了生活与精神的支柱,从此养家的重担落在了母亲肩上。麦妈妈是个坚强的女人,含辛茹苦地拉扯着 6 个孩子,并坚持供他们上学读书。但是,为了减轻家庭的压力,麦康森的 3 个姐姐还是辍学了,母亲把读书的机会让给了 3 个儿子。

麦康森没有辜负妈妈和姐姐的期望,热爱读书,勤奋好学,成绩一直很好。"文革"期间,村里一个被打成"反革命"的下放干部经常和麦康森一起放牛,聊天中发现麦康森不仅天资聪颖,而且读了很多的书,和同龄的孩子相比懂很多知识,便经常对别人说:"麦康森将来一定有大出息。"

1977 年 9 月,由于"文革"的冲击而中断了 10 年的中国高考制度得以恢复,中国重新迎来了尊重知识、尊重人才的春天。已高中毕业回乡务农 3 年的麦康森高兴地报了名,并以 290 多分的成绩在全县名列前茅。高兴之余,他憧憬着期待已久的大学生活,报志愿时,选了国内最好的学校,最好的专业……等待录取通知书的日子是忐忑的,也是难熬的,时间一天天过去,比他分数低的同学都纷纷收到了录取通知书,麦康森的却迟迟没有来,一直到大学开学,也没有见到通知书的影子。期盼已久的上大学的机会就这样失去了,麦康森既懊悔又失落,但他不服输。

1978 年夏天,麦康森参加了第二次高考。再次填报志愿时,为了求稳,为了争取一个上大学的机会,麦康森选择了离家 6000 里远的山东海洋学院,并选择了一个捞鱼摸虾的专业——水产养殖。"当时很多南方人不想来北方,一是害怕冬天冷,二是饮食不习惯。对我来说,读书的机会来之不易,吸取前一次的教训,我填报了山东海洋学院。不是喜欢北方,也不是喜欢水产养殖专业,而是为了争取一个上大学的机会。"

这次麦康森如愿以偿,被山东海洋学院水产系录取。抱着"好男儿志在四方",出去看看中国的大好河山也不错的心态,他开始了读万卷书、行万里路的求学历程。

求学青岛:"水产养殖这碗饭不好吃"

1978 年 10 月,坐了三天三夜的火车,麦康森来到了青岛。初到青岛,他首先感受到的是青岛人的淳朴与好客。下火车时,已是凌晨,热心的青岛人安排他在平原路的一个澡堂住下,第二天一早把他送到了山东海洋学院门口。

"文革"10年没有举行高考,麦康森脑子里对大学也没啥概念,因他比原定的开学日期提前了几天到校,所以,没有见到想象中的欢声笑语、人头攒动的景象。

1978年,山东海洋学院水产系刚从烟台迁回青岛,当年即恢复招生,麦康森有幸成为回迁后的第一届学生。据他回忆,当年水产系只招了海水养殖一个班,捕捞、加工、渔业资源都没招生。捕捞专业1979年才开始招生,加工专业则到1980年招生。"水产系刚回迁,实验设备还在安装调试,师资也在不断充实,一切正处于恢复阶段,但是老师、学生的精神状态很好,热情高涨、干劲十足。"

回忆起在山东海洋学院求学的日子,麦康森说,有艰苦,有喜悦,也有收获。临行前家里只给麦康森凑了路费,走进校门的他几乎已身无分文。后来大哥寄冬衣来时,在当中夹了10元钱,结果还在途中遗失了。四年本科阶段,他只回了一次家,3年寒假都是在学校度过的。春节期间,他和留在学校的几个广东学生一起煮饭,一起过年,学校还为他们提供了平时喝不到的啤酒。

当记者问他,大学期间有没有培养什么兴趣爱好时,他摇摇头说,很惭愧,中学和中学毕业后还能读读课外书、小说之类的,大学里却没时间看这些。我们这代人需要学、需要补的东西太多,大家都在争分夺秒地学习,补习英语、背单词、学专业课、买饭、做操,甚至上厕所都在背单词,特别珍惜这来之不易的学习机会,偶尔也有些体育活动,如足球、乒乓球、游泳,但学习几乎占用了他们这一代90%的时间。

麦康森依然记得1982年大学毕业时,水产系系主任尹左芬教授问他们的问题:"同学们,你们在山东海洋学院水产系学习了4年,有收获吗?"他说,当时大家都愣住了,仔细想想也不知道自己真正掌握了多少有用的东西。后来大学毕业,回到老家,同那些有机会上大学却没去上的人比较,发现自己真正获得的东西太多了,不仅有专业的知识,还有对国家、对社会,乃至对整个世界的认识,走上工作岗位之后,感觉收获就更大了。

1982年,山东海洋学院水产学科的硕士点获批,开始招收研究生。麦康森面临着一个艰难的选择,是就业,还是考研。"对于农村的孩子来说,尽早参加工作,领工资养家的愿望还是很强烈的。可是我又知道读书的机会来之不易,如果有进一步深造的机会,也想试一试。"经过激烈的思想斗争之后,麦康森决定可以考研究生,考不上也没关系,至少还可以去工作。话虽这样说,可真正准备起来,麦康森决定把它考好。"为什么找个机会证明自己不行呢,既然要考,那就一定考好。"

1982年,山东海洋学院共招收了13名硕士研究生,水产系有3人,麦康森是其中之一。当时,水产系具备硕士生导师资格的只有尹左芬老师一人,系里研究决定,由李爱杰老师和尹左芬老师联合培养麦康森从事水产动物营养与饲料的研究;高洁老师和尹左芬老师联合培养从生物系考过来的周晶从事组织胚胎学的研究;宋微波则跟随尹左芬老师从事原生动物学方向的研究。

麦康森读研究生期间，学校的教学条件和实验设备不是太好，于是像挖鱼塘、安水泵、修房子这样的工作都需要自己干。"现在水产学院的地下室，里面一些系统建设都是我们自己搞的，当时试验用的海水也是我们自己去鲁迅公园拉。有时，还向低年级同学收购海水，五毛钱一桶。当时的英语老师戴老师还和我说：'麦康森，看来水产养殖这碗饭也不好吃啊。'"

不知不觉间，麦康森在山东海洋学院度过了 7 年的时光。为了留住人才，老师们也盛情邀请他留校任教。后来，因为爱人在广东海康工作，无法调动，麦康森选择去湛江水产学院任教。

海外留学："回来就好，在哪儿都是为国家作贡献。"

1986 年，经国务院学位委员会批准，山东海洋学院水产系水产养殖和水产品加工与贮藏专业开始招收博士研究生，山东海洋学院也成为当时我国唯一拥有水产养殖博士学位授予权的高校。水产系的李德尚教授给麦康森写信，希望他继续回学校攻读博士。"我和李老师说，我已在山东海洋学院学习了 7 年，再回去读的话就是 10 年，从本科到博士都在一个学校，可能对我的知识结构不是很有利。如果有机会，我希望到国外去拿博士学位。李老师也很支持我的想法，还给我写了推荐信。"

麦康森从 1985 年硕士毕业参加工作，到 1986 年决定不考山东海洋学院的博士，内心就埋下了一颗走出国门攻读博士学位的种子。20 世纪 80 年代中后期，正处于中国向外派遣留学生热火朝天的阶段。但是按照国家人才培养的规定，麦康森必须在国内工作 5 年之后，才可出国留学而不用交培养费。作为在山东海洋学院受过良好熏陶的人，又岂能放过学习更多知识、开阔眼界的机会呢。于是，麦康森一边工作，一边学习英语，等待着出国的时机。1990 年，湛江水产学院获得了一个公派出国留学的名额。在农业部举行的外语考试中，麦康森以学校第一名的成绩获得了远赴爱尔兰留学的机会。

在爱尔兰国立大学学习期间，麦康森发现国际上对海洋鱼、虾类的研究已相对成熟，而在比较营养学与生物进化方面具有重要研究价值的鲍鱼，却少有人问津。这个"冷门"领域，虽有难度，却是机遇，更是挑战。于是他开始了鲍鱼营养学的研究。导师也十分欣赏这位颇具科研潜力的中国学生，希望他留在爱尔兰工作。

麦康森博士毕业的 1995 年，兴起了一股移民潮，他身边的很多同学都选择了移民，留在国外发展。但是，因为当时西方国家的经济发展不景气，失业率一直维持在 12% 左右，爱尔兰甚至达到了 38%，很多人移民后找不到合适的工作，不得不放弃原来的专业，转做其他。麦康森不想丢掉自己十几年的专业所学，思考良久，他决定回国继续从事他的水产动物营养与饲料研究。

"当时青岛海洋大学的老师和领导都给我一种强大的拉力，李爱杰老师、高清廉院长、管华诗校长都希望我回来，特别是学校那种蒸蒸日上的发展势头也鼓舞着我。"既然回来，就要找一个好的平台，母校不仅是中国水产研究领域最大的平台，还有熟悉的老师和工作环境，也是其他地方无法媲美的。10年后，这位学成归来的游子，又回到了母校的怀抱。

当记者问起，你没有回湛江水产学院任教，却回了青岛海洋大学，湛江水产学院是否不满时，麦康森说，你这样想就太狭隘了，湛江水产学院的老院长顾学文的一句话至今令人感动，他说："回来就好，在哪儿都是为国家作贡献。麦老师，将来有好的人才再给我们推荐。"

不知不觉中，麦康森已经在中国海洋大学工作了近20个年头。他自嘲说，快成小老头了，这辈子是离不开这个校园了。

水产学科："得到了再失去，比从来没有得到更伤人。"

中国海洋大学是国内最早开展水产本科教育的高校，水产学科起始于1946年，曾呈奎、朱树屏等为代表的老一辈科学家为学科建立、建设和发展打下了坚实的基础。

作为学校水产学科发展的亲历人，麦康森说，改革开放30多年来，当全国很多水产学院纷纷发展成为海洋大学，学科多样化不断加快的时候，我们选择了坚守，在这种坚守中既有发展的一方面也有不足的一方面。发展是指我们分离出了食品科学与工程学院、医药学院两个学院，并且这两个学院发展得还不错。但是，水产学院一分为三，有"产后体虚"的症状，原来的水产养殖、捕捞、渔业资源却没有更快地发展起来。

关于水产学科的未来发展，中国海洋大学一直在论证，在思考。面对海洋环境污染、渔业资源锐减的现状，捕捞、渔业资源两个专业面临着发展的难题，需要审时度势，精心谋划未来发展之路。"我们的水产养殖专业是全国评估第一的学科，难道我们要改掉它吗？可是，大环境又过分强调形式的改变，时间久了，不改变，还会招来'保守''陈旧'的诟病。"麦康森说，这也是令他感到矛盾的地方。

当然，他也毫不避讳水产学科发展中存在的问题。麦康森说，"国家杰出青年科学基金"是国家为培养造就一批进入世界科技前沿的优秀学术带头人而设立的。自1999年他入选之后，15年过去了，海大的水产学科还没有后来人。"就凭这一点，我们还没有足够的理由感到危机吗？"

交谈期间，麦康森多次强调水产学科的发展要有危机意识，如果没有危机感必然走下坡路，有了危机感才能时刻保持向上的趋势。2004年全国首轮一级学科评估排名，中国海洋大学的水产学科得分100分，比第2名高出13.7分，2009年比第2名高出12分，2012年比第2名高出8分。"距离在不断缩小，我们不仅要发展，而且要快速发展，因为人家在追赶，一旦慢下来，不但保持不住原来的优势，还会被其他兄弟高校反超。得到了再失去，比从来就没有得到更伤人。"

当记者问他作为这一领域的院士是否带头去改变的时候，他说："我有责任把这个事情说出来，而且我也是一个不怕说的人，但是我无法凭一己之力去改变它，我们要共同努力去改变它。"

海洋强国梦："屯鱼戍边，发展深远海养殖，打造中国海水养殖的航空母舰。"

2007年11月，在中国水产学会学术年会上，麦康森指出："国内的水产饲料和其他动物饲料都可能存在添加三聚氰胺的问题，包括奶粉。"2008年9月，问题奶粉事件的黑幕被揭开，麦康森预言成真。当记者向他求证，为何预言如此准确时，他说，不是我高明，而是在我国经济快速发展的过程中，在资源不足的情况下，某些企业或商家为了获得高额的利润，就会突破道德底线，进而掺假造假。三聚氰胺是一种多氮的化合物，添加一点点在鱼饲料里，检测时粗蛋白的含量就会提高，2007年我说之前，这个事情就已经存在，只是丑闻没有揭开而已。"我们中国的水产养殖业要实现健康可持续发展，不仅缺水、缺地、缺人力、缺饲料原料、缺食品安全保障，还有某些少数人缺德。"

在水产养殖学界有一篇著名的文章叫《未来的鱼》，里面说："今天我们在餐馆点菜的时候，经常有人问这个鱼是野生的还是养殖的，到2030年后，别问了，都是养殖的。"麦康森对这一点表示认同，食材并非都是天然的好，天然的未必是可靠的，可能是不安全的。真正通过良好操作规范人工养殖的或种植的才是可靠的、安全的。出现这一问题，不能完全责备消费者，而是因为我国农业现代化的水平还没有达到发达国家的水平。在这种情况下，我们的野生资源就遭了殃。

基于以上种种原因，麦康森认为中国水产养殖业已经不再是追求量的时代了，而应追求质，实现可持续发展，并积极促成传统养殖业向现代化养殖业转型。在这一过程中，"可持续发展""质量""安全"无疑是最核心的关键词。

党的十八大提出了建设海洋强国的战略构想，在全民共话海洋强国梦的热潮中，麦康森院士也向记者道出了他心中的海洋强国梦。

"我国的沿海海域已受到不同程度的污染，近海水产养殖局部富营养化的问题非常严重，提供的产量也非常有限。"麦康森表示，开拓离岸深远海养殖空间，发展大型基站式深海养殖装备技术，这是中国水产养殖发展的战略需求和未来走向。

在麦康森的办公室里，他向记者描述了未来深海网箱养殖的壮美场景，将8万吨到30万吨的报废油轮改造为大型养殖工船，集海上养殖、渔船补给、渔获物处理、船上加工为一体，这是面向深海的游弋式渔业平台。养殖工船与远洋捕捞比较，单船产量、单位功率产量、每千瓦配置的生产效率、单位人力鱼产量等指标可能更高。当然，发展远洋捕捞同样是我国实施海洋强国战略的重要举措，因为目前我国远洋捕捞产量占世界捕捞总量不足1.5%，占我国捕捞产量也仅有8%，与占世界人口20%的大国地位很不相称。"同时，如果我们把养殖工船、网箱放到我国政府发布领海声明的钓鱼岛、黄岩岛附近海域，我们就能实现民间的海事存在。这就是我国海水养殖的航母梦。"麦康森表示，作为最大的养殖水产品供应国,中国应从战略高度认识开拓深远海养殖空间的意义,不少国家已经开始这方面的尝试,我们不能落后于人。

采访手记:老麦二三事

2014 年 7 月 24 日下午,是第 10 号台风"麦德姆"登陆青岛的日子,与麦康森院士的采访约的是 3 点半,心里祈祷着最好能在风雨来临之前结束采访,就这样走进了他位于鱼山校区海水养殖教育部重点实验室的办公室。

真正聊起来,才发现收不住了,眼前这位 56 岁却自嘲为"小老头"的科学家不仅有不平凡的经历,也有许多有趣的故事。既然是好东西,就写出来与大家一起分享吧。

麦康森 20 岁上大学,本科 4 年只回了一次家,并在老家找了女朋友。读研究生期间,女朋友想利用暑假来青岛看他,但是没地方住,那时山东海洋学院的宿舍不允许外人留宿。在麦康森为这事犯难的时候,他周围的同学给他出了一个主意——结婚。结婚之后,学校就给安排住处了。读书期间结婚,学校同意吗?麦康森心里表示怀疑。

偏偏同学中还有热心人,陈长胜(现为美国麻州大学海洋科学学院教授)表现得尤为积极。陈长胜跑去问研究生科科长窦志宽,窦志宽被问得一头雾水。"陈长胜,你不是结婚了吗?你问这个做什么?"陈长胜看窦志宽误会了他的意思,就说是帮水产系麦康森问的。窦志宽说,现在除北京外,各地为了把研究生留下来,都希望他们在毕业前结婚,教育部也没有明确禁止在校生结婚的通知要求。

政策允许,麦康森高兴。他清晰地记得那是 1984 年美国洛杉矶奥运会激战正酣的时候,8 月 8 日是中国女排和美国女排决赛的日子。陈长胜说:"老麦,中国女排赢了你们就结婚。"麦康森心里咯噔一下,"那要是输了呢?"陈长胜嘿嘿一笑,"输了,你们也结婚。"就这样,读研究生期间,麦康森和女朋友登记结婚,今年正好 30 周年了。

1985 年上半年麦康森研究生毕业,老师们希望他留校工作,他本人也有这个意向。当时,麦康森的妻子在湛江工作,属于两地分居,相隔 6 000 里。学校想赶在麦康森毕业前把他妻子的工作和档案等一并调过来。

"水产系的缪国荣老师还去我爱人的单位,商量怎么把我爱人的组织关系转到山东海洋学院。"后来,山东省给出的答复是,从来没有人还没工作,就先把家属调过来的先例。

"当时也想过先留下上班,再把爱人调过来。可是,在'文革'期间,一直到 80 年代,我们国家夫妻两地分居的职工比例太高了。那时候山东海洋学院的老师们,爱人在烟台、济南、北京、上海的很多,一直到 1985 年都没解决分居的问题。我作为一个年轻人,怎么可能马上解决,排队还不知排多久。"

湛江水产学院作为山东海洋学院的兄弟院校也希望麦康森到校任教,当时那里很多教师、领导都是山东大学(或山东海洋学院)水产系毕业的校友。"为了家庭团聚,为了减轻组织负担,我去了湛江。"老麦一笑,"后半句说得自己有点高尚。"

1995年麦康森博士毕业回青岛海洋大学任教。这次不仅妻子的工作顺利地调动过来,而且就连他去派出所落户口,也相当顺利。

"民警问我,是国外回来的吧,老婆和孩子的户口在哪儿?"

"我说在湛江。"

"民警说,把护照拿来,3个人的户口一起落了吧。竟然如此顺利。"

麦康森说,妻子的工作是调动过来了,至今人事档案还在湛江放着呢,没过来。

记者说,现在赶紧去要。

他笑着说:"快退休了,要不要都不重要了。"

(本文刊于 2014 年 9 月 17 日,第 18 期)

平凡人物　非凡故事

老王大全阿杜小莫的故事

冯文波

编者按：走过2014，中国海洋大学已是90岁。90年风雨兼程，90年励精图治，其中既有名家大师的智慧与学识，也有领航者运筹帷幄、决胜千里，还有无数平凡海大人的辛勤耕耘、默默奉献。岁末年初的这期"回澜阁"，就让我们一起聆听几位学校一线工作者的故事。作为中国海大人中的一员，他们在平凡而又普通的岗位上用自己的方式爱海大，作贡献，于平凡工作中演绎着他们的"非凡"人生。

老王的故事：学生眼中的"潮老头"和"贴心大爷"

老王，名叫王先湖，是崂山校区学生宿舍北区2号楼的管理员，2007年退休后来到了中国海洋大学,如今已在这个校园里度过了7个春秋。7年里,他见证了一批批海大学子的到来,也目睹了一届届学生的毕业离开。在2号楼这个拥有1000多人的大家庭里,他不仅是学校指派的管理员,还是这个大家庭的"家长",学生眼中的"潮老头"和"贴心大爷"。

每天早、中、晚,王先湖都要从一楼到七楼进行检查巡视,赶上特殊情况可能不止跑3趟。电灯、线路、防火,叮嘱学生注意安全等等都是他的工作,琐碎、繁杂,重复性强。7年来他用自己的真诚与勤劳感化学生,赢得尊重。令2号楼同学敬佩的不仅是老王的真诚与勤劳,还有他惊人的记忆力。这一点,大学期间当兵入伍的106宿舍的李杨同学深有感触。2014年刚退伍的他,重回学校继续学业,还是分到了2号楼居住,他一进门,王先湖就认出了他。"当时你们106宿舍6个人,两个李杨(阳),有4个考研的,1个就业的,1个入伍的,我记得你是12月9日办理的退宿手续……"王先湖的几句话,让李杨颇为感动,"昔日的同学都毕业走了,重回学校,再次入住2号楼,还有王大爷记得我,很感动。"因为这超凡的记忆力,王先湖还在中国海洋大学学生社区组织的"认人大赛"岗位比武中获得了一等奖。

工作中王先湖从不把自己的工作当作只是看大门那么简单,他善于钻研、勤于思考,不断创新工作方法,收到了意想不到的效果。63岁的他,为了拉近和大学生的距离,与年轻人产生共鸣,不仅学会了上网,注册了QQ号,还跟着学生玩起了吉他。"以前我是拉二胡的,可是大学生不喜欢二胡,他们喜欢弹吉他,我就向他们学习,他们也乐意教,有时学生称呼我是'弹吉他的大爷'。"此外,王先湖还爱好摄影,把闲暇之余拍摄的校园、青岛的优美图片上传到QQ空间,供已经毕业身在外地的2号楼同学浏览、点赞。王先湖还有写工作日记的习惯,他把学生丢掉不用的本子捡起来,认真记录着这栋楼的点点滴滴,哪个房间的灯不亮了、哪个生病的同学需要留心观察、哪个宿舍又闹矛盾了需要调解……他都记得清清楚楚、明明白白,不仅有利于学生社区服务工作的开展,也为有关学院加强学生管理、掌握学生思想动态提供了参考。

相处的时间久了,2号楼的同学已经把王先湖当作了知心朋友,也会把内心的苦闷与烦恼说给他听。每当此时,王先湖就会用他的人生阅历积极地帮助同学分析原因、排解忧愁,并加以正确引导,给年轻人以信心和鼓励。有一天,来自甘肃的武耀胜同学走进了王先湖的值班室,说想找个人聊聊天,王先湖赶紧热情地招呼他坐下。察言观色中,王先湖觉得这个学生可能有心事,经过一番开导后,他向王先湖倾诉了自己的苦闷。武耀胜来自甘肃农村,从小是奶奶把他拉扯大,中学时为了让他安心读书,年迈的奶奶去县城陪读,眼看着自己就要大学毕业,该是孝敬老人的时候了,老人却去世了。这对他来说犹如晴天霹雳,他不能接受这样的噩耗,心里觉得十分内疚,愧对奶奶的养育之恩。王先湖耐心地加以劝导,让他放平心态,遵照奶奶的遗愿把学业完成好。"这名学生还不错,毕业后又考取了西安电子科技大学的研究生。"

按照学校的作息制度,宿舍楼每晚要在 10 点半关门,但偶尔会有晚归的同学,王先湖就半夜起来给同学开门。每逢青岛啤酒节期间,2 号楼都会有同学去当志愿者或者打工,志愿者一般会在晚上 12 点左右回来,打工的同学会到凌晨 2 点或 3 点。王先湖说,遇到这样的情况,他会稍微批评教育几句,赶紧让他们去休息。"家庭不富裕的才去打工,出来挣钱的都是好孩子,批评教育两句就赶紧让他们去休息,明天还要接着干活,孩子们也不容易。"话语中,王先湖俨然把 2 号楼的同学当作自己的孩子看待。

7 年海大时光,王先湖说他追求的工作境界是"当学生需要我的时候,我肯定在,不需要我的时候,我不在"。每当毕业季来临,王先湖的值班室就会比往常更热闹,2 号楼的毕业生们身着学士服和这位朝夕相处了 4 年的贴心大爷拍照留念,记录下大学时代的美好记忆。

大全的故事:从星级酒店大厨,到海大餐厅经理

大全,名叫全建,现在是崂山校区第五餐厅的经理,今年 53 岁,2006 年应聘到中国海洋大学工作,那时崂山校区还未正式启用,他不仅参与了崂山校区最早的几个食堂的筹建工作,而且从那时起就为学校师生的饮食忙碌着。

全建为人谦和,外表儒雅,初次见面,在他身上完全找不到厨师这一职业的痕迹,他自嘲说:"这些年吃了很多好东西,但就是不长肉。"全建 20 岁毕业于山东饮食服务学校,一直在饮食行业里闯荡,后来成长为星级酒店的厨师长,一次偶然的机会,经朋友介绍与中国海大结下了缘分。

初到中国海大,他负责经营北区的第一食堂二餐厅,深受海大师生喜爱的"特色菜"就是他主导推出的。谈到这一创新性工作,全建说,要想让广大师生上二楼就餐,就要在饭菜的质量、价格、花色上下功夫、出新意,只有这样才能吸引人气。他也坦言,做大学食堂和做星级酒店完全不同,食堂既要确保价格不能太高,还要确保饭菜质量,不能让师生吃得太差。但是食堂也有经营的压力,效益不好,员工的积极性就会受影响,队伍容易涣散,反过来又会影响食堂工作的开展,不利于师生的就餐。

2014 年 5 月,崂山校区学生宿舍东区启用,根据工作安排,全建带领第一食堂二餐厅的全部人员整体搬迁到新建的第五食堂。面对东区宽敞明亮、崭新的工作环境,全建说:"环境变了,工作条件好了,但是工作的压力也大了。"因为距离的原因,到东区就餐的师生较少,特别是午餐、晚餐期间,为了节约时间,很多学生就选择在北区就餐。

为了吸引学生,在保持原来服务质量和"特色菜"窗口的同时,全建还和同事一起推出了许多饮食新品种,例如锅贴、炉包、面条、馄饨。他说,一个新品种推出来之后,如果连续几天营业额都上不去的话,就会调整推出新的品种。"伴随着天气逐渐变冷,我们在菜品的保温效果上狠下功夫,努力让师生吃到热乎乎的饭菜,通过这一点,让海大师生感受到我们食堂员工给大家送去的温暖。"全建表示,希望用更加精心、细心的服务赢

得师生的理解与信任。

全建说，作为一名食堂管理者，他面临的最大挑战是在待遇低、劳动强度大的条件下如何稳定员工队伍，安抚好大家的情绪。2006年同他一起到学校工作的20多名员工，现在就剩下1位了，这期间，人员也更换得比较频繁，特别是每到学期末放假的时候，他就担心有员工要离开。"这些年，我们一直处于一种'招聘－培训－上岗－熟练－走人'的怪圈中"，全建有些无奈，"工作要创新，要开拓，但是我们也要以人为本，有人才有一切。"

谈起在学校工作的9年，全建说，很喜欢大学里这种特有的宽松自由的环境，后勤集团在饮食服务工作中也给予了他不断创新和发挥的空间。每天接触的都是以学生和教师为主的知识群体，时间久了，也会被他们朝气蓬勃的气质和谦逊随和的举止所吸引，甚至食堂改进工作思路、提升服务质量的许多好点子都是师生提出来的。"每个人的饮食习惯不同，有的爱吃辣，有的爱吃甜……就餐高峰期，有同学排了很长时间的队，发现不是自己喜欢吃的菜，要么重新排队，要么凑合吃点。在师生的建议下，我们对菜品进行了分类，并在服务窗口贴上标识，既方便师生就餐，也节约了大家的时间。"当记者问，工作了这么久，师生有没有让他为难的时候，全建笑笑说，为难倒没有，有时个别学生的行为令人觉得莫名其妙、匪夷所思，明明是他把勺子、筷子等餐具掉在地上的，不但不去捡，反而哈哈大笑，令人不解。

访谈结束时，记者请他谈谈对今后工作的期许，他说就一个愿望："希望集团提升并改善下食堂员工的工资待遇和住宿问题，因为工资待遇低，食堂工作人员流动性较大，作为一个一线管理人员，工作开展起来压力特别大。"

尽管工作中有压力，有挑战，也有不如意，但是全建也和所有的海大人一样喜欢并热爱着这所校园。他说："从来没有想过离开海大，作为一名海大人，我会在这里退休。"

阿杜的故事：校工阿杜的海大情缘

在中国海洋大学，电灯坏了要找他，水管坏了要找他，暖气不热了要找他，门锁坏了还是要找他……他在一件件平凡小事中履行着全心全意为师生服务的承诺。

他是一名普通的后勤职工，但在中国海洋大学，他的手机号却成了"热线电话"，紧急修理24小时有求必应；校园里，总能看到他骑车赶往下一维修点的忙碌身影；他已在中国海洋大学工作了18个春秋，师生亲切地称呼他"阿杜"，他就是深受师生喜爱的好校工杜广生。

杜广生1996年到中国海洋大学工作，最初是在浮山校区图书馆值班，并兼着打扫卫生的工作。2007年他又去了后勤集团的水电与修建中心当了一名维修工，并于2010年调到崂山校区维修部工作。根据分工，他主要负责行远楼、海洋环境学院、化学化工学院、海洋地球科学学院、工程学院、环境科学与工程学院、材料科学与工程研究院的维修工作。各单位如果有维修需求，只需一个电话，杜广生就会骑着摩托车赶过去。2012年底，后勤集团推出了"数字后勤服务大厅"，师生们通过这一网络平台及时迅速地发布与后勤集团有关的意见、建议和需求信息，维修服务申请占了很大的比重，杜广生的电话总是响个不停。

为了节省时间、提高效率，杜广生自掏腰包买了一辆二手摩托车作代步工具，他笑着说："最早是步行，后来骑自行车，再后来就换摩托车了，这已经是第三辆了，刚买不久，上一辆被人偷走了。"最近，出于安全和减轻工人经济负担的考虑，后勤集团给维修工统一配备了电动车。"安全，省油，就是跑得慢了点。"杜广生拍着他的第四代代步工具——澳柯玛电动车说道。

崂山校区维修部现有9名维修工人，每一人都有各自负责的片区。2014年5月，学生宿舍东区正式启用，杜广生和他的同事们比以前更忙了。虽然工作章程里写的他们也是8小时工作制，但是他们每天必须24小时开着手机，晚上还要值夜班。他说，最担心的就是冬天的夜晚水管破裂。2013年12月的一个夜晚，寒冬已至，滴水成冰，杜广生正在值夜班，突然他的手机响了，学生宿舍南区2号楼自来水管爆裂，杜广生迅速赶到现场，水流得很急，总阀门也坏了，他只好在刺骨的冰水里工作。正修着的时候，他的电话又响了，北区学生宿舍楼的暖气管道又漏了……一波未平一波又起，杜广生一夜没合眼，一直忙碌到天亮。

在学校工作的时间久了，杜广生和许多师生成了朋友。他在浮山校区工作时，与那些经常去图书馆上自习的同学就很熟，同学们也会自发帮他打扫卫生、维持秩序。21世纪初，正是新加坡歌手阿杜风靡大学校园的时候，很多学生视他为偶像。和杜广生熟悉的几位同学就管他叫"阿杜"，并推荐阿杜的歌给他听。谈起这些与海大学子相处的愉快时光，杜广生笑笑说："我就不会唱歌，都是他们瞎起哄。"如今，杜广生从事维修工作，依然深受广大师生的尊敬与爱戴，他工作时，学生也会帮他扶梯子、递灯管等。工作至今，从未接到师生的投诉。"人家要求怎么修，咱就怎么修，达到师生满意。"工作中，他也有自己的原则——凡是能修的就绝不换件，长期下来，为学校节省了不少开支。

杜广生是临沂人，媳妇和孩子都在老家，他只身一人在青岛工作。18年里他不怕脏、不怕累、不怕苦，在平凡的岗位上奉献青春、服务海大。采访临近结束的时候，记者问他有啥困难和压力，依然是劳动人民干脆而又直接的回答——"工资低了"。

小莫的故事：师生交口称赞的"十佳员工"

小莫，是此次采访的4人当中年龄最小的一位，典型的"80后"，虽然年龄不大，但在中国海洋大学工作的时间却不算短，已12年有余。2002年在表姐的引荐下，18岁的莫成芳离开济宁老家，到青岛打工，第一份工作就是在中国海洋大学鱼山校区的学苑餐厅，谁也不曾想到，这样一位刚刚走出中学校园不久的小姑娘，会由此爱上这所大学，并用自己的勤奋和执着在平凡岗位上书写着别样青春年华。

12年里，从鱼山校区，到浮山校区，再到崂山校区，小莫见证了这所学校的发展壮大，也经历了海大饮食服务的风雨变迁。2010年崂山校区南区学生宿舍启用，小莫所在的浮山校区新苑餐厅全体职工集体迁到崂山校区第三食堂。虽然工作环境换了，但小莫和同事们的工作任务还是一如既往。每天清晨4点30分起床，一直到晚上7点下班，做饭、卖饭、打扫卫生……每一天，她都在为海大师生的饮食而忙碌着。"我们的工作重复性很强，每天基本都是在做同样的事。熟练了，也就适应了。"待吃午饭的师生散去，趁她打扫卫生的间歇，记者和她聊了起来。

每当吃饭的高峰期，走进第三食堂，在售饭处偏左的"优秀服务窗口"，身着工作服的小莫正在忙碌着，问候、盛菜、打饭、计价，各环节有条不紊、一气呵成，动作麻利又熟练，久而久之，师生们大都喜欢去她所在的窗口打饭。趁打饭的间歇，有的老师还会表扬她几句"小姑娘动作真麻利"，学生也会说："姐姐，我们就喜欢找你打饭，觉得你特有亲和力。"小莫总是友好略带羞涩的回答"谢谢"。

莫成芳的辛勤付出不仅赢得了海大师生的赞誉，也因此收获了美好的爱情。她的勤劳、朴实被同在食堂工作的小伙子卢栋栋看在眼里、记在心头，并向她发起了爱情的攻势，最终两人喜结连理。在工作期间，凭借出色的成绩，莫成芳还多次被后勤集团授予"服务标兵""十佳员工"等荣誉称号。

食堂的工作虽然辛苦，但工作之余小莫和同事们也会让自己的生活过得丰富多彩、轻松自由。休息时间，她会去图书馆看书，或者和同事一起研究新的饭菜花色品种。赶上放长假，餐厅还会组织集体出游，放松心情。

从18岁时的刚刚成年，到如今的而立之年。不知不觉间，小莫在学校工作了12年。当初引荐小莫到学校工作的表姐已经离开青岛。小莫说："换工作的想法也有过，但总觉得在学校工作稳定，还有假期。餐厅领导对我们很好，同事之间相处得也不错，舍不得大家。"

当记者请她谈谈对学校、对后勤集团的期望时，她腼腆地笑笑说："现在挺好的。"交谈中，小莫曾提到她们住的是集体宿舍，期待着有朝一日，像她这样的双职工家庭能改善下住宿的条件和环境……

（本文刊于2015年1月5日，第20期）

抗战烽火中的中国海大人

冯文波

　　1937年7月7日，中国的抗日战争全面爆发。在这场旷日持久的抵御外侮的斗争中，闪现着许多中国海大人的身影，他们有的携笔从戎奔赴抗战一线，杀敌立功；有的利用自己的专业特长，为前线抗战服务；有的从事思政宣传工作，动员广大人民奋起抗战。适逢抗战胜利70周年，今天让我们一起来聆听其中三位中国海洋大学学生的抗战故事。

王彬华：抗日战场上的气象老兵

　　在中国乃至世界海洋气象学的发展史上，有一位令人敬仰的老人，他就是中国海洋气象学的开创者、中国海洋大学海洋气象学专业的奠基人之一王彬华教授。众人皆知，他是著名的海洋气象学家、世界海雾研究的权威，却不知他还有另一个身份——抗战老兵。

王彬华原名王华文,字彬华,后以字代名。1914年出生于安徽寿县,自小即生活在动乱的年代。1934年夏天,王彬华考入位于青岛的国立山东大学物理系,跟随中国近代气象事业的开拓者之一蒋丙然学习气象学。

"当时的国立山东大学物理系气象组只有王彬华、万宝康、牛振义和孙月浦4名学生。"中国海洋大学海洋气象学系原系主任周发琇教授介绍。蒋丙然是青岛观象台的台长,王彬华等人有幸进入青岛观象台实习,接触到许多先进的气象观测仪器和设备,这更加坚定了他的专业方向和实现科学救国的理想。

1935年12月9日,主张抗日救国的一二·九运动在北平爆发,这一运动很快席卷全国,并得到广大学生的响应和人民的支持。在青岛读书的王彬华意识到,国难当头,只顾埋头读书是不够的,也要关心时局,他积极地投入运动,宣传抗日救国。

1937年7月7日,日本侵略者制造"卢沟桥事变",中国的抗日战争全面爆发。1937年11月,战火波及山东,国立山东大学被迫内迁,先到安庆,后又至万县。此时的王彬华正在南京的北极阁和紫金山天文台实习。接到学校内迁的消息,也启程前往四川。1938年初,国立山东大学停办,王彬华转入已迁至重庆的国立中央大学继续学习。这期间,重庆也频遭日军轰炸,面对生灵涂炭的景象,王彬华写下了"重理家园余白骨,誓将血泪报怨仇"的诗句。毕业后,王彬华进入中央研究院气象研究所,师从竺可桢教授,从事气象研究工作。

1941年12月7日,日军偷袭珍珠港,美国宣布对日作战,太平洋战争由此爆发,美国开始与中国进行全方位军事合作。1942年初,美国海军上校李威廉(Willis A. Lee)向军方建议:"能够为美国海军提供东南太平洋气象和军事情报最理想的地方,就是中国;因此美国海军应尽快派人到中国去搜集情报。"

1942年9月,为发展沿海情报工作和寻找收集气象报告来源,美国战略情报局同国民党情报机构协商共同对日作战事宜。1943年4月15日,双方在华盛顿签订《中美特种技术合作协定》,成立中美合作所。中美合作所设有军事作战组和行动组、情报组、心理作战组、气象组等。

王彬华作为气象研究人员,被征召加入气象组。据原中美合作所气象总站通信电台台长徐止善回忆:"气象组的工作,其主要任务为汇集各地气象报告,绘制天气图,预告天气,并将天气预告供应当时的盟军,作为作战参考之用。""他们的气象预报服务涉及各个战区,除国内战场外,还包括亚太大部战区、印缅战场以及太平洋战场等,曾涉及太平洋海、空军总反攻作战,还为陈纳德将军率领的'飞虎队'提供气象服务。"周发琇介绍。

抗战时期,由于大部分气象观测点都在日占区,给获取气象数据带来了很大的困难。为增加气象观测点,王彬华独辟蹊径,选择在坐落于高山上的寺庙设立观测站。他亲自前往缙云山的寺庙,向僧人传授气象观测知识,为大量一手气象观测资料的获取提供了保障,有力地支援了中美双方的对日作战。

在从事业务工作的同时,王彬华还专注于科学研究,通过对四川地区的气象资料进行梳理总结,先后发表了《四川之春荒及其预防》和《峨眉山之气候》等学术论文。

1945年8月15日,日本宣布无条件投降,中美合作所正式解散,王彬华也告别了军事气象服务工作。正当他准备赴美留学之时,却被国民政府任命为青岛观象台的台长。于是,他又回到了青岛,回到了自己的母校所在地,并利用自己在青岛观象台的优势和便利,为国立山东大学的海洋气象学发展和人才培养作出了重要贡献。

晚年,每当和孙辈们谈起这段经历时,他都自豪地说:"我是一名抗战老兵。"

韩宁夫:左手油印机,右手机关枪

1937年11月,国立山东大学内迁,仍有一部分进步学生留在了青岛,在中共青岛特别支部的领导下,宣传抗日,开展游击战争。1936级土木工程系的韩宁夫就是其中的一位。

1915年9月,韩宁夫出生在山东省高唐县韩庄一个富足的家庭,自幼接受了良好的教育。1936年,他以山东省会考状元的身份进入国立山东大学工学院土木工程系就读。

韩宁夫入学时,正值全国人民群情激奋、要求国民政府积极抗日的关键时刻。当时国立山东大学的进步学生秘密成立了青岛救亡同学会,1937年又在该组织的基础上成立了中华民族解放先锋队(简称"民先队")国立山东大学队部,成为中国共产党的外围组织,积极宣传抗日,号召全民族抗战。在中共青岛特别支部书记李欣(国立山东大学1936级工学院机械系学生)的发展下,韩宁夫也成了民先队的一员,并加入了中国共产党。

"西安事变"后,蒋介石开始停止内战,一致抗日。面对日本侵略者的步步紧逼,国民政府派东北军第51军于学忠部驻守青岛,担任保卫任务。慰问51军,宣传抗日,培养争取进步力量是当时共产党对东北军的工作重点。据李欣回忆,有一天,中共东北军51军工委副书记王学铭,请他帮助找一位符合三个条件的大学生作为兵运干部:第一,政治思想要好;第二,身体要好,能吃苦;第三,要能扛一挺机枪,加一部油印机。李欣选中了身高1.82米的韩宁夫。"接到通知,韩宁夫毫不犹豫地接受了组织的安排,背着父母于1937年12月投笔从戎,来到51军114师679团8连,担任机枪手兼文书。"

1938年初,日军为了打通津浦铁路,连接华北与华中战场,从南北两个方向夹击徐州。中国守军奋起反击,组织徐州会战,仅台儿庄一役,就围歼日军1万余人。徐州会战不仅打击了日军的嚣张气焰,也为中方部署武汉保卫战赢得了时间。

徐州会战中,韩宁夫所在的51军奉命驻守蚌埠、临关一线阻击日军。当时51军有25 000人,日军有40 000人。军长于学忠在战前向官兵宣誓:"豁上我这条命,也要打赢这一仗。"中共51军工委对此次作战也非常重视,号召全体党员身先士卒,不怕牺牲,顽强奋战,英勇杀敌,确保首战告捷,以增强该军的抗日信心。在兵力相差悬殊的情况下,韩宁夫所在的 51 军与敌人血战了 8 个昼夜,以牺牲 7000 余人的代价守住了蚌埠,使日军止步于淮河,史称"淮河阻击战"。

韩宁夫作为部队的机枪手,是阻止敌人进攻的主要火力,也是敌人的重点打击目标,但他毫不畏惧,与战友并肩作战,装弹手牺牲了,后面的战友马上补充过来,前赴后继,浴血奋战,他们打退了敌人的一次又一次进攻。在台儿庄战役打响后,51 军奉命增援,军长于学忠率领战士夺回韩庄、贾家埠,与敌人血战禹王山等地,形成对日军的合围之势,确保了台儿庄大捷。

5 月下旬,中国守军撤出徐州,李宗仁安排 51 军殿后。51 军完成了阻击日军的任务,掩护了大部队的撤离,自己却被日军分割切断、打散。

部队被打散以后,在人民的掩护下,韩宁夫撤出敌人的包围圈。受党组织的指派,前往高唐老家,发展党员,筹建支部。他在当地建立了 3 个支部,筹建了高唐特委,并被上级任命为特委书记,后改任县委书记。

1938 年秋,日军占领了山东的大部分地区,对日作战更加艰难,韩宁夫把临清、馆陶、高唐的游击队合并组成抗日清江大队,并与陈赓率领的八路军 129 师 386 旅并肩战斗。

此后,韩宁夫历任中共鲁西北特委宣传部长、中共鲁西区党委卫东地委宣传部长、中共卫东地委代理书记等职,新中国成立后,曾任湖北省省长,1995 年去世。

抗日县长周持衡

1937 年 4 月的一天,青岛的中山公园来了几位神色匆匆的青年学生,他们不是来赏樱花的,而是在日本人设立"忠魂碑"的山脚下停了下来。多年后,他们的这次秘密集会,被认定为国立山东大学中华民族解放先锋队的队部成立大会。这其中有一位叫周璿的学生,由此点燃了革命的火种,并走上了抗日救国的道路。

周璿又名周持衡,浙江绍兴人,1916 年出生,1935 年考入国立山东大学外国文学系。抗日战争全面爆发后,周持衡和民先队的队员们一起开展抗日宣传活动,组织了话剧团,排演《放下你的鞭子》等话剧。他和国立山东大学的李欣、陈振麓等同学以国民政府的"防空救护训练班"为掩护,在青岛市内和毕家村一带积极发展民先队员,在人民群众中开展抗日宣传,为开展抗日游击战争做准备,这也成为他走向农村开展革命的开端。

1938 年初,周持衡加入了中国共产党,与东北大学学生邹鲁风一起,前往山东省东平县,在中共鲁西特委、泰西特委领导下,宣传抗日,不断发展组织。他在鲁西特委的支持下,从全民族抗战的大义出发,促成了山东西区人民抗敌自卫团与国民党队伍的合并整编。

1938年9月,周持衡被任命为东平县县长,积极组织武装抗日,设立了三个营,一营、二营分别在韩山头、官庄屯等地给敌人以沉重打击。后由于国民党的排挤,周持衡离开东平,先在国民党爱国将领范筑先的部队效力,后又前往山东西区人民抗敌自卫团政治部工作。

1938年11月,山东西区人民抗日自卫团与汶上县人民抗日自卫队等合编为八路军山东纵队第6支队,周持衡负责政治工作。1940年4月,该支队调归八路军115师343旅运河支队,成为鲁西军民抗日的中坚力量。此后,周持衡又担任了鲁西北专署专员,在鲁西北进行艰苦抗战,1944年调任冀南七分区专署专员开展抗日工作。

1945年8月11日,冀鲁豫行署和冀鲁豫军区发出联合命令,号召全区军民实行总动员,解除日伪武装,进占大城市,维护社会秩序,保护人民利益,保卫抗战胜利果实。周持衡按照党的指示,积极组织民兵、自卫队员等维护抗战成果。1945年10月,周持衡等带领100多名干部,赴东北工作。

1948年10月,吉林省全境获得解放。1949年10月1日,中华人民共和国成立,周持衡被选举为吉林省人民政府主席。三十多岁的他成为新中国成立后吉林省第一位省主席。

（本文刊于2015年9月2日,第25期）

成长的路上有您相伴真好

冯文波

　　青年教师是学校的希望,代表着一所大学的未来和发展方向。在中国海洋大学就活跃着这样一群青年教师,他们青春阳光,勇于担当;他们积极向上,充满理想;他们以激情点燃青春,以爱心感召心灵。他们用睿智和真情吸引着学生求知若渴的目光,并在教与学中与学生共同成长。今天就让我们一起聆听三位青年教师与学生相伴成长的故事。

徐德荣:怀一颗赤子之心,为孩子而译

　　作为一名教师,他不仅课讲得好,而且充满童趣,喜欢写诗,深得全院教职工的喜爱,被教师、学生亲切地称为"暖男",他就是外国语学院英语系的徐德荣老师。

2011年9月28日，在中国海洋大学的春季学期课程教学评估总结表彰会上，有五门课程获得了优秀，徐德荣主讲的中级英语成为文科领域唯一入选的课程。在这令人欣喜的时刻，徐德荣首先想到的是感谢自己的学生，正是有了他们的支持和倾听，以及在教学上的探讨与交流，他才能把这门课讲好，这是集体智慧的结晶。

此前，在给学生的信中他这样写道："我很珍惜班上的每一位同学，喜欢读大家的每一双眼睛，那每一双眼睛都是一首诗，一股泉，一幅画，比如黄美珊的眼睛里的快乐与顽皮，黄婧眼里的温和与从容，刘梦然眼里的灵动和活跃，申美玲眼里的理解和执着……这些眼睛如星光，会永远挂在我心里蓝色的夜空。"

课堂上的徐德荣总是热情似火、激情澎湃，一门单调的语言课在他的讲述中变得生动、活泼，引人入胜，他对英语的如痴如醉、娓娓道来，也深深地影响着台下的同学们。"徐老师的微笑我印象深刻，惧怕英语20多年，现在开始喜欢英语了。""喜欢他的课，也如喜欢他的诗，令人沉迷其中，忘记了时间。"又是一年教师节，同学们纷纷通过微信回忆着那份美好的过往。

"当课程结束的时候，同学们涌上讲台与我合影留念，并把贴有他们照片的赠言送给我。"四年过去了，徐德荣依然记得那动人的一幕。他特意选择了一个安静的夜晚，去细心品读学生的赠言。"读着读着，眼睛开始湿润，内心如洗。"

徐德荣从事的是儿童文学翻译研究，1978年出生的他，始终怀有一颗童心，他对待学生也是像对待自己的孩子一样，给他们宽容和自由发展的空间。"对学生，我只建议、不批评。"有一次课上，徐德荣批评了一位同学，发现效果也不是很好，为此他一直心里不踏实，感到内疚。从那时起，他觉得批评不见得效果会好，尊重人、理解人永远是好的。

徐德荣不仅是学生"最喜爱的老师""优秀班主任"，也是我国儿童文学翻译界优秀的青年学者。他申报的教育部人文社科项目"谁为孩子而译？"和国家社科项目"儿童文学翻译的文体学研究"在国内都属首个，当前，在国内这个至高点属于他。他翻译的《红狐》《跛脚迪吉》《绿野仙踪》等儿童文学作品深受小读者的喜爱；他主译的《黄金时代的中国儿童文学》（汉译英，朱自强著）成为"中国文学走出去"的重大项目，为西方国家了解中国儿童文学发展，促进中西文化交流开启了一扇窗。

2014年10月，在为庆祝中国海洋大学建校90周年而召开的"全球海洋峰会"上担任同声传译的正是徐德荣和他的同事梁红。作为一名优秀的口译人才，徐德荣曾多次承担山东省、青岛市、中国海洋大学的会议翻译工作，国际海水淡化大会、国际纳米科技年会、青岛国际商标节、国际兽医大会以及学校一些重要外事活动的现场都曾回荡着他那低沉浑厚、富有磁性的声音。

徐德荣喜欢写诗，他的诗率性而为，富有生活气息，开车等信号灯、在海边散步、朋友的聚散离别都会成为他写诗的灵感激发点。《向海而生》《送别》《今夜，只关心月亮》《致毕业生》《蚊子司晨》，一首首富含哲理的小诗，通过他的微信传播出去，竟然吸引粉丝无数、点赞率很高。有读者留言："非常喜欢徐老师写的诗，幽默洒脱，又时而充满童趣，富有想象力。""徐老师的诗充满童真，因为他有一颗赤子的心。他的诗不失睿智，因为他热爱生活。怀着这样热爱生活、时刻能够从生活中发现美的心，他怎能不全心对待学生，使发现美的眼睛、感受美的心灵在年轻的学子身上也生发出来呢？"

"孩子、学生都是我的老师，他们给予我的比我给他们的多。"徐德荣说，刚翻译出来的作品，他会首先拿给儿子读，也会与自己的学生分享。"怀一颗赤子之心，为孩子而译"是徐德荣进取的方向。"今年会有八九本图画书出版，相信读者会喜欢。"言语间是他的自信和微笑。

张婧：正能量的传播者

2014 年夏天，化学化工学院 32 岁的青年教师张婧有点纠结，秋季学期开学，学院决定让她担任新生班的班主任。"当时有点犯怵，自己没有这方面的经验，而且要跟他们相处四年，总担心做不好。"回忆起刚接到通知时的感受，张婧依然记忆犹新。后来，在学院领导的鼓励下，她放下压力，决定挑战自我，试一试。一年下来，她不仅毫无压力，而且爱上了这份工作，还和 2014 级化学 2 班的 35 名"孩子"结下了深厚的感情。

"30 多个鲜活的青春交到自己的手上，作为班主任我能带给他们什么？把他们引导成什么样的人？"初为人师的她曾经冥思苦想，也曾到处取经问计。随着岁月的流逝，在实践的摸索中，她慢慢体会到这是一个斑斓的舞台，白纸、颜料都在，需要她和学生一起动手描绘四年的美好画卷。

每年的秋季学期是张婧最忙的时候，她在鱼山、崂山两校区都有课，在鱼山主要是给海洋生命学院的学生讲无机及分析化学，在崂山给化学化工学院大三的学生开专业课。"记得张老师给我们讲'薛定谔方程'时，先讲了'薛定谔的猫'，又讲了'薛定谔的滚'，那些通俗易懂、生动有趣的讲解，现在想起来，依然很开心，印象特别深刻。"2014级海洋生物技术专业的张天琦说。"在课堂上，张老师还会和我们分享一些典故，以及她的所见所闻，引导我们去思考、去领悟其中的道理。"

访谈中，张婧说得最多的词是"偏心"和"亏欠"。她觉得自己每周两天在鱼山上课，还有一天在崂山讲专业课，平时又有科研任务，偶尔还要出差，这样就有些亏欠 2014 级化学 2 班的同学。为了弥补这种缺憾，增强班级的凝聚力、向心力，使同学们养成良好的习惯，她可谓费尽了心思。

为磨炼同学们的意志、培养毅力、强健体魄，张婧和班委一起组织策划了"10 千米徒步行"活动，她和同学们一起从崂山校区西门走到了石老人海水浴场。在随后的聚餐活动中，她让每一位同学介绍下自己徒步行的感悟和收获。"同学们很珍惜在一起交流的机会，那些认为自己不能走完全程的学生，从中学到了坚持和毅力。"张婧说，他们约定大二的时候走 20 千米，大三的时候走 30 千米，大四的时候继续维持 30 千米还是挑战

40 千米,视情况而定。

一个国家,一个民族需要自己的英雄,学生中间也需要有自己的"学霸""学神"。为了引导学生更好地读书,张婧又组织了读书会活动,同学们围坐在一起,把自己读过的好书彼此分享,交流阅读的乐趣和收获。读书会的气氛竟然出奇地好,这超出张婧的预料,大家踊跃发言,积极讨论。"特别是男生,在这里我要表扬一下我们班的男生,他们读书的范围广、视野宽,为同学们提供了许多阅读的好建议。"言谈间,张婧流露出小小的成就感。张婧说,她想把自己的资源与同学们一起分享,计划请一些各行各业的成功人士参加读书会,通过他们的闪光点来激发学生潜在的正能量,慢慢蓄积,四年后肯定有意想不到的收获。

在课堂上张婧是学生的好老师,在生活中,她又成了学生的知心姐姐。2014 级化学2 班入学的第一天,张婧去东区宿舍看望学生,东区距离校园较远,她很是为女生的安全担心,不但千叮咛万嘱咐要结伴同行、不要熬夜到很晚,她还专门去找了学院领导,请求把女生调回校内居住,但学院也有困难,一时解决不了。2014 年的圣诞节,2014 级化学2 班的 12 名女生很开心,她们收到了班主任老师送给她们的礼物——"防狼警报器"。"这只是一个预案,希望给学生提个醒,加强自我防范的意识。这次,我有点偏心,没给男生准备礼物。"张婧说。此外,为了帮助家庭困难学生,张婧还积极争取引进社会资源。在她的努力下,爱心企业在化学化工学院设立了每年 5 万元的德育助学金,帮助家庭困难、品学兼优的学生。解决困难的同时,也激励着这些学生们,让他们学习企业的担当,懂得承担社会责任,将来有能力了,也要帮助他人。

张婧的科研方向是海洋有色溶解有机物(CDOM),隶属杨桂朋教授科研团队。考大学报志愿时,受家庭的熏陶,她一度想学陶瓷专业,后来在父亲的建议下,学了环境工程;后又进入中国海洋大学师从孙英兰教授,继续深造,博士毕业时她从环境科学与工程学院搬进了一条马路之隔的化学化工学院。从原来的物理海洋学转向化学,面对陌生的专业,很多知识要从头学起,刷瓶子、出海采样、测样,在同事的帮助下,每一步她都走得扎实而稳固,从学科交叉的角度出发,她把物质输运的数值模型运用到化学研究里面,收到了许多意外之喜。

张婧性格开朗外向,有许多业余爱好,如弹钢琴、读书。"现在孩子太小,工作也比较忙,钢琴已经很久不弹了,但读书的习惯还保持着。"她笑笑说。初为人师,张婧觉得自己除了授业解惑,还要带领学生们成为有底线、懂感恩、拥有正能量和传播正能量的人,并陪伴他们养成正向思维、正向解决问题的习惯,而这正是她作为一名青年教师领悟到的"传道"的真谛。

董平:不忘初心,方得始终

不忘初心,方得始终。对于食品科学与工程学院的董平老师来说,她的初心就是做一名学生喜爱的老师,传授他们知识和学问,让每个人走出校门时都有好的前程和归宿。

1980年出生的董平,是青岛人,也是一位地道的中国海大人。自小在青岛长大,她对海洋有一份特殊的喜爱,上大学时毫不犹豫地选择了中国海大。"后来读博士、博士后也去过上海、美国等地,但还是喜欢家乡的这片海,这里有我熟悉的学习、科研环境,还有老师、同学陪着我。"董平说,这也促使她2008年博士毕业后留在母校当了一名老师。

已经毕业参加工作的2010级生物工程专业的李想至今依然记得,在他们班的迎新晚会上,有一位背着单反相机、跑前跑后给大家拍照的"学姐"。后来,这位勤快的学姐,通过QQ把每个人的照片传给大家的时候,同学们才知道,这就是他们的班主任董平老师。

2010年7月,从美国刚刚博士后出站的董平就迫不及待地回到了中国海洋大学,她早早就获悉了让她担任新生班班主任的消息。"我很期待,早就盼着这一天了。"忆起当时的心情,董平依然难掩激动。为了能与这批"90后"的小孩和谐相处,她事先做了很多功课,请教有经验的老师,上网查阅资料,了解他们的文化习惯、业余爱好,甚至连新生代的偶像明星、网络游戏她也去做了功课。

"大学是学生独立生活的开始,他们已经成年,我给他们充足的空间,自己管理自己,必要时加以引导。"谈起学生管理的经验,董平说,她的经验是学院党委书记林洪传授的"班级管理,选好班干部很重要"。班长、团支书、学习委员⋯⋯都是由大家民主选举,选出来的人大家也是心服口服。他们各司其职,把一个28人的班集体搞得井井有条、欣欣向荣,身为班主任的她既放心,又省心。任兴晨是班上的学习委员,是同学们公认的"学霸",她不仅自己学习好,还主动帮助大家学习,每到期末考试就义务给同学们讲解疑难点。"有一次考试的前夜,这小姑娘跑到男生宿舍给全班男生讲了一晚上的试题,那次考试我们班的物理化学通过率特别高。"谈起这些,董平脸上挂着笑。

学生的学习不让董平操心,生活上也并没牵涉她太多的精力,倒是董平自己乐意和学生"纠缠"在一起。李想说:"董老师喜欢和我们一起吃饭、唱歌、跳舞,她为人风趣幽默,跟我们毫无隔阂。"班主任不是"保姆",但学生有困难了董平还是积极地帮着解决,有学生丢了钱包回不了家,她买好票送上车。学生内心有解不开的疙瘩,她会帮着排解。时间久了,同学们给她起了一个昵称"平儿",还专门准备了一个小本子,记录那些"写给平儿的话"。

董平是学生喜爱的"优秀班主任",也是一名认真负责、严谨治学的教师。李玉芝是董平的研究生,也是她的教学助手,谈起董老师的治学严谨她深有体会。"上课前,做试验用的材料她都让我们先试用下,确认材料可用,并能得出准确的试验结果,她才给本科生用。"基因工程实验是2015年春季学期董平给2013级生物工程专业学生开的课。为了让每一个学生都有亲自操作的机会,她把22名学生平均分成了两组,单周给1组上,双周给 2 组上,如此"小班制"授课,学生们受益很大,她却增加了一倍的工作量。

董平的课轻松、自由,在学生中有口皆碑。"我的课堂是开放式的,老师和学生一起讲。"董平说。2013 级的潘芳依然记得在一次实验课上,她的同学张玉松因为对碱基酶切概率的知识点有疑义,就花了近半个小时的时间给董老师和同学们讲解他的计算和观点。到第二次课的时候,他通过自己的推导,发现了自己的错误。"董老师总是引导我们自主学习、独立思考,给我们主动探究的时间和空间。"潘芳说。学期末,董平的辛勤付出有了一个圆满的结果,基因工程实验在学校的课程教学评估中获得了优秀。

在科学研究上,董平视自己的导师薛长湖教授为偶像,她从美国回来后加入了"国家青年千人"梁兴国教授的团队,此后在核酸营养代谢研究领域取得了一定的成绩。她已主持和参与科研项目 10 余项,发表论文 40 余篇。最近她和课题组成员提出的关于食物中的核酸最初的消化在胃部而不是在小肠内的观点,发表于 *Nature* 系列期刊 *Scientific Reports* 上,引发了学界对这一问题的重新思考和探讨。

董平是一个很懂生活的人,喜欢做家务,厨艺精湛,种植花草,爱好摄影,为人豪爽,乐于助人,深受同事和朋友的尊敬与爱戴。

同一办公室的李敬老师即将休产假,她放心地把自己所带的班级交给董平代管,董平乐意效劳,她喜欢这种当"干妈"的感觉。

（本文刊于 2015 年 9 月 10 日,第 26 期）

"80后"的他们,奔跑在梦想与责任的路上

冯文波

在中国海洋大学,有这样一群"80后"年轻人。已步入或者即将步入而立之年的他们,在课堂上,是学生喜欢的好老师,于倾听交流中探索着教学相长的新路径;在实验室里,是科学研究的中坚力量,于孜孜以求中续写着后浪推前浪的新篇章。一代人有一代人的担当,一代人有一代人的精彩,"80后"的他们正奔跑在梦想与责任的路上。今天就让我们一起聆听四位"80后"青年教师在教学、科研中不断成长的故事。

毛相朝:探寻学科交叉的创新魅力

给我一个舞台,还你一份精彩。用这句话来形容食品科学与工程学院毛相朝教授加

盟中国海洋大学五年来的成长之路,既真实,又贴切。五年前,初入海大,他曾因在科研上找不到与海洋学科的结合点而迷茫、困惑;五年后,他不仅实现了生化工程技术和海洋生物资源开发的学科交叉,建立了海洋生化工程研究方向,还在这一领域不断演绎创造着精彩与惊喜。仔细梳理这位"80后"青年学者的成长之路,他的成才是内在动力和外界环境的完美结合。

1981年6月,毛相朝出生在青岛即墨一户普通的农村家庭,自小喜欢读书,父母也竭尽所能为他创造良好的学习条件。1999年考大学时,正值"计算机热"大行其道,毛相朝第一志愿报考了山东大学的计算机专业,因4分之差没能如愿,被调剂到了生命科学学院新成立的生物制药工程专业。山大四年,本着"认真对待每一件事,真诚对待每一个人"的人生信条,毛相朝通过自己的勤奋和努力,不仅在专业学习和社会实践方面都取得了不错的成绩,而且在山东大学微生物技术国家重点实验室参加科研训练的经历让他喜欢上了生物工程领域的科学研究工作。2003年大学毕业时,获得研究生推荐免试资格的毛相朝,怀着对生物工程研究的憧憬选择了到华东理工大学生物反应器工程国家重点实验室,跟随我国生物化工领域知名专家魏东芝教授攻读硕博连读研究生。

在上海学习的五年间,实验室良好的科研条件和浓厚的学术氛围,加之导师也敢于放手让学生去自由探索和发挥,毛相朝的科研技能和水平得以快速提升。这期间,他还有幸前往上海交通大学邓子新院士领衔的微生物代谢国家重点实验室从事合作研究。两位导师的谆谆教导和两所实验室的文化熏陶,使其具备了一名青年科研工作者应有的素质。

2007年父亲因病去世,承受巨大悲痛的毛相朝婉拒了导师想让他留在华东理工大学的提议,决定博士毕业后回青岛工作。"作为家里的独生子,我首先想到的是回家乡工作,方便照顾母亲和年迈的奶奶。"毛相朝说。在为不能把优秀的学生留在身边感到惋惜的同时,魏东芝教授更为毛相朝以亲情为重的孝心感动,他支持学生的决定。2007年6月,魏东芝教授受中国科学院的邀请,前往青岛筹建青岛生物能源与过程研究所。"我们又可以在一起工作了,而且还是去你的家乡。"毛相朝依然记得导师与他分享这一消息的喜悦。

经过一番筚路蓝缕、以启山林之后,2009年,当青岛生物能源与过程研究所步入正轨之时,魏东芝教授因工作需要调离青岛,返回华东理工大学,他的学生毛相朝为了照顾家庭选择留在了青岛,开始独立面对科研路上的风雨。"这么多年习惯了大学的生活,也十分向往大学的科研环境和人文气息,有机会还是想回到大学去工作。"毛相朝说。

当时正赶上中国海洋大学食品科学与工程学院招聘生物工程方面的人才。毛相朝如愿以偿,于2010年伊始走进了这所和青岛生物能源与过程研究所仅一条马路之隔的大学,他的办公地点却是在鱼山校区。

初进海大的那段日子,毛相朝的内心是复杂的。一方面是到高校工作的愿望实现后的喜悦,另一方面是找不准自己未来科研方向的迷茫。"当时我列了五六个科研题目去和林洪书记、薛长湖院长交流,但都被一一否定,他们说我的想法从科学研究角度看是很好,但没有海洋和水产的特色,不能融入学院的主流学科。"这期间,两位教授也不厌其烦地与毛相朝讨论,在交叉学科的交流中不断碰撞出思想的火花,从而使毛相朝更加坚信自己的生化工程技术在开发海洋生物资源领域肯定大有可为,但具体做什么、怎么做,还有待探索与挖掘。

那段时间毛相朝在青岛市区没有住房,爱人又在即墨工作,一家三口与老人共同居住在即墨,他每天都在即墨和鱼山校区之间奔波,每天有三个多小时时间浪费在路上。后来,他为了能够节省出时间用以补习海洋、水产学科的知识,经常在学校加班至深夜,回不了家就住到学生宿舍。这样一来虽然工作效率提高了,但是陪家人的时间越来越少,那段时间他也经常为自己难以尽到家庭的责任而自责和愧疚。

功夫不负有心人,伴随着将大量的精力投入海洋、水产学科的文献阅读当中,以及与学院老教授们多次交流讨论,毛相朝渐渐地找到了能够与学院主流学科相结合的研究方向。他也清楚地认识到作为应用导向的水产品加工学科,应更贴近生产一线,在林洪教授的引荐下,毛相朝成为泰祥集团的博士后。"当时很多人不理解,都在高校工作了,怎么还去做一个企业的博士后。我需要的是务实,我在乎的是在和企业的接触中发现问题、分析问题并最终探索自己的生化工程技术在海洋水产品加工领域的用武之地。"毛相朝说,在一边补充水产科学知识,一边跑企业的过程中,他进入海大后的第一个科研课题慢慢做了起来。

对于一个初来乍到的"80后"青年学者,在科研起步阶段,他面临的不仅仅是科研方向对接的困难,还有人力的匮乏、设备的不足、平台的欠缺。面对这些困难,毛相朝再一次感受到了学院和学校对青年教师的关怀与扶持。"当时林洪教授和薛长湖教授从研究生、科研经费和实验设备等多方面给予了支持。薛长湖教授还从自己的科研经费里挤出资金来支持我购买必要的科研设备。"在学校和学院的支持下,目前毛相朝成功建立了以微生物和酶为工具,以海洋生物资源为研究对象,应用生物催化、生物转化和发酵工程等生化工程技术开发高端海洋食品的海洋生化工程方向,而且逐渐成了水产品加工与贮藏工程国家重点学科的重要分支方向。2011年,他成功入选学校的"青年英才工程"岗位,这为他参加学术交流、承担课题、招收研究生等都创造了很好的机会,也进一步坚定了他的科研信心。五年多来,毛相朝在海洋生化工程研究领域取得了多项创新性成果,主持国家自然科学基金3项,中央高校基本科研业务费南海专项1项,中国博士后科学基金会项目3项以及其他课题10余项,发表SCI收录论文20余篇,申请发明专利19项,已授权8项。

毛相朝刚到海大不久,适逢2009级生物工程班的班主任工作调动,学院安排他接替,他欣然接受。毛相朝说,自己是1999年上大学,11年后,给2009级的学生当班主任,这是一种巧合，也是一种缘分，他总是以兄长的角色面对他们。那段时间，毛相朝正好经常住在学生宿舍，和学生交流起来非常方便，晚上在六二楼加完班，回到宿舍，同学们总是围着他询问专业前景和发展方向。每当这时，毛相朝都会耐心地给予解释，坚定同学们的专业信心，让他们更加热爱自己的专业。"我的理想是把他们培养成生物工程行业的顶梁柱、领军人才，再过 10 年、20 年成为这个领域的中坚力量。也有人反对我，说我是家长式管理，强迫学生搞科研。"毛相朝笑着说。在班级管理上，毛相朝采用"化被动为主动"的方法，让学生自行安排时间与他主动进行交流。"这种方法与老师通知学生去办公室的传统方式相比，可能会大大减少学生的心理负担，更易于他们敞开心扉。当然还要注重方式方法，让他们喜欢和我交流。为此，研究生经常说我对学弟学妹偏心。"三年的班主任工作，毛相朝和学生结下了深厚的感情。学生每次来青岛，都会特意来学校看望毛老师，还会把自己工作中取得的成绩和遇到的困难与老师分享和探讨。

初登讲台之时，毛相朝主讲的是生化工程，属于生物工程专业的核心课程。虽然他研究生期间的专业方向就是这一领域，但是为了讲好这门课，他还是下足了功夫，用他的话说就是"要让听课的学生有尽可能多的收获"。第一年讲授这门课的时候，如果第二天有课，头一天晚上他肯定不回家，在办公室备课到关门，做好 PPT，反复演练，第二天早晨 5 点起床，再试讲一遍。经过 5 年的讲授，毛相朝逐渐形成了自己的讲课风格和教学理念，这期间也经常向经验丰富的老师学习新的教学方法，并倾听同学们的心声。比如，为了让同学们集中注意力，提高听课效率，毛相朝给每一位同学发一张听课记录表，让同学们把重要的知识点和听课的感受写下来。课下他会就讲课的效果与同学们及时沟通，询问改进的意见和建议。最近，正在上生化工程课的 2013 级学生潘芳收到了毛相朝发来的邮件。"毛老师让我们把对课程的意见和建议写在课堂作业后面，还鼓励我们努力提高创新实践能力，将来打造一片具有海洋特色的生物工程新天地。"毛相朝说，对于本科生他更多的是引导他们，让他们喜欢这一专业，把基础知识打牢。

最近六二楼正在搞装修，食品科学与工程学院的实验室大部分搬迁到了浮山校区，毛相朝经常两个校区来回跑，教学、科研还有班主任的工作让他总觉得时间不够用。而且由于爱人在即墨工作，夜晚，他经常在辅导完孩子的功课之后，才有时间静下心来阅读文献，至于爬山、打羽毛球这些平时喜欢的运动明显比以前少了。在这样快节奏的工作、生活中，毛相朝始终怀着一颗感恩的心在学校和学院为其搭建的舞台上奉献着、探索着，在海洋生化工程领域的教学和科研中继续创造着新的精彩。

李雁宾：寻找海洋中的隐形杀手

汞，是一种基本元素，它天然地存在于地球表面，无论元素汞、无机汞，还是有机汞，都对人体有害。有机汞中毒性最大、分布最广的当数甲基汞，它具有神经毒性，极易在食物链中累积放大，人们食用了富含甲基汞的鱼和其他海产品会甲基汞中毒。在中国海洋大学却有一位对此剧毒物质怀有浓厚兴趣的"80后"青年学者，以在海洋中搜寻甲基汞这一隐形杀手为己任，用自己的方式呵护着海洋环境和人类健康。他就是中国海洋大学"青年英才工程"学者、海洋化学理论与工程技术教育部重点实验室李雁宾副教授。

栖霞，因盛产苹果，被称为"中国苹果之乡"，1982年7月，李雁宾出生在这里。虽然家庭经济状况不好，但父母还是努力供应孩子读书。从小学到中学，李雁宾刻苦攻读、勤奋学习，并于2000年9月考入青岛海洋大学。

李雁宾入学的2000年恰逢青岛海洋大学在人才培养中推出"本硕连读强化班"这一创新型举措，强化班分"水产班"和"海洋班"两个班，从全校新入学的学生中选拔产生，采取自主报名、考试选拔的方式，李雁宾有幸进入水产班学习。"在海洋大学历史上就搞过两届这种强化班，我们是第一届，面向全校新生，中文、经济、数学、生命等都可以报名参加选拔考试，我们水产班选了23个人，物理海洋班选了30多个人。"李雁宾说，他们是海大历史上前无古人、后面仅有一届来者的班级。强化班实行3年学制，期满考核通过后，可以获得研究生推荐免试资格，不通过者和其他同学一样4年毕业。"当时学习的压力特别大，我们要用3年学完别人4年的课程，最终我们水产班有9人获得了推免资格。我现在填表写简历，别人看见我本科读了3年，都以为是填错了。"李雁宾说。

2003年攻读研究生，选择研究方向时，李雁宾进入环境科学与工程学院环境科学专业，之后硕博连读跟随化学化工学院王修林教授学习。谈及研究生期间的学习，李雁宾说，一方面是实验技能、动手操作能力的掌握，这需要自己去摸索，去练习；另一方面是跟随导师学习科学思维的方式、方法，提升创新研究的水平和能力。"导师工作比较忙，作为研究生，具体实验方法也不能都依靠导师指导，导师更多地是培养我们的科学思维方法，提升我们对学术前沿的把握能力。"经过5年的研究生学习，李雁宾不仅具备了熟练的实验操作技能，而且对海洋化学的创新发展、学术前沿也有了自己的认识和理解。为进一步开拓视野，借鉴发达国家的先进科研理念，2008年，经导师推荐，李雁宾前往美国佛罗里达国际大学（FIU）从事博士后研究工作，加入化学与生物化学系蔡勇教授科研团队，专注于水环境痕量金属生物地球化学循环、金属稳定同位素示踪技术应用方面研究。

2012年底，博士后出站时，李雁宾又回到了母校中国海洋大学，他说："在美国做博士后期间，一直和母校保持密切的联系，学校也通过'青年英才工程'给我们年轻人提供了非常好的科研条件，就这样我又回到了王修林教授的科研团队。"

回到中国海大后，李雁宾继续致力于水环境痕量金属生物地球化学循环研究，2014年8月，以第二作者身份在国际著名学术期刊 *Nature Communications* 上刊发了题为《天然水体中碘甲烷熏蒸剂可以导致无机汞的甲基化》的研究文章。该研究不仅突破了经典甲基化机理认知方面的缺陷，发现了新的光化学甲基化途径，而且使人们对碘甲烷新型农药熏蒸剂的使用开始进行广泛、审慎的安全评估。此外，李雁宾在水环境汞循环和重金属环境污染评价方面也取得了不错的成绩。他关于水体甲基汞光降解机理及水环境有毒金属来源及环境生态风险评价的研究成果，于 2014 年 7 月和 2015 年 8 月在国际知名环境学期刊《环境科学与技术》（EST）连续刊发，受到了国内外同行的高度关注。

在国外从事科学研究的经历，不仅让李雁宾接触到先进的科研理念和学术思想，而且在实验室管理上也借鉴了许多宝贵经验。在佛罗里达国际大学，科研人员进实验室之前需要通过多次考试，在取得十几个合格证后才可以进入实验室学习或者工作。李雁宾通过美国的朋友把他们考试的试题和先进的管理理念引进来，并组织研究生一起研讨学习，使之更适用于自己的实验室。"以前觉得只要是无毒无害的试验液体、废品，就可以直接倒进水槽或者丢进垃圾箱，进入实验室之后，李老师纠正了我们的观念，并带领我们建立起一套科学严谨的实验室安全管理规范。"研究生陈路峰告诉记者。

同其他青年教师一样，"80 后"的李雁宾也喜欢和"90 后"的学生们打成一片，关心他们、爱护他们，与他们一起成长。2014 年，当学院领导就新生班的班主任人选征求他的意见的时候，他很爽快地接受了这一任务。崔馨匀是 2014 级化学 1 班的学生，进入大学一年多来，班主任李雁宾老师让他感触最深的是对学生的体贴和细心。"有时候李老师出差回来，会给我们带些好吃的东西。国庆节、中秋节放假，不能回家的同学，他就喊大家去他家吃饭。"谈起这些美好的记忆，崔馨匀脸上写满笑容。2014 级化学 1 班的同学住在东海苑，李雁宾住在一路之隔的龙泽书苑小区，他会时不时地去男生宿舍转转，了解学生的生活、学习情况，询问大家有无需要解决的困难。对于那些宅在宿舍打游戏的学生，他也会进行批评教育。为了让学生尽早接触、了解科学研究，他把自己的实验室向本科生开放，以学校的 SRDP 项目和他自己的科研项目为载体，指导、训练本科生的试验技能和科研素养。

在教学上，李雁宾负责生态学基础、海水分析化学实验两门课程的教学工作，为了讲好这两门课，他除了认真查阅资料、积极备课以外，还不断听取学生的意见和建议，及时调整、改善教学方式和方法。"在生态学基础的课堂上，李老师让我们模拟项目申请、文献阅读、报告书写、申请答辩……整个流程走下来，确实学到了很多东西，他还让我们学生自己当评委，互相评判打分。"2012 级化学专业的杨宗霖说。为了让课程更贴合学生的需求，学期末的最后一节课，李雁宾会请班上的每一位同学提出课程改进的意见和建议，并认真消化吸收，融入下一学期的教学中。

学生说，李雁宾是一个时间观念很强的人，出差参会，坐火车、等飞机的时间他也会用来修改 PPT，对着演讲稿反复练习。李雁宾说，是人就有惰性，他也不能幸免，有时候他也会一两天捧着一本玄幻小说看。李雁宾也是一个热爱生活的人，不仅做得一手好菜，还喜欢打羽毛球，有时也会去健身房运动一下。他说，虽然没有运动天分，但都想尝试下，锻炼身体为主。

李德海：从普通青年到有为教授

"青年英才工程"是中国海洋大学为加强师资队伍建设、培养优秀中青年教师而推出的人才引进与培养举措。多年来，有许多青年才俊和科研新秀通过这一渠道加盟中国海洋大学，并在这片沃土上茁壮成长。医药学院的李德海教授便是中国海大通过这一工程引进并迅速成长起来的首批青年英才之一。

谈到"80 后"，李德海说，现在"90 后"都开始崭露头角了，"80 后"已不再年轻，自己都 35 岁了。话语间透着惯有的谦和与风趣。

"大葱之乡"章丘是李德海的故乡。在农村长大的他，不仅熟练掌握农田的各种劳作技能，而且学习成绩一直名列前茅。20 世纪 90 年代，为尽早参加工作，大多数初中毕业生选择上中专，读高中、考大学却并不受大家的追捧。1995 年，李德海初中毕业，本想考中专的他，受表哥考取复旦大学的鼓舞，决定参加高考读大学，并免试进入当地最好的高中——章丘四中学习。

从初中到高中，李德海的生物学成绩一直很好，他的理想是成为一名医生。1998 年高考，填志愿时他选择了山东医科大学的临床医学专业。在那个"医学热"的年代，他却没能如愿，被调剂到了药学专业。按照他的话讲"从此才知道原来还有药学学科"，抱着"既来之，则安之"的心态，李德海在药学专业刻苦学习了四年，发现药学"也蛮有意思"。临近毕业，他从辅导员处得知当时青岛海洋大学有药学专业，并与其他同学专程到青岛考察，参观了由海洋药物学科"长江学者"特聘教授崔承彬领衔的天然药物实验室。实验室先进的科研理念、融洽的师生关系以及青岛美丽的自然环境深深吸引了各位同学，回济南后他立即开始准备青岛海洋大学的研究生考试。"考完研之后，我的毕业设计也是来青岛，在崔承彬、顾谦群教授的课题组做的。"李德海说。

在学术成长上，李德海的科研之路充满了太多的转折与不可思议。在大四毕业实习的时候，李德海已经基本完成了实验室硕士一年级的海洋微生物分离任务，获得了活性菌株，马上可以开始主流研究方向——微生物活性次级代谢产物研究的化学工作。2002 年，他正式考入中国海大后，崔承彬教授、顾谦群教授建议他探索一个超前且全新的科研领域——海洋宏基因组。"95％以上的海洋微生物是不能培养的，我们设法把它的宏基因提取出来，筛选出可以编码代谢产物的基因片段，并导入特定的宿主进行表达，这个理念在现在依然很超前。"李德海说，经过一年半的研究，他发现在当时，这一项目似乎只有一个课题组有过成功的案例，此后很久都没有这方面的后续文献报道。"当时，我就和导师讲，这个课题虽然理论上可以实现，但我觉得现在我们实验室的条件不成熟，短期内恐怕不会有进展。"此时，李德海已经被确定为实验室第一位硕博连读的研究生，但在过去的近两年时间里，他的研究却一直没有重大进展，不得已，他又回到了实验室的主流研究方向（海洋天然药物化学）上来。心思虽然回归了，但是当年获得的活性菌株已经安排其他同学研究了,他已无菌可用,如果从头培养,又要花费半年以上的时间。"做了一年多的课题没有进展,新的课题又没有资源,关键是时间已经过去了两年,一块儿进来的同学已经在考虑毕业问题了,虽然是硕博连读,但是接下来怎么办?"谈起当时抓狂的境况,李德海依然记忆清晰,每天疯狂地做试验,"那个期间,看文献的水平意外地得到了大幅度提高"。

2004 年,在一次学术交流中,当时在国家海洋局第三海洋研究所工作的肖湘教授向顾谦群教授提起,他们在研究深海细菌时,培养基上意外长出几株真菌。在导师的协调下,李德海得到了这 4 株来自 5 000 米以下深海的真菌。他如获至宝,采用各种方法培养和摸索,发现其中两株在特定条件下能够产生活性物质,并从此开始了深海微生物活性次级代谢产物研究。截至目前,他所在的实验室已经获得了近千株深海菌株,但是在当时,深海一度被认为是不可能有真菌存在的,从代谢产物的角度从事深海微生物研究的专家学者更是少之又少,"能找到的文献仅有 4 篇"。于是,在这一新领域,依托这一前沿课题,李德海最终找准了自己的科研方向——深海微生物活性次级代谢产物,并在剩下的 2 年多的研究中,获得了 100 多个小分子结构,取得了不错的成绩。

2007 年 6 月,博士毕业后,李德海前往加拿大英属哥伦比亚大学(UBC)做了两年博士后,从事海洋天然产物的发现和化学合成研究。2009 年博士后出站之际,适逢中国海洋大学实施"青年英才工程",李德海再一次回到了熟悉的校园和实验室。回校 6 年来,他聚焦海洋微生物活性次级代谢产物,致力于从中寻找结构新颖的药物先导化合物。任何努力都不会白费,通过近几年的研究他发现,环境中绝大多数微生物不仅不能培养,即使能培养的微生物,绝大多数基因也是沉默不表达的。此时就用到了基因学方面的知识,而研究生期间他从事海洋宏基因组研究的经历与积累,为这方面研究提供了重要支撑。"当年基因方面的研究背景和基础,为我们挖掘这些潜在的宝库提供了非常有力的工具。"李德海说。入职 6 年间,李德海先后主持承担了国家自然科学基金、山东省、教育部的 7 项课题,发表 SCI 收录论文 70 余篇,申请国家发明专利 8 项,授权 5 项。

在学生工作开展中,李德海也是学校和学生公认的"优秀班主任"。回到海大工作的第二年,李德海即成了 2010 级药学 1 班的班主任。为了消除与学生的隔阂,他想了很多"招",开班会、打篮球、搞聚餐……学生们亲切地称呼他"老李""海老师"。李德海说,在这些"90 后"面前,他没有把自己当老师,学生也没有把他当外人。根据计划,2014 年 3 月底,李德海要前往美国加州大学洛杉矶分校交流访问一年,此时距离 2010 级药学 1 班的学生毕业还有 3 个月,出国就意味着李德海不能看着自己的学生毕业离开。思考再三,李德海还是放不下朝夕相处了 4 年的学生,经过沟通,他把访学计划推迟到了 8 月底。

在同事和学生眼中,这位幽默、随和、很有喜感的"80 后"教师,不仅科研做得好,而且勤奋敬业。2014 年 5 月,在一次篮球赛热身时,李德海感觉脚部不适,经医生诊断有一块软骨断裂。手术后,医生叮嘱他要在床上休养 1 个月才能下地,可不到 2 个星期,同事和学生就看见了李德海拄着拐在实验室、教学楼走动的身影。"当时他有一门课在五楼上，看他拄着拐爬楼，确实很感动。"2010级药学专业的杨柳说。依靠自己的勤奋和努力，李德海还获得了海洋领域优秀科技青年、青岛市青年科技奖、天泰优秀人才奖等多项荣誉和奖励。

平时工作再忙，李德海也会抽出时间锻炼身体，可自从脚部做了手术之后，他不仅篮球不能打了，连青岛山、八关山也很少爬了。平时不喜欢下水的他，最近开始考虑去游泳。生活中的李德海还喜欢摄影，他说，虽然没有时间去旅游，也可以拍一拍生活中的小细节，记录下身边的感动和美好。令他小有成就的是，有5幅摄影作品在学校和学院组织的摄影比赛中获了奖。

郑小童：海－气交互缠绕的科研情怀

近日，2015年度"海洋领域优秀科技青年"揭晓，20名青年学者获此殊荣，中国海洋大学有两位"80后"青年学者名列其中，海洋气象学系副教授郑小童便是其一。

1982年出生的郑小童，不仅是土生土长的青岛人，而且自小就与中国海洋大学有一种难以割舍的缘分。他在青岛的鱼山支路长大，不仅在同一条路上经常可以见到文圣常等海洋科学界的名师大家，而且鱼山路5号的海大校园也是他常去玩耍的地方。

在青岛海风的吹拂中，在海大文化的熏陶中，这位叫小童的儿童对海洋科学产生了浓厚的兴趣，并憧憬着有一天能在家门口上大学。

18岁那年他如愿以偿，正式成为了一名海大人。"报志愿时，为了求稳，没有报海洋学，而是选择了海洋气象专业。"谈起当年那份对海大的渴望，郑小童记忆犹新。

从童年，到少年，再到青年，从学士，到硕士，再到博士，郑小童一直在海大的庇荫下成长。2010年博士毕业时，他又毫不犹豫地选择了留在海大，跟随自己的导师刘秦玉教授、谢尚平教授从事海洋和大气相互作用及全球气候变化方面的研究。

对于许多人来说，听说郑小童这个名字，源于2013年底国际著名期刊 *Nature Geoscience* 在其封面上重点推介的那篇题为《印度洋偶极子对全球变暖的响应》的综述性文章。文章的第一作者是中国海洋大学"千人计划"教授蔡文炬，第二作者便是郑小童。"当蔡文炬教授邀请我一起写这篇文章时，我还是有些受宠若惊。"谈及当时的情景，郑小童难掩喜悦。在美国夏威夷大学跟随谢尚平教授读博士期间，郑小童先后在气象学期刊 *Journal of Climate* 上发表了两篇文章。蔡文炬教授对这位年轻人的研究成果表示肯定，当收到 *Nature Geoscience* 的约稿请求时，他邀请郑小童与他合作完成文章的撰写，而郑小童也成为来自美国、日本、中国等国的诸位学者中最年轻的作者。也正是这次机会，更加坚定了郑小童的科研信心，为他从事海－气相互作用研究增添了激励和鼓舞。

参加工作的第一年，郑小童便担任了刘秦玉教授的教学助手，并旁听了一学期的海洋大气相互作用课程。从课前准备，到课上讲解，再到课后指导、作业批改，导师授课的一言一行、一点一滴，他都一一记在心里。2011 年秋季学期，他从导师手中接过了该课程的接力棒，正式登上讲台。在课堂上，他不仅把课程讲得生动形象，引导同学们在脑海中形成一幅幅清晰的图像，而且还会把海洋气象学界最新的研究成果告诉学生。"每一个知识点他都讲得特别细，深入浅出，让外专业的人也能听懂。他还会把 *Nature*、*Science* 上一些前沿的成果与我们分享。"学生吕梁宏如此评价郑小童。

郑小童说自己专注力比较好，适合持之以恒地做一件事。他还自嘲说，如同电脑，自己是单核的，不及他人的四核、八核甚至多核。但 2012 年他还是担任了大气科学 2 班的班主任，而且不知不觉已经度过了三年时光，也习惯了学生称呼他"小童老师"而不是"郑老师"。"小童老师很关心我们，入学时就和我们每一个人谈心，询问我们大学四年的规划以及未来的志向，现在临近毕业，他又开始找我们一对一地谈心了。"2012 级大气科学的王子祎说。谈及自己的班主任，陈亚楠更喜欢他的平易近人："他呆萌呆萌的，有时候和学生说话还会害羞。"

从 2014 年的"谢义炳青年气象科技奖"到 2015 年的"海洋领域优秀科技青年"，郑小童说这都是学院和学校的关爱与信任。谈及未来，郑小童希望自己所在的海洋气象学系和物理海洋教育部重点实验室越来越好，自己也将努力为这份美好贡献力量。

郑小童说自己是一个比较古板的人，有不熟悉他的人会和学生说："你们郑老师总是愁眉不展、心情不好的样子，我都不敢和他说话。"郑小童坦然，自己可能有时因为一些科学问题想不开而闷闷不乐，但还是一个很好接触的人。生活中的郑小童热爱运动，喜欢读一些历史和介绍风土人情的书籍。

虽然郑小童渴望专心致志地做一件事，但现实中依然有许多角色需要他去承担，教学、科研、班主任、"千人计划"学者谢尚平教授的科研助理、国家重大科学研究计划项目"太平洋印度洋对全球变暖的响应及其对气候变化的调控作用"的科研秘书……最近，女儿的出生又让他多了一个角色。初为人父，因为要抽出部分精力照顾家庭，他又担心耽搁了研究生的培养。在与学生谈心时，他说："你们把人生中最好的几年，用来在我这儿学习，我将尽最大努力培养你们，让我们彼此不留遗憾。"

（本文刊于 2015 年 10 月 23 日，第 27 期）

三十载光阴　书写对科学研究的大爱情怀

——记原生动物学者宋微波

冯文波

　　纤毛虫,原生动物中结构最复杂、多样性最高的一个大类群,广泛分布于淡水、海水、极地、土壤中以及各类动植物宿主体内外。在那里,它们扮演了形形色色的角色:微食物网内的能量转运枢纽、环境清道夫、水体生态系统的保护者、基础科学研究用材料、细胞水平的模式动物、养殖动物的病害等等。但亿万年来,这些无处不在的单细胞微小生物,虽然与人类的生存环境息息相关,却长期远离人们的视线。

　　追溯到 20 世纪 80 年代,由于种种原因,我国有关海洋环境中这一大类群的研究长期处于空白状态。1989 年初,从联邦德国波恩大学学成归国的青年博士宋微波全身心投入海洋纤毛虫的研究事业中。经过其 30 余年的努力,从一个人发展成为一个团队,直至成为一所学校的人才培养基地,一批批新人从这里学成和毕业,一夜梨花般地走向国内外并生根、开花；一项项成果在这里形成和汇聚，无声地向世人展示着创造者的坚守、影响力和地位；30 年的春华秋实，讲述了一个辛勤园丁耕耘与收获的故事。

成长记忆：一名造纸工人的大学梦

1958 年，宋微波出生在鲁西南的一个小县城，微山县，父亲是一位有着新四军背景的退伍军人，母亲是一名医务人员。谈起童年时期，宋微波自述：父亲那时工作极忙，终年早出晚归，家中孩子的成长更多接受了母亲的影响，兄弟 3 人跟着母亲学做饭、洗衣服、买煤、生炉子、做家务……从小就培养了独立生活的能力。他的小学时期正值"文革"风雨袭来之时，身为泗水一中党支部书记的父亲最先受到了冲击，他的家庭也和社会上无数的无辜家庭一道被卷入到无奈、无助的动荡之中。那些年，宋微波最能回忆起的甜蜜时光是泗水一中小小的图书室：得益于家在学校的条件，母亲在孩子们的周末、假期及因动乱而休学等闲暇时间，设法安排他们到早已空无一人的学校图书室读书和做功课。在那里，宋家三兄弟得以避开了周围的喧嚣和外界的伤害，不仅逐渐培养起读书与求知的爱好，更是有机会享用当时已难以为继的学生生活，这些也无意间为他们后来的成长和独立学习能力的建立奠定了基础。在早年的学生生涯中，他一直念念不忘的是班主任贾舜老师，一个刚走出校门不久的年轻人，揣着正直、激情和人文关怀的处世标准，陪同他度过了近 5 年的小学到初中的成长期。在那个读书无用、知识越多越反动的年代，他几乎是用一己之力维系着孩子们的学习兴趣，督促着孩子们努力向上。贾老师喜欢美术，这让有着同样爱好的他有机会得到最近的指导。"练习绘画、办黑板报、布置宣传栏，我的美术功底就是那时候打下的。"宋微波自谓。贾老师是语文老师，古文、诗词甚至几何代数等"非主流"的课程都是他一直给学生补习的内容，犹如沙漠中的甘霖滋润着学生们的心田，在有限的条件下，宋微波获得了多方面的启迪和收获。宋微波回忆说，正是那时来自老师的关心与鼓励，令身背"走资派的狗崽子"之名、时常面临周围冷眼的他，在寒意中感受到令他难忘的人间温情。

1975 年春夏之交，也是他高中毕业的最后一个学期，宋微波从泗水一中转学到微山一中，并在毕业后分配到了微山造纸厂，成为一名造纸工人。那又是一段难忘的岁月。工厂的工作条件十分恶劣，"三班倒"的作息制度让人的生物钟始终处于紊乱状态，还有震耳的噪声、造纸厂特有的刺鼻气味、无处不在的蚊虫、夏天的闷热、冬天冷水刺骨……在艰苦的环境中，宋微波依然没有放弃读书学习的习惯。他所在的打浆车间，经常会收到一些等待销毁的书籍，这些本来属于"四旧"的禁忌读物，无意间成为那个特定年代的精神食粮。他和伙伴们会想方设法将很多书籍悄悄保留下来。"到 1978 年离开工厂的时候，发现自己的床下堆满了各类书。"宋微波说。工厂三年的收获还包括有机会发展自己的爱好——美术。作为学徒工，当时每月的工资是 20 到 24 元，他从中挤出钱订阅了数份美院杂志。工厂的"三班倒"节奏非常紧张，因此任何爱好都只能在剩余的时间中安排。这成就了他一个好习惯的建立：安排和利用点点滴滴时间以便完成预定的任务。在 3 年的工厂生活中，他利用工人俱乐部的美术培训班，完成了从美术欣赏、绘画理论、写生、速写、色彩、解剖、构图、直到美术创作的业余但较系统的自我培训，而这种见缝插针的习惯，在他后来顺利地度过大学生涯中更是大放异彩。

1977 年秋季，恢复高考的消息传到造纸厂，群情沸腾之下，200 多人的工厂竟有一半以上的工友蜂拥到备考大军中。困难令人难以置信：工厂严禁任何人离岗复习，复习资料极端匮乏。在当时，任何性质的参考书或教科书都还来不及上市，因此，厂图书室的馆藏就成了获得复习资料的希望所在，"还算幸运，找到一本撕了封面的代数与几何的合订本，其他资料早已被人抢光了"，他回忆道。为了孩子的备考，远在外地工作的母亲担当起给孩子们搜集、提供复习资料的重任：用复写纸将数学、物理、化学等各类材料照猫画虎地誊写成多份，通过邮局，持续不断地寄给分处三地的三个孩子。"母亲很伟大，回想起当时每周收到她寄来的厚厚的信封，里面该包含了多少做母亲的期望和寄托！" 1977 年冬天，宋微波和千千万万渴望改变命运的年轻人一起走进了久违的考场。年初得到了初战告捷的消息，他作为厂里唯一成绩通过初选线的考生，在体检后填报了入学志愿，在不知成绩的情况下，心高气盛的他填报了北大、清华、山大这三所他向往已久的学校。但很快他就尝到了盲目和无知的苦果——落榜。再次回到备考中已经是转年的 2 月，第一次高考的失利，极大地激发了他的学习潜能，三个月的呕心沥血，功夫不负有心人，1978 年高考，他如愿考入山东海洋学院，大学之路由此展开。

求学之路：一个以勤奋为标签的学子

1978 年秋天，他怀着对大学的憧憬踏上了开往青岛的火车。"班上 42 个同学，大部分是从社会上以往届生的身份考进来的，大家很快发现，面对大学的科目，有太多的知识需要补习。而长期被排斥在大学门外的边缘地位，让这些重获机会的学子更加珍惜这得来不易的时光。那时的班级内，浓浓地笼罩着拼学习、争上游的气氛。而每个人又有各自不同的知识背景，这就要求必须自己制订学习计划和时间表，自己给自己布置任务、施加压力。"好在自学经历和特殊的备考背景发挥了作用，无需督促和任何指点，他和同学们可以很好地应对突如其来的课程的拷问。那时留给多位任课老师的普遍印象是，上课时的宋微波问题特别多，还常常在课间截住老师讨教。他回想当时的情景说，班中许多同学的英语都从 ABC 补起，面对许多领跑在前的同学，挫败和落差感是最常态的困扰。但无路可走的好处是知耻者后勇，他把大量的时间用在弱项的补足上。大学四年，每次放假回家，他都要带回一册《新概念英语》或《许国璋英语》课本，他给自己的死任务是：一天一课进度、一天学习 20 到 30 个新单词。经过四年的恶补，效果彰显：到大学毕业的时候，他的英语不仅在听说读写方面完全赶上了大学本科英语的标准进度，更成为他后来受益终生的、可以在任何场合下熟练运用的交流工具。

　　1982 年本科毕业时,国内研究生制度刚刚步入正轨,宋微波选择了在无脊椎动物学家尹左芬教授门下继续攻读硕士学位。在研究生期间,在导师提供的选项下,他选择了跟随孟庆显教授从事对虾体表的病害纤毛虫研究,这是他人生中一个弥足珍贵、一次定终身的选择!从此开启了他伴随终生的纤毛虫学研究的学术之路。

　　1985 年硕士毕业,宋微波留校任教。就在这时,他迎来了人生的又一次重大机遇:1985 年秋,国家在部分部属高校中选派一批青年教师出国进修。当时的选项包括加拿大、澳大利亚、日本、法国、联邦德国等发达国家。但一个匪夷所思的规定是:去英语国家进修资助 1 年,去非英语国家则可以为 2 年。"我选了 2 年的非英语国家,因为当时感觉很明确:在外学习的时间越长,研究加深的机会就越多。"宋微波依然清楚地记得当年的心路。在一位国际同行的推荐下,他选择了联邦德国波恩大学为进修目的地。为此的代价是先过德语关,否则将无缘作为学生在外注册学习。一门完全的新语言,对于已 27 岁"大龄"的学生而言,挑战不言而喻。他至今仍感谢当时的决心:破釜沉舟,再经历一次浴火重生般的努力,争取一个新的天地。他成功地赢得了这场"豪赌":在同济大学的留德预备部经历了为期一年的魔鬼式强化学习,一年后的语言结业考试,他成为最终通过考试的约半数幸运者中的一员。1986 年 6 月,他抱着莫名的信心和对未来的憧憬,踏出了国门,拜读于波恩大学著名原生动物学家 Wilbert 教授门下。

　　凭着 3 年硕士期间所积累的专业知识和研究技能,宋微波很快融入导师的研究之中并得到充分认可。经导师协助和推荐,他放弃了原定的进修计划并迅即完成了学生注册和博士就读。但现实很骨感:国家公派的进修合同限定为仅提供 2 年的资助,当时德国的学科设计也基本堵死了自谋经费的机会。为尽快拿到博士学位,他只能再次将自己逼上绝境:为完成预定的研究,必须把所有的时间都加以利用,放弃周末、假期,夜以继日,争取用 2 年的时间完成 3~4 年的工作量。那是一段不堪回首的时光。2 年 3 个月的博士研究,他每天的安排常常是:一早起来去听课、采集或扎进实验室工作,午饭时路过图书馆,把需要借阅的书目填表提交给图书管理员,饭后过来取走文献去拷贝,下午做水样分析、处理数据、绘图统计、邮件交流、暗室操作,晚上回到宿舍,整理白天的素材和查找准备第二天的所需文献等,直到夜深……到撰写论文的后期,他干脆把宿舍的窗帘拉上,"那样就分不清白天黑夜,完全按照自我状态和工作需要来安排作息"。

　　人在逆境下,可以超常地发挥潜力,而那段留学岁月的疯狂投入和刻苦曾在他离开研究所后很长一段时间里成为同事们的美谈之一。他的导师 Wilbert 教授在他毕业离开后,曾专门给中国驻联邦德国的大使馆教育处写信,建议表彰这位勤奋努力的年轻人。波恩当地报纸还专门对他的工作事迹进行了报道。作为付出的回报,他以《波恩帕氏水体周丛纤毛虫分类与生态》为题的论文获得了理学博士学位。这项工作第一次对富营养水体内的周丛纤毛虫的区系组成和时空变化做了全面、完整的研究。该论文后来在德国出版,并获得了国际原生动物学会主席、美国马里兰大学 Corliss 教授的高度赞赏,他在一封通信中评价该工作为"周丛原生动物研究作出了一大贡献"。借该论文的影响，宋微波于 1992 年获得了国际原生生物学家学会颁发的 Foissner 基金奖。

科学研究：从斗室到国际海洋纤毛虫学的研究中心

中国海洋大学水产馆 2 号楼二楼阳台右侧，是一个约 6 平方米的封闭空间。这里曾是宋微波 1989 年初刚回国时搭建的第一个实验室。作为一个新人，他从学校申请获得的资助是 3 000 元启动经费。"在当时，1 500 元仅可以买一台最低档的冰箱，而 3 000 元，刚好可以买一台针式打印机。"谈起科研起步时的窘迫，宋微波记忆犹新。但有幸的是，他在那个最困难的时期得到了当时众多前辈和同事们力所能及的无私帮助。他至今难忘所收到的第一笔驰援：1990 年，管华诗校长时任水产系副主任，在听到宋微波的工作困境汇报后，毫不犹豫地将其所获的山东省自然科学基金全额给了他，12 000 元，那已是一笔不菲的项目，堪称雪中送炭。回顾回国后的发展，他一直称自己在学术人生中遇到了太多像管校长那样的"贵人"，他在事业和工作的每个阶段，始终得到了历任领导和同事的关怀与帮助，包括众多高规格的荣誉、各种机会和学校政策上的扶持，这些都让他感恩和难忘，这也培养了他作为一个海大人长期以来视学校为自己的立命之本的忠诚意识和强烈归属感。

20 世纪 90 年代初，国内的科研氛围尚不浓郁，设备老旧、经费不足，工作条件十分薄弱。在国内学术界，原生动物研究更不被人们重视，对于海洋纤毛虫的研究近于空白。长期以来，在国际上几乎完全没有来自中国的声音。"这也是为什么我们在这个领域工作了这么久，一直还在继续和扩展的原因。"宋微波说。作为一个拓荒者，他带领团队开展了堪称壮举般的、持续 30 年的围绕纤毛虫分类、区系的研究，在这些大工程中，他先后组织了近 30 位博士生参与其中，犹如蚂蚁搬家，逐个类群、逐个海区、逐个生境地完成了我国黄渤海、南海自由生活纤毛虫所有常见类群的研究，在全球范围内首次形成了温带、亚热带海洋中近岸各类生境中纤毛虫物种多样性的全面、系统的本底资料。这项工作也促成了今天国际海洋纤毛虫学研究新格局的形成：在全球范围内，迄今还没有任何一个团队，以这样的规模、历时如此之久、集中如此众多的人力和物力，全方位、高标准地针对温带 - 热带的纤毛虫区系完成这样一个浩大的工程。他同时还主持了对海水养殖环境中病害原生动物的探索，围绕我国黄渤海区的养殖鱼类、贝类以及对虾等经济动物体内外的寄生、危害性原生动物，出版了该领域首部专著《海水养殖中的危害性原生动物》。

作为他研究工作的另一个重要分支，宋微波以极大的精力投入纤毛虫细胞学领域的开拓，他和他的学生在过去 20 多年的研究中，围绕众多代表性类群，揭示了大量细胞分裂过程中结构分化、模式形成中的新现象。他们在该领域所取得的成就，构成了国际上该分支领域的核心成果：对国际原生生物学领域 5 家主流刊物的统计显示，全球范围内最近 10 年的相关文章中,他及学生所完成的工作构成了该领域相关成果的三分之二,在《欧洲原生生物学报》近 5 年 10 篇最高引用率文章中有 5 篇出自他的团队,由此在国际上形成了广泛的应用和重要的影响。

在他的带领下,团队最近十几年来将分子生物学技术引入系统学研究中,先后开展了对纤毛门内各大类群的标记性基因测序、对系统演化关系的分析和探讨,成果累累,包括最近几年来的系列工作,连续 9 篇文章发表在领域著名刊物《分子系统发育与进化》上。他的团队所提交的标记性基因序列形成了国际 GenBank 信息库中纤毛虫类群的重要组成,成为国际纤毛虫分类学－系统学－基因组学研究的重要档案资料。

与此同时,宋微波积极活跃于国际学术界,他与多位国际同行先后策划和领导了多项中英、中美、中德等国际合作项目,推动了一系列合作研究的开展。在他和同行以及团队的共同努力下,我国纤毛虫学研究在国际上的声望不断提高,以 OUC 为简称的中国海洋大学一步步发展成为国际海洋纤毛虫研究的中心:每年都有一批批国内外同行和学生前来学习、进修和开展合作研究。奥地利著名学者 Berger 博士在其 2011 年出版的专著中予以"扉页题赠",将宋微波所领导的研究室称为全球纤毛虫学的"acknowledged center"。宋微波本人先后当选国际原生生物学家学会常务执委、中国动物学会原生动物学分会理事长、亚洲原生动物学会主席。此外,他还受邀担任了《真核微生物学报》《欧洲原生生物学报》《系统学与生物多样性》等多家国际刊物的编委。2015 年 9 月,在西班牙召开的第八次欧洲原生生物学大会上,他以《中国纤毛虫学的现状和发展》为题作了大会特邀报告。许多与会学者纷纷表示希望与中国加强合作交流,搭载中国这条"顺风船"发展本国的纤毛虫学研究。

翻开宋微波的履历,里面写满了荣誉与奖项:首届国家"杰出青年基金"获得者、"长江学者奖励计划"特聘教授、全国模范教师、全国劳动模范、国家自然科学成果二等奖、4 次教育部自然科学／科技进步成果一等奖、国际原生生物学家学会 Cravat Award 奖。2002 年,他获得了高规格的"中国青年科学家奖"。

回顾我国纤毛虫研究在国际上的地位变化,人们不难得出这样的结论,正是他和同事们长年的辛勤耕耘、长期的工作影响和积极的国际合作活动,才赢得了我国原生动物学研究在国际原生动物学领域中今天的地位。

团队建设:未雨绸缪,打造一支旗舰级的团队

初次走进他创建的原生动物学研究室,都会被整洁有序的工作环境、随处可见的绿色植物、清新淡雅的装修设计所吸引,一股浓郁的"德式风格"扑面而来。

宋微波坦承,德国导师和德国文化氛围,在他所创建的研究室内,年复一年,逐步演化成独具的实验室文化并融入团队建设理念中。"我经常向学生讲,如果你的工作环境一片杂乱,会让人联想到你的思维也同样地凌乱不清。"从这一实验室走出的历届学生,

普遍地感受到自己所传承的这种"宋氏风格"和文化印记。当他们走入新的工作单位，又会自然地把这一文化发扬下去，而这正是为师者的期许。

文化熏陶和对学生的精心培育，只是宋微波对学科与团队建设的一个侧面，而特别令他称道的却是另外两件事。

2010年2月，一个新的研究机构——海洋生物多样性与进化研究所在中国海洋大学挂牌成立，研究所的主体是宋微波领导的纤毛虫研究团队和张士璀教授所领衔的发育生物学团队。"完整的生物学版图应包括基础、应用基础和应用三个方面，我们学校在泛生命领域的应用及应用基础学科，已有非常好的团队群和基础平台，但在基础生物学分支，一些优势团队和个人分散在不同的学院内，孤军奋战，一直缺少一个整合机制。研究所的成立为中国海洋大学大生物版图完善了'基础'这一板块。"宋微波说，填补这个版图空缺，就是要构建一个平台，以便更好地为学校在学术层面上树立一面基础生物学研究的旗帜，从制度上保障这两个团队的健康发展，使其成为展示中国海洋大学科研实力的窗口。他对研究所的未来愿景评价为"十分乐观"。而五年来欣欣向荣的发展实践也证明，这个平台的搭建，对于确保他们团队的特色、优势研究领域的健康发展起到了重要的保障和支撑作用。回顾这个博弈般的举措，他不无自豪地将之定位为一个"历史壮举"。

在原生动物学团队的发展方向上，他常讲也一直坚持的观点是"人无远虑，必有近忧"。他时刻提醒自己，一个掌舵人的意识和观念将决定一个团队的兴衰。多年之后，他依然清晰地记起当年的一项决定：1996年前后，分子生物学在原生动物学研究领域还是一个新兴分支，国内刚开始涉猎。凭着直觉，他意识到这一方向的意义和前景，断然决定遴选学生去学习和掌握这项新技术，并在团队内及时开辟了纤毛虫分子系统学研究的新方向。在此基础上，如今，以纤毛虫为材料的分子生物学分支不断地延伸、拓展，并已成为团队中的核心之一：他们在表观遗传学、基因进化、分子系统发育等领域，不断攻克制高点，形成新突破。

在审时度势开辟新方向的同时，宋微波通过调整团队结构，统筹分配学生、经费等资源，强化团队内的分工协作，利用团队的力量来扶持新人、支撑优先发展领域等，顺利开展攻坚，这个过程的特别意义还在于有益于助手和新人的培养。"要维持一个团队健康、持续发展，团队领导要考虑的因素很多，包括队伍搭建中的年龄结构、发展方向规划、年轻人的提前培养等。在学科分工日益细化的今天，谁也不能通吃天下，为了确保我们特色和优势，必须有一个未雨绸缪的忧患意识、有一个综合规划和前瞻眼界、有一个对团队的长治久安的谋划，有所为、有所不为。"宋微波表示。

成功的筹划，必将获得恰当的回报。当下，宋微波领导的研究室已成为国际同行公认的最活跃、最高产的研究团队。他所领导的团队被国际原生生物学家学会前主席Clamp教授誉为纤毛虫多样性领域的"leading figures"。

教书育人：精品培养，播撒纤毛虫学研究的种子

"我们告诉你方法，其余全靠你自己。"这是宋微波为他的研究室制订的"室训"，也是他对人才培养方式的凝练。

从1993年招生算起，宋微波的研究室累计走出了50多名研究生，包括约四分之三的博士生。这个不算显赫的数目，与他所一贯提倡的"精品培养"方案密不可分。"每个学生进来之前，我们会告知他，研究室不接收那些本意仅限于读硕士的学生，在这里的学生要走完硕士到博士的全程。因为要完成合格的专业培训，3年的硕士时间不够。"宋微波说，"我们没有走数量取胜的道路，招进来10个，允许烂掉8个的那种'广种薄收'的培养方案不是我们的策略。当然，为确保我们的最终产品的质量，学生中的不合适者，会在硕士结束阶段被淘汰。"正是在这种精品培养的模式下，从这一实验室走出的学生普遍具有了良好的成果积累和充分的学术竞争力，他们中的大部分在毕业后成功地在国内各大学和研究所获得较理想的工作位置并顺利地开展起独立的工作。毕业生的发展现状可以从下面的数据中得到印证：在所有的博士毕业生中，除去部分人在国外发展，在国内工作的学生中90%以上都在继续着纤毛虫方向的研究；国内现有的近30个纤毛虫学研究团队中，约三分之二的团队由其毕业生所支撑或组建。另一个数据也可以考量这个培养模式的成效：从他的首位毕业生算起，历届学生中先后有1人入选"全国百篇优秀博士学位论文"、1人获国际原生动物学会针对博士毕业生等新人的"纤毛虫学Corliss奖"、3人获"全国百篇优秀博士学位论文提名奖"、12人获"山东省优秀博士学位论文奖"；在2014年网上报道的"山东省最牛博士生导师排行榜"中，因学生的荣誉和成绩，宋微波名列第三。

当被问及是不是一位"严师"时，宋微波说："我知道学生程度不同地怕我，毫无疑义。"学生的"怕"，可能有各种因素，但要求严格是一个重要原因：常常是一人的犯错会被群发或警示，让大家引以为戒。他对学生们最常讲的一句话是："一个人的错误，应该成为所有人的教训；一个人的经验，应该成为所有人的收获。"

"法乎其上"是宋微波教导学生的格言之一，他的解释是，希望每一位学生树立远大的人生目标，并朝着这一目标不断努力。在他看来，研究生阶段最重要的不是技能和知识的掌握与积累，而是培养"慎思明辨"的能力。"思辨就是打开脑袋，不相信教条，敢于怀疑，通过思考做出判断。"

多年来，从宋微波实验室走出的毕业生，犹如一粒粒蒲公英的种子，飘到哪里就在哪里生根发芽，他们凭借优良的素质、卓越的表现和突出的成绩，在不断地扩大和提升着学科影响力的同时，也赢得了同行的认可与肯定。2015年，国际原生动物学领域著名刊物《真核微生物学报》产生了新一届编委，在5名中国编委中，除宋微波本人外，另有3位新编委毕业于他的团队。

被问到 20～30 年后,中国乃至世界纤毛虫学的研究将会是一个什么格局,他的回答是:"最好不要去预测,也很难预测。"从主观意愿上,他表示会将分类学作为一个强项长久维持。"这是我们的传统强项,也是我的责任之一,因为这是很多学科的基础,即使有一天将海洋领域做完了,还需要研究土壤和淡水里的纤毛虫,还有寄生类群、各种极端生境内等等。而任何一个学科和领域的发展都需要维持一个连贯性,特别是在传承性要求很高的分类学领域,一旦中断了,后果是灾难性的。"

(本文刊于 2015 年 12 月 7 日,第 28 期)

站在联合国舞台上的中国海大人

——记联合国资深外交官、中国海洋大学 1977 级校友蒋逸航

冯文波

  他是 1977 年恢复高考后山东海洋学院招收的首届学生中的一员,他是第一位站在联合国海洋舞台上的中国人。

  从联合国教科文组织,到联合国环境规划署,再到联合国开发计划署,近 24 年间,他在联合国的成长与发展之路,一步一个台阶,从联合国的普通职员到高级职员,走得扎实而稳固。

  从而立之年到几近花甲之年,他一生中最好的年华都在联合国度过,为了全人类共同的海洋事业,他曾遍访全球 60 多个国家和地区,为海洋科学的发展和海洋环境的保护而奔走忙碌。

  他就是联合国资深外交官、中国海洋大学 1977 级校友蒋逸航。

成长之路：知青·木匠·大学生

1956 年 1 月，蒋逸航出生在北京，父母皆是冶金工业部钢铁研究院的科研人员。当时，国家正处于全面建设社会主义的热潮中，父母工作很忙，童年的蒋逸航更多的是和哥哥、姐姐在一起生活，并很早学会了做饭、洗衣服、做家务等，从小培养起了独立生活的能力。

1966 年"文革"风雨袭来之后，蒋逸航的父亲被批为"走资派"，正在读小学四年级的他在学校里受尽了旁人的白眼。受"文革"的冲击，正常的教学秩序被打乱，蒋逸航断断续续地读完了中学。1974 年，他高中毕业时，高考早已中断，他去了北京郊区的北七家公社八仙庄大队插队，成为那个时代众多上山下乡的知青中的一员。

乡下插队的生活很苦，第一年还有国家补助，基本生活尚有保障，第二年就全靠自己养活自己。辛辛苦苦干了一年，到头来，除去分到的粮食，他还欠生产队 80 多块钱，分的粮食根本不够吃。同时，每天繁重的体力劳动，挑水、施肥、锄草……使筋疲力尽的他更增加了饥饿感。除了身体上的疲惫，还有精神上的"无望"。"不知道自己的未来会是什么样子，看不到方向。"蒋逸航说，没有人告诉自己未来是什么样子的。在特殊的年代，艰难的环境也磨炼了他的心性，使生理和心理的承受能力得以更好地锻炼和提升。"插队是我一生中最艰苦的经历，竟然挺过来了，以后生活中再遇到困难都不怕。"蒋逸航表示。

1975 年 12 月，蒋逸航从农村回到北京，进入四机部第 19 研究院，成了一名木工。首先从学徒工做起，每天跟着师傅从事桌椅板凳的维修和一些特殊木器家具的加工制作。"工作不是很忙，每月还有十几块钱的工资，闲暇时间，就看会书，考大学倒是没想过。"蒋逸航说，如果后来不上大学，自己或许能成为一名出色的木匠。

1977 年 10 月，中断十年之久的高考制度得以恢复的消息瞬间传遍全国，又唤醒了无数青年的大学梦。蒋逸航所在单位的同事以及许多和他一起回城的知青都纷纷加入报考大军中。"当时没想上大学，对大学也没什么概念，但是周围的人都在准备，我也就抱着试试看的想法和他们一起学。"蒋逸航回忆说，当时留给他的备考时间只有 15 天，周围的 20 多个人经常聚在一起探讨问题，后来他干脆让人把自己锁在宿舍里专心复习。

1977 年冬天，冬季高考如期举行，蒋逸航和全国 570 多万名考生一起走进了考场。在竞争异常激烈的情况下，蒋逸航凭借优异的成绩成为通过录取线的 30 万名考生中的一员。填报志愿时，因为数、理、化成绩不错，在前去北京招生的山东海洋学院的工作人员的指导下，他选择了海洋水文气象系的海洋水文专业。"父母希望我学化学，因为当时很多人不了解海洋学，对它的前景没法把握，我自己想学物理。"蒋逸航说。

1978 年 2 月，从未见过大海的蒋逸航乘火车抵达青岛，在鱼山路 5 号开始了他的大学时光。

求学青岛：山东海洋学院"1177"中的活跃分子

初到青岛，从未见过大海的蒋逸航独自去了海边，掬起一捧海水，亲口尝了尝滋味，"的确是咸的"。为了转到父母期望的化学系，他曾专程到时任教务长的赫崇本家中拜访，"赫老告诉我，海洋水文是一个大有发展前途的专业，要对自己和这个专业有信心"，在赫崇本的开导下，蒋逸航放弃了转专业的念头，安心于海洋水文的学习。

在中国高等教育史上，"1977级"是一个特殊的群体，他们皆是万里挑一的佼佼者，蒋逸航所在的海洋水文班也是如此。在这个编号为"1177"、拥有40余名学生的新集体里，小学、中学时代一向被老师冠以"骄傲自满"的他体会到了"人外有人，天外有天"。"可能是好多年没有读书的缘故，同学们都很珍惜这来之不易的机会，把学习当成了事业，劲头特别足。"蒋逸航说，个个犹如干透了的海绵，遇见一点水分，就拼命地吸。

初入大学，学校举行了一次英语摸底考试，选取了20余名基础较好的学生，进入"快班"学习。时至今日，蒋逸航依然记得谷磊昭教授给他们上课时的情景，"他叼着一个烟斗，英语的发音特别漂亮"，他会要求每一个学生把上堂课的课文背诵一遍，"谁也别心存侥幸"。令蒋逸航印象深刻的还有数学老师胡正祺，在她的教导下，海洋水文班的数学成绩特棒，甚至超过了数学系。1978—1982年，山东海洋学院举行了3次数学竞赛。"我们班的施平同学获了4个冠军，其中1个是拿的数学系的。"蒋逸航说，还有王景明教授、冯士筰教授、奚盘根教授、张大错教授等任课老师，每每回忆起来，都倍感亲切。

"1977级的大学生活，不是只有学习，而是丰富多彩的。"蒋逸航不仅是学校篮球队、乒乓球队和话剧队的成员，还担任了海洋水文气象系的学生会主席。他的同班同学、如今中国海洋大学海洋与大气学院的郭佩芳教授说："他是从北京大城市来的，见多识广，也比较爱好文体活动，山东海洋学院的第一场舞会就是他组织的。"蒋逸航还和其他同学去崂山游玩，周末和同学去中山路逛街……在他看来，这些都是学生生活的一部分。

无论如何感叹，四年大学时光还是一晃而过。1982年2月，1977级毕业了，蒋逸航重新回到北京工作，被分配到了国家海洋局调查处，成为一名公务员。

走出国门：联合国新来的中国海洋人

20世纪80年代初，在改革开放的大潮中，中国的海洋调查事业也逐渐打开国门，尝试与发达国家联合对接，开展工作。专业出身的蒋逸航很快融入其中，并胜任工作，先后参与组织了中日黑潮调查、中美海-气相互作用联合调查研究、大洋锰结核调查等多个项目。

因为蒋逸航的出色表现，1983年他被选派到日本学习，回国后，被任命为北海分局调查处副处长，28岁的他成为当时海洋系统最年轻的副处长，一年后，又被调回国家海洋局调查处。

  1987年，国家教委要选派一位有海洋工作背景的年轻人前往联合国教科文组织工作，经过海洋局推荐、选拔，最终确定蒋逸航为合适的人选。经过一段时间的外语培训和对教科文组织工作的熟悉之后，1988年3月，蒋逸航抵达位于巴黎的联合国教科文组织总部，并在其下属的政府间海洋学委员会任职，刚刚步入而立之年的他成为第一位在联合国从事涉海工作的中国人。

  按照当初的计划，蒋逸航在联合国教科文组织锻炼两年，熟悉并掌握了国际海洋合作工作后就要回国。可是等到他想要离开的时候，工作情况发生了变化，发现已经离不开了。"当时我负责的很多国际海洋合作项目正处在关键推进阶段，海委会的负责人希望我留下来。在取得国家海洋局的支持后，我继续留任，工资由教科文组织支付。"蒋逸航说。就这样，他在巴黎工作了5年多，先后参与组织了海洋陆架环流项目、全球海洋观测系统（GOOS）项目，特别是后者的建立，为人们实现海洋资料和信息共享，安全、有效、合理、可靠地利用和保护海洋环境、进行气候预测和海岸管理，提供了依据。这期间，每当有中国海洋代表团去法国参加海委会会议时，蒋逸航总会把他们邀请到自己家做客。"在异国他乡，见到国内的领导和同事，很亲切，有时候家里坐满了人，筷子不够、碗不够、椅子也不够，大家就轮流吃饭……"令他欣喜的是，在代表团中还能遇见大学时代的老师——文圣常教授，"文先生总是很客气，请他去家里吃饭，他总会说'对不起，打扰了'"。

  20世纪90年代初，联合国教科文组织政府间海洋学委员会酝酿成立西太平洋分委会，办公地点选在泰国曼谷。"因为当时的泰国政局不稳定，有关谈判并不顺利，先后和4任政府反复磋商，才最终敲定成立西太分委会的有关事项。"蒋逸航介绍。1994年10月，作为西太平洋分委会的第一个国际职员，蒋逸航被派往曼谷负责与各有关国家政府接洽，协商筹建办公室事宜，并开展在西太平洋的海洋科学项目的合作。就这样，他离开了工作近6年的巴黎，转任到曼谷开辟新的天地。这期间，他参与组织创建了全球海洋观测系统-东北亚区域观测系统（NEAR-GOOS），进一步加强了西北太平洋地区的数据和信息采集，丰富和完善了全球海洋观测系统的架构体系。

  与此同时，在国家教委和海洋局的共同努力之下，中国政府派遣李海清去巴黎海委会工作；在国家的外交努力之下，苏纪兰教授成功竞选海委会西太分委会主席。令蒋逸航最为自豪的是，1996年，在日本东京召开的政府间海洋学委员会西太平洋分委会第三次会议上，他和苏纪兰、李海清同时出现在了主席台上。

  在蒋逸航的努力下，不仅建起了西太平洋分委会的办公室，而且工作逐步转入正轨，项目进展顺利。他们不仅开展了海洋环流和海洋污染检测项目，还开展了赤潮等海洋生物研究项目，使当时的西太平洋海洋科学研究与监测活动开展得有声有色，成为当时西太平洋地区最活跃的国际合作组织之一。

  不知不觉间，他已在联合国教科文组织度过了10个春秋。他积累下了丰富的国际海洋管理的经验,从一名海洋事务的管理者,成长为一名出色的国际海洋外交官。

海洋环保: 站在联合国海洋环保的舞台上

1998 年,联合国环境规划署(UNEP)东亚海地区海洋合作计划在全球招募项目负责人,蒋逸航抓住机会,积极申报,成功当选,负责组织开展东亚海行动计划项目,开始了保护红树林、珊瑚礁、海草床、湿地的工作。由此,蒋逸航从联合国教科文组织转岗到联合国环境规划署,工作方向从海洋科学研究转向海洋资源与环境保护领域。

这期间,在全球环境基金(GEF)的资助下,他参与组织开展了涉及中国、越南、菲律宾、泰国、柬埔寨、马来西亚、印度尼西亚 7 国的南海海洋保护合作项目。"东南亚地区经济发展快,当地把红树林砍伐后建养虾池,在越南、中国等地存在盗采珊瑚礁用作烧制石灰的原料的现象,海洋生态环境破坏极其严重。"蒋逸航介绍。

南海海洋保护合作项目实施后,蒋逸航带领他的工作团队与参与国政府密切配合,一方面加强对海洋生态环境的保护,另一方面与有关专家学者进行恢复治理。他们曾在越南政府的配合下,强制关停了当地的石灰厂,使当地的珊瑚礁得以保存,这一事件还被英国广播公司(BBC)做成专题节目进行了重点报道。谈及该项目实施的成果,蒋逸航表示,破坏海洋生态环境的事件比以前减少了,但是红树林和珊瑚礁等海洋资源的恢复却是一件很漫长的事情。

2004 年,在全球环境基金的支持下,联合国开发计划署(UNDP)决定联合中国和韩国政府,围绕黄海地区开展生态保护,命名为"黄海大海洋生态系"项目,面向全球招募项目办主任。蒋逸航再一次实现了在联合国海洋舞台上的跃升,成功当选该项目的主任。"黄海大海洋生态系"项目执行前,黄海地区面临着渔业问题、污染问题、生物多样性问题等多方面的难题,单独解决其中的某一问题很难,联合国开发计划署决定把生态观念引入海洋管理工作中,开展以生态系为基础的管理。在蒋逸航看来,环境和生态概念的不同在于,"环境保护是以人为核心的,而人是生态系统中的一部分,而以生态为基础的管理,包括了管理人的行为"。

在全球环境基金的资助下,2004 —2011 年,"黄海大海洋生态系"项目一期工作顺利开展,蒋逸航积极奔走于中、韩、朝三国之间,协调相关部门和科研人员研讨政策、制定框架、开展调查、论证等,最终形成了由参与政府签署的以生态为基础的"黄海地区战略行动计划"。"黄海大海洋生态系"项目的成果受到国际海洋界,特别是大海洋生态系统各个项目的管理者的一致好评,最主要的是把以生态为基础的概念引入海洋管理的具体实践之中。

"黄海大海洋生态系"项目一期工作结束后,蒋逸航辞去了联合国开发计划署的工作,重新回到了国内。

在联合国任职近 24 年,为了全人类共同的海洋事业,蒋逸航的足迹遍布全球 60 多个国家和地区。"在正式成为联合国的雇员之前,每个人都要承诺不为任何一个政府工作,而是为联合国工作,并在工作中做到公正、公平。"蒋逸航说,他始终谨记自己的承诺,摆正自己的位置,不偏不倚地开展工作。"如果做不到这一点,我也不会在联合国坚持这么久,别人也不会欢迎我。"

按照目前的联合国会费比例计算,中国籍联合国工作人员的分配名额约为 160 人,而实际使用名额仅为 70 人左右,还不到分配名额的一半。此外,通过自行投递简历成为国际公务员的 400 余名中国人中,很大一部分在从事翻译、打字员等技术性或服务性工作。像蒋逸航这种司局级部门的主任、副主任等高级职员相当缺乏。此种情况,不仅与中国的国际地位和对联合国的贡献程度不符,也在一定程度上限制了中国在一些国际事务上的话语权和决策权。而人才供给不足是中国籍国际公务员人数缺失的根本原因。

同样,在联合国海洋舞台上,中国籍管理人才也面临着欠缺的困境。"这些年,我们在联合国丢掉了很多重要的席位。"蒋逸航说,在中国加快建设海洋强国的进程中,急需这方面的人才。中国海洋大学作为中国大陆唯一的一所综合性海洋大学,在此类人才培养方面责无旁贷。

2016 年,步入花甲之年的蒋逸航退休之际,即收到了几所高校的邀请,希望他前去讲学,共同培养国际涉海管理人才。蒋逸航表示,他喜欢讲课的过程,也愿意把自己在联合国 24 年的积累与所学告诉大家,他选择了中国海洋大学,理由很简单:"我是这儿毕业的啊!"

（本文刊于 2016 年 1 月 21 日,第 29 期）

平凡人物 非凡故事

为师者的情怀

冯文波

　　教育是根植于爱的，爱是教育的源泉，没有爱就没有教育。教师，不仅要教给学生知识，更重要的是要传授给学生做人的道理，而这就需要用"师爱"去浇灌他们的心田。师爱是师德的灵魂，也是教育的责任，更是为师者的情怀，这份情怀蕴含着热切的期望和厚重的职业操守。今天就让我们一起聆听四位中国海洋大学教师以爱育爱、相伴成长，示学生以美好、授学生以希望的故事。

万升标：爱是坚守的理由

　　"刚入大学那会儿，觉得万老师对我们管得太多了，在家有父母管着，高中有教导主任,没想到大学又遇见了这么一位事无巨细的班主任。"现在医药学院做博士后的荣小至谈起自己大学时代的班主任万升标老师对学生的关爱之情时,依然深有感触。

2005年,万升标在药物化学家郭宗儒研究员的引荐下进入中国海洋大学医药学院工作。"在上世纪90年代,我的导师郭宗儒研究员受管华诗校长的邀约经常来海大交流讲学,他对我说,这边发展势头很好,建议我过来看看。管华诗校长、耿美玉教授盛情相邀,希望我留下来,江涛教授的科研团队也欣然接纳我。"万升标说,按照中国海大的惯例,新入职的教师都需要经历一次担任班主任的过程。"虽然我已经39岁了,也义不容辞。初到海大,科研任务不是很重,我就把工作重点放在班级管理和教学上。"

面对这些比自己整整小了20岁的大学生,万升标依靠过来人的经验,第一学期就在班级管理、学风建设上不断夯实基础、筑牢根基。"有一次学院开会时,管华诗院士说,学业困难的学生多是因为英语成绩不好。"万升标说,凭着自己多年求学和在企业工作以及在香港做研究的经历,他也深深知道英语学习的重要性。"我们每周开一次班会,单周讨论班级的事务,双周分小组学习英语,万老师负责给我们打印材料。当时我们觉得万老师管得严,而且很累,后来很多同学考研究生、出国读书因此而受益。"荣小至说。"一开始是我带着他们学,主要是培养他们学习英语的兴趣,养成习惯,后来就是学生自己学了。"万升标一再强调第一学期打牢基础的重要性。在班级管理上,他还主动与学生家长保持沟通,走"家校育人"之路。关于这一点,他有一个生动的比喻:"家长供应孩子来上学,家长就好比是股东,对于孩子学习的好与坏,股东有权知道。"为此,他不仅与各位学生的家长保持密切联系,还在第一学期结束的时候,给每一位家长写了一封信,请同学们带回家。

为了让学生养成良好的学习习惯,万升标可谓用尽了心思。为了督促大家上自习,晚饭后他就去学生宿舍转一圈,一旦发现学生在做和学习无关的事情时,他会动之以情、晓之以理,劝导大家以学业为重。鱼山校区5号楼,曾经是2005级药学班的女生宿舍,万升标第一次去查宿舍的时候,学生社区的阿姨对他很是警惕,步步紧跟。"后来我们班主任也就不来女生宿舍了,经常去查男生宿舍。"荣小至说。除了指导学生抓好英语的学习,万升标还要求同学们对数学、有机化学的学习也不能放松。他甚至找了实验室的研究生陪着2005级药学的学生上自习,同学们有不懂的地方可以向师兄、师姐询问。经过一两个学期的努力,成效开始显现。"每天早晨走进校园,在校医院旁的小花园有一批我的学生,在图书馆前有一批,还有一批男生在八关山上,他们还是很用功的,班上的学习氛围很好。"万升标笑着说。

除了关心学生的学习,在生活中万升标对他们也是爱护有加。有同学生病了,他跑前跑后地忙碌,联系医生、找床位、垫付医药费、陪床照顾。有学生生活费、学费捉襟见肘时,他也会慷慨解囊予以资助。"有一次我们女生搬宿舍,东西太多,楼层又高,班上的男生累得够呛。万老师心疼他们,自己出钱雇了一个搬家公司给我们搬过去。"荣小至言语间满是感激。

万升标对学生的关爱之情在感动 2005 级药学专业学生的同时,也赢得了其他年级学生的赞誉。万升标负责给医药学院的本科生讲授药物合成反应课程。为了认识大家,他把上课学生的照片提前收集起来,认真记下每一位同学的名字和相貌。"有一次我没去上课,被他发现了,找去谈话,以后再也不敢了。"2010 级药学的杨柳说。为了给学生夯实专业基础,他向分管本科教学工作的李筠副院长建议,促成了"药学有机沙龙"的创建。

时间久了,有调皮的学生称呼万升标为"标哥",他笑笑,欣然接受。2005 级药学专业的学生毕业时,制作了一本纪念册送给万升标,以图片和文字的形式记录下了他们四年的点点滴滴,万升标格外珍惜。"万老师还经常拿给下一级的师弟师妹们看,自豪地'显摆'一下我们班级的荣耀。"荣小至说。

科研上,他曾经成功仿制了广谱抗菌的四环素类抗生素——米诺环素,目前正在加紧超级耐药细菌抑制剂的研究。尽管很忙,他仍然密切关注着每一位学生的成长与发展,借助网络、电话,在他们前行的人生路上给予指导和鼓励。学生重返青岛,喜欢找他聚聚,再一次当面聆听班主任的教诲与唠叨。

徐宾铎:用爱和责任守望学生成长

在中国海洋大学水产学院凡是上过海洋环境生态学这门课的同学,都会被任课老师徐宾铎温文尔雅、深入浅出、娓娓道来的讲课风格所吸引,特别是他自创的把海洋生态系统比作"皮球"的理论,更是令人耳目一新、通俗易懂。不仅在课堂上,在生活中、科研上和班级管理方面,徐宾铎也深受同事和学生的喜爱。他平易近人,勤勉尽责,被渔业学科的学生称作心中的"偶像"与"男神",这份肯定背后折射出的是他在中国海洋大学工作的近 12 年里,用爱和责任守望学生成长的故事。

自 2004 年参加工作以来,徐宾铎先后担任过两个班的班主任,分别是 2005 级、2014 级的海洋资源与环境专业。为了拉近与学生之间的距离,了解学生的基本情况,徐宾铎会提前搜集每一位学生的信息。如为了尽快熟悉 2014 级同学情况,他把学生刚入学时参加英语摸底考试的准考证照片翻拍下来,留存在电脑上,反复浏览,印在脑海中。"刚入学军训那会儿,徐老师就知道我们班谁是谁,来自什么地方。我们就觉得他还挺神的。"2014 级海洋资源与环境专业的龚艳玲说。

学生初入大学,面对新的环境,有时会迷茫,找不准未来发展的方向和目标。徐宾铎从稳定学生的"专业思想"入手,与同学谈心,鼓励他们放平心态,不要急躁,一步一个脚印地走,先搞好当下的学习,等第一学期适应大学生活以后,再开始确定目标、规划未来的长远发展。有学生沉迷于网络游戏,以至于影响了学业,徐宾铎说,十八九岁的年龄,贪玩是普遍现象,教育在于疏导而不是强令制止,"我会逐步引导他们树立自己的梦想和目标,游戏不是不可以玩,但是要适可而止,当他们玩游戏的时候会自己想一想该不该无节制地玩"。为了掌握学生的学习、实践等方面情况,他请班委把每一名同学参加学生社团和社会实践的情况列出来,再结合他们的学习成绩逐一分析。"如果是社团活动影响了学习,徐老师会建议同学把社团活动先放一放,把学习搞上去;有的同学没有参加社团,学习成绩也不是很理想,徐老师会积极地帮他查找原因,争取尽快赶上。"2014级海洋资源与环境专业的李琪说。

"徐老师经常用浅显易懂的例子讲解专业课中枯燥难懂的理论,再无聊的知识都能让学生听得津津有味。"曾经上过他的海洋环境生态学课程的王晶同学说,比较经典的当数他的"皮球"理论了。徐宾铎把海洋生态系统比作一个"皮球",人一脚踩下去皮球瘪了,就好比海洋生态系统遭到了人类的破坏,并产生了不良后果。如果人类还想用这个皮球,就得维修,这就牵涉到海洋生态系统受损后修复的知识。为了避免类似事情发生,人类要采取积极有效的措施,管理好、维护好自己的行为,尽力避免踩扁那只皮球。"这门课就包括这三大块内容:一是人类活动的影响,二是修复,三是管理。"徐宾铎说,不要求学生会背多少理论和概念,但是作为中国海洋大学的学生要具备海洋生态保护的意识,如果我们自己的学生都做不到,就更无法要求其他人来保护海洋、热爱海洋。

学业上,徐宾铎是学生的良师;生活中,他还是学生的益友,让学生时时刻刻感受到老师的关爱之情。他的手机24小时开机,学生有困难、有问题随时可以找他,他基本都可以"秒回"。这一点,2014级海洋资源与环境专业的刘帅同学深有感触:"刚入学时,对海大环境不熟,中午我发信息给徐老师问哪儿有照相馆,徐老师马上打电话过来,告诉我去照相馆怎么走,真的很贴心。"同样的感动,龚艳玲也经历过一次。"有一次上实验课之前,一名同学突然身体不适,就想调课,但是没有任课老师的联系方式,学院网站查不到,问同学也不知道,我就给徐老师发了一条信息,他一开始给我回了'不知道',但一会儿,他又把任课老师的电话发给了我,说临时帮我问的。"关爱学生,从一点一滴做起,徐宾铎在工作中持续彰显着为师者的魅力。

在徐宾铎读研究生期间,我国渔业资源领域的著名专家陈大刚教授告诫他们:"海洋渔业事关国家粮食安全,你们要敢于担当,坚守住这块儿阵地,不要让这一领域后继无人。""受老一辈的教导与启发,在科研上,我的主要研究领域为渔业资源与生态学。"徐宾铎说,在坚守阵地的同时,他也不断拓宽新的研究方向,最近几年他又从事了渔业资源调查采样设计及优化方面的研究,"目前国内这方面的研究还不是很多,通过前期我们在海州湾做的科研项目来看,效果还不错"。生活中的徐宾铎,爱好运动,尤其是乒乓球,他说,工作以后也很少打了。现在流行跑步,他也买了一个手环,平均每天跑一万步。他还喜欢在办公室养点花草。"增添一份生机和活力,减轻压力,愉悦身心。"他笑笑说。

张大海：与学生共同行走于爱的年华

在班级管理中，他与学生一起探索创建了"四步法"管理模式；他管理的班级人员复杂，人数最多时达 75 人，涵盖 5 个年级；他带领学生凝练形成了"学习为本 实践为用"的班训，让每一名学生都能绽放青春的精彩；他是学生眼中笑呵呵的"海哥"，也是学生心中严守红线、不讲情面的"张老师"；从 2012 到 2016，四年时光，化学 2 班班主任张大海与学生共同行走于爱的年华。

"一方面是学院工作安排，另一方面自己心里也想当一回班主任，管管学生，看看是什么感觉。"谈起 2012 年接手班主任工作时的初衷，张大海坦然作答。表面上看，他是为了"过把瘾"，其实在如何管理班级，带领这批比自己小十五六岁的学生度过充实而又精彩的四年大学时光方面，他有自己的秘诀。

大学一年级，面对来自五湖四海的 50 多张新面孔，张大海给自己的定位是"保姆"。"班主任要有耐心，做到事无巨细，'保姆式'的管理对于乳臭未干的一年级学生来说是最好的方式。"张大海说。为了避免出现高中学习压力突然释放，学生放纵自己的现象，大一第一学期，张大海时不时地陪着学生一起上课，无论是专业课，还是公共课，他都会走进教室与学生坐在一起。"有的学生不去上课，被我找来谈话，他们很纳闷，老师是如何知道的。"张大海说，平时他也会和任课教师保持沟通，那些需要重点关注的学生，请老师帮着多留意。

及至大学二年级，张大海开始放权，依托强有力的班委开展班级管理工作，他则担当起了"保洁员"的角色。"班委是全体学生经过民主评议选出的，这样才能确保他们在班级管理中的威信。"张大海说。"那时候我几乎每天都和张老师沟通交流，他说他要的不是一盘散沙，而是希望我们班拧成一股绳。"班长杨宗霖说，班委必须以身作则，在为大家服务的同时，还要搞好自己的学习，一旦出现不及格现象，自动退出。"四年来，我们班委整体表现不错，没有出现大的变动。"

大三，张大海又成了"参谋"，大四，他又变成了"顾问"。在他的管理与指导下，学生也由当初的言听计从，变成了独立自主。2015 年 4 月，张大海指导学生总结班级管理的"四步法"模式，撰写了《班主任从保姆到参谋、班委从服从到计谋的转变——浅谈大学班级的成长》一文，刊发在《人力资源管理》杂志上。

2012 级化学 2 班是一个复杂的班集体，名义上是 2012 级，但后来还陆续汇入了部分转专业学生、交换生以及 2010、2011 级未能完成学业的同学，人数最多时竟然达到 75 人。面对产生学业警示的同学，身为班主任的张大海没有放弃任何一个人。他采取主动谈心、邮件定期汇报、先进帮后进等方式给他们鼓劲、打气，让这部分学生感受到班集体的温暖，把时间和精力投入学习上。高枫原本属于 2011 级的学生，因学业警示转入 2012 级化学 2 班，张大海对他的学习特点进行了认真分析，双方约定高枫每两周通过邮件向张大海汇报下自己的学习、生活、思想上的情况。"以前总觉得毕业遥遥无期,在张老师的帮助下,我已修完大部分课程,如果顺利的话,今年就可毕业。大学里,张老师如此对待我,我感到很幸运,也很值。"高枫说。目前,因学业警示而转入 2012 级化学 2 班的学生,已有 5 名同学摆脱了学业警示,7 名同学可以在规定年限内顺利毕业。

张大海带领学生凝练形成了"学习为本 实践为用"的班训,开创了"踏实前行 顽强拼搏"的班风,引领学生在搞好专业学习的同时,勤于思考、勇于实践,全面提升综合素质。张大海本人是青岛志愿学校的服务讲师,在他的感染下,许多同学加入"热心公益,志愿服务"的行列中,青岛世园会、APEC 会议、学校 90 周年校庆等大型赛事和公益活动现场都闪现着 2012 级化学 2 班学生的身影,即使在临近毕业的当下,班上仍有 15 名同学在青岛市残联、北龙口社区担任志愿者。他们的付出与努力也赢了社会各界的认可与赞誉,袁欣同学荣获 APEC 会议"优秀志愿者"称号,王宁宁同学获青岛市崂山区"优秀志愿者"称号,2012 级化学 2 班团支部获评中国海洋大学"雷锋团支部"。此外,张大海还积极指导和鼓励学生参与"三下乡"社会实践、国家级大学生创新创业训练计划项目、本科生研究发展计划(OUC-SRDP)项目和各类竞赛活动,既提升了学生的科研和实践能力,也收获了沉甸甸的荣誉。

教师的爱心是学生成长的良药,生活中张大海对学生的关爱之情如同涓涓细流滋润着大家的心田。2014 年寒假,王梅同学不小心骨折,开学在即她联系班主任请假,张大海跑前跑后帮她办理好各项手续。等伤势好转,可以走路时,王梅重返学校上课,课后张大海开车把她送回宿舍,并叮嘱其他同学对王梅要加以关心照顾。时间久了,同学们亲切地称呼他"海哥"。讲台上的张大海依然诙谐幽默,他的课生动有趣,牢牢地吸引着学生的注意力。在随和的背后,他谨守为师者的严谨、客观,不会因为和某一位同学关系好就网开一面,给点人情分,用他的话说,"这时候'海哥'就不好使了"。

不知不觉间,四年就要过去,2012 级化学 2 班的学生即将毕业远行。除了 20 名获得研究生推免资格的同学外,张大海不但随时过问同学们的就业情况,还要紧盯几位延期毕业的学生。他说:"我是这批学生的娘家人,我就是那只老母鸡,希望每一位同学都能老实做人,踏实做事,有机会就回母校看看。"

毕乃双:"懂"学生才能"爱"学生

"当我们需要他的时候肯定在。""经常查宿舍、打电话,督促我们上自习。""他会和我们一起打球、打牌,搞活动。""生活中很细心,检查卫生、离校时提醒安全,返校时统计人数。"……谈及陪伴了自己四年的班主任,2012 级地球信息科学与技术(海洋测绘)班的同学们说毕乃双老师既懂他们,又爱他们。

2000 年考大学填报志愿时,因为高中班主任一句"21 世纪是海洋的世纪",毕乃双选择进入青岛海洋大学海洋地球科学学院学习。其后,又硕博连读,直至 2009 年留校工作。"和我同年留校的很多老师都在我之前担任了班主任，我一直觉得自己没有准备好。"毕乃双说，工作后，他一方面尽快完成从学生到老师身份的转换，另一方面也不断学习积累担任班主任的知识。

经过 3 年的学习与磨砺，2012 年新生入学前，毕乃双欣然接受了担任 2012 级地球信息科学与技术专业班主任的工作安排。因为班级人数较多，加之他是初次担任班主任，学院安排了富有学生管理经验的张会星老师与他共同管理这个班级。"在班级管理中有不懂的地方我就向张老师请教，同时我也经常回忆，我读大学时，我们班主任是怎么管理我们班的，就这样不知不觉走过了 4 年。"毕乃双说。

毕乃双读大学时，有家庭经济困难的学生，一天只吃一顿饭，既不利于身体健康，也影响了学习。为了不让自己班的学生重蹈覆辙，也为了客观公正地落实好学校对家庭贫困学生的资助政策，毕乃双不仅事先查阅每一名同学的生源信息，还委托班委的同学留心观察班上的每一名同学。"从学生的饮食习惯、穿衣打扮，可以看出谁真正需要资助。"毕乃双说，学院的资助名额有限，我们须确保这部分钱真正用在最需要帮助的人身上，而不能出现虚报冒领的假贫困，这也事关学生的诚信教育。

数学、物理是地球信息科学与技术专业学生的基础课，也是难度系数较大的课程。"一入学，毕老师就给我们讲数学、物理课程很重要，一定要认真学，把基础打牢。他还经常在晚上 6 点 30 到 7 点之间查宿舍，一般这个点大家都去自习了，如果宿舍还有人在，他就会讲一些因为不好好学习而影响学业和前途的例子，来激励我们搞好学习。"学生王广宇说。毕乃双负责的班级除了 2012 级的学生外，还有几名因为学业警示而留级的同学。为了帮助他们搞好学习、提升成绩，在学院团委的建议下，班里设立了"助学公益岗"。"鼓励学习差的同学和学习好的同学一起结伴上自习，达到学习先进、督促后进的目的，"毕乃双表示。

2012 级初入学时，毕乃双总担心班级不团结、同学间情谊淡漠。"在大一结束后的暑假，我带领他们去烟台桃村开展地质认识实习，我发现班级的凝聚力还是很强的，而且也很能吃苦。"毕乃双说，那段时间每天都要走 10 千米，不仅有很多山路，还有高温和蚊虫，但是我们的队伍一直整齐紧凑，不仅没有人掉队，而且大家很遵守野外实习纪律，并能互相关心照顾。生活中，毕乃双喜欢体育运动，经常和班上的同学打篮球。2015 年元旦，他和同学们举行了一场特别的"辣条杯"篮球赛。"最后，同学们给我发奖，发了许多包辣条。"毕乃双笑笑说："尽管天气寒冷，但我们班的女同学也都在旁边加油助威，看到同学们关系和睦融洽，我也很开心。"

毕乃双与学生打成一片，学生也把他当朋友，尽管他是"80 后"，学生私下里还是喜欢称呼他"老毕"。在毕乃双办公桌的抽屉里珍藏着一张全班学生的合影，背面是每个同学的签名。他说，这是学生在大二暑假赴辽宁开展地质教学实习时拍摄的。此外，海上实习、地球物理实习、暑期"三下乡"等，同学们都会拍张照片送给毕乃双作纪念，"同学们想着我,把我当朋友,这是我当班主任的重要收获之一"。

教学中,毕乃双除了负责海洋地球科学学院学生的专业课外,还开设了一门面向其他专业学生的通识限选课——环境地质概论。通识限选课,既要讲得有意义,又要讲得有意思。课堂上,他会让学生把一周来发生的与课程有关的环境地质事件介绍一遍,并引导大家分析原因、寻求解决之道,让学生在探究与思考中获取知识。在专业课的教学中,为了避免理论的枯燥、单调,他会时不时地带学生围着五子顶转一圈,开展室外教学。"在野外拿着一块岩石去讨论和在教室里对着PPT去讨论效果是不一样的。"毕乃双说。

研究生期间,毕乃双跟随海洋沉积学专家杨作升教授学习,导师严谨治学、勤奋敬业的工作作风也潜移默化地影响着他的行为方式。如今他正在王厚杰教授领衔的科研团队中从事沉积动力学等领域的研究,并在黄河沉积物的源-汇过程方面取得了重要进展。

大学4年一晃而过,还有3个月学生就要毕业远行。毕乃双说,首先希望他们做一个好人,人做好了,学问才能做好。第二就是要踏实,不要太浮躁。

（本文刊于 2016 年 4 月 1 日,第 31 期）

用心描绘工程世界里的那抹海洋蓝
——记国家杰出青年科学基金获得者王树青教授

冯文波

2016 年 10 月 21 日，国家自然科学基金委员会计划局公布了当年国家杰出青年科学基金决定资助的 198 项科研项目，中国海洋大学王树青教授申报的"海洋结构健康监测基础理论及应用关键技术"名列其中，他也由此成为中国海洋大学第 18 位获此殊荣的青年学者。岁末年初，让我们一起来倾听他在科学研究和人才培养道路上用勤奋和执着铸就蓝色工程梦想的故事。

求学：从立志家乡港口建设转向海工研究

1993 年夏天，高考结束后，一向化学成绩优异的王树青在填报志愿时却选择了青岛海洋大学的港口航道及治河工程专业，此举令周围的老师和同学颇感意外。"我们的家乡紧邻滨州港东风港区,当时省市都提出要大力发展建设滨州港,毕业后正好可以回去从事港口建设工作。"面对众人当年的疑惑,王树青如此解答。就这样,在工程学院成立的第一年,他迈进了青岛海洋大学的校门,从此与海洋工程结缘。

王树青的家乡隶属山东省无棣县,虽然靠海,上大学前他却从未见过大海。新的求学之地青岛不仅给他提供了接触大海的机会,也让他学到许多涉海的专业知识,侯国本等老一辈科学家在港口航道建设方面的卓越成就更是增强了他对所学专业的信心和自豪感。大学期间,无论是在课堂上学习理论知识,还是前往天津港、青岛港开展实践实习,王树青凭着自己的勤奋和刻苦,一直表现得十分优异。1997年本科毕业时,他被保送为本校的研究生。"当时也做好了回滨州工作的打算,一心想用自己所学为家乡的港口建设尽一份力。"王树青回忆说,自己的父亲很开明,觉得在农村出一个大学生不容易,如果有机会继续读研究生就更是难得,"父母支持我继续读书,回家乡的想法也就暂时搁置"。

攻读硕士研究生期间,在郭海燕、刘德辅两位导师的悉心指导下,王树青在鱼山校区的海洋防灾研究所度过了一段充实而又快乐的时光,也正是在这里,他由海岸工程转向了海洋工程的研究。从海洋输液立管的设防标准,到振动特性分析,老师教得仔细,学生学得认真,不知不觉间,王树青喜欢上了这一在他人看来有些单调枯燥的科研工作。"研究所的空间虽然不大,但师生之间相处融洽。刘老师时常邀请我们去他家做客,他做的罗宋汤非常棒。"忆起20年前的那段求学时光,王树青表示,正是在老师们的关怀与教导下,在宽松科研氛围的熏陶中,他才得以不断进步,并培养起对海工研究的兴趣。2000年硕士毕业时,他已发表了1篇SCI论文、2篇核心期刊论文。

"硕士毕业,又面临着人生的选择。"王树青说,他依然没放下回家乡建设的念头。但经过一番思想斗争后,他最终选择了在科学研究的道路上继续前行,跟随李华军教授攻读博士研究生。"李老师有海外学习和科研经历,有系统的科研思维和开阔的研究视野,能够及时跟踪、把握科学研究前沿。"谈及当年对导师的印象,他这样描述。

2000年,李华军教授团队受埕岛油田委托,对其中心二号海洋平台存在的过度振动问题进行诊断,并期望给出治理方案。为了获取第一手资料,当年冬天,受导师指派,王树青和其他团队成员一起顶着寒风,多次登上海洋平台布设传感器,检测平台振动情况。"冬天风浪大,振动明显,更有利于发现问题。"为了检测到翔实数据,王树青每次都在平台上工作近一周的时间。在传感器设置方面,他和团队成员按照一层对角4个测点进行排列,共铺设了上中下三层,为全面详细诊断平台振动情况提供了保障,经过多次测试,最终获得了丰富可靠的数据信息。在导师的带领下,他们经过多次理论分析、数值模拟和模型实验研究,最终找到了导致海洋平台振动过度的原因,并提出了科学合理的治理方案。"如果再治理不好,油田计划把这个平台拆了重建。令油田方面惊讶的是,采用我们的方案,花相对较少的钱就解决了这一困扰他们多年的安全隐患。"王树青说,通过参与这一科研项目,他更加懂得从事海洋工程研究,唯有俯下身子,脚踏实地地开展工作,才能切实解决生产实践中的技术难题。依托相关研究项目,在读博士的3年时间里,他先后发表了3篇SCI论文,并获得了多项奖励。特别是2004年,他作为主要参与人申报的"浅海导管架式海洋平台浪致过度振动控制技术的研究及工程应用"荣获国家科技进步奖二等奖,这不仅成为他科研生涯中的重要节点之一,也更加坚定了他在海洋工程研究领域继续跋涉前行的信心。

科研:每六年一个新台阶

2003年夏,王树青博士毕业的时候,恰逢中国海洋大学工程学院新设立了船舶与海洋工程专业,面临师资不足的压力。此时的他,又一次站在了职业选择的十字路口。"这次目标很明确,计划去高校或科研院所从事研究工作。"经过严格的选拔和面试,他最终留在了母校,和他熟悉的团队成员一起继续从事自己热爱的海洋工程研究和教学工作。

参加工作初期,王树青主要从事了涉海工程设施全生命周期过程中的安全与防灾技术体系构建工作。他与团队成员不懈努力,发展了基于结构振动响应信息的系统动力特性识别技术,提高了模态参数识别的精度;发明了海洋平台结构整体动力检测新技术,推动了海洋工程结构的安全检测与健康监测技术的发展。2010年,"海洋工程安全与防灾若干关键技术及应用"获得国家科技进步奖二等奖,作为主要参与人之一,王树青的名字依然在列。也正是在这一年,他入选"教育部新世纪优秀人才支持计划",作为其中一个课题的负责人参与申报的国家"863"计划海洋技术领域重点项目"基于振动检测的现役海洋平台结构安全评估技术研究"获批立项,他主要负责海洋平台结构的损伤诊断和模型修正技术研究。

在海洋平台等大型海上结构物的健康检测过程中,往往存在两方面的约束和挑战。一是用于检测振动的传感器只能布设在结构物的部分区域,不能实现100%覆盖,例如水下部分布设就比较困难;二是传感器在测量过程中,会受到周围各种噪声的影响,把一些无关的干扰也记录下来,这无疑给结构物自身振动特性的识别增加了难度。鉴于上述挑战,王树青申报了国家自然科学基金项目"融合噪声处理及不完备模态测试的海洋平台结构损伤检测"。历经3年研究,他成功提出了融合噪声处理和不完备模态测试的海洋平台结构损伤诊断新方法,极大提升了环境荷载激励下大型海洋结构物健康检测的技术水平。

从2004年首获国家奖,到2010年再获国家奖,及至2016年成为"国家杰青",在科学研究的道路上,王树青谨记三位导师"老实做人,踏实做事"的教诲,以平均每6年跃上一个新台阶的速度砥砺前行。

"突破深水关键技术,大力发展海上油气资源开发关键装备"是国家《海洋工程装备制造业中长期发展规划(2011—2020年)》的重要内容之一。在这一背景下,2016年,王树青申报的"海洋结构健康监测基础理论及应用关键技术"项目获得国家杰出青年科学基金资助。谈及未来 5 年中这一研究的预期目标,他头脑中有一幅清晰的蓝图,"阐明深海结构系统整体耦合作用机理,明确极端环境作用下深海平台系统的破坏模式,建立基于性能监测信息的结构安全防灾技术,为深海资源开发安全保障提供理论指导与技术支撑"。与此同时,在专著编写、专利申报、团队建设和人才培养方面,他亦有科学的规划。

教学:做一名严慈相济的教师

"作为一名大学教师,既要做好科研,也要搞好教学。"王树青坦言,在教学这条道路上,他经历了一个逐步摸索的过程。"早期对学生还是批评多一些,鼓励少一些。后来,发现效果也不是很好。"于是他就反思自己上学时老师是怎么教育自己的,慢慢地转变培养方式,尽量为学生营造宽松融洽的学习氛围,但该严的时候,也一定会严格要求。"我现在相对平和了很多,是严慈相济,"他笑笑说,"我不会要求研究生几点之前必须到实验室,也不会规定他们在老师没下班之前不准离开,但是,你既然选择了读研这条道路,就要投入大量的时间和精力在里面。投入研究的时间不够,即使你很聪明,也是做不出优秀的研究成果的。"在学生杜君峰眼里,王树青表面很"冷"、很"学术",但交流起来,还是很温和的。"一开始觉得他好严肃,太'学术'了。接触多了,就觉得很好相处,很随和的一个老师。"杜君峰坦言,"我们经常没有王老师来得早,但他榜样带得好,我们心里也有压力。""严也好,慈也罢,都是为了培养学生。希望学生在读书期间得到应有的科研训练,把他们的科研素质和能力培养起来。"王树青表示,这是他多年为人师者的心得总结之一。

流体力学和波浪力学是王树青主讲的两门课程,前者曾于 2008 年获评校级精品课程,为了教好这门课程,他可谓费尽了心思、下足了功夫。"这门课用到的数学知识、力学知识较多,而且有大量的公式推导,不仅难,而且有些枯燥、单调。"曾经上过这门课的学生宋宪仓回忆说,"王老师备课很好,公式推导清晰,还有动画、影像教学。"

流体力学是海洋工程类专业的一门重要基础课程,结合该课程对数学知识、理论力学知识要求较高的特点,王树青创造性地构建起了以"预备知识-基础理论-工程应用-实验教学"为内容的课程体系架构。在多媒体教学中,他充分吸收传统板书授课的优点,创设"步进式"教学法,并穿插一些重要海洋工程的影像、视频资料,增强学生的感性认识,激发大家的学习兴趣。为了避免课堂教学单调、枯燥,使理论教学和实际应用更好地结合,他还别出心裁地编制了"趣闻流体力学集"。上过这门课程的学生,大都记得他在课堂上介绍的那些有趣的现象,如足球场上的"香蕉球"、高尔夫球表面为何布满小坑、两船高速并排行驶会发生什么样的事故等,皆在启发学生思考的同时使其领会了课堂所学。2007 年,王树青结合从事这门课程教学的经验积累,撰写了《高等学校工科流体力学教学手段改革的思考》一文,刊发于《中国海洋大学高教研究》上。在波浪力学教学中,针对适用于海洋工程专业学习的教材匮乏的现象,他边教边思考,经过多年的梳理和总结,于2013年出版了《海洋工程波浪力学》一书。这本书既融合了他多年来从事海工研究的重要成果,也蕴含了他对波浪的独特判断与理解,既可以作为初学者的入门教材,也可以作为研究生的学习指导用书,深得学生的喜爱和同行专家的好评。

"老师首先要发自内心地喜欢这门课程,愿意花精力去建设这门课程,并认真准备每一堂教案,把它建设得有声有色,学生才愿意去学。"教学相长,王树青说,这便是他在教学中收获的成长感悟。

未来:不忘初心,逐梦前行

审视当下我国海洋工程技术的水平和实力,在近浅海领域与发达国家相比几乎是比肩同步,已经没有太大差距,但是在深水领域差距却非常大。据王树青介绍,以海洋油气资源开发为例,我国的自主开发能力还局限于水深200米以内,在这个范围内我国可以自主设计用于油气田开发的海工装备,但在深海浮式海洋平台等高端海洋装备的设计研发方面,我们国家还有很长的路要走。

"选择科研事业,就要为它牺牲时间,坚持不懈地做下去。"王树青表示,对科学研究的那份热爱和责任感是支撑他不断前行的动力。谈及下一步的打算,王树青表示,近期的计划是按照基金计划书,完成预期的科研任务和目标。更长远的理想和目标是:不忘初心,逐梦前行,契合国家建设海洋强国的伟大进程,在海洋工程结构安全与防灾方面做出更多创新性的理论和技术成果,使工程世界里的那抹海洋蓝更加明亮耀眼。

(本文刊于2017年1月19日,第35期)

李庆忠: 情定石油的物探人生

冯文波　石　志

　　李庆忠,1930 年 10 月 10 日出生于江苏省昆山市,石油地球物理勘探专家,中国工程院院士。现任中国海洋大学海洋地球科学学院名誉院长、中国石油天然气集团东方地球物理公司副总工程师。在 60 余年的物探生涯中,他先后为我国新疆克拉玛依油田、大庆油田、胜利油田及塔里木盆地等地区石油资源的勘探开发作出了重要贡献。1972 年,李庆忠系统阐明了地震波的波动理论,并提出了"积分法饶射波扫描叠加偏移"技术,使地震勘探技术从几何地震学领域进入到波动地震学。20 世纪 60 年代中期,首创领先世界的"三维地震勘探"方法,70 年代中期又创立了"两步法偏移"技术,并先后出版了《走向精确勘探的道路》《寻找油气的物探理论与方法》等多部专著。

　　在新中国 60 余年的石油工业发展史上,他把自己一生中最美好的年华献给了祖国的石油地球物理勘探事业,从大漠戈壁的西北边陲,到白雪覆盖的东北大地,再到沃野千里的华北平原，从素有"天下第一州"之称的涿州，到海风劲吹、潮流奔涌的海滨城市青岛……65 年来，他的足迹遍布祖国各地，始终未离开我国石油勘探开发的轨迹，他用自己的勤劳和智慧攻克了一个又一个石油物探界的难题，并在兑现"我为祖国找石油"的诺言中，演绎了新中国第一代物探人的经典传奇。

青春无悔探石油

李庆忠出身医学世家，其祖父、父亲等皆是有名的中医，慕名前往就诊的患者络绎不绝。1930 年 10 月，李庆忠出生在这样一个弥漫着药香味的家庭里。5 岁那年，举家迁往上海。从此，在这座国际化的大都市里，他度过了动荡而又难忘的少年时代。

1949 年秋天，李庆忠考入清华大学电机系，后又转至物理系学习。1952 年，李庆忠提前毕业，在毕业分配的志愿书上，李庆忠坚定地写下了"到祖国最需要的地方去，到最艰苦的工作岗位上去，坚决服从组织分配"。字里行间洋溢着一个 22 岁的青年立志建设国家的热情和决心。

1952 年 9 月，李庆忠被分配到燃料工业部石油管理总局当实习生，经过短暂的技能培训之后，于 1953 年 3 月被派往新疆中苏石油公司地质调查处任职。由此，他在广袤无垠的西北大地迈开了物探事业的第一步。

初到新疆，李庆忠被分配到地质调查处从事重磁力测量工作。大部分工作时间都在野外，目之所及，尽是茫茫沙漠和荒凉的戈壁滩，更多时候陪伴他的只有几只骆驼。在野外测量工作中，李庆忠和队友们需要面对的除了头顶的烈日和脚下的黄沙以及物资的极度匮乏以外，有时还要面临死亡的威胁。据李庆忠介绍，1958 年 9 月 25 日，杨虎城将军的女儿、地质勘探队队长杨拯陆和队员张广智在中蒙边界的三塘湖盆地进行石油地质勘探时，天降大雨，全身湿透，不久又下起了大雪，饥寒交迫的二人在野外迷了路，直至夜幕降临也未能回到营地，队友们四处寻找，也未见踪影。第二天清晨，人们发现杨拯陆和张广智冻死在冰天雪地之中，在她的怀里，还有当天新绘的地质图。他们就这样把自己年轻的生命献给了挚爱的石油勘探事业。还有被山洪夺去生命的勘探队女队长戴健，被野狼夺去生命的电法勘探队队长陈介平等……每当回忆起这些大漠儿女为祖国找石油付出的生命代价，李庆忠说，和他们相比，他吃点苦不算啥。

在从事一线测量工作的同时，李庆忠并没有忽视对理论知识的学习。针对自身大学期间学的是物理专业，地质学知识欠缺的问题，他为自己制订了严格的学习计划，抓紧一切时间补习构造地质学、沉积岩石学、地史学等知识。后来，为了弥补在地震方法研究中的知识缺憾，他又进一步强化了对数学知识的学习。这些都为他日后在我国石油地球物理勘探领域创新突破打下了坚实的理论基础。

在新疆的 8 年时间，李庆忠从一名青涩的大学生，成长为一名出色的物探队员。8

年里,他与队友们一起跋山涉水,几乎走遍了整个新疆,用勤奋和专长,探明了准噶尔盆地的地质构造,并构建了新疆地区的重、磁、电基点网。

1960年初,大庆石油会战打响。根据组织安排,李庆忠也加入这场声势浩大的战斗中,先是在松辽石油勘探指挥部地质调查处从事综合研究工作,后又参加了松辽地震会战。不到两年时间,李庆忠和队友就把整个松辽盆地的区域性六大层构造"宝塔图"做了出来,使盆地的构造演变情况一目了然。此举为日后国家更好地开发松辽地区的石油资源打下了良好基础。

从"几何地震学"到"波动地震学"

1964年1月,中央同意组织华北石油会战。同年3月,李庆忠又转战东营,与广大参战职工一起在"青天一顶,碱滩一片"的艰苦环境中拉开了开发建设胜利油田的大幕。

当时在石油物探领域普遍运用的传统几何地震学认为,地震波像光一样传播,反射角等于入射角,类似乒乓球的反弹射状,这种类比方法也是传统地震勘探绘图、成像、计算的理论基础。1965年,在开发胜利油田过程中,经常出现地震资料在复杂构造上与钻井资料不符的情况,有时深度有偏差,有时断层位置不对。李庆忠从几何光学和物理光学的差别出发,结合光的衍射作用,考虑到地震波的波长很长,一般为80～150米,与其说类似乒乓球的弹射,不如说是以波动的形式在地层中传播。一旦遇到断层就会产生绕射波,造成地震记录上"层断波不断"的现象,并且小断块反射能量下降,消失在干扰背景之中。李庆忠考虑到,如果不把绕射波收敛起来加以归位,便不能真实地反映地下断块的形态。

李庆忠大胆假设提出了波动地震学的重要推论:"一个反射主体,两个绕射尾巴""地层断,波形不断""短小断块的反射波消失在背景之中"等等。当时,他的推论却不被人理解,有的人认为他是胡思乱想,甚至嘲笑他:"哪里来的那么多尾巴?"

真理往往掌握在少数人手中,李庆忠的观点得到了俞寿朋、刘雯林两位同事的赞同和支持。1965年,他们共同计算了大量地震波的衍射花纹(绕射波形),从理论上证实了地震波的波动性质和特征。1966年,李庆忠经过多次试验考证,完成了《波动地震学》的手稿。当他准备深入研究这一理论,进一步加以完善推广的时候,席卷全国的"文化大革命"开始了。李庆忠被批判成"三脱离"的典型、"反动学术权威""抹断层专家",并被没收了手稿和图幅,被下放到地震队参加劳动。

1972年,李庆忠重回胜利油田工作,他的同事刘雯林把替他精心保存的《波动地震学》的手稿和图纸交还给他。于是,在刘雯林、柴振一等同志的协助下,李庆忠撰写完成了《地震波的基本性质——复杂断块区的反射波、异常波与干扰波》这篇21万字的论文,并誊印了100份送至各油田矿区,在当时的石油勘探界产生了深刻影响。大港油田、辽河油田等纷纷派人参与到学习这一重大理论发现的热潮中。《石油地球物理勘探》杂志于 1974 年以 1～2 期合刊的形式,全文刊登了该文。此后,各石油院校的教科书,在阐述地震波的性质及特征时,均采用了李庆忠这篇文章中的理论和附图。

1972 年,李庆忠在波动地震学基础上提出的"积分法绕射波扫描叠加偏移"技术也得到了广泛的应用,这种波动方程偏移技术的最初形式几乎与国外同时提出。1975 年,利用该技术对胜利油田商河西地区地震资料进行处理,第二年就建起了一个年产 40 万吨的石油基地。

"三维地震勘探"与"两步法偏移"

20 世纪 60 年代中期,胜利油田发现之时,国际石油地震勘探资料的成像技术正经历着从二维到三维的演变,与大庆油田相比,胜利油田属于复杂断块油田。传统的二维地震方法很难搞清地下情况,不是深度有误差,就是断层位置不对,给当时的石油开发带来了很大困难。

面对这一难题,李庆忠提出了改进地震勘探的 8 字方针:去噪、定向、辨伪、归位。1965 年,他与同事俞寿朋、刘成正等一起设计了一套线距为 260 米的"小三角"加密测网,用于野外采集。他们使用国产 51 型地震仪,同时采用解放波形、面积组合的接收方式;在资料解释中,从三个方向识别反射波,计算侧向偏移距离,然后人工进行偏移归位(又称"剖面搬家"),这成为世界上最早的三维地震勘探。利用此种技术方法,1967 年,在东辛油田获得了我国第一张三维归位构造图,对这个储量逾亿吨的复杂断块油田的勘探开发起到了指导作用。

1974 年,尽管"文革"尚未完全结束,李庆忠还是积极组织开展了"三维地震"的试验,亲自设计了"束状三维地震"采集测线,在新立村油田开展采集试验。经过近 3 年的采集,他获取了大量数据资料,但因为没有大型计算机,只好把资料搁置一旁。直到1982 年,张明宝同志对这些资料加以整理,在中型计算机上成功处理了这些数据,并据此绘出了 T4 构造图,在沙三段上部发现高产油层,一年之中探明储量 1 100 万吨,当年就建成 18 万吨的年生产能力。

在"我为祖国找石油"这一信念的指引下,李庆忠还提出了领先世界的"两步法偏移"技术。为解决我国没有大型计算机处理三维地震数据的难题,1974 年,李庆忠提出了用"两步法偏移"实现三维偏移归位的方法,而且论证了它与"三维一步法"全偏移的误差均在允许精度范围之内,其效率却比西方的"一步法"高出数百倍。

1979 年 10 月,李庆忠出席了在新奥尔良召开的第 49 届美国勘探地球物理学家协会年会,会上,西方地球物理公司的拉纳先生作了关于"两步法偏移"技术的报告。坐在听众席上的李庆忠悄悄地告诉他身边的物探界老前辈顾功叙先生:"中国其实很早就提出了这种方法,至少比他们早 5 年。"会后,李庆忠把自己发表的关于"两步法偏移"技术的文章寄给了拉纳先生。拉纳虽然不懂中文,但他一看文章的插图马上明白了原来早在 5 年前中国的科学家就发明了这种方法。拉纳十分友好地邀请李庆忠去西方地球物理公司访问座谈,一起探讨交流"两步法偏移"技术的发展与应用。后来,拉纳在自己刊发的文章序言中写下了"最早提出两步法偏移的是中国的李先生"的字句。

地震地层学的重要补充

在李庆忠的物探人生中,他不仅提出了"积分法绕射波扫描叠加偏移"技术、"三维地震勘探"方法和"两步法偏移"技术,而且还进一步发展完善了地震地层学的有关内容。

20 世纪 70 年代,地震地层学在西方国家诞生后,人们在地震解释工作中开始考虑岩性、岩相问题,并对石油勘探开发产生了重大影响。

同一时期,我国在胜利油田负责地球物理资料解释的科技人员发现了地震地层学的蛛丝马迹。1972 年,李庆忠在《地震波的基本性质》一文中对这些认识进行了系统化的论述。他指出,反射地震波与地下的岩性条件有着内在的联系,并论述了海相、深水湖相等 7 种岩相带的地震反射特征,同时指出了不同岩相的波形变化情况以及可追踪的范围。令人遗憾的是,当时他的观点并没有引起人们的重视。直至 20 世纪 70 年代末,美国系统化的"地震地层学"引入中国,并迅速推广开来,产生了良好的勘探效果,地震勘探由过去只能研究地质构造发展到能够分辨地层的沉积相和研究砂岩层储集的分布变化规律,开拓了勘探的新领域。

然而,李庆忠没有人云亦云,他注意到国外的地震地层学的一些研究方法大多是针对海相地层的,生硬地套用到中国的陆相地层,就产生了不少问题。1985—1986 年,他用计算机做了大量的正演模型,并收集了河流沉积的各种研究资料,根据黄河 4000 年河道变迁的记录以及长江流域江汉曲流河的发展历史,有力地证明了陆相沉积的复杂性以及地震地层解释中的各种"陷阱"。

1986 年,他在《石油地球物理勘探》杂志上发表《陆相沉积地震地层学的若干问题》。创导"地震地层学"的美国前埃克森石油公司总地质师桑格里写信给李庆忠说:"这篇文章看来是对地震地层学文献的有用贡献。你文中的图件,尽是出色的图件……"美国哥伦比亚大学郭宗汾教授也给他写信祝贺:"你的高作我非常欣赏,还望再接再厉,为国争光。"1991 年刚从美国留学归来的王克宁也说,李庆忠所表述的观点正好与美国最近发展起来的"事件沉积学"所持的新观点完全一致,即"自然界的沉积作用在许多灾难性的事件中不断地改造着沉积体的面貌"。这种思想认识将引起传统地质学观念上的变化,同时也会使地震勘探的解释朝着更为准确的方向前进。李庆忠的文章,可以说是对现代地震地层学的一个重要补充或是重要发展。

物探领域的"反伪斗士"

人们把自称为科学但又不遵循科学方法的知识或理论称为伪科学。伪科学貌似科学，但无法用科学方法予以检验。在李庆忠的职业生涯中就有过多次与伪科学做斗争的经历。

自1985年始，美国的GI地球物理国际公司（Geophysics International Corp.）声称发明了一种直接找油、找煤、找水的先进技术，称作Petro-Sonde（岩性探测技术）。该方法是凭一个类似收音机样的仪器，既不拉天线，也不接地线，凭操作员用耳机听声音，并旋动接收机上的旋钮（据说它能指示探测深度），就能听出多深处有油气。他们到任丘油田、胜利油田演示试验后，据报道，探测油层的深度误差仅为22 m；到开滦煤矿找煤时，煤层深度误差仅5 m。消息传开，我国有不少"热心人"从事这项研究，到20世纪90年代，我国已有6个单位生产这种仪器。不少有名的研究所及大学科研人员为之创造探测理论。李庆忠不轻信这种找油技术，对其理论和实际资料加以分析后，得出结论：它是伪科学。1996年，李庆忠发表了《对Petro-Sonde岩性探测技术的质疑》一文，全面揭露了这一伪科学在理论上有6个关键问题站不住脚，在实际结果上又错误百出。经过李庆忠的揭露和批判之后，这种所谓的"先进技术"很快就在中国销声匿迹了。

20世纪80年代，还有一家名为世界地球物理公司（World Geophysical Corp.）的美国小公司，发明了一种重力直接找油的新仪器，称为Affinity System（艾菲亲和系统），它实质上只是一架灵敏度很差的重力梯度仪。他们以专利技术保密为借口，既不准别人打开，也不告诉他人测出的是什么物理量，在中国大地上招摇撞骗，并且声称，用该方法可使探井成功率达到70%～80%，滚动开发成功率达到80%～90%。他们于1992年成立了中美合资的东营艾菲石油勘探有限公司，每年的营业额高达数百万元，全国各油田委托他们找油的"艾菲"项目总经费竟然高达2 000多万元。他们还在各大报纸上刊登广告，许多油田受其蒙骗，甚至在做过三维地震的地方重新通过这种方式找油。

李庆忠本着实事求是的原则，调查了艾菲亲和系统找油的相关数据资料，并与传统的找油方法比较，发现此种方法找油的精度很差，根本不是他们宣称的那样准确。1997年，李庆忠在《石油地球物理勘探》第2期上发表了题为《评艾菲微重力直接找油兼论GONG直接找油》的文章，从捍卫科学真理的角度出发，对这种伪科学进行了揭露，最终使"艾菲"找油这一项目退出中国市场。

在当时，除了国外的伪科学以外，国内还有很多令人啼笑皆非的找油方式，例如"气功找油""特异功能找油"等。面对这些荒诞的歪理邪说，李庆忠坚决捍卫科学的权威性。

几十年来,李庆忠犹如一位意志坚定的"反伪斗士",极力地维护着石油物探领域的科学性、纯洁性,他说:"决不能任由伪科学泛滥,占有市场,作为一个科学工作者,这是我义不容辞的责任"。

(作者单位:中国海洋大学新闻中心　中国石油天然气集团东方地球物理公司)

(本文刊于 2017 年 9 月 5 日,第 38 期)

延伸阅读

人才成长与精神因素的关系

李庆忠

今天高校的学生所掌握的知识比我们学生时代可要多得多,这一点我是深信不疑的。我相信你们一定会飞得比我们这一代更高,取得更丰硕的成果。

我看到有一些大学生到工作岗位后,通过实践考验,很快成为技术骨干。但是有些毕业生在工作岗位上却老是不能把工作做得很漂亮。

这里有一个差别,便是今后还应加强德育教育。"敬业精神"和"奉献精神"两个方面很重要。"功夫不负有心人",有心人才能不断长知识。现在有少数青年人满足于得到一个学位,而对他实际从事的工作缺乏求知热情,或者好高骛远,不愿做艰苦细致的工作,因而缺乏实践经验,对所研究的对象缺乏"实感"。这便会影响他们的锻炼成长。

重要的是在实践中长知识。我的亲身体会是:"读了不等于懂了,懂了不等于记住了,记住了不等于会使用,会使用不如自己做一遍。"尤其是从学校毕业后,更要善于从实践中提高自己。

此外,干我们石油勘探这一行的要有一种奉献精神。我们的野外作业本身是一种艰苦的劳动。现在的野外工作条件比我们过去五十年代的情况和大庆会战时期已经有了不少改善。我刚参加工作那个年代里经常要受冻挨饿,风吹日晒,在荒无人烟的地方车坏了,回不了家,当"团长",挨蚊虫叮咬,彻夜难眠。

在大庆会战的日子里,我们冒着零下 30 多度的严寒,清晨天不亮就出工。戴上皮帽,穿上毡靴,蹲在露天的钻机车上去工地,路上半个多小时寒风刺骨,下车后手脚都麻木了,很长时间都缓不过来。那时粮食定量又低,下午还不到收工,肚子就饿得难受了。这一切没有难倒我们。那时我们不怕苦,反而以苦为荣,主要是我们有为报效祖国而劳动的精神支柱。所以我们那时候是唱着歌去迎接困难的,不怕困难。

我希望现在的年轻人能够加强敬业精神和奉献精神,这样才能成长为对祖国有用的栋梁。

你们生活在比我们老一辈更好的环境里。受帝国主义侵略和屈辱的时代一去不复返了。错误的政治运动,三年"自然灾害""文化大革命"……也一去不复返了。

我们的国家强大了,生活改善了,经济有了较强的基础,科学技术正在发展。"知识经济时代""信息社会""海洋世纪",都在召唤着我们。

年轻人,自强不息吧!

(摘自 2004 年中国海洋大学建校 80 周年时李庆忠院士撰写的《与海大地学院同学谈学习与成才》一文)

毕业季·留住心中的那份感动

冯文波

灼灼芳华，悠悠四载，又是一年毕业季。在这青春散场的时刻，回望四年大学时光，灯下苦读的身影、恩师殷切的目光、同窗畅游的欢乐和情感失意的迷茫皆在脑海中一一浮现，风景如画的海大园又见证了一届学子的成长。依依离别意，浓浓师生情，在这离别的时刻，让我们一起回味那些令人动容的师生之情、同窗之谊，让青春的感动永远驻留海大、长存心间。

"有您在，那些感动就永远在
——记 2014 级旅游管理班班主任李平

"我是一个感性的人，总是控制不住情绪，但是我觉得今天流泪不丢人。毕竟今天说再见，可能有的人此生就真的不会再有机会相见了。" 2018 年 6 月 7 日，中国海洋大学 2014 级旅游管理班的班主任李平老师给即将远行的学生上 "最后一课"，一番话语使在场的人潸然泪下。在学生盖楠楠的印象中,近段时间以来,这已经是班主任第三次流泪,这伤心的泪水皆是因为对他们的不舍与爱得深沉。

今年是李平在中国海洋大学工作的第 25 个年头,这个班也是她带的第 4 个毕业班,距离上次以班主任的身份送别学生已过去了整整 13 年。谈及承接此班的缘由,李平说,首先是学院工作的需要,班级管理方面老教师也应该作点贡献;其次是自己的孩子与班上"95 后"的孩子相差不大,沟通交流起来比较方便。如此一来,李平便做出了与这个班集体相伴四年的决定,他们给这个集体取名"14 有爱大家庭"。

这的确是一个充满爱的集体,这份爱首先来自班主任对学生无微不至的关心。李平时常拿现在学生的学习条件和自己当年读书的情景作对比。她说,那时候读书是摆脱贫困、改变命运的重要机会,所以大家都珍惜来之不易的机会,奋发图强,认真学习,而现在的学生赶上了好时代,从小衣食无忧、生活富足,在家长的呵护与宠爱下长大,容易陷入迷茫和空虚,失去奋斗的目标。初接班级,她便发现个别学生有迷失自我的现象,男生打游戏、女生看电视剧,有的甚至整个宿舍"沦陷"。经过深入细致的走访,李平为他们制订了走出宿舍的计划:一是走向操场,她不仅自费请学生去打羽毛球,还组织"夜跑团",让他们晚间加强锻炼,此举既提升了他们的身体素质,又增强了班级凝聚力;二是走向教室,她选拔了两名学习委员,由他们带领大家去自习,并进行一对一的学习帮扶计划。日积月累,班风、学风逐渐向好。

"细腻、严谨、踏实,终会成就属于你的美!""卷面整洁得令人不忍落笔多添一字。"这些或充满鼓励或诙谐风趣的话语是李平在学生提交的假期读书笔记上所做的批注。四年大学,每逢寒暑假,她都会给学生推荐读书清单,让他们撰写读书笔记,并对过去的一个学期进行总结。开学之初,她会逐一检查这两项作业,并进行批注。"希望通过这样一个形式与学生进行互动,让他们开阔视野,反思过去,从而更好地规划未来的学习。"李平说道。而在学生看来,"这种交流方式特别有力量,有纪念意义,有我们老师沉甸甸的爱,我们会一直珍藏。"学生朱晓彤说。

李平不仅是 2014 级旅游管理班的班主任,还是旅游外语、旅游心理学等课程的主讲教师。李雯钰对旅游外语这门课印象深刻。"这门课是最累、最忙的,学生不仅要预习,分组讨论,还要制作 PPT 去课上讲,甚至老师还把留学生请到课堂上与我们互动。"面对学生的"吐槽",李平有自己的初衷,她说,在全球化的背景下,需要培养具有国际视野的旅游管理人才,而外语无疑是最重要的敲门砖。走过风雨,迈过坎坷,回望来时路,学生们早已明白李平的良苦用心。"未来的日子里我会更加努力,让我为之骄傲的老师也能以我为荣。""相比过去,我进一步爱上了专业课程,其中对我思想上影响最大的就是您。""在一次次的活动中、课堂上,您用知识、道理引领着我们,您是我的榜样。"结课时,同学们把自己的心声凝练于笔端赠予他们的"亲妈 LiSa"。

在李平办公室的书橱里放着两个奖杯,一个是学校授予她的"优秀班主任"奖,另一个则是学生为她颁发的"最美班主任"奖。前者是学校对她工作的肯定,后者则是学生对老师的感恩与爱的回馈。适逢毕业季,李平说,每每望着这两个奖杯,就会想起与学生一起走过的四年岁月,念兹在兹,此生难忘。

世间最伟大的爱是指向离别的,父母之爱和师生之爱皆是如此。"最后一课"即将接近尾声,李平如母亲对游子般做着最后的叮咛:"在合适的时候一定要回来团聚,有空的时候多跟 LiSa 打个招呼,和我说一说你们的工作、你们的家庭还有你们的孩子,有 LiSa 在,'14 有爱大家庭'就永远在,我爱大家。"在李平饱含深情的讲述中,台下学子早已被泪水模糊了双眼,他们一起走上讲台,围拢在恩师身边,为她颁发大学四年分量最重的奖项——"永远的少女亲妈奖"。

最幸运的事就是我们在大学相遇
—— 记 2014 级食品科学与工程卓越班班主任杜亚楠

对于中国海洋大学食品科学与工程学院的近 80 名教师来说,她是大家眼中敬业爱岗的同事;对于学院的 500 余名本科生来说,她是深受大家信赖的本科生教学秘书;对于学院的近 500 名全日制研究生来说,她是有问必答的研究生教学秘书;对于学院的在职研究生和留学生来说,她依然是任劳任怨的教学秘书;但对于 2014 级食品科学与工程卓越班的 25 名同学来说,她却是他们的"女神",她就是他们敬爱的班主任杜亚楠老师。

毕业在即,骊歌唱响。临别之时,同学们请杜老师为大家录一段视频以做纪念。这让她有些犯难。"我是 2016 年才接手这个班的,只做了他们两年的班主任,算是'后妈'。"短暂的两年,杜亚楠觉得自己并没有为学生做多少事。同学们却不以为然,在他们眼里杜老师是"后来的亲妈",两年间给予了他们太多的关爱,他们觉得最幸运的事就是在大学里与杜老师相遇。

长期以来,杜亚楠一直担任食品科学与工程学院的本科生教学秘书和研究生教学秘书,一人分饰两角,每天皆有千头万绪、琐碎复杂的教务工作等着她处理。在压力与挑战面前,她累并快乐着。更令人意想不到的是,2012 年她主动向院领导申请担任新生班的班主任。谈及缘由,她笑着说:"多和学生接触,会让自己越活越年轻。"2016 年,当她带领的班级毕业时,学院领导又找到她说,2014 级食品科学与工程卓越班的班主任离职,希望她把这个班接过来,她欣然同意,并兢兢业业、尽职尽责,用真心和真情为学生的精彩大学生活护航。

"那天是考数学,刚进入考场不久,我们杜老师就来了,从包里拿出一杯咖啡,竟然还是热的,捧在手里暖在心里。"孙红伟至今依然记得 2017 年底研究生考试时,杜老师挨个考场给学生送咖啡的场景。同样的感动,2012 级的赵守静同学也曾体会过。"研究生考试前夕,杜老师给考研的同学每人准备了一个文具袋,里面除了铅笔、橡皮等文具,还有巧克力、饼干等零食,更令人惊喜的是,她还让女儿为每一个人剪了一个'喜'字放在里面,期望我们都有喜讯传来。"杜亚楠喜欢称呼学生为"孩子",在生活中她也真的把他们当孩子看待,给他们细致入微的关怀。学生赴外地实习,抱怨住得不好、吃得也不好,她不仅安抚大家的情绪,还买了两箱好吃的给他们快递过去;严严寒冬,学生们忙着备考,她买好 VC 泡腾片分发至每个人,提醒他们注意身体,增强抵抗力。

2017 年 9 月,学校给食品科学与工程学院下达了推荐免试研究生的首批名额,曹云睿的成绩刚好排在候补第一名。"当时心情糟透了,非常悲伤和焦躁,想专心复习准备考研,可是根本学不进去,就每天找杜老师倾诉,她不仅开导我、安慰我,还用往届学生的经历鼓励我。"后来,学校给食品科学与工程学院增补了名额,曹云睿顺利入选。每每想起这段经历,她都对班主任充满了感激,"真的很感谢杜老师陪我度过那段难熬的日子,"曹云睿说。

先后连续担任两个班级的班主任,别人看到的是杜亚楠的累,她却说自己很幸运,有幸用 6 年时光陪伴两届学生成长。在这一过程中,她不仅有满满的收获,还享受着学生带给她的感动与美好。

2018 年 4 月的一天,正在加班的杜亚楠随手在朋友圈发了一条信息,感叹停暖之后的天气依然很冷。不一会儿,2012 级的学生竟然给她送来了暖宝宝。那一刻,她的内心泛起层层涟漪,感慨于学生的细心和热心。同样的加班夜,她只顾埋头录入数据,待到下班时,发现学生留下的小纸条"2018 红红火火,比心",瞬间,加班的疲惫一扫而光,她完全沉浸在这份微小而确切的幸福之中。学生给予她的类似的"小确幸"还有很多很多,学生买 QQ 糖、溜溜梅等零食时会给她带一份;她嗓子不舒服,学生会连跑几家药店去买药……"我最感动的就是学生没有把我当成一位威严的师长,而是一位知心的朋友。"杜亚楠说,如果不当班主任,这种感受是体会不到的。

学生带给杜亚楠的除了感动,还有自豪,这份自豪源自学生的优秀。"2012 级的 21 人中有 9 人保研,6 人考上了研究生。2014 级的 25 人中,有 9 人保研,3 人考上了研究生,还有去世界名校留学的……"言谈间她的脸上洋溢着幸福与喜悦,仿佛是在诉说着自己家孩子的锦绣前程。

又是一年毕业季,面对即将远行的学生,杜亚楠坦然面对,她说:"放手让他们去飞,因为还有保研的学生在身边,我还可以再陪他们 3 年。"

"我们一起见证历史,也创造历史"
——记 2014 级海洋科学(中外合作办学)班班主任武文

"同学们的英语水平突飞猛进,外教课程成绩优秀,大学四年,树立了优良的班风与学风,在学习、社会实践等各方面都硕果累累……"2018 年 6 月 14 日下午,一场别开生面的班级交流会在中国海洋大学崂山校区教学楼举行,主讲人是 2014 级海洋科学(中外合作办学)班(简称 2014 "中澳班")的班主任武文老师,听众则是 2017 级海洋科学(中外合作办学)专业的同学们。现场,武文毫无保留地把四年来自己与班上同学共同努力摸索出的宝贵经验和取得的优异成绩介绍给大家,使他们看见一个可期的未来。

武文所带的班级是学校首次与海外高校联合举办的本科教育项目,可谓前无古人,开学校先河。因武文拥有在澳大利亚留学的经历,学院领导便把带领第一届"中澳班"成长与发展的重任交给了她。"知道有困难和压力,但还是想挑战一下自己,与学生一起成长。"回忆起初接重任的情景,武文说,自己的热情非常高涨。正是凭着这份热情与执着,在学校和学院的大力支持下,四年间,她带领学生一边摸索,一边前行,使学生在演绎精彩大学生活的同时定格下美好的青春印记。

"1月19日,对学生进行诚信迎考和寒假期间的安全教育""6月16日,姜迅、张佳琳咨询国外申研、国内考研和未来就业问题""6月23日,向吕婷(班长)传达班主任会相关内容,商定班委人选""7月16日—23日,期末考试成绩分析"……这是武文一直随身携带的笔记本上的内容,密密麻麻记载着四年间班级管理的日常,这厚厚的本子她写了3本。她时常自我调侃说:"脑子不好使,记不住事,只好写下来。"而在学生看来,这却是班主任为他们着想、对他们负责的表现,字里行间渗透着对学生无尽的爱。2014"中澳班"属于首创,几乎没有经验可以借鉴,面对学生在学习和生活中遇到的困难与疑惑,她都一一记录在册,并积极向学院和学校职能部门寻求破解之策,逐一给予答复。一时解决不了的,她也会及时告知学生已推进到哪一步,请他们稍安勿躁,专心于学业。"有武老师做我们的后盾很安心,她总会给我们一个满意的答复。"谈起班主任的细心和责任心,班长吕婷深有感触。现如今,这种用心于细微处的理念和态度,以及多种创新性工作思路已在武文所在的海洋与大气学院的班主任队伍中进行推广,一册册凝聚着她智慧与心血的笔记本也在众人手中传阅开来。

2014"中澳班"的学生在大二之后,既可以选择去澳大利亚的塔斯马尼亚大学学习,也可以选择继续留在中国海洋大学完成学业。一个班分成两部分,武文不仅要照顾好国内的23名同学,还要及时掌握远在澳大利亚的21名同学的生活与学习情况,使他们在外求学无后顾之忧。2016年6月末,赴澳学生启程前往塔斯马尼亚大学,临行前他们一一向武文告别,武文亦是千叮咛、万嘱咐,从此在遥远的南半球她又平添了一份牵挂。当时学生最后一学期的考试成绩还没有出来,澳方学校需要学生提供中英文成绩单,成绩出来的那一刻,武文逐一打印,扫描后及时传给他们。留在国内学习的黄毓说:"这种跑腿的事本可以安排我们去做,武老师觉得当时我们正在准备期末考试,时间宝贵,就亲力亲为。我觉得她是一个特别会站在我们角度考虑事情的班主任,很体谅我们。"

学生的事就是最重要的事,四年时光,武文始终把学生放在第一位,风里雨里默默守护着他们。源于此,学生也愿意把她当做知心朋友,"文文""武姐""文姐",单从学生对她的这些称呼中,便可体会到师生之间那份毫无隔阂的情谊。学生也乐于把学习和生活中的点滴与她分享,无论是新买了一辆二手车,还是刚租了一间公寓,或者是学会了做饭，以及学业上的不顺或者情感上的烦恼，他们都喜欢和这位如同姐姐般的师长诉说。

令武文感到自豪的还有班上团结友爱、互帮互助的和谐氛围。赵子杰是班上的"学霸"，也是深受同学信赖的班长。对于在澳大利亚求学的20多名学生来说，"子杰大大"就是他们在异国他乡的主心骨。在塔斯马尼亚大学的图书馆和自习室里时常看见赵子杰为同学们讲解试题、分析难点的身影。张梦竹说："图书馆最靓丽的一道风景线就是一群人围着子杰听课。"郑琪说："很感激的事情还有班长子杰，真的是帮助了一整个班的班长。"毕业之际，同学们纷纷在论文的致谢中表达对这位同窗好友的感激之情。每当听闻别人赞扬2014"中澳班"班风优良、学风扎实、成长迅速、成绩优秀的时候，武文的内心总是充盈着满满的喜悦与感动。

"有姐姐般的感觉，缓和了高中时我对班主任威严的恐惧""有这样一位关心我们思想的班主任，感觉很幸运"……大学时光，学生用文字记录下对武文的美好印象，感谢她的一路相伴。离别之际，武文亦饱含深情地为学生写下毕业寄语："很开心能做你们大学四年的青春同路人，你们于我更是人生道路上最难忘的可爱的弟弟妹妹们。我们见证了历史、创造了历史……让我们彼此道一声珍重，青春不散场、期待再相逢。"

（本文刊于2018年6月26日，第42期）

静心倾听海洋的声音

——记国家科技创新领军人才陈显尧教授

冯文波

在人类认识海洋的漫漫征途中，对于海水深度、温度、盐度、流速等关键元素的各类观测数据无疑是最重要的载体。有人将这些观测数据喻为认识海洋的"钥匙""敲门砖"，而在中国海洋大学物理海洋教育部重点实验室陈显尧教授看来，这些费尽千辛万苦得来的观测数据就是"海洋的声音""大海的语言"。他的任务就是静心倾听海洋的声音，了解这些语言背后的深层含义，从而认识海洋，理解海洋。这项工作他已干了近 20 年。

从西北内陆到黄海之滨

陈显尧祖籍在甘肃岷县，1973 年出生于洛阳。因父亲心中始终怀有一颗建设家乡的赤子之心，1984年，他跟随父亲回到甘肃，一待就是15年。

高中毕业填报志愿时，陈显尧分别选了兰州大学、清华大学和南开大学的数学系作为自己的一、二、三志愿。老师和同学看了说，这种选择如果第一志愿走不了，就真走不了了。"父亲希望我留在他身边。"陈显尧说。

1990年秋，他被兰州大学数学系录取。1990年，为贯彻落实全国高等学校理科工作会议精神，保证西北地区在我国数学事业率先赶上国际先进水平的伟大战役中有充足的科研与教学后备力量，兰州大学数学系从当年招收的96名新生中选拔了28名优秀学生组成了"数学基础理论强化班"（教学实验班），对他们进行数学基础理论强化教育。陈显尧有幸成为其中的一分子。

20世纪90年代的兰州大学数学系名师云集、声誉颇佳，不仅有"二陈一濮一开沅"（陈庆益、陈文塬、濮德潜和叶开沅）为代表的四大名家，还有郭聿琦、程昌钧等一批具有国际影响力的学术名师。时至今日，陈显尧依然记得著名数学家、半群研究专家郭聿琦教授给他们上课的场景，"郭老师是第一个用英文课本给我们上课的人，《高等代数》《抽象代数》都是他从国外带回来的"。

日积月累，在兰大深厚文化的熏陶中，在各位名师大家的谆谆教诲下，加上个人的刻苦与努力，陈显尧奠定了坚实的数理基础，养成了缜密的逻辑思维习惯。本科毕业时，成绩优异的他获得了硕博连读资格，得以跟随程昌钧教授从事固体力学方面的学习。

九曲黄河，漫漫黄沙。在西北生活的15年里，令陈显尧印象最为深刻的自然景象当属"沙尘暴"了。几分钟之前还是艳阳高照，几分钟之后已是昏天黑地，一度有南方来的同学被这种场景吓哭。

1999年，陈显尧博士毕业。选择就业单位时，山东的校友建议他来青岛。四月的一个雨天，他乘坐火车抵达青岛。走出火车站的那一刻，他便被这温润的气候吸引了：坐在316路双层巴士上，沿着太平路、东海路一路向东，蒙蒙细雨、如烟似雾，那种场景他至今记忆犹新。在友人的带领下，他来到青岛的海边，这是他人生中第一次见到大海，烟波浩渺、浪花拍岸、海风习习，辽阔、包容、澎湃……忆起初见大海时的感受，他说："在这之前我见过沙漠，去过草原，走过戈壁，虽在电视上见过大海，但真正面对大海的时候，我却无法用语言去描述它带给我的震撼。"

因为这片海，爱上这座城，他决定留下来。最终成为了国家海洋科学研究事业的一员。

乘数学之舟，驶入蔚蓝之门

来青岛之前，陈显尧从未见过大海，对于海洋生物、海洋化学、海洋地质等涉海学科只是有一点浅显的认识，而对于物理海洋学却是一无所知。

博士期间，陈显尧学的是固体力学，这与物理海洋学研究所涉及的大尺度流体力学差别很大。很长一段时间,他总想用数学的方式方法去解决海洋学的问题。"一不是主流方法,二解决的不是主流问题。"他说,最大的挑战还是观念固化,在长期数学和力学训练中养成的凡事都要有精确数值、准确答案的思维习惯,也与海洋学领域奉行的"尺度分析"理论形成了不小的冲突。

面对转行的挑战,他冷静应对,一方面向前辈和同事请教,另一方面认真查阅文献,及时补课。在刚开始入手时,他想做的是海洋中的反问题。这个方向是著名海洋学家 Carl Wunsch 教授提出来的。陈显尧在兰大所作的博士论文是固体力学中的反问题。他想,虽然学科领域不同,但科学研究的方法应该是相通的。可之后他发现,一般情况下,要研究反问题,需要比较深入地理解正问题,可是物理海洋学中,正问题还没有解决呢;而且,这些正问题比反问题更吸引人,更能激发人的研究兴趣。由此,陈显尧一头扎进了海洋学的天地。

反问题的研究思路只是陈显尧涉足海洋研究的敲门砖,而真正让他下定决心从事物理海洋学研究的则是海洋的观测数据。在不断地接触海洋、研究海洋的过程中,他发现海洋的神奇和魅力全都体现在科研人员历经千辛万苦取得的那些观测数据中。这些数据,犹如一句句话语、一串串密码,诉说着大海的特征与规律,有时和自己想象得很接近,有时又大相径庭。每当译出这些语言、解开这些密码的时候,他总会有一种成功和海洋对话的成就感。受世界著名海洋学家、数据分析专家黄锷(Norden E. Huang)院士发明的经验模分解方法所提出的对待数据的观点启发,加上博士期间从事的科研方法训练,他渐渐摸着了从数据出发研究海洋的门道。

陈显尧在国家海洋局第一海洋研究所工作了 15 年。在最美好的年华里,他实现了研究方向的转换,并且逐渐构建起了自己的海洋学知识体系,找到了适合自己的研究方法。这期间,他有幸与黄锷院士一起共事。老先生渊博的学识、敏捷的科研思维和严谨的治学态度皆令他印象深刻,特别是黄锷院士提出的经验模分解(Empirical Mode Decomposition,简称 EMD)方法使陈显尧受益无穷。在陈显尧看来,这种自适应数据分析方法表面上看是一种方法或技能,其实质是科研人员对待自然现象、自然规律的态度。"尽管 EMD 方法至今不是物理海洋和气候变化研究的主流方法,但我几乎离不开这个思想。"陈显尧说。

2014 年初,中国海洋大学极地科学研究快速发展,急需有能力、有抱负、志同道合的合作者加盟,时任极地海洋过程与全球海洋变化重点实验室主任赵进平教授邀请他到校工作。谈及这位青年学者的优秀品质,赵进平教授首推"敬业"。"他热爱自己从事的科学事业,把绝大部分精力投入科研工作中,这也是他能取得大成绩的原因。"赵进平说。来到中国海洋大学,陈显尧迎来了职业生涯的转折,从科研院所的研究员转变为一名大学教师。

问道于碧海,静观风云变

陈显尧时常觉得自己是一个幸运的人,有幸在 40 岁的年纪进入中国海洋科教的最高学府——中国海洋大学,有幸在这个"海纳百川,取则行远"的环境里结识一批志同道合的人,有幸从事自己喜欢的科研事业并有所创新和收获。

进入中国海洋大学后,陈显尧开始集中开展海洋与气候变化的研究。影响全球气候变化的因素有很多,如大气环境、人类活动,而陈显尧始终认为海洋扮演的角色更重一些,所以"海洋在气候变化中的作用"便成了他孜孜以求的研究方向。近年来,温室效应、二氧化碳排放、全球变暖等逐渐成为人们关注和熟知的热词。人们发现,尽管温室气体排放持续增加,全球气候系统也在持续吸收热量,但是全球表面温度却呈现出增暖减缓甚至停滞的趋势。部分全球变暖怀疑论者甚至由此质疑人类是否应该控制温室气体排放。

许多气候学家也试图揭开其中的谜团,学者们发现深层海水对热量的吸收是导致全球表面温度上升变缓的主要原因。但海水吸收的热量存于何处、什么时候、从哪儿、以什么方式再次释放出来,这些问题成为学术界集中研究的方向。经过长期大量的研究,学术界普遍认为是太平洋信风和副热带环流将表面热量输送至太平洋深层(300 米以下),从而延缓了全球表面温度上升的速度,并指出过去十几年间的减缓现象主要发生在厄尔尼诺－拉尼娜振荡的时间尺度上,未来 2～7 年内发生的厄尔尼诺现象有可能释放出储存于太平洋深处的热量,使全球表面温度上升的速度得以恢复。

陈显尧没有完全接受这一观点。在 2008 年前后,他通过对大量海洋观测数据的分析发现,在过去一百多年间在全球表面温度持续变暖的整体趋势上,叠加着一个具有平均周期为 65～70 年的多年代际振荡,这与大西洋海面温度的多年代际变化基本一致,这一冷暖交替过程很可能在一定程度上会减缓全球变暖的速度。当时这一想法与普遍认为的全球变暖的主流观点有些不同,他参与的关于这一多年代际变异的一篇研究论文也没有得到学界的认可和重视。

陈显尧始终认为"观测数据是自然界的语言",并坚信数据不会说谎。他从海洋温度－盐度和海面高度等一系列观测数据出发,坚持开展了海洋与气候长期变化的特征和机制研究。他从海洋出发,重点关注了海洋如何记忆气候长期变化的历史,如何调制气候长期变化的过程。在他和美国华盛顿大学 Ka-Kit Tung 教授的共同努力下,得出结论认为,过去十几年间,北大西洋经向翻转环流加强,向中深层海洋的热输送增强,减缓了全球表面温度上升的速度,从海洋热输送的角度解释了全球气候变暖"减缓"的原因。

2014 年 8 月 22 日,国际著名学术期刊 *Science* 以《行星中的热量分配导致全球变暖的减缓与加速》为题刊发了这一研究成果,并在世界海洋学界引发广泛关注和反响。英国《经济学人》杂志使用"深水炸弹"(depth charge)一词强调了气候系统吸收的热量向深层海洋输送的重要性,以及文章对气候变暖过程研究的贡献。著名气候学家 Judith Curry 在其气候论坛主页上评论道:"这篇文章展示了气候变暖减缓难题中的一个重要组成部分。"美国国家海洋和大气管理局(NOAA)首席科学家 Rick Spinrad 博士在一次访谈中说:"这是一个非常令人振奋的新结果,将推动我们更好地认识和预测气候变化。"鉴于该成果成功解释了过去十几年间,在温室气体排放持续加速的背景下,全球表面温度增速放缓的原因和可能的动力学机制,并进一步凸显了大洋热盐环流在气候变暖过程中的重要作用,该成果成功入选 2014 年度"中国高校十大科技进展",这在中国海洋大学历史上尚属首次。

在此基础上,2017 年 6 月,陈显尧又在 *Nature Climate Change* 发表了题为《1993—2014 年间全球海平面加速上升》的文章,不仅更为准确地展示了海水受热膨胀、陆地冰川冰盖受热融化对全球海平面的贡献,也为人类科学制定沿海地区应对海平面上升的对策和方案提供了参考。面对他取得的系列成绩,当初引荐他进入中国海洋大学的赵进平教授说:"事实证明,陈显尧是一个出色的科学家,他正在为国家海洋科学的发展作出贡献。"

"在一个宽松、自由的环境里,根据自己的研究兴趣自由探索。"陈显尧说,在中国海洋大学的四年里,他真真切切地体会到了校训"海纳百川,取则行远"的内涵。他喜欢上了这里,在这所大学给予他的自由与包容中,静心倾听"海洋的声音",探寻着海洋的奥秘。

海洋之大,当常怀敬畏之心

作为一名大学教师,陈显尧不仅从事海洋科学研究,还承担着人才培养的责任。在学生王金平眼中,他是一位温文尔雅的导师,平易近人、不急不躁,指导学生定好选题之后,会给学生自由探索的时间和空间。"做本科毕业论文期间,陈老师每周都会有 1～3 次对我进行指导,他对待科研的态度、治学的精神,以及对我的鼓励与包容皆使我受益匪浅。"2014 级海洋科学(中外合作办学)专业学生李心月说。

谈及人才培养的心得,陈显尧用"选好题目、悉心培养、严格要求、传道解惑"作答。他表示,既然是导师,就要做好研究生的指导工作,如果带不好路,学生就走不远,甚至会半途而废或转行。"尽管我也是转行过来的,但我希望我的学生将来不要花太多的时间和精力去转行,而是带着浓厚的兴趣在这一研究领域走下去。"

谁的工作都不可能一帆风顺,每当遇到"瓶颈"或卡壳的时候,陈显尧会用走步和看电影的方式为自己减压。对于前者,他笑称源自金庸在《笑傲江湖》中提到的"身健则心灵,心灵则易悟"。"身健我是做不到了,遇到难题的时候就起来活动一下,以前是往远处走,现在只能在附近转转了。"他笑着说。对于看电影,他说那时头脑不用思考,是一种完全放空和放松的状态。

　　同海洋打交道近 20 年,对于这一片汪洋的感情,陈显尧说,没学海洋之前,海洋之大,没去想;学了海洋之后,海洋之大,没法想;去过海上之后,海洋之大,不敢想。日常生活中,在与女儿聊天时,他往往一开口就会提到北极的海冰、北大西洋的洋流、格陵兰岛的冰盖和家门口的海平面,女儿笑称这是"职业病"。他说:"浩瀚海洋,记载了太多人类和地球的历史,我始终认为海洋是全球气候系统中最为重要的角色,只是我们的观测还没有那么长,还没有真正了解和认识海洋。"在研究和认识海洋的过程中,他始终对这片蔚蓝心存敬畏。

（本文刊于 2018 年 7 月 6 日,第 43 期）

食品科学与工程学院本科生教学质量保障及发展研讨会

大爱如海育英才
——记中国海洋大学食品科学与工程教师团队

李华昌

　　有着 90 多年办学历史的中国海洋大学是我国水产品贮藏与加工学科的诞生地。学校在 1946 年面向全国招收了第一届水产品贮藏与加工专业的本科生,培养出我国第一位水产品加工及贮藏工程博士和博士后,并培养出第一位水产品加工及贮藏工程外国留学生博士。学科发展及人才培养的累累硕果离不开一代又一代科研教学人员的辛勤工作和无私奉献,于 2018 年被教育部认定为首批"全国高校黄大年式教师团队"的中国海洋大学食品科学与工程教师团队就是其中的典范。

以德立身,潜心教学

　　黄大年教授曾说,自己最看重的身份是教师。学为人师,行为世范,他始终用自己的默默付出立德树人、化育英才。他因材施教、循循善诱,帮助每一名学生设计成长路径,为他们修改每一篇论文;他爱生如子、倾注关爱,热心资助家庭困难的学生,关心学生们的思想和生活;他慧眼识才、甘为人梯,为国家培养和凝聚了一大批创新人才。

中国海洋大学食品科学与工程教师团队也在践行着与黄大年教授相同的教学理念。团队主要负责人之一汪东风教授高度重视师德师风在教书育人过程中的重要作用,他认为,高水平的师资队伍必须要有高尚的道德修养,教师的言行举止将深刻影响学生的道德养成。汪东风教授是这样说的,更是这样做的。

为了更好地推动教学改革,汪东风教授曾在眼伤未愈(鉴定为六级伤残)的情况下,带着青年教师到南京参加中国高等教育学会举办的"卓越工程师教育培养与工科学生实践创新能力提升"研讨会,调研兄弟高校。当时陪同参加会议的毛相朝老师回忆说,"汪老师那段时间因为眼伤走路非常不方便,但考虑到卓越计划是教育部非常重要的工科教学改革,为了更好地推动教改,仍然坚持要亲自参会,并与参会专家不知疲倦地交流学校卓越计划的实施方案。"2014年,汪东风教授再次遭遇交通事故,右脚两处骨裂,为了不耽误学生按期完成课程学习,他坚持拄拐上课,按计划完成了课程教学。学生们看在眼里,疼在心上。当时上课的食品科学与工程专业2012级本科生王泳超为汪老师的敬业精神所感动:"汪老师教课十分认真负责,对每一位同学都尽心尽力,对于基础差跟不上的同学始终不抛弃不放弃,并利用课余时间耐心为他们辅导,学生们受益匪浅。"汪东风老师指导的2014级博士研究生朱俊向也与王泳超同学有着相同的感受,他说,汪老师教学态度认真,生活中乐观豁达,经常邀请学生去家里吃饭,聊学习、生活和未来打算。"所谓导师如父,也不过如此吧!"朱俊向动情地说。食品科学与工程专业2004级2班的邓国民同学毕业后通过邮件向汪东风老师表达了诚挚的谢意,他表示,将终生铭记汪老师的谆谆教诲,常怀感恩之心,脚踏实地,认真工作,不辜负汪老师对他的殷切期待。

团队主要成员林洪教授曾先后担任学院院长及院党委书记,他与食品学科相伴30多年,为学科发展、青年教师发展和学生成才搭建平台,为学院的发展殚精竭虑,却又淡泊名利,甘于奉献。他的儒雅风度和甘为人梯的品格感染着每一个人,大家都称他为"人生导师"。团队主要成员、食品科学与工程学院院长薛长湖教授深知农村孩子求学的不易,总是尽自己所能帮助学院有困难的学生和教师。有一个刚毕业不久的学生被检查出得了骨癌,腿需要截肢,学院发动师生募捐,虽然不是他的学生,在正式募捐活动结束后,薛长湖教授还是悄悄捐了5000元。在得知一位素未谋面的老师得了肌无力症后,薛长湖教授又悄悄汇款2000元……

如同黄大年教授毅然放弃国外的高薪豪宅回到祖国,为了科研创新没日没夜地埋头苦干,为了国家的事业奉献聪明才智,直至献出自己的生命,中国海洋大学食品科学与工程教师团队主要成员梁兴国教授原本在日本有着丰厚的教授岗位待遇,但还是毅然回国,开创了核酸营养及核酸生物技术新方向,践行着科技报国、敢为人先,心有大我、至诚报国。据了解,中国海洋大学食品科学与工程教师团队中,60%以上的老师都是留学回国人员。

食品科学与工程学院党委书记辛华龙评价说,以汪东风教授为代表的教师团队长期以来坚持教书和育人相统一、言传和身教相统一、潜心问道和关注社会相统一,团队长期以来坚持立德树人,坚持聚焦教学研究与改革、理念创新和模式探索,育人成才,成果丰硕。团队入选首批"全国高校黄大年式教师团队",实至名归!

几十年来,中国海洋大学食品科学与工程教师团队成员均坚持给本科生上课,为提高人才培养质量,不断探索创新教育教学方法,积极承担国家级及省部级教改项目,并将研究成果大力推广应用,在专业特色创新人才培养体系构建及实践等方面取得丰硕的教学成果。以团队老师为主建设的食品科学与工程专业,先后获山东省高等学校品牌专业、省级实验教学示范中心、国家级特色专业、教育部"专业综合改革试点-食品科学与工程专业"和"卓越工程师教育培养计划"试点单位。

针对国内高校在专业培养目标、课程设置和教学内容等方面存在较严重的同质化现象,根据当今和未来食品行业对宽厚的专业基础知识、鲜明的专业特色、较强的创新能力和工程实践能力的高素质人才的强烈需要,在汪东风教授带领下,曾名湧、林洪、薛长湖等教授根据教育部高等学校食品科学与工程类专业教学指导委员会原主任管华诗院士的指导意见,依托中国海洋大学"水产品加工与贮藏工程"国家级重点学科,分别承担和实施多个国家级和省级本科质量工程建设项目,以"实施具有水产品特色的食品科学与工程专业创新人才培养模式"为核心,从人才培养模式、课程及教材建设、教学团队、实践教学体系、校企联合培养机制及教学管理制度等方面,进行了系统改革与创新。通过多年的实践形成的"具有水产品特色的食品科学与工程专业创新人才培养模式的构建与实践"教学成果,显著提高了学生在教学中的主体地位,激发了学生自主学习和主动实践与创新的积极性;解决了专业培养模式同质化问题,突出了水产品特色,实现了大学生个性化发展,显著提高了毕业生的科研和工程实践创新能力,人才培养质量获得社会各界的高度认可,2014年先后获省级教学成果一等奖和国家级教学成果二等奖。

团队成员孟祥红教授自2001年入职从事生物化学课程教学工作以来,充分利用多媒体和网络技术快速发展所提供的便利条件,坚持教学内容的持续更新和教学方法的改进,从最初以多媒体教学为主的课程建设,到后来的网络化辅助教学以及"教与学"的混沌探索,再到目前以学生为中心的混合式教学模式的建立,通过科学的教学模式激发学生的学习兴趣,培养学生主动学习的习惯和合作工作的意识,教学成果多次获得省市、校级奖励。

团队成员毛相朝教授负责"卓越工程师教育培养计划"的具体实施工作,制定了水产品加工领域人才产学研合作教育和协同创新模式,以及相关的制度保障。该模式的建立避免了传统产学研合作培养模式中,以学校为中心,企业处于被动地位的缺点。学校、企业以及企业所属的科研单位都是人才培养的主体,企业、科研单位不仅仅为学生提供实习实训的场所,还承担着人才培养过程中实践技能和工程能力的教学任务,成效显著。

教师团队成员非常注重实践育人环节,早在 2002 年底就率先开设了本科生创新性实践,利用研究室的设备条件,将最新的研究成果引入学生自主实验中,培养学生创新能力和意识。梁兴国教授组织并辅导本科生生物分子设计国际大赛,分别获得金奖、银奖和铜奖各 1 项。参赛学生、生物工程专业 2014 级本科生郭璐告诉记者:"梁老师从实验的想法到可行性方面对每个小组都提出了指导意见并不断鼓励我们继续探索,让我们了解到科研的乐趣,梁老师就像一座为我们指路的灯塔,保护着我们科研的兴趣而又不致迷失方向。"参赛学生、食品科学专业 2015 级硕士研究生樊一乔和药学专业 2015 级本科生成语与郭璐同学也有着相似的看法。

该教师团队老师自 2003 年起就先后利用网络教学平台进行多门在线课程建设。食品化学等课程除本校网络教学平台外,还先后在智慧树和中国大学 MOOC 在线课程学习平台向全国本专业学生授课。据不完全统计,仅仅 2 个学期,食品保藏微课程就有 73 校次、24 805 人选课,教学模式多样,深受学生欢迎。生物工程专业 2014 级本科生何宁和食品科学与工程专业 2015 级本科生张静远都对汪东风老师主编的《食品化学》教材赞誉有加。他们说,作为"十二五"普通高等教育本科国家级规划教材,汪老师主编的《食品化学》教材对该专业的学生具有重要的学习、参考意义,对于更深入地学习食品专业其他知识具有重要的铺垫作用。汪老师还编写了与教材配套的辅助教学资源,并上传至课程网站,实现了教材建设的立体化和网络化。该教材激发了学生对食品专业的热爱和兴趣,引导学生更好地投身于食品事业。

打造团队,勇于创新

从响应国家的召唤毅然归来,到带领几百名科学家奋力创造多项国际领先的科研成果,再到潜心为祖国培养后继创新人才……黄大年以身许国、无怨无悔,用实际行动诠释了爱国之心、强国之志、报国之情,为广大知识分子树立了光辉的榜样。

攻占科研创新的一个又一个高地,仅凭一两个人的力量是远远不行的,必须打造和依靠一支高水平的科研团队。中国海洋大学食品科学与工程教师团队薛长湖教授等学科带头人非常注重团队建设,着力推进"学习-研究共同体"和"老中青传帮带"机制建设,充分发挥团队学缘结构及年龄结构合理的优势,为教师专业发展搭建通畅平台,整体提升了教师教学和科研能力。

我国海洋水产品产量多年位居全球第一,但与海洋水产品加工发达国家相比,我国的海洋水产品资源,特别是占渔获物总量 50% 以上的低值水产品及其加工下脚料的高值化利用水平较低,其富含的优质蛋白质、脂质及多糖等未得到充分有效的利用。基于上述现状,该团队在薛长湖教授带领下,组成由李兆杰、汪东风、李八方、林洪等教授领衔的协助攻关项目小组,分别有针对性地开展了低值海洋水产品资源的产业化高效利用技术与产品开发研究。团队成员分工协作,密切配合,通过原始创新与集成创新,开发了大宗低值海洋水产品蛋白质、糖类及脂质产业化高效利用的关键技术,研制了系列高值化加工产品,建立了大宗海洋水产品资源高效利用的理论和技术体系。该技术在多家企业进行产业化应用,产生了较好的社会和经济效益,推动了我国海洋生物产业的持续健康发展,2011 年获国家科技进步奖二等奖。

林洪教授对学院年轻教师就像对待自己的孩子一样,通过举办青年教师研究方向凝练研讨会,帮助年轻人理清思路,凝练方向,并注意运用食品安全科学研究的思路引导他们建立"以问题为导向"的管理工作方法,使得这一教师群体在学院都找到了自我发展的空间,有力地促进了学院教学科研工作。

2012 年,"食品生物化学省级教学团队建设"获山东省教育厅立项建设,团队秉承"老中青相结合,传帮带共发展"的团队教学模式,作为主要成员的孟祥红教授负责组织团队成员开展业务交流活动,就 PPT 制作、教案准备、教学日历、教学方法等方面进行讨论;通过实行重点听课制度和观摩课等方式对青年教师进行教学能力的培养,效果良好。目前,已有 2 个核心课程群教学团队成为省级教学团队,获得省级教学成果多项。

通过多年坚持不懈的建设,食品科学与工程学院已形成了以国务院政府特殊津贴获得者、百千万人才工程国家级人选、教育部长江学者和创新团队发展计划负责人、山东省教学名师、山东省"泰山学者"攀登计划特聘教授、山东省学科带头人以及教育部新世纪优秀人才入选者等为骨干的一批研发目标分工明确、发展规划清晰、重团结协作和具持续发展优势的教师队伍。

在团队成员的密切配合和共同努力下,中国海洋大学食品科学与工程教师团队紧紧聚焦国家重大战略和地方经济社会发展,立足学科前沿,注重集成创新,积极承担国家或地方重点科研项目,在大宗海洋生物资源的利用、海洋水产品精深加工关键技术研究、海洋食品质量安全控制等方面取得了一批具有较大影响力的科研成果。

党的十八大以来,团队获得国家基金项目 22 项、各类重点或重大项目 10 多项;在国际著名期刊发表 SCI 收录论文 150 多篇;获得发明专利授权 70 余件;以团队为主或成员参与的科研成果,先后获得国家技术发明二等奖及科技进步二等奖各 1 项,省部级科技进步奖一等奖 1 项、二等奖 3 项;到校总经费 6 000 多万元;与企业签订科技开发、科技服务等课题 15 项,合同金额约千万元。

针对推动我国第五次海水养殖浪潮兴起的海参产业中海参工业化加工方面存在的关键技术问题,薛长湖教授带领团队,通过十多年的原始创新与集成创新,突破了制约海参工业化加工的瓶颈,将我国海参产品手工作坊式加工模式提升为机械化、标准化生产模式,提高了我国海参加工业的整体技术水平,带动了海参行业的跨越式发展,技术成果荣获山东省科技进步一等奖。2001年,根据国内外科研发展的趋势,林洪教授率先在国内组建了食品安全研究学术方向,较系统、全面地开展了水产品质量安全的研究工作,目前该研究方向已经成为水产品加工和食品科学的重要组成部分。作为该领域国内主要的学科带头人,林洪教授及其带领的科研团队,在海产品过敏原、渔药残留快速检测、危害微生物检测与控制、水产品质量管理等方面取得了大量研究成果,其中部分成果达到国际先进水平。

毛相朝教授针对目前水产加工产业存在的关键问题,积极探索多学科交叉融合的研究思路,较早建立了应用生化工程技术开发海洋水产资源的水产品生物加工研究方向,在水产品生物加工与绿色高效利用方面取得了大量研究成果,入选了国家现代农业产业技术体系岗位科学家,并荣获教育部技术发明二等奖、海洋工程科学技术二等奖、青岛市科技进步一等奖以及霍英东青年教师奖、山东青年五四奖章等多项奖励。他始终怀着一颗感恩的心在团队搭建的舞台上不断创新、勇于奉献。

服务社会,赤心报国

"得其大者可以兼其小",黄大年自觉把人生理想与国家发展融为一体,他洞察中国从科技大国向科技强国迈进的发展大势,想国家之所想、急国家之所急,勇于攀登创新高峰,为建设世界科技强国倾尽全部心力,作出了突出贡献。

同黄大年一样,中国海洋大学食品科学与工程教师团队始终以服务社会为己任,知行统一,甘于奉献。

团队成员主动深入到相关企业,就企业的技术难点或产品研发提供咨询。林洪教授被山东海之宝科技有限公司、泰祥集团、美佳集团、惠发集团等大型水产品加工企业聘为顾问,帮助企业新增产值和挽回损失上亿元。他还在电视、消费现场、食品生产车间、水产养殖场等地开展食品安全技术培训和科普讲座十几次,每年受众在1000余人次,为食品安全技术进步和推广、标准化宣传、维护企业利益做了许多有益的工作。

薛长湖作为学院院长和学术带头人,十分重视科研成果的转化。2004年,他组织实施了学院"海洋食品中试基地"的建设工作,该基地2009年被农业部认定为国家海洋水产品加工技术研发分中心,并2011年争取到山东省发改委两区建设项目340万元资金支持,以中试基地为基础申报的"山东省海洋食品工程技术研究中心"于2012年获得山东省科技厅批准,正式列入山东省工程技术研究中心组建计划。在他的带领下,学院服务社会的能力不断迈上新台阶。

团队成员积极为国家的食品安全做好技术支撑和智库建设。林洪教授先后被国家食品安全风险评估委员会、农产品质量安全委员会、全国水产标准化委员会、中国水产流通与加工协会、国家自然科学基金委员会、国家食品药品监管总局等聘为专家。在国家海水鱼产业技术体系中,林洪教授担任加工与质量控制岗位科学家,为工厂化养殖的大菱鲆和牙鲆的安全与质量建立了规范化操作体系,尤其是可追溯体系的应用确保了消费者的食用安全。林洪教授编写的《水产品商业化处理与配送》科普图书,汪东风老师主编及参编的食品营养和食品添加剂方面的科普图书,深受广大读者欢迎,并得到了高度肯定。其中,食品添加剂科普图书还获国家科技进步奖二等奖(参编)。曾名湧教授承担着繁重的教研任务,为促进海南省海洋食品发展,他心有大我,奉献担当,虽已年过半百,仍常年奔波于青岛和三亚两地,从筹建中国海洋大学三亚研究生分院到遴选导师、制订培养计划等,以实际行动践行着"只要祖国需要,我必全力以赴"的爱国之情。

毛相朝教授积极为学生实习基地所在的企业提供技术服务,与泰祥集团、新华锦(青岛)即墨老酒有限公司、青岛灯塔酿造有限公司等单位建立了长期稳定的合作关系,先后担任青岛市即墨老酒生物工程专家工作站、青岛市海洋蛋白酱油制备专家工作站的首席专家,在海洋发酵制品的开发方面为企业进行技术指导,特别是建立了利用生化工程技术从甲壳类水产品中提取甲壳素的并实现副产物资源绿色全利用的生产线,有效避免了甲壳素原有生产工艺的高污染现状,实现产业升级。这种由学生实习衍生的科研合作极大地提高了企业的积极性。

路漫漫,其修远兮。食品科学是未来可以改变世界及人类生活方式的前沿学科,也是公认的全球经济发展的新动力。面对新的机遇和挑战,中国海洋大学食品科学与工程教师团队将始终以黄大年教授为榜样,不忘初心,砥砺奋进,为祖国的教育事业再创佳绩!

(本文刊于 2018 年 9 月 5 日,第 45 期)

致敬太阳底下最光辉的职业

冯文波

　　教师,被称作"太阳底下最光辉的职业",他们如灯塔、如航船、如书籍、如兰花、如春蚕、如红烛等等,古今中外,人们用最美的词汇描述着这份职业的神圣与伟大,诠释着师恩难忘、师情永驻的款款深情。"弘扬高尚师德,潜心立德树人",在中国海洋大学90余年的办学历程中,既有甘为人梯的一代海洋宗师,也有风华正茂、破浪前行的青年才俊,还有默默无闻、甘居幕后的奉献者。在第34个教师节来临之际,我们选取3位优秀教师代表,通过传播他们的先进事迹来致敬太阳底下最光辉的职业,道一声:老师,您辛苦了!

民间文化的忠诚守护者
——记中国海洋大学文学与新闻传播学院李扬教授

　　他是一位颇具人文情怀的学者,也是一位幽默风趣的智者,更是一位爱生如子的师者,学生们亲切地称呼他为"师父",他就是中国海洋大学文学与新闻传播学院的李扬教授。20多年来,在风景如画的中国海大校园里,他作为民间文化的忠诚守护者,持续演绎着传承创新民间文化,示学生以美好,授学生以希望的感人故事。

为学子开启通往民俗世界的门

在实行"自主选课制"的中国海洋大学,李扬主讲的课程十分抢手,他的民俗文化通识课等课程经常出现学生选不上课或者去旁听的情况。有学生毕业后,依然对他的课堂印象深刻:"在我的母校——中国海洋大学,有这样一位老师,他的课堂从来不点名,但你却怎么也不舍得翘他的课。他就是我们中文系的老师李扬。"

20多年来,他先后为本科生、研究生、留学生等开设了14门课程,其中民俗学被评为中国海洋大学首批校级精品课程、山东省首批高校百门精品课程。他积累了丰富的教学经验,注重因材施教,倡导启发式、讨论式教学,讲课深入浅出,生动幽默,注重知识点的融会贯通,努力营造轻松平等、积极互动的课堂氛围,"推窗见月,水落石出",引导学生在交流过程中深入思考。为了让课堂"活起来",使同学们对中国民族风俗、乡土人情了解得更具体、更透彻,他的课堂经常上演载歌载舞、风情各异的"真人秀"。讲服饰,他请学生穿着各民族的服装现场展示;讲民歌,他会让不同民族的学生高歌一曲;讲饮食,他会给大家带来各种好吃的土特产食品;兴起时,他也会演一段口技,秀几句方言,于声情并茂间激发大家的学习兴趣。此外,他还设计安排了民间皮影表演进课堂、民间剪纸艺人进校园等丰富多彩的教学活动。

谈及李扬课堂的幽默风趣、生动活泼,有学生撰文指出:"去上课就好像是去乘坐一艘时空飞船,你可以带着无尽的遐想恣意遨游,这本身就是一件很有意思的事,再加上一个很会制造轻松愉快气氛的'船长',那情景,岂是'兴奋'二字了得?"

李扬平易近人,注重与学生的交流互动,每学期的第一堂课,他都会把自己的手机号、邮箱、QQ号、微信号告诉学生,欢迎大家"打扰"。他发起成立的"民俗兴趣学习小组",吸引了逾百人参加,成为文新学院最大的课外学习小组。他也十分重视实践教学,积极创建校外教学基地,带领学生深入民间考察调研,感受民俗文化的精髓与魅力。他先后指导了数十项本科生SRDP、"三下乡"实践项目,多次被评为优秀指导教师。他培养了民俗文化方面的硕士生近60名,其中包括来自爱尔兰、保加利亚、泰国、孟加拉国、巴基斯坦等国的留学生,可谓桃李满天下。

作为一名传道授业解惑的"师者",李扬用自己渊博的学识和执着的精神滋养并引领着每一位学生,在潜移默化中为他们开启了一扇扇通往民俗世界的门。

是一种守护,更是一份责任

民间文化,从民众中来,到民众中去,数千年来,传承创新、生生不息。李扬认为,在今天更应做好民间文化的传承与守护,这既是一份责任,更是一种担当。

多年来,怀着这份责任与担当,李扬积极致力于民俗学和民间文学的研究工作。结合课程教学,他顺利完成了山东省教育厅项目"多媒体在中文系专业课程中的应用",在促进文科教学观念更新和手段现代化方面发挥了重要的引领示范作用。他主持完成的学院本科教学实践改革的研究被评为优秀项目。他翻译出版了国际经典大学教科书《新编美国民俗学概论》,受到学界同行的高度评价,成为民俗学教学和研究的重要参考书籍。

作为一名长期耕耘在民俗学和民间文学研究一线的资深学者,李扬已陆续出版专著、译著、编著等10余部(部分合著),在国内外知名杂志发表学术论文数十篇;2015年底,由他筹划举办的"青岛首届高校民俗文化青年论坛",成为岛城高校青年学子在该领域切磋交流的重要平台……他的研究成果在学界产生了广泛影响,曾多次应邀赴美国、奥地利、澳大利亚等地参加美国民俗学会(AFS)、国际民间叙事研究会(ISFNR)等国际学界最高层次学术会议并宣读论文,参与了联合国教科文组织(UNESCO)的人类非物质文化遗产评审等重要活动,是2011年美国国务院和中国教育部"富布赖特(Fulbright)学者计划"山东省唯一入选者。现任AFS终身会员(中国唯一)、ISFNR会员、中国民俗学会理事、青岛市民间文艺家协会主席等。

"民俗不是人为、强制地延续,而是自发地传承,是每个人都身处其中的生活本身,是民族传统文化的重要构成部分。"李扬说。他始终怀一颗赤子之心,守护着民间的瑰宝,延续着文化的血脉。

师者如兰,香远益清

师者何以为师?示以美好,授以希望。

无论在教学中,还是在生活中,李扬都是一位善于给学生带去美好和希望的好老师,他对学生的关心与爱护之情就像对自己的孩子一样。

为弥补学生在学习中专业书籍不足的缺憾,李扬把自己多年来收藏的数千册图书贡献出来,在自己办公室设立了独具特色的"民俗图书馆",供学生自由借阅。此外,他还带领研究生创建了"网上电子图书馆",实现了民俗图书资料线上、线下的有效互通,既便于管理,也提高了学生的学习效率。

李扬既是学生的良师,亦是学生的益友。学生在思想上有困惑时喜欢向他诉说,当生活上遇到困难时,李扬也会毫不犹豫地施以援手,他多次发起献爱心捐助活动,筹措善款资助重病或家庭遭遇困厄的学生。有学生手机坏了,他就把自己的备用手机给学生用;路遇不认识的新生搬运教科书,他会主动开车帮他们运回宿舍……尽己所能为学生提供更多的支持和帮助,已经成为他的一种习惯。将心比心,源自他对学生这份无私的爱,学生们也更加尊重他、爱戴他。李扬身患腰疾,行走太快或坐久了会感觉不适,上下楼或外出参加学术活动,学生都会搀扶着他、照顾他,"挽着他的胳膊,就像搀扶着自己的父亲一样",他的毕业生如是说。

教学之余,李扬还心系学校事业发展,主动贡献智慧和力量。身为教代会代表,他积极建言献策,荣获学校"提案优秀个人"荣誉称号。在同事和学生眼中,李扬是一个热爱生活、兴趣广泛的人,文学创作、摄影、绘画、电脑、摩托、射击等皆在行,文新学院的各项集体活动他踊跃参加,多年来学院教师元旦晚会的总导演皆由他担任。他在施展个人才华的同时,也赢得了师生的认可,获得了学院"工会之星"等多项荣誉称号。

近20年来,李扬先后荣获山东省高校优秀共产党员、山东省民间文艺家协会"德艺双馨工作者"、国家首届"山花奖"优秀学术著作三等奖、山东省文联首届民间文艺奖一等奖、校科技进步一等奖、校教学优秀奖、校优秀硕士论文指导奖、校教学名师、青岛市高校教学名师等各类荣誉、奖励近40项。

师者如兰,香远益清。在学生心中,李扬正是一株智慧、高雅而又时刻传递博爱之香的兰花。

在中西文化对比中感悟语言学的魅力
—— 记中国海洋大学外国语学院赵德玉教授

在中国海洋大学有这样一位老师,他留着具有"艺术家"气质的个性化胡子,他拥有"流浪诗人"一样的发型,他热爱中国传统文化,喜欢边走路边听京剧,他为人随和爽朗,路遇师生总是热情地打招呼,他关心学生,学生把他的叮嘱称为"爸爸式唠叨"……他就是外国语学院的赵德玉教授。

先学好中文,再学外语

"赵老师让我们背诵《劝学》《资治通鉴》中的片段,还有一些古诗,每次去他办公室第一件事就是背古文。"在2017级英语笔译专业研究生杨宁的记忆中,赵德玉指导学生的方式很特别,"我们明明是学英语的,偏偏让背文言文",杨宁说,这让她和很多同学不理解。

作为一名拥有30余年教龄的老教师,赵德玉主张"本族语言文化修养是外语学习的基础",多年来,他积极呼吁、号召外语各专业学生加强汉语基本功练习。为此,他要求自己门下的研究生都要熟读或背诵一些经典古文名篇,并亲自为他们讲解《文心雕龙》《资治通鉴》等中华传统名著中的某些片段。"希望学生尽可能加强中文功底,只有中文学好了,再学英文、做翻译才更加得心应手和精确。"赵德玉说。

8月31日上午,在崂山校区3302教室,赵德玉正在为研究生讲授中国语言文化课。课堂上,同学们时不时被他风趣幽默的话语逗笑,其中不乏中西文化对比、优秀中华传统文化的传承等内容,他博学多才、引经据典的知识体系和浑厚低沉富有磁性的声音令学生折服。赵德玉说,作为一名研究生导师,他希望教会学生两点:一是做学问的基本功,二是为人处世的道理。前者侧重思维方式、研究技能的训练和知识体系的完善,后者侧重情商的提升。

作为深受学生喜爱的老师,多年来,赵德玉主讲过近20门课程,既有英语精读、英语泛读、欧洲文化概况、英语口译、法律英语、社会语言学、中国文化概论等本科课程,也有实用文体学、语义学、文学翻译、基础笔译等研究生课程。他认同"语言学习即文化学习",支持"文化有差别但不该论优劣",倡导复兴"中华传统文化",在教学中进行渗透式中西文化对比,想方设法激发学生对中华文化和中华经典的兴趣,不断呼吁学生关注、学习中华文化。在他的呼吁与熏陶下,上过他课的许多学生都喜欢上了古典文学,课下主动找他探讨学习中的疑惑,并请他推荐相关书籍。他总是来者不拒,有求必应。

在学生眼中,赵德玉是一位和蔼可亲、乐于助人的老师。在他担任外国语学院副院长期间,面对部分学业困难的少数民族学生,他耐心引导,积极鼓励,使他们树立信心,最终通过自己的努力完成了学业。"每逢教师节,时常会看见少数民族学生给他送去哈达,表达感谢和尊敬之情。"学生黄莺说。

截至目前,赵德玉已培养了近100名研究生,在他眼中,这些学生与他的孩子一样,与他们相处的时候,赵德玉会遵循"不希望自己的孩子遇到什么,就不要对自己的学生做什么"的原则培养他们、呵护他们,使他们健康快乐地成长。

大学英语课堂上的兼职律师

在外国语学院网站的简介里,赵德玉有一个不同于其他教师的头衔——兼职律师。

20世纪90年代中期,高校教师的工资并不高,为多挣点钱补贴家用,赵德玉自学法律,考取了律师资格证书,干起了兼职律师。"说来惭愧,干了20多年的兼职律师,仅代理了两起案件。"谈起自己的律师生涯,赵德玉有些不好意思。他代理的两起案件,一起是一位朋友的离婚案,一起是贸易纠纷调解案。如此一来,他原本想通过干兼职律师赚钱补贴家用的计划也就泡汤了。"代理案子时,法庭开庭时间不固定,但这有可能与我的上课时间冲突,而我的主业是教学不是打官司,所以我就不接案子了。"赵德玉说。虽然钱没赚着,但却培养了他对法律的兴趣。日久天长,他把这份爱好和英语专业结合起来,形成了自己的研究方向:法律英语和法律翻译。

多年来,赵德玉先后在《中国翻译》《中国海洋大学学报(社会科学版)》等期刊发表翻译研究、外语教学研究领域论文十余篇,翻译并出版了《啤酒》《啤酒百科全书》《牛津英语搭配词典》等多部译著,主编和参编了大学英语、英语专业教材及辅助教材十余部,主持国家社科基金项目之子项目一项,主持山东省科技厅项目和山东省教育厅项目各一项。

肯尼迪的就职演讲被认为是美国总统就职演讲中最为精彩的篇章之一,其语言简明、结构巧妙,内容也反映了当时的政治、文化和社会背景。赵德玉将其奉为英语教学和研究的经典之作,他不仅自己孜孜以求地探究其中的语言特点和行文风格,还要求学生认真背诵其中的段落,以此加强英语的基本功。他说,做好英文翻译工作别无他途,唯有"认真"二字,世上无难事,只怕有心人。

多年来,他凭着自己在英语教学和科研领域的不懈努力,先后获得了"山东省高校优秀青年教师""山东省新长征突击手""全国优秀教师""中国海洋大学优秀教学科研奖"等荣誉和奖励,35 岁时便晋升为教授。

当记者问起他对如今国家法律条文的熟悉程度时,他笑着说,伴随着时代发展,法律法规的修订完善很多,他早已跟不上节奏了。不过,即便如此,有时学生本人或者家里遇到法律难题时,还是会向他咨询,"我也乐意效劳",赵德玉说。

具有"艺术家"气质的老师

在中国海大师生的印象中,说起外国语学院的赵德玉教授可能有人会一时对不上号,但提起那位留着胡子、头发卷曲的教授,大家会恍然大悟:"哦,他啊!""我知道!就是那位具有'艺术家'气质的老师。"

谈起他的"胡子",赵德玉说,当年,在兰州大学读书时,当地许多男性居民留小胡子,所以,校园里男生中也有较高比例的人留小胡子,他也跟潮流留起了胡子。20 世纪90 年代中期,因为干兼职律师,他曾一度把胡子刮了。为此,有学生多次找到他说:"赵老师,你还是把胡子留起来吧,不然同学们不习惯。"那段时间,家人见了他也总是笑,觉得他好像少了点什么似的。于是,他就又重新蓄起了胡子。"我这胡子已形成了'品牌效应',走在校园里,很多人都认识我。"赵德玉说。

大家之所以称呼他为"艺术家",还因为他有一个特别的爱好——听戏曲。在外国语学院二楼的办公室里,赵德玉时常一边工作,一边抽烟,一边听戏曲。"京剧是我们的国粹,对人有教化的作用",赵德玉说。鉴于此,他也会在课堂上给学生讲一点戏曲方面的知识。他甚至把手机铃声都设置成京剧选段,吃过午饭,他经常把手机放在上衣兜里,一边听戏,一边在校园里散步。时间久了,同胡子一样,这也成了他的"品牌"。

赵德玉热情好客、平易近人,看见有同事或学生在他门前走过,他会热情邀约一起喝茶;有学生要读博士或硕士研究生,请他写封推荐信,他也积极举荐。"特别感谢您上学期对我的支持和帮助,帮我写了推荐信,还给了我很多真诚的建议,这次想和老师说一声,我拿到中国人民大学法学院夏令营的优秀营员资格啦,谢谢老师的鼓励与栽培!"每当收到学生发来的类似信息,他在为学生高兴的同时,还不忘叮嘱他们戒骄戒躁、继续努力。日久天长,这位具有"艺术家"气质的老师,也成了学生心目中最具人格魅力的老师之一。

我的大学有您才完美
——记中国海洋大学海洋与大气学院团委书记曹娟老师

"她有姐姐般的细心与体贴""她的脸上总挂着淡淡的笑,让人感觉特别和蔼可亲""她拥有一颗热爱公益的心""她的勤奋与敬业令人感动"……提起自己的辅导员曹娟老师,海洋与大气学院的同学们细数着她身上的优秀品质。

今年是曹娟担任辅导员的第 8 个年头。8 年来,她始终怀一颗赤诚之心,关爱学生、引导学生，与他们一路相伴，共同演绎着美好大学生活。

学生成长成才的"领航员"

辅导员是大学生思想政治教育的骨干力量，被誉为学生的"政治领路人"。"学子们就像畅游在大海里的船只，鼓起了理想的风帆。途中会有蓝天白云，也可能会有狂风暴雨。我愿做一个灯塔，在茫茫的大海中为远航的学子指引方向。"这是曹娟辅导员日记里的一段话，8年来，曹娟坚守着"领航员"的初心，积极弘扬"灯塔精神"，引领着一届届学子成长成才。

高校思想政治工作关系到高校培养什么样的人、如何培养人以及为谁培养人这个根本问题。曹娟深知自己责任重大，为使学生热爱思政教育，避免给他们留下单调、枯燥和僵化的刻板印象，她主动创新教育形式，充分调动学生的能动性。她带领学生开展"党性修养主题教育"，从活动的组织形式到学习的内容都是由学生广泛讨论、民主投票后确定的，而她只需扮演好"把关人""领航员"的角色即可。此外，她还与学生一起创办了读书分享会、"红色电影"配音、情景剧、党员公益岗等喜闻乐见的教育形式。自2012年发起至今，该主题教育已举办了13期，在海洋与大气学院学生的朋友圈里时常看见同学们晒出自己的学习心得与体会。"学生已经从被动接受理想信念教育转变成了主动做社会主义核心价值观的传播者。"曹娟说。

给学生一杯水，教师要有一桶水。为胜任"领航员"的角色，曹娟一方面积极参加教育部、团中央和山东省委高校工委等部门组织的各类培训，提升业务能力，另一方面不断加强理论创新和实践经验总结，主持或参与各类课题10余项，她撰写的论文先后荣获全国高校辅导员工作优秀论文、山东省高校心理健康教育优秀论文等奖励。这些皆成为她进一步做好大学生思想政治教育工作的源头活水。

8年来，在曹娟和各位同事的努力下，海洋与大气学院团委不仅获得了"山东省高校思想政治教育工作先进集体"的荣誉称号，还4次获得校级"红旗团委"称号。2016年，山东省委高校工委授予她"山东高校优秀辅导员"荣誉称号。

学生信赖的"知心姐姐"

"她温文尔雅，与我们谈话总是动之以情，晓之以理，给人如沐春风的感觉。"这是2015级大气科学专业的王晨同学与曹娟老师相处3年的印象。

除了思想上的引领，学生的学业也是曹娟最为用心的地方。"学霸讲堂"是曹娟针对学业有困难的学生而专门设立的一对一帮扶学习方式。多年来，通过这一特色讲堂，许多学生化解了学业危机，顺利完成学业。对于"学业警示"的学生，曹娟会格外关心，尽己所能帮助他们树立信心、步入学习的正轨。有一次，一位班主任找到曹娟，说班上有一位性格内向且学业有困难的学生，希望她帮着开导和关心一下。曹娟接过这个"烫手山芋"，运用所学心理学知识与学生推心置腹地长谈。一天、两天，第三天清晨，她收到学生塞进办公室的小纸条，上面写道："曹老师，我能叫您一声姐吗？您是真正懂我的人。

您说的话像涓涓细流一样,给了我信心和力量。我要成为新的自己!"那一刻,泪水模糊了她的双眼,她觉得自己的付出是值得的。

"曹老师很为学生着想,特别是事关我们切身利益的事情,总是千叮咛万嘱咐。"2017级气象学硕士研究生李昱薇说,评选春华奖学金时,即使群发了通知,曹老师还是会让她结合学生的各项成绩,把具备申报条件的同学再通知一遍,如果有同学申报表迟迟不交,就打电话提醒他们别错过时间。"申请奖学金是学生的自愿和自发行为,曹老师觉得只要符合条件,就鼓励我们去试试。"李昱薇说。

"海洋知识竞赛的形象代言人"是同事和学生给予曹娟的又一别样称号。这是因为曹娟不仅负责每年中国海洋大学海洋知识竞赛的赛事宣讲、人员选拔、题库整理、选手培训、活动组织等工作,还负责中国海大参加全国大学生海洋知识竞赛选手的指导和后勤保障等工作。8年来,在她孜孜不倦的努力下,经她指导的学生在全国大学生海洋知识竞赛中共获得南极特别奖1次、全国一等奖6次、二等奖25次、三等奖40次。她本人两次获得全国大学生海洋知识竞赛优秀指导教师奖。

热心公益的"教师志愿者"

"我喜欢做公益,没想过当老师。"曹娟坦言,在她理想的职业选择中,教师并非其一。后来,使她发生转变、爱上这一职业的原因是2006年大学毕业后,作为全国第八届研究生支教团成员,赴贵州省铜仁地区德江县煎茶镇煎茶中学支教一年的宝贵经历。在与贵州山区孩子相处的岁月里,使她体会到了教师这份职业的责任与担当。2010年,研究生毕业后,她选择留校当一名辅导员。

对于公益事业,曹娟是发自内心的喜欢,即使参加工作之后,她也积极投身各种公益事业,担任志愿者。今年6月,上海合作组织青岛峰会召开期间,曹娟担任新闻中心管理岗志愿者,每天负责统计新闻中心志愿者出勤情况,报送第二天的用餐情况,梳理各项规章制度并高效传达给志愿者们,与组委会保持密切沟通,保障每一位志愿者在各自岗位尽职尽责。面对记者采访时,她说:"因为我对志愿服务发自内心的喜欢,我会沉醉于'送人玫瑰,手留余香'的快乐,这是我人生价值的体现与满足。"

"讲别人的故事,不如讲自己的故事。"在辅导员岗位上,曹娟也会把自己支教的经历讲给学生听,与他们分享当志愿者的心得体会,并把自己参与编写的《支教日记》送给大家阅读,以此激发他们投身社会公益事业的热情。她还带领学生组建了"星海"志愿服务队和"星星的使者"关爱孤独症儿童志愿服务队两个公益社团,前者连续6年在青岛市8所中小学开展海洋知识义教活动,目前已有300余人次志愿者参与义教600课时;后者开展了近20次关爱孤独症儿童主题活动,受到了社会各界的广泛赞誉。在她的引导和熏陶下,志愿服务的种子在学生们心中渐渐生根发芽,她的学生中已有15人与她一样成了志愿者,赴贵州、西藏、云南等地支教。

作为一名辅导员,曹娟不仅活跃在第二课堂,更是主动走进了第一课堂。作为全国高校职业发展与就业指导首批示范课程、山东省精品课大学生职业发展教育的主讲教师,她积极为学生职业素质与能力提升给予专业指导。2015年,她主动创新授课方式,开发并录制了《职熵——大学生职业素质与能力提升》MOOC课程。截至目前,共完成了8个学期的线上教学活动,累计为30个省(自治区、直辖市)的187所高校、48 000余人提供了课程服务,课程满意度达95.8%。

海纳百川,启梦扬帆。作为学生青春的陪伴者,在辅导员岗位上,曹娟用爱心与责任引导他们成长,用智慧和汗水助力他们扬帆远航,一届届学子的大学生活也因她的存在而更加完美。

（本文刊于2018年9月10日,第46期）

港珠澳大桥建设者中的海大身影

——记 2005 级校友、中交港珠澳大桥
V 区总工程师宁进进

冯文波

一桥越沧海,天堑变通途。2018 年 10 月 23 日 10 时许,港珠澳大桥正式开通。

那一刻,这座被习近平总书记称之为"国家工程、国之重器"的世界最长跨海大桥惊艳世界。人们在赞叹中国力量、中国智慧的同时,也为广大大桥建设者逢山开路、遇水架桥的奋斗精神点赞。在成千上万的建设者中也闪现着中国海大人的身影,2005 级港口、海岸及近海工程专业硕士研究生宁进进便是其中的优秀代表。

一名以"以工强国"为梦想的学子

因自小就有一个当"工程师"的梦想,2001 年高考填报志愿时,宁进进选择了西安

理工大学的水利水电工程专业。因向往大海，他憧憬着有一天可以把自己所学的水利水电工程与海洋结合起来，中国海洋大学的海洋工程学科是他梦寐以求的研究方向。2005年本科毕业时，他毫不犹豫地报考了中国海洋大学工程学院港口、海岸及近海工程专业的研究生。"百川入海，原来学的是河，所以来到海大。"面对复试考官提出的选择海大的理由时，他巧妙作答。

研究生期间，在董胜教授的指导下，宁进进勤奋学习，刻苦钻研，特别是 MATLAB 软件的操作应用，以及关于海洋潮汐、水文、波浪、回淤等海洋工程知识的学习，都为他日后参加港珠澳大桥建设奠定了坚实的理论基础。三年海大时光，他的学识日渐丰盈，视野日益开阔，思维能力不断提升，并养成了脚踏实地、坚忍不拔的行为品格。"最主要的是思维方式的训练和踏实做事的能力。"宁进进说，港珠澳大桥建设中，他之所以能安下心来编写方案，与学生时代的沉淀是分不开的。

2008 年毕业后，宁进进应聘去了中交天津港航设计研究院，成了一名工程设计员。因为英语水平较高，2008 年 11 月，他被派往中国港湾工程有限责任公司驻埃及办事处工作了两年。在埃及期间，他不仅熟悉了当地的风土人情，开阔了视野，还在工程项目投标、合同撰写等方面收获很大。这期间，他听说了 2009 年底开工建设的港珠澳大桥，并梦想着有朝一日自己也能参与到这一伟大的工程中来。"很多人干一辈子可能也遇不到这样的工程，对于大部分中交系统的人来说，是很向往的。"宁进进说。

回国之后，宁进进又调入位于青岛的中交一航局二公司工作，并于 2011 年 9 月与既是同事，又是校友的李爱玲喜结连理。

大国工程里的"小工程师"

虽然宁进进向往参与港珠澳大桥建设，梦想着在这一超级工程中贡献一点自己的智慧和力量，可是等到机会真的来临时，他又有些手足无措。

2012 年 2 月的一天，公司领导找他谈话，告知他被选派前往珠海参与港珠澳大桥建设工作。"心情很复杂，激动是有的，但也有些担忧。"谈及初闻此消息的感受，宁进进记忆犹新。新婚不到半年，就要与妻子两地分居，况且港珠澳大桥是超长工期的大工程。领导允诺，只要宁进进去干半年，协助港珠澳项目部完成《沉管浮运安装成套技术方案》的编写工作之后，便调他回青岛。从那时起，宁进进便与这一超级工程结下了不解之缘。

为保证伶仃洋水域过往船只的正常通航，港珠澳大桥采用了集桥、岛、隧为一体的施工方案，除了露在水面上的桥以外，还需在海中筑起两座人工岛，两座岛间以长达 6.7 千米的隧道连接。宁进进参与的正是大桥的核心工程部分——岛隧工程。

根据规划，东西两座人工岛之间的隧道是我国首条于外海建设的沉管隧道，也是世界上唯一深埋大回淤节段式沉管工程。施工条件复杂、技术难度大，国内这方面的经验几乎是空白。负责该项目的总工程师林鸣试图采用中外合作的方式，请欧洲的公司协助建设,对方开出了 1.5 亿欧元的天价,林鸣希望用 3 亿元人民币聘请对方在关键环节的施工中给予技术咨询和支持,遭到了对方嘲讽。

既然技术引进行不通,那就走独立创新的道路。首要任务便是《沉管浮运安装成套技术方案》的制定。

《沉管浮运安装成套技术方案》的编写划分为舾装浮运组、沉放对接组、整平回填组等 4 个小组。根据分工,宁进进隶属于舾装浮运组,他负责撰写整套方案中的《二次舾装方案》。拿着领导分派的任务,宁进进竟然连"舾装"是啥都不清楚,通过百度他才搞清了"舾装"的含义。好在有工程学科的知识储备和实践积累,他坚持边学边做,历时一个半月完成了《二次舾装方案》的编写工作。在方案编写中,宁进进也体会到了港珠澳大桥建设者精益求精、追求卓越的工匠精神。一般情况下"T"指"时间","t"指"吨",在方案编写中,宁进进有时也会用"T"指"吨"。当他把编写的方案初稿拿给项目总工苏长玺看时,被领导狠狠地批评了一通。"'T'和't'的事情一直在我的脑海中浮现,伴随我至今,无论是写方案还是现场施工,这 2 个字母都一直警醒着我。"宁进进说。

第一项工作虽然有曲折,但完成得还算顺利。宁进进想,终于可以放松一下了。他向领导请假,打算去珠海市逛一圈。领导说:"可以啊,不过有个条件。你再把《浮运安装方案》编写出来。"就这样,宁进进用新编一套方案换来半天假期。

《浮运安装方案》属于《沉管浮运安装成套技术方案》中的五个重大方案之一,工序繁杂、计算公式多、数据量大,要求极为严格,每写一部分都要由林鸣总工程师审核,来来回回经历了 50 多次的修改,才得以通过。因《浮运安装方案》中的图表较多,特别是关于海流预报的羽毛图、色块图等,他运用研究生期间所学的 MATLAB 软件绘制出了既直观醒目又简洁美观的图表。在沉管浮运安装作业窗口的确定方面,他凭借研究生期间所掌握的工程水文里的潮汐、流速等知识进行综合判断。"这是一次海大课堂所学与实践的完美结合。"宁进进说。

2012 年 7 月初,沉管隧道成套施工技术方案审查会暨总体技术组第四次会议召开,用于会议审查的材料摞起来足有两米高。按照当初和中交一航局二公司领导的约定,完成方案编写,宁进进就可以回青岛了。领导说:"方案是你编写的,下一步就要进行演练了,等演练结束之后你再离开吧。"就这样,宁进进又留了下来。

按照"试验先行"的原则,从 2012 年 10 月开始,项目部从理论阶段转为现场实战阶段。相比理论研究阶段的困难和挑战,现场演练的压力更大。"也是挨骂挨批最多的时候。"宁进进坦言,演练中令他最难忘的是第三次演练。"当时被批得跳海的心都有了。"即使在高压的情况下,还要保持冷静,继续开展工作。演练结束,回到营地已是凌晨 4 点,接到通知,早晨 8 点召开总结分析会议,宁进进和所有人一样顾不上休息,赶紧撰写总结报告,为 4 个小时之后的研讨做准备。演练中除了内在的压力,还有外部的干扰,现场与宁进进一同工作的日本顾问说:"我们演练做 5 次,你们中国人至少做 7 次。"最终,经过

4 次演练，我方人员便掌握了沉管浮运安装的技术要领。

2013 年 4 月，演练任务完成。宁进进找到领导，再次请求调回青岛。领导说："方案是你参与编写的，演练也是你参与的，这项工作没有比你更熟悉的了，等安装完第 3 节沉管之后你再离开吧。"就这样，宁进进又投入港珠澳大桥岛隧工程中最核心的环节——沉管浮运安装之中。殊不知，后面还有更大的困难、挑战和危险在等着他。

独守海底的孤胆英雄

"简单来说，这些年，我们在伶仃洋上干了 33 次活，装了 33 节管。"2018 年 11 月 29 日下午，在母校与学弟学妹们分享自己参与港珠澳大桥建设的心路历程时，宁进进讲得轻松而幽默。这份轻松背后却蕴含着他和队友们不屈不挠、日夜奋战的心血、汗水和泪水。

2013 年 5 月 2 日，港珠澳大桥海底隧道工程首节沉管（E1）出坞，在 8 艘大马力拖轮和两艘量身定制的安装船的拖运下开始浮运至西人工岛岛头进行安装。因为是第一次安装，大家既满含期待，又极为紧张。总工程师林鸣说："就像新手上路一样，开一个很大的车，也没有教练坐你边上。"他们还给这一安装过程起了一个很浪漫的名字"深海初吻"，真正操作起来，才发现一点也不浪漫。"E1 沉放下去之后，没有平稳着底，而是翘了起来，比预想的高出十多厘米。"宁进进说。经过反复排查，发现是海底淤泥回淤导致的，派潜水员下去用高压水枪进行清理之后，再次安装。据林鸣介绍，当他们第二次把 E1 沉管安装下去的时候已经连续工作了 80 个小时了，可谓人困马乏，但测量显示还有偏差，继续调整，重新安装，反反复复，历经 96 个小时的鏖战最终在 5 月 6 日上午 10 点把首节沉管精确安装到位。"五天四夜连续奋战在海上，当时只要一坐下就会睡着，现场用得比较多的是清凉油、风油精。"宁进进说。

港珠澳大桥的海底隧道共由 33 节沉管（E1 到 E33）和一个"最终接头"组成。E1、E2 属于小管节，每节长约 112.5 米、重约 4.4 万吨，从 E3 开始皆为标准管节，每节长约 180 米、重约 8 万吨。

2013 年 7 月 30 日，E3 管节安装完毕。"这一标准管节的顺利安装，说明我们已经掌握了沉管浮运安装的技术，港珠澳大桥沉管隧道工程算是心里有底了。既然标准管节都装好了，我也没再去找领导谈调回青岛的事，就这样干下去吧。"宁进进说。当时他们甚至还有一点盲目乐观，其实，"如果把整个海底隧道工程比成爬山的话，E3 的成功安装只是到了青藏高原，珠穆朗玛峰还在后面呢"。

在所有的沉管中，E15 的安装是最曲折的，也是最具挑战性的。2014 年 11 月 15 日，E15 进行第一次安装时，遭遇了沉管基床突淤。为避免对以后沉管隧道施工质量产生影响，现场决策组果断停止沉放并将沉管撤回坞内，然后是长达 3 个月的技术攻关。为节约时间，项目部规定，2015 年春节不放假，家属可以到珠海过年。"腊月二十八下午，我妻子和女儿抵达珠海，晚上下班后，我见到了她们。腊月二十九，我上了一天班。年三十中午，我们一起吃的饭，下午去珠海逛了逛，晚上一起过年。初一、初二我依然上班。项目部规定，所有家属初三必须离开，初四我们就要动身去工地了。"谈起2015年春节备战E15再次安装的场景，宁进进记忆犹新。

经过精心准备，正月初六（2015年2月24日），E15迎来了再次安装的作业窗口。不料，前一天探摸还符合施工条件的基槽边坡突然发生滑塌，滑塌物达2 000立方米，局部厚度达60厘米，无奈之下，E15再次停止沉放并回拖。当总工程师林鸣下达回拖指令的时候，在场的每一个人都流下了泪水。"那种期待和那种失望，来得那么强烈，这让很多人受不了，因为我们付出太多，我们太认真，太期待了，结果它是这样一个雪崩式的回淤。"林鸣说。"为了安装E15，我们都没回家过年，感觉对不起支持我们的家人，有一种无颜见江东父老的感觉。"宁进进说。

最终，历经156天，三次浮运，两次回拖，2015年3月26日清晨6点，E15沉管在海底精准定位，完成安装。

私下里，周围的同事说宁进进是"福将"，他自己有时也自嘲说是港珠澳大桥的"吉祥物"。这些称呼源自2017年"最终接头"的安装环节。2017年5月2日清晨，在10多位外国专家和近百名媒体记者的见证下，底板长9.6米，顶板长12米，重达6000吨的"最终接头"在28米深的海底成功安装，经工作人员测量，最终接头与管节之间的横向偏差为15厘米，实现了"日出起吊、日落止水、滴水不漏"的作业目标，全长6700米的海底隧道全线合龙贯通。

当大家都沉浸在隧道贯通的喜悦之中时，总工程师林鸣却对15厘米的偏差产生了纠结。港珠澳大桥是设计寿命为120年的超级工程，其沉管隧道工程是世界最长的公路沉管隧道和唯一深埋沉管隧道，被誉为交通工程界的"珠穆朗玛峰"，存在15厘米的偏差会不会有些遗憾？他问现场人员："如果不精调，你们甘心吗？"也有人担心，再次精调，可能会造成碰撞，甚至漏水，潜在风险较大。现场人员经过激烈的争论和思想斗争，最终决定"返工"，重新对接。

5月3日傍晚，重新对接的准备工作就绪。19时许，临时止水闭合腔注水增压正式开始。当时宁进进和其他同事在最终接头内部负责观察。突然人孔门出现漏水，水柱喷出约5米高，他赶紧脱下救生衣，随手抓起一块土工布去堵漏点。经过他和同事的努力，水不再喷涌，但渗漏依然持续，精调工作只好暂停。经过排水、检查等一番紧张的忙碌，精调工作再次启动。鉴于前面出现的问题，从安全考虑，项目部决定仅派1人下到接头内部进行监测。"我是一名共产党员，也比较熟悉接头内部的系统构造，理应我下去。"宁进进孤身一人进入了水下28米。身处海底，"接头"内部闷热潮湿，空空荡荡，一丁点儿声响都会被放大几倍，E29侧水泵加水的声音就像是倾泻而下的瀑布般响彻耳边。"一个人的时候容易胡思乱想。"宁进进说，在国外沉管施工中，发生过进水事故，那种情况下，人是逃不掉的。他密切观察着接头内部的情况。还有 4 米完成加水，还有 3 米完成加水，还有 2 米完成加水……对讲机里传来加水试压的进展情况。突然，E30 侧中廊道封门传来一声巨响，像有东西在撞击，他的心瞬间提到嗓子眼，立刻汇报："报告林总，E30 侧中廊道封门有较大响动！请指示。"他报告完之后，对讲机里是十几秒的沉默，毫无回音。海面上，林鸣同决策组紧急会商，死死盯着压力表，找寻着加水和压力的平衡点。"没问题，再坚持一下，出来以后师傅请你喝酒，给你压惊。"听到这句话的时候，宁进进悬着的心才放松下来。

下午 5 点，小梁顺利脱开，宁进进爬出人孔，呼吸着新鲜空气，看着等待的队友和即将落下的夕阳。"那一刻，感觉世界真的很美好。"宁进进说。有同事和他开玩笑说："进进是福将，我送你 4 个字'宁死不屈'。"

2017 年 5 月 4 日 20 时 43 分，经过近 40 个小时的连续施工，"最终接头"精调顺利完成，测量结果为东西向偏差 0.8 毫米，南北向偏差 2.5 毫米，比精调之前的误差降低了 60 多倍。他们又一次创造了"深海穿针"的工程奇迹。曾笑称"中国企业不会走路就想跑"的荷兰隧道工程咨询公司 TEC 发来贺电说，中国建设者的"最终接头"施工方案，是对世界沉管隧道技术的重大贡献。

当天晚上的庆功宴上，宁进进坐在主宾的位置上，紧挨着自己的师傅林鸣。

"我的青春在大桥"

"不止一次想调离这个地方，但在单位、家庭的支持下，咬牙坚持了下来，感觉这几年最大的收获应该是学会了'坚持''坚守'。""我也从一个'搬砖的'，走到世界工程技术前沿，我感觉到我在港珠澳几年的最大收获，是成长、自信。"谈及参与港珠澳大桥建设的收获，宁进进如是说。

造桥期间，宁进进与家人聚少离多，近 7 年时光大部分奉献给了港珠澳大桥。2017 年劳动节期间，山东卫视播放港珠澳大桥施工现场画面，当看见宁进进出现在电视中时，4 岁的女儿趴到电视屏幕上去亲吻爸爸。此种场景，每每谈起，他都觉得有些亏欠妻子和女儿。

在参与港珠澳大桥这一超级工程建设的过程中，无论是理论研究水平，还是工程实践能力，宁进进皆有很大的收获和提升。期间，他撰写了 20 余篇关于沉管浮运安装的学术论文，申请专利十余项，并获得了中国水运建设行业协会颁发的科学技术奖（特等奖）、中国交建港珠澳大桥岛隧工程建设功臣等奖项和荣誉称号。

2018 年 10 月 23 日，港珠澳大桥正式开通时，宁进进因在国外开展学术交流，未能亲临现场，但他的青春和记忆却永远地定格在了大桥。他写道："今天贯通了，心里只想坐车上去再看看，给家人、朋友讲讲我们的故事，回忆一下我们的青春。"11 月 23 日，在港珠澳大桥开通满月之际，宁进进特意乘船在伶仃洋上凝望大桥。烟波浩渺间，大桥以气贯长虹的"中国跨度"连接起香港、珠海和澳门，碧波之下，便是他为之奋斗了近 7 年时光的海底隧道。

　　港珠澳大桥开通仪式上，习近平总书记寄语广大建设者，希望他们重整行装再出发，继续攀登新的高峰。如今，宁进进正以深中通道项目部副总工程师的新身份带领团队对深圳市到中山市的隧道工程进行技术攻关，这又将是一个征战巅峰的过程。

（本文刊于 2018 年 12 月 4 日，第 48 期）

从海洋走出的生命乐手
——记美国微生物科学院院士、中国海洋大学 1977 级校友赵玉琪

李华昌

　　他出生于美丽的海滨城市——青岛，从小爱好音乐，立志成为一名部队的文艺兵，中学毕业后却被分到青岛港务局机修厂成了一名抡大锤的铆工。困顿之际，他把握住改变人生的机会，考入中国海洋领域的著名学府——山东海洋学院（现中国海洋大学）海洋生物系。他充分发挥音乐特长，成为学校文艺活动骨干，并以优异的成绩成为国家计划内第一批中美交换留学生。他选择了海洋专业在全美名列前茅的俄勒冈州立大学，从事水生生物学研究；又到美国哥伦比亚大学医学院从事博士后研究，并留任成为研究助理教授；后来任教美国西北大学医学院，现为美国马里兰大学医学院终身教授，在病毒学及有关领域作出突出成就和原创贡献。

　　他的人生和学习都源发于海洋，他的科研和成果都紧扣于生命。抑扬顿挫、起承转

合,他用大海般的激情谱写出一篇华美的生命乐章!

他,就是新晋美国微生物科学院院士、中国海洋大学 1977 级校友赵玉琪。

前奏:激情燃烧的岁月

1957 年,赵玉琪出生于青岛一个普通的工人家庭。他从小就对唱歌和乐器很感兴趣,并展现出过人的音乐和艺术天赋。上中学时,他被选入了青岛九中文艺宣传队并成了学校的文艺骨干,参演了当时的样板戏——芭蕾舞剧《红色娘子军》,并饰演剧中的儿童团长。后来,赵玉琪又喜欢上了单簧管,母亲为了支持他的音乐爱好,从微薄的家庭积蓄中拿出 100 多元钱,给他买了一支星海牌单簧管。赵玉琪爱不释手,每天都会练习十几个小时,并经常参加演出,单簧管的演奏水平日臻成熟。

在那个年代,当兵是一个很令人羡慕的事,而能在家门口当文艺兵更是众多年轻人梦寐以求的愿望。当时的赵玉琪就立志要当一名文艺兵,所以他就把目标选定为青岛当地的北海舰队文工团和青岛警备区文工团。其中,赵玉琪最向往的是北海舰队文工团,因为它是军级文工团,所有的演员一考进去就是军官。"军官是穿四个口袋的军装戴大檐帽,而士兵的军装是两个口袋。"赵玉琪笑着向记者描述了当时军官和士兵在着装上的区别。读高中期间,赵玉琪去北海舰队文工团复试了好几次,最终不了了之。赵玉琪又参加了青岛警备区文工团的考试,并顺利入选,但因青岛警备区文工团当年的招兵指标用完了,不得不延期一年入团。

在等待当文艺兵的那一年,赵玉琪高中毕业被分配到青岛港务局机修厂成了一名抡大锤的铆工。叮叮当当的"重金属打击乐"哪比得上悠扬婉转的单簧管旋律好听,巨大的反差让赵玉琪陷入了深深的苦恼。困顿之际,他决定参加夜校学习,随后得知了国家恢复高考的讯息。赵玉琪随朋友们一起回到学校补习功课,准备高考。当年 1977 级的那一批考生经历了两次报考志愿,赵玉琪因为受到一位儿时伙伴的建筑师父亲的影响,第一次填报高考志愿时,第一志愿填的是清华大学的工业与民用建筑系,将来想当一名建筑设计师。但赵玉琪的母亲不允许他离开家乡青岛,考虑到自己喜欢大海,喜欢吃海鲜,因此赵玉琪在第二次填报志愿时选择了山东海洋学院海洋生物系,并成功考上。"这也算是歪打正着吧。"赵玉琪说,他说当年幸亏改报了生命科学,因他没有绘画的功底和天赋,如果去学建筑设计,估计很难有今天这样的成就。

"文革"十年动荡,人才积压,1977 年大学的录取率几乎是百里挑一。但和当年绝大多数考上大学的人不同,赵玉琪收到录取通知书的时候,感到很懊悔。因为比起上大学,赵玉琪更希望去青岛警备区当文艺兵,而当时部队发布规定,一旦考上大学,就不允许考生再去当兵了。所以,赵玉琪就失去了当一名文艺兵的机会,只得收拾行装,整理心绪,准备去当一名大学生。

主歌：书生意气，挥斥方遒

优美安静的校园、朝气蓬勃的师生比原先青岛港务局的工作环境要好很多，不用再穿灰暗的工装，取而代之的是实验室的白大褂。赵玉琪入校报到后，很快就化解了未能当上文艺兵的失落和沮丧，积极投身到紧张的学习生活中。

赵玉琪那一届学生是"文革"后国家恢复高考的第一批大学生，大家都深知学习机会来之不易，都在争分夺秒、夜以继日地刻苦学习，有的同学甚至干脆就学习和生活都在教室里。由于家在青岛，所以赵玉琪经常会回家过周末，到周日深夜才回到学校宿舍。走在深夜里的校园，赵玉琪看到班级的教室里灯火通明，同学们都在认真学习，想到自己却回家过周末，便深感自责和愧疚。

赵玉琪由于在中学期间没有学习过英语，初入大学时，赵玉琪的英语几乎是零基础，26个字母都认不全。经过入学时的英语摸底考试，赵玉琪被分到了英语慢班，从最简单的英语字母学起。凭借专注的学习和出众的记忆力，赵玉琪很快就提前学完了慢班的英语课程，便向老师申请去中班学习。中班的老师起初不相信赵玉琪的能力，只答应他旁听课程，在一次中班的考试中，赵玉琪主动要到考卷并第一个答完交卷，中班老师发现赵玉琪的考卷竟获满分，于是同意他入班学习。

赵玉琪出色的学习能力并不只体现在英语方面，他的其他课程学习成绩也很不错，但他不墨守成规。刚进大学时，赵玉琪得知有学生没读大学就考上了研究生，上大学二年级时，他也决定尝试一下。结果，赵玉琪的考研成绩真的考过了研究生录取线，但很遗憾未被导师录取。"我考研的方向报的是对虾养殖，如果当年我被录取了，我就可能成为中国第一个养虾博士。"赵玉琪教授不无遗憾地说。当时，赵玉琪研究生考试英语成绩是全部考生第一，英语快班的顾磊招老师得知这一信息，便把他招入快班学习，使得赵玉琪的英语在大学两年里就实现了"三级跳"。到了大三，赵玉琪就已经提前学完了大学英语的全部课程，开始学习日语。扎实的外语能力为他以后的学习和出国留学奠定了基础。当时担任班主任的于慎文老师对赵玉琪的学习能力也是赞赏有加，他说，赵玉琪那一届学生是国家恢复高考后的第一批大学生，大家的学习积极性普遍都很高，都非常用功，但赵玉琪不属于死学的那种学生，学习能力较强，大学四年的总评分在90分左右，在班里是名列前茅。时任海洋生物系副主任、教授海洋污染生物学课程的李永祺老师对赵玉琪也是印象深刻，他说，赵玉琪非常聪明，一表人才，英语很不错，大学期间也很活跃。

谈及大学期间的恩师，赵玉琪教授情深意切，滔滔不绝。入学伊始，教授无脊椎动物学课程的黄美君老师告诫同学们，在读书的时候，基础面打得越宽越好，博览群书，越多越好；做科研的时候，是越精越好，集中精力，找准目标，钻研下去。这一席话让赵玉琪受益终身。在赵玉琪大学毕业筹备出国留学过程中，黄美君老师也给予了大力的帮助。在大二考研后,赵玉琪得到了时任海洋生物系主任李嘉泳教授和黄世玫老师的悉心指导。李嘉泳教授师从童第周教授,是我国著名海洋生物学家,也是山东海洋学院海洋生物系的创始人之一。赵玉琪依然记得曾在实验室里看到李嘉泳教授在显微镜下徒手用一根细线将一个海洋剑虫的卵扎成两个,这让赵玉琪惊叹不已。现在回想起来,自己在上大学二年级期间就能得到李嘉泳教授和黄世玫老师的指导,赵玉琪感到非常幸运。

赵玉琪对当时教授遗传学课程的方宗熙教授也是记忆犹新。他说,当时由方宗熙教授主持研究的海带单倍体遗传育种在国内首次获得成功,通过选择育种技术培育出的海带叶片都比较大。此外,方宗熙教授还撰写出版了《达尔文主义》《生命的进化》等科普丛书,是达尔文进化论的拥护者。赵玉琪赴美留学后,曾经接待赴美考察的方宗熙教授一行,邀请方宗熙教授参观了他所在的大学及实验室,并就"用进废退"等进化论观点与方宗熙教授进行了探讨。方宗熙教授还曾帮助赵玉琪申请到一个联合国教科文组织的奖学金项目赴比利时开会和学习,但时间上正好与赵玉琪既定的陪同导师查尔斯·金教授回国开展科研合作交流计划相冲突,赵玉琪很遗憾地放弃了那个机会。

正如班主任于慎文老师所言,赵玉琪不属于死学的那类学生。大学期间,赵玉琪充分发挥自己的音乐艺术特长,积极组织各种文艺活动,也结识了不少志同道合的好友。浙江海洋大学水产养殖系原主任张学舒教授当年与赵玉琪是"铁哥们",校园内八关山的登高处、海边礁石上、校园的林荫道里经常会出现他们共同学习的身影。张学舒教授回忆道:"那段岁月,大学食堂的饭菜清汤寡水,色香味远在天边,但年轻的躯体还是在白菜和玉米面的滋养下生机勃勃。"无界限的争辩、僻静处的默坐、周末偶尔的牙祭等给他们的大学生活平添了许多乐趣。至今仍忙碌在中国海洋大学教学督导工作一线的肖鹏教授是赵玉琪当年班里的"老大哥",考上大学时,肖鹏已经结婚了。肖鹏教授对赵玉琪当年在班级里的表现也给予了高度评价,他说,赵玉琪在班级里属于年纪偏小的学生,但赵玉琪是社会活动的积极参与者,在学生会里工作,搞文艺演出、组织活动都很有一套;虽然社会活动占用了不少时间,但赵玉琪的学习并没有落下,特别是英语,成绩很突出。毕业后留校任教的叶立勋也是赵玉琪的同班同学,他俩同为青岛人,也都兴趣广泛、能歌善舞,叶立勋是班级的文艺骨干,同赵玉琪一起在学校的"六二礼堂"组织过文艺活动。1991年10月,时任青岛海洋大学(原山东海洋学院,现中国海洋大学)水产学院渔业系讲师的叶立勋与同事王成海老师在山东荣成镇锊岛海域进行海岛资源综合调查时,不幸遇难牺牲。谈及这位牺牲的老同学,赵玉琪教授深感痛心。

在大四毕业前夕,中国和美国等发达国家签署了留学生交流计划,国家将向美国、英国、法国等几个国家选派留学生,当年计划选派200名左右的留学生赴美学习。在山东海洋学院专业老师的鼓励下,赵玉琪准备报考全国只有两个留美名额的水生生物学。当时任学校团委书记的张长业老师对赵玉琪非常照顾和关心,得知这一消息,赶紧找到赵玉琪说,他得知学习成绩比赵玉琪更优秀的同班同学也报考了这个专业,为了避免直接竞争,建议赵玉琪报考其他专业。争强好胜的赵玉琪没有听取张长业老师的建议,仍然报考了这个专业。结果,赵玉琪以全国第一名成功入选。他们两位山东海洋学院的学生包揽了全国水生生物学的两个赴美留学指标,战绩可谓显赫。

青葱的大学时光转眼即逝,美丽的青岛、熟悉的校园让赵玉琪恋恋不舍,但他深知,还有更广阔的世界等待着他去打拼。

高潮:海阔凭鱼跃,天高任鸟飞

作为国家计划内首批中美交换留学生,赵玉琪初到美国,眼前的一切都是那样新鲜。高楼鳞次栉比、霓虹彻夜闪亮,让人目不暇接;不同的语言、多元的文化,让人晕头转向。但赵玉琪深知自己肩负的使命,全身心地投入新的学习研究中。

赵玉琪留学所在的学校是山东海洋学院的姊妹学校——俄勒冈州立大学(Oregon State University)。这所学校创办于1868年,由当时的美国总统亚伯拉罕·林肯亲自主持建立,作为全美国仅有的两所获得政府赠地同时用于参与海洋、航空、能源计划的大学之一而享有独特的荣誉,是一所世界著名的公立研究型大学,其海洋专业在全美名列前茅。在查理斯·金教授的指导下,赵玉琪仅用一年半的时间就以优异的成绩学完了各门功课,还发表了多篇在学界颇有影响力的学术论文,用最短的时间获得了硕士学位。该校的达拉斯·缪斯教授在植物细菌疾病的基因工程研究上处于国际领先地位,该研究对一个国家的粮食安全有重要意义。当时的中国还只是一个农业大国,赵玉琪抱着学成报国的信念申请成为达拉斯·缪斯教授的博士生,攻读基因与农学方向。获得博士学位后,赵玉琪又来到美国哥伦比亚大学医学院进行癌症的博士后研究,两年后留任美国哥伦比亚大学医学院,成为研究助理教授。后来,赵玉琪又受聘去了美国西北大学医学院任教,并荣获美国西北大学博纳么肯讲习教授学者称号。

赵玉琪教授现为美国马里兰大学医学院病理系、微生物-免疫学系、人类病毒研究所和环球卫生研究所终身教授,还兼任马里兰大学医学院病理系分子病理部主任、转化基因组中心实验室创始主任及医疗系统分子诊断实验室主任。赵玉琪教授在分子病理学、基因诊断以及分子生物学与基因工程方面造诣深厚,重点研究领域为寨卡病毒、艾滋病、抗肿瘤和抗艾滋病药物及个性化基因诊断在精准医疗中的应用。

赵玉琪在艾滋病毒和寨卡病毒研究领域作出了重要贡献:他首创性地开发了研究人类病毒的裂殖酵母模型平台,并通过这种独特的方法对病毒蛋白和病毒基因组进行分析,发现了新的病毒蛋白功能、致病因子和病毒耐药机制;在对寨卡病毒的研究中,他带领团队率先发现了关键的毒性寨卡蛋白,该蛋白对孕妇寨卡病毒感染引起的新生儿缺陷起了重要作用。鉴于赵玉琪教授在病毒学及有关领域的突出成就和原创贡献,经过层层严格审议,美国微生物科学院于2019年初将赵玉琪教授评选为院士。美国微生物科学院是生命科学领域全球最大、历史最悠久的会员组织——美国微生物学会的下设机构,在国际微生物科学领域居于领导地位。对于赵玉琪的学术成就,病毒研究领域同行给予了高度评价。作为此次院士评选中赵玉琪的推荐人,马里兰大学医学院人类病毒研究所所长、世界反转录病毒之父罗伯特·盖洛教授表示,赵玉琪的当选实至名归。

赵玉琪教授喜欢用生命的进化过程来阐述自己的科学研究生涯。他说,生命是从海洋起源的。从海洋开始,生物逐渐进化,往高级发展,发展的过程就是从海洋进到陆地,从低级的无脊椎生物进化到有脊椎高等生物,然后就出现了人类。赵玉琪在大学期间学的是海洋生物,读硕士的时候,学的是水生生物学,研究的是一种半咸水中的浮游动物。轮虫。半咸水就是介于海洋和陆地湖泊淡水之间的一种环境状态。生命进化在从海洋逐渐向淡水进化过程中,也要经过半咸水的过程。赵玉琪博士读的是基因学和农学,研究植物疾病,就是关于农作物的致病基因。这时候赵玉琪的科学研究开始向陆地进展了。然后,赵玉琪在哥伦比亚大学医学院开始用裂殖酵母作为模型研究癌症学,裂殖酵母是真核生物,癌症是关于高等动物的疾病,赵玉琪的科学研究便从真核生物向动物方向发展。当赵玉琪在西北大学开始独立运营实验室时,开创了用裂殖酵母作为模型来研究人类病毒学,即艾滋病和寨卡病毒。这时,赵玉琪的科学研究从此就与人类健康息息相关,就如同生命进化到了顶峰。

尾音:老骥伏枥,志在千里

虽然身在异国他乡,赵玉琪仍然时时思念祖国,挂念着青岛家中的老母亲。在美国求学及任教期间,赵玉琪会积极创造机会回国,在看望母亲的同时,也不忘积极推动国内高校及科研院所与美国相关机构的合作交流。

与当年在学校期间的表现一样,赵玉琪教授在国际学术界也非常活跃。他先后担任马里兰大学教授参议会议长、荣誉议长,曾任美国华人生物医药科技协会(CBA)会长、美洲华人生物科学学会(SCBA)执行董事和大华府分会会长等一系列学术组织负责人。应国际各学术团体邀请,赵玉琪教授多次在20多个国家讲学并进行学术交流活动。他也应邀承担多种专家顾问活动,为罗氏、雅培等世界500强公司提供专家咨询。自1996年以来,赵玉琪教授应联合国艾滋病规划署、世界健康基金会及我国教育部、科技部、卫生部、国家基金委、中国工程院、中国军事医学科学院、中华医学会等部门或单位的邀请,多次回国讲学,进行学术交流,参加科技项目评审,并受聘国内多所著名高校或研究机构的客座教授。

赵玉琪教授还积极参与国内卫生事业发展及学术交流,利用自身在国际上的影响力,在21世纪初发起成立了美中艾滋病联盟基金会,每年邀请艾滋病研究领域的国际著名专家学者自费来中国宣讲艾滋病防治知识,并邀请世界著名科学家及中国知名演艺界人士担任形象大使。这项公益活动,赵玉琪教授坚持做了整整10年,为我国艾滋病政策制定、防治宣传、学术交流等建言献策,作出了突出的贡献。

对于赵玉琪来说,青岛更是有着难以割舍的情缘。他积极参与家乡经济建设,为青岛的医疗事业发展和生物科技合作牵线搭桥。2012年,应青岛市政府邀请,受马里兰大学校长的委托,赵玉琪教授多次往返于青岛和美国之间,就合作建设马里兰大学分校事宜与相关高校进行商讨。期间,时任中国海洋大学党委书记于志刚,副校长李巍然、李华军等会见了赵玉琪教授,双方进行了友好深入的交流。中国海洋大学希望在建设青岛马里兰大学分校的过程中与马里兰大学开展合作,积极引进马里兰大学先进的办学思想、教学理念和课程体系,在服务地方教育事业发展的同时,实现中国海洋大学和马里兰大学的共同发展。遗憾的是,由于马里兰大学方面的原因,两校的合作未能实现。

2017年5月,习近平总书记对黄大年同志先进事迹作出重要指示。当年7月12日,新华社刊发《综述:黄大年事迹引起海外学子强烈反响》文章,记者采访了多位海外求学的中国学子代表,赵玉琪教授位列其中。他说,拜读了黄大年的生平事迹后,他感触颇深,难以成寐。身为科学家,他能体会到黄大年为追逐世界科学高峰锲而不舍、只争朝夕的精神,这恰是一位卓越科学家必有的素质。然而,黄大年忧国忧民、为国家富强鞠躬尽瘁死而后已的精神更是难能可贵、令人敬佩,是值得海外莘莘学子学习的楷模。

悠悠赤子情,拳拳报国心。虽已是花甲之年,但为了不辜负祖国和母校的培养,为了人类的健康事业,赵玉琪教授仍在夜以继日地奋斗着、探索着……

(本文刊于2019年4月27日,第52期)

心无旁骛攻主业　匠心传承为良师
——记中国海洋大学会计学科带头人王竹泉教授和他的团队

冯文波

　　"这是集体努力的结果，我只是做了自己力所能及的。""再接再厉，争取实现更大跨越。"历经 3 年多的准备、建设和评审，5 月 25 日，在厦门国家会计学院举行的 2019 年度全国 MPAcc 教学管理工作会议上，中国海洋大学正式成为会计硕士专业学位教育质量认证 A 级成员单位。面对来自各方的祝贺，负责组织推进该项工作的管理学院副院长、会计硕士教育中心主任王竹泉教授依然是一贯的谦虚和进取。

　　30 余年来，正是凭着这股谦虚内敛、开拓进取的气度，王竹泉与他的团队在资本效率与财务风险分析领域践行着攻主业、育人才和服务社会的初心，取得了一个又一个开创性成果。

明志向，争朝夕："很偶然，也挺幸运，学了会计。"

北京海淀区的"学院路"因"八大学院"汇聚于此而闻名中外。漫步其间，参天的大树、典雅的建筑见证了一代代学子的青春岁月。

1980年秋，在改革开放时代潮流的感召下，怀着建设"四个现代化"的澎湃热情，15岁的王竹泉，从山东栖霞三中考入北京钢铁学院（今天的北京科技大学）工业自动化专业。

"那时工科专业很热门，觉得自动化很先进，就学了这个。"王竹泉坦言，报志愿时对这一专业了解不多，也谈不上有多喜欢，但还是充实地度过了四年大学时光。

大学毕业后，王竹泉被分配到位于莱芜的冶金工业部张家洼矿山工程指挥部机械动力处电气科。"搞电，搞工程，与机器打交道，不太适合我。"所以，当1984年底冶金工业部要在青岛组建青岛冶金矿山职工大学而选拔师资时，他赶着报了名。

"选了10名大学生，送到东北工学院进修，5个学会计，5个学企业管理。"从此，他在东北工学院度过了两年学习时光。有大学期间在自动化专业打下的数理基础，加上对数字的敏感和逻辑关系的热爱，作为插班生的他不但学习不吃力，反而对会计产生了浓厚的兴趣。"很偶然，也挺幸运，学了会计。"时至今日，王竹泉依然觉得与会计这门学科结缘是幸运的。

1987年9月，王竹泉正式登上讲台，成为一名大学教师。"备一节课要查好多的书籍，写30多页的讲稿，学校发的讲义经常不够用。"初为人师，他累并快乐着。

20世纪90年代初，为适应社会主义市场经济对会计信息的需求，国家决定从1992年起对会计制度进行全面改革。财政部发布了以"企业会计准则""企业财务通则"为代表的"两则两制"，标志着我国企业会计核算模式从传统的计划经济模式向社会主义市场经济模式转换，逐步实现我国会计制度与国际会计惯例的接轨。随之而来的是一场学习"两则两制"的全国性热潮。"这是一个大工程，学校要担负起培训和知识更新的责任。"那段时间，王竹泉的身影，不是在学校的讲台上，就是在青岛市财政局组织的培训班上。

"两则两制"属于新生事物，社会各界对于它的认识与理解均处在摸索之中。教学培训之余，王竹泉把发现的问题加以梳理，并提出自己的观点与认识，研究成果相继在会计学领域的知名学术刊物《会计研究》上刊发。

1998年，中国中青年财务成本研究会成立10周年大会在东北财经大学召开。同期举行第三届科研成果评审，对1993—1997年的科研成果进行评议，王竹泉发表于《会计研究》的《合并会计报表的所得税会计处理》获评唯一的论文类一等奖。

当学界同仁向他投来赞许的目光，认为他将在会计准则、会计制度研究领域开拓一片天地时，他却有自己的主见与规划。

"大多是结合教学中发现的问题，就会计论会计，就财务论财务，算不上理论的基础性创新。"王竹泉不甘心在前人的基础上修修补补，他深知，若要走得更远，必须进行系统的专业训练和视野拓展。

决心已定。1999年，王竹泉考取了中南财经政法大学的博士生，师从罗飞教授进行会计理论的系统学习与提升。

以匠心，致创新："创新不是零敲碎打的修修补补，而是令人耳目一新的突破。"

中南财经政法大学首义校区地处历史悠久的黄鹤楼下，风景秀美、底蕴深厚，曾坐落于此的会计学院不仅拥有国家重点学科会计学专业，而且名师云集、学风扎实，向来是会计理论研究者和从业者心驰神往的学术殿堂。

读博士期间，中南财经政法大学的图书馆是王竹泉常去的地方。在罗飞教授的指导下，他不仅熟读了经济学、管理学的著作，而且也加深了对公司治理、现代企业制度的认识与理解，知识体系愈加完善，学术视野更加开阔，创新的火花开始闪现。

"当时，在公司治理研究中倡导利益相关者参与治理，但在会计领域却少有人提。"这成为王竹泉的灵感来源。他把利益相关者理论引入会计领域进行研究，提出了"利益相关者会计"这一崭新的研究方向。其博士论文《公司治理结构中的会计监督研究》获湖北省优秀博士论文一等奖和山东省高等学校优秀科研成果一等奖。

20世纪90年代中后期，海尔、澳柯玛等企业开始走出青岛，在国内各大城市设立分公司、办事处，进行跨区分销。王竹泉敏锐地洞察到分销企业营运资金管理这一热点，并把供应链管理、渠道关系管理和客户关系管理等理念与方法引入其中，创造性地提出了"基于渠道管理的营运资金管理理论"。2007年2月，他在《会计研究》发表了《国内外营运资金管理研究的回顾与展望》一文，提出："我国营运资金管理研究应以营运资金分类为切入点，建立基于渠道管理的营运资金管理新框架，在此基础上，广泛开展企业营运资金管理调查，发布'中国上市公司营运资金管理调查'，为我国企业营运资金管理的研究和评价提供数据支持。"迄今为止，该文依然是国内营运资金管理领域被引率最高的论文。

"基于渠道关系管理的营运资金管理理论研究与中国上市公司营运资金管理数据平台建设"是王竹泉学术生涯中获得的第二个国家自然科学基金项目。在此基础上，他不仅创立了"中国上市公司营运资金管理调查"，还与中国会计学会合作自2007年起每年发布"中国上市公司营运资金管理绩效排行榜"，研发了具有自主知识产权的"中国上市公司营运资金管理数据库"和"中国上市公司营运资金管理案例库"，成功填补了我国在营运资金管理专项数据库建设方面的空白。

"传统财务分析体系使资金效率被低估30%以上，而财务风险则被高估40%以上，让本来处于转型升级艰难时期的实体经济'雪上加霜'。"在今年3月28日举行的中国海洋大学人文社科重点研究团队建设及发展情况交流会上,王竹泉向与会学者阐述团队的最新研究成果。在国家倡导"提高金融服务实体经济水平,有效缓解企业融资难融资贵问题"的当下,这一研究成果恰逢其时、备受瞩目。2019 年 2 月,该成果在国内知名学术刊物《管理世界》刊发后,被国务院发展研究中心采纳,在 2019 年第 38 号《调查研究报告》做了重点推介。交流会结束时,王竹泉领衔的"资本效率与财务风险分析"团队凭借高质量的创新成果高票当选第一名。

30 余年来,王竹泉以及他的团队始终怀一颗匠心,心无旁骛地在资本效率与财务风险分析等领域辛勤耕耘、开拓创新;共主持承担国家自然科学基金等各类科研项目 20 余项,发表学术论文 150 余篇,其中在 CSSCI 期刊发表论文 60 余篇。

创新成果不断涌现的同时,王竹泉的学术影响力与日俱增,中国海洋大学会计学科的声誉也日益远播。

2005 年入选教育部新世纪人才支持计划,2006 年入选财政部首批全国会计学术领军人才培养工程,2008 年获国务院政府特殊津贴,2013 年当选中国会计学会教育分会会长,2014 年入选财政部首批全国会计领军人才培养工程特殊支持计划,2015 年入选财政部会计名家培养工程……每一步,王竹泉都走得坚定而扎实。

搭智库,促发展:"研究成果服务于经济社会发展,是令人欣慰的事。"

"以中国海洋大学为依托设立中国企业营运资金管理研究中心",2008 年初,正在加拿大进行学术访问的王竹泉给中国会计学会写了一封信,建议学会成立自己的研究机构,以提升学会的学术创新能力。

2009 年 8 月,中国企业营运资金管理研究中心在中国海洋大学正式成立。"中国企业营运资金管理研究中心既是财政部全国会计领军人才培养工程的一个创举,也是中国会计学会拓展会员服务方式的重要探索,开创了政府、学会、高校、企业紧密结合的会计科研创新平台新模式。"中国会计学会常务副秘书长兼《会计研究》主编周守华在致辞中如是说。

中心成立 10 年来,王竹泉带领科研团队潜心研究,定期开展"中国上市公司营运资金管理调查",截至目前,共编撰出版了 7 部《营运资金管理发展报告》(计 1 130 万字),4 部《资本效率发展报告》《财务风险发展报告》(两者计 645 万字),发起创办了《中国会计研究与教育》学术刊物(已出版 11 辑)……富有智慧和创新型的成果不断涌现,被业界誉为营运资金管理领域的"思想库""文献库""信息库"和"案例库",声誉远播。

2018 年 12 月 22 日,由南京大学中国智库研究与评价中心和光明日报智库研究与发布中心评选的中国智库索引(CTTI)2018 年度高校智库百强榜在南京发布。中国企业营运资金管理研究中心入选高校百强智库(A 级),这是全国高校会计和财务类研究机构唯一入选单位,成为该中心自 2016 年入选中国智库索引(CTTI)首批来源智库之后的又一次跨越。

始于 2011 年的"中国资金管理智库高峰论坛"（前期为"营运资金管理高峰论坛"和"营运资金管理高峰论坛暨混合所有制与资本管理高峰论坛"）是王竹泉带领团队倾心打造的国内资金管理领域品牌交流活动。每年下半年，来自四面八方的财会界人士齐聚青岛共赴这场学术盛宴。8 年来，共吸引了 200 多所高校、企业界的 2 000 余人参加研讨，编撰的系列高峰论坛论文集已刊载了 100 余所高校、近 2 000 名师生的研究成果。

会计或营运资金管理皆是应用性很强的学科，理论创新只有和实践相结合，并服务于经济社会发展，才能凸显其价值。

30 余年来，王竹泉与他的团队收获了无数奖项和荣誉，这其中不仅有政府、行业协会的褒奖，还有来自企业的表彰。2016 年，中国石油天然气集团公司慕名找到王竹泉，希望他协助开展资本配置策略研究。王竹泉带领团队成员以创新的资金概念和创新的资本效率与财务风险评价体系为中石油提供决策咨询，成果应用后，成效显著，这一成果先后荣获中石油软科学优秀成果奖、管理创新成果奖等奖项。

"研究成果服务于经济社会发展，是令人欣慰的事。"一句话，道出了王竹泉立身为学的初心。

做良师，育英才："科教融合，产学协同，理实一体，让财会教育脱颖而出。"

2018 年 12 月 21 日，2018 年度国家级教学成果奖揭晓，王竹泉教授领衔申报的"科教融合，产学协同，理实一体，构筑财会专业研究生教育特色资源共享平台"成果荣获二等奖。这不仅是中国海洋大学迄今为止获得的首个研究生教学成果国家奖，也是山东省在当届评选中唯一获奖的研究生教学成果。闻此喜讯，海大师生为之高兴，更为之鼓舞。

一分耕耘，一分收获。奖项背后是王竹泉与团队成员多年如一日坚持科研反哺教学，凝练学科特色、深化内涵发展的恒心。

作为营运资金管理研究的倡导者，自 2008 年起，王竹泉为本科生开设了营运资金管理特色课程，亦在研究生培养中开辟了营运资金管理研究方向。10 余年来，他始终坚持亲自讲授这门课程，带领学生感知学术前沿，掌握业界实况，使科研与教学相互促进、相得益彰。山东省精品课程、山东省教学名师、山东省优秀研究生导师、山东省教学成果一等奖……长久的积淀之后，荣誉随之而来。

优良课程使学生成为最大受益者，截至目前，已有 60 余位营运资金管理方向的研究生顺利毕业，10 余篇论文获评省级、校级优秀学位论文。

信息化时代，线上学习成为时尚。2016 年，王竹泉又带领团队开发了营运资金管理慕课，2018 年该课程在线学习人数已达 40 000 余人，并获评国家精品在线开放课程。

近年来，王竹泉与团队完成的"从中国石油资金配置政策的变更看企业集团内部资金配置""海尔金控：产融结合走向产业投行"等 10 项教学案例陆续入选中国专业学位教学案例中心案例库,1 项教学案例入选"中国工商管理国际案例库",为中国海洋大学顺利成为会计硕士专业学位教育质量认证(AAPEQ)A 级成员单位助力添彩。

一流的平台是集聚人才、培养人才的高地。从中国企业营运资金管理研究中心的创立,到山东省研究生教育联合培养基地的批复;从中国资金管理智库的成立,到山东省唯一会计和财务类协同创新中心的立项。30 余年来,王竹泉一以贯之,始终为推进学术创新、人才培养和社会服务的互动协同不遗余力。

仲夏时节,正值毕业季。王竹泉又迎来了一年中最繁忙的时刻。

"很抱歉,前段时间不同层次的学生毕业论文及开题报告轮番轰炸,没有及时回复您的邮件。"采访当天,在管理学院二楼的办公室里,一见面,王竹泉就向记者表示歉意。

王竹泉对学生的指导不限于课堂和论文,还积极为他们创造理论研究、创新实践的机会。"数据采集已经完成,接下来是报告撰写、校对稿件,争取 9 月之前出版。"他指着两本大部头的《资本效率发展报告》和《财务风险发展报告》表示。作为一年一度的规定动作,在 2019 年的报告编写中,契合营运资金管理课程,还吸引了 15 名优秀的本科生参与其中。"学生感兴趣,就尽早让他们接触研究,加深认同。"

王竹泉喜欢打篮球、爬山。在学生宋晓缤的记忆里,导师带领他们去爬山已是去年教师节的事了,也好久没在运动场上看见他投篮的身影了。"生病住院期间,他也会瞒着医生跑回办公室。"宋晓缤坦言,有师如此,他们不敢懈怠,唯有更加勤奋。

"真正的强者不是与别人比,而是与自己比,做好自己最重要。"王竹泉时常以自己的人生阅历与青年人谈心。"他坚持鼓励为主,激发青年人的工作学习热情。"青年教师王苑琢表示,强大的团队凝聚力和向心力与王竹泉的躬亲示范密不可分。

"他的脸上总是挂着亲切的笑容,给人如沐春风的感觉。""儒雅谦和,博学睿智。""工作热情高涨,给青年人事业上以引领。"平日里,接触过王竹泉的人皆印象深刻,他的人格魅力深深感染着大家。

谋长远,赢未来:"打造科教融合综合改革试验田,争取进入'双万专业'。"

立足当前,谋划长远,方能赢取未来。

自 2001 年赴任海大,王竹泉始终以开拓者的远见卓识谋划会计学科的发展之路。在中国海洋大学会计学发展史上,多个"第一"都与他紧密相连——

2001 年,管理学院甫一成立,王竹泉任第一任会计系主任;

2003 年,组织承办海大会计学科历史上首场全国性学术会议,一次性聘任 18 位知名学者担任学校兼职教授;

2004 年,获批山东省首个会计类国家自然科学基金项目;

2005 年,获批山东省首个会计学专业博士点;

2006 年,入选首批全国会计学术领军人才培养工程;

2007年，获批山东省首个会计硕士专业学位（MPAcc）授权点；

2009年，发起成立我国首个中国企业营运资金管理研究中心；

2013年，山东省首位当选中国会计学会教育分会会长的学者；

2014年，入选首批全国会计领军人才培养工程特殊支持计划；

2015年，山东省首位财政部会计名家培养工程入选者；

2016年，中国企业营运资金管理研究中心成为全国高校首个入选中国智库索引（CTTI）的会计与财务类专业智库；

2018年，获中国海洋大学首个研究生教学成果国家奖；

2019年，中国海洋大学成为山东省首个通过会计硕士专业学位教育质量认证的A级成员单位；

············

千里之行，始于足下。在王竹泉及其团队的不懈努力下，中国海洋大学会计学科的综合实力与日俱增。在中国科学评价研究中心（RCCSE）、武汉大学中国教育质量评价中心和中国科教评价网发布的2017—2018年会计学专业大学排名中，中国海洋大学会计学专业在480所开设该专业的高校中排名第17位，成为山东省高校唯一进入前20位的会计学专业。

4月29日，"六卓越一拔尖"计划2.0启动大会在天津召开，教育部决定启动实施一流专业建设"双万计划"。

"强化科教融合，产学协同，理实一体，引领我校会计学专业进入首批'双万专业'。""把中国资金管理智库协同创新中心设为科教融合综合改革试点单位，打造资金管理领域的学术高地、权威智库和高端人才培养基地。"谈及未来两年的工作设想，王竹泉已有了清晰的规划。

心无旁骛，逐梦前行，定会领略沿途最美的风景。

采访临近尾声，被问到追求的终极意义，王竹泉笑笑回答："研究成果有助于国民经济和社会发展，学生学有所成。我们一直在路上，也一直在努力。"

（本文刊于2019年6月10日，第53期）

37 载的变与不变
——记中国海洋大学首位国家"万人计划"教学名师汪东风教授

呼双双

　　生活中，人们可能只会在意蒸馒头和煎馒头、煮花生和炒花生口感和外形上的不同，但是在中国海洋大学一位老师的课堂上，这些散发着香气的食品就是他打通学术小白们"任督二脉"的"绝招"：在讲到食品香气成分章节时，他并不平铺直叙讲专业术语，而是举例发问和学生探讨为什么香气不同，其成分差别在哪，这些差别是怎么形成的。这些问题启发引导同学们深入思考讨论探究归纳，再加上老师的点拨，一堂课下来，教学相长、其乐融融。

　　大学应该教什么？教给学生什么？即便四季耕耘三尺讲坛，培育桃李遍乎天下，这个问题还是时常萦绕他们心间，并时时警醒自己如何不断精进不负人类灵魂工程师的称号。这位潜心问道、倾心讲台的好老师就是中国海洋大学首位国家"万人计划"教学名师——食品科学与工程学院汪东风教授。铁打的学校,流水的学生,一切都在变,不变的是他从教的初心,敬重学问、关爱学生、严于律己、为人师表,在教研一线生动诠释了教书育人、言传身教的分量。

一句话改变一生轨迹

1977 年国家恢复高考,带着改变祖孙三代农民命运的希冀,此前高中毕业一直在公社务农的汪东风毫不犹豫地填报了名校清华和北大的志愿。"心高气傲也罢年少轻狂也罢,那时想要考就考最好的学校。"但最后他等来的却是原安徽劳动大学茶叶专业的录取通知书,彼时他对这个专业一无所知。成为百里挑一的 1977 级大学生是多少人梦寐以求的啊,还管什么专业!但深知他志向的高中老师劝他复读并为他量身定做了瞒过家人半工半读的精密计划,可孝顺的汪东风不敢辜负家人上大学拿到城市户口的热切期望,1978 年 2 月他准时报到入学,开始了争分夺秒的学习生活。

在老一辈茶学茶业教育家的悉心栽培下,经过四年系统专业训练学业有成的他被分配到了安庆老家的县政府。作为高中班里唯一的大学毕业生,他要"当官"的消息很快传开了,同学和村里人比他还高兴。然而老师严洁教授的一席话让他陷入沉思并最终改变了他的毕业去向乃至人生轨迹。老师说:"你为人太实在了,又喜欢读书,不适合从政倒适合教书。"对老师的这个判断他深信不疑,现在回想起来,他也由衷地感激老师让自己找到了愿意为之奋斗一生的事业。为什么要当老师呢?这与在政府部门工作相比待遇差了去了。"我当时就想着:中国人讲师道尊严,把老师的地位看得很高,教师是人类灵魂的工程师,再伟大的个人也要上学受教。做一名教师多光荣呀!"

主意打定,他提出留校当老师的申请。那个年代毕业后工作是国家分配,改派可不是一件小事,经过学校的多方努力、省教育厅的审批和跟家人同学的耐心解释,毕业前夕他终于如愿留校,开始了 30 多年的教师生涯。

一份报纸促成一段机缘

从教的汪东风没有停下攀登的脚步,在随后的 17 年间他又继续攻读了原浙江农业大学(今浙江大学)的硕士和中国科学技术大学的博士,专业方向也拓展到了分析化学和生物化学领域。2000 年 10 月在东京大学化学系高访期间,《人民日报》(海外版)上一篇介绍青岛海洋大学的报道引起了他的注意,学校正在进行的研究让他眼前一亮,他迫切地想要深入了解这所大学。很快他就想办法与当时的食品工程系主任林洪教授取得了联系,隔着海洋,两个陌生人因为共同的学术追求成了意气相投的"网友"。晚上没事的时候汪东风偶尔会和林洪打越洋电话,北京时间都晚上 9 点多了,这个老师依然在办公室?汪东风"耍了个心眼"投石问路,特意再挑晚上时间打过去,林洪还是在办公室。

"我想，一个单位有这样的领导，这个单位肯定不错！"次年，通过了大半年隔空"考验"的林洪主任迎来了同道的加盟，并开始了他们近20年的并肩协作。

一张蓝图撑起一片天地

在汪东风的电脑收藏夹里，教育部官网排在第一个。紧跟国家需要，与时代同频共振已经成为他多年的自觉追求。响应国家海洋强国的号召，2010年教育部发出战略性新兴产业相关本科专业的征集令，汪东风敏锐地抓住了先机，"抢占制高点要快人一步，我们学校有这个基础"。着眼于为海洋资源可持续发展培养具有前瞻性、大视野，适应海洋资源开发利用工程统筹规划、设计、施工和管理的高级复合型人才，经过反复的研讨论证、学科梳理、团队协作，他牵头申报的海洋资源开发技术专业获批增设并于次年招生，之后这个专业获批该领域全国唯一的国家级特色专业。荣誉就是责任，面对国家的期许，汪东风带领团队更加积极地进行了教学内容、课程体系与运行机制的改革和创新。这个新办专业的人才培养方案、教材及专业建设等成为后来者的参照范本，引领了该专业建设。在科教评价网版和校友会版的最新专业排名中，中国海大海洋资源开发技术专业名列榜首，获5星好评。

从无到有，从摸着石头过河到专业标准的制定者、海洋资源开发技术人才培养的领跑者，赢得先机的永远都是有准备、有实力的人们。

一份承诺铸就一代名师

2001年6月汪东风作为学科带头人被引进青岛海洋大学，进入管华诗院士领衔的海洋药物与食品研究所开展工作。管华诗院士是时任校长，特别忙，说好听30分钟汇报，管校长竟在百忙中抽时间给他指导了90分钟。汪东风经常说："管校长90分钟指导，为我在中国海大的教学科研指明了方向，他的指点让我少走了很多弯路。"成长道路上，有名师指点多么幸运，有老师关心多么幸福！

说起老师对学生的影响，他还深深记得读博士期间，中国科学技术大学化学系赵贵文教授对自己的关怀和帮助。"我非常推崇我的老师，她没有直接教给我多少专业知识，但她给我指明了大方向，并教我做人的方法，让我分享了她自主学习的经验：一是要养成不懂就问的习惯。在一所综合性大学里到处都是良师益友，只要珍惜这些难得的机会，大胆发问，经常切磋，就能学到最有用的知识和方法，这是最快最好的学习途径；二是要学会利用图书馆。习惯于查找书籍和文献，以便接触更广泛的知识和研究成果，避免做一些重复的无用的研究。"生活中赵老师对学生也是慈母般的关爱。师恩深重，想起当年76岁高龄的老太太到实验室探望他们并带他们回家吃饺子的一幕，汪东风一度哽咽落泪。这种宝贵的师承，让他从教以来就暗下决心，要以恩师为榜样对标自己的言行,尽自己最大努力把学生培养成人、成才。

离上课还有一刻钟,汪东风准时走进教室,随身标配是手提包、茶叶筒和一个普通得不能再普通的大塑料提手水杯。有人不解:茶学出身的这么不讲究?然而了解他的人都知道,他虽爱茶,但更爱学生。

生活上不讲究,工作上不将就。即便在遭遇车祸眼伤未愈的情况下,汪东风仍然带着青年教师远赴南京参加"卓越工程师教育培养与工科学生实践创新能力提升"研讨会并调研兄弟高校,眼睛留下了永远的残疾也没有抱怨一声。2014年底他再次遭遇车祸右脚骨折,他打着石膏拄着拐杖一节课都没落下,2012级本科生王泳超对大三时的这一幕印象异常深刻。

汪东风常年主讲专业基础课和专业主干课食品化学,这门守护舌尖安全的学问因为知识太过抽象枯燥,往往会让初学者望而生畏。"民以食为天。汪老师从'食品'这个两汉字讲起,指出'食'表示对人友好,'品'是由安全、营养、享受这三'口'组成,它是食品的三大属性,并强调无论居家过日子还是从事食品行业,食品无疑深深影响着国计民生……再将这些与化学成分之间的关系结合起来加以详细介绍,就很容易能吸引大家的注意力和兴趣。""让知识回归到它产生的情景中去,知识才会鲜活起来;把具体的事物与抽象的文字符号结合在一起,让学生真正理解知识的意义,这样的学习才是有意义的学习,学生也才会爱上学习。"汪东风说,同时结合行业发展和科研实践,才能有效培养学生的自学能力和创新思维。

任何一种教学方法改革实践的背后无不折射着教师对新时代教育的深刻认知和追求卓越的教学文化自觉。汪东风是"互联网 + 教材"教学方式的提倡者和推动者,早在2003年他就在学校网络教学平台建有食品化学网页,中国大学资源共享课、智慧树在线教育平台和大学MOOC网站都是他常用的平台,他面向全国师生制作课件、知识点录像、章节自测题等,每年选课学习的学生多达5000多人。"汪老师的食品化学是我们学院最早的慕课之一。他讲课非常生动,PPT上文字很少,基本都是图片和动画帮助大家理解。"前不久刚刚获得国家公派资格留美攻读博士的2016级食品工程硕士生常柳依回想起大二时初见食品化学慕课说道,"对于我们自学太方便了"。进入中国海大网络教学平台食品化学国家级精品资源共享课,只见课程教学大纲、考评方式与标准、各章教学课件、课堂录像、资源库等内容分门别类、一目了然。他常说,知识会过时也会被遗忘,但追求先进的理念必须从细节开始。

念念不忘,必有回响。课讲得好、教材编得好、专业建设得好,让汪东风成为中国海大及业界远近闻名的"三好"老师。他先后主讲食品化学等课程9门,获评山东省教学名师;食品化学囊括国家级精品课程、精品教材、精品资源共享课和精品在线开放课程;主编2部"十一五""十二五"国家规划教材,《食品化学》教材一版再版,累计印刷14次;主持国家级特色专业建设及综合改革试点等项目22项,构建实施的具有水产品特色的食品工程人才培养模式成为业内示范并获得国家级教学成果二等奖,带领团队入选首批"全国高校黄大年式教师团队"……实至名归的认可和沉甸甸的荣誉背后,有多少人知道他和团队付出了多少!面对这些,他一如既往地轻描淡写:"能够从事自己喜欢的事是很幸福的,能够与志同道合积极向上的同事共处是很难得的,我只是习惯于努力去花更多的时间做好教学本职。"

严慈并行,刚柔相济。在学生眼里,汪东风既是严师又是慈父。在他的课上,课堂纪律,考试方式、小论文甚至参考文献都是敲黑板划重点的内容。他常说,课堂是学习的圣殿,遵守课堂纪律就是尊重知识、尊敬老师和珍爱自己的体现,如果有人不遵守课堂纪律,比如课上打瞌睡,他会毫不留情地指出不要浪费大好时光,直言不讳但点到即止;关于考试方式他会反复强调,引起足够重视,因为作为未来从业者,学习成果是证明专业能力最为有力和直接的证据;关于小论文,必须注明参考文献,因为这涉及知识产权和诚信品格问题……现在已经留校任教的刘炳杰对此深有体会,"他的严格一度让我们怕他,老远看见他要绕着走",工作以后他才体会到严师的良苦用心。但是,学生成绩下滑他能够体察入微及时帮扶,学生对前途迷茫他必定抽出时间释疑解惑。得知2013级一名同学的母亲不幸去世,他思前想后,安排她做了食品化学慕课建设助教,不着痕迹地鼓励她尽快走出痛失至亲的阴霾,感受到善意的学生化悲痛为动力,最终考取了加拿大麦吉尔大学……教育要符合规律、常理和人性,说易行难,但汪东风做到了。为人师表就要有仁爱之心和扎实学识,学生才能"亲其师,信其道;尊其师,奉其教;敬其师,效其行",这是他从教的执念。

深得茶的俭清和静文化精髓的汪东风对待教学是出了名的刚:"培养出一名优秀的学生远比一篇SCI论文重要,培养出一班优秀的学生远比一项科研成果重要!"他深有感受,也多次在公开场合提出,希望学校、政府能在政策上鼓励老师把精力更多地投入教书育人上;他呼吁大教授们多为学生办讲座,多给年轻老师上课,多给学生传授人生经验,多近距离地接触了解学生、熏陶和影响学生……这是年轻学子的期盼,也是大学教师的立身之本。

师承延继,教研相长。作为我国水产品贮藏与加工学科的诞生地,早在1946年,学校就面向全国招收了第一届水产品贮藏与加工专业的本科生,培养出我国第一位水产品加工及贮藏工程博士和博士后,可谓名师荟萃,师承深远。几十年来,食品科学与工程教师团队成员均坚持给本科生上课,为提高人才培养质量不断探索创新教育教学方法。汪东风来到中国海大后,也自觉将梯队建设的重任扛在肩上。他坚持随堂听课、讲评,对青年教师进行传帮带。先后指导了16名青年教师,他们或是出国深造、继续研究,或是成为教学骨干,承担的食品化学、生物化学等课程,不乏国家级、省级精品课程。

如果说在大学搞科研能够获得国家科技奖励的寥若晨星,那么搞教学获得国家级教学成果的更是屈指可数。一流大学的老师不可能仅仅从事教学,汪东风不是不知道这一点,也不是做不到。近 10 年来,他主持参加科研课题 20 多项,成果获得国家科技进步奖二等奖 2 项,受理国家发明专利 20 多项,发表学术论文约 200 篇⋯⋯只不过,他更看重的是教学。以教学带动科研、用科研反哺教学,这是他的路径。他投入大量时间和精力,把学科前沿和行业需求及时融入课堂编进教材,使教学内容达到国际同类课程先进水平,《食品化学》教材受到国际同行欢迎,英文版已在美国出版;他主持建设的中国海大–泰祥集团工程实践教育中心作为学校 3 个国家级工程实践教育中心之一,吸引了全国相关专业的 300 名大学生实践和实习⋯⋯

航程壮阔岁月遒,星斗磊落照海流。以良知、理性、仁爱为经,以知识、科技、创新为纬,造就面向未来的海洋人才,这是汪东风一辈子都在编织的教育梦,他乐此不疲,无怨无悔。

(本文刊于 2019 年 7 月 10 日,第 54 期)

问道深蓝梦　立图向海情
——记中国海洋大学青年学者陈朝晖教授

侯　霞

陈朝晖，1984年9月生，2003年就读于中国海洋大学海洋与大气学院，2012年获得博士学位，同年留任中国海洋大学物理海洋教育部重点实验室。2017年受聘中国海洋大学"青年英才工程"岗位第一层次教授，现任中国海洋大学物理海洋教育部重点实验室副主任，青岛海洋科学与技术试点国家实验室海洋动力过程与气候功能实验室副主任，国际CLIVAR-NPOCE计划科学指导委员会委员，中国海洋研究委员会委员，中国惯性技术学会"天空海一体化导航与探测专业委员会"副主任委员。研究成果获国家自然科学二等奖、教育部自然科学一等奖。个人荣获国家自然科学基金优秀青年基金、山东省泰山学者青年专家、海洋试点国家实验室"鳌山人才"优秀青年学者、海洋领域优秀科技青年等人才奖励和称号。

"海阔凭鱼跃"

陈朝晖出生于山东泰安,生长在泰山之麓,他从小就对巧夺天工的泰山胜迹如数家珍,而最吸引他的就是玉皇顶峰的望海石。望海石是登岱观日出的绝佳之地,其石形姿峭拔,呈起身探海之势,因此而得名。耳濡目染下,虽没有成长在大海边,陈朝晖从小却对海洋存有一份向往,在心底种下了逐梦深蓝的种子。2003 年,他以优异的成绩考入中国海洋大学,所选专业正是学校的龙头专业海洋科学。儿时梦想的种子遇到了中国海大肥沃的土壤,即刻生根发芽破土而出。本科四年海洋科学专业的学习,让他对海洋有了系统全面的认识,海洋科学的魅力愈发让他着迷。

本科毕业之际,陈朝晖毅然选择继续深造,延续他的海洋寻梦之旅。他以优异的成绩被保送本专业研究生,有幸师从物理海洋学家吴立新院士,并在海洋环流与气候的科研之路上渐入佳境。进入 21 世纪以来,得益于国家对海洋科学发展的大力投入,海洋人梦寐以求的深远海科学考察得以成为现实并火热推进,学校依托"东方红 2"海洋综合科学考察实习船这一平台资源,组织了一系列面向太平洋、印度洋及南海的深海大洋科学考察航次,并以航次为讲堂,为在读研究生提供来自第一现场的海洋课堂体验。研究生期间,陈朝晖四次南下热带西太平洋,积累了丰富的海洋科考实践经验。同时,身临其境的科考体验让他对于全球气候系统的"心脏"—— 暖池及其"主动脉"黑潮的浩瀚强劲惊叹不已,并吸引他最终确定了博士论文的研究方向,即低纬度西边流变异机理及其气候效应。在随后将近十年的时间里,陈朝晖心怀敬畏,潜心钻研,围绕这个方向取得了一系列系统性的研究成果。他成功揭示了太平洋北赤道流分叉和源地黑潮多时间尺度变化特征、控制机制以及对局地动力环境的影响,进一步建立了以外部风场强迫和内部海洋调整为核心的全球赤道流分叉季节变化的动力学框架。近年来,他在 *Nature*、*Nature Climate Change*、*Nature Communications*、*Journal of Physical Oceanography*、*Journal of Geophysical Research*、*Geophysical Research Letters*、*Ocean Modelling* 等国际知名期刊发表论文近 30 篇。

投身自主海洋观测设备研发

然而,在基础研究不断取得成绩的同时,陈朝晖也逐渐意识到我们国家海洋科学的原始创新水平在国际上始终"慢半拍"的问题。"中国人不比外国人笨,甚至比他们更努力,为何在引领国际海洋科学发展方面一直无法跻身前列?"这是他经常思考的问题。纵观过去,海洋科学在其发展史上的每一次里程碑式的推进都离不开海洋观测和探测技术的提高。然而,在过去很长一段时间,甚至延续至当下,我国绝大多数高端海洋仪器都依赖进口,研发、使用国产的海洋仪器设备并产出创新成果很难想象。这一尴尬的境地,让亲身经历过多次出海观测的陈朝晖切身感受到了高端国产海洋仪器的欠缺是我国海洋事业发展的瓶颈之一，投身自主海洋观测设备的研发，也在潜移默化中融入了他的发展规划。

陈朝晖将海洋观测设备研发比作"造武器"，只有"武器"造好了才能"上战场、打胜仗"。2017年，在中纬度黑潮延伸体海区布放大型观测浮标的经历让他印象深刻，当时科研团队投入重金购置了一套美国制造的浮标系统，可当时国内没有相关的技术储备和布放经验，完全由美方"牵着鼻子走"，十分被动。由于黑潮延伸体海区恶劣的海洋环境以及美方所未料及的技术缺陷，浮标布放后出现了一系列的问题，数据持续了仅一周就停止回传，最终只能等到来年的航次将浮标回收，并运回美国请美方专家诊断维修。如此一来不仅耽误了大量的宝贵时间，而且导致我们中国的技术人员最终仍然无法掌握大型浮标的核心关键技术。

这次浮标投放经历再次让陈朝晖感受到了海洋仪器装备自主研发的重要性，经过与吴立新院士多次沟通探讨，在吴立新院士的鼓励下，他组建了一支由多位中青年科学家和工程师共同组成的海洋观测装备研发团队，当务之急是研制我们中国人自己的中纬度黑潮延伸体大型浮标观测系统。海洋圈里众所周知，西北太平洋的黑潮延伸体海区是全球海洋和大气动力过程最活跃的区域，受海区复杂的海洋环境和恶劣的天气条件影响，目前只有美国在此海域维持着一套大型浮标观测系统。针对浮标观测系统搭建的诸多技术难题，陈朝晖带领研发团队多方实地考察，严选技术装备条件过硬的生产车间，与团队成员一起扎根车间现场，从浮标的整体设计、标体的稳性计算、标体材料的选型、锚系系统的结构设计等方方面面，他带领团队亲力亲为，反复尝试和试验，进行了一系列科学改造和技术突破，不断优化浮标系统的诊断、信息实时回传、存储、自动维护与备份等功能。最终，团队仅用不到一年时间研发出了两套面向中纬度黑潮延伸体的大型浮标观测系统，并于2019年秋季成功布放在海况更为恶劣的黑潮延伸体主轴及北侧区域。目前大浮标经历了多次台风和风暴过程后仍稳定运行，并实时地回传海气界面的关键数据，为研究中纬度海气相互作用提供了最为关键的数据支撑。

围绕海洋科学认知、气候变化、资源开发与权益维护等国家重大科学与应用需求，吴立新院士及其团队提出了"透明海洋"大科学计划。在这个大科学计划背景下，陈朝晖以饱满的热情和强烈的使命担当，准确把握当前海洋科学和技术协同发展的现实需求，以国际海洋科学研究前沿为牵引，带领团队先后开展了深海自持式剖面浮标、智能浮标、漂流式海气界面浮标、漂流式波浪观测浮标等一系列新型观测设备的研发以及深远海试验和科学应用工作，在海气界面智能定点与移动组网观测（"海气界面"）和水下无人智能移动平台及组网观测（"深海星空"）做出了一系列创新性工作。

海洋观测仪器研发是一项系统工程，从立项、设计、制作、样机的湖试和海试，到最后推向深海大洋，各个环节紧密相扣，缺一不可，都需要投入大量的精力和心血，克服随时出现的节点难关和技术障碍。仪器研发也不同于海洋科学的基础研究，需要多学科甚至是跨行业的协同合作,需要协调学科和行业之间的差异,尽可能地融会贯通,其中面临着各种未知的难题和挑战,陈朝晖需要做的,不只是克服自身专业的限制,更要以一己之力号召有着专业和领域差异的团队成员,大家拧成一股绳,劲往一处使。青年人特有的热情和感召力,为其赢得了团队的凝聚力,功夫不负有心人,在这个以他为首的青年科学家团队的不断努力下,漂流式海气界面浮标、漂流式波浪浮标、深海自持式剖面浮标、波浪能滑翔器和面向全球深海大洋的智能浮标等多个海洋观测装备的研发和科学试验取得了长足进展。

牵头构建大洋西边界流定点实时观测系统

近十几年以来,我国在海洋观测网建设和海洋信息获取能力方面有了较大的进步,但整体上来讲,仍存在着区域碎片化、信息单一化、时空分辨低质化、数据传输延滞化等制约,尚未形成对核心海区海洋环境信息的实时、立体、高分辨度、多要素获取能力,与美、日等海洋强国相比仍有较大差距。在"透明海洋"大科学计划的背景下,我国已逐渐在"两洋一海"海区建立起以潜标为支点的观测系统,形成了一定的长期观测能力。然而在日本以东的黑潮延伸体海域,作为太平洋周边国家最关注的区域和全球气候变化、渔业资源丰富的关键海区,时至2014年,我们尚未在此区域形成自己的观测能力。

2014年起,陈朝晖受命全面负责起我国在西北太平洋黑潮延伸体观测系统的构建工作。从那开始,陈朝晖往返奔波于国内科研院所调研交流,组织了十多场学术研讨,以黑潮延伸体特殊的海洋动力过程这一特点为切入点,对其观测系统进行科学合理的顶层设计。从2015年第一个6000 m级深海潜标系统的成功布放,到2019年两套大型观测浮标系统的稳定运行,累积上百天的海上奋战,经历了无数个不眠不休的日日夜夜,黑潮延伸体浮潜标定点观测系统终于在今年初步构建完成,全球首个大洋多尺度海洋实时观测系统雏形初现。忙碌的工作让他少有机会陪伴家人,尤其是两个年幼的女儿,这让他心存愧疚,长时间的海上工作更使其经常与家人万里分隔。陈朝晖时常笑称这个观测系统也是他的"孩子",构建这个观测系统是在陪伴另一个"家人"。成绩的取得弥足珍贵,看到地图上星星点点的站位,陈朝晖感慨万千:"海洋的定点连续观测是一项长期的系统工程,维持浮潜标的连续观测犹如种庄稼,从选种、耕地、播种、浇水、施肥……每一阶段都倾注了我们大量的心血和付出,要风雨无阻地呵护它们的成长。"想到科学家在不远的将来能够使用全面的第一手观测资料研究中纬度海洋动力过程和海气相互作用,陈朝晖说这一切都是值得的。

投我以桃,报之以李

我国海洋观测兴起已久,但数据共享一直不尽如人意。陈朝晖认为,这与我国过去海洋观测系统建设和协同科研平台发展不够完善有关。建设运行中的青岛海洋科学与技术试点国家实验室作为我国海洋领域唯一试点运行的国家实验室,已初步搭建起资源整合、协同创新的海洋科研平台。陈朝晖正是该实验室海洋动力过程与气候功能实验室的一员,借助平台的优势,他一直积极投身建设更加完备的海洋观测系统,推动搭建海洋科研共享平台。

2019年第三届世界海洋观测大会,让整个海洋界更加深刻地意识到数据共享对于建设全球海洋命运共同体至关重要。得益于国际海洋科学数据的共享,中国科学家虽然在基础研究方面取得了一系列重大突破,然而过去很长一段时间我们在海洋观测数据的获取和共享的国际贡献非常少。"我们将从一点一滴做起,积极搭建数据共享平台,未来十年我们将做好海洋观测数据的共享工作,更好地服务全人类。"陈朝晖多次在国际会议和学术交流中阐述中国海洋科学和海洋观测未来的理念。他坚信,海洋科学的未来十年将会是中国迅速发展的十年,海洋观测的未来十年将是中国声音最为嘹亮的十年。

"中国的海洋科研正在经历从无到有,从跟跑、并跑到领跑的发展历程。作为参与者,我觉得自己就是这浩瀚大海中的一朵浪花,助力我们的海洋强国之梦乘风破浪驶向深蓝。"陈朝晖如是说。随着海洋强国战略的深入推进,陈朝晖仍将始终如一,积极地投身于海洋科研,逐梦深蓝!

（本文刊于 2019 年 12 月 9 日,第 57 期）

做好一日三餐，也是为抗"疫"作贡献
——中国海大崂山校区第一食堂的战"疫"故事

冯文波

面对突如其来的疫情，他们临危不乱、从容应对，坚决筑牢食堂防线；在这场没有硝烟的抗"疫"斗争中，他们创新工作方式，让饮食服务既安全又温馨，增强在校师生战胜疫情的信心和决心；在日复一日的坚守中，他们以食堂为家，与锅碗瓢盆相伴，坚信做好一日三餐，也是为抗"疫"作贡献。他们就是疫情防控期间，坚守岗位的中国海洋大学崂山校区第一食堂 7 人小组。

规范消杀，加强防护，筑牢舌尖防线

"每天清晨 5:30 起床，6 点到岗，晨检测温、工衣防护、消毒洗手、岗前检查，然后开始做早餐。"第一食堂经理李玉全说，自疫情防控阻击战打响以来，一食堂负责值守的员

工皆是在这样的流程中开启一天的忙碌。

根据学校后勤工作安排,李玉全负责的崂山校区第一食堂是中国海洋大学在2020年寒假期间正常营业的食堂之一,主要负责假期留校师生和值班人员的饮食保障。

一切来得如此突然,在全国人民喜迎新春佳节之时,一场没有硝烟的疫情防控阻击战在全国打响。中国海洋大学师生也积极行动起来,加入这场声势浩大的人民战"疫"之中。

食堂空间相对封闭,人员流动性大,供餐时间容易造成人群聚集,而且吃饭时都要摘下口罩,传染风险高,是疫情防控的重点区域。疫情就是命令,防控就是责任。按照学校疫情防控的有关要求,李玉全带领6名员工,迅速行动起来,加强食堂通风和消毒清洁,在地板设置站点标志确保师生间隔1米排队打饭,暂停提供堂食,全部采用打包带走方式。

"食堂大厅等公共区域每天消毒3次,侧面几个窗户始终是开着的,全天通风。对后厨一类公用具按餐具消毒要求消毒,二类公用具每天洗净并保持干净,备餐间、食品加工间和更衣间等用紫外线双重消毒。"李玉全表示。食堂始终坚持全方位消杀,不留死角,严防病从口入,为留校师生筑牢舌尖防线。

善用微信群,点餐更温馨,真诚服务暖人心

"今日菜谱:香菇鸡块、炖丸子、炒菜花……""所有的晚餐已经准备好了,有需要可以预订了。""你好同学!你的取餐码是C014,谢谢你的支持。"每天到了开饭时间,一个名为"第一食堂特殊时期就餐群"的微信群就热闹起来,客服小雪和小裴忙着回应各位师生的线上点餐需求。

疫情防控时期,为及时了解师生用餐需求,给大家提供个性化服务,减少师生在食堂的驻留时间,李玉全和同事们依托微信平台创建了"第一食堂特殊时期就餐群",并把二维码张贴在餐厅门口和打饭窗口,建议大家扫码进群,开启线上预约点餐模式。

特殊时期,虽然就餐人数少,但花色品种不能少。李玉全和同事们设计开发了6个套餐品种,既有各色炒菜,也有水饺、馄饨、面条等速食,还有煎饼馃子等特色食品,做到荤素搭配、营养均衡。有一天,一位同学在微信群点餐时点了"鸡蛋灌饼",可是一食堂没有这个品种。"只要大家有需求,我们能满足的,都会做出调整,努力为大家提供个性化服务。"于是,工作人员马上通过手机查询教程,认真学习制作方法,第二天,鸡蛋灌饼这一特色小吃就出现在了食谱上。

"请您发发牢骚,怼怼我们的不到之处。"每一个进群的人,除了收到客服人员推荐的菜品,还会被这一"发牢骚功能"而吸引。坦诚的话语间流露出认真工作、真诚服务的温馨。当记者问:"这个功能有人用吗?"李玉全肯定地答:"有的。"饭菜太油、土豆火候不够……师生提出的意见,他们都会及时吸收并作出相应调整。

"今儿在学校值班,中午 12 点 40 去一餐吃上了热乎的饭菜,餐厅的工作人员很热情地邀我扫码进群,我没好意思拒绝,进群发现真是有心了。给餐厅的大叔大姨们点个赞。""牛肉萝卜的水饺很好吃,很赞。""炸酱面也非常好吃!"……师生们不仅反馈意见,也不吝赞美之词。

因尚在假期,又赶上疫情防控的严峻形势,前来就餐的人并不多,最少时一天只有 13 人次。但每天从清晨 6 点至晚上 7 点,他们一直在岗,随时提供热乎的饭菜。"特殊时期我们不考虑利润,就是为了给大家做好服务。"李玉全说。

舍小家,为大家,疫情面前显担当

在崂山校区第一食堂坚守的 7 人中,前文提到的"客服小裴"名叫裴亚利,她的老公王玉杰是一食堂的厨师。疫情面前,这对"夫妻档"并肩战斗,全力做好留校师生的饮食服务。

根据假期初的工作安排,正月初六他们便可回到河南老家,与家人团聚。突如其来的疫情,打乱了计划。"他们两个孩子,大的 8 岁,小的 5 岁,都在老家由老人帮着照顾。疫情面前,他们顾全大局,毫无怨言地继续坚守岗位,想家了就通过电话、视频关心下孩子,问候下老人。"李玉全说。

马圣叶是 7 人中最年长的,每当有师生前来就餐,她都会热情地推荐自己做的煎饼馃子。时间久了,大家喜欢称呼她"煎饼馃子阿姨"。今年春节是她在工作岗位上度过的第 4 个春节,舍小家,为大家,她已经习以为常。

同样令人感动的还有作为食堂负责人的李玉全。在他率先垂范,带领员工攻坚克难,抗击疫情的关键时刻,突闻噩耗,2 月 1 日,他的父亲因病去世,紧急回老家料理完父亲的后事,2 月 4 日,他便返回了青岛。居家隔离期间,他通过电话、网络与食堂员工保持沟通,叮嘱大家认真做好工作,并拜托二食堂一餐厅的王增涛经理协助处理一些需要现场解决的问题。14 天居家隔离结束后,他又迫不及待地返回到了工作岗位。

"作为一名共产党员,在关键时刻就要冲锋在前,勇于担当,把初心落实在行动上,把工作想在细处,不折不扣执行学校的疫情防控要求。作为食堂负责人,在疫情防控的特殊时期,要多考虑留校师生的感受,做好服务,让大家感到暖心和放心,还要做好员工的心理疏导,以身作则,同大家一起做好饮食保障,不辜负学校的期望。"李玉全表示。

又至饭点,"第一食堂特殊时期就餐群"信息频闪,客服小雪正忙着统计师生的预订信息,其他人员忙着炒菜、做饭、打包……特殊时期,对这个 7 人小组来说,守好岗,尽到责,做好饭,就是为抗"疫"作贡献。

（本文刊于 2020 年 2 月 26 日,第 59 期）

老师，您在我心中永远最美

冯文波

浓情九月，一个感念师恩、礼敬教师的季节。

在每个人成长的道路上，都曾遇到一位甚至多位好老师，他们如大树，为我们遮风挡雨；他们如灯塔，为我们指引进取的方向；他们如父母，给我们无尽的关爱；他们如歌，如诗，又如花，坚守讲台燃芳华。饮其流者怀其源，学其成时念吾师。踏遍千山万水，老师永远是我们心中最美的风景。

热爱与责任让我坚守讲台
—— 记 2020 年中国海洋大学最美教师王芳

讲台上，她是旁征博引、幽默诙谐的好老师，亦师亦友的她"圈粉"无数；科研中，她下池塘，进养殖场，经常奔走在蓝海碧河，把论文写在祖国辽阔大地上；扶贫路上，她数次前往西藏，在高寒、缺氧的条件下开展盐湖水域特征调查研究，为当地脱贫致富带去生生不息的希望。

她就是用 30 余年坚守诠释热爱与责任的王芳教授。

三十余载坚持干好良心活

1989 年，王芳从青岛海洋大学水产学院毕业。恰逢我国水产养殖生态学领域的带头人——李德尚教授创办的水产养殖生物学实验室（今水产养殖生态学实验室）招聘科研助理，成绩优异的她如愿留校。

"王芳，我特别想要一个男生，但是学院推荐了一个女生。你这么瘦弱，能不能适应实验室的工作？"李德尚教授对这位新招的科研助理持怀疑态度。

"李老师，你先让我试试吧，我相信我能做得好。"王芳凭着不服输的劲头，带实验，做项目，去池塘、下水库做调研，样样做得出彩。后来，勤奋好学的她，又考取了硕士、博士，自己也成了一名"导师"。

一门水环境化学，王芳讲了 20 余年，却总能做到常讲常新，课堂气氛也是异常活跃。"她总能结合产业中的案例、行业中的难题把枯燥的理论讲得通俗易懂，而且她喜欢开玩笑，语言诙谐幽默。"2019 级博士生朱柏杉说，从那时起他就喜欢上了王老师的课，暗下决心，将来读研究生一定选她当导师。

从事水产养殖生态学研究，离不开和渔民打交道，下养殖场、去池塘是常有的事。风吹日晒雨淋，把王芳炼成了一个雷厉风行的"女汉子"。所以，招研究生的时候，她也不太情愿招女生。"风里来雨里去，一身汗水一手泥，女孩子都爱美，又比较柔弱，选这一行确实不适合。"王芳坦言。但学生一句"王老师，我要努力成为一个您这样的人"又让她感动不已，"欢迎报考"。

"跟着王芳老师读书很幸福。""生活中她是慈母，学术上她是严师。"学生对她宽严相济的风格既爱又怕。

春风化雨，桃李芬芳。

当记者请她分享 30 余载坚守讲台的收获与感悟时，她说："做好天职事，干好良心活。"

绽放在扶贫路上的巾帼之花

2020 年 7 月 26 日，"中国海洋大学水产学院双湖科学考察站"揭牌成立，成为中国海大海拔最高的科考站。这一天，王芳和团队成员盼了 3 年。

2017 年，西藏那曲市双湖县慕名找到中国海洋大学，希望对当地的卤虫产业发展给予技术支持，水产学院迅速组织起以孙世春、王芳和刘晓收三位老师为核心的课题组，奔赴双湖县巴岭乡其香错开展卤虫资源调查研究，用科技为当地脱贫注入新动能。

卤虫是一种耐高盐的小型甲壳动物，是鱼、虾等水产动物的优质饵料生物，该产业是巴岭乡的支柱产业，在当地最大的湖泊其香错采集卤虫卵是当地居民的主要收入来源。

"之前从来没去过西藏,也很向往。"到了当地之后,她才发现现实和想象的差距很大。

从拉萨至巴岭乡道路崎岖,有的地方甚至没有路,司机完全凭经验往前开,车子陷进泥里、爆胎时有发生。最长的一次,他们竟然在路上走了21个小时。"住宿一人一个沙发,围成一圈,和衣而卧,翻个身就会掉下来。"王芳说,门永远关不严,睡觉时,请男生在外面用石头抵上。

相较于生活上的艰苦,科研设备的匮乏最令他们头疼。当地竟然找不到一条船供他们深入其香错去调研,后来,团队找在当地开展科学研究的同行借了一条橡皮艇。"见到橡皮艇,当地百姓感到很好奇,都想上去坐坐。"2018年,他们想办法从青岛定制了一条船,团队终于有了自己的科考船。

"科考站成立,生活和科研条件有了很大改善。学校也表示会加大对科考站的支持,争取为当地经济社会发展作出更大贡献。"谈及下一步工作,王芳表示,希望运用大数据,构建模型,对当地卤虫资源的演变趋势进行预判,进而指导产业发展。

正是凭着这股埋头苦干的劲头和巾帼不让须眉的豪情,扶贫路上,王芳不断续写知识分子应有的担当。

从"德尚世家"到悠悠"芳草地"

传承是最好的致敬。

李德尚教授的学生们建了一个微信群——"德尚世家",王芳说,大家时常在群里互通有无,交流专业,增进感情,虽然分散在天南海北,但导师教诲大家的"博爱""灵动"精神永远牢记于心,并尽己所能发扬光大。

王芳低调谦和,与世无争,只醉心于学术。她把自己的微信命名为"悠悠芳草"。她的学生们建了一个群,名为"芳草地"。寓意在这片芳草地上,她将每位学生都保护在枝叶下,为他们提供无尽的关爱与家的温馨。

在西藏其香错采样时,一名女生在湖边晕倒,她用双手焐热学生的手心、脚心,护送学生从双湖至拉萨,一天一夜的山路她都没有合眼,悉心照料,不离左右,直到学生完全脱离危险。毕业论文答辩会上,学生在"致谢"里感念这慈母般的师爱。

学生生病住院,王芳牵挂于心,她的安慰与鼓励如一缕缕暖阳驱散学生心中的阴霾。"在我最痛苦和最美好的时刻,感谢您一直都在。"学生发自肺腑的言语让自诩为"女汉子"的她潸然落泪。

2019年,是王芳从教30周年。为了给她一个惊喜,学生们瞒着她筹划了一场纪念座谈会。当学生把刻有"人生好导师"的奖杯赠与她的时候,她又一次流下了感动的泪水。

"王老师之于学生更像是火炬手,薪火相传给下一代学生以人格、品行、学识与技能等。""成为您的学生是我最大的幸运,加入'芳草地'大家庭相识优秀的师兄、师姐,也是我的荣幸。""很荣幸能够成为'芳草地'的一员,感谢和蔼可亲的王老师为我们建造温暖的大家庭,让我们在轻松温暖的环境下追寻水产科学的真理。""是您让我浮躁的内心变得沉静,教会了我既要仰望星空,又要脚踏实地。"一本名为《我们的回忆》的纪念册,记录下学生对"芳草地"的留恋,对师恩的感念。

芳草如茵,生生不息。

把论文写到祖国大地上和蓝色海洋中
——记 2020 年中国海洋大学最美教师毛相朝

"教育的智慧在于唤醒,老师要当好学生成长路上的引路人。""我喜欢探索未知,享受攻坚克难的每一段过程。""做自己喜欢的工作,能够不断实现对目标的探求,就很快乐。"

今年是毛相朝在中国海洋大学工作的第 11 个年头,当初那个略显青涩的青年教师已成长为一名优秀的博士生导师。谈及过往,他又加深了对"教师"这份职业的理解与认同。

要让听课的学生有尽可能多的收获

初登讲台,免不了紧张与忐忑。"担心讲不好,会卡壳,无法让学生获取更多的知识。"毛相朝亦不例外。

从教伊始,学院就让他担任专业核心课程生化工程的主讲教师。重任在肩,他想的是既不能辜负领导的期望,也不能让学生失望。

成功的课堂需要充分的准备。为此,他在备课上铆足了劲,下足了功夫。

如果第二天有课,前一天晚上他肯定不回家,一直在办公室备课到深夜,反复演练讲课技巧,修改完善讲义。第二天清晨 5 点起床,再试讲一遍,确保以最佳状态登上讲台。为了让同学们集中注意力,提高听课效率,毛相朝给每一位同学发一张听课记录表,让大家把重要的知识点和听课感受写下来。课下他会就讲课的效果与同学们及时沟通,询问改进的意见和建议。

"毛老师让我们把对课程的意见和建议写在课堂作业后面,还鼓励我们努力提高创新实践能力,将来打造一片具有海洋特色的生物工程新天地。"2013 级学生潘芳说。

"再过 10 年、20 年,你们将成为我国生物工程领域的中坚力量,应有舍我其谁的勇气和担当。"毛相朝善于把课堂变为培养学生家国情怀的沃土。

他通过讲述国内学者运用生化工程技术提高产能击退外资企业垄断市场的精彩案例,激发学生凭借专业技能服务社会的责任感和使命感。

他通过指导学生参加全国大学生生命科学创新创业大赛、"互联网+"大学生创新创业大赛等各类赛事,进一步开阔学生视野,提升创业能力。

他办公室的门永远向学生敞开,在一次次的谈心中,他坚定着同学们的专业信心,使他们更加热爱自己的专业。受他启发,2013级学生邱永乾返乡创业,成立江西邱菇娘生物科技有限公司,成为带领家乡父老乡亲共同致富的优秀代表。

"让每一位学生在我的课堂上都有所收获,而且是尽可能多的收获。"是毛相朝执教的动力之源。

做一名"自燃型"的科研工作者

"既然选择了读研究生,就希望大家能把科学研究作为神圣的事业对待,要敬畏科研,要热爱科研。"科研路上,毛相朝不仅通过言传感染学生,还利用身教带动学生。

长期以来,我国海洋水产品加工产业以初级加工为主,存在着精深加工比例低、产品品种单一、资源利用率不足等问题,而且有些传统产业还存在着二次污染严重的弊端。针对上述这些产业瓶颈,毛相朝带领团队开辟了应用生化工程技术对海洋生物资源进行绿色综合利用的新领域,建立了海洋生物资源高效利用的微生物和酶制剂的快速发掘和理性创制技术,构建了海洋食品绿色生物制造技术体系,形成了以"微生物发酵转化甲壳类海洋水产品提取功能活性物质的关键技术""特定聚合度海洋生物寡糖的酶法定向制备"为代表的一系列关键技术。特别是在虾蟹副产物的综合利用方面,采用这些关键技术,不仅避免了传统加工过程中以单一成分的初级加工利用为主、不能有效降低二次污染等弊端,而且实现了虾蟹副产物中甲壳素、虾青素、蛋白粉等营养物质的绿色"全利用",开发了高纯度游离虾青素、高品质甲壳素和高游离氨基酸海鲜调味品等具有特殊营养和保健功效的高值化海洋生物制品。此举,不仅极大推动了我国虾蟹加工产业的绿色化、高质化发展,而且为我国海洋生物资源高效利用以及后续高值化、高质化新产品开发奠定了技术基础。

"给我一个舞台,还你一份精彩。"10年来,毛相朝埋头于生化工程与海洋生物资源开发利用这一交叉学科的探索之中,成功建立了以微生物和酶为工具,以海洋生物资源为研究对象,应用生物催化、生物转化和发酵工程等生化工程技术开发高端海洋食品的海洋生化工程方向,而且使其发展成了水产品加工与贮藏工程国家重点学科的重要支撑力量。

"热爱科研,这种热爱是一种全力以赴、舍身忘我的执着。"话语间透露出这位"自燃型"科研工作者的坚守。

绿色海洋食品的追梦人

"科研一定要服务于生产,我们的选题一定是来源于生产过程中的关键性难题。"这是毛相朝及其团队矢志不移的追求和坚守。

2019年5月,山东省发展和改革委员会发文认定46家山东省工程研究中心,中国海洋大学组织申报的"山东省海洋食品生物制造工程研究中心"榜上有名,这是首个依托学校建设的山东省工程研究中心,成为毛相朝及其团队服务山东省新旧动能转换、助力"海洋强省"建设的又一重要载体。

他提出的运用生化技术对虾蟹等甲壳类水产品加工副产物进行综合利用的技术已在多家企业推广应用,并构建了国际上第一条甲壳素生物法提取生产线,不仅彻底改变了产业的高污染现状,还让原本丢弃的虾头、虾壳产生巨大的价值。与甲壳素传统生产工艺相比,在生产甲壳素的同时实现了水产原料中蛋白质和钙质的回收利用,每吨原料增值近万元,扭转了甲壳素化学生产的产值低、污染重的局面。

此外,他还将海洋生化工程技术与青岛本地的特色食品加工过程紧密结合,主持研发了海参功能黄酒、全营养牡蛎黄酒、牡蛎肽精酿啤酒等产品,突破了海洋水产资源的营养物质转化、脱腥脱苦以及在酒精饮料中的高效溶解关键技术。凭借着独特的口味和丰富的营养,这些产品已成为深受老百姓喜爱的"接地气"产品,在帮助企业创造经济效益的同时,也使中国海大在产学研结合、服务地方方面声誉远播。

国家优青、国家现代农业产业技术体系岗位科学家、泰山学者青年专家、中国产学研合作创新奖、山东青年五四奖章……一系列荣誉和奖励成为多年来毛相朝带领团队深化产教融合、服务地方经济社会发展的有力诠释。

"将生化工程技术进一步在鱼虾贝藻各类水产品中推广应用,实现海洋生物资源的全面综合利用。为国家的海洋强国建设和'蓝色粮仓'建设提供重要技术支撑。"着眼未来,毛相朝依然心系产业发展。

与青春同行的岁月里写满幸福
—— 记 2020 年中国海洋大学最美教师薛清元

9 月初,正值开学季。

学生返校、新生入学、疫情防控、扶贫攻坚……中国海洋大学管理学院辅导员薛清元迎来了一年中最繁忙的时刻。

"实在不好意思,您昨天发给我的采访提纲还没来得及看。"采访时,她一再表示歉意。昨晚和学生研讨到很晚,今天上午参加了学校的扶贫工作推进会,中午利用吃饭时间和支教返校学生进行了交流,下午还有党支部的集体学习活动。她坦言,最近确实有些忙。从事辅导员工作 9 年,在日复一日的忙碌中,她也源源不断地收获着属于自己的幸福与喜悦。

走近学生,才能走进学生

"她的笑容,和蔼可亲、平易近人。""笑容温暖又治愈人心。""自信乐观,充满阳光气息。"……谈起朝夕相处的辅导员,管理学院的同学们对她笑对人生的乐观豁达印象深刻。

"只有近距离接触学生,才能融入其中,走进他们心里。"9 年来,薛清元始终与学生打成一片,无论是一次次推心置腹的促膝长谈,苦口婆心的劝说指引,还是顶着 39 度高烧陪学生参加创业大赛的执着,还有怀孕期间对生病学生的彻夜守护,她用春雨般的关爱,浸润着一届又一届学子的心田。

"薛老师是我专业知识的启蒙人,人生成长的领路人。"2016级电子商务专业学生田琳玉有感而发。大一时,她对课堂所学以及书本知识十分排斥,觉得"纸上谈兵"毫无意义,索性每天稀里糊涂地混日子,成绩在班里排倒数。在薛清元的启发下,她参加了学院组织的商业实训大赛,为乐陵、蓬莱、蒙阴等地农民销售农产品,在比赛和调研中她体会到了学以致用的快乐。"书本知识一下子'活'了起来,专业特长也有了用武之地。"从此,她走出迷茫,爱上了专业,体会到学习的乐趣。毕业时,她被免试推荐至大连理工大学继续深造。

"薛老师在我心中永远是最美。"在学校的最美教师分享会上,她把薛老师用心呵护学生成长的故事讲给大家听。

身体力行的榜样示范,是对学生最好的教育。

在学生眼中,薛清元总是精力充沛,满满的正能量。"为了准备竞赛,她曾无数次陪我们加班至凌晨。她办公室的灯大多是学院最后熄灭的那一盏,第二天她却总能精神饱满地处理各种学生工作。"2018级农业管理研究生赵晶晶说。

"硬核女战士""工作狂""女超人"……时间久了,同学们私下里习惯于这样称呼她。

上讲台、搭舞台,让思政教育与专业教育比翼齐飞

工作中,如何实现思政教育与专业教育的紧密融合? 人才培养中,如何强化专业实践环节,实现产教融合? 这些曾是就任辅导员之初薛清元苦苦思索的难题。

学生受教育的主阵地是课堂,高校思想政治教育工作进课堂,会更有实效。说干就干,薛清元亲自登上讲台,为学生主讲大学生职业发展教育、专业社会实践导论、大学生KAB创业基础等课程,在娓娓道来和实践路演中提升学生的创新意识和创业能力。

知识的魅力在于运用。如何让学生体会到"学以致用"的乐趣? 为此,薛清元向学校申请了教学改革立项,仔细研究管理学院4个系的人才培养方案、核心课程安排,以及实践环节设计。经过一番深思熟虑,她精心设计了会计案例分析大赛、旅游DIY大赛,与之前的商业实训大赛、POKE创新创业大赛,组成四大专业赛事,恰好与4个系的实践教学逐一对应。

山东省乐陵市以盛产金丝小枣而闻名天下,有"百里枣乡"的美誉,但近年来,也面临着销售困难、市场接受度下滑的窘境。薛清元把这一困扰当地枣农的难题引入学院的"商业实训大赛",让参赛学生结合所学为金丝小枣打开市场、提升销量贡献智慧。面对这一新颖而又密切联系生活实际的比赛模式,同学们感到十分新奇,奋勇争先,纷纷施展课堂所学为枣农出谋划策,累计销售小枣17万斤,帮助枣农增收51万元。同样收获满满的还有参赛学生:"专业赛事让课本知识鲜活起来,赛后回归课堂,融会贯通的感觉真好。"

2018年7月，第四届山东省"互联网＋"大学生创新创业大赛决赛在中国海洋大学举行。中国海洋大学是承办方，管理学院重点参与，薛清元负责参赛项目的培育与打磨。暑假的集中训练营，她陪伴学生从早到晚，一次次推演，一遍遍模拟，一点点完善，与学生在磨砺中一起成长蜕变。最终，中国海洋大学获得了7金、5银、2铜的骄人成绩。同年10月，她又带队参加了在厦门大学举行的全国总决赛，中国海大一举获得2项银奖。她本人也先后获评"山东省创业大赛优秀指导教师"、全国"'互联网＋'大学生创新创业大赛优秀创新创业导师"等荣誉称号。

薛清元还把工作中的心得与思考，加以凝练提升，转化为推动工作创新的理论成果，在兄弟高校间推而广之。她先后主持团中央、省市级课题3项，校级课题4项，荣获"全国高校辅导员工作优秀论文""全国辅导员年度人物"入围奖等奖励和荣誉。

爱国力行，扶贫路上彰显青春担当

2020年是全面建成小康社会目标实现之年和全面打赢脱贫攻坚战收官之年。

扶贫路上，中国海洋大学"红旗智援博士团"早已名声在外，多次作为助农脱贫的先进典型被人民日报、新华社、中国教育报等媒体重点报道。

"每年学院都要组织学生开展'三下乡'社会实践，如何发挥我们的专业优势，真正为农民做点事，力争办出特色，塑造品牌？"抱着为百姓解决实际困难的初衷，2016年夏天，薛清元成立了一支由8人组成的博士团。

2020年初，一场突如其来的疫情，使全国的商品销售市场分外萧条，中国海洋大学定点扶贫对象——云南省绿春县的农产品销售压力大增。

"发挥电子商务优势，为绿春脱贫出一份力。"春节假期，薛清元决定主动出击，让"红旗智援博士团"在扶贫路上彰显青春担当。

搭建网上销售平台、开展直播带货……那段时间，她和博士团成员频繁地举行视频会议，研讨方案，制定销售策略，忙到凌晨是常有的事。他们的辛勤付出，也换来了销售额的节节攀升，成功帮助绿春等贫困县销售了110万余元的滞销农产品。

"博士团的无私奉献与智慧援助，不但为我们带来了切实的经济效益，更教会了我们如何拓宽产品销售渠道，还对接了食品深加工的博士科研力量，为我们的红米线插上了科技翅膀。"云南绿春红米线哈农园品牌创始人李高福对博士团的给力帮扶竖起大拇指。

从事辅导员工作最幸福的时刻是什么？"每当听到我们的毕业生找到了理想的工作，博士团的成员被用人单位抢着要的时候。我发自内心地为他们高兴，也觉得自己是最幸福的。"话语间，薛清元脸上又绽放出了灿烂的笑容。

（本文刊于2020年9月9日，第63期）

浩海求索路　以工强国梦
——记 2020 年度山东省科学技术最高奖获得者、中国工程院院士李华军

冯文波

　　4 月 16 日，2020 年度山东省科学技术奖励大会在济南召开，中国工程院院士、中国海洋大学副校长李华军凭借在海洋工程领域的卓越贡献获颁最高奖。这成为他继荣获 2019 年度国家科学技术进步奖二等奖、青岛市科学技术最高奖之后获得的又一殊荣。

　　三十多年来，李华军始终秉承一颗工匠之心，在海洋工程研究领域劈波斩浪、奋勇前行，用勤奋和智慧谱写出一篇篇自主创新的华美乐章。

负笈求学：一名青年技术员的科研梦

　　山东省东营市广饶县，是李华军的故乡。二十世纪六七十年代，他在这片历史悠久、

民风淳朴的土地上度过了一段美好的童年时光。在李华军的记忆中,尽管父母没有太多的文化知识,但是他们吃苦耐劳、勤俭持家的品格对他影响很大。正是在这种温暖朴实、团结和睦的家风熏陶下,他懂得了责任和担当。

1977年,受"文革"冲击而中断了十年的高考制度得以恢复。当年冬天,570万考生走进了久违的高考考场,中国重新迎来了尊重知识、尊重人才的春天。当时,李华军正在广饶一中读高二。高考结束后,李华军的班主任邵永善老师拿来当年的试题让正在读高二的学生作答。"当时大部分试题不会。"谈起40年前的那次模拟考试,李华军记忆犹新。因1978年的高考迫在眉睫,为使学生快速提高成绩,邵永善老师开始抓学习。"在班主任的督导下,学习效率很高,数理化进步很快。"每当忆及这段经历,李华军自嘲说,别人都是在小学启蒙,我的启蒙是在高中。

1978年7月,李华军顺利考入山东工学院(1983年更名为山东工业大学,2000年并入山东大学)的内燃机专业。就这样,16岁的他步入了大学的校门。

1982年7月,大学毕业后,李华军被分配至广饶县播种机厂工作。车、铣、刨、磨、钻、热处理,这些他都干过,还当过汽车修理工。后来,他又被调至技术科从事设计工作。当时,国内正在推广太阳能开发,他利用掌握的专业知识成功设计出一款太阳灶,可以烧开水。"这是我承担的第一项研究工作。"李华军说。在工作中,他注意到一个技术问题。当时,农业机械的许多零部件都是用薄钢板或铁皮折叠、卷曲制成的,工人师傅下料时既费时,又费力。李华军运用画法几何知识,可准确地确定每个部件的用料,不仅效率高,而且避免了材料的浪费。当时,这成了他的一项特长,工人需要做什么,就拿过来让他计算一下,再下料。

播种机厂的工作虽然轻松,但他也深刻感受到我国机械设备的陈旧与技术落后以及自身创新能力的不足,于是萌生了报考研究生深造的念头。在距离考试还剩3个月的时间里,李华军充分利用晚上和早晨的时间看书学习。功夫不负有心人,1983年8月,怀着从事科研的梦想,李华军成功考入大连工学院(1988年更名为大连理工大学)船舶工程专业,从此与海洋结缘。

研究生期间,他跟随郭成璧教授从事船舶结构研究。导师严谨治学的态度和与国际接轨的人才培养理念进一步开阔了他的视野,提高了他的认知水平,锻炼了他的思维能力。

因从小就对解放军有崇拜和仰慕之情,1986年研究生毕业时,李华军主动申请到部队工作,并如愿成为一名海军军官,被分配至海军潜艇学院,从事有关潜艇方面的研究工作。

逐梦海洋:从"海军少校"到"海工专家"

尽管广饶县的东北部濒临渤海湾,但少年时代的李华军却从未在家乡见过大海。他人生中第一次见到大海,是1981年学校组织到青岛实习。大海的辽阔、波浪的起伏、海风的清爽以及青岛优美的自然环境都给他留下了深刻的印象。那时正值青春年少的他不曾料到 5 年后他会重返这座城市，并扎根于此，献身于蔚蓝的科研事业之中。

1986 年 8 月，李华军被分配至海军潜艇学院作战软件中心，从事潜艇作战研究工作。20 世纪 80 年代，潜艇在跟踪定位方面存在误差大、时间长等技术"瓶颈"，既影响目标识别，也不利于自我隐蔽。针对此，李华军创造性地提出了一种依靠纯方位的被动跟踪定位技术，大幅提高了精度和反应速度，有效提升了潜艇对目标的快速识别能力和自身的隐蔽性。1989 年，该成果获解放军科技进步二等奖。此外，李华军还参与了 3 种型号的潜艇研发工作，并于 1994 年再次获得解放军科技进步二等奖。他研发的软件以及创新技术投入应用后，大幅提升了海军装备的能力，并获得了同行专家和海军首长的高度评价。鉴于他的优异表现，军队为他记个人三等功一次，并两次破格获得职级晋升，及至 1990 年时，他已成为一名出色的海军少校军官。

谈及在海军潜艇学院工作的时光，李华军表示收获很大："从一个普通老百姓到一名海军军官，部队的组织纪律性和责任心以及使命感使我受益良多。"在部队服役 6 年，他想换一个环境继续追寻科学研究的梦想。1992 年 8 月，刚刚步入而立之年的他怀着从事海洋科研的梦想转业到了青岛海洋大学（2002 年更名为中国海洋大学）。

初到学校，作为转业军人，他先是在学校人事处工作，半年后转入新成立的工程学院任教。到工程学院的第一年，他申请到了学院的首个山东省自然科学基金项目，1995 年又获批了学院的第一个国家自然科学基金项目。在旁观者看来，从军事院校转入综合性大学，李华军不但没有水土不服，反而进步很快，不仅找准了研究方向，而且 33 岁便晋升为教授。李华军却不这么认为："当时完全是单打独斗，一个人闯，摸着石头过河。面对未来，甚至有一种本领恐慌。"

1996 年，日本学术振兴会（JSPS）全球选聘 20 位 RONPAKU Fellow，经过层层筛选，中国最终有 3 人入选，李华军便是其中之一。借助这一机会，1997—2001 年，李华军进入日本京都大学防灾研究所跟随高山知司教授从事海岸与近海工程方面的学习研究。自 1999 年 2 月始，李华军已是工程学院的院长，教学、科研、行政等工作千头万绪，每天忙得不可开交。作为世界知名的海洋工程专家，高山知司教授为他创造了非常宽松的学习和科研环境。李华军每年都会抽出 3～4 个月的时间去日本，跟随导师完成一年一度的"研究旅行"。"高山教授有很多朋友，他带着我去日本的多所大学、研究所和企业交流访问，观摩试验、考察工程项目，这一过程对提高我对海洋工程的认知能力，开阔视野，学习新知识是很有帮助的。"谈起导师的良苦用心，李华军心存感激。这期间，他还前往美国罗德岛大学海洋工程系访学一年，进一步吸收借鉴了发达国家在海洋工程研究领域的先进经验，并与 James Hu 教授建立了富有成效的长期合作关系。

历经四年的国际交流与深造，李华军不仅获得了博士学位，而且他的眼界更加高远，见识更加广博，目标也更加坚定，成功实现了从"海军少校"到"海工专家"的华丽转身。从此,他在这所以海洋科研见长的大学里如鱼得水,搏浪弄潮,取得了一个又一个创新成果。

科技创新:搏浪弄潮天地宽

位于渤海南部的埕岛油田是中国浅海区域投入开发的第一个年产量超过 200 万吨的大油田。1999 年 10 月,李华军在南京开会与同行交流时,意外得知埕岛油田中心二号平台存在过度振动现象,但却迟迟找不到原因,以致在平台上工作生活的人员每天提心吊胆、人心惶惶,这一问题被列为"中石化十大安全隐患"之一。回校后,李华军与埕岛油田取得了联系,希望承担该平台的诊断和治理工作。"一开始他们对我们半信半疑,因为他们以前委托专业公司治理过,但没找到原因。也就谈不上治理了。"谈及当时的情景,李华军记忆犹新。几经周折,李华军要来了当时的检测报告,经过研究分析,认为前期检测时传感器布设的点数过少,不能涵盖和反映整个平台的振动状况。最终,李华军说服了埕岛油田的负责人,允许他们登台检测。为了获得真实的数据,检测选在风大浪高的冬天进行,数九寒天、滴水成冰,团队成员顶着寒风、迎着波浪在平台上架设备、布仪器。"睡觉、研讨、制定方案都是在工人临时腾出的储藏室里,每次检测都要在上面待十几天,天气的严寒和食宿条件差不算啥,最大的压力是平台上的人不相信我们能解决问题。作为负责人,李老师不断地给我们鼓劲、打气,说我们要用事实和实力说话。"团队成员王树青说。

测得数据后,李华军和团队成员加班加点地展开分析、研究,构建试验模型,最终找到了平台过度振动的原因,并给出了科学的治理方案。一年后,李华军重返埕岛油田,受到了热情接待,工人们说,平台不再振动,可以安心工作了;管理方说,原本打算拆除的平台保住了,避免了数亿元的损失。"这是理论联系实际,干得一件很漂亮的事。"李华军说。这也是一个很好的开端,从此他们赢得了对方的信任,以后再去做研究、申请项目都很顺利,直到现在与中石化、胜利油田的合作都十分密切。在此基础上,历经 10 余年的攻关,李华军团队研发形成了新型海洋工程结构设计、安装、检测及修复加固成套技术,大幅提升了海洋资源开发的技术水平。相关成果被纳入国家规范,并于 2004 年获国家科技进步奖二等奖。

在海洋中建造的各类工程设施时刻面临着风、浪、流、潮等环境因素的干扰与破坏,为减少海洋动力因素对涉海结构物的破坏,确保其在全生命周期中的安全稳定,李华军带领他的团队,历时 10 余年,构建起了海洋工程设施安全防灾、减灾技术体系:创建了三维悬浮泥沙和地形演变模型以及三维浪、流、沙耦合模式,提出了环境友好型海岸结构水动力分析与工程设计理论,研制了能有效抵抗波浪冲刷和沉降变形的新型海岸结构,将安全、环保、经济有效结合,推动了近浅海油气田的低成本、高效开发。近 10 年来,该系列创新技术在 50 余项工程建设中得到推广应用,产生了巨大的经济效益和良好的社会效益,他也因此于 2010 年获得了第 2 项国家科技进步奖二等奖。

一直以来,严酷复杂的环境和海洋环保的红线始终是摆在海洋工程界的两大挑战。在海洋强国建设的征途上,急需一种安全、环保、经济的近浅海工程建设新模式。

李华军带领他的团队直面挑战,围绕近浅海构筑物的设计、施工与安全保障技术与中交第二航务工程局有限公司、中国港湾工程有限责任公司、中石化石油工程设计有限公司、中交武汉港湾工程设计研究院有限公司等单位进行产学研联合攻关与自主创新。

历经 10 余年的探索研究和反复试验,李华军与项目组不负众望,最终研发了透空式新型近浅海构筑物及分析设计理论,发明了复杂恶劣海况下桩基施工与软基处理关键技术,创建了近浅海工程安全防浪、水下自动测控安装、损伤检测与修复加固新技术等一整套近浅海新型构筑物设计、施工与安全保障关键技术体系,成为新时代开发利用海洋、逐梦蔚蓝的坚实保障。

基于此,李华军和他的团队凭借"近浅海新型构筑物设计、施工与安全保障关键技术"于 2019 年获得了第 3 个国家科学技术进步奖二等奖。

15 年,三获国家奖。李华军带领团队以时不我待的使命感不断刷新海洋工程创新"加速度"。

为把自己的研究成果与大家分享,与业内同仁一起探讨,2017 年李华军与美国权威海洋工程专家 G. S. Liu 合著、由斯普林格(Springer)出版社出版的英文专著 *Offshore Platform Integration and Floatover Technology* 与读者见面。

30 余年来,李华军在投身海洋科教的同时,还尽己所能积极推动中外海工学者的合作与交流。2011 年 3 月,他作为海洋工程领域中方主席主持了在美国圣地亚哥举行的"第二届中美工程前沿研讨会(CAFOE)",并作大会报告。此外,他还带领团队积极参与国家工程战略咨询活动,为海洋工程的建设与发展提供高水平决策咨询和支撑服务。2019 年 9 月,来自中国、挪威、英国的 17 位院士齐聚青岛,参加由中国工程院主办、中国海洋大学承办的"海洋工程与水利工程科技前沿与创新发展国际工程科技发展战略高端论坛"。李华军以"海洋工程科技面临的紧迫需求与发展机遇"为题向来自国内外 50 余个政府部门、大学、科研院所、大型企业的 160 余名参会代表阐释了面对百年未有之大变局,以推进海洋工程建设和技术创新为纽带,落实共建"一带一路"倡议的思考与实践,为促进海洋工程科技创新、产学研合作与国际交流,携手构建海洋命运共同体贡献了新的智慧和方案。

每当有人向他取得的成就表示祝贺时,李华军却说,海洋工程领域是一片广阔的天地,需要俯下身子,脚踏实地,一步一个脚印地去实现梦想。

人才培养:从"孤帆远影"到"千帆竞渡"

1993 年 5 月,李华军初到学校工程学院时,既没有领路人指引,也没有团队可以归属,自己单枪匹马地在海洋世界里闯荡。"既然到海大来,肯定要做海洋。既然在工程学院,肯定要走海洋特色的工科发展之路。"在这一目标的指引下,他开始了战风斗浪、瀚海弄潮的艰辛历程。

20多年过去了,今天的中国海洋大学海岸与海洋工程研究所可谓兵强马壮、人才济济。在以李华军院士为首的科研团队中,有2人是"长江学者"特聘教授,3人为国家杰出青年科学基金获得者,2人是国家优秀青年科学基金获得者,2人是"长江学者"青年学者,2人当选"万人计划"青年拔尖人才,1人为"万人计划"科技创新领军人才,3人为教育部新世纪优秀人才,2人为山东省"泰山学者"特聘教授,1人为"泰山学者"青年学者……在这个平均年龄为40岁的队伍中,大部分成员都是李华军培养的研究生或博士后。

有人问,这样一支优秀的团队是如何"炼"成的呢?这或许可以从他们倡导的团队文化中找到答案,即作为一名大学教师,要有自己的真本领,讲课要讲好,做研究要持续创新,而且要经得起时间的检验。多年来,正是在这样一种文化的熏陶中,团队成员聚焦海洋工程领域的诸多难题,如同蚂蚁啃骨头一样,一点一滴地去攻克、去突破。"科研不容易,但只要下决心去做,日积月累,还是能作一些贡献的。"李华军说。

也有人问,如何管理这样一支团队,使其持续保持优秀呢?李华军不仅是该团队的负责人,还兼任中国海洋大学的副校长。谈及在时间分配上如何平衡科研、教学和行政事务,他坦言,这是一个矛盾体,很难做到完美无缺。既要管理好自己的团队,又要履行好学校交办的行政职责,经常在时间分配上很痛苦,不得不见缝插针,把节假日、周末和晚上的时间都花上去。令他感到欣慰的是,经过多年的磨合与沉淀,团队形成了良好的文化,梯队建设有序合理,发展建设中的细枝末节已不再需要他去考虑。"当然在关键时候还是由我来做出判断。"李华军说,作为团队负责人,在关键节点上方向要选对,目标要定准,技术路线要得当,还要少走弯路。

近年来,李华军团队可谓好事连连,拔尖人才不断涌现。对此,有人问他,"你是不是对身边的学生更偏爱?"李华军不以为然,他说,留校的学生因为距离近,他会以自己的人生经验在研究目标、技术路线方面给他们提供一些帮助,让他们少走弯路。"手心手背都是肉,在校外发展的学生我同样关心和关注。"仔细梳理,在李华军培养的近百名研究生中,不乏佼佼者,如国家优秀青年科学基金获得者、国家杰出青年科学基金获得者、江苏科技大学副校长嵇春艳教授,青岛理工大学学术委员会主任王燕教授。此外,奋战在中石化、中海油、中集来福士等实业界的许多优秀工程技术人才也出自李华军门下。"在校外发展的学生也很优秀,只是每个人优秀的方式不一样,不一定非得是'长江''杰青''优青'。"话语中,饱含着为人师者对学生的关心与爱护。

在人才培养方面李华军有什么秘诀吗?他说,秘诀谈不上,但是要有合理的规划与安排。研究生培养方面,在理论学习之外,契合工程学科的特点,他会把学生派往工程一线，让他们在实践中磨砺成长；他还会把国内外海洋工程领域的知名专家学者请进来，开展科研合作，以此开阔学生的视野，提高他们的认知能力，训练创新思维；此外，他还尽可能创造机会让学生与国内外的同行相互交流学习，在交流中观察别人是怎么做事的，借鉴他人之长，提升自己的水平。他还建议本科生把生活中的一些海洋现象作为毕业设计的选题。如他在海边散步时，发现有的地方沙子堆得很高，有的地方则很少，有小海湾凹进去的地方就特别多，他建议本科生去海边实地测一测、算一算，研究一下沿岸水动力的运动规律，以及对泥沙堆积的影响。"一方面让学生把四年学到的知识综合运用一下；另一方面教给他们从事科研的基本方法和质疑与创新的思维。"李华军说，这是多年来他在学生培养方面的心得与体会。

谈及和团队成员以及学生的相处，李华军说，尽管他们不同程度地怕我，但关系还是很密切的。"他对工作和学习要求非常严格，批评人的时候很严肃，毫不留情。"团队成员孟珣说。"同样的错误不能多次犯，在创新道路上误入歧途的东西也要坚决帮他们克服掉。"李华军说。"生活是丰富多彩的，也不能天天坐在那儿工作。"为舒缓压力，他也会组织各类文体活动，大家一起打球、爬山，张弛有度、放松身心，从而更好地激发创新思维。

无论是团队建设，还是人才培养，从曾经的一叶扁舟、孤帆远影，到百舸争流、千帆竞渡，都凝聚着李华军的心血与汗水，而这正是为人师者喜闻乐见之所在。

蓄势期远：以工兴海强起来

面对一系列创新成就，李华军说，一切成绩、荣誉只是代表过去，建设海洋强国的目标已经确立，需要社会各界携起手来，一步一步脚踏实地地去实现，而这里面必须有海工人的贡献。

放眼中国乃至世界海洋工程领域，尚有许多难题亟待解决：中国海洋开发利用是由近浅海开始的，在早期的粗放式发展中，存在对海洋的污染问题，在党和政府倡导绿水青山就是金山银山、建设美丽中国的当下，如何转换成环保式、质量效益型工程结构，还需不断探索完善。在"一带一路"建设中，"21世纪海上丝绸之路"沿线重大海洋工程如何布局，当地的海洋环境难题如何克服，也是迫切需要研究的课题。面对南海争端，在坚决维护我国海洋权益的同时，如何做好环境保护和资源开发工作，这里面离不开海洋工程人员的参与。深海大洋、南北两极是全人类共同的财富，在保护和开发方面，中国海洋工程界也要深入其中，在全球海洋治理中积极贡献中国智慧和中国方案，有效维护和拓展国家海洋权益。

作为一个在海洋领域摸爬滚打30余年的"老海工"，面对挑战，他勇敢地承担起属于自己的责任。先于2011年开始依托"973计划"课题着手大型深海平台攻关研究，2013年他的团队与中集来福士公司合作开展了"高端系列化半潜式钻井平台设计建造关键技术及产业化应用"研究,并得到了山东省泰山学者蓝色产业支撑计划的大力支持。2014年他领衔申报了"大型深海结构水动力学理论与流固耦合分析方法"项目,并获批立项,这成为国家自然科学基金委在海洋工程领域资助的首个重大基金项目,2020年圆满完成各项任务,结题评审排名第一。2020年,汇聚国内优势力量,李华军牵头获批国家自然科学基金委"基础科学中心",这不仅是山东省唯一,也是我国海洋工程领域的唯一……一点一滴,一步一印,他带领团队在攀登科技高峰的征途中,努力描绘着工程世界里的那抹海洋蓝。

李华军坦言,海洋工程是一个综合性领域,既需要不同学科、技术和知识的融合,也需要汇聚社会各界的力量,齐心协力、协同发展。"等到我们的海洋工程做强了,距离海洋强国的目标就更近了。"

浩海求索路,以工强国梦。

面向未来,在建设海洋强国和建设世界一流海洋大学的宏大事业中,李华军和他的科研团队正紧扣国家和区域发展战略重大需求,以初心,致匠心,勇担使命,砥砺前行。

（本文刊于 2021 年 4 月 16 日，第 65 期）

做学生成才的梯子
——记山东省高校黄大年式教师团队带头人史宏达教授

冯文波

    他是大家公认的"教学名师""讲课能手",他所开设的专业课堂堂爆满,经常有学生来旁听"蹭课";他温文尔雅、严谨谦和又不失风趣幽默,是深受学生喜爱的"达哥";他矢志蔚蓝,搏浪弄潮,围绕海洋可再生能源利用领域卡脖子问题,开展关键核心技术攻关,不断取得新突破;他倡导"请进来"和"走出去"并重,不断壮大我国海工科研"朋友圈",持续拓展学生国际视野,使港口航道与海岸工程专业成为首批国家级一流本科专业。他就是山东省高校黄大年式教师团队带头人、2021年青岛市"教书育人楷模"、2021年中国海洋大学最美教师史宏达。

    30余年来,史宏达秉持立德树人、科研报国的初心与使命,扎根讲台,践行课程思政,师德高尚,关爱学生;默默耕耘,谋海济国,在为党育人、为国育才,服务海洋强国建设的征程上坚持不懈地贡献智慧和力量,用心中无私大爱、至诚报国之情,诠释着教师之美。

三尺讲台勤耕耘,甘为人梯育桃李

"我愿是一支梯子。"史宏达经常会这样表达自己对教师这份职业的理解。他说,梯子不仅自己能够到高处,还心甘情愿地让别人踩着自己登高望远。"所以,我们应该有成就,我们更应该成就学生。"他是这样说的,也是这样做的。

在中国海洋大学工程学子中谈起史宏达主讲的港口规划与布置课程,大家都赞不绝口,称其为港口航道与海岸工程专业的"王牌"课。他讲的课条理清晰、深入浅出、旁征博引,知识性、趣味性、学术性浑然一体。他还善于把思政元素巧妙地融入专业课教学之中,西方列强屡次从海上侵略中国、中国智慧与大国工匠、21世纪海上丝绸之路、"两山"理论、"碳达峰"与"碳中和"……在潜移默化中使学生树立"建港筑天下"的宽广胸怀与责任担当。

史宏达的课堂总是呈现这样一番景象:讲台上,他激情洋溢,侃侃而谈;讲台下,学生全神贯注,听得如痴如醉,每当下课铃声响起,彼此都依依不舍,希望可以一直讲下去、听下去。

"史老师的课异常火爆,需要提前占座,去晚了都抢不到好位置。"在2018级学生魏浩强的记忆中,想要和老师坐得更接近一些,只能更早一点到教室。"他不仅传授给我们专业知识,还引导大家深入思考工程师的时代责任与历史使命,一堂课下来,收获满满。"2017级学生应旭辉说。

一门课学下来,学生在哲学观、历史观和价值观方面往往有很大转变。"史老师不是空洞地说教,而是在生动的讲述中让我们自己去领悟港口建设与国运的关系,我们发自内心地想为国家富强、民族复兴作贡献,是一种渗透到骨子里的情怀。"学生朱凯说。

2020年,港口规划与布置入选"国家级一流线下课程"。2021年6月,该课程又被教育部评为首批"课程思政示范课程",史宏达及其课程团队也获评教育部"课程思政教学名师和团队"。2005年,港口、海岸及近海工程专业教学改革项目荣获山东省教学成果一等奖。

此外,史宏达还主讲了本科生课程专业概论、钢筋混凝土结构以及研究生课程随机海浪理论及应用。随机海浪理论及应用课程内容大部分是公式,比较枯燥。史宏达秉承"认真教书讲原理"的原则,一笔一画地在黑板上推导讲解,把人类科学思想产生的过程告诉学生,有时他可以连续板书3个小时不停歇。学生称他为"神一般的人",觉得他的课越听越上瘾。

围绕国家海洋工程发展需求,聚焦工科应用性强的特点,史宏达积极倡导推动创新型人才培养模式,在实习实践基地遴选与建设方面别出心裁,独树一帜,极大地激发了从本科生至研究生的创新意识与创新活动,学生们科研热情迸发,创新活力倍增。2018年,该成果荣获山东省高等教育教学成果奖一等奖,并被河海大学、武汉理工大学、中国石油大学等兄弟高校纷纷借鉴引入,在创新型海洋工程人才培养方面成效显著,广受好评。

史宏达始终信守"教育应如春风化雨,润物无声,但却铸魂成器,担当天下"的执教格言。

30多年来,他培养了硕士和博士研究生100余人,大部分奋战在以工兴海、以工强国一线,包括4名国家级高层次人才和一大批国家海洋事业的骨干力量。他们在长江三峡、港珠澳大桥、深中通道、南海岛礁、长江口深水航道、洋山深水港等国家重大建设项目中扛起中坚担当,争做中流砥柱。

"为师不易,要修炼,让自己高尚到君子慎独,又深刻到理从心生;要与学生共同成长,让他们体会到你的陪伴,记住与你相处的美好时光,这就是使命! 在不断付出与示范中改变年轻人的命运,改变一个国家的命运。"史宏达在中国海洋大学2020年教师节表彰会上如是说。

矢志强国勇攀登,以工兴海谱华章

"科学研究,在一开始看似是兴趣,越研究你越发现是一种责任。"作为一名海洋科技工作者,史宏达始终谨记科研报国的情怀,瞄准国家战略需求,在海洋可再生能源利用等领域攻坚克难,不断实现关键核心技术突破,谱写了一篇篇以工兴海的蓝色华章。

偏远海岛供电,由于最大负荷有限、输送距离较远、岛屿面积狭窄,铺设海缆在技术与经济方面成本高昂,一直以来是世界性难题。我国拥有近7000个海岛,如何保证海岛的供电用能是一个值得探究的重大课题。

"国家的需要,就是我们的责任。"十多年前,结合我国海洋能资源充沛的特点,史宏达带领团队毅然开启了海洋可再生能源开发利用的探索之路。

斋堂岛隶属青岛市黄岛区,相传为秦始皇当年求仙其侍从斋戒之处。岛屿山清水秀、景色迷人,其周围海域蕴藏着丰富的波浪能和潮流能资源。2012年,史宏达带领团队在这里建起了我国北方首座海洋能示范基地。

2014年1月15日,斋堂岛海域天气寒冷、风大浪急,史宏达带领科研团队在寒风刺骨的海面上成功完成了"10 kW级组合型振荡浮子波能发电装置"的投放,解决了多数传统装置"小浪不发电、大浪易损坏"的固有问题,标志着中国海洋大学在国内波浪能阵列化开发与工程应用领域率先取得了实质性突破,推动我国海洋可再生能源开发迈出了一大步,为我国波浪能资源的低成本、规模化开发利用奠定了坚实基础。

史宏达团队还在斋堂岛建成了我国首座容量为600 kW海洋能多能互补海岛电站,不仅解决了岛上300余户居民的部分生活用电,还为当地渔民开展海水养殖提供电能,实现以海洋可再生能源为海岛供电的工程示范。作为海洋能研发测试平台主任,目前,他正率领团队在斋堂岛海域加快青岛海洋科学与技术试点国家实验室"海洋能海上综合测试场"的建设,进而为我国海洋能装置的实海况投放、运行与评价打造优良的试验场地。

"希望有一天,我们的技术能复制到其他海岛上,给当地的渔民、驻军以及前去旅游观光的游客提供便利条件。这样海岛的能源供给就不会依赖于长输的电缆,国家的投资就会得到节约。"史宏达说,这些能源都是可再生的、清洁能源。"用绿色能源点亮蓝色海洋"是他和团队坚持不懈的梦想。

"分享,是科学研究的一种美德。"史宏达和他的团队不仅把自己成功的经验与同行分享,还把自己失败的教训告诉同行,提醒他们少走弯路。一直以来,这种实事求是、开放包容的科研态度赢得了同行的尊重,大家都愿意与他们合作。

从我国海洋能领域的第一个"863"计划主题项目到我国海洋能领域的第一个国家重点研发计划以及相关国家自然科学基金项目,作为我国海洋能科学研究的"领头羊",史宏达始终以只争朝夕、时不我待的紧迫感,孜孜以求,勇攀高峰。他带领团队成功解决了"小浪无功,缓流低效,出力不均"等卡脖子问题,自主研发了多台套波浪能装置并成功应用于工程示范。他10年前提出的"海能海用,就地取能,多能互补,独立供电"的先进理念正被越来越多的人接受,逐步成为业内共识,并被收录进国家《海洋可再生能源发展"十三五"规划》中,成为指导我国海洋能开发利用的重要原则。

截至目前,史宏达累计主持科研项目50余项,发表高水平学术论文150余篇,形成技术专利40余项,编写专著和教材6部,荣获国家科学技术进步奖二等奖、山东省科学技术进步奖一等奖、第二十一届中国专利奖等奖励20余项。

国际合作开新局,学科建设进一流

"科研创新要放眼世界,开拓视野,接轨国际。"作为国内培养的土生土长的科学家,史宏达不仅会讲一口流利的英语,而且有着非凡的战略眼光,坚持以全球视野谋划和推动科技创新、人才培养以及学科建设。

2015年10月,在习近平主席对英国进行国事访问之际,史宏达参加了在伦敦召开的第四届中英年度能源对话会,向与会学者介绍了中国海洋能发展现状与趋势,并与欧洲海洋能中心的代表共同签署了《关于中国海洋大学与英国欧洲海洋能中心的合作谅解备忘录》,由此开启了中欧在海洋能开发利用领域的合作交流之路。伴随着视野的开拓,交往的密切,认识的深化,史宏达也开始积极谋划筹建中国的海洋能源中心。

此外,史宏达还在多个国际和国内学术组织中兼任重要职务,如亚洲波浪能与潮流能会议国际委员会委员、东亚海洋环境与能源组织主席、中国可再生能源学会常务理事及海洋能专业委员会秘书长、国家重点研发计划海洋能领域实施方案编写组成员等。

在与国外同行的相互交流中,史宏达积极促成中国海洋大学与多所国际知名一流大学建立人才培养合作项目,如英国普利茅斯大学、法国海洋研究院。许多国际知名的海洋工程专家(如英国皇家科学院院士 Deborah Greaves、挪威皇家科学院院士 Torgier Moan、韩国船舶与海洋工程研究所首席科学家洪启庸)纷纷来到海大,进行交流访问、开展项目合作和传授创新经验,一批批海大学子从中受益,成长为具有全球视野的高层次国际化人才。

作为中国海洋大学港口航道与海岸工程专业带头人,史宏达带领团队历经十多年的奋斗,陆续拿下了国家重点学科、国家级特色专业、国家级卓越工程师计划、专业认证等一系列国家级专业建设成果,使该专业从一个起步不久的年轻专业成长为"全国首批国家级一流专业"。

作为山东省海洋工程重点实验室主任和山东省高等学校重点学科首席专家,史宏达与中国海洋大学海洋工程学科团队坚持走内涵式发展道路,心无旁骛、埋头苦干,在学科建设上创特色、争一流。根据2020年软科世界一流学科排名,中国海洋大学的海洋工程学科位居全球高校第16位。

为人师表树形象,修身立德做榜样

"老师的魅力在于给学生一个综合的印象,既要德高才重,也要对学生付出真情。"从教30余年来,史宏达身体力行践行着"学高为师,身正为范"的理念,用良好的师德师风去影响和教育学生。

"谦和""博学""较真""情怀"……这是同事和学生赋予史宏达的专属印象。

凡是和史宏达接触的人,都对他温文尔雅、谦逊和善、坦率真诚的形象记忆深刻。日久天长,不管是周围的同事,还是学生都喜欢喊他"达哥",这个称呼一喊就是20多年,直到现在"90后""00后"的学生依然使用这一"爱称"。

为党育人,为国育才。史宏达始终认为,教书容易,育人难。为党育人,就要做示范,告诉学生老师是怎么想的,又是怎么做的,让学生领悟做人的道理;为国育才,老师必须先有才,还要与时俱进,不断更新知识体系,把"源头活水"引入课堂。

"史老师既像一位'家长',又像一棵'大树'。"在团队青年教师曹飞飞的记忆里,作为团队负责人,史宏达总是以身作则,发挥好"传帮带"的作用,为年轻人快速成长提供良好的环境。

"他总是亲力亲为,冲在第一位,先行先试,敢闯敢干。"从学生时代到后来成为团队成员,20多年来,梁丙臣教授始终被史宏达率先垂范、越是艰难越向前的精神气魄感动着、鼓舞着。

为人师表当以师德为先。30余年来,史宏达坚守一份为师者的情怀,以爱育爱,示学生以美好,授学生以希望。他的高尚师德是在学生遇到困难时,及时地施以援手,并送上无微不至的关怀;是他终日奔波忙碌,"白加黑""5+2"连轴转的工作常态;是他严以律己、宽以待人,把轻松留给别人,把困难留给自己的责任担当;是他谋海济国、执着追梦的坚忍不拔;是学生毕业多年依然刻骨铭心的美好回忆与眷恋,是学生前行路上永远亮着的一盏灯。

鉴于史宏达在立德树人、科学研究、服务社会等方面的卓越成就,他2021年荣获"山东省高等学校教学名师",2019年获评"山东省泰山学者特聘教授""青岛最美科技工作者",2018年获得"青岛高校教学名师"荣誉称号,2016年获评"山东省有突出贡献的中青年专家"、获"山东省富民兴鲁劳动奖章",2014年获评"国家海洋局十佳标兵",2009年获评"青岛市劳动模范"。他还获得学校"最美教师""立德树人优秀导师""优秀毕业生指导教师"等荣誉称号。

教书育人身为范,留取丹心育英才。史宏达对电影《一个都不能少》情有独钟,他也有这种信念,所有跟着自己学习的学生一个都不能少,必须把他们培养成好学生。"我一直在照着这个目标努力,争取做一位'好老师'。"史宏达说。

(本文刊于2021年9月8日,第68期)

燃灯者
——记中国科学院院士、物理海洋学家文圣常

安海燕　　冯文波

　　一个人，一件夹克衫，一个公文包，从青年、到壮年直至老年，行走在一条小路上……这个场景，是中国海洋大学几代人的记忆。

　　有学生守候在路边，趁机上前询问问题；有人将这道"风景"记录成文字和影像；还有人因为一两天没有看到他走过小路而心神不宁，担心着他的健康……

　　这位老人是中国科学院院士、物理海洋学家，我国海浪研究的"点灯人"——文圣常。2021年11月1日，是他的百岁生辰。

　　这条小路是一条松坡下的小径，在海大的校园里，它叫"院士小路"。因为一位"燃灯者"，它成为海大人的精神符号之一。

初见大海："荒唐"念头与"牛刀初试"

现代意义上的海浪研究应用，始于第二次世界大战中的著名战役——诺曼底登陆。1942 年，美国斯克里普斯海洋研究所所长 H. U. 斯韦尔德鲁普和 W. H. 蒙克博士发明了利用天气图预报波浪的方法，并提出关于风、波浪、涌浪和岸浪的预报理论。从 1944 年 6 月 6 日，到盟军取得诺曼底登陆的胜利，其中一个胜利因素就包括了运用新兴的海浪预报理论。

一年多以后的 1946 年 2 月，25 岁的文圣常登上了开往美国的航船。已经从武汉大学机械工程学系毕业的文圣常，以飞机修理厂工作人员的身份，赴美国航空机械学校进修。第一次出海的他感受到了海浪的威力，"一万多吨的船在海上就像一片树叶一样漂浮……如果能把这些能量利用起来，一定是件非常有意义的工作"。

人的一生会生出多少个念头？没有办法统计，且大多随风而逝。但如果用一生来探索实践，初心就成了恒心。从天空到大海，从工科到理科，文圣常一个"荒唐"的念头，开始了他人生的"大拐弯"。

还在美国进修期间，文圣常一边查阅海洋资料，一边结合机械工程学科所长，在心中勾勒出一种开发利用波浪能的简易装置。回国后，他到重庆任教。教书育人之余，他将心中设计了无数遍的海浪动力装置付诸实施——利用海浪的垂直运动获得电力输出，从而让海上灯塔夜里也能发亮，为海上船只导航。

建在陆地的灯塔上装有航标灯，依靠陆地电力供给。而当时的海上灯塔，因为陆电送不上去，是没有航标灯的。文圣常设计制造的波浪发电装置，为海上安装航标灯创造了条件，这项发明不仅在当时，即使现在依然具有应用价值。

然而，嘉陵江边的风浪比起海上还是太小了，已经不能承载他的海浪装置试验——文圣常进一步尝试通过浮子来驱动小水泵发电，嘉陵江上的试验效果却并不理想。

到大海去，成了文圣常心中放不下的念想。

今天，位于青岛市鱼山路 5 号的中国海洋大学鱼山校区，是我国海洋科教事业的发端地之一。然而，从重庆嘉陵江边，到青岛汇泉湾畔，文圣常走得十分周折辗转。

无论是工作调动，还是出差开会，只要有可能到海边，文圣常就会带上他的"浮子"。

"浮子的外壳是白铁皮包的，局部涂有红漆。"手提"怪物"的文圣常，曾在北京车站引起了警卫人员的注意，一番盘查、解释，确认不是炸弹，才得以放行。那一次到北京出差，文圣常"就近"去了北戴河，海上试验验证了他之前的想法，收获了一些成果。

重庆、上海、湖南、广西，无论走到哪，那套试验装置都与文圣常形影不离。周折的路程之外，还有辗转的心情："我的精神支柱是堂·吉诃德的心态？还是青年人可贵的勇气？"

1952 年，文圣常终于来到一直未能成行的青岛，见到了我国物理海洋学奠基人之一赫崇本。当时,赫崇本正在为山东大学海洋学科的发展广招人才,听闻文圣常醉心海浪研究,还设计制造了开发利用海浪能的试验模型,便真诚地邀请他参加山东大学新建海洋学系的工作。文圣常非常高兴。

在双方努力下,1953 年,文圣常进入了山东大学。从此,由当时的山东大学,到山东海洋学院、青岛海洋大学,再到现在的中国海洋大学,文圣常在这所校园里工作了 68 年。

"文氏风浪谱":笃学与至技

1947 年,国立山东大学设立海洋研究所,任命童第周为海洋研究所所长、曾呈奎为副所长。二人皆从事生物学研究,因此,直到 1949 年,物理海洋学博士赫崇本受聘国立山东大学后,物理海洋科教事业才开始起步。

而 1953 年来到山东大学的文圣常,面临的挑战就是从工科领域的机械工程向理科领域的海洋科学转型。他给自己制订了庞大的基础理论学习计划,在那段过渡时期,他读书甚至比大学期间还要努力。

1953 年,他发表的《利用海洋动力的一个建议》,成为我国学者最早探讨海浪能量利用的学术文章。

"海洋中波浪具有类似天文数字的能量,可供开发的约有 1 亿千瓦,是很诱人的。许多国家在研究,但技术上的困难,使得有效的工业利用可能还是遥远的事。"伴随着知识的拓展和试验的推进,文圣常越来越感到,波浪能的开发利用比他想象的要复杂得多。于是,他调整了研究方向,由研究海浪能量的开发利用,转向了理论研究。

海浪的研究有多复杂?

追溯海浪研究的源头,19 世纪就有数学家和力学家试图运用液体波动理论解释海浪,而过于理想的假设,并不能对复杂的海浪现象进行科学合理的解释,以至于 W. S. 瑞利在 1876 年时说:"海浪的主要规律就是无规律。"

即使到了量子力学建立和计算机广泛应用的今天,物理海洋学仍然属于复杂系统研究。"我们不可能追踪每一滴水,来预测洋流的变化。"科学家们感叹之余,仍然努力寻找海浪变化趋势,抓住主要的物理过程,从而进行有效模拟和预测。

谱,就是这样一种工具。

在 20 世纪 60 年代,国际上存在两种比较盛行的海浪研究方法 —— "能量平衡法"和"谱法"。这两种方法明显的不足在于推测和假设成分较多,其理论建立在特殊状态下。

文圣常结合主流计算方法,导出了可以描述波浪成长过程中的、更一般的、更普遍的风浪谱。1960 年发表的《普遍风浪谱及其应用》记录了这一成果。同时,在涌浪的波高和周期计算中,基于对传统观念的质疑,文圣常给出了新的计算方法,撰写了《涌浪谱》一文。

这两篇文章中的创新成果在世界海洋学研究领域产生了重要影响，1960 年在有关国际海洋科学进展评论中被评为重大研究成果。"普遍风浪谱"在业内被称为"文氏风浪谱"。

20 世纪 80 年代，文圣常在原有基础上，引入新的参量，推导出"理论风浪频谱"。该谱既适用于深海，也适用于浅水。根据他提出的风浪谱计算的结果，不仅与中国各海区的观测结果十分吻合，也与国际上观测资料和风浪谱结果相当接近。

20 世纪 90 年代，文圣常计算出方向谱，并在 1991 年第 20 届国际大地测量学与地球物理学联合会国际海洋物理科学协会学术会议上，得到与会学者高度评价。大会主持人、日本海洋学家鸟羽良明将他的方法推荐到日本，评价其"集零为整"的方法为"东方思想体系的结晶"。

海洋环境预报：从经验预报到数值模式

20 世纪 80 年代，伴随着改革开放的推进和经济建设的加快，资源开采、航运贸易活动与海洋的联系更加紧密。据估算，当时我国每天有 50 艘万吨商船、上万条渔船、几十个钻井平台、几十万人在海上活动。提供准确、及时的海洋环境预报，以保证海上作业的安全和效益，显得十分迫切。

而海洋数值预报，是海洋环境预报业务走向现代化、提高准确率的重要途径和发展方向。

国际上，像天气数值预报一样，开展国家级的日常性、综合性、业务性海洋环境数值预报，也仅仅开始于 20 世纪 70 年代。当时，美国曾提出，要在 20 世纪 80 年代使海洋环境数值预报达到 60 年代天气数值预报的水平。

海洋环境数值预报的发展之所以晚于天气数值预报，一个重要原因，是海洋数值预报必须建立在对海洋运动规律深入研究的基础上。在浮标、遥测、遥感等新技术发展之前，人们无法取得所需的同步、实时、大面积的海洋信息。

面对经济社会发展的需求，1986 年，我国启动了"七五"国家科技攻关项目（第 76 项）"海洋环境数值预报"。文圣常承担了该项目的重中之重——"海浪数值预报方法研究"。

5 年后，文圣常带领团队研发的"新型混合型海浪数值模式"，不仅有效克服了当时我国计算机运行水平较低的困难，而且使我国的海浪预报模式从传统的经验预报，迈向了数值预报，很快便在国家和地区性海洋预报中心投入业务化应用。验收专家组评价其成果达到国际水平，部分内容达到国际领先水平，并被国家科委列为重大科技成果。

20 世纪最后 10 年，联合国教科文组织提出了"国际减灾十年"的号召。国家"八五"科技攻关项目"灾害性海洋环境数值预报及近海环境关键技术研究"中，也设置了核心课题"灾害性海洋环境数值预报模式研究及业务化"。文圣常主持承担了这一核心课题的第一专题"灾害性海浪客观分析、四维同化和数值预报产品的研制"。

文圣常希望，在"七五"研究基础上，进行预报系统的改进和功能完善，提高预报精度。他带领团队建立了从资料客观分析、同化、初值化到预报产品图像显示的可供业务化海浪数值预报使用的预报系统，并对该预报系统进行了广泛的性能检验。1995年，该项目通过了专题验收。

1996年左右，他继续承担新的科研项目"近岸带灾害性动力环境的数值模拟技术和优化评估技术研究"，发表了多篇涉及深、浅水风浪方向谱的学术论文，提出了"浅水风浪谱""基于选定风浪方向谱的海浪模拟方法"等系列创新性理论。

一盏烛光照海洋：教学相长，有教无类

一个五年，又一个五年，从花甲到古稀。1993年，文圣常当选中国科学院院士。他是中国海洋大学历史上的第一位院士，也是学校第一位博士生导师。

一路走来，伴随着他的科研成果，他也一直是海洋教育战线上的"燃灯者"。

当年嘉陵江畔做着海浪装置试验的文圣常，在航空机械的课堂上，也是一名优秀的讲师，入职不到2个月，就被聘为副教授。此后几经调动，他一直没有离开过课堂。

山东大学海洋学系和海洋研究所建立后，作为我国海浪理论研究的开创者，文圣常深知，探究海浪必须有一个强大的团队，培养海洋人才要从师资力量抓起。

中国科学院院士冯士筰，与文圣常共事已近一个甲子。1962年大学毕业后，冯士筰到山东海洋学院工作，在海洋水文气象学系动力海洋学教研室从教。当时，文圣常是系主任。系里师资力量薄弱，一门普通海洋学课程需要多名老师共同讲授，戏称"八仙过海"。

"先生为我们教研室的年轻教师制订了一整套学习计划。"冯士筰回忆，"先生亲自为我们主讲计算数学和高级英语等基础课程；邀请教研室有丰富教学经验的老师们为年轻教师主讲复变函数论、数理方程。到了期末，像对学生一样考试打分、严加考核……先生为我们能有牢固的数理基础，真是煞费苦心了！"

像教学生一样培养年轻教师，对学生，文圣常也是有教无类。1989年起跟随文圣常攻读博士研究生的管长龙，依然记得他给文圣常讲课的情景。

管长龙读博士前学的是理论物理，攻读物理海洋，他需要爬一座"隔行"的山。文圣常知道他之前有过担任教师的工作经历，想出了一个新颖的授课方式——师生换位。

"给导师上课开始了。地点就是文苑楼文先生的办公室，课程每周一次。听众中还有物理海洋研究所海浪室其他老师。"管长龙说，为了在讨论环节不被导师问倒，他做足了功课，一年下来，从一个门外汉变成了业内人，所有的苦酿成了甜。

授业解惑之外，文圣常淡泊名利、高洁优雅的师者之风留在一代代海大师生心中。

2000 年 9 月 23 日,何梁何利基金授予文圣常科学与技术进步奖,奖金 20 万元港币。文圣常将其中一半捐献给家乡河南省光山县砖桥镇初级中学;一半捐给海大,设立了"文苑奖学金"。21 年来,63 名学生获得奖励。

2006 年,第七届"文苑奖学金"颁奖仪式如期举行。颁奖仪式后,文圣常从一个黑塑料袋里拿出 10 万元人民币,交到校长手中。他计算着,10 万元港币的奖学金用完了,便从自己的工资里取出 10 万元,用作后续奖学金。此情此景让在场每一个人为之动容。

2014 年,中国教育家年会暨"中国好教育"盛典将年度特别奖——"烛光奖"授予为中国海洋科技人才培养呕心沥血的文圣常。

定格的风景:小径上的背影,小楼中的主编

进入新世纪,文圣常在科研上退居二线,但学报的编辑工作仍由他负责。特别是在他的努力下,2002 年 4 月《青岛海洋大学学报(英文版)》创刊号面世。同年 10 月,随着学校的更名,学报也改为《中国海洋大学学报(英文版)》。

寒来暑往,一年又一年,这位优雅慈祥的老人就这样默默地伏案审读着各地投来的稿件。编辑季德春介绍:"一年 365 天,没有周末,没有节假日,如果没有什么特殊安排,他都按照自己的规律在审稿。"

文圣常不大喜欢过春节,他说:"我真是希望一天都不休的。但考虑到如果有人看见我在春节的前三天还来工作,一定会认为我有精神病,我还是忍耐三天吧。"大年初四,他会准时坐在办公室。

事实上,有时他根本等不到初四。一年正月初三,新闻中心王宣民老师带着孩子在学校操场踢球,走到操场边,看到一位裹着羽绒服手提公文包的老者,步履蹒跚地走来。

"仔细一瞧,那不是文先生嘛!忙上前向他拜年……岁月无情,先生老矣。一辆辆拜年的轿车擦身而过,我心里一阵发紧;先生似乎没有察觉,只顾自己低头前行。我望着先生背影渐渐走远,慢慢变成小黑点在挪动。许是风吹,许是情至,两眼不觉涌出两滴泪珠儿……"

自 1986 年就在文圣常身边工作的臧小红老师于 2001 年因出国定居离开了学校。2012 年,回国探亲的臧小红走进阔别了 11 年的文圣常办公室。"当我走进这个曾经十几年中几乎天天步入的房间时,年逾九旬的文先生正左手持放大镜、右手执笔,伏案审阅修改英文论文。还是那个坐在办公桌前熟悉的身影,还是同样的桌椅,一样角度的抬头微笑,恍惚间时光仿佛流回到十多年前……不知是感叹岁月,还是感觉回到了久别的家,面对熟悉的笑脸,熟悉的声音,本打算陪文先生多聊会儿天的我竟说不出一句话来,簌簌泪下。"

从 2002 年创刊到 2019 年,《中国海洋大学学报(英文版)》共出版 70 余期,文圣常终审了约 800 余篇论文,共 300 多万个单词。

2001年11月1日,文圣常80岁时,冯士筰曾写下这样一副对联:

八千里路八十载,不拘乎山形水色,波形皆山,谱色皆水;五千桃李五十年,有得于画意诗情,符号也画,数字也诗。

2021年10月25日,在文圣常百岁华诞之际,"耕海踏浪谱华章——中国科学院院士文圣常成就展"在中国海洋大学崂山校区开展。这是文圣常与年轻师生们一次精神上的交流与对话。

何止于米,相期于茶。

(本文资料来源于《耕海踏浪谱华章——文圣常传》)

(本文刊于2021年11月1日,第70期)

三牛干劲励于行　四光精神谋济国

——记第十七次李四光地质科学奖获得者李三忠

王红梅

1986年夏，在江西高安市的一个农村里，一个男孩把大学录取通知书扔在地上，他的建筑梦破碎了。在农田干活的父亲闻讯，拔腿带泥地赶回家，激动地捡起录取通知书，对男孩说道："你们课本上不是讲李四光的故事吗？这个学校就是他创办的。你可是咱十里八乡第一个考上大学的，就去上他的学校吧。"

2021年秋，在北京李四光地质科学奖颁奖大会上，53岁的李三忠获得第十七次李四光地质科学奖科研奖，成为中国海大历史上首位获此奖励的科学家。

时光流转，最初那个志在建筑、想通过自己的努力走出农村的李三忠，以拓荒牛、孺子牛和老黄牛式干劲，描摹了自己的地质年轮。

拓荒牛：仰望天穹 俯察深渊

1986 年，带着对"地质学"的迷茫与好奇，李三忠来到了长春地质学院，开启了十年求学之旅，师从杨振升，他在大学里展现了非凡的素描和绘图天分。

"那时候师兄们去野外都喜欢带着他，他能吃苦，野外地质素描画得非常漂亮。"海洋科学与探测技术教育部重点实验室副主任刘永江是李三忠的师兄兼硕士生导师，见证着他一路走遍全中国的山川大河。长期的野外训练，锻炼了李三忠敏锐的观察力；对石头的颜色差异、角度变化、厚薄异同和比例大小，他不仅把握准，而且画得快，形成了宏观写意、微观工笔的地质素描风格。

"如果把地球比作一种动物的话，那我们地学人就是一名兽医，通过分析其症状、病史和病理，确保其健康发展；同时，面向浩渺宇宙寻找第二个宜居行星，探索人类未来命运和星际文明互鉴。"李三忠对比研究过火星、金星和欧罗巴星的地质条件，也分析过一块石头的元素含量、同位素组成和地质年龄，关注过宇宙大爆炸、两洋一海和板块构造，也联合中海油等企业开展过南海、东海的深水能源勘探。

2009 年，李三忠作为 40 年来中国首位构造专家参与在西北太平洋 IODP324 航次的大洋钻探计划，那时他刚开始深海海底构造研究，在离家万里的钻探船上忘我工作，全然不知母亲正在大洋彼岸的另一端遭受开颅手术，意外离世。三年后，他才接受这个事实，平静地说道："我只有拼命地努力工作才能忘记这个事实，我唯有继续努力工作才对得起她。"

他发表了 600 多篇论文，其中 SCI 收录 340 多篇，多次入选全球地球科学领域高被引科学家名录；2013 年成功申请国家杰出青年科学基金项目，2014 年与香港大学学者合作获得国家自然科学奖二等奖……同事们笑称他是"时时刻刻拧紧的发条"。

21 世纪以来，众多学科开始推行"宜居地球""地球 2.0"的探索理念，地球系统科学得到广泛倡导。2016 年以来，李三忠和团队一起利用超算、人工智能和大数据等技术方法，大力发展智能勘探技术，开发相关数值和物理模拟技术，进而研究多圈层相互作用和耦合过程，开启了跨海陆、跨圈层、跨相态、跨时长的地球系统研究的技术体系探索。

2018 年，李三忠系统提出了"微板块理论"框架。业界公认 20 世纪"板块构造理论"有三朵乌云，即它无法解释板块起源、板内变形和板块动力的问题；于是，他通过大量观察、积累和思考，将全球板块划分为 1 000 多块微陆块、微洋块和微幔块。"这是一项具有创新性、挑战性的工作，必将使得全球构造研究面貌一新。"英国杜伦大学 Foulger 院士向李三忠表达了敬意。

"宇宙无垠、技术无边、创新无限"，在仰望天穹、俯察深渊的地质实践中，李三忠以攻坚克难、创新发展的拓荒牛精神，一步步逼近地球演化和海底科学的真相。

孺子牛：立功立言 身正为范

2016 年，《"十三五"国家科技创新规划》提出要加强深海、深地、深空、深蓝四个领域的战略高技术部署，在海洋、陆地、太空、信息领域实现纵深拓展。而早在 2010 年，在美国伍兹霍尔海洋研究所和麻省理工学院交流访学的李三忠，便在《新世纪构造地质学的纵深发展：深海、深部、深空、深时四领域成就及关键技术》一文中提出了"四深"的雏形，在新世纪地质学纵深发展方向的探索中，与国家战略规划遥相呼应。

"在哈佛大学等高校考察时，我发现他们研究的出发点是人类命运和前途，这样的格局给人以激励。"因此，李三忠只要看到国际高水平的研究成果，便会主动联系相关学者和高校进行访学，尝试建立交流合作关系。"GPlates 就是他去澳大利亚交流完后，在国内推行的板块重建软件，当时国内没有几个人会用，他回国后立马派学生去澳大利亚学习。"刘永江说，单位的很多先进技术经验都是李三忠亲身学习、实践得来的。

2016 年，李三忠开始担任海底科学与探测技术教育部重点实验室主任，在人才引进与培养、研究的创新和范式变革等方面下了不小功夫。近三年，他引进了十几名国内有建树的海洋地质人才，通过例会、年终总结等形式督促他们多产出。实验室长期坚持并逐步形成了涵海溯源、守正创新的学风，在海底可视化电视抓斗、海洋大地电磁探测系统、大型地震处理软件研发领域填补了多项国内技术空白，围绕"两洋一海"基础海底科学问题取得了有国际影响的成果。

自 2017 年开始，李三忠主编的"海底科学与技术"丛书陆续出版了 13 本，"这套丛书是我们团队 20 年教学实践的结晶，内容和印刷质量接轨国际，图是学生亲笔彩绘的。"李三忠的电脑桌面铺满了密密麻麻的书稿，第 11 本《洋底动力学》（系统篇）已有 90 多个版本，页数达 1600 余页，每打开一份都要卡顿很长时间。

"广阔的视野和深厚的理论基础能帮年轻人更好地服务国家四个面向。"2020 年，李三忠为本科生开设海洋大历史通识课，为的是让他们尽早拓宽视野，养成批判性思考的能力。李三忠的博士后周洁是这门课的助教，她回忆道："李老师有一天走进办公室，满面愁容，说自己一宿没睡，一直在想怎么给本科生上课、应该讲什么，2020 年直到大年三十，他还在办公室做课件。"

对周洁来说，成为李老师的博士后是一件非常幸运的事情。"第一次写英文论文时全无章法，是李老师用了一整天，一词一句边教边帮我改；划分全球微板块边界的时候，他一天站 8 个小时，站了三天，徒手画了一幅全球微板块分布图。"这张图后来经地球物理证据检验，所有板块边界神奇般吻合。李三忠每个周末都会到实验室"查岗"，经常提问学生"你今天有没有创新"，周洁说："李老师的学生都产出很多，因为这种督促像一双有力的大手，推着我们去思考、去进步。"

李三忠对学生的"创新拷问"是有师承的。从他做博士后到现在，张国伟院士一直操着河南口音问他"这里的关键科学问题是啥子"。李三忠坦言:"直到现在我也回答不了这个问题,但是它逼着我不断深入去思考。"接下来,他想对接国家"双碳"战略,构建地球无机碳循环与构造的关联,以地球系统科学理念创新发展"碳构造",带领团队攻克新的科研堡垒。

"盛世太平生我辈,勤耕文苑育英才。"在科教之路上,李三忠以孺子牛的精神自勉,立言传道,立功于民。

老黄牛:日耕不辍 嗜书如命

李三忠"拼命三郎"的形象在单位是出了名的。

"李老师可以一天不出办公室的门,没有人提醒他,他连喝水吃饭都会忘记。"索艳慧从研究生开始一直跟着李三忠学习,现在已成长为独当一面的副教授,谈起恩师的"废寝忘食",她既钦佩又无奈:"我们放假前会给李老师买一箱泡面,因为他假期也一直在办公室,泡面就是他的午餐。"

2013年,45岁的李三忠成功申请国家杰青项目,这是他第7次申请。"当时我们和李老师一起熬夜写材料,从晚上八点到第二天早上八点,只有他一个人脑袋一直在高速运转,边逐字修改边跟我们交流,我们早就困得横七竖八了。"索艳慧对这个场景记忆犹新。对这一场磨炼,李三忠欣然接受:"申请之前和之后的我是不一样的,这个过程是一笔宝贵的财富。"

对痛苦的忍受能力,自他开始野外实习时,便逐渐养成了。走遍大江大河的旅途里,李三忠经历过多次九死一生的瞬间。他曾与同行从秦岭的一条山路上翻到陡崖下的河沟里;也曾从山坡滑倒,一根手指粗的树桩尖刺穿了他的手背;东北原始森林的"草爬子"也给他留下了伴随终生的毒素。大大小小6次手术,让他逐渐意识到喝水和午休10分钟的重要性,也让他苦笑地说着:"做学问比干农活累多了,干农活有黑夜可以休息,而做学问是没日没夜的。"

李三忠的"书虫"形象在单位也是尽人皆知的。

为了出版"海底科学与技术"系列丛书,他参考了2000多本国内外专著,翻阅过国际最新的专业书籍。"他的办公室几天不收拾就全是书,桌子和地上到处都是。"刘永江说:"他不管走到哪里都背着书包,里面装着电脑和他最近在看的书,不背就不踏实;他的电脑上有一个'天地书'文件夹,全是《宇宙起源》《宇宙大全》等稀缺珍贵的电子书。"

单位公共场所的书基本都是李三忠买的,所有在图书馆找不到的专业书都能在他那里找到。"有一次,李老师送了我一套《勘查区找矿预测理论与方法》,可把我高兴坏了,这是我梦寐以求的书,非常难买。"周洁笑着说,只要李老师出差,就一定会去当地书店打卡,更有甚者,流亭机场中信书店的营业员都认识了李三忠,在他买书太多的时候,还会帮他把一部分书送到出站口的分店,方便他回家直接带走。

除了读书,李三忠业余时间也会写诗。他写过"深林市井远,清心僧侣同"寄情高远,也撰过"晨光初上湖飞雁,黛峦云开雾远滩"醉心山水,还吟过"一声嘶哑锣,双泪落坟前"倾诉哀思。读本科时,他参加过绘画比赛,临摹达·芬奇的画作;研究生阶段,他在校运会的长跑比赛中力压体育系运动员,夺得冠军。"为了保持我的巅峰,之后我就'挂靴'了。"说这话时,李三忠脸上挂着朴实的大笑,仿佛穿越时空回到了那个意气风发的年纪。写诗、绘画和长跑于他只是人生中的一朵浪花,学海无涯苦作舟,他最想坚持的依然是学术创新。

索艳慧至今还记得多年前跟李老师出野外时,他对早市卖菜的农民脱口而出的"价格几何"。两耳不闻窗外事的冷板凳,他一坐就是 35 年,如老黄牛一般在海底科学的广袤疆界中日耕不辍,毫无怨言。

获得李四光地质科学奖后,他把喜讯告诉了年近 80 岁的父亲,父亲对他说:"你和李四光虽从未谋面,却一路受他鼓舞。"李三忠不仅就读于李四光创办的学校、成为他的师门子弟,还持之以恒地践行李四光精神,最终获得为纪念他而设立的奖项。一路走来,李三忠只有一句"希望再为国家贡献 50 年"。

（本文刊于 2021 年 11 月 24 日,第 71 期）

耕海牧洋人

——记我国水产养殖专家、中国海洋大学教授董双林

安海燕　冯文波

　　2022年6月7日,在黄海离岸120多海里的深水区,青岛国家深远海绿色养殖试验区内养殖的我国首批大西洋鲑鱼喜获丰收。在全球第一座全潜式深海渔业养殖装备"深蓝1号"内,畅游的鱼儿不断被吸鱼泵吸上养殖工船,第二天这鲜美的国产三文鱼便会出现在岛城百姓的餐桌上。

　　从口味上,人们或许分辨不出与进口三文鱼的区别。但是如果了解了中国三文鱼的故事,这口海鲜兴许更加让人回味无穷。

　　这是来自大海的馈赠,也是人类用智慧与汗水换来的美味。

　　三文鱼,是大型鲑鳟鱼类的统称,生长在高纬度寒冷水域,极具经济价值。有数据显示,2018年,挪威出口三文鱼110万吨,创外汇82.3亿美元,我国是主要进口国。

在此之前,从未有人在世界温暖海域成功养殖三文鱼,因为三文鱼是只能生活于不高于 18 ℃水域的冷水性鱼类。直到中国海洋大学的学者克服了这一"瓶颈"。

故事的主角,名叫董双林——我国水产养殖专家、中国海洋大学教授。

黄海的"财产"
—— 5 000 亿立方米冷水团资源开发

每逢夏秋季节,相比于升温的上层海水,在黄海中部洼地深处,有"一团"5 000 亿立方米的水体,温度比其他海域都要低,保持在 4.6 ℃～9.3 ℃。物理海洋学家将这一覆盖海域面积约 13 万平方千米的水体命名为黄海冷水团,又名黄海中央水团。

多年来,海洋科研人员对于黄海冷水团的研究更多的是关注其物理海洋学特性,如它的形成原因、代际变化及影响,等等。

作为水产养殖专家,董双林考虑的是如何开发利用冷水团助力海洋经济发展,让我国的蓝色粮仓更殷实。

在我国近岸海水养殖受环境和空间的制约日趋明显,近岸海洋资源利用趋于饱和的大背景下,海水养殖从近岸、港湾向离岸、远海拓展已成为实现可持续发展的必然选择。

那么,如何让资源成为"财产"?这里适合养殖什么品种?产业发展前景如何?

早在"十二五"期间,中国海洋大学科研人员就开始谋划利用黄海冷水团资源养殖鲑鳟鱼类,建设黄海冷水团国家离岸海水养殖试验区。以董双林为核心的科研团队开始了黄海冷水团鲑鳟养殖技术的攻关与探索。

"利用黄海冷水团进行水产养殖,不仅有助于拓展我国海水养殖业的战略空间,而且也会推动我国新一轮海水养殖浪潮的兴起,加快我国离岸鱼类养殖业的发展。"在董双林看来,黄海冷水团这一世界少见的浅源低温水体,具有良好的养殖冷水鱼的条件。

首先,在经济效益方面,黄海冷水团适合养殖鲑鳟类等高价值的海洋冷水鱼。由于冷水团的水质优良,养殖鱼类的品质上乘,市场售价会高于近岸养殖产品,经济效益将十分可观。

其次,在环境保护方面,黄海冷水团位于黄海中部海域,可开发空间开阔,水交换条件好,即使按照千亿元级离岸养殖开发规模计算,所产生的尾水远小于该海域的自净能力,具有较大环境容量冗余,不会对黄海水质产生明显影响。

第三,在风险防控方面,虽然黄海冷水团离岸养殖易受台风等气象灾害影响,但只要在养殖装备、日常管理等方面做好预防就可降低此类风险。而且,由于远离海岸,只要管理得当,该区域暴发大规模疫病的可能性远低于近岸养殖区。

科技的赋能
—— 引"冷水鱼"入"中国海"

"藻、虾、贝、鱼、海珍品",从 20 世纪五六十年代到 21 世纪初,我国海水养殖经历了五次产业浪潮。每一次浪潮,无不是海洋类水产新品种研发的重大突破。

当前正在经历的"新浪潮"中,董双林要做的事,是在"温暖海域"养殖冷水鱼。2012 年,董双林提出了利用黄海冷水团养殖三文鱼的设想。在很多人看来,这可谓是"异想天开"。董双林矢志深蓝,带领团队潜心研究,申报了"一种原位利用黄海冷水团低温海水养殖冷水鱼类的方法"等国家发明专利,为化解难题增添了希望。

当人们终于相信"不可能"可以实现的时候,董双林一刻不停,继续让头脑中的"蓝图"一一实现。

2015 年,董双林带领研发团队在合作企业倾力支持下,开始实施(沂蒙)山(黄)海接力的"企业 + 农户"养殖模式,建设陆基苗种培育基地;2016 年,培育第一批三文鱼苗种,并完成从淡水转入海水的驯化;2017 年,我国第一艘养殖工船改造完成,并成功地验证了在黄海冷水团海域养殖三文鱼的可行性。

然而,这只是描绘蓝图的"前几笔"。解决"养殖工船-网箱养殖一体化"工程平台问题,才能使理想最终照进现实。

2018 年 5 月 4 日,由中国海洋大学与湖北海洋工程装备研究院联合设计,青岛武船重工有限公司建造的周长 180 米,高 34 米,重约 1400 吨,养殖水体达 5 万多方的深远海养殖重器——全潜式网箱"深蓝 1 号"在青岛建成、下水,并完成了工船-网箱一体化平台养殖技术路线验证。

2019 年 12 月 24 日,黄海冷水团养殖试验成功并通过专家验收。养殖鲑鱼成活率、规格、肉质等指标达到预期目标。这标志着黄海冷水团深远海鲑鳟鱼养殖即将进入规模化生产阶段。

2020 年 9 月,黄海冷水团鲑鳟鱼绿色养殖技术完成中试进入产业示范阶段。同时,农业农村部渔业渔政管理局批复,由青岛市在南黄海海域设立全国首个深远海绿色养殖试验区,总面积 553.6 平方千米。

海上的"粮仓"
—— 国产三文鱼游入寻常百姓家

2021 年 6 月 21 日,浩瀚的黄海上,足有两个足球场大的养殖网箱"深蓝 1 号",宛如一把倒挂的伞,伞柄"唰"地冲出水面,张开 8 根"伞"骨,将网箱从大海深处拉起。

养殖工船早已在附近游弋等候,工人见状立即用管道与网箱连接——首批国产深远海养殖三文鱼开始收鱼了。

蓝色的大海上,15 万条青黑色鱼影穿梭,从黄色的"深蓝 1 号",到白色的工船……这场景,只看视频也足以让观者震撼。

智能化的养殖,现代化的物流加工,让三文鱼从网箱到青岛市民餐桌仅需 12 小时,36 小时即可到达全国百姓家。

时隔一年,同样的大丰收场景再次在黄海上演。

2022 年 6 月 7 日,一条条活蹦乱跳的大西洋鲑被捕获上来,由此正式宣告全球首次低纬度养殖大西洋鲑在青岛取得成功,也标志着试验区海域实现了规模养殖常态化、养殖品种多样化,并构建了科学化、系统化试验区管理体系,正不断推动我国海洋渔业由"近海"走向"深蓝"。

见证了这一切从无到有、从始至今的董双林,终于让梦想变为现实,他倍感欣慰。谈及三文鱼产业发展的前景,他说,只要水温适宜,每年"深蓝 1 号"网箱预计可收获近 30 万条成品三文鱼,产量约 1500 吨。

升级版"深蓝"系列网箱即将投入使用,其中"深蓝 2 号"的容量是"深蓝 1 号"的 3 倍,可养殖上百万尾三文鱼,以进一步保证市场供应。

按照青岛国家深远海绿色养殖试验区发展规划,到 2035 年,将建成深远海养殖的配套基地,通过规模化发展降低相对成本,通过技术优化提高生产效率,通过延伸产业链增加效益,通过种质研发和创新确保产业生存底线。

"黄海冷水团鱼类养殖可以称为世界水产养殖史上的创举,是温暖海域规模化周年养殖鲑鳟鱼类的首次尝试。"从 1992 年在青岛海洋大学获得博士学位,如今年逾六旬的董双林还在开发着新的冷水鱼品种,继续耕牧海上粮仓。

提高海洋食物生产能力,"藏粮于海",保障粮食安全,是他不变的追求。"相对于古老而又浩瀚的海洋,海水养殖科学依然年轻,探索创新永远在路上。"

（本文刊于 2022 年 7 月 6 日,第 81 期）

严在当严处　爱在细微中

——记 2022 年度山东省教书育人楷模、中国海洋大学外国语学院院长杨连瑞教授

冯文波

　　他 18 岁外语师范毕业,怀揣对教育的信仰与敬畏之心,扎根三尺讲台 40 余载,用仁心大爱诠释师者情怀。从沂蒙山区的偏远中学,到黄海之滨的"双一流"建设高校,他诲人不倦,为国家培养了大批有"底色"的优秀外语人才。他高瞻远瞩,带领学院历经 8 年奋斗,成功获批外国语言文学一级学科博士学位授权点,成为全国外语学科由弱变强的典范。他敢为人先,带领学校文科重点团队不断探寻二语习得的奥妙,让中国人学外语、外国人学汉语变得更加符合科学规律。他秉承"严在当严处,爱在细微中"的育人观,爱生如子,师德高尚,是令人敬仰的"经师"和"人师"相统一的"四有"好老师。他就是2022 年度山东省教书育人楷模、青岛市"教书育人楷模"、中国海洋大学最美教师、外国

语学院院长杨连瑞教授。

40 余年来,杨连瑞坚守着"捧着一颗心来,不带半根草去"的教育誓言,为党育人守初心,为国育才担使命,成为学生心中最美的风景。

扎根讲台四十载 不忘初心育桃李

"当老师,就要真心热爱教育事业,真心热爱学生。只有热爱,才能板凳坐得十年冷,做出真学问,教出好学生。"杨连瑞对教育事业始终怀抱一颗炽热之心。

1981 年,18 岁的杨连瑞从外语师范毕业,被分配至沂蒙革命老区费县的一所偏远中学。他坐着毛驴车,载着满满两箱书和少量行李,来到了大青山脚下的乡村中学,从此成为一名光荣的人民教师。

在那个物资匮乏、生活艰苦的年代,许多家境贫寒的学生甚至要去山上砍柴,背到集市上换成钱,用来交学费和生活费,更有甚者只能辍学。杨连瑞看在眼里,疼在心里,他从每月 27 元的工资中拿出一部分设立"英语拔尖奖",奖励品学兼优的学生,鼓励他们好好学习,用知识改变命运,走出大山。

"40 年前,杨老师教我学习英语,他的敬业精神,帮助学生成人成才的事迹,历历在目,他从微薄的工资中出资为学生设立'英语拔尖奖'。杨老师为大山里的孩子打开了通向世界的大门,这就是'桃李不言,下自成蹊'的最好阐释。"新华社北美总分社分党组副书记、代社长徐兴堂依然谨记上中学时杨连瑞老师的帮助与鼓励。

艰苦的岁月里,教学条件虽然简陋,杨连瑞依然认真施教,一丝不苟,他边教学边自学,边教学边思考。他订阅了几乎所有的外语教学研究的报刊,日积月累,报刊上也开始出现他的名字。他将自己的教学心得和研究成果发表在报刊上,在高考标准化考试刚刚起步阶段,他编著的《英语标准化考试理论与实践》由光明日报出版社出版,成为当时许多中学师生的案头书。在这样潜心教学和研究下,他所带班级英语成绩在全市一直遥遥领先,受到教育部门的多次嘉奖。

20 世纪 80 年代末,他从中学调到师范学院,创新性地开展师范教育改革,大胆探索中学教师培养机制体制,杨连瑞和同事们把论文写在祖国的大地上,走遍了蒙山沂水,深入课堂,走近学生,结合师范教育需要,设计教学改革方案,基于心理学、教育学和语言学等理论进行教学实验,创新英语教学方法,发表教学实验报告,作教学改革讲座和报告数百场次,令全国数万中学老师受益,1993 年,这项创新性的工作荣获国家级教学成果二等奖,在全国师范院校推广。

2003 年,杨连瑞调到中国海洋大学外国语学院。他在国内高校中较早地开设了第二语言习得概论等新颖的研究生课程,构筑了应用语言学系列课程体系,不断研究教育教学艺术,讲课风趣幽默、见解独到,课堂氛围轻松愉悦,吸引了大批"粉丝",甚至学院的青年教师也来蹭课,即使站着旁听,大家也乐在其中。

每周二是外国语学院许多学子盼望的日子,也是他们最快乐的时光。"每个周二上午都是我和杨老师一起给我们的博士生上课、开展学术讨论的时间。身心愉悦,忙并快乐着!"中国海洋大学外国语学院副院长陈士法也很享受与杨连瑞共事的时光。

"那一刻,我们的教室就像一间小超市。常常是30多位博士研究生、硕士研究生参加杨老师的课,近10位学院青年教师和国内访问学者不约而至。大家分享国际学术文献研读心得、报告自己研究成果,发言踊跃,思想碰撞激烈。"青年教师陈颖副教授说。多年来,杨连瑞喜欢在上课PPT的结尾用同一幅动画——向快乐出发,画面上6个人排成一列纵队勇往直前,大人在前,孩子在后。他说,这幅动画有两层含义:一是人生要树立快乐的目标,无论学习,还是做科研以及生活都要热爱,热爱才能快乐;二是寓意团队做学问的方式,是大人带小孩,大小孩带小小孩,师生共同成长,这是教育的真谛。

"杨老师襟怀博大,视域高远,对问题有独到的见解,每次上课给人耳目一新的感觉,收获颇丰,总希望时间走得慢一点,不想下课。"中国海洋大学外国语言学及应用语言学2020级硕士研究生邱红林说。

"外语教育本身具有鲜明的特殊性,需要直接面对国外意识形态和西方主流话语。其文化价值观常常渗透在语言背后。外语教师应该把价值塑造内生为外语课程和课堂教学的组成部分。"杨连瑞是这样想的,也是这样做的。他推动学院率先成立外语课程思政中心,积极探索外语课程思政理论建构与实践探索,深度挖掘提炼外语专业课程体系和课堂教学中所蕴含的思想价值和精神内涵。

"杨老师讲课幽默风趣,深入浅出,总能把思政元素潜移默化地融入其中,让我们在全面认知中坚定文化自信,厚植家国情怀,努力成长为堪当民族复兴大任的外语人才。"即将赴美国留学的中国海洋大学外国语言文学2020级博士研究生李旎说。

杨连瑞每年讲授的课程达8门之多,年均300余学时,主讲的(英语)语言学被评为首批国家级一流本科课程,第二语言习得概论被遴选为山东省研究生教育优质课程。提出的基于价值引领的外语学科"五协同"育人模式于2022年获得山东省教学成果一等奖,令一批批中国海大学子从中受益,成为我国外语界教育改革的典范。

"教育既是科学,也是艺术。""学永远大于教。""我们不培养会语言的机器,而是塑造有思想的灵魂。"40余年来,杨连瑞教过的学生不计其数,有初中生、高中生、大专生、本科生、硕士生和博士生,一路走来,虽教学阶段各异,但教育本质相同,因为教书只是手段,育人才是根本。丰富的履历,深刻的思考,也形成了他独树一帜的"外语教育观"。作为全国翻译硕士专业学位教指委委员,他经常指出外语学科和人才培养过分重视工具性,而忽略了其应有的人文性和科学性,外语学科和人才培养规模大、同质化,忽略对中国社会文化和当代思想的认知,这样很难跟上伟大时代发展的步伐,难以完成讲好中国故事、传播中国声音的当代使命。他主张和践行外语学科应该以理论、思想和学术表现出来,并对当今中国与世界加以认识,构建一个与时俱进的对世界语言、文学、文化、翻译及区域国别等进行专业化研究的学科和人才培养体系,参与世界知识体系的生产,使中国知识成为世界知识体系的一个组成部分。

探寻二语习得规律 勇攀理论创新高峰

在全球化的今天,人们在掌握了母语之后,再学习另外一种语言,已经是一种常态,这一现象称为"二语习得"。

杨连瑞认为,在二语习得中,由于缺乏语言环境,文化各异,两种语言的认知、心理表征不同等,始终存在学习效率低、不能学以致用等全球性费时低效难题。在欧美等发达国家有成千上万的语言学者围绕此难题开展"二语习得研究",成为当代语言学研究的前沿阵地。

"中国学生学外语,通病之一是过多地依赖练习加考试,往往学了很多而不能用起来。要想学好用好,需要注意充足的语境,以及在语境中的互动体验。"杨连瑞说。"学生学习使用的外语是不完善的,即中介语,是介于母语和外语之间的动态演变的过渡性语言,受母语和文化的影响,也受正在学习的目标语和文化的影响,出现了语言变异不定的复杂系统,这是集中洞察人们在二语习得和跨文化沟通中的社会、文化、民族、语言、认知、思维的窗口,这一学术领域为人类认识自身提供了探究对象。"

杨连瑞是我国较早开展二语习得研究的领军人物之一,作为中国二语习得研究会的会长,他积极谋划学科,团结全国学者,引领本学科学术研究与国际学术研究并行,解决中国外语教育的独特问题,服务国家对外改革开放战略。近年来,他指导的十余名博士硕士研究生立足国际学术前沿,解决中国当下现实问题,获得了很多重要发现,众多研究成果在国际重要期刊发表。此外,他带领中国海洋大学二语习得跨学科研究团队不断从社会学、心理学、教育学、认知科学层面去探索和揭示中国学生两种语言、多种语言的习得、加工、表征与规律。他首次提出构建中介语语言学的构想,开创性地构建了中国英语学习者中介语语言特征体系,提出"中介语话题-主语转移"等假设,不断探寻二语习得的奥妙,让中国人学外语、外国人学汉语变得更加符合科学规律。

杨连瑞目前主持国家社科基金重点课题"中国英语学习者二语语用能力发展研究",主持完成国家社科基金和省部级社科课题 10 余项,在 *International Journal of Applied Linguistics*、*Applied Linguistics Review*、《外语教学与研究》《外国语》《现代外语》等国内外重要期刊发表学术论文 160 余篇,出版国家出版基金资助计划《二语习得新发展研究》(清华大学出版社,2022)、《中介语语言学多维研究》(外语教学与研究出版社,2015)、《二语习得研究与我国外语教学》(上海外语教育出版社,2007)等著作 10 余部,相关成果多次荣获山东省社会科学优秀成果二、三等奖。

杨连瑞始终秉承科学研究要为社会服务的理念,在选题时,强调要扎根中国大地,面向世界与未来,解决我国外语教育中的重大现实问题。2020 年 9 月 24 日,中国海洋大学与山东省青岛第九中学共建"二语习得研究协同创新实验基地"揭牌仪式举行,作为该领域首个创新实验基地,他和团队致力于将国内外二语习得跨学科研究前沿成果更好地应用于基础外语教育,提升双方在外语教学研究、一流外语人才培养等方面的质量,为区域经济发展提供人才支持和智力支撑,进一步服务国家和地方的战略发展需要。

高瞻远瞩谋发展　学科建设进一流

"世界一流大学建设需要高水平外语学科的有力支撑和高水平外语学科的自身发展。"杨连瑞认为,中国海洋大学要想在21世纪中叶实现建成特色显著的世界一流大学的目标必须拥有一流的外语学科做支撑。

在外语学科处于低谷时,外语专业被认为是最没有出息的专业,甚至有学者提出外语不是专业,更不是学科。

2010年,杨连瑞担任中国海洋大学外国语学院院长,不断给师生鼓劲打气,让大家坚定外语学科的本质属性,并开始对学科进行战略谋划,思考如何让外语学科迎头赶上,成为学校事业发展的助推器。

杨连瑞带领全院师生开启了8年艰苦奋斗之路。他倡导学科建设"三要素"重点发展,即:主体要素——从事学科建设的师资队伍;客体要素——要有创新型的科研成果;主体和客体结合过程中的教育要素——培养高层次的人才。他带领大家积极探索解决全国本学科存在的"有技能,没思想,同质化"发展的困境,主张学院管理"制度要硬,文化要软",出台一系列学科建设的"乡规民约",营造风清气正的文化环境。作为院长,他不仅善于学科战略规划,更敢于推动和落实下去,带头示范,带领学院不断向前。学院不遗余力地引进国内外高水平人才,鼓励青年教师和学术人才脱颖而出,资助教师参加学术会议,鼓励发表高水平学术论文,资助学术专著出版。在学院的支持和激励下,学院近年获得60余项国家级、省部级基金资助和奖励,目前已经在二语习得、心理语言学、会话分析、国家翻译实践、日本文学、韩国学研究等领域进入国内外学术前沿,创造了中国海洋大学外国语学院有史以来的最好成绩。

杨连瑞充分利用外语学科的优势,推行深度国际化,提高教师业务水平,提升学生培养质量。在一般外教聘任的基础上,聘请8位国际上本学科领域的一流学者,与本院教师合作招收博士研究生,形成学术团队,紧贴国际学术前沿。

在学科建设上,他运用复杂系统理论和协同理论,关注系统内部要素交互联系和普遍性,对接国家战略和社会需求,坚持立德树人、家国情怀、全球视野的价值引领,注重内部挖潜和平台建设,理性破解本学科长期发展的理念误区,践行外语学科的思想性、工具性、人文性和科学性,构建并实施了学科与国家战略协同、团队与国际师资协同、课题与优质课程协同、成果与社会需求协同、过程与培养结果协同的"五协同"高水平创新型外语学科人才培养模式,形成学科建设、科学研究、硕士－博士贯通人才培养的良性互动,激发学科高质量发展内生动力,全面提升人才培养的群体质量。

2017 年,中国海洋大学外国语言文学一级学科博士学位授权点正式获批,成为当年山东省文史哲众多学科门类中唯一获批的博士授权点,也是学校唯一从硕士一级学科直接评审增列为博士一级学科的学位授权点。第四轮学科评估中外国语言文学一级学科获评全国本学科前 20%～30%（B）的百分位次,2021 年学校外国语言文学一级学科进入软科排名全国本学科前 13%,学院 5 个本科专业全部入选一流专业,学科建设和人才培养已经进入全国本学科和专业前列。本学科硕士和博士生培养的某些领域达到国际一流水平,成为全国外语学科发展由弱变强的典型范例。

为人师表树楷模　厚德博爱铸师魂

"严在当严处,爱在细微中"是杨连瑞 40 余年来矢志不移的育人观,也是他严慈相济,为人师表的写照。

杨连瑞从教经历丰富,他认为教育的本质是相同的,都是为了立德树人。在工作和生活中,他大事讲原则,小事讲风格,以高尚师德、模范行为影响和带动周围的同事和学生,成为大家尊重的楷模和效法的榜样。

"在海大求学的五年中,我的导师以他非凡的人格魅力感染着我,我以他为榜样,不断成长为更好的自己。当我遇到困难时,无论他多忙,都会耐心地开导我,毫不吝啬他的肯定和鼓励。他的话像一股暖流,慢慢温暖滋润着我的心田,让我重获斗志,重拾希望。"2018 级博士研究生张涛同学发自内心地说。

山东大学外国语学院院长、博士生导师、国家教学名师王俊菊教授是杨连瑞早年教过的学生,她深情地说道:"杨老师的为人、为学、为事业的品格,也成了我做教师的底色。这些年海大的外语学科和人才培养飞速发展,这与他的学术水平、人格魅力和育人理念有很大关系。"

"以身作则,一颗公心"是共事 9 年的老搭档陈士法教授对他的评价,他做院长多年,始终坚持一碗水端平,一把尺子量准,敢于在坚持原则上"碰硬"。从学院长远发展考虑,为确保师资结构多元化,避免"近亲繁殖",杨连瑞不鼓励自己培养的博士留校,即使特别优秀者也要经过严格筛选,首先从科研博士后做起,并接受进一步的考核。

作为一院之长,他人格魅力强,知人善任,像兄长一样对青年教师关怀备至。2017年,青年教师王遥入职中国海洋大学,在迷茫之际,杨连瑞不断地鼓励他,使他树立信心,找准定位。"在杨院长的帮助下,我从懵懂的科研小白逐渐成长为游刃有余开展学术研究的青年教师。"王遥说。

"像父亲一样""不怒自威""钉钉子精神""坚实的后盾""标杆""宝藏"……每一位学生心中都有对杨连瑞老师的画像,虽有不同,却又一脉相承,师德师爱是永恒。

有的学生人到中年依然想报考博士研究生，杨连瑞说"有梦想谁都了不起"。2019级博士研究生杨向梅说："我读博时，已经生育了两个宝宝，平衡好两者关系成了制约我能否按期毕业的拦路虎。杨老师告诫我：读博要学会坐得住，坐得十年冷板凳，而且要学会功夫笨，心眼活。当我发表了第一篇学术成果时，老师又适时提醒我要朝着发表更高水平的成果努力。就这样，在老师的引领下，我在四年期间，一步步朝着学术的高峰攀登。杨老师培养了我乐观面对、坚持不懈的学术态度和求真务实的学术精神。"杨连瑞时常开玩笑说，在学术研究的道路上，导师和学生是一根藤上的两个苦瓜，教育的艺术在于师生一起努力把"苦瓜"变成"甜瓜"。

德高为师，身正为范。杨连瑞的高尚师德是大年初一依然给学生修改论文的责任担当；是对赴海外留学学生的千叮咛万嘱托；是看见学生获得证书，比自己获得任何荣誉都开心和自豪；是常年无休、夙兴夜寐的工作常态；是心怀"国之大者"，培养一流外语人才的赤子情怀；是毕业多年，学生心底那份深深的眷恋。

2008年，杨连瑞入选教育部"新世纪优秀人才支持计划"，2019年获评成为国务院政府特殊津贴专家，获得山东省优秀研究生指导教师、青岛市高校教学名师、临沂市专业技术拔尖人才、临沂市跨世纪优秀科技人才等荣誉称号；荣获优秀教学成果国家级二等奖、山东省教学成果一等奖、山东省社会科学优秀成果二等奖、山东省高校社科优秀成果一等奖、山东省"青春立功"二等功等。

"捧着一颗心来，不带半根草去。扎根讲台40余载，作为一名人民教师我很幸福，乐在其中。"杨连瑞说。

（本文刊于2022年9月13日，第82期）

卅载深耕守初心　材料报国担使命
——记中国海洋大学"筑峰人才工程"特聘教授崔洪芝

金　松

　　12月8日,在青岛市科技创新大会上,中国海洋大学"筑峰人才工程"特聘教授(第一层次)、博士生导师崔洪芝从青岛市委书记陆治原手中接过了2021年度青岛市科学技术最高奖荣誉证书。

　　"能够获最高奖,我感到万分荣幸。这不仅是对我个人和团队的高度肯定,也是对我所从事的新材料领域的高度认可。我们面向国家重大需求和经济主战场还有很多工作要做,这样的荣誉和奖励给我们更多的是鞭策和激励。"多年来,崔洪芝一直坚持以应用导向牵引科学研究,以基础研究的突破促进技术创新开发。

尽最大努力开发新材料

常人眼里,从事材料科学与工程要么终日埋头实验室与瓶瓶罐罐、仪器装备打交道,要么去厂矿企业进车间、下矿井、爬钻台,一点也不"风光"。崔洪芝为什么能坚守这个领域且深耕30多年,而且初心不改?

"其实一开始,我也一度有些迷茫。"1982年秋,年仅17岁的崔洪芝考入山东工学院第二机械系金属材料及热处理专业。枯燥乏味的专业知识,让她有些困惑,甚至还产生了抵触情绪。

直到入学后不久一节专业基础课上,老师的一番话让崔洪芝犹如醍醐灌顶,豁然开朗。课堂上,那位老师说道:"我们想进行海洋勘探,勘探不了;我们想深井作业,实现不了……原因是什么?就是因为技术、装备不过关,被材料'卡住了'!"这让她第一次感觉到"材料"的重要性,"从那一刻起,我下决心学好专业,将来要读研究生,要搞科研,尽最大努力开发高性能的新材料"。

25岁那年,也是她从教第二年,崔洪芝申请到了自己的第一个科研项目——煤炭自然科学基金项目,主要研究煤炭行业大量消耗的耐磨材料及制备技术,科研经费2万元。这个项目成为她科研征程的起点,由此开始,她的科研之路越走越宽广。

从事材料领域科研工作30多年,崔洪芝最深刻的体会就是,科技创新需要"顶天""立地"。"'顶天'就是要进行原创性引领性科技攻关,勇攀世界科技高峰;'立地'就是要解决国家和产业的重大需求,将科研成果转化为生产力。"30多年里,崔洪芝与团队成员坚持"料要成材、材要成器、器要好用",一起打拼,一道攻坚克难,一直奋战在材料科学与工程科教一线,他们以国家能源、动力重大需求为牵引,开辟了极端环境装备材料及损伤防护新领域,为装备的安全运行、事故率持续下降作出了重要贡献,取得了累累硕果:她以第一完成人荣获国家技术发明二等奖、国家科技进步奖二等奖、山东省科技进步一等奖和山东省技术发明一等奖等省部级以上奖励10项;获得授权发明专利50余件,发表高水平论文280余篇。其中,开发的等离子表面强化处理设备和工艺,填补了我国实用性高能束表面强化技术空白,将材料的耐磨、耐蚀性能提高2倍以上,成本降低50%,使我国的等离子技术走在了世界前列,并在我国海工、能源、交通、工程机械等行业得到广泛应用,相关产品也大量出口澳大利亚、俄罗斯、乌克兰等国家,产生了重大经济效益和社会效益。

"每个人都有自己的初心。作为一名党员科技工作者,我的初心和使命就是一定要尽最大的努力开发出新材料。"崔洪芝说,团队现在耐磨蚀材料及损伤防护技术研究与工程化应用中,取得的科研成果已经跃居世界前列,一路走来,筚路蓝缕。"其中,老一辈科学家的家国情怀给了我莫大的鼓舞和无穷的力量,一直激励着我带领团队在科研之路上踔厉奋发,砥砺前行。"

为海洋装备织密"防护甲"

"在海洋的开发由近到远、由浅到深、由洋到极的过程中,海洋工程装备的材料性能至关重要。海洋工程材料是海洋资源开发利用的先决条件,是深海科研和极地海空探索的利器,海洋环境的复杂性和特殊性以及'双碳'战略的提出对开发海洋工程材料提出迫切要求。"4月10日,在中国海洋大学举行的"同心坚守 研学战疫"系列学术报告第32期报告会上,崔洪芝应邀作了题为《海洋强国 材料先行——海洋工程材料发展现状与趋势》的报告。一开场,她就阐述了海洋工程材料对海洋开发的至关重要性。

近年来,崔洪芝提出"向海而行",调整团队研究方向,同时加快产学研合作步伐,形成了海洋耐磨蚀材料、结构功能一体化材料、高能束构型化增材制造与加工等多个特色方向。他们以"料要成材,材要成器"为目标,攻克极端环境材料耐蚀耐磨、高强耐低温的难题,服务于海工、核电、盾构机、高铁等国之重器,推广于军工、冶金、能源等领域,形成我国自主的材料、技术、标准体系,替代进口且大量出口。

与此同时,崔洪芝和团队的研究触角也逐渐从海到洋、由洋及极。

2021年下半年,崔洪芝团队成功申请到国家自然科学基金、山东省联合基金项目"耐磨蚀涂层多级基元／交织结构协同调控及其海洋环境损伤机理研究"。"高性能耐磨与耐蚀一体化涂层开发是解决海工装备运动部件磨损腐蚀的关键,能有效突破我国高端海工装备防护材料的'卡脖子'问题。本项目的预期成果和效果之一就是使涂层耐蚀-高强-高韧-防污的互斥关系得到解决,从而延长海工装备的使用寿命。"团队成员、中国海洋大学材料科学与工程学院副教授满成说道。

南极大陆油气资源丰富,科研和开发价值极高,但是气候条件恶劣,科考设施设备面临着低温、降雪、风沙、紫外等各类环境因素。近几年,崔洪芝团队敏锐地捕捉到这一点,率先在南极实地开展各类金属及涂层的室外暴露试验,结合实验室模拟方法,研究分析典型金属材料及涂层在南极环境下的失效行为,阐释了南极环境因素在金属及涂层服役过程中的影响规律。崔洪芝说:"这项研究不仅能够填补我国金属材料及涂层在南极地区应用的现场试验数据空白,对极地极端环境装备材料开发以及我国今后的极地科考工作,也具有参考价值。"

今年5月,崔洪芝担任主任的中国海洋大学海洋装备特种材料山东省工程研究中心,通过了山东省发展和改革委员会认定。该中心将依托山东省海洋工程装备制造行业和地域优势,针对国内海洋工程装备开发中的"卡脖子"问题,着力开发关键材料共性技术,建设集海洋材料设计、制备技术和装备开发、成果转化、社会服务于一体的研发平台。

"中心将推动海洋装备特种材料研发的理论突破、工艺革新和产品创新,产出一批有重要影响力的海洋工程特种新材料、新技术、新装备,推进我国海洋装备材料产业快速发展,服务国家和省市海洋经济建设。"对于中心的未来规划和发展,崔洪芝信心满怀。

科学有险阻 能拼才会赢

今年9月,崔洪芝随学院从崂山校区搬迁到了西海岸校区。她的新办公室在材料楼四楼,里面的陈设与原来崂山校区办公室一样,简单朴素仍是主格调:还是一张办公桌、一台电脑、两组铁皮书橱加几把椅子,门口靠墙处还是一张长条黑色沙发。站在窗前放眼望去,远处山海相拥,岛湾相映。

她的学生都知道,只要崔老师在办公室,里面总会飘着浓郁的咖啡香味。"崔老师喜欢喝咖啡来提神醒脑。"海洋材料科学与工程2021级博士研究生张宏伟说,她忙起来几乎没有自己的休闲和休息时间,有时候实在太累了,就靠在椅子上稍稍闭目养神一会儿,就算是休息了。

每周六上午是崔洪芝团队的组会时间,这几乎是雷打不动的安排。有时候,崔洪芝在外地开会,不能现场参会,她会通过线上视频形式发起会议。会上,团队成员会逐一汇报自己的研究进展和存在的疑惑,崔洪芝会一一点评并提出意见和建议。"我们从上午8点多开始,往往会持续到中午,有时候甚至会到下午一两点,崔老师总会耐心地听完最后一个学生汇报。"张宏伟说,崔老师忙起来时午餐很简单,常常是几片饼干加一杯咖啡就能对付。团队其他老师和同学们都曾多次劝过她,可她总是说:"饼干能充饥,咖啡能提神解渴,而且节省时间,一举三得,多划算。"

崔洪芝很忙,在学校,科研和教学几乎占用了她的全部时间,还要经常外出参加行业和领域的重要学术会议,难得有自己自由支配的时间。外出开会如果没有特殊要求,她会选择乘坐高铁,因为高铁上可以用网络,座位上有小桌子能放置手提电脑,可以照常工作,"飞机虽然快捷,但不能用网,空间也有限,好几个小时不能工作"。

"我闲不下来。如果只休息一天,我会感到很轻松,如果连休两天,第二天我就会感到空落落的,甚至坐立不安。"崔洪芝曾跟她的一名博士生这样说。每次从外地出差回到学校,不管白天还是黑夜,只要学院大楼不关门,崔洪芝都会到自己的两个实验室看看,听听工作汇报,"脚一迈进实验室,心里就踏实了"。

2022年整个暑期,满成和团队其他成员几乎是"连轴转"。他们先后跟随崔洪芝到北京中岩大地科技股份有限公司、山东泰山钢铁集团有限公司、山东九环石油机械有限公司和位于山东淄博的中国膜谷等调研,了解和对接企业需求,推动成果转化落地。暑期刚开学,他们又赴国家深海基地(即墨)走访交流,作了海洋装备材料方面的学术报告,洽谈深地装备材料的腐蚀、磨损、增材制造等方面的合作。回校第二天,她就催着国家深海基地方面将材料发到学校实验室进行分析。

在赶赴企业和行业调研过程中,针对材料耐磨损、耐腐蚀、耐高温、抗疲劳等性能不足，材料性能要求多样化、成本居高不下等一个个严重制约技术发展的问题，崔洪芝经常鼓励团队："无论我们承担的是国家重大科技项目，还是企业委托项目，我们累点苦点不算啥，但一定要为国家、行业和企业负责。"

在她带动下，团队心往一处想，劲儿往一处使，所开发的极端环境耐磨耐蚀材料、高能束表面强化、结构功能一体化材料、高通量技术等取得了一项项突破。"科学有险阻，能拼才会赢。无论科研之路多么坎坷，多么曲折，我们多么含辛茹苦，付出多么大，每当研究有新成果时，就觉得所有辛劳付出都值了。"崔洪芝动情地说，"那一瞬间，我所能感受到的只有喜悦，这也是科研最吸引我的地方。"

希望年轻人发展像"射线"

今年6月，崔洪芝团队立足学校"海洋材料"特色，围绕海洋工程建设和海洋装备发展对新材料相关专业人才的需要，牵头联合上海交通大学、哈尔滨工业大学、天津大学等30多家单位，主持编写了海洋材料系列丛书，第一批5本入选科学出版社"十四五"普通高等教育规划教材；与大工（青岛）新能源材料技术研究院有限公司签署了合作协议，共同探索"新工科"背景下新材料相关专业产学研协同育人模式，建设产学研协同育人的实践基地。

"我们期望通过校企合作共同打造产、学、研兼顾的教学队伍和以'海洋材料'为特色的系列教材，最终建设成一个能够长期、稳定运行的产学研协同育人的实践基地，从而落实好立德树人根本任务，切实履行为党育人、为国育才的使命。"崔洪芝介绍说。

崔洪芝高度重视教书育人，她常说，"只有不会教的老师，没有教不好的学生"。

初登讲坛，她虚心向老教师请教，进课堂听课观摩，密密麻麻地记下听课心得和学生课堂反馈。为了上好一门课，课前她总要先研究学生所学专业的行业发展前景、课程体系和所授课程的地位作用等，并查阅大量参考书，优化教学内容。这个习惯一直保持到现在。

她坚持"以本为本"，每学期都为本科生上课。"上这门课不但学到了专业知识，还对我的专业规划和发展起到了导向作用。讲课时，崔老师还适时嵌入一些思政元素，给我们讲老一辈科学家听从党的号召，科学报国，无怨无悔，很多事例听来让人动容，起到鼓舞激励作用，这让我更加坚定了专业选择的信心，激发了专业学习的热情。"去年秋季学期曾上过崔洪芝的金属材料概论课的高分子材料与工程2019级韩壁成同学说。

作为教师，崔洪芝心里始终装着学生。2021年夏，海洋材料科学与工程2021级博士研究生徐瑞琪要硕士毕业了。临近毕业答辩的一个晚上，她正在实验室和几名同学修改答辩PPT。9时许，崔洪芝来到实验室，把他们几人的PPT认真捋了一遍，提出了具体指导意见。等一切结束，已近午夜。徐瑞琪知道，崔老师那阵子很忙，正在为一个重要学术会议做准备。看到老师两眼通红，一脸倦容，小徐感动不已。"好在我又考取了崔老师的博士,可以继续跟老师做研究了！"

学生心里也装着他们的老师。每年教师节期间,崔洪芝的手机微信提示音总要响个不停,那是学生们发来的祝福短消息,有已经毕业的,也有在校的。"看到学生的祝福,无论再怎么忙,我也会回复。每到这个时候,教师的职业荣誉感、使命感和幸福感就特别强烈。"崔洪芝感慨地说,"'教师'这个身份已经伴随了我 30 余载。多年来,我既是一名科技工作者,更是一名教师,还是一名共产党员,如今这三种身份已融合在一起,科研报国,为党育人、为国育才和'不忘初心、牢记使命'也从三件事变成了一件事。"

"我认识崔洪芝有 30 多年了,她始终是一个既能脚踏实地教学生,又能仰望星空做科研的人,给青年学者树立了很好的榜样。"中国工程院院士陈蕴博教授曾这样说。"她始终把思想道德教育、文化知识传承融入教学改革、创新实践各方面,对学生启智润心。"

近年来,崔洪芝先后入选全国杰出专业技术人才、"新世纪百千万人才工程"国家级人选、享受国务院政府特殊津贴专家、泰山学者攀登计划专家等,被评为山东省先进工作者、山东省优秀共产党员,并当选为山东省第十次党代会代表。

"党的二十大报告首次对教育、科技、人才进行'三位一体'统筹安排、一体部署,这具有重要的现实意义和深远的战略考量。未来新材料的发展基础在教育,关键在人才。"崔洪芝深情地说,我特别希望带动和激励更多优秀的年轻人快速成长起来,希望他们的发展像"射线"而不是"线段",自己能和他们一道,做自主创新的执着探路者,创新创造的示范带动者,高质量发展的实干推动者,为科技强国、海洋强国建设再立新功。

（本文刊于 2022 年 12 月 8 日,第 83 期）

打赢"蓝色种业"翻身仗
夯实粮食安全"压舱石"
——记 2022 年度山东省科学技术最高奖获得者、中国工程院院士包振民

冯文波

"这份荣誉不仅是对我个人和团队的充分肯定,也属于我的单位,属于全省广大科技工作者。"6 月 20 日,山东省科技创新大会在济南召开,2022 年度省科学技术最高奖获得者、中国工程院院士、中国海洋大学教授包振民表示:"我有两个愿望,一是希望一艘艘满载山东培育的优良品种的养殖工船游弋在东海、南海和大洋远海;二是希望老百姓的餐桌上摆满我们养殖的名贵海鲜。"

40 年来,包振民心怀"国之大者",潜心"蓝色种业"研究,以让海水养殖产业旺起

来、养殖户的腰包鼓起来、老百姓的餐桌靓起来为己任,持续创新,勇攀高峰,矢志打赢"蓝色种业"翻身仗,夯实粮食安全"压舱石"。

结缘扇贝:"老师的一句嘱托,成了我一生为之奋斗的事业。"

山东省烟台市福山区,依山傍海,钟灵毓秀,素有"福山福地福人聚"的美誉,1961年12月,包振民就出生在这片人杰地灵的土地上。

包振民的父亲是一名乡镇干部,母亲是一位小学老师,皆十分重视子女教育,他自小便在良好家风的熏陶下成长。

包振民小学、中学在古现镇就读,濒临烟台套子湾,那里的黄金海滩非常漂亮。每逢周末或假期,他会和小伙伴们一起去赶海,各种贝类、小鱼、小虾、海参都能找到。"那时候带一个玉米面饼子(片片),不需要再带其他吃的,海里什么都有,海边的牡蛎撬下来就可以当菜吃。"忆起童年时光,包振民依然觉得很幸福。

高中时期,包振民的数理化成绩特别好,课余时间,他喜欢到数学老师家里看书,被当时《科学画报》上刊载的物理、数学、航空方面的知识所吸引,憧憬着将来报考航天航空或自动化方面的大学。

1978年夏,包振民参加了恢复高考后的第二次高考。填报志愿时,家人希望他去青岛的山东海洋学院(中国海洋大学前身)读书。之前在阅读《科学画报》时他也了解了一些海洋方面的知识,而且自小就在海边长大,对大海有一份特殊的亲近感,同时梦想着学海洋生物可以吃到更多美味的海鲜。就这样,怀着单纯而又朴素的梦想,他考入了山东海洋学院,成为海洋生物学专业的学生。

当时,班上同学的年龄相差很大,最小的14岁,最大的29岁。尽管当时物资匮乏,教学和生活条件简陋,但无论老师还是学生都热情高涨,对知识、对科学满怀期待,老师用心教,学生认真学。"我们那届学生学风很扎实,学好科学文化知识,服务国家建设的志向也非常明确。"包振民说,大学期间,他上过许多名师的课,方宗熙教授、李嘉泳教授、李冠国教授、戴继勋教授、李永祺教授等都亲临讲台、言传身教,遗传学、胚胎学等课程基础打得非常牢固,至今令他受益。

1982年,大学毕业后,包振民留校工作,先是在海洋生态学家李冠国教授的指导下在海洋研究所依托"东方红"海洋实习调查船从事海洋调查方面的工作。1984年,生物学家、遗传学家方宗熙教授又把包振民要回了海洋生物遗传研究室。"我的本科毕业论文是在遗传研究室完成的,方先生对我印象很好。临近毕业时,我想报考先生的研究生,可是那年他不招研究生,我就先去了海洋研究所工作。"包振民说,毕业之初便在两位著名科学家的指导下开展工作,自己感到很幸运,也获益良多。

在海洋生物遗传研究室,包振民先是在戴继勋教授指导下开展海带和紫菜的研究工作。他在紫菜育苗、紫菜酶解育苗技术研究中取得了创新突破,2000年,他们开展的

"大型海藻生物技术研究及其应用"项目荣获国家科技进步奖二等奖。

在1985年春的一次交流中,方宗熙先生告诉包振民说:"我们实验室不仅要做海带、紫菜的遗传育种,将来也要开展海洋动物的遗传育种研究,希望你多往海洋动物育种的方向努力,要瞄着国家和产业的发展需求开展工作。"谨记方先生教诲,"七五"期间,包振民又开展了中国对虾的育种工作,十年潜心探究,他在对虾的三倍体诱导、细胞工程育种等方面均做了许多创新性的工作。

为了进一步提升自己的科研能力和水平,1993年包振民考取了水产学院王如才教授的博士生。王如才教授是我国著名的贝类学家,早期从事扇贝研究,后来,应国家需要又开展了牡蛎研究。"之前在青岛王家麦岛的扇贝育苗厂,我帮王老师做过一段时间的生产,他对我的工作态度和能力很认可,印象也很好。王老师非常平易近人,总是用商量的口吻与我们交谈,从来不强迫我们做工作。"包振民说,博士期间他选择了鲍基因工程方面的研究。"王老师听了我前期的工作,很支持,鼓励我按照自己的想法继续做下去,所以我的博士论文和鲍的遗传育种有关。"

包振民多次谈起自己走上扇贝研究之路的故事。有一次,王如才教授与学生们在实验室交流,叮嘱大家说:"我们实验室起家的本门武功是做扇贝的,你们别忘了,希望你们将来有机会把扇贝育种做起来。"包振民把老师的嘱托默默记在心里,从那以后,真的把扇贝研究作为了他不懈奋斗、孜孜以求的事业。

培育良种:"育种是一项没有终点的事业。"

在新中国海水养殖业的发展历程上先后激荡起藻、虾、贝、鱼、海珍品(海参、鲍鱼)五次浪潮,每一次浪潮澎湃而起之时,中国海大人都勇立潮头,引领产业创新发展之势。

20世纪70年代,我国海水养殖业在海带、紫菜养殖获得成功的基础上,开始了海水动物的养殖,转向以对虾、扇贝为主。王如才教授为代表的贝类学家陆续攻克了扇贝自然苗采集技术、室内全人工育苗技术和筏式笼养技术,为海水养殖业第三次浪潮的兴起奠定了基础。

20世纪90年代末,流行病害大规模暴发给我国扇贝养殖业带来致命打击。王如才教授叮嘱包振民说,扇贝育种的工作要赶紧抓起来了。牢记嘱托,他重点对黄、渤海区普遍养殖的栉孔扇贝进行研究,由此拉开了我国扇贝良种化的序幕。

与种植业、畜牧业育种相比,水产育种可谓困难重重。一方面海上风险较多,风浪灾害、病害、丢失都有可能发生。另一方面,扇贝育种需要建立一整套遗传评估技术,之前从没有人做过,毫无经验可借鉴。寒来暑往,包振民带领团队边摸索边实验,不断设计、改进方案,进行攻关,创建了以数量遗传评估BLUP技术为核心的扇贝育种技术体系。

攻坚克难的道路上,烟台蓬莱的水产养殖企业家王守常特别支持包振民团队的扇贝育种工作。"那时候我们课题少,经费也不多,每次去育苗场,吃、住、行等他都无偿地给予支持。"包振民表示,在我国扇贝养殖一直依赖野生苗种,大家普遍对扇贝育种不理解也不愿意投入的情况下,这份信任与支持弥足珍贵。

十年磨一剑。2005 年,凝聚着包振民无数心血和汗水的栉孔扇贝新品种"蓬莱红"通过新品种审定。作为我国科学家自主培育的第一个扇贝新品种,"蓬莱红"具有生长速度快、产量高、肉柱大、抗逆性强、壳色鲜红、遗传性能稳定等特点,一经推出,就赢得水产养殖户的喜爱,先后获国家海洋局创新成果一等奖、教育部科技进步一等奖、国家科技进步奖二等奖。

"煮熟了,红彤彤的,既喜庆,又诱人,因为最早是在蓬莱培育的,就把它命名为'蓬莱红'。"包振民说。

2003 年,包振民受大连獐子岛渔业集团邀请,去探讨良种选育,在生产车间里,他发现了一只肉柱呈金黄色、在他人看来是"次品"的扇贝。后来他抓住这种扇贝研究,破解了这种扇贝是由于一种类胡萝卜素降解酶基因 BCO 发生突变,而导致肉柱大量积累类胡萝卜素的机制,成功研发出了富含对人体有益的类胡萝卜素,且具有抗氧化、抗疲劳、抗肿瘤等保健功能的"海大金贝",并于 2009 年获得了国家新品种认定。

谈起这一新品种的命名,包振民说,因为这个品种是中国海洋大学培育的,所以取了"海大"二字,"金贝"蕴含两层意思:一是这种扇贝的肉柱呈金黄色,金光闪闪、鲜艳夺目;二是研发出这个新品种时,恰逢大连的养殖基地正在建设一个金贝广场。为了纪念高校与企业之间的这种"产学研"合作,经过一番斟酌后,就将品种命名为"海大金贝"了。

育种的道路上,没有最好,只有更好。包振民率领团队在推动我国扇贝养殖良种化的道路上砥砺前行。

全基因组选择是目前育种领域的前沿技术,包振民带领团队率先在水生生物育种领域开展了这一技术的研发。要进行全基因组选择,就要掌握高通量分型技术,在国际上畜禽动物进行高通量基因分型时,需要用基因芯片进行检测,但芯片价格昂贵,高昂的研发和检测成本给水生生物全基因组选择育种技术的实际应用造成了阻力。包振民直面挑战,打破惯性思维,带领团队开发出基于等长标签的 MisoRAD(简并基因组技术)和基于液相杂交的新型高通量、低成本的液相芯片,大幅降低了检测成本,使检测一个样品的费用只相当主流技术的 1/10。这一低成本、高通量全基因组分型技术的创新,不仅为扇贝的全基因组选择育种插上了腾飞的翅膀,而且还推广应用于水稻、土豆、蜜蜂、家猪等 160 余个物种的育种分析,成为引领种业创新发展的颠覆性技术,为国际同行所瞩目。

应用全基因组选择技术,"蓬莱红 2 号"于 2013 年成功通过国家审定。作为国际上首个采用全基因组选育技术培育的水产良种,"蓬莱红 2 号"不仅延续了"蓬莱红"的高产抗逆特性,而且产量较"蓬莱红"提高 25.43%,成活率提高 27.11%,引领了水产分子育种技术新潮流。

2022年，中国农村杂志社主办的"微观三农"梳理出"十年来我国农业科技的30个标志性成就"，全基因组选择的栉孔扇贝"蓬莱红2号"作为水产领域的唯一代表成果入选。

除了前述的3个品种，还有虾夷扇贝"獐子岛红"、海湾扇贝"海益丰12"、栉孔扇贝"蓬莱红3号"、海湾扇贝"海益丰11"、栉孔扇贝"蓬莱红4号"，40余年来，包振民和他的团队已培育出了10个水产新品种，累计推广养殖1000余万亩，创造产值数百亿元，彻底扭转了我国扇贝养殖业长期依赖野生苗种的局面。

2018年，包振民领衔完成的创新成果"扇贝分子育种技术创建与新品种培育"荣获国家技术发明二等奖，成为当年水产科学领域唯一的国家技术发明奖。

创新突破："做科研就要'顶天立地'。"

"做科研就要顶天立地，'顶天'就是要做最前沿的研究，解决行业里最棘手的难题；'立地'就是要与产业对接，用技术回馈社会。"包振民说，做科研，是一件很幸福的事，特别是当看到自己的技术能为百姓服务时很有成就感。

多年来，围绕扇贝种业关键技术问题，包振民带领团队以"咬定青山不放松"的信心和决心，执着探索，勇攀高峰，攻克了贝类遗传学和育种领域的系列核心关键技术，为我国扇贝养殖业蓬勃发展注入了不竭动力。

随着我国扇贝养殖技术和良种培育技术的创新，扇贝产量已经从20世纪70年代初的年产20多吨，上升为如今年产近200万吨。产量的增长，带来的是价位的下行，市场上出售的鲜贝一般4至6元一斤，与牡蛎、蛤蜊相差不大，曾经的海珍品已变成"大众菜品"，走上寻常百姓家的餐桌。

"这也是令我们育种人员感到欣慰的地方，通过我们的努力，给中国老百姓提供了大量高品质的蛋白质。"包振民笑道。

在助力水产养殖业蓬勃发展的同时，包振民团队以扇贝为研究对象，在基础生物学领域亦取得了令人耳目一新的成就。

包振民团队率先在国际上完成了扇贝基因组图谱绘制，建立了全球最大、种类最多的基因组综合数据库，使我国成为掌握贝类基因资源最多的国家。美国贝类学会前主席、著名贝类学家舒慕薇（Sandra E. Shumway）评价说，包振民团队开展的扇贝研究是贝类研究的典范。

研究中，他们发现虾夷扇贝基因组包含许多古老的基因，保留着动物原始祖先的特征，在几亿年的进化过程中竟然没有被重组打乱，《自然·生态与进化》的主编称其为"化石基因组"。进一步研究发现，扇贝躯体在发育过程中没有遵循普遍认为的宏观共线性的规律，而是分阶段表达的，包振民团队把它定义为"分段时间共线性（STC）"模式。

刚发现这一现象时，他们既惊喜，又忐忑，就虚心向国际上这一领域的知名专家请教、探讨。专家们不以为然，被问的次数多了，就说："你们搞错了，好好检查你们的实验数据。"包振民对自己的工作很有信心，又把此前这一领域相关专家发表的成果拿来对比实验分析，证明也遵循这一规律，即分段时间共线性（STC）在无脊椎动物发育中是普遍存在的。2017年，团队研究成果在《自然·生态与进化》发表，扇贝中藏着解开两侧对称动物的起源与进化的钥匙，目前分段时间共线性作为发育生物学领域的一大热点，成为竞相研究的对象，许多学者开始引用他们文章中的观点。

包振民团队还在扇贝眼睛发生控制基因、单轮动物幼虫的起源和进化、同型染色体的演化机制等重要生命科学基础研究方面取得了许多重大突破，产生了国际影响力。

"科研是一种生活方式，其中有至美、至善、至乐，也有至艰。"包振民坦言，从事科研是一件很幸福的事。

谈及未来5至10年的科研规划，包振民蓝图在心。一是通过与企业开展合作，把新的育种技术与种业密切结合，推动水产种业的发展，为水产养殖事业的健康发展服务，力争创造更大的经济效益。二是目前水生生物的基础研究还很薄弱，自己有责任把这个"研究洼地"填起来，通过搭建高端研究平台，为后来者的深入研究铺好道路。

"十四五"服务山东重点建设项目山东省海水高效种质创新与蓝色种业中心、青岛蓝色种业研究院、海南省热带水产种质重点实验室……在包振民的努力下，一个个高端水产种质创制创新平台搭建而起，成为推动我国"蓝色种业"和地方经济高质量发展的活力引擎。

"我们要认真贯彻落实习近平总书记重要指示精神，把远海深海养殖搞起来，把渔业'种子工作'这一篇文章做精做好，夯实粮食安全'压舱石'，让'蓝色粮仓'更丰盈。"包振民说。

为人师表："培养好学生是我的主业。"

"作为一名教师，培养好学生是我的主业。"开学第一课、专业导航课、毕业党课、思政讲堂以及担任2020级生物科学（强基计划）班班主任……包振民时常与学生面对面交流，倾听学生心声，指引学生成长成才。

包振民坦言，他喜欢有想法、有责任感、勤奋而又有冒险精神的学生。在品德上，他希望学生保持"善"，追求"美"。"与人为善，善良的人人品不会差；学习、科研和生活中都要善于发现美、欣赏美。"

40余年来，包振民培养出了130余位硕士、博士研究生，大多成长为我国水产种业领域的领军人才和骨干力量。

"为学应须毕生力，攀登贵在少年时。"这是包振民对学生们最常说的一句话。在教学中，他倡导的是"穷理、极致、执着、精美"的治学品质。

谈起自己的导师,学生认为包振民既是严师又是慈祥的长辈。"学术上,他教导我们养成'不做则已、做必完美'的态度,有时会为了一个'小问题'和我们一起通宵达旦地琢磨。生活中,他总是给学生无微不至的关怀。有一次,我在烟台做实验时得了面神经炎,包老师多次开车带我去医院,从联系专家到挂号拿药,一直跑前忙后,老师的关怀我至今感恩于心。"现任职于中国科学院生态环境研究中心的战爱斌研究员说。

中国海洋大学海洋生命学院教授王师对导师以身作则、言传身教的治学精神印象深刻:"尽管日常工作非常繁忙,但他仍坚持经常带领学生深入条件艰苦的海水养殖场实地学习和调研,身体力行地诠释对科研工作的热爱。""在工作中,我们经常与养殖企业打交道。包老师总是嘱咐我们要多替别人考虑,不要为了自己的实验给养殖场添麻烦,在现场要多思考如何既完成科研任务又不耽误场里生产。"中国海洋大学海洋生命学院教授胡晓丽对导师处处为他人着想的处世原则印象深刻。

此外,许多学生即使毕业,在工作、生活中遇到困难,包振民也都会施以援手。听闻学生取得进步,他还会通过微信、电话或邮件送去祝福与勉励。

"在未来的人生道路上,无论是狂风暴雨还是艳阳高照,都要保持初心,将人生奋斗同党和国家的事业发展相统一。"6月15日,在与2023届毕业生座谈时,包振民如是说。近年来,在毕业生即将走出校园、踏上人生新征程的重要时刻,他都会与同学们进行一次深入的交流,结合校史、院史,讲自己求学、教学和科研的人生经历,与大家谈理想、谈责任、谈奉献和坚持创新。

（本文刊于 2023 年 6 月 20 日,第 86 期）

矢志不渝创新路　匠心传承育英才

——记山东省高等学校教学名师、中国海洋大学工程学院副院长刘贵杰教授

冯文波

　　他总是笑容可掬，给人如沐春风的感觉；他始终坚持做"接地气"的科研，服务社会需求与经济发展是他带领团队创新的不竭动力；他怀一颗匠心，为师表、立师德、铸师魂；他用乐观自信感染大家，带领团队扎根中国大地不断书写以工兴海、以工强国的新篇章；他与时俱进，推动学科交叉融合，是新工科建设的探路人；他不辞辛劳，全身心投入学校首个工程训练中心建设，极大提升学生实习实训的获得感和幸福感……他就是山东省高等学校教学名师、中国海洋大学工程学院副院长刘贵杰教授。

　　三十年间，刘贵杰谨记立德树人的初心，以蔚蓝海洋为主战场，集智攻关，推动产学研用深度融合，在服务海洋强国建设的征途上收获累累硕果。

扎根讲台三十载 言传身教育新人

9月7日下午,正值初秋时节,中国海洋大学崂山校区图书馆第二会议室欢歌笑语,其乐融融,学校正在此举行庆祝2023年教师节大会。会上,刘贵杰获颁从事教育工作三十年荣誉证书。不悔三十载,弹指一挥间,青丝染白发,他以上好每一堂课、教好每一个学生为己任,潜心耕耘,赢得桃李满天下。

受父亲的影响,刘贵杰从小就有一个教师梦。他的父亲是一名裁缝师,十里八村的青年人时常慕名而来学习裁剪手艺。"一个裁缝毕竟力量有限,通过培养出更多裁缝就可以为更多人服务,老师也是如此。"刘贵杰说。

1993年,25岁的刘贵杰在合肥工业大学硕士研究生毕业。他没有像其他同学一样朝着工程师的职业去发展,而是选择回到自己本科就读的母校山东轻工业学院当一名老师。"当工程师,我只能自己搞一些设计发明,当老师就可以为国家培养更多的人才,这些人才可以为社会作更多的贡献。"怀着这一朴素的想法,他开始了自己的执教生涯。

忆及备第一堂课的情景,刘贵杰依然记忆如新。他开设的第一门课是给自动化专业学生讲"工程力学"。他提前去上课的教室踩点,还把精心准备的课程讲给导师刘思汉教授听,认真吸收老师的意见和建议。"初登讲台,还是紧张,心跳加快,伴随着讲课的深入,自己也就镇静下来。我给自己定的目标是,四块黑板全部写满,正好下课,不用擦,便于同学们记笔记和对照学习。"忆起初为人师的感受,刘贵杰如是说。

2000年,刘贵杰又考取了东北大学的博士研究生,师从东北大学原副校长、磨削加工和网络化制造著名专家王宛山教授。东北天气冷令他吃不消,博士毕业时他婉拒了导师留校发展和去北京高校工作的推荐,决定回到山东高校任教。

2004年,刘贵杰受聘到中国海洋大学执教。近二十年来,他历任工程学院机电工程系主任、工程学院副院长、工程训练中心主任以及山东省海洋工程重点实验室副主任。2006年机械电子工程二级学科硕士点获批,2010年机械工程一级学科硕士点获批,2011年"海洋机电装备与仪器"交叉学科硕士点获批,同年"机械设计制造及其自动化"卓越工程师计划获批,2012年"机械设计制造及其自动化"山东省特色专业获批,2022年"机械设计制造及其自动化"国家一流本科专业建设点获批,对于学科和学院的发展,他是见证者、参与者,也是奉献者。

上好课是教师的立身之本。刘贵杰认为,作为一名教师,从基础课到专业课都应该讲好,才能达到专业知识体系的融会贯通。理论力学、材料力学、机械原理、机械设计、机械制造技术、数控加工技术、工程测试技术、海洋工程装备技术等机械专业的骨干课他都讲过。谈起最拿手的课程,他首推给研究生开设的机械故障诊断。他说,这门课内容丰富,既有传感器原理,也涉及信号处理,还有实际应用,理论研究与实践应用相结合,需要把知识融合贯通传授给学生,这是他乐在其中的事情。

"刘老师讲课的风格就是逻辑清晰,一堂课下来,有一个十分清晰的脉络。他实践经验丰富,总能把工程应用中一些最鲜活的案例带到课堂上来。"2020级机械设计制造及其自动化专业的扶航同学表示,通过听刘贵杰的课受益良多。

"刘老师的课堂氛围比较轻松,他善于运用生活中的案例引导我们进行讨论和交流,鼓励我们大胆地发表自己的想法和意见。"2021级硕士研究生刘杰说。

在教学中,刘贵杰发现,人才培养缺乏的还是实践,尤其是本科生,学校一直在强调重视实践,但是依然没有达到最佳的效果。如何利用社会资源来推动学生的创新和实践,一度成为困扰他的难题。后来,在学校和青岛市人社局的支持下,他积极探索开展校企合作,建立了5个专家工作站。作为企业专家工作站的首席专家,他与同事们一起带领学生深入企业开展实习,在这一过程中把学校的智力资源赋能企业,甚至转化为企业的创新成果。日久天长,企业尝到了甜头,十分乐意接收学生前去实习,学生也增强了动手能力,获得了解决实际问题的锻炼经验。"在这一探索中,理论、实践和创新思想拧在一起,不停地碰撞并螺旋上升,如此一来,学生不仅要学习单纯的理论知识,还要和社会交融,形成校企联合,多体协同育人的目标。"刘贵杰说。

2018年,刘贵杰领衔的"基于'三螺旋'理论和多元协同的机械专业卓越工程师人才培养的实践教学模式构建与实践"获得山东省第八届高等教育教学成果奖特等奖。2020年,他获评山东省高等学校教学名师、第五届青岛高校教学名师等荣誉称号。此外,他出版专著4部、教材1部,主持国家级、省级等教研项目10余项,发表教学研究论文20余篇,指导本科生参加各类大赛获得特等奖、一等奖等奖项30余项,指导研究生参加各类大赛获得一等奖、二等奖等奖项20余项,获山东省教学成果特等奖1项(首位)、一等奖2项(第二、第三位)。

桃李满天下是每一位老师所追求的目标,刘贵杰亦不例外。他表示,作为一名教师,首先要尊重学生、爱护学生,与学生保持良好的互动和沟通。让学生喜欢听课,有所收获,就要做到给别人一杯水,自己就应有一桶水。

守正创新铸匠心 逐梦深蓝向未来

2023年6月20日,2022年度山东省科技创新大会在济南召开。刘贵杰主持完成的成果"大型现代化深远海养殖装备设计制造及智慧运维保障关键技术及应用"荣获科技进步一等奖。

奖项背后是刘贵杰带领团队以推动国家和山东省"蓝色粮仓"建设为己任,通过十余年校企联合攻关,在深远海养殖装备相关设计理论、制造工艺、智慧运维保障等方面取得的系列技术突破。

走进位于青岛市蓝色硅谷的青岛森科特智能仪器有限公司,控制室大屏幕上实时呈现着烟台北隍城岛海域养殖网箱里黑头鱼游弋、觅食的画面。"这是我们公司与刘贵杰教授团队打造的深远海养殖生态环境全方位立体监测系统和水下生物监控系统。我们在办公室可以随时掌握网箱里鱼的情况，真正实现了深远海养殖远程可测、可视和可控的无人化智慧运维保障。"公司董事长于敬东说。

在海水养殖业发展过程中，网衣会附着各种藻类或杂物，进而堵塞网箱的网眼，导致滤水性能变差，严重时会使网箱内的鱼缺氧或滤食困难导致生长缓慢甚至死亡。所以，定期清洗网衣尤为重要。在深远海域，人工潜水清洗网衣十分危险且成本高、效率低。针对此，历经 5 年矢志探索，刘贵杰带领团队研发了网衣清洗机器人，一经推出，就赢得了广大养殖企业的喜爱。从最初的毛刷清洗机器人到现在采用空泡水射流技术的 4.0 版本机器人，他们不断实现产品的迭代升级。如今，第 4 代网衣清洗机器人的作业效率是挪威同类设备的 4 倍，在这一领域他们走在了世界前列。"最近，明阳公司订购了 4 台，龙源电力公司也订购了 6 台。"谈起自己研发的设备深受青睐，刘贵杰倍感欣慰。

刘贵杰倡导开展"接地气"科研，以解决经济社会发展中的实际困难和问题为己任。许多发明创造都是企业出题，他和团队解题。2013 年，经李华军教授引荐，青州巨龙科技有限公司总经理王朋找到刘贵杰，希望他帮助研发一种环保作业船，用于清理水面和海底的垃圾等杂物。企业有需求，科研人员就要用创新技术帮助企业纾难解困。他和团队勇挑重担，历经多个日夜奋战，研发出了新型的环保作业清理船，第一代样机还被青州巨龙科技有限公司销售到了欧洲。2012 年，受青岛光明环保技术有限公司委托，他与团队研发了一款用于滩涂溢油回收和清理的半潜溢油监测水下机器人，解决了半潜溢油难以监测的技术难题。2019 年，相关项目成果获得山东省技术发明二等奖。

最近，刘贵杰又接到青岛蓝色硅谷一家研究院的求助，希望他协助研发一款机械臂用以化学分析实验中试管的晃动。他欣然应允，并提出了研发一套化学化工实验智慧化系统的思路，令对方深受感动。"科技人员就是要把论文写在祖国大地上，看到我们团队的成果不断服务社会、造福人民，我就很开心。"刘贵杰说。目前，他受聘担任青岛市人工智能检测专家工作站、水下智能作业装备专家工作站等 5 个专家工作站的首席专家，不断用自己的聪明才智推动产学研合作，服务经济社会发展。鉴于他的突出贡献，2020 年，中国产学研合作促进会授予他中国产学研合作创新奖（个人奖）。此外，他主持国家重点研发计划课题、国家自然科学基金、省部级及其他项目 20 余项。近年来，在 *Journal of Cleaner Production*、*International Journal of Fatigue*、*Structural Health Monitoring-An International Journal*、*Ocean Engineering* 等国际知名期刊发表 SCI 论文 60 余篇，荣获山东省科技进步一等奖 1 项，山东省技术发明二等奖 1 项，青岛市技术发明一等奖 1 项，山东高校优秀科研成果奖自然科学类二等奖 1 项。

在团队成员的印象里，刘贵杰始终是忙碌的，他的身影总是在学校，节假日也很少休息。

如何才能做好科研？在刘贵杰看来，首先要有一颗科研报国、回馈社会的赤子之心,其次就是要坐得住"冷板凳",耐得住寂寞,脚踏实地、持之以恒,才能守得云开见月明。

工训中心创品牌 工科建设开新局

在中国海洋大学崂山校区东北角有一栋典雅的四层建筑——工程训练中心。

2021 年 8 月 26 日,是中国海洋大学办学史上具有纪念意义的一天。在前期试运行的基础上,学校工程训练中心正式揭牌。那一刻,作为工训中心首任主任的刘贵杰脸上洋溢着笑容,内心充满喜悦。

自 2015 年 3 月中国海洋大学工程训练中心建设方案顺利通过专家认证起,6 年间,刘贵杰深度参与其中,付出了太多的艰辛和努力。他清晰记得 2020 年暑假前学校领导对他的期许:"只要能确保下学期满足工程学院学生实习实训要求就可以。"他却说:"工程学院的学生可以实习实训,其他学院的学生也能。"暑假期间,他与同事们一起加班加点拼命干。当年夏季学期,顺利完成了学校 5 个学院 16 个工科专业 762 名学生的实习实训,超预期实现了校领导要求的目标。

中国海洋大学师生终于可以在自己的工训中心里开展实习实训了,是一件特别令人幸福的事。刘贵杰清晰记得,之前学生实习实训都要去职业院校,借用人家的工训中心。有的学校会在校园网发一则中国海大学子来校实习的新闻,刘贵杰看了,既有对兄弟高校的感激之情,另一方面也非常不舒服,盼望着学校早日建成自己的工训中心。

"虽然我们规定每天实训到下午 5 点结束,其实只要学生有需要,想到什么时候就到什么时候,我们老师会一直陪着。"刘贵杰说,就是要给学生在自己工训中心实习实训的归属感和幸福感。

"我们的工训中心虽然建设晚,但是起点高,要高标准、高质量建设和运营。"刘贵杰是这样说的,也是这样身体力行地去做的。2021 年 12 月,工训中心通过了中国质量协会质量保证中心专家组关于 ISO 质量管理体系、环境管理体系、职业健康安全管理体系实施情况的评审,成为山东省内首家实施三体系认证保障的工程训练中心,为学校事业发展和人才培养质量不断提高提供了更加坚强有力的保障。

工训中心不仅服务于工科人才培养,还向文、理科学生开放,以提升他们的工科思维,增强动手能力,弘扬工匠精神。

"知行合一 求实创新""匠心筑梦 匠艺强国"、攻克导航系统"卡脖子"技术难关的数控铣工刘湘宾、坦克焊接大师卢任峰、火箭心脏焊接大师高凤林……走进工训中心,映入眼帘的是标语、理念和大国工匠照片,浓郁的工匠精神文化氛围扑面而来。

"现在提倡对大学生进行劳动教育,打扫卫生、整理内务都是最基本的劳动,工程实践操作是相对复杂的劳动,更能锻炼大家的动手能力,增强创新技能。""工匠精神讲究的是爱岗敬业、精益求精、专注钻研、创新突破,希望大家传承这样一种精神,走技能成才、技能报国之路。"这一学期,每周六下午,刘贵杰都会带领工训中心的教学团队给同学们讲授通识课工程认知实践体验,在娓娓道来中,用一颗匠心滋润着学生的心灵。

工训中心不仅开设了工程认知实践体验、3D打印和激光加工——把想象变成现实、虚拟仿真等通识课程,还组织承担和指导全校本科生、研究生参加全国大学生工程训练综合能力竞赛、全国水下机器人比赛、桥梁结构设计大赛等科技竞赛,承担研究生培养和本科生科研训练计划项目(OUC-SRDP)的加工、试验和测试等工作,在学校创新型人才培养中的作用和地位日益显著。

2023年1月10日,以"融通•融合•融汇——加快构建高质量应用型人才培养新格局"为主题的第九届产教融合发展战略国际论坛在河南召开。刘贵杰应邀在"引领未来、守正创新:科技革命重塑工程教育新结构"分论坛上作题为"面向新工科的多维耦合工程实训体系研究"的主旨报告,向与会学者分享中国海洋大学在工程实训体系建设与运行以及人才培养方面的经验。谈起被邀请作报告的机缘,他说,2022年工程训练中心教学团队在《高等工程教育研究》刊发了一篇关于在新工科背景下,立足工训中心平台,培养高阶工程人才的论文。该论文被教育部学校规划建设发展中心相关同志看到,组织论坛时,力邀中国海洋大学分享经验和做法。此外,中国矿业大学、山东科技大学、齐鲁工业大学、郑州轻工业学院、南昌工学院等兄弟高校也前来交流学习工训中心运营经验和人才培养理念。

为主动应对新一轮科技与产业革命,教育部积极推进新工科建设。在刘贵杰看来,伴随着5G、大数据、物联网、人工智能等信息技术的进步,为改造升级传统的学科和专业提供了契机。基于此,自2012年起,他与团队着手用新技术赋能老专业并融入海洋特色,提出并设立了海洋机电装备技术特色学科方向和智能制造新兴学科方向。"前者是在机械工程大背景下海工和机电进行交叉,这些年一直在招收研究生。国家提出'中国制造2025',我们思考着下一步把区块链、数字主线等技术植入到海工装备的智能制造里去,在人才培养、技术创新方面服务国家战略需求。"谈起新工科建设,刘贵杰胸中有蓝图、肩上有担当,正以奋斗姿态书写学科发展的海大范式。

为人师表树形象　良师益友寄深情

在同事和学生眼中,刘贵杰的脸上总是挂着笑容,见到每一个人都会微笑地点头或打招呼。乐观豁达、平易近人、有亲和力、良师益友、脚踏实地……是大家给予他的印象和评价。

从教30年,刘贵杰培养了近90名研究生,上过他课的本科生不计其数。他与毕业研究生有一个名为"师出同门"的微信群,平时哪一位学生事业上取得了进步,谁结婚了,谁做爸爸了,或者工作和生活中遇到曲折了,开心的、烦恼的信息都会在群里出现。为人师者,刘贵杰乐于看到学生的成长与进步,对于他们的烦恼也会以过来人的经验加以疏导，使他们树立信心，再出发。

在团队青年教师心目中，刘贵杰是主心骨和领路人。教学、科研、项目申报……团队成员遇到困难他都尽己所能加以指导和帮助。"雷厉风行、追求卓越、积极乐观、勤勉实干，他身上这些优秀的品质都值得我们团队成员学习。"谢迎春教授说，作为团队带头人，多年来，他带着大家关关难过关关过，勇往直前。他的口头禅是"没愁事""思路决定出路""办法总比困难多"。他特别重视实践创新能力的培养。"经常鼓励我们说，做工科的就要多出去看看，去交流，去看看企业需要什么，不要闭门造车，我们要实实在在做点有用的事情。"王泓晖副教授依然记得他刚毕业，在为如何从学生转换为教师而不知所措之时，刘贵杰给予他的建议和帮助。"他是一个特别友善靠谱的人。"王泓晖说。田晓洁副教授记得有一年冬天，团队研究生在大连开展风洞实验，刘贵杰也赶过去指导，"当时做了一个模型，有100多个测点，学生经验不足，刘老师就和学生一起俯下身子给测点粘传感器，他这种亲力亲为的精神令人动容。他经常说，'人在一起叫聚会，心在一起叫团队'，在他带领下我们团队特别和谐，特别团结。"田晓洁说，他就是我们心目中的Superman。

刘贵杰的良好形象、敬业精神不仅留在团队成员和学生心中，还体现在与企业协同创新、攻坚克难的过程中。2015年，因海洋牧场观测项目，于敬东所在的青岛森科特智能仪器有限公司与刘贵杰团队结缘。第一次合作，刘贵杰提出的立体剖面监测方案被采纳，使该公司在山东省海洋牧场建设中崭露头角，后来在河北省海洋牧场建设中取得重大成效。"刘贵杰教授亲临现场，带着研究生和我们一起攻关，最后实现了项目落地。至今，河北省所有国家级海洋牧场都是我们公司建设的，成效非常好。他是一位有格局、有智慧、在海洋领域非常难得的专家。"于敬东说，在海洋科技创新的道路上，刘贵杰既是一位导师，又是大家的引路人。

刘贵杰常说，为人师者，盼望桃李满天下，看到学生成长进步，倍感欣慰；作为科技工作者，看到自己的发明创造能服务国家经济和社会发展，造福人民，感到很有成就感。

（本文刊于2023年11月2日，第89期）

发展水产加工行业　为人类的健康服务

——中国工程院院士薛长湖教授的水产加工之路

王淑芳

　　"我国多年来提到粮食安全,在人们印象中一般指的是陆地食物。但海洋能给人类提供的食物是陆地的 1000 倍,海洋是人类的蓝色粮仓。海洋食品含有丰富、独特的营养功效成分,能够保障人类健康。习近平总书记讲要牢固树立大食物观,向海洋要热量、要蛋白,全方位多途径地开发食物资源、构建多元化食物供给体系。这是我们水产加工人的任务和目标。"

　　这是薛长湖在许多场合都会讲到的话。无论是课堂上、接受采访还是参加各种会议、发表文章,树立和践行大食物观,启蒙社会对海洋食品的认知,已经成了他的一种习惯。这份执着,基于他和团队对水产加工技术的不断研究与创新之上。

　　从 1984 年读研究生时进行人造鱼肉蛋白纤维纺丝工艺研究开始,薛长湖已在水产加工领域浸润了 40 年。从低值海洋水产品的高效利用，到海洋水产品的高质化精深加工，从海藻到海参再到南极磷虾，从海洋植物到海洋动物的利用与加工，40 年间，他和团队初步建立了大宗海洋生物资源精深加工的理论和技术体系；引领了我国水产品加工与贮藏工程学科的发展，提升了该学科在国际上的影响和地位；有效带动了我国水产品加工行业整体水平的提升，为我国水产品加工业的快速发展做出了重大贡献。

"水是我的命运"

"水是我的命运"，这句带有神秘主义色彩的话，用在薛长湖身上却自然贴切。他的家乡江苏兴化地处江淮之间、苏中里下河腹地，境内湖荡棋布，河网稠密。这片水的世界孕育了杰出小说家施耐庵、文学家郑板桥，南宋以降从这里走出的举人、进士人数之多全国罕见。食于水，玩以水，行路亦靠水。薛长湖说："水乡长大的孩子，用不着学习游泳，几个大孩子玩闹，随便抱起来一个就扔到河里，很快就成了水中好手。水是我的血液。"

这位离不开水的少年，考入了一所海边的大学。1980 年，15 岁的薛长湖参加高考。因班主任讲起山东海洋学院是个不错的大学，他就在志愿表里填上了山东海洋学院水产品加工专业。拿到录取通知书的时候，家里人都觉得有些莫名：腌咸鱼的专业啊，一把刀一把盐的事儿，还用得着上大学吗？

对家人多少带点失望语气的话，薛长湖没有理会，少年的心思在大海。带着对浩瀚海洋的神往，薛长湖从江南水乡，来到了黄海之滨。他说："小时候觉得很大的湖，在海的面前，不过是一粒小水滴。这种感觉很神奇，令我着迷。"

到了大学，他的年龄小，没什么太多其他想法，只想着好好学习。多年后，回忆自己在研究路上之所以能走得远，薛长湖说是受益于本科时打下的化学基础。学校的水产品加工专业开设了很多化学类课程，与化学系一起上。第一学期期中考试，有机化学这门课薛长湖没有及格。"这对我刺激很大，我向来很会考试，怎么也接受不了得个不及格。"他发奋努力，成绩逐渐提升，期末考试以 96 分高居年级第一。"我对有机化学很着迷，如果当年要考外校研究生的话，我会学化学。"听到他这样说时，不免令人感慨这是"化学的遗憾，食品的幸运"。

本科毕业后，薛长湖跟从陈修白先生攻读研究生。陈先生是国内水产品加工工艺、加工设备及其综合利用研究方面的奠基人之一，曾于 1950 年在青岛主持设计了我国第一条鱼肝油生产线，并负责在上海、厦门建立了鱼肝油生产工厂和车间，为中国鱼肝油加工工业奠定了基础。薛长湖攻读硕士学位期间，进行了人造鱼肉蛋白纤维纺丝工艺的研究，博士期间主攻养殖对虾和海捕对虾的分析与比较。1990 年，薛长湖研究生毕业，他是我国自主培养的第一位农学水产博士。

几年的学术和实践训练，薛长湖在水产品加工的基础理论研究、加工设备与综合利用等方面，都有了比较扎实的功底。留校工作后，他参加的第一个科研项目是山东省水产局项目——"鳀鱼综合利用",从此开始了他的大宗低值海洋水产品高效利用技术研究之路。鳀鱼是东海、黄海的鱼种,蛋白质、鱼油含量高,特别是鱼油,含 DHA、EPA 等多种不饱和脂肪酸,是制作鱼粉、保健品和药品的优质原料。该项目的研发经历,使薛长湖在海洋资源利用方面建立了系统性认知,也让他确立了将研究与应用、成果与转化紧密联系的理念。

这个出走水乡的少年,十年后,开始以鱼虾蟹等海洋生物资源的科学研究和综合利用为事业,从此,未曾一刻离开过"水",只是此水已从江河湖荡变成了辽阔海洋。他将用一生回答:水产品加工,不是一把刀一把盐的事儿。

筑梦蓝色粮仓

海洋每年生产1350亿吨有机物,在生态基本平衡情况下,可以提供30亿吨水产品,可供300亿人食用。单就生物量来说,海洋是巨大的宝库。随着科学研究的不断深入,研究人员发现:海洋生物带有大量有益多糖;蛋白质氨基酸组成合理,人体必需的氨基酸占比高,也易消化吸收;富含 ω-3 多不饱和脂肪酸、磷脂等多种对人体健康有益的生物活性物质,海洋能满足人类对优质蛋白的需求,提供给人类高品质的食物。

只是从大海到餐桌,营养会流失不少,如何保证能发挥其对人类健康的最大价值?显然加工技术至关重要。在 20 世纪末,已经有十年科研经历的薛长湖对海洋有了较为丰富和深刻的理解,他对自己的科研道路也有了一个宏阔、立体的思路:综合利用海洋生物资源,提高人民的健康水平。以"海洋-健康"为旨归,高不饱和脂肪酸、多糖、类胡萝卜素等海洋生物活性物质的发现、提取、利用就成为薛长湖最重要的工作,这是一条在当时就与众不同的水产品加工之路。

"比如南极磷虾,就是一个天然的蛋白质仓库,生物量达 10 亿吨,可捕捞 1 亿吨。它含有 8 种人类必需的氨基酸,其氨基酸营养评分高于大豆、牛乳、牛肉,还含有多不饱和脂肪酸和磷脂等功效成分,综合利用开发的价值是巨大的。"

一说起海洋生物资源,薛长湖是兴奋的,那是一种来自对专业的热烈信仰。

1996 年,薛长湖主笔完成了《现代生物工程分离提取技术在海洋生物资源开发上的应用》一文,这是国内比较早的对海洋生物资源的蛋白质、多肽、活性脂质、生物活性多糖等生物活性物质的分离提取进行系统性阐释的文章。

相当长时间,他和团队都在搭建海洋食品与人类健康之间的桥梁。他们重点开展了针对鳀鱼、秘鲁鱿鱼、海带等低值大宗水产品资源及虾蟹壳、鱼皮等海洋水产品加工下脚料中的蛋白质、糖类及脂质高效利用的研究,成功完成多项技术创新,并进一步实现了成果的转化应用,研发出多种产品推向市场。

薛长湖最为行业熟知的是海参精深加工技术。在十多年中,他和团队对海参做了多方面的研究:不同海参多糖的化学组成分析比较、刺参中无机元素的聚类分析和主成分分析、刺参体壁和内脏营养成分比较分析、海参中总皂苷含量的测定方法、海参皂苷抑制血管新生作用、加热温度对海参质构特性及组织学变化的研究、海参胶原蛋白的提取及理化研究、海参营养液 DNA 快速提取及种类鉴定方法、海参最佳对流干燥温度的研究、鲜活海参清洗工艺实验研究……建构起了一个海参精深加工的技术体系。

闻名海参界的速发海参，就是薛长湖的发明。"海参产品的携带和食用方便性一直是困扰整个行业和市场的问题，我们也做了很多探索。在跟薛长湖教授一次偶然的交流中，他提出了一种速发干海参的理念，既方便携带和保存，还可方便泡发，解决海参发制烦琐的问题，让我们一下就找准了方向。"獐子岛集团总裁助理黄万成回忆与薛长湖的合作时说。经过近两年的努力，他们完成了速发干海参工艺研究和包装设计，一般泡发时间需要 4 至 5 天的干海参，一天即可食，而且营养流失少。"一泡即发"的"参旅"系列速发干海参上市后获得消费者的认可和喜爱，产品一直畅销。

目前，薛长湖团队开发出的海洋生物相关产品种类丰富，有酶制剂系列、海洋糖类系列、海洋脂类系列、海洋蛋白系列、海洋调味品系列。每个系列又有许多不同成分和形态的产品，如营养即食产品、海洋休闲食品、海洋大健康系列产品。2021 年，他们研发的天然海鲜系列调味品一度是一家大型电商平台的热销产品。

团队还开发了海洋大米、海洋面条、海洋鸡蛋——将海洋生物营养物质做成"大米""面条""鸡蛋"。通过水产精深加工技术构筑的"海洋粮仓"已初现。

更令人震撼的是，团队目前正在进行"干细胞培养鱼肉"研究，通过这项极具前瞻性的探索，未来不再需要大体量的水域，从车间的生物反应器中就可以源源不断地生产出鱼肉。

"我有一个梦想，就是人类越来越多的食物来自海洋"，薛长湖说，"海洋食品的重要性，如果人们过去、现在没有认识到，未来一定会认识到。创新开发新型海洋功能食品，为国民健康保驾护航，是我做水产加工的宗旨。"

构建海洋生物精深加工技术体系宝库

在薛长湖眼里，海洋没有无用之物。

在 20 世纪 90 年代后期，他开始海洋生物硫酸多糖的研究。1999 年，他发表了论文《海洋生物中的硫酸多糖》，分析了当时学界对海洋生物硫酸多糖的研究状况和不足，指出应重视低分子量海洋生物硫酸多糖的结构和功能研究，提出应将海带综合利用，开发硫酸多糖药物治疗人类疾病等作为未来研究和技术发展方向等。之后他和团队历时几年完成了"海带综合利用和开发"国家"863 项目"；发表了多篇关于岩藻聚糖硫酸酯的分子结构与活性关系的论文，并对其开发利用做了全方位的研究——提取制备有机碘、岩藻聚糖硫酸酯及其低聚糖、膳食纤维、褐藻胶低聚糖及甘露醇，生产出食品添加剂、海藻生物肥、抗逆植物促生长剂、医用药剂、日用和医用包装材料等绿色产品。

充分的利用、精深的技术、丰富的产品,海藻,在薛长湖团队手中竟成为如此令人惊喜的宝藏。

面对每一个海洋生物,薛长湖和团队的研究成果都堪称一个完整技术"体系"——"海洋低值鱼蛋白的挤压组织化技术及其关键设备""海带综合利用新技术的研究与开发""低值海洋水产品高效利用技术研究与开发""大宗海洋水产动物资源高效利用技术"……2010 年,他们的"海洋水产蛋白、糖类及脂质资源高效利用关键技术研究与应用"获得国家科学技术进步二等奖。

薛长湖及团队开发的数十项技术犹如一个宝库,这个宝库又如一个畅游在海洋里的自由体,抽取的技术或单项或组合,就可让海洋生物资源变为一种目标产品。最引人神往的是,随着不断创新,宝库也在不断扩大。

在海参精深加工技术上,薛长湖投入的时间和精力最长、最多。我国海参产业发展快速,全产业链总产值超千亿元,但由于海参主要功效成分不清、加工技术装备落后、加工过程功效成分流失严重、产品质量标准缺乏,制约了产业的健康持续发展。2004 年在国家"863"计划等项目资助下,薛长湖团队开始解决海参精深加工的技术问题。历经 16 年,团队在海参功效成分解析、营养保持与精深加工关键技术及装备研发、产品质量标准技术体系构建等方面取得了重大突破,突破了制约海参工业化加工的瓶颈,将我国海参产品手工作坊式的加工模式提升为机械化、标准化生产模式;构建了国际领先的海参营养保持与高质加工技术体系,建成国际首条机械化海参预处理生产线,海参系列加工技术成果行业利用率超 50%,总体处于国际领先水平。2020 年,薛长湖再获国家级荣誉,团队的"海参功效成分解析与精深加工关键技术及应用"项目获得国家科学技术进步二等奖。团队关于海参的成果总获授权发明专利 44 件,制订、修订国家及行业标准 10 项,发表论文 256 篇(SCI、EI 收录 135 篇),获批保健食品文号 2 件,培养研究生 100 多名,培训技术人员 4000 余人次。

为何追求技术的精深?薛长湖的回答是"为了产业发展"。

进入到水产加工领域不久,他就意识到行业技术、管理的落后,严重影响着产业发展。早在 20 多年前,他就为水产加工行业快速健康发展鼓与呼,2002 年执笔《我国水产品加工的现状和未来》一文,提出要加强应用基础研究和高科技产品的开发;加强质量管理的力度,建立、完善质量保证体系及有关法规条例,加快现代化国产水产加工机械的研制开发。2005 年发表《我国水产品加工科技现存的问题与发展方向》一文,提出我国水产品加工应提高精深加工比例,利用高新技术成果,解决制约生产发展的关键技术,加快技术成果的产业化,加强质量和食品安全认证体系的建设。2016 年他联合国内几家水产研究机构发表《水产养殖产品精制加工与质量安全发展战略研究》一文,提出要强化源头创新,研发配套关键技术,解决水产加工产业发展的瓶颈问题,要加强顶层设计,加强立法,保障水产品质量安全。

　　"薛老师对水产品价值的理解,对水产品加工未来发展方向的见解,是非常独特,非常超前的。"提起薛长湖,中国水产有限公司副总经理张天舒很感慨地说,"他对行业的发展,有极强的责任感,每次开会讲话或交流,都能强烈地感受到他对推动行业健康发展的迫切心情。"薛长湖团队多年合作方、獐子岛集团总裁助理黄万成说:"薛教授有非常好的行业前瞻性和跨产业的视野,能快速抓住问题的本质,洞见问题的本源。"20 世纪 90 年代末跟随薛长湖读博士的今河北农业大学海洋学院刘红英教授,已是河北省现代产业技术体系岗位科学家、河北省农业创新驿站－特色海产品养殖与精深加工创新驿站首席专家,对薛长湖很重视产业发展的理念至今记忆深刻。"薛老师一开始就将自己定位在国家产业需要上,用高水平的原创成果引领产业的健康发展,这对我们的影响很大。"

　　"在干细胞培养鱼肉的研究上,我们希望突破一些产业化关键技术瓶颈,创新集成具有行业标杆意义的细胞培养鱼肉生产工艺,建设高品质产业化生产示范线,为'未来食品'战略规划的顺利发展提供重大关键技术支撑,同时建立和完善海洋鱼肉、虾肉干细胞培养肉的法规和标准,推动干细胞培养鱼肉、虾肉领域研发水平达到世界先进水平。"薛长湖此番话语,再一次为他"以精深的技术提升产业发展,保障粮食安全"的追求作了注脚。

产学研融合哺育新工科教育

　　"产业!产业!产业!一定要跳出固有思维,要知道自己做的研究是要解决产业什么问题的。只在实验室里闷头思考是不行的,要下企业。"

　　这是在一个团队项目申报讨论会上,听完成员的汇报后,薛长湖发言的第一句话。

　　能为产业做什么,怎样做到,你能做的是否比别人做的技术更先进,使用这个技术提供的产品是否更健康,这是薛长湖思考的出发点,也是做事的目标。

　　早在科研起步阶段,他就有一个认知:躺在实验室里的专利,不是成果,成果需要完成从实验室走向市场的转变,这个转变就是应用。

　　这个认识,与其说是薛长湖学习水产品加工专业的一种必然,不如说是他作为一名工科学者的使命自觉,他身上有一种独特的气质和魄力。在薛长湖的博士研究生夏松港眼中,"薛老师是一个具有开拓创新精神的科技工作者"。

　　2020 年 12 月 30 日,青岛海洋食品营养与健康创新研究院正式揭牌,薛长湖出任院长。这是学校与城阳区政府合作的一个海洋生物、海洋食品协同创新平台,集功能实验室、中试车间、企业联合创新空间于一体。"研究院就是要解决科研到应用的中间环节问题。一项科研成果转化成产品,可能要走两万五千里,通过研究院,我们希望把这个距离缩短为一万里甚至更短。"薛长湖形象地说起研究院的作用。研究院拥有学校食品科学与工程学院 200 多项专利的转化委托,目前正与 100 多家企业进行成果落地的推进。现已孵化了 8 家企业,共同研发产品 50 余款,不少已经上市。薛长湖说:"我们已经迈出了第一步,完成了 0 到 1,现在要做的是从 1 到 10,从 10 到 100,这样才会形成效应,形成对一个行业乃至社会的进步强力而持续的影响。"基于研究院创新运行模式的成功,2023 年,学校与泉州市政府合作,成立泉州海洋生物产业研究院,薛长湖兼任院长。预计 2024 年第一季度可正式挂牌,未来它将作为一个新引擎,为泉州乃至福建海洋生物产业的发展提供新的驱动力。

为企业答疑解惑、推动技术成果产业化,是薛长湖做的频率最高的事。他有过在青岛的研究院试运行两年里接待 1000 多家企业的纪录,虽然真正达成产业化合作的并不多,但他乐此不疲。他说:"为我们的成果找到合适的'买家',实现产业化,这是必须要做的事情,我没想过辛苦这回事。只有充分产业化,水产品加工的企业、行业、学科才能得到快速发展。"

创新研究和产业化一个也不能少。这是薛长湖坚持的一个原则。对学生,他非常重视"学习—研究—应用"三者连通的思维培养。"我要做的就是培养能够走出实验室,实现技术转化落地的人,能帮助企业解决问题,提升产业发展,"他说。

姜晓明是薛长湖团队的青年教师,也是食品科学与工程学院 2007 级本科生。"本科上薛老师的专业课时,他就和我们讲,要有产业思维。现在新工科倡导的理念,薛老师早就是个践行者。他经常提到要思考产业真实的需求是什么,要解决的问题具体是什么,如何抓住问题的关键,围绕这些内容去构建食品科学与工程专业新结构。他认为学生需要掌握技术发展现状和趋势,要时刻更新对行业的认知和知识储备,以面对不断更新的技术和工程方法。他会根据学生的兴趣,创新设计课堂讲授、实践的内容。"黄万成说,企业非常欢迎有薛教授这样理念的人才,有理论基础、熟悉产业、能够解决产业实际问题。

侯钰昆是薛长湖的在读硕士研究生,本科就读于内蒙古农业大学,从确认录取为海大研究生起,就第一时间得到了老师的指导。"薛老师会根据我的兴趣做培养规划。我还未入学时,就让我去参与重要课题会议;入学后,让我从事水产加工方面的研究;在我做课题过程中,会定期了解进度和问题,对于难点重点会耐心解释、指导,这让我的硕士课题进行得非常顺利。"说起未来职业规划,侯钰昆信心满满,"继续攻读博士,毕业后做科研,为我国食品行业作贡献,像薛老师那样。"

夏松港说:"记得本科时薛老师在课堂上鼓励大家要做个对国家对社会有用的食品人,做了研究才深深体会到这个'有用'的深意。"他的博士生研究课题是《探究高水分组织蛋白的纤维调控机制》,在确定题目时,薛长湖就全面分析了该技术的难点和要解决的问题,让他一下就有了清晰的认知,之后的研究就是朝着正确的方向展开。夏松港说:"从哪个角度切入研究,准确把握要解决的关键问题,这种思维方式令我受益匪浅。"

王玉明教授 2005 年从日本留学回国后加入薛长湖团队,主要负责海洋食品功效成分的营养健康功效及作用机制研究，是一名从事基础理论研究的科研工作者。"在薛老师的团队中，我深深体会到科研成果转化为生产力，为社会、产业服务的重要性，看到自己研究领域的基础科研成果能够在他的带领下转化成生产技术和产品、形成产业化的推广，服务于'健康中国'战略，内心欣喜，"王玉明说，"感觉到实现了自己的真正价值，同时也更坚定了将基础研究做好的责任感和信念。"

从学生和同事的话语中，不难感受到，薛长湖长期坚持的科研与产业密切结合的工科教育理念带给大家的是对科研的自信和行业的热情。薛长湖多年担任学院院长，他的理念早已浸润在师生日常的教学、科研与管理中，学院在工科教育上也走出了一条自主发展的特色道路——通过与地方政府共同设立新型研发机构，将地方需求与工程教育相结合，结合工程硕士／博士与产业化实践，实现了工程教育产教融合的新生态。当国家提出以新工科建设驱动高等工程教育改革与发展时，食品科学与工程学院在薛长湖的带领下，成为学校首批改革试点单位。

教育和科研的创新永无止境。这话之于薛长湖，又是贴合度极高。2022 年，食品科学与工程学院迁入西海岸校区，拥有了全新的教学和科研平台。薛长湖与学院领导层再次对学院作出了新的发展规划：在坚持海洋食品特色基础上，推动果蔬、乳品加工快速发展，强化农产品加工新方向，形成以海洋食品研究为龙头牵引、其他门类研究依次递进的梯队式发展格局；夯实食品加工与制造、食品安全与品质控制、食品生物技术、食品营养与健康、食品保鲜与储运五大方向在大食品领域的学科地位，探索与信息、工程、医学等领域交叉融合、深度合作；构建"学院—重点实验室—新型研发机构"协同发展、相互支撑的创新链条……

规划如此清晰，前景并不遥远，且令人充满信心。"在十多年的学习和工作过程中，我深刻体会到了薛老师对食品学科发展的理念始终是引领性的，始终指引着我们努力的方向。"青年教师姜晓明的话，或许是大多数人的心声。

经常目睹薛长湖不停歇地与企业对接却始终精神饱满的青岛研究院工作人员许凯，将他这个状态归根为有信仰。

我国现代海洋药物研究的先驱管华诗院士，曾担任薛长湖所在的本科班班主任。薛长湖至今记得自己在一个实验上遇到困难，管老师给他解惑时说的一番话：急于求成，重结果轻过程，容易忘记为了什么而出发。如果一开始设定好实验目的，是为了人们的美好生活而研究，一些方法和思路就能迎刃而解了；如果只是为了快速完成任务，做学术的思路就走歪了。

"为了人们的美好生活而研究"，当时正在进行海洋药物藻酸双酯钠（PSS）攻关的老师说的这句话，在不到 20 岁的薛长湖心里刻下了深深的烙印，在 40 年的科研道路上，他始终将之作为追求和信仰。

在青岛海洋食品营养与健康创新研究院的展厅，尾厅墙上用大大的蓝色字体书写着"面向人民生命健康"。这是薛长湖的设计提议。

这位知行合一的教授、院长、科技工作者，以信仰和行动回应着国家和时代的召唤。

（本文刊于 2023 年 12 月 10 日，第 91 期）

向海图强篇

把脉陆架海洋生态环境　重建 6000 年历史

冯文波

　　日前，由中国海洋大学赵美训教授担任首席科学家的"973 计划"项目——"我国陆架海生态环境演变过程、机制及未来变化趋势预测"在青岛顺利通过课题结题验收。经过项目科研人员历时 5 年的系统研究，获得的主要成果之一便是理清了过去 6000 年来我国陆架海洋生态环境演变的记录，摸清了本底，而且为区分气候变化和人类活动对我国陆架海洋生态环境的影响提供了重要依据；同时还提出了我国陆架海洋生态环境演变机制的新认识，对我国陆架海洋生态环境未来变化趋势进行了科学预测，为国家海洋、环保、渔业等政府部门今后合理制定发展规划、科学决策提供了参考依据。近日，记者走进赵美训教授位于中国海洋大学崂山校区的办公室，听他讲述这一以海为途、追古溯今、启迪未来的海洋问诊之路。

缘起：26 年后重回母校，"亮剑""973 计划"项目

2006 年 9 月，中国海洋大学崂山校区正式启用，学校的办学环境有了极大改善，对于在 1959 年山东海洋学院成立之时发展起来的海洋化学学科亦不例外，不仅教学和工作的空间环境得到了改善，而且用以科学研究的平台支撑条件也有了大幅度提升，2005 年通过立项正在建设的海洋化学理论与工程技术教育部重点实验室也有了独立的实验大楼……加上中国海洋大学校领导的热情相邀，这一切都深深打动了一心为"科研"而回国的赵美训。于是 2008 年夏天，在毕业 26 年之后，赵美训再次全身心地投入母校的怀抱。

与 1978 年夏天考进这所大学时不同，这次赵美训是以"筑峰人才工程"特聘教授的身份来母校执教的，学校领导对他给予了深深的期望。"时任吴德星校长、于志刚副校长多次和我交流，一是希望通过我们的努力巩固和提升学校海洋化学学科在国内的地位和水平；二是希望提升这一学科的国际知名度，为建设国际知名、特色显著的高水平研究型大学服务。"谈起当时的情景，赵美训记忆犹新。

无论是自己想干一番事业的决心，还是校长的期望，以及对母校的深深情义，都需要他在母校提供的平台上，在海洋化学这片领域里勇敢的"亮剑"。于是，旨在解决国家战略需求中的重大科学问题以及对人类认识世界将会起到重要作用的科学前沿问题的"973 计划"项目就成为他"亮剑"的突破口。"2008 年的项目申报指南中已经含有了'气候变化和人类活动影响下的海洋环境与生态安全'的内容，特别是赤潮、浒苔、水母的大面积爆发，国家对海洋生态环境问题愈来愈重视，但是演变机制不清楚；于是我们抓住这一'瓶颈问题'，着手'973 计划'项目的申报。"赵美训告诉记者，我国关于陆架海洋生态环境演变的记录资料很少，连续性的资料更少，这一点与发达国家相差甚远。美国西海岸有连续 60 多年的环境演变过程资料，东海岸有大约 100 年的资料，欧洲一些国家甚至有好几百年的完整记录，我们国家只能查到改革开放以来 30 多年的不连续资料。赵美训解释说："如同医生要给一个病人看病，需要先看看他以前的病历，了解下他以往的病史和身体状况，结合他目前的症状制定治疗方案，并据此预测他未来的身体状况。可是，记录我国陆架海洋生态环境演变过程的这个病历我们没有，也就无法对未来的变化趋势进行科学预测。"

国家和科学界都有加强陆架海洋生态环境研究的愿望，加上中国海洋大学在海洋化学和海洋生态研究方面的良好基础，以及学校想通过科研项目整合力量，带动学科发展的构想，这些都为这一重大科研项目的成功申请创造了条件。2009 年 7 月，以赵美训为首席科学家的"973 计划"项目"我国陆架海生态环境演变过程、机制及未来变化趋势预测"获批立项，这也是中国海洋大学主持承担的第 5 项"973 计划"项目。该项目涉及海洋化学、物理海洋、海洋地质、海洋生态等多个学科领域，不仅有利于各学科的交叉融

合,而且为中国海洋大学多个二级海洋学科的进一步协同发展提供了机会。

实施:从摸石头过河到陆架海遨游

2009 年 11 月 2 日,来自科技部、南京大学、东北师范大学、国家海洋局第二海洋研究所、中国科学院广州地球化学研究所、厦门大学等单位的多位专家学者齐聚历史悠久的中国海洋大学鱼山校区,共同见证了"973 计划"项目"我国陆架海生态环境演变过程、机制及未来变化趋势预测"的启动。

启动会上,赵美训向大家详细介绍了该项目的研究对象、内容、方法和预期达到的目标。"项目主要选择生态环境脆弱的东海和黄海为研究区域,通过采集并分析海洋沉积物的化学组成来重建这一区域几千年来的生态环境演变过程,结合近代海洋生态环境调查资料,区分出自然变化和人类活动对环境的影响,构建起反映我国陆架海洋生态环境变化机制的量化模型,并据此来预测它未来的变化趋势。"赵美训说,我们国家的黄海、东海区域有宽广的大陆架,沉积物的样本保存完好,具有连续性,而且拥有很高的分辨率,这为重建我国陆架海洋生态环境并揭示它的演变规律提供了便利,一般以 5 至 10 年为界就可以获得一个有效的数据。而在美国,它们的大陆架比较陡峭,沉积物的记录少而且分辨率也不高,甚至需要以几百年为界,才能获得一个数据。

项目共分为 4 个子课题,由来自 7 个科研院所、高校的 30 多名科研人员历时 5 年完成。回首这段不平凡的历程,赵美训坦言,一路走来,有困难,有挑战,有艰辛,但也有乐趣,有喜悦,更有收获。"这一科学研究的时空跨度太大,时间上涉及过去、现在和未来,空间上涵盖长江口、陆架海、大洋等多处考察点,工作繁杂、任务艰巨。但是,经过我们这些来自不同学科方向的科研人员的齐心协力,最终还是实现了原定的目标,结果是美好的。"

面对这样一个无经验可以参考、借鉴的重大科学研究项目,赵美训和他的队友们很多时候是摸着石头过河,需要根据实际情况的变化及时调整方案。"项目启动之初,于志刚教授等专家建议我们在项目研究过程中,要根据具体问题适时调整思路,进一步修正原来的假设和设想。"赵美训告诉记者,这一点在项目执行过程中确实出现了,而且他们也及时正确地做出了调整。"该项目立项时,我们设想把过去 2000 年以来我国陆架海洋生态环境的演变过程、机制和影响因素搞清楚,后来随着研究的深入,我们发现我国陆架海洋生态环境最大的转变是从 6000 年前开始的,于是项目中期评估的时候,我们做了调整,决定重建 6000 年以来我国陆架海洋生态环境的演变过程。如同考察一个病人的家族遗传史,我们如果只做到 2000 年而不是 6000 年,就会将这个家族一段很重要的病史遗漏。那样就不利于我们的准确判断,进而也会影响对未来发展趋势的预测。"

在 5 年风雨兼程的不懈探索中,项目组的科研人员历经 5 次大断面出海观测及多次小航次调查,几乎查遍了黄海、东海 50 多万平方千米的大陆架区域,在共计 50 多个站位采集了近700个沉积物柱状样,完成了2000多个沉积物样品的多参数测定,并开展了大量实验室分析测定和计算机模拟实验。当记录着过去6000年来我国陆架海洋生态环境演变的一组组数据、一张张图表、一篇篇论文展现在大家眼前的时候,赵美训和他的团队体会到了收获的喜悦和付出的价值,他说:"用5年辛苦换得6000年的数据资料很值。"

成果:以海为途,追古溯今,启迪未来

通过5年的系统研究,该项目组完成了多项古生态和古环境重建指标的验证与建立,并获得了国际同行的认可。最重要的是重建了过去6000年来我国陆架海洋生态环境演变的记录,理清了本底,并通过比较过去和近代生态环境变化的历史和规律,基本厘清了生态环境变化的原因,尤其是初步区分了自然变化和人类活动的影响,提出了我国陆架海洋生态环境演变机制的新认识,并对我国陆架海洋生态环境未来变化趋势进行了科学预测。赵美训告诉记者,重建过去、调查现在都是为了更好地预测未来。他们通过研究发现,当前我国黄海、东海区的陆架海洋生态环境与6000年前十分相似,气温也基本处于同一水平。如果去除人类活动排放二氧化碳等温室气体导致气温升高的影响因素,仅从自然界的影响因素(风、太阳照射等)考虑,按照自然气候演变的规律,未来一段时期,这一区域的气温应该呈下降趋势。但是,当前我们面临的现实是,人类活动、工业生产都不可能停止,社会发展还得继续,二氧化碳等温室气体和各类生产生活污染物还会继续排入大气和海洋,气温会变得越来越高,长期下去会给作为近海初级生产力的海洋植物以及渔业资源、人类生活带来什么样的影响,就不好下结论了。赵美训说:"希望通过我们的研究给国家政府部门决策提供参考,当前我们所能找到的参考依据就是过去6000年以来的生态环境状况,我们现在正处在这个临界点上,如果人类活动不断加剧,气温继续升高,我们就找不到可以参考的标准了,至于未来可能出现的状况,只能靠模型来预测。""如同一个初次前来就诊的血压有一点高的病人,当医生得知他的家族有一定程度的高血压史但是生活和寿命基本正常时,可能会告诉他并无大碍。但是,过了一段时间,当这个病人的血压明显比上次又高了许多的时候,医生还能说他无大碍吗?"赵美训说,如果人类活动继续影响,赤潮灾害、水温升高、海洋层化现象就会不断加剧,我们的陆架海洋生态环境就会变得越来越脆弱。

项目执行过程中,项目组始终秉承科学研究和人才培养相结合的思路,不仅取得了一系列重大科研成果,而且在促进青年学者成长成才和研究生培养方面也成绩卓著。期间,中国海洋大学的刘素美教授、中国科技大学的谢周清教授分别获得了国家杰出青年科学基金资助,有80余名研究生通过参与该项目顺利毕业。同时,还汇聚培育了一支高水平的科研团队,促成了2012年以赵美训为学术带头人的中国海洋大学"海洋有机生物地球化学团队"获得国家自然科学基金委创新研究群体项目资助。

为使相关科研成果得以更好地保留和传播,项目组成员先后在 *Nature Geoscience* 等知名学术刊物上发表了近 200 篇高水平的学术论文,并出版了著作《典型情景渤、黄、东海月平均水温及生态要素图集》。此外,该项目作为重要载体,加强了学科交叉融合,促进了中国海洋大学、中国科学技术大学、国家海洋局第二海洋研究所等课题承担单位间的学术交流与合作,开创了这一领域协同创新的新机制,为今后类似科研项目的执行积累了经验、奠定了基础。

2014 年 10 月 10 日,针对该项目的课题结题验收会在青岛召开,由项目咨询专家、项目专家、国内同行专家共计 11 人组成的课题验收专家组对各课题任务完成情况、研究成果的水平及创新性、研究队伍的创新能力、人才培养情况、经费使用情况等各方面进行了综合评议。专家组一致认为,各课题完成或超额完成了既定的任务指标,4 个课题均以优秀成绩通过验收。

谈到项目成果的未来应用,赵美训说,目前联合国政府间气候变化专门委员会(IPCC)发布的 5 次"气候变迁评估报告"都没有涉及中国陆架海洋生态环境演变记录和变化趋势的预测,希望通过我们的努力,让这方面的内容出现在下一次的报告中。

未来:海洋碳汇,有机生物地球化学的新突破

我国是二氧化碳排放大国,节能减排压力巨大,与此同时,作为发展中国家,我们又有发展经济的现实需要。于是,平衡两者关系,设法增加二氧化碳的吸收和储藏就成了我国政府急需解决的难题。殊不知我国幅员辽阔的海洋就是一个巨大的碳库,而且它的"碳汇"能力十分强大。时下,"海洋碳汇"已成为我国海洋学界研究的热门之选,赵美训和他的团队今后主攻的方向便是这一研究领域的一个重要分支——海洋有机碳循环。

2012 年 8 月,以赵美训为学术带头人的中国海洋大学"海洋有机生物地球化学团队"获得国家自然科学基金委创新研究群体项目资助。该团队成为中国海洋大学第二个、全国海洋领域第六个获此殊荣的科研团队,中国海洋大学也成为全国为数不多的在海洋科研领域拥有两个国家级创新研究群体的单位。

谈到这一项目的研究内容,赵美训告诉记者,该项目紧扣海洋有机碳循环与生态环境演变的科学前沿问题,力图阐明海洋有机物的产生、转化、降解和埋藏机制及其对生态环境变化的响应,进而评估这一"海洋有机生物地球化学过程"对"海洋碳汇"的影响,为国家制定生态环境保护和外交谈判政策提供科学依据。

2012 年 11 月 12 日,该群体项目正式启动,此时正值赵美训主持的"973 计划"项目"我国陆架海生态环境演变过程、机制及未来变化趋势预测"进入中期,在时间维度上,两个项目自然而然地联系在了一起。据赵美训介绍,除了时间上的重叠关系,在研究内容上两者也存在着十分紧密的联系。"'973 计划'项目以陆架海洋生态环境记录的重建为核心,而群体项目则聚焦有机生物地球化学过程的控制机理和有机碳循环,内容看

似毫不相干,其实不然。'973 计划'项目对过去 6000 年我国陆架海洋生态环境进行了重建,其中用到了很多有机生物地球化学指标,而这些指标的验证和进一步发展就需要更加深入的研究海洋有机生物地球化学过程。所以说,群体项目为 '973 计划'项目的发展提供了支撑,尤其是为其后续研究提供了更基础的保障。同时,在 '973 计划'项目执行中我们发现海洋生态环境的演变对碳循环有很大影响,但这不是 '973 计划'项目的主要研究任务,于是就促成了这一新的群体项目的诞生。"

截至目前,群体项目已经执行了两年,距离项目结束还有一年的时间,谈起两年来取得的成就,赵美训如数家珍:基本理清了东海、黄海现代沉积物中有机质的来源,首次把有机质来源分成了海源有机质、陆地-土壤有机质和陆地-植被有机质;用同位素的办法证明陆地上的古老有机质可以输送到海洋环境当中埋藏,而这一过程受人类活动影响较大;在河口区域,人类活动所导致的低氧现象增加了微生物活动,对海洋有机碳的分解起到了很大的作用。

展望这一群体项目的未来,赵美训说,积极争取获得国家自然科学基金委的滚动支持,力争再用 4 年的时间,阐明海洋有机生物地球化学过程对生态环境变化的响应机制及碳循环意义;搞清微生物的群落结构、功能活性及其在海洋有机碳循环中的作用;重建我国边缘海生态环境演变过程和"碳汇"记录,并构建起有机碳循环的规律模型。赵美训还提到了人才梯队建设,他笑着说:"在这一领域,我已经算老人了,希望通过这一项目的执行,培养和造就一批有国际影响力的中青年学术带头人,打造一支在国际海洋化学界有较大影响力的创新群体队伍,在事关国家可持续发展的重要基础理论和关键技术研究领域取得重大突破,从而更好地贡献国家、服务社会、造福于民。"

（本文刊于 2014 年 12 月 31 日,第 19 期）

谋海兴渔　浪潮再起

——中国海洋大学科研团队攻关黄海冷水团鲑鳟养殖技术纪实

冯文波

3月5日,第十二届全国人民代表大会第四次会议在北京人民大会堂开幕。会议公布的《中华人民共和国国民经济和社会发展第十三个五年规划纲要(草案)》提出,要进一步壮大海洋经济,优化海洋产业结构,发展远洋渔业,推动海水淡化规模化应用,扶持海洋生物医药、海洋装备制造等产业发展。此前,中国海洋大学科技工作者已经开始了壮大海洋经济、拓展蓝色空间的尝试,并把研究的目光聚焦在了黄海中部的冷水团上。

鲑鳟鱼类包括大西洋鲑(俗称三文鱼)、虹鳟等鱼类,其肉质细嫩鲜美、营养价值极高,既可直接食用,又能用于烹饪菜肴,深受人们喜爱。但是,这些美味的鱼类,我国却鲜有人进行海水养殖,每年都要从国外大量进口,用于满足国内市场需求。

现在,世界上海水养殖最成功的鲑鳟鱼类当属三文鱼,仅挪威的养殖产量就接近每年200万吨,而我国海水鱼养殖的年总产量也仅为119万吨。三文鱼属冷水鱼类,对水温要求苛刻,最适合生长在16 ℃～18 ℃的水域中,挪威、智利等国的人工养殖三文鱼技术已经相当成熟。长期以来,中国因缺乏适合三文鱼常年生长的低温海域,只能望洋兴叹。近年来,在中国海洋大学科技人员的不懈努力下,这一长期困扰中国海水养殖界的难题有望破解,让中国人吃上本土海水养殖的三文鱼等鲑鳟鱼类的梦想也将成为现实。

拓展我国海洋经济战略空间

黄海是太平洋西部的一个边缘海,位于中国大陆与朝鲜半岛之间,是一个近似南北向的半封闭浅海。因汇入的河水携带泥沙过多,使近海水域呈黄色而得名。长期以来,每逢夏秋季节,位于黄海中部洼地的深层海水温度比其他海域都要低,保持在4.6 ℃～9.3 ℃。物理海洋学家将这一覆盖海域面积约13万平方千米、拥有5000亿立方米的水体命名为黄海冷水团,又名黄海中央水团。

多年来,海洋科研人员对于黄海冷水团的研究更多的是关注其物理海洋学特性,却鲜有人考虑到它的经济价值。在我国近岸海水养殖受环境和空间的制约日趋明显,近岸海洋资源利用趋于饱和的大背景下,海水养殖从近岸向离岸拓展已成为实现可持续发展的必然选择。那么,如何利用黄海冷水团开展养殖?这一海域适合养殖什么样的鱼类品种?这一产业项目的发展前景如何?

"十二五"期间,中国海洋大学科研人员开始谋划利用黄海冷水团资源养殖优质鲑鳟鱼类,建设黄海冷水团国家离岸海水养殖试验区,以中国海洋大学水产学院教授董双林为核心的科研团队开始了黄海冷水团鲑鳟养殖技术的攻关与探索。

在董双林看来,黄海冷水团这一全球独特的水体,具有良好的养殖冷水鱼的条件。

首先,在经济效益方面,黄海冷水团适合养殖鲑鳟类等高价值的海洋冷水鱼。由于冷水团的水质优良,养殖鱼类的品质上乘,市场售价高于近岸养殖产品,经济效益十分可观;其次,在环境保护方面,黄海冷水团位于黄海中部海域,可开发空间开阔,水交换条件好,即使按照千亿元级离岸养殖开发规模计算,所产生的尾水远小于该海域的自净能力,具有较大环境容量冗余,不会对黄海水质产生明显影响;第三,在风险防控方面,虽然黄海冷水团离岸养殖易受台风等气象灾害影响,但只要在养殖设施、日常管理等方面做好预防,就会降低此类风险。而且,由于水质优良,只要管理得当,该区域暴发大规模疫病的可能性远低于近岸养殖区。

"利用黄海冷水团进行水产养殖,不仅有助于拓展我国海水养殖业的战略空间,而且也会推动我国新一轮海水养殖浪潮的兴起,加快我国离岸鱼类综合养殖业的发展。"董双林说。

构建陆海一体化养殖新模式

目前，围绕黄海冷水团鱼类养殖模式研发这一主题项目，中国海洋大学已组建了一支跨学科科研团队，联合山东省日照市万泽丰渔业有限公司，就黄海冷水团适宜养殖的鱼类品种、封闭循环的冷水鱼类苗种培育系统、中国首艘养殖工船平台建设、陆海一体化冷水团优质鱼类养殖模式研创等展开了一系列的探索与实践。

根据我国水产养殖实际情况，结合黄海冷水团的特点，项目组首先选择了硬头鳟和虹鳟为主要养殖品种，且已展开苗种培育，计划在 2016 年 10 月过渡到海水中，在养殖工船和网箱中试养。董双林表示，后续阶段还将开展其他一些高品质海洋冷水鱼类的养殖。

在养殖设施系统研发方面，中国海洋大学科研团队申报了国家发明专利"一种原位利用黄海冷水团低温海水养殖冷水鱼类的方法"和"一种温带海域离岸养殖大规格鲑鳟的方法"。每年暮秋时节，养殖海域的上层海水温度较低，适宜鲑鳟鱼类的生长，可将大规格鲑鳟鱼种放养至养殖工船中养殖。到次年夏初高温时节，当上层海水的温度超过18 ℃，高于鲑鳟鱼类适宜生长的温度时，养殖工船可利用船上的深层冷海水取水装置，抽取冷水团的低温海水，以养殖该工船中的鱼类。当秋末海水表层水温回降至18 ℃以下后，养殖工船恢复抽提上层海水养鱼。

此外，项目组还设计了一些特色网箱。在海水上层温度适宜鲑鳟生长的时节，网箱分设于养殖工船周围，养殖方式与一般网箱相同。但在高温季节，可改变它们的结构或水层等保障鱼类继续生长。

养殖工船除利用养殖舱开展鱼类养殖外，还为养殖生产提供仓储、通讯、住宿、管理等的工作平台，船上配备的自动投饵设备、渔捞设备可实现对网箱和工船养殖鱼类的投喂与捕捞。

谈及为何选择日照东部海域为试养海域时，董双林说："这首先与当地政府和企业的积极支持与参与是分不开的。其次，黄海南部海域冬季水温比黄海北部的水温高一些，更有利于鲑鳟鱼类冬季养殖。另外，还可利用青岛、日照等传统海水养殖区的产业基础和配套设施，降低离岸养殖成本。"

董双林表示，目前用以改造成养殖工船的排水量达 3 300 吨的"万泽丰 3"驳船已经到位，详细的改造方案已基本设计完成。此外，万泽丰渔业有限公司还在日照水库坝下购置了 30 亩土地，正在建设鲑鳟鱼类苗种场。

董双林表示，黄海冷水团鱼类养殖可以称为世界水产养殖史上的创举，是温带海域规模化周年养殖鲑鳟鱼类的首次尝试，这有助于加快我国向水产养殖强国迈进的步伐。在中国率先建造养殖工船，构建陆海接力的鲑鳟鱼类"苗种场－养殖工船－网箱养鱼"一体化工程平台，不仅使在离岸高海况海域开展鱼类养殖成为可能，而且可推动我国新一轮海水养殖浪潮的兴起,助力我国水产养殖业向深远海发展。

"一些优质鲑鳟鱼类在淡水繁殖,却可在海水养成,这就需要陆海接力,我们要考虑盐度、低温、高温、营养等的过渡衔接问题,研发出陆海接力的养殖模式。"董双林说,这种陆海一体化养殖模式的建立,打通了山东省黄海冷水团优质鱼养殖与临沂、济宁等内地苗种供应基地的联系,形成了离岸海水养殖带动内地水产养殖发展的新范式。

打造千亿元养殖产业

黄海冷水团养冷水鱼的经济效益如何?董双林算了一笔账:"黄海冷水团拥有5000亿方水体,取其中的1%(50亿方)用于养殖,如按照10立方米水养一尾鱼计算,可以养5亿尾;按每尾鱼4千克计算,就是20亿千克;如市场售价每千克40元,经济效益高达800亿元。"董双林说,800亿元只是这一项目带动形成的直接经济效益,其潜在的经济效益将在2000亿元以上。

除了经济效益,该技术的发展还有力促进了生态环境保护。"我们发展离岸养殖的目的之一,就是为了缓解近海养殖的压力,减轻对近海区域的污染。我们不会做那种拆东墙补西墙的事,更不会转移污染。"董双林表示,这个养殖模式所产生的废物远低于该海域的自净能力,不会对黄海水域水质产生明显影响。相反,随着离岸综合养殖模式的推广应用还会减轻近岸养殖对环境的影响。此外,黄海冷水团养鱼产业的发展还可带动捕捞渔民转产就业,有力促进我国近海渔业资源的恢复,产生可观的社会效益。

对于下一步发展,中国海洋大学教授韩立民建议,我国要设立国家离岸海水养殖试验区,实施黄海冷水团优质鱼类绿色养殖工程。"黄海冷水团所在海域大部分位于我国海洋专属经济区。鉴于该区域开展离岸养殖的巨大价值,为避免出现与近岸养殖、近海捕捞类似的无序发展局面,希望国家海洋和渔业主管部门加强顶层设计,针对黄海冷水团资源环境特点和经济价值制定长期规划,促进产业有序健康发展。"韩立民说。

韩立民呼吁,国家有关部门要不断加强对离岸海水养殖技术研发的支持力度,综合运用税收、补贴等措施,优化黄海冷水团养殖发展环境,支持开展国际技术合作,借鉴挪威、日本、智利等国在深水设施化养殖、海洋牧场建设等方面的有益经验,实现国际标准与本土优势的有机结合,力争把我国离岸海水养殖业发展成为具有较强国际竞争力的海洋新兴产业。

黄海冷水团养殖开发有利于提高海洋食物生产能力,具有"藏粮于海"的粮食安全保障作用。在"十三五"期间,作为我国前5次海水养殖浪潮的推动单位,中国海洋大学将积极响应建设海洋强国的号召,以黄海冷水团开发为载体,积极推动以鲑鳟鱼类为代表的优质冷水鱼养殖产业不断发展。

黄海冷水团

黄海冷水团亦称黄海中央水团,位于黄海中部洼地的深层和底部,只存在于夏秋季节,覆盖海域面积 13 万平方千米,拥有 5 000 亿立方米的水体。黄海冷水团所在海域温跃层仅位于海面下 20 米～30 米,远浅于海面下 100 米～200 米的全球平均水平,使利用该区域浅源冷海水进行水产养殖的成本大大降低。黄海冷水团夏季底层水温在 4.6 ℃～9.3 ℃,近底层水的溶解氧不低于每升 5 毫克,其他水质指标也符合养殖冷水鱼类的水质标准。结合其他水产种类的综合养殖开发,在该海域有望形成千亿元级的离岸海水养殖新兴产业。

中国五次海水养殖浪潮

第一次浪潮:20 世纪 60 年代,以海带、紫菜养殖为代表的海藻养殖浪潮。

第二次浪潮:20 世纪 80 年代,以对虾养殖为代表的海洋虾类养殖浪潮。

第三次浪潮:20 世纪 90 年代,以扇贝养殖为代表的海洋贝类养殖浪潮。

第四次浪潮:20 世纪末,以鲆鲽养殖为代表的海洋鱼类养殖浪潮。

第五次浪潮:21 世纪初,以海参、鲍养殖为代表的海珍品养殖浪潮。

(本文刊于 2016 年 3 月 9 日,第 30 期)

点亮雨天的新能源之光

——我国科学家研发可在雨天发电的太阳能电池

廖　洋　冯文波

　　"这对世界上没有电的地区来说，是一项巨大的帮助，我向你致敬。""我是一名正在创业的年轻人，想引入你的科研成果进行产业化。"……近日，中国海洋大学材料科学与工程研究院唐群委教授收到了来自世界各地的多封邮件。"德国、英国、法国、意大利、澳大利亚、阿富汗都有，有记者请求采访的，有商人寻求合作的，有学术同行表示祝贺的……"谈及这一让他既感到高兴，又让他有些吃不消的"被打扰"，唐群委说，这一切皆由他的团队和云南师范大学杨培志教授的团队联合在德国最新一期科技期刊《应用化学》上刊发的一篇题为《一种既可在阳光下也可在雨水下发电的太阳能电池》的论文引起的。

　　在文章中，唐群委不仅记述了他带领科研团队开展新型太阳能电池研发的曲折历程,也详细阐释了这一可在雨天发电的太阳能电池的工作原理,从而使科学界和产业界向"全天候太阳能电池"迈进的梦想又近了一步。瞬时间,这一发明成为太阳能学术界和光伏产业界关注的焦点。

谈及这一可在雨天发电的太阳能电池的研发背景,唐群委说,这要从长期困扰太阳能电池研究的学术难题谈起。

源起:一个悬而未决的难题

自1954年美国贝尔实验室发明第一块单晶硅太阳能电池以来,在人类利用太阳能发电的历程中陆续出现了GaAs(砷化镓)电池、多晶硅电池、非晶硅电池、CdTe(碲化镉)电池……1991年,瑞士联邦理工学院的科学家Michael Grätzel教授又研发成功了介孔染料敏化太阳能电池,不仅将发电效率由1%以下提升至7.1%,而且还采用了薄膜化技术,使其更加轻便、柔韧,由此掀起了薄膜太阳能电池研究的热潮。

中国的太阳能电池研发起步于20世纪50年代中后期,当时仅限于航空航天领域,直至21世纪初才进入民用领域,且以各类晶硅电池为主。而对于新兴的染料敏化太阳能电池的研发,唐群委用"各有特色"来形容目前中国的研究态势。

"有的单位以有机染料见长,有的学者主要研究纤维太阳能电池,有的团队以凝胶电解质研究著称,而我们侧重于'导电'凝胶电解质和合金对电极的研究。"唐群委说,电解质、对电极一直是制约染料敏化太阳能电池发展的两大技术"瓶颈",前者易泄露、挥发,后者成本高、易溶解。"针对此,我们专注于'导电'凝胶电解质和合金对电极的研究,并取得了良好的成效。"

自2012年以来,唐群委带领科研团队聚焦技术"瓶颈",大胆创新,取得了令学术界同行刮目相看的成绩。先是他们采用自主研发的"导电"凝胶电解质组装的太阳能电池的最高光电转换效率达到了9.1%(普通凝胶电解质电池的转换效率为6%,液体电解质电池的转换效率为7%),开创了凝胶电解质研究的新模式;接着他们采用自己发明的合金对电极组装的太阳能电池的发电效率达到了12.75%,已接近世界先进水平,进一步缩小了与发达国家的差距。此外,他们还开发了以Co-Ni(钴镍)合金为原料的低成本对电极材料,并获得了8.3%的电池效率,在染料敏化太阳能电池规模产业化的道路上又前进了一步。

在太阳能电池的基础研究中,除了聚焦电解质、对电极这两大制约染料敏化太阳能电池发展的"瓶颈"外,唐群委还向另一长期困扰太阳能电池科学界的难题发起了冲击。"太阳能电池在暗环境发电效率低甚至不发电一直是无法解决的难题。十多年来,国际上投入了大量的人力、物力、财力研究也没有明显起色。"唐群委说。从事其他研究之余,他也一直在思考这一难题,但始终没有想到破解之法,直到2015年在与云南师范大学杨培志教授的聊天中他才得到启发,最终促成了可在雨天发电太阳能电池的问世。

创新：思路一变天地宽

2013 年 11 月，第九届中国太阳级硅及光伏发电研讨会在江苏常熟举行，会议期间，唐群委与来自云南师范大学可再生能源材料先进技术与制备教育部重点实验室的杨培志教授一见如故。在太阳能电池研究方面的志趣相投、理念一致，以及知识结构和研究背景的互补性使二人成为亲密无间的科研合作伙伴。"在一次交谈中，杨培志教授说如果能开发一种在夜晚和阴雨天等其他天气情况下也能发电的太阳能电池，那对光伏发电的推动作用将是非常大的。"唐群委说，正是有了杨培志教授的点拨，他才有意识地思考在其他天气情况下的太阳能发电问题。

如果说学术同行的点拨为唐群委指明了研究的新方向，那么偶然间读到的一篇论文，成了他正式开始雨天发电太阳能电池研发的催化剂。"2014 年，一次偶然的机会，我读到南京航空航天大学郭万林教授的一篇文章，他们团队在实验中发现一滴盐水在石墨烯材料上流动会产生电信号。"唐群委说，通过理论计算和数值模拟，郭万林团队对这一现象提出了合理解释：水滴中的阳离子与石墨烯的离域电子结合形成双电层电容，水滴的前部阳离子逐渐与电子结合，相当于给电容充电；而水滴的尾部阳离子与电子脱离，相当于给电容放电，这一充放电过程就产生了电信号。"受此启发，我就考虑雨滴滴落在石墨烯材料上是否也能产生电信号呢？"

雨水并非纯净水，受海风、风化、闪电等各种自然因素的影响而含有钠离子、钙离子、铵离子等阳离子以及氯离子、硫酸根离子、硝酸根离子等阴离子，这些离子的含量与种类还会因气候和环境的不同而呈现出明显的区域性差异。唐群委带领科研团队迫不及待地进行了实验，果不其然，雨滴滴落在石墨烯材料上也会形成阳离子／电子双电层"赝电容"，雨滴在石墨烯表面的铺展－收缩过程即为"赝电容"充、放电，进而产生电压和电流。

"如何把石墨烯和现在的太阳能电池结合，进而制造出既可在晴天时运用太阳光发电，又可在下雨天利用雨水发电的新型太阳能电池是我们遇到的最大挑战。"唐群委表示。实验初期，他们把透明的石墨烯放置于太阳能电池的上层，白天有光照时，太阳光先穿过石墨烯，再照射到太阳能电池板上发电。下雨天，雨水直接滴落在最外层的石墨烯板上发电。"不同方法研制的石墨烯性能有差异，且石墨烯的透光率并非 100%，以至于正常光照时电池效率比没有石墨烯的电池效率有所降低，这在实际应用中并不经济。"唐群委说，经过多个方案的比较研究，最终采用杨培志教授团队研制的石墨烯，在太阳能电池上通过热压法组装完成了相关实验，但石墨烯薄膜与太阳能电池的合理耦合仍然是一个需要不断探索和创新的课题。

在使用一定浓度的氯化钠溶液模拟雨水的实验中，此太阳能电池实现了大约 100 微伏／滴的电压和 0.5 微安／滴的电流输出以及 6.53% 的光电转换效率。有学者在写给唐群委的邮件中表示,这项工作的贡献不在于产生了多少电能,而是提出了太阳能电池向"全天候"发展的新思路,打破了以往科学研究中过分关注如何高效利用和转化太阳光的思维方式。

团队:一个"80后"加一群"90后"

2012年8月,32岁的唐群委成为中国海洋大学借助"青年英才工程"(第一层次)引进的又一青年学者。"读大学时我就对中国海洋大学'海纳百川,取则行远'的校园文化氛围十分向往。而且山东人比较恋家,我也希望回到家乡工作。"唐群委说,初到海大,没有实验室、没有设备、没有原料,甚至都没有明确的研究方向。"在学校和学院领导及同事的帮助下,我尽快搭建了工作平台,边摸索,边干,逐渐确立了以染料敏化太阳能电池的'导电'凝胶电解质和合金对电极为主的研究方向。"

自2013年正式进入工作状态以来,"80后"的唐群委带领一群"90后"研究生和本科生实干苦干、稳扎稳打,3年多来,获授权国家发明专利6项,以第一或通讯作者身份发表SCI论文110篇以上,其中不乏《应用化学》这样的国际知名期刊。

博士研究生段艳艳是"90后"学生团队中年龄最大的一位,也是令导师和师弟师妹信任的科研骨干。"她在学生团队中起带头作用,大家都向她看齐。来实验室不到3年,她已在《应用化学》等杂志发表了9篇SCI论文。"唐群委在言语间流露出对学生的赞扬之意。回忆起雨天发电太阳能电池的研发历程,段艳艳用"既有辛苦,又有惊喜"来形容,"早晨5点起床,把实验楼传达室的大叔喊起来开门,晚上10点半又在大叔的催促下走出实验室。到了最后的攻坚阶段,就通宵做实验、采集数据"。

"学生们既勤奋,又执着,为了确保数据的真实性,每一个实验都要重复上百次。做到最后,有学生都坚持不住了,问我'唐老师可以了吧?'"唐群委说,为了避免学生在研究中走弯路,每周四下午他都会召开"组会",大家轮流介绍自己一周的科研进展情况,遇到的问题,好的思路、建议也要提出来,彼此集思广益,在碰撞与交流中推进工作。

在成功获得实验数据的基础上,经过与云南师范大学杨培志教授的反复探讨,他们最终撰写出了题为《一种既可在阳光下也可在雨水下发电的太阳能电池》的论文,投给德国《应用化学》杂志后,两位评审专家均给出了"无需修改,直接刊用"的意见,并当选为VIP(Very Important Paper)和Wiley出版社的Hot Topic。论文刊发后,立刻引起了国际新闻界和学术界的关注,并被翻译成英语、法语、德语、拉丁语、捷克语等多种语言,甚至有媒体称其为"光伏发电史上具有里程碑意义"的创新。

未来:打造全天候太阳能电池

作为全球光伏发电装机容量最大的国家,2015年底,中国的装机容量已达4318

万千瓦，但其电池类型主要以晶硅电池为主。第三代太阳能电池产品——染料敏化太阳能电池的产业化之路才刚刚起步。

　　谈及雨天发电太阳能电池的产业化之路，唐群委表示，从实验室到工厂还有很长的路要走，但他对该项目的应用前景保持乐观。"雨量充沛但太阳能资源不够丰富的地区，酸雨多发地区，以及岛礁供电和海上航行等领域都能派上用场。"着眼更长远的未来，唐群委说："雨天发电太阳能电池不是最终目标，研发'全天候太阳能电池'才是我们的终极理想，未来的太阳能电池有望在任何天气情况（白天、夜晚、阴、雨、雾、霾等）下发电。"

（本文刊于 2016 年 5 月 11 日，第 32 期）

研发深渊"千里眼" 探查地球"第四极"
——中国海洋大学专家团队智取马里亚纳海沟之役

李华昌

在 2016 年度"中国十大海洋科技进展"评选中,"我国组织开展马里亚纳海沟多学科万米综合试验并取得一系列原创性成果"荣登榜单。这些原创性成果大幅深化了深渊海多尺度动力过程、微生物群落与海沟要素互作过程及海洋药物资源等方面的认知水平,为我国海洋环境安全保障以及全球海洋动力环境研究提供了重要支撑。

海洋蕴藏着丰富的资源,同时也是全球气候系统中的一个重要领域。尽管随着科学技术的发展,人类的"足迹"几乎遍及海洋的每个角落,但以马里亚纳海沟为代表的大洋深海海沟仍是未被完全勘测的神秘区域。马里亚纳海沟深达 11 000 多米,是全世界海洋最深之处,被称为"地球第四极",一直是世界各国海洋科考的一个难关。

为推动我国深海海沟科学研究与技术协同创新进程,开创海洋动力、地质、生物、化学等多学科深度融合，由中国海洋大学物理海洋教育部重点实验室教授田纪伟领衔的中国海洋大学和青岛海洋科学与技术试点国家实验室（以下简称海洋试点国家实验室）专家团队，先后于 2016 年 1 月和 9 月组织开展了世界第四极观测系列航次，开展了马里亚纳海沟多学科万米综合试验，取得一系列原创性成果，打造了可以探查万米海沟的"千里眼"，为我国深海研究的发展贡献了智慧和力量。

构建全球首个马里亚纳海沟综合观测网

马里亚纳海沟是太平洋底层水经雅浦海沟进入菲律宾海，而后进入南海的必经之路，在海洋和地球深部碳平衡与碳循环中扮演着重要角色，在研究西太平洋暖池区深海过程对全球海洋环境变化及气候的影响中具有极其重要的地位。然而，由于缺乏对马里亚纳海沟长期连续综合观测的资料，严重制约了西太平洋暖池区深海过程研究的纵深交叉，致使海沟极端条件动力、地质、化学及生物过程相互作用机制，海沟储碳机理和对全球碳循环的影响，以及海沟深海过程对全球海洋气候的影响等前沿科学问题的研究进展缓慢。

海沟过程的空间结构与时间变异研究是当今深远海研究的前沿领域。为开展海沟不同过程长期连续观测，中国海洋大学自主研发了深海多学科综合观测潜标，并在 10 500 米深度成功布放了 1 套海洋科学综合观测潜标，潜标上集成了 4 套深海沉积物俘获器、CTD、海流计、溶解氧等用于多学科观测的传感器，和 4 套海洋动力过程观测潜标，这将为开展马里亚纳海沟深海动力过程、生物地球化学过程等方面的研究提供宝贵的现场资料。

2016 年 1 月，以田纪伟教授为首席科学家的"西太平洋中南部水体综合调查冬季航次及马里亚纳海沟综合试验航次"在马里亚纳海沟构建了由 5 套上述综合观测潜标、9 套地震仪、1 套深海边界层测量系统构成的深渊观测系统，这在国际上尚属首次。该系统以马里亚纳海沟全深度动力环境特征为主体，围绕深渊环境海底边界层动力过程与地质沉积过程、生物地球化学过程及海沟动力学演化过程等研究热点开展系统观测。

2016 年 9 月，田纪伟教授团队在"西太平洋中南部水体综合调查夏季航次及马里亚纳海沟综合试验航次"中，于马里亚纳海沟 10 500 米深处成功回收了 2016 年 1 月布放的深海潜标，获取了包括物理海洋、海洋地质、海洋生物化学等多学科要素在内、时间达半年以上的海沟现场长期连续观测资料。该潜标为国际上首套成功布放并回收的万米多学科综合观测潜标，不仅标志着我国在潜标研发及布放回收方面达到国际领先水平，更奠定了我国在深渊海洋探索这一国际前沿领域的重要地位。

自主研发世界首套大体积万米采水器等设备

深海微生物基因组学、蛋白组学、代谢组学、脂类组学及其微生物与深海要素互作过程等方面研究需要大体积的水样,因此,深海大体积水样是开展深海生物地球化学过程研究的必要保障。一直以来受当前国际上采水设备技术能力的限制,马里亚纳海沟深层及底层大体积水样迟迟未能获取。针对这一技术瓶颈,中国海洋大学自主研发了世界上第一套万米大体积采水器等深海采样设备,于2016年1月顺利采获了马里亚纳海沟8700米深处的水样,2016年9月又获得马里亚纳海沟10500米处400升大体积水样和海沟侧坡处沉积物柱状样品。上述水样及沉积物样品为研究海沟动力过程、生命起源与演变、地球生物化学循环及其海洋药物资源提供了宝贵的现场数据、样品与资料。这也是目前在马里亚纳海沟深水区采到的最大体积的水样,还将成为深海微生物宏基因组、RNA、水团性质等方面研究的宝贵资料。

同时,田纪伟教授团队在"西太平洋中南部水体综合调查航次及马里亚纳海沟综合试验航次"中,对4000米深海Argo浮标、远程AUV、波浪滑翔机、深水实时式／自容式高清摄像机、万米深水采样装置及深海万米重力沉积物采样器等8种完全自主研制的海洋仪器与装备开展了系统化的海上试验,为我国自主研发深海仪器装备产品提供了技术数据,改变了我国深海仪器与装备受制于人的被动局面。

从跟踪国际先进到引领世界深海科学创新

中国科学院院士、海洋试点国家实验室主任、中国海洋大学物理海洋教育部重点实验室主任吴立新教授表示,此次一系列深远海科考工作,特别是马里亚纳海沟大规模、长达近一年的定点多学科综合观测系统资料的成功回收,标志着这种被称为"把人类的眼睛放到万米深海"工程的成功实施,并促使我国深海科技创新能力从"跟踪国际先进水平"向"引领世界深海科学创新"改变。多学科领域综合考察任务的完成对促进中国海洋大学深远海综合海上调查的发展以及海洋学科交叉研究能力、协同创新实力提升具有重要意义。该航次是海洋试点国家实验室启动的以战略任务为导向的首个面向全国的远洋科考开放共享航次,标志着海洋试点国家实验室深远海科考平台进入实质性运行阶段,对我国海洋领域协同创新、共享机制的形成与应用具有重要意义。

海洋试点国家实验室常务副主任王栽毅介绍说,"万米深海行动计划"使海洋试点国家实验室最终形成"深潜、深钻、深测"的强大能力,确立了我国在全球深海竞争中的主导地位。此次共享航次,是有效统筹国家涉海资源,打破行业条块分割、部门壁垒的有效实践。

此次试验使我国对马里亚纳深海海沟的研究从传统的短期航次调查研究进入了长期、连续、系统的观测研究时代。该综合试验所取得的一系列原创性成果,大幅深化了深渊海多尺度动力过程、微生物群落与海沟要素互作过程及其海洋药物资源等方面认知水平，为我国海洋环境安全保障以及全球海洋动力环境研究提供了重要支撑。

　　除了中国海洋大学，此次试验参与单位还有同济大学、厦门大学、山东大学、中国科学院海洋研究所、中国科学院深海科学与工程研究所、中国水产科学研究院黄海水产研究所、中国地质调查局青岛海洋地质研究所等国内十余家一流深海研究机构，这对于整合国内深海科学研究与技术队伍，推动我国深海科学与技术协同创新具有里程碑意义。

　　　　　　　　　　　　　　　　　　（本文刊于 2017 年 3 月 16 日，第 36 期）

寻找海底油气探测的"金钥匙"

——我国首套大功率海洋可控源电磁勘探系统研发成功

冯文波

　　日前，国家高技术研究发展计划（"863"计划）项目"深水可控源电磁勘探系统开发"课题在北京顺利结题，我国科学家自主研发的"海洋可控源电磁勘探系统"顺利通过验收。该系统的成功研发不仅填补了我国深海可控源电磁探测的空白，而且其中的核心设备1000 A大功率水下电流发射系统和4000米海底电磁采集站使我国成为继美国、挪威之后又一个有能力在水深超过3000米海域进行可控源电磁场测量和研究的国家……一系列自主创新成果的问世，既标志着我国已跃居国际海洋电磁探测技术与装备研制的第一梯队，也使我国的深海油气资源勘探与开发工作翻开了崭新的一页。近日，记者实地探访该课题技术首席、中国海洋大学李予国教授及其团队成员，听他们讲述七年磨一剑、探海问底的曲折故事。

源起：一心想"窥探"海底的人

1965 年秋，李予国出生于甘肃省天水市一户普通的职工家庭。在"文革"动乱的年代里，他在母亲的陪伴下转到乡下读书。在西北内陆那个相对安宁平和的小山村里，他在维系自己学业的同时，也度过了一段难忘的童年时光。

因为中学时代酷爱数学、物理，1981 年填报高考志愿时，他选择了西安地质学院（1996 年更名为西安工程学院，2000 年合并组建长安大学）勘查地球物理专业。"当时信息闭塞，报志愿不像现在有许多可以参考的信息，我看这个专业有'物理'2 字，就选了它。"李予国说。本科毕业后他留校任教，并于 3 年后继续攻读了本校应用地球物理专业的研究生，师从方文藻副教授从事电法勘探方面的研究，其硕士论文结集成《瞬变电磁测深法原理》一书出版，成为改革开放初期该领域重要的参考书之一。

1993 年春，正在实验室工作的李予国接到了来自青岛的电话，电话是青岛海洋大学海洋地质系教授徐世浙打来的。"1990 年，海大的海洋地质博士学位授权资格获批，徐老师就写信给我的导师，请他推荐学生，方老师举荐了我。徐老师就把电话打到西安邀请我去一趟青岛与他面谈。"在青岛，这位国内最早将有限元法应用于地球物理勘探的学者与这位远道而来的西北小伙一见如故。1993 年秋，李予国告别学习工作了 12 年之久的西安地质学院，投入海洋的怀抱。

在青岛海洋大学，李予国不仅接触到了前沿的物探技术方法，而且也被这所因海而生的大学宽厚温润的文化品格所熏陶浸染着，并有幸在这里扬帆远行，见识外面的世界。经学校推荐、考试选拔以及语言培训，1996 年秋天，李予国前往德国留学，在国际电磁测深研究先驱、格廷根大学地球物理所 Schmucker 教授名下攻读博士学位。

在这所创建于 18 世纪的世界知名学府里，留下了高斯、海涅、格林兄弟、马克斯·韦伯等多位大师的身影。徜徉校园，沐浴在伟人的荣光里，李予国暗下决心一定要学有所成，不辜负母校和国家的厚爱与支持。

不同于其他德国教授的严谨与严厉，Schmucker 教授为人随和、洒脱，不拘小节，并且乐于为学生提供宽松、自由的学习环境。时至今日，李予国依然记得第一次与导师见面的情景。"约的是下午 4 点见面，我到了之后，他正在机房里调程序，让我再等他一刻钟。这一等就是 3 个小时，后来天都黑了，他才想起我来，他是一个时间观念不太强的人。"当时德国地球物理学界针对电导率各向异性的研究异常火热，李予国成功说服 Schmucker 教授同意他放弃之前选定的方向，转攻这一领域。他巧妙地把在国内所学的有限单元法运用到这一领域中，历经无数次的修改完善，他建立了二维和三维电导率任意各向异性介质中大地电磁场模拟有限元算法，解决了该复杂条件下电磁场精确数值模拟的难题，伴随着这一曾被德国地球物理学会电磁分会主席 Ritter 博士称为"不可解决的问题"的迎刃而解，李予国顺利完成了学业，这令此前担心他不能如期毕业的

Schmucker 教授倍感高兴。此后,他先后任职于德国弗赖贝格矿业技术大学和柏林自由大学,提出了电阻率任意各向异性介质大地电磁场二维反演方法,发展了三维电阻率有限元模拟方法……这些新颖的方法很快在实践中得以应用并赢得了德国地球物理研究同行的认可。

美国 Scripps 海洋研究所是世界公认的全球顶尖海洋研究机构之一,20 世纪 70 年代末 80 年代初,海洋电磁技术便是在这里起源,并很快发展成为世界一流的海洋电磁研究中心。"最初,Cox 教授发明海洋电磁技术是用于海底地质构造研究,在 2000 年前后,有人利用此项技术在西非进行海底油气资源勘探,竟然成功地圈闭了油气层,瞬时间,这项技术就火了起来。"李予国说,传统主流的地震成像技术能探测到潜在的油气构造圈闭,但是要区分圈闭内是含油的、含气的还是含水的,目前还没有有效的方法。而海洋电磁技术却可以利用导电性来判断里面是油还是水。"海水的电阻率非常低,油、气的电阻率很高,两者具有明显的物性差异,很容易区分开来。"作为一名长期从事电法勘探研究的科技工作者,他也对这一新兴领域充满了好奇。

2004 年底,他毅然离开德国,应聘到 Scripps 海洋研究所海洋电磁实验室工作。在这里,他不仅接触到了先进的海洋电磁技术,而且实现了学术生涯的一大转折——从陆地走向海洋。"1996 年离开青岛海洋大学前往德国,近 10 年后,又重新回到海洋研究领域,既感到亲切,又觉得是一种缘分。"李予国说。

在 Scripps 海洋研究所工作期间,李予国不仅很快掌握了海洋电磁技术的基本原理与方法技术,并凭着出色的表现赢得了实验室负责人 Costable 教授以及其他同事的认可。他详细研究了海底地形变化对海洋可控源电磁响应的影响,将网格自动细化有限元技术应用到电磁场数值模拟领域,研发了 2.5 维海洋可控源电磁场有限元正演模拟算法。基于该算法的软件包已提供给近 30 家国际石油公司和从事海洋石油勘探的地球物理公司使用,受到了一致好评。

在美工作期间,李予国所在的海洋电磁实验室时常接待前去调研学习的各国代表团,身为中国人他觉得自己的祖国也应该有人从事这方面的研究工作。"我希望看到我们国家的代表团前来调研,因为我就在那儿工作,有这个便利条件。"李予国说,为了促成国内早日启动海洋电磁技术的研究工作,他曾于 2006 年初给中国有关部门写信呼吁此事。同年 6 月、7 月,两支中国代表团前往 Scripps 海洋研究所调研,李予国向带队的山东省副省长王军民、中国科学院院长路甬祥建议尽快在国内开展这一领域的研究。

"当时,只是觉得国内应该尽早启动这方面的工作,不要被国外落得太远,可是没想到后来我竟然成为国内海洋电磁研究队伍中的一员。"时至今天,谈起这段经历,李予国也颇感意外。

团队：从"光杆司令"到精英团队

"在内心深处，一直有一种教书育人的情怀，总想培养几个好学生；再就是不甘心欧美国家在海洋电磁技术领域对我国进行技术封锁。"在这两方面的驱使下，2009 年，李予国开始着手办理回国事宜。面对国内多所高校和研究机构抛出的橄榄枝，他最终选择了自己的母校，位于青岛的中国海洋大学。

"听说他要回来，我们十分欢迎，原来我们就相识、熟悉，在一起干事也方便。"时任海洋地球科学学院院长李广雪的真诚邀约更加坚定了他到母校工作的决心。

有学校和学院的大力支持，加上熟悉的环境，以及师友们的帮助，他很快构建了自己的实验室。场地有了，计算机等基础设备也有了，可是搞研究的人去哪儿找，在组建团队上，李予国犯了愁。

"学校在海洋地质、地震勘探等领域的研究已经十分成熟完善，但是在电法勘探领域却少有人涉猎，更不必说在国内刚刚起步的海洋电磁技术方向了。"李予国说，从事海洋电磁技术研究首先要有这方面的硬件设备，但欧美对中国进行严密的技术封锁，只提供技术服务，不提供相应设备出口服务，研究工作也就无从谈起。"回国前，我曾希望 Scripps 的同事把以前使用过的传感器送给我一个，都被他们拒绝了。"面对此种境地，只能走自主研发的道路，但长期以来在地球物理领域李予国主要从事数值模拟算法和资料解释方法的研究，谈及硬件制造也是知之甚少。如此一来，他就需要多个学科的人才，来组建一支交叉融合、协同创新的团队。"我把我的想法和科技处的同志讲，请他们帮助物色合适的人选，他们给予了我很大的帮助。"

2010 年春的一个夜晚，在青岛市江西路上的一家茶馆里，来自中国海洋大学不同学科领域的多位专家学者聚在了一起，他们大都与李予国素未谋面，此行便是专程来听他讲述海洋电磁技术研究的意义与前景的。

"这是一个全新的领域，之前我从未接触过，心里没底。当时我并没有直接答应他要和他一起从事这方面的研究。"谈起那晚的"茶馆会谈"，亓夫军副教授对于自己内心的那份担忧记忆犹新。在研读了相关学术资料，搞清了海洋电磁技术的相关原理和应用前景之后，再加上李予国回国干事创业的精神的鼓舞与感召，这位与李予国年龄相仿的科研人员欣然加入了这一团队。

"听完李予国教授的介绍后，特别是他在海外工作的丰富经历，我心里就有主心骨了，觉得学校要想干这件事的话，一定能成。"于新生教授说，虽然之前从未接触过海洋电磁技术，但通过这次交流他与李予国一拍即合。

"当时，王建国教授是我们团队的负责人，即将面临退休，他本可以不用这么辛苦，冒这么大风险去接这样一个难度极大的项目，但为了团队的发展，他还是毅然决定带着我们去奋斗一次。"黎明教授说。

工程学院王建国教授团队承担采集电路设计、王树杰教授团队负责数据记录仪舱体设计加工,材料科学与工程学院付玉彬教授团队负责电场传感器、戴金辉教授团队负责中性浮力发射天线,信息学院亓夫军副教授团队负责电流发射系统,海洋地球科学学院于新生教授负责采集站投放与回收系统、李予国带领裴建新等青年教师进行方法研究……很快,一个分工明确、学科交叉的精英团队便组建了起来。"离开母校十多年,尽管办学环境发生了翻天覆地的变化,但是优良的文化没有变,干事创业的氛围依然在,"李予国说,"大家都拥护我、团结我,我很高兴,他们都是想干事、能干事的人。"

创新:七年磨一剑,铸就探海"神器"

有了实验室,组建了团队,还要依托一个良好的项目开展研究工作。早在 2007 年前后,李予国就开始思考回国后的研究工作如何铺开了。2010 年,其正式加盟中国海洋大学后,在学校、山东省、中国地质调查局和国家自然科学基金委等多方的支持下,拉开了中国海洋大学"海洋可控源电磁勘探系统"研发的大幕。

起步阶段,许多工作都是从零开始,犹如摸着石头过河。李予国把自己想要的设备的形状、功能、参数讲出来,然后团队成员根据自己的理解和认知去琢磨、去试验、去实现。"团队刚刚组建,都有一个交流磨合的过程,如何让大家尽快理解我的意图,实现我的想法,也是我常思考的问题。"因为团队成员分属不同学院,平时还有各自的教学和科研任务,专门聚到一起比较困难,李予国就利用吃饭的时间和大家交流探讨研发过程中的难题。"中午吃饭时,李老师就给我打一个电话,一起吃饭吧,我们就边走边聊、边吃边聊。"亓夫军说,日久天长,团队成员都习惯了这种独特且高效的研讨方式。

2011 年秋,"863 计划"项目"深水可控源电磁勘探系统开发"课题论证评审会在北京举行。中国海洋大学提交的项目申请和研究规划获得了专家的一致好评,因项目涉及能源资源勘探与开发,国家倡议进行产学研用结合,走强强联合之路,由潜在用户单位组织执行,并指定东方地球物理公司作为牵头单位,中国海洋大学负责总体技术方案的实施。

有了国家重大项目的支持,大家干事创业的信心更足了,但也开始面对创新路上的艰难险阻。

2011 年 1 月 21 日深夜,自动化及测控系实验室的灯依然亮着,王建国教授正在带领团队成员对海底电磁采集站的总体设计方案进行研讨,并最终敲定。"7 年来,我们虽然做了很多改进,但总体框架一直没有变化。王老师的专注、执着、敬业一直是我们项目组的精神标杆。"黎明说,虽然以前开展过高精度测量研究,但是面对这种颇具挑战性的"超低频、宽带、低噪声放大器"还是首次。7 年时间里,他们共设计了 5 个版本的海底电磁采集站的主控板,最终使各项性能指标均达到了设计要求。

为了确保海底电磁采集的数据更精确、更可靠,于新生教授独辟蹊径,设计了一套依靠熔断丝触发的冗余释放系统,成功避免了以往机械式释放产生的电磁干扰,并实现了 100% 成功回收。

尽管走得艰难曲折,但终归是在一点一滴地突破,且每天都有看得见的收获,就在他们以为胜利指日可待时,却遇到了最大的"瓶颈"。

项目申报时,李予国参考美国 Scripps 海洋研究所研制的海洋可控源电磁勘探系统最大输出功率为 500 A 的案例,也给自己设定了 500 A 的研发目标,但在最后的论证评审时,专家委员会建议提升到 1000 A。"目前,世界上只有挪威的 EMGS 公司达到了 1000 A 的水平,专家说要做就做世界领先的,但是科研经费不能增加。"谈及答辩时的情景,他依然印象深刻。

"填报计划时,所有的技术指标、参数都是按照 500 A 准备的,突然要翻倍,我整个人都蒙了。"亓夫军说,因为这根最硬的骨头由他来啃。"当时还想分两步走,能不能先搞一个 500 A 的,再去做 1000 A 的;再就是能不能通融下把 1000 A 降到 750 A。专家组不同意,必须一步到位。"

承压舱,是一个长度不到 3 米、内径不到 0.6 米的密闭舱体,可以承受深海里的超大压强,被称为大功率水下电流发射系统在"海底的家"。"从 500 A 增加到 1000 A,意味着其输送功率要增加 3 倍,发热量也会增加 3 倍,如何提高电子元器件的耐热指标,以及把热量散出去是个不小的挑战。"亓夫军说。

大功率水下电流发射系统是整个海洋可控源电磁勘探系统的核心设备,如果突破不了,不仅项目无法结题,而且他们前期的付出和努力也将付诸东流。"因为该难关迟迟攻不下来,我们甚至受到了项目办的批评和通报。"李予国说,海洋可控源电磁勘探装备研制是一项研究性强、难度大,具有一定挑战性的高科技研发。在研发过程中,出现方案的调整、设计思想的完善和改进是正常的,也是符合科研规律的,甚至个别部件研究计划的提前或滞后也是可以理解的。"科学研究应该有序稳妥地推进,不可能一蹴而就,更不能急于求成。"

尽管李予国一如既往地对团队成员进行鼓励与安慰,但是作为项目首席技术负责人,他心里也承受着很大的压力。那段时间,亓夫军带领研究生在实验室里持续奋战,除了中午约他吃饭,李予国还会在上午、下午过去转两圈。"我去了什么也不说,只是看看就走。他们都在埋头工作,我不能再传输压力了。但是,我想我身上的压力他们也能感受得到。"

经过夜以继日地奋战,在与青岛海洋地质研究所的联合攻关下,他们率先突破了 500 A 级,但要想达到 1000 A 的目标,还需再接再厉。2015 年 11 月 11 日,是一个在中国海洋电磁技术发展史上值得记录的日子。在青岛海域,我国自主研发的融合了 1000 A 级大功率水下电流发射系统和 4000 米水深电磁采集站的"海洋可控源电磁勘探系统"浅海联调测试获得成功。中国成为继挪威之后,世界上第二个拥有最大输出功率为1 000 A 级的海洋可控源电磁勘探系统的国家,也标志着我国的海洋电磁探测技术研究已经达到世界领先水平。同年,该成果入选"2015 中国海洋与湖沼十大科技进展"。

突破了整个项目中最大的技术难点,一年半时间里压在李予国和整个团队身上的石头终于落地了。此后,他们又进行了多次海试,并创造性地研发了集拖曳式可控源电磁发射系统、海底固定电磁采集站和拖曳式电场接收系统于一体的立体探测模式。

2017 年 3 月 21 日,在南海海域,利用该系统成功获取了我国首条深海可控源电磁探测剖面,参与海试的"863"计划评审专家给予高度评价,并打出了 97 分的高分。首条剖面的成功获取,不仅标志着我国在海洋电磁技术创新和装备研制领域步入了世界先进行列,而且也为我国深海油气资源勘探与开发工作翻开了崭新的一页。

展望:瞄准深海 6 000 米直至覆盖全海域

2017 年 6 月 8 日上午,北京裕龙大酒店,"863 计划"项目"深水可控源电磁勘探系统开发"课题顺利结题。

历时 7 年的研究告一段落,但李予国丝毫没有要歇一歇的意思,他正在绘制更长远的发展蓝图。

海洋油气开采成本高昂,打一口探井动辄花费过亿资金,唯有尽可能找准海底含油构造,才会减少资金浪费。"依靠传统方法,在海底打三口井,只有一口含油气,另外两口往往是水井或干井,浪费了大量资金。依靠海洋电磁探测技术,可能打三口井有两口含油气,就能节约上亿资金。"李予国说,"我不想只做一个样机,项目结题了就把它束之高阁。既然行业有需求,我们就要尽快推动实施产业化,为我国的海洋油气资源勘探与开发做贡献,为生产服务。"

聚焦当下,在青岛海洋科学与技术试点国家实验室、中国地质调查局的支持下,他们正在朝着 6 000 米水深发起冲击,下一步是 10 000 米海深,直至南北极,实现全海域覆盖。"在这一领域,既然我们已经代表国家进入世界第一梯队,就要保持住这种优势。"李予国说,除了用于海洋油气资源、天然气水合物的勘探以外,该技术还可应用于海底地质构造研究、硫化物等深海固定矿藏勘探。

当记者问起海洋电磁探测技术的不足时,他说,这一方法主要通过判别海底构造内部电阻率的高低来区分是含油气还是含水,但电阻率高不一定就 100% 是油气,也有可能是碳酸盐、玄武岩等其他物质。这就需要在具体实施中与海洋地震等多种探测方法互为补充、相互印证,进行综合判断。"目前来看,这只是海洋油气勘探的一种新颖方法,但它绝不是什么灵丹妙药,这一技术的成熟与完善还需广大地球物理工作者坚持不懈地努力。"

回首来时路，在归国的 7 年多时间里，李予国孜孜以求、为之奋斗的初心，正是寻找那枚打开海底油气宝藏的"金钥匙"。

风劲帆满，他依然在破浪前行。

（本文刊于 2017 年 7 月 5 日，第 37 期）

天鹅湖种草记

刘邦华

　　人工增殖放流，是用人工补充方法直接向海洋、滩涂、江河等天然水域投放或移入渔业生物的卵、幼体或成体，以恢复或增加自然种群数量，改善和优化水域的群落结构。广义上讲还包括改善水域的生态环境，向特定水域投放某些装置以及野生种群的繁殖保护等间接增加水域自然种群资源量的措施，是补充渔业资源种群与数量，改善与修复因捕捞过度或水利工程建设等遭受破坏的生态环境，保持生物多样性的一项有效手段。我国从二十世纪七八十年代就开始有小规模的增殖放流，近年来增殖放流的规模不断扩大。

　　今年 9 月，山东荣成天鹅湖进行了一次规模化增殖活动，此次增殖的对象不是我们习惯的鱼、虾、蟹，而是一种被当地人俗称为"海苔"的海草——大叶藻，这也是我国首次规模化的大叶藻增殖作业，共移植株高 20 cm 以上大叶藻 5 万余株，底播大叶藻种子 13 万粒。此次增殖活动受到了社会各界的广泛关注，省市行政主管部门、媒体和社会监督员对活动进行了现场验收与监督。

初识鳗草

海草是地球上唯一一类可完全生活在海水中的被子植物,在植物进化史上拥有重要的地位。中国现有海草22种,约占全球海草种类数的30%,其中本次增殖的大叶藻,学名鳗草,就是我国温带海域典型的优势海草种类。海草床与红树林、珊瑚礁并称为三大典型的近海海洋生态系统,具有极高的生态服务功能。海草床具有强大的碳捕获和封存能力,其贮存碳的效率比森林高90倍,对碳的封存能力是开阔海洋平均碳封存率的180倍;海草床对渔业资源具有极其重要的养护作用,可为众多海洋动物提供产卵、育幼、摄食、栖息和庇护场所。形象地说,海草床对于生活其中的海洋动物的重要性,相当于草原对于牛羊的地位与作用。同时,海草床还有非常强的水质净化和调控功能,是保护海岸的天然屏障等等。无论是海洋牧场和蓝色粮仓建设,还是海洋环境保护,海草床都是绕不过去的关键环节,是非常重要的基础性要素,是海洋生态文明建设的重要抓手。

走在荣成的海边乡村,会发现许多有着高耸屋顶、造型古朴的老房子,房顶上铺的并不是瓦片,而是接近半米厚的海草,这就是胶东半岛的典型民居——海草房。之所以用海草来作房顶,一是因为海草屋顶有很好的防水、保温功能,住在这样的房子里冬暖夏凉;二是海草屋顶比较耐久,可以长时间免维护;三是因为以前海草资源比较丰富,材料易得而经济,海草房就是大叶藻等海草种类曾广泛分布于胶东半岛近海的直接证据。据《中国海湾志》记载,莱州湾芙蓉岛附近1982年时还有大叶藻海草床1300公顷,而荣成天鹅湖海域2010年仍分布有面积超过1.9平方千米的海草床,而现在,莱州湾海草床已经基本消失,天鹅湖海草床面积也减至0.95平方千米,下降近50%。

天鹅湖面积4.8平方千米,是现今我国北方为数不多且保存较为完好的沙坝潟湖体系之一。这里山清水秀,属暖温带季风型湿润气候区,是中国空气质量和海水质量最好的地区之一,也是世界著名的天鹅越冬栖息地。近年来,每年有近万只天鹅来此越冬,生长于湖区的大叶藻是大天鹅越冬初期和中期的主要食物来源。由于大天鹅通常情况下只采食海草的嫩叶和根茎,随着近年来越冬大天鹅数量的增多,导致了鳗草资源衰退严重。因此,在湖区开展大叶藻增殖,保护和恢复海草床的需求日益迫切。

从零开始

要想保护和恢复天鹅湖的海草床资源,首先要搞清楚海草床的关键生态过程——生长、繁殖及与环境因子的相互关系,阐明其退化的机理并找到人工干预的途径与方法,建立相关技术体系,并提出恢复生态工程的技术方案。这也是张沛东团队开始关注海草床退化问题及生态修复课题时面对的第一道难关。

鳗草的生长环境是沿海低潮线以下的浅水生境,也就是说,其生长、繁殖都是在水中完成的，因此要想研究它，并不像研究陆生植物那样容易。2006年，张沛东从中国海洋大学捕捞学专业博士毕业并留校任教，主要从事生物栖息地的修复与保护方面的教学与研究工作，开始把研究注意力投向大叶藻。二十世纪八十年代，国内曾有学者进行过关于大叶藻的研究，但仅限于对其生态功能进行理论上的探讨，国外的相关研究也仅具备参考意义。因此，鉴于海草床不断退化的现状，当张沛东团队把大叶藻海草床修复确定为自己的研究方向时，面对就是这样"两眼一抹黑"的局面。要想修复受损的大叶藻海草床，就要先搞清楚它的生活史：大叶藻怎样繁殖？如何生长？什么样的生态环境下生长得好？又是什么原因导致了它的退化？只有搞清楚了这些问题，才能有针对性地开展大叶藻海草床的修复工作。2008年，张沛东拿到了国家自然科学基金"典型海域大叶藻受损生物群落修复的研究"项目，在项目的支持下，张沛东和他的团队从最基础的调查开始了对大叶藻的研究。说是"团队"，其时只有两三个人，人手有限、时间又紧，调查是在条件非常艰苦的情况下逐步展开的。冬天，天鹅湖上结着厚厚的海冰，调查队员需要把冰凿开，下到冰冷刺骨的海水中对大叶藻的越冬生活情况进行摸底，队员们都随身带着一小瓶白酒，下水前喝上一口，用短暂的温热来对抗严寒，有的队员在调查过程中摔伤，还有的被当地村民家的狗追着咬……就是在这样艰苦的条件下，经过三年的努力，2010年项目结题时，基本摸清了关于"大叶藻"的生长过程，厘清了大叶藻的生活史，明确了荣成天鹅湖大叶藻草场生态环境及退化机理等，为海草床修复打下了坚实的基础。

结缘马山

6月开始，胶东半岛地区进入最热的季节，也是海草床修复工作的关键时期。每到这个时候，张沛东都会带领他们的团队，入驻荣成马山集团，开展为期近4个月的紧张工作。

山东沿海海水养殖业发展程度比较高，众多海水养殖场所在的区域往往也是海草床资源丰富的地区，是研究海草床退化机理及开展修复试验的理想区域。因此，想要顺利开展工作，必须得到当地养殖企业和地方主管部门的支持，走"产学研"紧密结合的路子。荣成马山集团是山东荣成一家由近海捕捞船队发起来的集养、捕、育、游一体的大型综合性企业，马山人世代生活在天鹅湖海边，对这片海有着深厚的难以割舍的情感。当他们遇到为寻找理想的海草床研究试验海区而苦恼的张沛东老师时，双方一拍即合，从此开始了近10年的长期合作。对于和马山集团之间的合作，张沛东老师说，不论多好的研究成果都需要有一个良好的验证和转化平台，马山集团对于他们的团队来说就是这样一个平台。近10年的时间里，马山集团为他们团队在海草床修复研究与试验方面提供了全方位的支持，从办公场所到实验室，从育苗厂房到出海船只，甚至具体到驻厂期间的日常生活，集团方面都给予了一如既往的充分支持，可以说，没有马山集团的配合，海草床修复课题的顺利开展是不可想象的。经过长期的努力工作,张沛东老师的团队在海草床修复领域也取得了一系列的成果:系统评价了山东半岛典型海草床的关键生态过程,明确了海草床的生物栖息地功能、有性生殖过程及植株生长与关键因子的相互作用关系;建立了大叶藻高效促萌技术与途径,阐明了种子萌发机理,实现了种子休眠和快速萌发的人工诱导;建立了低成本、高效的大叶藻种子播种技术,幼苗建成率由自然环境下的1%提高到30%以上;同时建立了完整的大叶藻植株移植技术,提出了恢复生态工程技术方案,为缓解近岸生态压力提供了新的思路与途径。经过多年的努力,他们在天鹅湖的修复工作也初见成效,海草床退化趋势得到初步遏制,修复工作逐步展开,多年不见的海参等海洋生物重现湖区……更重要的是,湖区的人们对他们的工作从开始的抵制,到后来的理解,再到现在的积极配合,海洋生态保护的理念逐渐深入人心,对于张沛东老师和他的团队来说,这是除了海草床修复方面的进展之外,最令人欣慰的成果。

初战告捷

10月底,张沛东团队的成员回到天鹅湖,对9月中旬移植的鳗草种苗成活率进行跟踪调查。经过初步统计,此次移植的鳗草成活率稳定在60%到80%之间,移植效果理想,达到了预期目标。

成苗移植是张沛东老师团队海草床修复工作的起点。区别于海洋大型藻类,鳗草有根、茎、叶三部分,是有花植物,其生殖方式和陆生植物一样,是有性生殖。每年8月种子成熟,每株释放50到250粒种子。除此之外,鳗草还可以像麦苗一样,通过"分蘖",由一株变成数株,这也是种苗移栽的理论基础。每年夏天团队成员入驻马山后,最重要的工作分为三个方向,一是种子采集,二是围绕鳗草生长环境进行相关室内实验分析,三是采集成苗进行人工扩繁,这也是海草床修复最直接的途径。与大型海洋经济藻类不同,鳗草植株人工培育理论尚未建立,对其修复仍依赖于天然供体,因此移植修复策略的核心是用尽量少的供体植株达到最优的恢复效果,因此苗种增殖的关键是大幅提高苗种人工培育的扩繁效率。每年6月,是鳗草苗种采集的季节,张沛东老师和他的团队入驻马山,开始夜以继日地进行苗种采集。受潮汐的影响,采集只能在低潮位时进行,因此每天工作的时间都非常紧张。采集到的苗种需在屋顶透光的育苗车间进行为期近3个月的人工扩繁,负责扩繁的队员需要在40多摄氏度的室温下,穿着厚厚防水裤,通过反复调节水体营养盐含量,找到效率最高的扩繁途径……9月中旬,扩繁后的鳗草苗要根据移植海底底质中泥含量的高低,视情况采用直播法或者枚订法,移植回海底,最终完成整个移植过程。

采用种苗移植方法修复海草床技术上难度较小,效果也比较直接,但需要利用原有的海草床资源。为了最大限度提高修复效率,张沛东团队研究的另外一个修复技术路线是播种,就是充分利用鳗草的种子资源。研究发现,天鹅湖潮下带大叶藻草床平均种子产量为 37 995 粒／平方米，但受到潮汐作用和生物取食的影响，次年 1 月种子密度仅为 200 粒／平方米，种子留存率＜1%，在留存下的种子中，幼苗的建成率又＜1%。因此大叶藻种子播种的增殖关键是大幅提高鳗草种子的种子留存率和幼苗建成率，从而显著提高种子的利用效率。要想播种，必须先把种子从海里收集起来。每年 7、8 月是鳗草种子采集的关键时期。鳗草种子成熟期只有短短的 15 天，在这期间，要在每天落潮时下海收集鳗草的生殖枝，回来后再将小米粒大小的鳗草种子一颗颗从生殖枝上采下来。在此基础上，通过不断研究，阐明了鳗草种子萌发机理，实现了种子休眠和快速萌发的人工诱导，发现了高效播前促萌途径；有了种子还要解决怎么种的问题，张沛东老师团队通过研究实验，建立了低成本、高效的鳗草种子播种技术，相比国际同类技术，种子留存率提高了 13 倍，萌发率提高了 2 倍，形成了具有普遍适应性的鳗草幼体恢复模式及标准规范，并在荣成湾、莱州湾等海草床恢复工程实践中推广应用。移植与播种，两条成熟的海草床修复技术路线，形成了完整的生态工程恢复技术方案。

在 9 月的增殖作业中，采用网袋和泥块两种技术共播种 13 万粒，这些种子正在天鹅湖底，静待来年的萌发！

十年坚守

从开始着手研究海草床修复到现在，已经过去了十年多的时间。张沛东老师和他的团队从一开始对鳗草所知了了，到后来在鳗草研究上取得一个又一个进步，在修复技术上取得一个又一个突破，这条路走来并不容易。对于张老师的研究生许军阁和吴晓晓等女同学而言，生活上印象最深刻的就是与老鼠作斗争的经历。团队工作生活的地方是一个育苗场，生产作业不忙时场里没多少人。她们在宿舍发现老鼠后，买来了粘鼠板，结果老鼠太大，拖着粘鼠板在屋里拼命跑，几位女同学手忙脚乱，最后还是许军阁鼓起勇气用棍子才把老鼠消灭，这样的经历多了，她们已经习惯了，甚至当作故事讲给我听。条件上的艰苦可以克服，最难的是心理上的挑战。刚开始时张沛东最大的苦恼是"不知道如何去开展"，他的研究生许军阁则是做实验时"心里没底"，因为面对的实验对象是植物，不是动物，不会对实验方案的调整作出直接反应，等发现出来的结果不对的时候甚至有可能搞不清楚是哪里出现了问题。研究生吴晓晓面对的则是心理上和情绪上的落差，在她最初的印象里，读了研究生就意味着穿着雪白的实验服，坐在宽敞明亮的实验室里，操作着先进的仪器设备，研究着高大上的科学问题，但现实却是整天与泥、水、草打交道，忙起来天天一身水半身泥，对于爱美的女生来说，这简直可以说是最大的"折磨"了。然而，张老师和他的团队成员都知道，选择了一个方向、一件事情，就要坚持走下去，做下去，并尽力做到最好，更何况还有老师的鼓励与身体力行，有同学的陪伴与一起努力，有公司的支持与当地百姓的热情，考虑到他们的艰苦又远离亲人，逢过节，叔叔、阿姨们会把他们请到家里，吃上一顿手工包的饺子……

在张沛东老师的电脑里，保存着这么多年他们团队一路走来的照片。十年的时间，不怕条件差，不怕困难多，吃得了苦才能体会到取得成功时的甜，克服了困难才能找到自己要走的路，这是张沛东老师和他的团队成员们最深刻的体会与收获。

未来可期

对于今后工作的开展，张沛东老师表示将把主要精力集中在三个方向：一是开展鳗草播种、移植机械化，提高作业效率；二是推进苗种培育和人工扩繁规模化，将首次鳗草规模化增殖取得的经验进行推广应用；三是以"绿水青山就是金山银山"的理念为指引，开展鳗草功能性验证工作，为高附加值产品研发奠定基础。

又到一年的冬天，美丽的大天鹅将从遥远的北方回到它们在这里的家园，天鹅湖又将呈现蓝天碧海，天鹅翔集的曼妙景象，这是对他们所有付出最好的回报！

保护海洋生态，建设美丽家园，我们一直在行动！

（本文刊于 2017 年 11 月 21 日，第 40 期）

心中良田是蔚蓝

——记韩立民教授团队的"蓝色粮仓"战略研究

冯文波

　　今年 6 月初,一本名为《我国海洋事业发展中的"蓝色粮仓"战略研究》的书在新华书店悄然上市,并在天猫、京东和亚马逊等电商平台同步开售。这部近 60 万字的长篇巨著的问世,不仅使我国海洋经济学研究领域再添佳作,而且为海洋强国建设中"蓝色粮仓"战略的实施提供了正当其时的参考方略和行动指南,也标志着由中国海洋大学韩立民教授领衔的国家社科基金重大项目顺利完成。

　　一支 20 余人的团队,历时三年半时间,辗转天津、辽宁、山东、江苏、上海、广西等主要沿海省市,行程数万千米,走访政府、企业、海岛、渔村等无数,撰写研究报告 40 万余字,在 CSSCI 和 CSCD 刊物发表学术论文 20 余篇,向党和国家政府机构提交成果要报 14 份……这默默坚守、多年辛苦不寻常的背后折射出的是韩立民团队心系强国梦想,守望蔚蓝海洋,构筑"蓝色粮仓"的美好夙愿。

藏粮于海,树立国人粮食安全新观念

"民以食为天。""为政之要,首在足食。""手中有粮,心中不慌。"……古往今来,粮食安全是关乎国计民生的头等大事。

习近平总书记指出:"保障粮食安全是一个永恒的课题,任何时候都不能放松。"当下,我国粮食生产体系正面临着"地少水缺的资源环境约束"与"吃得好吃得安全"的突出矛盾。这一矛盾的影响,我国粮食安全整体水平呈现出下降趋势,而且居民的营养安全水平与发达国家相比存在较大差距。

"提及粮食,人们首先想到的是土地,其实浩瀚无边的海洋也是我们可以依赖的粮仓。"韩立民说,早在 1995 年联合国粮农组织就明确了渔业和粮食安全的关系,认为发展渔业,增加水产品供给是保障粮食安全的一项重要举措。

我国大陆海岸线绵延曲折,海洋国土辽阔富饶,海洋水产品资源蕴藏量巨大。自古以来,海洋水产品便是我国国民特别是沿海地区居民重要的食物来源,鱼类、甲壳类、贝类等成为人们所需优质动物蛋白的重要供给来源。改革开放以来,伴随着海洋开发步伐的加快,以海洋捕捞和海水养殖为代表的海洋水产品加工产业获得了空前发展,为我国居民膳食结构优化和健康水平提升提供了重要保障。但在长期的研究积累中,韩立民发现我国对于海洋的食物保障功能不够重视,人们长期形成的观念认为:"海洋食物产出主要来源于海洋捕捞,海水养殖由于需要投喂饲料,食物净产出为负,而由于全球海洋捕捞面临衰退,因此,海洋的粮食安全保障潜力比较有限。"韩立民说,这种观点忽视了我国海水养殖产量中有 70% 是不需要投喂饲料的贝类养殖,也忽视了近海海域利用从捕捞向深水养殖和海洋牧场转化的现代渔业发展趋势。

基于上述背景,2014 年,韩立民团队申请了国家社科基金重大项目"我国海洋事业发展中的'蓝色粮仓'战略研究"。他认为,在我国陆地空间不能满足国民日益增长的粮食需求的背景下,需要另辟蹊径,充分挖掘海洋在食物供给方面的巨大潜力,积极打造"蓝色粮仓",形成国家粮食安全的新高地,实现"藏粮于海"的战略目标。

"蓝色粮仓"概念最早于 2007 年由中国工程院院士唐启升提出,其后诸多学者进行了广泛而深入的研究。韩立民认为,蓝色粮仓是在国家粮食安全和海洋强国建设背景下,以保障国民食物供给、优化膳食结构、推进海洋渔业健康发展为目标,以海洋空间为依托,以海洋生物资源开发利用为手段,以现代海洋高新技术应用为特征,以海洋水产品生产及其关联产业为载体的海洋食物供给系统。

建言献策，做政府决策的好"谋士"

"科技部将以科技创新支撑引领农业供给侧结构性改革为主线，实施四大工程——种业自主创新重大工程、第二粮仓科技创新工程、蓝色粮仓科技创新工程、科技扶贫'百千万'工程。"在 2017 年初科技部举行的新闻发布会上，农村科技司司长兰玉杰如是说。获知此消息，韩立民感到十分欣慰，他所关注的是其中的"蓝色粮仓科技创新工程"终于要落地实施了。"无论是国家层面，还是省市等地方政府都越来越重视从陆海统筹的视角拓展粮食生产空间，积极建设'蓝色粮仓'，我们多年的研究和呼吁终于有了成效，的确是一件值得高兴的事情。"韩立民说。

重大项目是现阶段国家社科基金中层次最高、资助力度最大、权威性最强的项目类别，"蓝色粮仓"战略研究属于应用对策研究，重在对全局性、战略性、前瞻性的重大理论和实际问题进行分析研究，并为党和政府决策提供服务，当好参谋助手。在这一研究思路的指导下，韩立民团队先后向中共中央办公厅、中央研究室、科技部、农业部、教育部等部门提交成果要报 14 份，其中 7 份得到中央或部委领导批示而进入国家高层决策，直接推动了相关行业的发展进程。

2014 年 12 月，韩立民团队提交的《大力推进"蓝色粮仓"建设，为粮食安全提供持续保障》的成果要报得到了党和国家领导人的重要批示，其主要观点被科技部采纳，直接推动了科技部"蓝色粮仓科技创新工程"的实施。该团队提出的"在政府财力允许的范围内应探索提高减船补贴标准""实行补贴标准差额化""减船政策的实施应以渔民转产转业补贴为抓手"等建议，在财政部和农业部 2015 年 6 月 25 日印发的《关于调整国内渔业捕捞和养殖业油价补贴政策促进渔业持续健康发展的通知》中皆予以采用。

"应比照现行'基本农田'政策，设计实施'蓝色基本农田'制度，把最严格的耕地保护制度延伸到养殖海域，使'基本农田'制度覆盖陆地国土和海洋国土，陆海统筹优化和完善耕地保护制度。"2015 年 11 月，韩立民团队撰写的《关于建设"蓝色基本农田"制度的基本构想及政策建议》上报农业部，3 天后便得到了农业部部长韩长赋的批示，其提出的诸多观点也被农业部采纳。此外，该团队提出的涉及离岸海水养殖开发、市场在耕地开发与保护中的作用发挥和以渔业标准化推动渔业供给侧改革等多项建议均已被农业部、科技部和教育部所采纳。

在提交成果要报的同时，该团队还通过在权威学术刊物、新闻媒体刊发文章，撰写内参等形式为"蓝色粮仓"战略的落地实施和海洋强国建设建言献策。

服务社会，谱写海洋经济发展新篇章

在我国黄海中北部海域，存在一个覆盖海域面积达 13 万平方千米、拥有 5000 亿方水体的冷水团——黄海冷水团，其夏季底层水温为 4.6 ℃～9.3 ℃，近底层水的溶解氧

不低于每升 5 毫克, 其他水质指标也非常符合养殖冷水鱼类的水质标准, 若进行冷水鱼类的规模化养殖, 有望形成千亿元级的离岸海水养殖新兴产业。在"十二五"期间, 以中国海洋大学水产学院教授董双林为核心的科研团队就开始了黄海冷水团鲑鳟养殖技术的攻关与探索工作。

鉴于此, 韩立民团队呼吁政府主管部门以黄海冷水团开发为切入点, 建设国家离岸海水养殖试验区, 集中开展科技攻关和产业扶持, 实现海水养殖从近岸向离岸的跨越式突破, 推动海洋渔业结构与空间优化, 增强海洋的粮食安全保障能力。"黄海冷水团所在海域大部分位于我国海洋专属经济区。鉴于该区域开展离岸养殖的巨大价值, 为避免出现与近岸养殖、近海捕捞类似的无序发展局面, 希望国家海洋和渔业主管部门加强顶层设计, 针对黄海冷水团资源环境特点和经济价值制定长期规划, 促进产业有序健康发展。"韩立民说。

2015 年 5 月, 山东省海洋与渔业厅将"黄海冷水团绿色高效养鱼项目"列入山东省"海上粮仓"重点建设项目推动实施。2018 年 7 月 2 日, 由董双林教授科研团队与湖北海洋工程装备研究院联合设计, 青岛武船重工有限公司建造的世界最大的深远海养殖重器——全潜式网箱"深蓝 1 号"在黄海冷水团正式启用, 30 万尾鱼苗集体乔迁入驻"深海新居", 此举不仅开启了我国批量养殖深海冷水鱼的新时代, 也标志着"蓝色粮仓"建设已然迈出坚实的步伐。

三年多来, 韩立民团队以"蓝色粮仓"战略研究为依托, 充分发挥"智囊团"和"人才库"作用, 助力地方海洋经济发展的示例还有很多。这期间, 他们陆续奔赴辽宁、江苏、天津、广西、海南、广东等十多个沿海省、自治区和直辖市, 深入海岛、渔村和涉海企业进行走访调研, 搜集整理了大批生动翔实的海洋产业资料, 成为指导我国沿海海洋经济发展的重要数据库。

烟台市是我国首批 14 个沿海开放城市和环渤海地区重要港口城市之一, 面对海洋强国建设的历史机遇, 烟台市决定在全国率先制定"海洋强市"规划。2017 年, 他们慕名找到了韩立民。他和团队成员经过一番深入细致的调研走访, 在思考和凝练的基础上数易其稿、反复打磨, 2018 年 5 月, 凝聚着集体智慧和心血的《烟台海洋强市建设规划》正式印发。此规划不仅为烟台加快实现由海洋大市向海洋强市的历史性跨越描绘了清晰路线图, 还对国内其他沿海城市发展起到了示范引领作用。翻阅这份 30 000 余字的规划, "海上粮仓"和海洋牧场建设无疑是浓墨重彩的篇章之一。

此外, 韩立民还带领团队先后主持完成了《青岛市蓝色经济区"十三五"发展规划》《江苏大丰海洋经济发展规划》《广西合浦海洋产业发展规划》等十余项地方海洋产业发展规划的编制工作, 为这些地区进一步强化海洋空间规划, 优化区域海洋产业结构, 提升海洋经济发展质量与效益进行了科学的谋篇布局。

人才培养，培育海洋强国建设新生代

科研是教学的"源头活水"，教学是科研的"隐形动力"。科学研究与人才培养始终是相互依赖、相互促进、共同发展的，这一点在"蓝色粮仓"战略研究中亦得到了生动体现。

在 20 余人的研究团队中，大多数是青年教师和研究生。陈琦博士的求学时光正好与"蓝色粮仓"战略的研究过程相吻合，他全程参与了项目研究，并在《资源科学》《经济地理》等权威学术刊物发表论文 7 篇，毕业论文《我国海洋渔业社会-生态系统脆弱性评价及管理策略研究》也是从该研究中获得的灵感。2017 年 6 月，博士毕业后，陈琦去了宁波大学，继续从事海洋经济学领域的教学与研究工作。

梁铄是中国海洋大学管理学院的一名青年教师，2015 年 12 月，他正式加入"蓝色粮仓"战略研究团队。"自己希望从事海洋经济、渔业经济等方面的研究，就跟着韩老师做博士后。"梁铄说，在这一过程中他更加领会了教学与科研相互促进、充分融合的关系。根据分工，梁铄主要负责子课题——我国"蓝色粮仓"发展潜力评估研究。他不仅比较完整准确地估算了近 10 年海洋食物生产体系整体的营养贡献，还利用技术经济学的方法，评估了未来 20 年海水养殖的生产潜力。"研究中对统计及计量方法的实践，使我对现实中的数据收集及处理、统计年鉴编纂以及计量方法适用性等有了更深刻的理解，有反哺教学的作用。"梁铄表示。

在与渔民、养殖企业和政府主管部门的接触中，王娟博士深刻体会到了"实践是思想之源，思想之光指引实践"的真谛，并在此过程中参与编制了多份沿海城市海洋产业发展规划。王娟表示，在这一过程中"既学以致用，促进了自身理论知识体系的完善，又对部分省市海洋经济发展状况有了更清晰的认知"。

"蓝色粮仓"战略研究是一个高校和科研院所协同创新的项目，团队成员隶属于多个单位。李大海博士来自青岛海洋科学与技术试点国家实验室。"大海是撰写成果要报的高手，"韩立民说，"他撰写并提交了 6 份要报，先后进入政府决策，为项目的顺利完成作出了突出贡献。"山东社科院的刘康副研究员是一位既精通自然科学又熟悉海洋经济学的交叉型人才，借助于该项目，他把多年来萦绕于脑海的"蓝色粮仓"产业体系和空间布局完美地描绘出来，了却了一个长久的心愿。

三年多来，依托"蓝色粮仓"战略研究，共培养了 4 名博士后、6 名博士研究生和 9 名硕士研究生。同时，为了解决海洋经济学领域专业教材匮乏的现象，韩立民带领团队成员编辑出版了《海洋经济学概论》一书，不仅切实满足了人才培养的需求，也为海洋经济学这一新兴学科体系的建立和完善提供了诸多有益的探索。

未来可期，"蓝色粮仓"正呈燎原之势

作为国家社科基金重大项目，它的研究周期一般需要四到五年，甚至六至七年，而韩立民团队却用三年半时间跑完了全程。在团队成员于会娟老师的印象中，项目负责人韩立民教授始终是以"只争朝夕、时不我待"的精神带领大家开展工作的。"韩老师做事是比较急的，拿到立项书后，马上就组织开展工作，找外援、组建队伍、任务分工、实地调研、组织研讨会、写报告、发论文……团队成员始终有一种'紧迫感'，丝毫不敢懈怠。"于会娟说。

尽管韩立民团队仅历时三年半就完成了项目，但并不意味着他们的研究之路就是一帆风顺的。"蓝色粮仓"战略研究涉及的细分行业太多，如育种、养殖、捕捞、加工、运输、销售等等，需要强大的数据支撑，有时会遇到个别行业数据统计基础相对薄弱，甚至缺失的情况，这就给后面的量化分析带来了挑战；有时费尽周折收集到了原始数据，却没有电子数据库。针对前者，他们尽可能通过抽样调查、专家访谈、科学估算等方式加以弥补，以消除数据资料不足带来的准确性不高的问题；对于后者，只能采取手工录入、反复核查的方式进行处理。据梁铄介绍，仅他负责的子课题，就有 10 000 余个原始数据没有电子版，两名研究人员耗时十几天手工输入计算机，经过反复查验、分析和汇总后才得以完成。

在"蓝色粮仓"战略研究中，不仅有挑战，还有曲折。在海水养殖生产潜力评估研究中，最初采取的研究路径是基于传统农学中的研究方法，即主要通过测算海水养殖的养殖面积供给潜力，再考虑单产及一些限制性条件，来确定海水养殖的产出潜力。但伴随着研究的深入，他们遇到了两个难点：一是基础信息非常零散，很难获取；二是能够作为海水养殖的海域，并不一定用于养殖，可能用于经济价值更高的用途。两大难点直接导致原先设定的研究路径行不通，只得另辟蹊径，一年多的心血和汗水付诸东流。后来，韩立民考虑到梁铄是搞技术经济学出身，建议他接手这方面的工作，尝试从另一个角度展开分析。最后，终于柳暗花明，攻克难关，取得了新进展。

三年半的研究历程，团队成员收获的不仅有丰硕的理论成果，还有治学严谨、精益求精的工作风格，以及学术民主、集思广益的团队精神。研究中，韩立民时常用"要做就做最好"的箴言给团队成员鼓劲打气，尽管胃不太好，时常处于亚健康状态，但他依然潜心于工作，与团队成员一起研讨问题、制定方案，参与调研。他这种脚踏实地、心怀使命、勇于担当的精神品格在潜移默化中影响着团队的每一个人。尽管项目已经结题，梁铄说："团队中求真务实、取长补短、不斤斤计较个人得失的理念和氛围令人难以忘怀。"

在山东加快建设海洋强省和实施新旧动能转换重大工程的新时代背景下，"蓝色粮仓"战略研究的示范效应开始显现和扩大。2018 年暑期，对于韩立民来说注定要在忙碌中度过。从东营海洋强市建设行动方案的研讨，到潍坊滨海经济技术开发区海洋经济发

展规划编制调研,再到赴长岛参加中国海洋大学教学科研基地挂牌活动……马不停蹄的工作节奏折射出的是黄渤海区域"海洋牧场""蓝色粮仓"的发展已呈现星火燎原之势。放眼全国,伴随着海洋强国建设和"一带一路"倡议的深入推进实施,"蓝色粮仓"战略的宏伟蓝图变得愈加清晰,一条符合我国国情的粮食安全之路、创新之路、发展之路更加可期。韩立民说:"我们期盼已久的把海洋变成沃野良田的梦想正在逐步实现。"

（本文刊于 2018 年 8 月 1 日,第 44 期）

让智慧之光闪耀海洋
——大数据时代的智慧海洋建设

冯文波

　　近年来，伴随着数据科学的迅猛发展，"大数据"似乎一夜之间融入到各行各业，并渗透进人们的生活，对于一向吸引着人类探索和求知目光的海洋来说，亦不例外。大数据甚至与人工智能、超算一起被誉为带动海洋科学发展的"新三驾马车"。

　　在新的时代背景下，如何获取、管理和用好海洋大数据，发挥其在智慧海洋建设中的灵魂作用，如何实现海洋大数据科学与人工智能的交叉融合，让人类的智慧之光持续闪耀在深海大洋，已成为当今海洋学界绕不开的重要话题。

大数据，开启海洋智联网时代

近日，国家发展和改革委员会完成了 2018 年度国家地方联合工程研究中心拟确定名单的公示。由中国海洋大学信息科学与工程学院院长、青岛海洋科学与技术试点国家实验室（以下简称"海洋试点国家实验室"）高性能科学计算与系统仿真平台主任魏志强教授领衔申报的"海洋大数据国家地方联合工程研究中心"在列。作为中国海洋大学首个国家地方联合工程研究中心，此中心的设立对于推动青岛海洋科技创新能力建设，特别是以海洋大数据为核心的智慧海洋建设无疑是重大利好消息。

何为智慧海洋？在魏志强看来，就是把新一代信息技术融合到海洋领域。大数据、超算和人工智能作为新一代信息技术的典型代表，自然而然成了智慧海洋建设的核心支撑。"三者中，海洋大数据是基础，也是智慧海洋建设的灵魂。"魏志强说。聚焦海洋领域的数据科学与大数据技术，他简洁地归纳为三大板块——"大数据怎么来""大数据怎么放""大数据怎么用"，即海洋大数据的获取、存储和应用。

近年来，伴随着海洋观测技术的进步与发展，围绕海洋大数据的获取，我国已基本形成了"空天地海"多元立体化的采集系统，但距离智慧海洋建设所需求的数据采集体系还有许多亟待提升和优化的空间。

在深海大洋进行数据采集，传感器是必不可少的装置，而目前我国海洋科研领域使用的高端传感器 90% 以上皆源自进口，这一领域的关键技术和核心设备还掌握在少数发达国家手中。"这对我们的海洋科研来说是'卡脖子'的关键技术，建设海洋强国必须突破这一点。"魏志强说。此外，深远海、南北极等极端或恶劣环境下的大数据获取，也迫切需要有高质量、高分辨率的传感器来完成监测和传输工作。

围绕海洋观测、探测和大数据获取，早在 2014 年，中国科学院院士、中国海洋大学副校长、海洋试点国家实验室主任吴立新便提出了"透明海洋"大科学计划：即围绕我国海洋环境综合感知与认知、资源开发与权益维护等国家重大需求，以"海洋物联网"技术为核心，面向全球海洋及重点海区的海洋环境与目标信息感知，实施"海洋星簇""海气界面""深海星空""海底透视"和"深蓝大脑"五大计划，提升我国在海洋环境观测预测、海洋权益维护等方面的科研能力和水平，支撑海洋强国建设。"科学家在实验室就能知道全球海洋正在发生的事情以及未来将要发生的事情，如海洋的温度变化、水声通道的变化、鱼群的变化，并能做出预测，国家海洋利益拓展到哪里，'透明海洋'工程就建设到哪里。"吴立新如此描绘"透明海洋"大科学计划的美好蓝图。

4 年多来，在这一"上天下海驻底"的五大计划驱动之下，"透明海洋"在海洋观测领域，尤其是海洋大数据获取方面颇有建树，并逐渐朝着"看得清、查得明、报得准"的目标迈进。"透明海洋"初步构建了世界上最大规模的区域海洋潜标观测网——"两洋一海"潜标观测网，突破了潜标实时传输这一全球性难题，首次实现深海数据长周期稳定实时传输并共享应用;"白龙"浮标成功布放印度洋,数据上传 GTS 实现全球实时共享;国内最大规模海洋智能装备立体组网观测在南海成功进行;高分辨率"两洋一海"海洋-大气耦合预报系统研制成功,并进入常态化预报。

在海洋观测和大数据获取方面,如何充分考虑海洋大数据的"时空耦合""地理关联"等特性,实现空、天、地、海等不同运载平台之间的协同观测,从"单点"走向"组网"? 在魏志强看来,破解这一"瓶颈"的关键正是"透明海洋"大科学计划中提到的"海洋智能物联网",即人工智能、大数据技术与海洋物联网的深度融合。此举也将为未来海洋大数据的获取提供强有力的支撑。

超算互联网,打造经略海洋新高地

"通过海洋观测和探测获得的大数据,好比是产品加工的'原材料',我们不仅要有存储'原材料'的'仓库',还要有科学合理的制度体系把'原材料'管理好,做到安全、可控、高效;紧随其后的是'原材料'的加工环节,加工首先要有'设备',其次要有'工艺'。"魏志强用如此生动的比喻来描述海洋大数据的存储、管理、分析和加工。在魏志强看来,海洋大数据的加工处理主要取决于"软""硬"两个方面,"软"是指"算法",即数据科学与大数据技术,"硬"是指装备,即超级计算机,两者结合便是大家耳熟能详的"超算"。

2018 年 10 月 18 日至 20 日,由中国计算机学会主办,中国计算机学会高性能计算专业委员会、海洋试点国家实验室、中国海洋大学和国家超级计算济南中心共同承办的第十四届全国高性能计算学术年会在青岛举行。来自海洋和信息技术领域的多位专家学者,围绕超算与智慧未来、透明海洋、深蓝大脑、国产 E 级、海洋量子等 7 个板块进行了深入探讨,为"超算"与海洋科研深度融合把脉开方。"以超算平台、超算互联网体系为代表的重大装备类平台是开展全球气候研究、能源矿产勘探、生物医药研发、人工智能支撑等必不可少的大科学装置,是科研工作亟需且对未来取得颠覆性创新成果至关重要的平台,是建设世界科技强国的国之重器。"大会主席吴立新所作的《从智慧海洋到智慧未来》的主题报告不断激发大家共鸣,赢得阵阵掌声。

拥有海洋大数据可以更好地认识海洋,掌控大数据才能更好地经略海洋,超算便是掌控海洋大数据的关键。在世界范围内,可以说海洋科研与超算相伴而生,且有历代超算皆率先应用于以海洋为核心的地球科学的先例。为了实现海洋大数据处理更快、更准、更精的目标,魏志强和他的团队一直在努力。

海洋试点国家实验室拥有目前全球海洋科研领域运算速度最快的 P 级超级计算机,每秒运算速度最快可达 2.6 千万亿次,并构建了目前全球速度最快的百 G 超宽网络、百千米毫秒级超低延时超算互联网。魏志强结合中国海洋大学与海洋试点国家实验室"你中有我、我中有你"耦合发展的特点,把中国海洋大学优秀的信息化人才队伍与海洋试点国家实验室的高起点平台有机融合,聚焦海洋大数据分析处理,持续进行协同创新。"我们把海洋试点国家实验室超算中心、国家超算济南中心、国家超算无锡中心三个中心的超算大科学人工智能和大数据公共支撑平台装置统一互联起来,构建形成了一套超算大科学装置群。"魏志强说。在这一超算互联网体系中,神威E级原型机、神威太湖之光、神威蓝光、浪潮千万亿次超级计算机共同服务于海量、多源、异构的海洋大数据分析处理,助力海洋强国建设。

当今世界,信息技术革命日新月异。面对你追我赶的信息化竞争环境,唯有抢抓机遇、持续创新才能勇立潮头,超算领域亦不例外。

"超级计算能力已经成为国家和地方科技创新能力的重要标志之一。"在第十四届全国高性能计算学术年会上吴立新如是说。如今,这句话已经越来越成为科技界的共识。

相对于当下的P级超算,E级超算是指每秒可进行百亿亿次数学运算的超级计算机,被公认为是"世界超级计算机界的下一顶皇冠"。当下,中国、美国、日本等国均提出了百亿亿次计算机研制计划。令人欣喜的是,我国研制的百亿亿次超级计算机"神威"E级原型机已于2018年8月5日在国家超算济南中心亮相,人类迈进E级超算时代近在咫尺。"它服务于海洋领域,进一步推动我们国家在超算领域的发展,为经略海洋打造新的高地,进而走向更加智慧的未来,也指日可待。"魏志强说。

深蓝大脑,笃定强国的蓝色信念

2018年6月12日,对于中国海洋学界来说是值得铭记的一天,也是令广大海洋人激动的一天。这一天,中共中央总书记、国家主席、中央军委主席习近平来到了海洋试点国家实验室,在这里他重申了建设海洋强国的信念。

"在超算仿真大厅,习近平认真察看高性能科学计算和系统仿真平台运行情况,并向科研人员详细询问构建超级计算机互联网、研发人工智能和大数据系统'深蓝大脑'、打造国家一流海洋系统模拟器的最新进展。得知超级计算机解决了海洋数据'碎片化'问题,大大提高了海洋观测和预测能力,总书记十分高兴。"每当看见或听见新闻中提及这段话,魏志强总是心潮澎湃。

"深蓝大脑"便是海洋试点国家实验室高性能科学计算与系统仿真平台重点打造的"全球海洋人工智能与大数据系统"。该系统涵盖全球与区域海洋和气候预测、海洋药物智能筛选、海底战略性能源智能勘探、海洋生态系统演变预测、海洋大数据智能分析等众多领域,致力于更准确、更精细、更高效地为海洋科技创新服务。

2018年7月3日,在青岛举行的2018年全球海洋院所领导人会议上传来令世界海洋药物学界振奋的消息。中国工程院院士、青岛海洋生物医药研究院院长、海洋试点国家实验室学术委员会主任管华诗发布了全球首个海洋天然产物三维结构数据库。"打造

'蓝色药库'是人类的共同事业,海洋的所有问题都是国际问题,需要国际社会共同参与。我们开放数据库,希望为人类的健康事业造福。"管华诗从构建人类命运共同体的视角解读这一创新举措的非凡意义。

海洋天然产物三维结构数据库由海洋试点国家实验室、青岛海洋生物医药研究院和中国海洋大学医药学院等多家单位联合开发完成,该数据库容纳了 30 117 个海洋天然产物的准确三维结构,可直接用于虚拟筛选与智能药物设计,大大提升了海洋药物的研发效率。据魏志强介绍,药物研发过程相当复杂,从药物先导化合物分子的筛选到先导化合物分子与肿瘤疾病靶点的对接,通常一款传统新药的开发需要 10～15 年,成本为 10～15 亿美元,但是利用超算平台可以将研发成本和周期缩短三分之一。"这是新药筛选平台和超算平台交叉融合的生动体现,也是药物研发设计与海洋大数据平台和信息技术学科交叉的重大成果。"魏志强表示。

目前,借助该数据库,管华诗团队已经完成 170 余个美国 FDA 批准的肿瘤药物靶点对海洋化合物数据库的精确筛选,发现 1 000 余个具有开发前景的抗肿瘤药物苗头分子,经过有机合成、生物实测、药理药效分析和临床前试验,发现了诸多可开发为海洋药物的先导化合物。

当下,魏志强正带领他的团队与中国海洋大学医药学院的杨金波教授团队等携手推进"智能超算药物组学"计划,矢志深蓝,探寻资源,为海洋强国助力添彩,为人类发展造福。

近年来,随着大数据的汇集、理论算法的革新和计算能力的跨越式提升,以及脑科学和人工智能技术的进一步发展,以类脑智能为代表的新一代人工智能技术逐渐绽放光芒。这也给以人工智能和大数据技术为基础打造的"深蓝大脑"提供了跃升的机会。"未来的'深蓝大脑'将面向浩瀚海洋,实现从机器智能向类脑智能的转化,实现从机器学习到深度学习再到自主学习的跨越,从而在信息处理机制上类脑、认知行为和智能水平上类人,使机器拥有人类认知能力及协同机制,实现对未来'透明海洋'系统的智能自驱动、自发现和自演进。这是'深蓝大脑'进化的必由之路,也是海洋科学技术发展的重要途径。"魏志强说。

科技创新的关键是人才培养。中国海洋大学作为一所以造就国家海洋事业的领军人才和骨干力量为特殊使命的综合性大学,面对建设"智慧海洋"的浪潮,自当抓住机遇、乘势而上。

2018 年 9 月 19 日,中国海洋大学与山东易华录信息技术有限公司签署合作协议,中国海洋大学校长于志刚,中国华录集团党委副书记、副总经理韩建国参加签约仪式,并共同为"海洋科学大数据联合实验室"揭牌。2018 年 10 月 18 日,中国海洋大学与浪潮集团有限公司签署战略合作协议,决定共建智慧计算联合实验室。浪潮集团执行总裁、中国工程院院士王恩东和中国海洋大学副校长、中国科学院院士吴立新等为实验室揭牌,两位院士跨界携手,使海洋科学与信息科学连接得更加紧密。2018 年 10 月 20 日,著名量子信息学家、中国科学院院士郭光灿和中国海洋大学校长助理吴强明共同为海洋量子技术协同创新中心揭牌……一系列创新型举措,开启了校企合作、协同培养智慧海洋人才的大幕。

"学校已于 2018 年向教育部申请增设'智能科学与技术'专业,下一步我们还将布局'数据科学与大数据技术''微电子与集成电路'等专业,并着手把'人工智能'变成通识课,服务于全校的人才培养。"在笃定"蓝色信念",建设智慧海洋的征途中,魏志强心中早已有了清晰的育人路线图。

（本文刊于 2019 年 1 月 10 日,第 50 期）

科学织网 认知南海
——中国海洋大学专家团队构建国际上规模最大的区域潜标观测网

李华昌

　　南海,位于中国大陆的南方,连接太平洋和印度洋,南北纵跨约 2 000 千米,东西横越约 1 000 千米,是西太平洋最大的边缘海。南海是"21 世纪海上丝绸之路"的重要海域,对我国海洋环境安全保障、海洋权益维护、资源开发利用、气候变化应对和防灾减灾都具有重要科学及社会意义,是我国建设海洋强国的核心战略海区。

　　然而,由于技术条件有限等多种原因,针对南海的长期连续观测资料极为匮乏,难以满足当前南海环境安全保障、资源开发利用、生态环境保护、气候变化应对等提出的迫切需求。

　　在国家"863 计划"、国家海洋局专项、国家自然科学基金、中国海洋大学专项经费等项目支持下,中国海洋大学专家团队首次在南海构建了国际上规模最大的区域海洋潜标观测网,实现了恶劣海况下潜标观测数据的实时传输,有效提高了观测数据的时效性,取得诸多在国际上具有重要显示度的科技创新成果,为推进"透明海洋"工程提供了强大助力,奠定了我国在"两洋一海"(即太平洋、印度洋和南海)动力环境观测领域的国际地位。

攻坚:突破技术瓶颈,自主研发潜标

潜标整体位于水下,可架装不同深度的海洋传感器,实现全海深海洋动力环境的定点、长期、连续、多层次、多要素同步观测,并具有隐蔽性好、不易被破坏等优点。目前,海洋动力过程观测潜标大多针对某一动力过程设计,集成传感器种类单一,难以满足日益突出的多尺度动力过程观测需求。针对上述不足,中国海洋大学专家团队突破了沿缆往复稳定可靠运动控制、水下沿缆剖面测量等关键技术,集成多尺度动力过程海洋观测仪器,自主研发了"海洋多尺度动力过程观测潜标"等适合深海多尺度观测的系列潜标系统,实现了环流、中尺度涡、内波、混合等多尺度海洋动力过程长期连续观测。

此外,海洋动力环境长期观测尚以自容观测为主,需回收潜标后方能获取观测数据,数据时效性低,难以满足海洋环境保障及预报对观测数据时效性的迫切需求。当前,国内外准实时潜标观测所采用的主要方式分为两类:一类为卫星通信浮子长期位于海面,一类为通过绞车实现通信浮子的自升降。其中,前者浮子易受恶劣海况破坏,后者机械结构复杂可靠性差。针对上述不足,中国海洋大学专家团队突破了深海可靠的电缆破断与电控释放等卫星通信单元发射关键技术,自主研发了"海洋动力过程定时通讯潜标",有效提高了潜标观测数据的时效性。

中国海洋大学专家团队自主研发以上适合深海长期连续观测的系列深海潜标,并开展了大量长期海上应用检验,性能可靠、工作稳定,相关研发成果获4项国际发明专利及8项国家发明专利授权,大幅提升了我国海洋多尺度动力过程长期观测水平,有力推动了我国海洋深远海定点连续观测技术的发展。

组网:构建区域潜标观测网,形成长期连续观测能力

为获取南海动力环境长期连续观测数据,国内相关涉海单位在南海相继进行了潜标观测,但布放的潜标数量少、区域有限、时空连续性差、回收成功率低,不能实现对南海多尺度动力过程的全面系统观测。为解决国家对南海动力环境系统长期连续观测数据的迫切需求,自2009年以来,中国海洋大学专家团队基于自主研发的系列深海潜标,在南海开展潜标布放回收航次20余次,总航时826天,组织开展潜标作业累计达12 000余人天,累计布放各类潜标350套次,目前同时在位观测潜标42套,实现了南海海域多

尺度动力过程长期连续观测;观测海域横跨吕宋海峡、南海深海盆、南海东北部与西北部陆坡陆架区,最长工作时间已接近 10 年,为世界上规模最大的区域潜标观测网,规模上远超南太平洋环流与气候实验(SPICE)、黑潮延伸体系研究计划(KESS)、努沙登加拉层结及输运国际联合观测计划(INSTANT)等国际大型区域海洋观测网。

由于长期处于高盐、强流以及内波等极端动力过程等复杂海洋环境下,潜标观测的风险极高,潜标设计、研制、布放及回收等任何一个环节出现差错均有可能导致高价值的观测仪器设备及宝贵观测数据的丢失。国际上大范围开展潜标观测已有数十年的历史,虽然潜标相关技术水平已有显著的提升,但即使是美国、日本等海洋强国,其潜标回收成功率也仅有 90% 左右。基于多年海上作业经验,中国海洋大学专家团队总结出一套安全高效的规范化、标准化的潜标布放回收作业流程,布放自主研发的各类深海潜标350 套次,回收成功率达到 100%。在这一国际领先的作业成功率保障下,南海潜标观测网获取了系统完整的南海全海深动力环境长期连续观测数据。

中国科学院院士、海洋地质学家汪品先对南海潜标观测网的成功构建给予了高度评价,他说:“南海潜标观测网的成功构建,不仅为实现南海动力环境系统长期连续观测奠定了基础,为研究其水文动力过程时空变异机理提供了宝贵数据,同时也为探讨南海深部沉积搬运过程以及太平洋水体演变、再造边缘海生命史创造了宝贵的条件,是我国海洋科学近年来一项值得表彰的重要进展。”

助力：推动自主海洋仪器产品化,加速海洋跨学科交叉研究

自“九五”以来,在国家“863”计划的支持下,我国自主研发了技术指标接近或达到国外水平的系列海洋仪器设备,但由于缺乏海洋观测技术成果的深海长期连续检验这一关键环节的外海平台,难以实施海洋仪器设备的稳定性、可靠性等工作性能指标的真实海洋环境下的长期连续检验,极大地制约了国产海洋仪器产品化进程。南海潜标观测网的成功构建打通了国产海洋仪器研发的深海长期连续检验这一关键环节,也为开展南海多学科长期连续观测提供了良好的平台。

借助于南海潜标观测网,中国科学院声学所、中船重工第七一〇所、中船重工第七一五所等多家海洋仪器设备研发单位,对其自主研发的声学多普勒流速剖面仪、温盐流剖面观测仪等海洋观测仪器设备进行了系列长期海试检验工作,极大地推动了其仪器设备的产品化进程,打破了相关海洋仪器国外产品垄断的局面。

南海是全球多尺度海洋动力过程最为活跃的海域之一,其水声特性、生物地球化学过程呈现复杂的空间分布和时间变异特征。然而,由于缺乏多学科长期连续同步观测资料,制约了对南海交叉学科认知水平的提升。南海潜标观测网观测动力过程涵盖深层环流、黑潮、中尺度涡、内波及混合等多尺度动力过程,为开展南海海洋动力与其他学科交叉研究提供了一个理想的跨学科长期同步观测平台。西北工业大学、中国科学院声学研

究所、国家海洋局第三海洋研究所于 2016 年将 10 余台水听器架装于南海潜标观测网之上，对南海东北部内波、中尺度涡高发区水下声学特性开展大范围系统观测，并于 2017 年顺利回收，获取 1 年左右的水下背景噪声长期连续观测数据，对开展南海东北部背景噪声时空分布及变异机理研究具有重大意义。

中国工程院院士、西北工业大学马远良教授评价说："南海潜标观测网的构建实现了南海复杂海洋水文动力过程的长期系统监测，为揭示南海海洋水文动力环境时空特征及变化规律提供了宝贵的数据支撑；为全面剖析南海声场、流场等物理场特征及其调控机理，提供了关键的水文动力环境保障；为实现水文动力环境场与物理场同步监测奠定了坚实的基础。此项成果十分难得，它对南海水下预警体系的建设、海洋声学研究和装备建设以及南海水域的航行安全和资源开发，都具有重要的应用价值和推动作用。"

支撑：丰富海洋观测数据库，推动数值模拟与预报模式发展

南海海洋观测数据库的构建、海洋环境预报的发展及南海海洋科学认知水平的提升等系列工作都需要南海多尺度动力过程长期连续观测数据的支撑。然而，由于长期连续组网观测的缺失，南海多尺度动力过程长期连续观测数据极为匮乏，制约了上述工作的开展。南海潜标观测网的成功构建，获取了大量宝贵的长期连续观测数据，极大丰富了我国海洋观测数据库，支撑了系列海洋动力环境要素产品制作，有效推动了我国海洋数值模拟与预报模式的发展，在预报系统的模式检验与优化过程中发挥了关键作用，取得了若干重要科学发现，深化了南海多尺度动力过程生消演变机理与相互作用机制认知水平，有力支撑了南海环流、中尺度涡、内波、混合等多尺度动力过程观测研究的系统开展。

南海潜标观测网自 2009 年运行以来，获取了大量南海温度、盐度及海流等多尺度动力过程长期连续观测数据，并分批次向国家海洋信息中心汇交。目前已汇交数据占信息中心南海潜标观测数据总比例超过 80％，是信息中心海洋长期连续观测数据库的重要组成部分，支撑了海水温度、盐度、海流等关键海洋动力环境要素产品的制作，具有极其重要的科学及社会意义。

潜标长期连续观测数据是海洋数值与预报模式的研发、验证及评估工作不可或缺的重要支撑。南海潜标观测网针对南海多尺度动力过程获取的大量海水温度、盐度及海流等关键要素连续观测数据，成功应用到国家海洋环境预报中心"南中国海业务化数值预报系统"的验证和评估工作中，在预报系统的模式检验与优化过程中发挥了关键作用，有效提升了预报中心对南中国海温度、盐度、海流等关键海洋动力环境要素的预报准确度。

扬帆：科学观测认知南海，助力海洋强国建设

21世纪是海洋的世纪。党的十九大报告中明确要求"坚持陆海统筹，加快建设海洋强国"。壮大海洋经济、加强海洋资源环境保护、维护海洋权益事关国家安全和长远发展。作为中国近海中面积最大、水最深的海区，南海从经济、军事和政治上考量，都具有极其重要的地位。

"南海是开展海洋多尺度动力过程非线性相互作用和能量级联研究的理想天然试验场。过去，由于种种原因，南海长期连续观测资料匮乏，多尺度动力过程研究面临困难，进展缓慢，其相互耦合作用机制了解甚少。为扭转上述局面，中国海洋大学田纪伟、赵玮教授科研团队构建了国际上规模最大的区域潜标观测网——南海潜标观测网，支撑了南海多尺度动力过程及其相互作用的一些科学发现，从而深化了南海海洋动力学的认知水平。"中国科学院院士、中国科学院海洋研究所研究员胡敦欣教授对于南海在海洋科研领域的独特作用给予了充分肯定。

南海潜标观测网获取的长期连续观测数据，有力支撑了南海环流、中尺度涡、内波、混合等多尺度动力过程科学研究的系统开展：在海洋环流方面，刻画了南海北部环流时间变异特征，探明了南海与太平洋水体交换的时空结构，揭示了太平洋西传中尺度涡对南海北部环流的影响机制；在中尺度涡方面，首次发现了南海中尺度涡的"全水深三维倾斜结构"，剖析了南海北部中尺度涡的生成机制及环流在其中的作用，阐明了能量正级串至亚中尺度过程是中尺度涡消亡的主导机制；在内波方面，系统建立了南海东北部内孤立波的生成、传播、演变及消亡全过程的统计规律，捕捉到了迄今为止全球海洋最大振幅（240米）的内孤立波，探究了 ENSO、黑潮入侵、中尺度涡对内孤立波的调控机制，发现了超强台风"鲇鱼"下的海洋弱近惯性响应，揭示了内潮－近惯性内波非线性相互作用对台风下近惯性响应的调控机理；在混合方面，发现了南海北部混合的时间变化规律，指出了内潮和中尺度涡对南海北部混合时间变异的调控机理，揭示了南海深层强混合及其季节变化是调控吕宋海峡深层流季节变异的主要机制。中国海洋大学专家团队上述科学研究成果提升了南海多尺度动力过程及其相互作用的认知水平。自2013年以来，中国海洋大学专家团队基于南海潜标观测网取得的相关成果在国际一流学术期刊发表高水平论文13篇，在国际上取得广泛关注和高度评价。

南海潜标观测网是我国正在实施的"透明海洋"工程的重要组成部分，中国科学院院士、中国海洋大学副校长、青岛海洋科学与技术试点国家实验室主任吴立新指出："建设海洋强国，离不开海洋科技"，"国家海洋利益拓展到哪里，'透明海洋'工程就建设到哪里。"

（本文刊于2019年3月14日，第51期）

孕育生生不息的蓝色希望
——中国海洋大学培育海水养殖新品种纪实

冯文波

　　10 月 24 日,国际知名杂志 *Nature* 发表了中国海洋大学海洋生命学院刘涛教授作为合作作者完成的国际 1KP 项目(千种植物转录组计划)成果。作为目前已完成的全球规模最大的基因组研究计划,该项目历时 9 年,总计完成了 1 124 种植物(包括藻类 220 种)的测序。刘涛教授主要负责 41 种重要大型海藻转录样本制备和进化分析,该工作是中国海洋大学深度参与国际大科学计划取得的又一重要成果,为我国经济藻类分子育种技术开发与良种选育打下了坚实的基础。

　　作为国家重点建设的唯一一所综合性海洋大学,95 年来,一代代中国海大科技工作者在海洋生物遗传学与育种领域矢志不移,勇于追梦,累计培育了 22 个海水养殖新品种,为我国海洋牧场建设孕育出生生不息的蓝色希望。

牡蛎育种：接二连三传喜讯

牡蛎是世界上第一大养殖贝类，我国牡蛎养殖产量位居世界牡蛎养殖产量的首位。"我们是牡蛎养殖大国，但还不是强国。"中国海洋大学水产学院院长李琪表示，这成为他从事牡蛎新品种培育的动力之源。

2014年3月，经过8年不懈努力，连续6代群体选育，我国自主培育的首个牡蛎品种长牡蛎"海大1号"获得了农业部颁发的水产新品种证书。此举不仅填补了我国牡蛎良种培育的空白，而且对实现海水养殖良种化，推动牡蛎养殖业持续、稳定、健康发展，特别是打造我国高端牡蛎产业发挥了引领示范作用。

单从新品种的命名上，便能看出这是中国海大人智慧和汗水的结晶。"既然有'1号'，后面就还会有'2号''3号'等一系列新品种问世。"李琪说，他的目标是培育我国牡蛎品牌，推动牡蛎养殖产业由数量型向质量型转变。

果不其然，2017年4月，长牡蛎"海大2号"惊艳亮相。"海大2号"左右壳和外套膜均为色泽亮丽的金黄色，甫一问世，便凭借"高颜值"的形象赢得了养殖户的青睐，被大家称为牡蛎界的"土豪金"。在相同养殖条件下，与未经选育的长牡蛎相比，"海大2号"平均壳高、体重和出肉率分别提高39.7%、37.9%和25.0%以上。

"育苗在莱州，养成在荣成和乳山，一年到头，都有研究生工作在生产第一线。"历经酷暑严寒、风浪洗礼，8年执着追梦，李琪团队最终迎来这金灿灿的收获。"外壳规则、色泽金黄喜庆、肉质细腻爽滑，鲜嫩中带有一丝甘甜。"在2019年1月举行的第四届乳山（国际）牡蛎文化节上，"海大2号"凭借靓丽的颜值、鲜美的口感赢得点赞无数。

时隔两年，李琪团队又有喜讯传来，长牡蛎"海大3号"获颁新品种证书。5月中旬，在2019亚太水产养殖展览会暨珠海国际水产品交易会上，这一黝黑发亮的"黑金牡蛎"频频吸引参观者的目光。

"育种是一条只有起点而没有终点的路。"李琪说，从"1号"到"3号"，只是开端。目前，新品种"橙色牡蛎"正在试养之中，不久，牡蛎家族将再添一位高颜值成员。

扇贝育种：一代更比一代"红"

迄今为止，新中国海水养殖共经历了五次产业浪潮，每一次浪潮均从青岛发端，且与中国海洋大学密切相关，进而推广至全国。

20世纪70年代，我国海水养殖业由以海带为主渐次转向以对虾、扇贝为主。"以中国海洋大学王如才教授为代表的贝类学家陆续攻克了扇贝半人工采苗技术、室内全人工育苗技术和筏式养殖技术，为海水养殖业第三次浪潮的兴起扫清了技术障碍。"中国工程院院士包振民说。

20世纪90年代末，流行病害大规模爆发给我国扇贝养殖业带来致命打击。包振民从导师王如才手中接过接力棒,重点对黄、渤海区普遍养殖的栉孔扇贝进行研究,并创建了以 BLUP 育种技术为核心的扇贝育种技术体系。

一分耕耘,一分收获。

2006 年,我国自主培育的首个扇贝新品种栉孔扇贝"蓬莱红"诞生。该品种具有生长速度快、产量高、肉柱大、抗逆性强、壳色鲜红、遗传性能稳定等特点,给饱受病害折磨的扇贝养殖产业带来了希望,一经推出,就赢得了水产养殖户的喜爱。

"育种的道路上,没有最好,只有更好。"包振民乘胜追击,针对水产动物是变温动物,性状变异环境效应大、遗传评估精度低的问题,突破了低成本高通量的基因分型技术难关,开发了贝类全基因组选择技术系统,为扇贝品种的更新换代奠定了基础。

2014 年,"蓬莱红"的升级版"蓬莱红 2 号"成功上市。作为国际上首个采用全基因组选育技术培育的水产良种,"蓬莱红 2 号"不仅延续了上一代的高产抗逆特性,而且产量较"蓬莱红"提高 25.43%,成活率提高 27.11%,引领了水产分子育种技术新潮流。

"煮熟了,红彤彤的,既喜庆,又诱人,并且最早是在蓬莱培育的,就把它命名为'蓬莱红'。"包振民说,他自己也很喜欢吃扇贝,特别是自己培育的品种。

此外,包振民带领团队还培育了虾夷扇贝"海大金贝""獐子岛红"和海湾扇贝"海益丰 12"等新品种,累计推广 911 万亩,创造产值 497 多亿元,扭转了我国扇贝养殖业长期依赖野生苗种的局面。

2019 年 1 月 8 日,国家科学技术奖励大会在北京召开。包振民领衔完成的成果"扇贝分子育种技术创建与新品种培育"获技术发明二等奖,成为当年水产科学领域唯一的国家技术发明奖。

"我们的目标是建立一个高效率、高水平的扇贝育种技术体系,使扇贝养殖业像农业、畜牧业一样有良种、良法,能高效平稳健康地可持续发展。"作为我国贝类遗传学和育种学的带头人,包振民心中有一幅美好的蓝图。

海带育种:幸福接力"带带"传

在历史悠久的中国海洋大学鱼山校区,一座雕像静静伫立在海洋生命学院楼前,见证着一代代学子的青春岁月和海洋生命学科的日益发展壮大。他是我国海洋生物遗传学和育种学的奠基人方宗熙教授。

20 世纪 50 年代,应"中国克隆之父"童第周教授之邀,方宗熙抵青执教,开启了海藻遗传学研究的序幕。

"海青一号"宽叶品种、"海青二号"长叶品种、"海青三号"厚叶品种和"海青四号"等海带新品种在方宗熙的精心培育下陆续问世,成为推动新中国海水养殖首次浪潮发展的澎湃动力。

方宗熙指导完成的海带、裙带配子体克隆培育,解决了大型海藻不能实现长期保存的世界难题。他领衔培育的"单海一号"海带单倍体新品种,不仅开创了我国海洋生物细胞工程育种的里程碑,而且是我国褐藻遗传育种的标志性成果。此外,高产、高碘、抗病性强的"单杂十号"品种更是开创了海带杂交育种的奇迹。

薪火相传,生生不息。

20 世纪 90 年代,以崔竞进教授代表的中国海大育种人又接连培育出了"荣海一号"杂交品种和"远杂 10 号"远缘杂交品种,在满足提取褐藻胶工业原料成分含量的基础上,进一步提高了海带养殖产量。

"'带带'相传,一'带'更比一'带'强"是中国海洋大学海带育种人一以贯之的初心和使命。当下,接力棒正握在刘涛教授手中。

进入 21 世纪,刘涛带领团队先后培育了"荣福"和"爱伦湾"两个海带新品种,由此掀起了我国以"优质、高产、抗逆"为标志的第三次海带品种更替浪潮。

海水温度、透明度、盐度、光照时数、氮磷营养物质、水流速度皆是影响海带生长的要素。我国海域面积辽阔,提高海带的环境广适性始终是新品种培育的主旋律。

2013 年,刘涛团队采用分子辅助选育技术培育出了"三海"海带新品种,不仅耐高温、高产,其养殖范围北起辽宁大连,南至海南临高,是迄今为止国际藻类栽培范围纬度跨度最大的品种。作为中国海大人精心培育的第 11 个海带品种,"三海"海带标志着我国海带遗传改良技术已从群体选育、细胞工程育种正式迈入分子育种时代。

目前,刘涛团队已完成了海带基因组的测序工作,蓝色生物技术产业迎来新机遇。"未来我们可以像现代生活中的商品定制一样,根据养殖户的需求定制培育个性化的海带品种。"刘涛对未来的海带育种充满期待。

龙须菜育种:添丁加口家族旺

广东南澳岛,海风习习,风光旖旎,素有"潮汕屏障、闽粤咽喉"之称。当下正值初冬时节,岛上一派繁忙景象,岛民们正忙着绑扎筏架、分苗下海,新一轮的龙须菜养殖由此开启。

龙须菜是江蓠科海藻,因富含工业原料琼胶而成为备受我国沿海渔民青睐的第三大海藻栽培种类。

20 世纪末,我国龙须菜栽培业开始兴起,但野生龙须菜品种只适宜在 10 ℃～23 ℃的水温中生长,炎热的夏季和寒冷的冬季均不能实现生物量有效增长,严重制约了产业发展。为攻克难关,中国海洋大学张学成教授和中国科学院海洋所费修绠研究员合作采用化学诱变技术和选育技术,自主培育了我国首个龙须菜新品种"981"。

"981"龙须菜上限生存水温达到 26 ℃,比野生种提高了 3 ℃,实现了在福建和广东高温海区的大规模栽培,且秋冬春三季连续生长。与野生种相比,新品种生长速度提高了 30% 以上,亩产提高了 3～5 倍,琼胶含量提高了 13%,凝胶强度增加 80%。

"一枝独秀不是春，龙须菜栽培要解决品种单一化的问题。"年逾古稀的张学成依然奋战在发展蓝色农业的道路上。在臧晓南教授等团队成员的辛勤耕耘下，2014 年，可以耐受 28 ℃高温的龙须菜"2007"新品种诞生了。一上市，便成为广受沿海养殖户青睐的"发财菜"。

在龙须菜育种的道路上，亦有前赴后继、接续奋斗的故事。任职于中国海洋大学海洋生物遗传学与育种教育部重点实验室的隋正红教授是张学成的首位博士生，她带领团队发明了独特的"龙须菜性别鉴定分子标记"技术和"良种特异识别"技术，优化了龙须菜释放孢子技术方案，大大缩短了育种进程。

2015 年，隋正红团队为龙须菜家族又添一位新成员——"鲁龙 1 号"。该品种外观透红艳丽，分枝密，藻体细长，生长速度快，产量高，琼胶含量比野生型提高了 20％，凝胶强度比野生型提高了 30％，蛋白含量比传统品种增加 12％，藻红蛋白含量比传统品种增加 11％。如今，"鲁龙 1 号"已在山东、福建和广东沿海广为栽培。"我们经常接到求购'鲁龙 1 号'新品种的电话，我们只是研发单位，不卖良种。"隋正红说，在育种的道路上，既要做好传承，还要不断开拓创新，创造更多科研成果服务蓝色农业，惠及广大养殖户。

海洋是生命的摇篮。走过 95 年风雨历程的中国海洋大学，站在新的历史起点上，正牢记习近平总书记给全国涉农高校的书记、校长和专家代表的回信指示精神，以立德树人为根本，以强农兴农为己任，矢志深蓝，耕海牧渔，解读海洋生命密码，探究蓝色基因奥秘，为蓝色粮仓更丰盈不懈奋斗！

（本文刊于 2019 年 11 月 22 日，第 56 期）

砥砺前行攀高峰　逐梦蔚蓝书华章

——记 2019 年度国家科技进步奖二等奖获奖项目 "近浅海新型构筑物设计、施工与安全保障关键技术"

冯文波

　　1 月 10 日,国家科学技术奖励大会在北京胜利召开。一批创新成果吸引着世界的目光,振奋着全国人民的精神。

　　在海洋领域,由中国工程院院士、中国海洋大学教授李华军团队领衔完成的"近浅海新型构筑物设计、施工与安全保障关键技术"荣获国家科学技术进步奖二等奖。这是李华军团队继 2004 年、2010 年之后,获得的第三个国家科技进步奖。

　　15 年,三获国家奖。2003 年创设的海洋工程学科,在短短十几年中位列软科全球高校学科排名第 16 位,使海大成为我国海洋工程领域研究的新高地。是什么驱使他们不断前行? 是什么支撑起这一次次的跨越? 不妨让我们从新近获奖的项目入手,去探究李华军与他的团队一以贯之,紧扣科技创新与人才培养两个根本任务,只争朝夕创新突破,不负韶华奋力赶超的那份执着与坚守。

创新攻坚:领跑海洋工程创新"加速度"

近浅海,是人类接触海洋、认识海洋的发端点,也是对海洋进行开发利用的先行区。在这一过程中,人类修建了大量的码头、海堤、人工岛、进海路、海洋平台等海上结构物,这些结构物不仅所处的海底地形与地质条件复杂多变,而且还时常受到波浪、狂风、洋流的拍打、冲刷和腐蚀,在茫茫大海中,结构物一旦失稳破坏,就会造成巨大的人员伤亡、经济损失和环境破坏。此外,由于传统构筑物及设计理念与分析方法严重滞后新形势下的工程需求,使海洋近岸环境保护问题尤为严峻。

严酷复杂的环境和海洋环保的红线成为摆在海洋工程界的两大挑战。海洋强国建设的征途上,急需一种安全、环保、经济的近浅海工程建设新模式。

李华军带领他的团队直面挑战,围绕近浅海构筑物的设计、施工与安全保障技术,与中交第二航务工程局有限公司、中国港湾工程有限责任公司、中石化石油工程设计有限公司、中交武汉港湾工程设计研究院有限公司等单位进行产学研联合攻关与自主创新。

艰难困苦,玉汝于成。历经十余年的探索研究和反复试验,李华军与项目组不负众望,最终提出了透空式新型近浅海构筑物及分析设计理论,发明了复杂恶劣海况下桩基施工与软基处理关键技术,创建了近浅海工程安全防浪、水下自动测控安装、损伤检测与修复加固新技术等一整套近浅海新型构筑物设计、施工与安全保障关键技术体系,成为新时代开发利用海洋、逐梦蔚蓝的坚实保障。

胜利油田是我国重要的石油工业基地。近年来,面对陆上油气资源日益枯竭的挑战,人们逐步把油气钻探的目光瞄向海洋,通过在滩浅海海域修建进海路和人工岛组合系统(路岛工程),在岛上建设油井进行石油开采,并建成了埕岛油田等大型的近浅海油田,发展成为胜利油田新的经济增长点。路岛工程,作为胜利油田滩海油气开发的基础设施,时常遭受风暴潮和寒潮的袭击,运行风险较大、环保问题严峻,成为困扰油田正常生产运营的主要隐患。为此,李华军团队与胜利油田协同创新,在工程建设中采用"近浅海构筑物安全防护与加固技术"进行防护方案设计,确保了人工岛和进海路结构的安全稳固。为保护近浅海环境,应用"近浅海新型构筑物与设计分析方法",提出滩浅海资源开发环保型路岛、潜堤等新型构筑物的工程设计准则,保障了工程区域的水体自由交换,达到了安全、环保、经济的工程效果。此外,还发明了构筑物损伤实时检测与修复加固新技术,解决了复杂动力环境中结构损伤难以准确识别与损伤修复加固难度大的技术难题,为结构的优化设计和安全运行提供了技术支撑。

胜利油田近浅海工程建设,只是"近浅海新型构筑物设计、施工与安全保障关键技术"服务社会、成功应用于工程实践的一个缩影。殊不知,该技术在落实"一带一路"倡议,助力沿线国家或地区海洋工程建设,推动中国企业走出去等方面同样大放异彩。

描绘蓝图:为"一带一路"建设助力添彩

"服务国家战略,以工兴海强起来",是李华军及其团队孜孜以求开展研究的动力之源。

面对"一带一路"建设的重大机遇,李华军带领团队成员以"近浅海新型构筑物设计、施工与安全保障关键技术"研究应用为抓手,积极融入"21世纪海上丝绸之路"建设,为沿线地区或国家的海洋工程建设出谋划策,提供战略咨询。

受聘中国工程院南海重大咨询项目专家、负责"一带一路"海上交通基础设施发展战略研究、担任国家自然科学基金委员会"双清论坛"——"南海和极地开发的海洋装备关键技术"主席、主持海洋与海岸工程十三五学科发展规划……多年来,李华军带领团队成员多次为南海资源开发装备的研发与空间利用工程设施的规划建设、"21世纪海上丝绸之路"沿线交通基础设施工程建设以及我国未来重大海洋装备研发等出谋划策,担当智库使命。

2019年9月,来自中国、挪威、英国的17位院士齐聚青岛,参加由中国工程院主办、中国海洋大学承办的"海洋工程与水利工程科技前沿与创新发展国际工程科技发展战略高端论坛"。李华军以《海洋工程科技面临的紧迫需求与发展机遇》为题向来自国内外50余个政府部门、大学、科研院所、大型企业的160余名参会代表阐释了面对百年未有之大变局,以推进海洋工程建设和技术创新为纽带,落实共建"一带一路"倡议的思考与实践,为促进海洋工程科技创新、产学研合作与国际交流,携手构建海洋命运共同体贡献了新的智慧和方案。

胡布燃煤电厂项目是国家主席习近平出访巴基斯坦时签署的中巴51项合作协议之一,属"一带一路"及"中巴经济走廊"框架下的重要能源项目。该工程直接面向阿拉伯海,受中长周期涌浪的影响,施工条件十分恶劣,可谓困难重重。项目组协同创新,采用"桩顶支撑移动平台桩基施工技术与装备",实现了沉桩、钻孔、钢筋笼下放、桩基浇筑等一体化施工,消除了恶劣海况对桩基施工进度和精度的影响,保证了全天候安全、高效施工。

胡布煤码头建设顺利推进,为煤炭从外海直接运往电厂提供了坚实保障。"近浅海新型构筑物设计、施工与安全保障关键技术"项目组又一次用自己的智慧和汗水为共建"一带一路"作出了中国贡献。

工程实践:谱写以工兴海的华美乐章

10余年来,项目组通过开展"近浅海新型构筑物设计、施工与安全保障关键技术"

创新，获授权国家发明专利 50 余项、软件著作权 5 项，关键技术被纳入国家行业标准 1 部，主编国家行业和企业规范标准 2 部，主编交通部水运工程一级工法 1 部，出版学术专著 3 部，发表学术论文 200 余篇。

海洋工程学科，注重实践，强调应用，侧重以解决实际问题的成效为衡量标准。

阿什多德港，位于以色列南部，毗邻地中海，是该国第二大港口。项目组成功参加了阿什多德港建设项目。

在防波堤建设中，需对当地海域的软弱基础进行处理，由于当地属季风气候区，海上施工条件差，作业窗口期短，无法运用传统的海上碎石桩软基处理技术进行作业，原设计采用基础大开挖换填方案，但此种方案面临施工周期长、工作量大、成本高昂以及破坏环境等不利因素。结合当地气候条件和海域状况，项目组认真分析、改进施工思路与方法，利用"海上碎石桩复合地基处理技术与装备"，解决了防波堤软弱基础处理的工程难题，将此前设计的大开挖换填方案变为碎石桩基础处理方案，确保了施工工期和施工质量，显著降低了工程投资。在码头施工中，又利用"桩顶支撑移动平台桩基施工技术与装备"，将海上桩基施工巧妙地转换为陆上施工，彻底避免了恶劣海况对海上桩基施工的严重制约，用过硬的技术和高质量、高效率的施工赢得了项目方的认可与赞誉，充分展示了我国在海上交通基础设施领域里的创新能力，显著提升了核心竞争力和国际影响力。

截至目前，"近浅海新型构筑物设计、施工与安全保障关键技术"已成功应用于港口、码头、岛礁、近浅海路岛等 30 余项国内外重要工程项目，产生了显著的经济效益，并形成了良好的环境生态效益和社会效益。

"成果总体达到国际领先水平……该成果取得了显著的经济和社会效益，推广应用前景广阔。"以交通运输部原总工程师徐光为组长的专家鉴定委员会如是评价。教育部技术发明一等奖、海洋工程科学技术一等奖、中国水运建设行业协会特等奖、国家科学技术进步奖二等奖……一系列赞誉和奖项是海洋工程学术界和实业界对这一技术创新的高度认可，也昭示着进一步推广应用的无限美好前景。

从此，中国海工企业自信地"走出去"有了更强大的技术底气。

立德树人：一支以向海图强为己任的卓越团队

"为港口、码头和海洋平台等海上工程设施建设提供技术支撑只是取得成果的一方面。我们还培养锻炼了一支富有创新精神的青年师资队伍。"李华军说。

历经十余年的积淀，目前，中国海洋大学的海洋工程学科已形成了院士（1 人）领衔，"长江学者"（1 人）、杰青（3 人）、优青（3 人）、青年长江（2 人）、万人计划（3 人）、"泰山学者"特聘教授（3 人）、泰山青年学者（2 人），以及"筑峰""英才"工程人才（10 余人）等为骨干，海内外优秀博士为主体的高水平创新研究队伍。师资队伍年龄结构合理，创新能力突出,产生了良好的国内外影响力。

一流师资队伍为培养一流人才夯实了基础。十多年来,在海洋工程学科的发展建设中,海洋工程学科始终把立德树人作为根本任务,持续加强师德师风建设,注重培养学生的创新能力和拓展国际视野,为我国海洋事业发展输送了一大批领军人才和骨干力量;在项目实施过程中,依托"海洋工程与海洋再生能源"高校学科创新引智基地,引进国外优质智力资源,构建海洋工程全球科教合作网络,持续拓展学生的国际视野,增强创新能力,提高人才培养质量。

在项目推进过程中,同样受益的还有中国海洋大学的海洋工程学科。在最新公布的2019年度国家级和省级一流本科专业建设名单中,海洋工程学科领域的港口航道与海岸工程、船舶与海洋工程2个本科专业入选首批国家一流本科专业。根据最新软科排名,中国海洋大学的海洋工程学科位居全球高校第16位。此外,中国海洋大学还是教育部新一届海洋工程类教学指导委员会主任委员和秘书长单位。

创新平台建设同样收获满满。2011年10月27日,服务于海洋工程建设,具有自主创新能力,立足山东,面向国家,胜任高水平科研任务和高层次人才培养的海洋工程与技术综合性开放实验平台——山东省海洋工程重点实验室在中国海大揭牌成立。2014年,李华军牵头申报的"大型深海结构水动力学理论与流固耦合分析方法"项目获批,成为国家自然科学基金委在海洋工程领域资助的首个重大项目。在2017年山东省同类重点实验室评估中,山东省海洋工程重点实验室排名第一,有力支撑了海洋工程学科的高水平科学研究、社会服务与人才培养。

"放眼中国乃至世界海洋工程领域,尚有许多难题亟待解决。"作为一个在海洋领域摸爬滚打30余年的"老海工",李华军坦言:"我们在海洋工程设施与装备的分析设计、施工安装以及安全运行维护领域取得了一些技术突破,但相对于国家战略需求和地方经济社会发展来看,我们的创新能力和服务能力是远远不够的。"还有更多的科技高峰等待他们去攀登。

舵稳当奋楫,风劲好扬帆。

面向未来,在建设海洋强国和建设世界一流海洋大学的宏大事业中,李华军和他的科研团队正紧扣国家和区域发展战略重大需求,以初心,致匠心,勇担使命,砥砺前行!

（本文刊于2020年1月12日,第58期）

金沙卤虫卵　扶贫大文章

——中国海洋大学发挥科研人才优势助力西藏那曲产业脱贫

刘邦华

　　2020年7月25日,西藏双湖县普若岗日生物科技公司"卤虫卵深加工工厂"在西藏那曲市竣工投产。该工厂由中国石油天然气集团援建,中国海洋大学为主要技术支撑单位。该工厂的建成投产,将有力推动卤虫产业的升级,对双湖的精准脱贫和长远发展具有重要意义,对连片贫困地区脱贫也具有积极的示范意义。

　　卤虫是一种喜高盐的小型浮游甲壳类动物,是鱼、虾等水产动物的优质饵料生物,其休眠卵价格昂贵。中国的卤虫资源主要分布于沿海盐田以及内陆盐湖,其中那曲双湖县巴岭乡的其香错是我国卤虫卵的主要产地之一,其香错卤虫卵具有孵化率高、壳易分离、营养丰富等特点,因其色泽金黄,藏民传统称之为"海金沙",历史上与虫草同为双湖县重要的经济资源,也是双湖县产业脱贫的突破口。中国海洋大学坐落于海滨城市青岛,作为一所以海洋和水产学科为显著特色的"双一流"建设高校,又是如何从黄海之滨到青藏高原,跨越东西几千千米的距离,深度参与到那曲双湖卤虫卵资源开发和产业脱贫事业中去的呢?

项目为抓手 科研打基础

这是中国海大孙世春团队三年多来第六次赴西藏实地开展其香错卤虫资源的调查工作。

作为那曲双湖县最为重要的支柱产业之一,卤虫卵资源的开发利用长期以来一直处于靠天吃饭、盲目发展的状态,产量不稳定、销售价格低,至于卤虫的生存环境如何,影响卤虫卵产量的主要因素是什么,如何在不破坏生态环境的前提下促进卤虫卵的稳产、高产以及卤虫卵产业的可持续发展和高效利用等都是迫切需要解决的课题。中国海洋大学水产学科经过了70多年的发展,在科研实力和高层次人才方面有深厚的积累。在了解到那曲双湖在卤虫卵产业发展方面面临的困境后,中国海大水产学院迅速组织起以孙世春、王芳和刘晓收三位老师为核心的研究课题组,与双湖县合作启动了对其香错卤虫资源的调查研究工作。

"一开始接受这个课题,完全出于学术上的兴趣。我在年轻的时候就对青藏高原充满向往,但是总担心难以适应高反。现在有这样一个机会,就想试试。也是在项目进行期间,才发现巴岭乡海拔4600米的高原环境对我和我的团队确实是个考验,也逐渐了解这个项目对当地扶贫工作的意义。项目开展以来,取得了一定的成果,完全得益于地方的大力支持和团队的紧密协作。"项目负责人孙世春教授说。从2017年到2019年,课题组与双湖县农牧业科学技术服务站联合承担了西藏科技厅项目"双湖卤虫卵资源调查及综合开发利用"。其中,中国海大团队主要负责其香错卤虫资源的调查与基础生物学研究。项目实施两年间,课题组在学校和地方政府部门的大力支持与协在同配合下,克服了高海拔、低压缺氧等严酷的自然环境对调查研究工作带来的严重干扰和各种困难,先后六上高原,对其香错开展了5个航次的生物、生态综合调查,并对其香错卤虫的基础生物学开展了实验研究,获得了大量关于其香错湖区环境和卤虫卵资源的第一手科学数据。

7月24日,那曲其香错卤虫卵资源调查及基础生物学研究项目顺利通过了西藏科技厅组织的结题验收,为科学保护、有序开发珍贵的自然资源奠定了科学基础。同时,在其香错卤虫卵资源调查研究的基础上,课题组还承担了西藏卤虫资源调查研究项目,旨在全面摸清西藏卤虫资源现状,为科学保护和开发利用提供科学依据。目前该项目正在实施中。

产业为核心 扶贫强能力

习近平总书记指出："发展产业是实现脱贫的根本之策。"

"卤虫卵作为原材料的价格一般是 7 万元左右一吨,约 2.5 吨原料经过深加工后产出一吨制成品的价格可达 25 万元。以前双湖卤虫卵都是以原材料出售,金疙瘩卖出白菜价。所以发展卤虫卵深加工产业迫在眉睫。"那曲市委副秘书长、双湖县委副书记梁楠郁告诉记者。

双湖县原来的卤虫卵市场由于缺乏科学指导,发展散而小,在激烈的市场竞争中处于劣势,不仅容易造成生态环境的破坏,而且由于卤虫卵原料价格不高,难以实现经济效益最大化。现在有了其香错卤虫卵资源调查项目的支持,双湖充分发挥资源优势,大力发展卤虫卵加工产业,走产业脱贫、产业发展、产业致富的路子成为可能,这也是践行习近平总书记精准扶贫战略思想的生动实践。对于仍在培育中的双湖卤虫产业而言,其香错卤虫卵资源的调查研究仅仅只是开始,产业的发展需要得到更多来自高校科研和人才资源的持续投入。在那曲双湖卤虫卵深加工项目竣工投产仪式上,中国海洋大学校长于志刚表示,学校将以此项目为契机,围绕高原水生生物学、水域生态学等领域开展系统的科学研究,为卤虫卵项目的可持续发展奠定扎实的科学基础,并有可能为西藏新的特色产业发展提供助力。为此,学校把西藏双湖县普若岗日生物科技公司确定为"中国海洋大学水产学院科研合作单位",努力将中国海洋大学的科研和人才优势转化为双湖产业发展优势,为双湖卤虫卵产业的高质量发展提供助力,同时为强化西藏产业扶贫的内生动力与后劲贡献海大智慧与力量。

据西藏双湖县普若岗日生物科技有限公司总经理王鹏飞介绍,新落成的那曲双湖卤虫卵深加工项目设计年处理加工能力 500 吨,生产制成品约 200 吨,根据 2019 年市场行情测算,工厂可为双湖县实现年增收 1000 万元,并为当地提供约 100 个就业岗位。他表示,有中国海洋大学科研力量的加持和地方政府的大力支持,有信心把卤虫卵加工项目建成那曲双湖产业扶贫的示范项目。

共赢为目标 合作谋长远

最好的合作是共享共赢。扶贫攻坚事业需要高校发挥科研人才优势深度参与,同时高校也需要在与地方的合作中以贡献求支持,并在与地方需求对接的过程中发现新的科研"兴趣点"。中国海洋大学校长于志刚在卤虫卵项目落成开工仪式上谈到,卤虫卵资源调查项目能够顺利实施,离不开西藏自治区科技厅、那曲市、双湖县以及其香错所在地巴岭乡政府的大力支持,这也展示了中国海洋大学未来与西藏自治区进一步开展合作的美好前景。于志刚表示,在已结题项目的基础上,学校计划把与那曲双湖的合作进一步推向深入,推进在双湖巴岭乡其香错盐湖建立"中国海洋大学水产学院双湖科学考察站"，学校提供资金和人员、设备支持，开展长期科学考察，考察站设备、技术完全共享，并积极探索和西藏有关科研机构开展科学研究和人才培养合作。同时科考站也可以成为中国海大相关领域研究人员赴西藏开展科学研究的基地，目前已有青年学者赴西藏开展相关研究工作。在人才培养方面，科考站的设立，在为中国海大科研人员在其香错开展科学研究提供支持的同时，可以为当地培养相关技术力量，以满足长期连续观测的需要，还可以作为中国海大学生的实践实训基地。项目实施两年来，先后有10位中国海大硕士、博士在科考站开展相关专业领域的调查和研究工作，不仅实现了学术上的成长，同时西藏丰富多彩的民族文化和严酷的自然环境，也拓展了他们的视野，锤炼了他们的品格。自项目开展以来先后六上高原，目前博士在读的朱柏杉说："以前西藏在我的心目中是一片神秘之地，在项目执行过程中，老师们克服严重的高原反应深入一线开展研究的精神激励着我们，在以后的学术成长道路上把自身的发展与国家和社会的需求紧密结合起来。参与这个项目，能为那曲双湖的产业脱贫作出一些贡献，我感到很荣幸，也很自豪。"

小小卤虫卵可以做出扶贫大文章，关键在于高校以自身科研人才优势，找准切入点服务地方的"诚"与"意"。"我们也愿意积极探索和西藏有关科研机构开展围绕高原渔业等领域的科学研究和人才培养合作。我相信，经过共同努力，中国海洋大学一定能够为双湖县、那曲市，为西藏发展做更多更有实效的事情，贡献更多的力量。"于志刚校长说。

（本文刊于 2020 年 8 月 5 日，第 61 期）

峥嵘十八载　砺剑育英才
——中国海洋大学国防生培养工作纪实

冯文波

　　"努力成为一名新一代'四有'革命军人；立足本职，加强学习，尽快完成由一名大学生向合格基层军官的转变。"携笔从戎酬壮志，青春无悔献国防。8月2日，在中国海洋大学崂山校区，2020届国防生毕业出征仪式隆重举行。军歌嘹亮、誓言铮铮，88名国防生身着军装，佩戴红花，雄赳赳、气昂昂，告别母校，奔赴万里海疆，开启崭新的军旅航程。

　　国防生，在中国海大是一个令人羡慕而又向往的群体，他们英姿飒爽、斗志昂扬，他们口号嘹亮、步履铿锵。他们穿行校园，师生回头率颇高。他们既是大学生，又是准军官，他们的梦想是蔚蓝大海，他们的归宿在热血军营。2020届国防生，是中国海洋大学培养的最后一届国防生，伴随着他们的顺利毕业，这项始于2002年的人才培养工作完美谢幕。

十八载栉风沐雨、上下求索，中国海大蹚出了一条从无到有、从有到精的军地携手育人新路径；十八年砥砺奋进、滴水汇海，中国海大坚守着应国家需要、服务国防建设的优良传统，向部队输送了一批又一批"知识军人"，大多已成长为国防和军队现代化建设的骨干与栋梁。

共筑强军梦、携手向海洋：锻造高素质创新型后备军官

"国防生"，一个源于 21 世纪初的新名词，把"国防"和"学子"连在了一起，从此我国高校增添了一道光彩夺目的风景线。

2000 年 5 月，国务院、中央军委颁布《关于建立依托普通高等教育培养军队干部制度的决定》，开启了我军依托普通高等教育培养军队干部的大幕。

树人立新，谋海济国。作为一所凭海而立、因海而兴的大学，培养国家海洋事业的领军人才和骨干力量是中国海大始终如一的追求。

"海大历来有应国家需要、服务国防建设的优良传统，美丽的海大校园走出了共和国元帅罗荣桓，孕育出新时期人民解放军的优秀代表郝文平，培养了扎根海疆的'守礁王'李文波……培养具有全球视野、胜任信息化条件下作战任务的高素质新型军事人才，中国海洋大学责无旁贷。"中国海洋大学校长于志刚说。

2002 年 4 月 25 日，中国海洋大学与海军签订依托培养后备军官协议，首开山东省国防生培养工作之先河。

国防生培养是一个新课题，没有现成的经验可供借鉴，中国海洋大学和海军驻校选培办"摸着石头过河"，硬是闯出了一条特色鲜明的树人立新之路。

思想政治素质是灵魂和方向，离开了思想政治素质，其他能力素质就失去了意义。中国海大通过举办"海洋·使命·责任"海洋军事论坛、"八关山讲堂"，以及组织国防生参加央视"五月的鲜花"晚会、观看爱国题材电影、与北海舰队水兵开展"青春献海疆"文艺联欢会等各种渠道强化政治理论教学，提高国防生的政治理论素养和党性修养，并积极把优秀国防生吸纳到党的队伍中来，使历届国防生入党比例均在 60% 以上。坚决打牢国防生的思想根基，使他们不忘初心、牢记使命，做对党忠诚、听党指挥的坚定举旗者。

"双导师"是中国海大为国防生量身定制的人才培养模式。2012 年，在中国海洋大学国防生工作开展十周年之际，学校一次性聘任了 32 位导师，其中学校导师 14 位，部队导师 18 位。导师代表吕咸青教授在发言中表示："导师是一个光荣而神圣的称谓，也是一份责任，一种使命。我们一定不辜负领导的期望和学生的期望，尽己所能，积极探索人才培养的规律，为海大的国防生培养工作作出自己的贡献"。

"想要'护海'，先要知海、懂海、学海。"中国海大着力发挥海洋学科特色优势，锤炼

国防生建功海军的扎实本领。按照"通识为体、专业为用"的教育理念,把海洋类课程、优质师资和实验平台等资源向国防生倾斜,形成了"专业教育与军事教育相渗透、一般教育与特色教育相结合"的国防生培养思路。

"各专业国防生的必修课程,80％以上由教授担负授课任务。我国著名物理海洋学家、中国科学院院士冯士筰坚持多年为海洋科学专业国防生授课,并亲自指导毕业设计。学校的'东方红2''东方红3'科考船,以及物理海洋教育部重点实验室等也优先满足国防生的实验教学。"海军驻中国海洋大学选培办主任曲凤桐说。

军政素质训练与专业知识学习是国防生培养的两翼,相辅相成,缺一不可。中国海大不仅把总部规定的13门军政训练课全部纳入国防生学科教学体系,还增加了海洋军事战略、海军武器概论、海军战术等选修课,有效实现了军队人才需求与学校专业人才培养目标的"衔接"。此外,还聘请海军潜艇学院骨干教员、海军作战部队主官担任客座教授,定期为国防生讲授海军战略、军事高科技知识和信息化战争理论等课程,加深国防生对军事前沿知识的感知,了解世界军事发展新趋势,开拓视野、更新观念。

"南沙守礁王"龚允冲少将,"感动中国"人物、南海卫士李文波大校,优秀基层"党代表"李晓钰,"铁血艇长"蔡一清先进事迹报告团……诸多军队英模人物携先进事迹走进中国海大校园,在国防生心中激扬起从军报国的青春力量。

青岛临海,区位优势鲜明,中国海大充分利用驻青部队多、国防教育资源丰富的特点,构建国防生"大课堂",开展实践教学,分别在古镇口军港、海军博物馆、甲午战争博物馆建立国防生德育教育基地,在北海舰队训练基地、海军登陆舰建立实践基地,定期组织国防生参观考察和军事训练,使他们从中感悟历史,牢记落后就要挨打的惨痛教训,激发大家投身海军、守护蔚蓝的不竭动力。

在中国海大国防生中,人人都有学习的紧迫感和危机感。学校有严格的学习预警制度、动态淘汰机制和毕业考核标准,对学业考试不及格的会及时给予警示,对政治立场不坚定、学习成绩不过关、体能考核不达标的会针对性制定帮带措施,对屡教不改、不思进取、达到淘汰标准的坚决予以淘汰。"宁肯淘汰在学校,决不淘汰在部队。"曲凤桐说。

作为一名在中国海大学习了7年的国防生,艾夏禹对这一集体精诚团结、顽强拼搏的精神深有体会。2012年,他刚进入国防生队伍时,引体向上只能拉一个,为此他给自己制订了严苛的训练计划,充分利用课余休息时间强化练习,其他国防生同学也对他进行辅导、鼓励和陪练。手磨起了血泡、磨破了皮,他忍住疼痛,咬牙坚持练习,直至磨出茧子。天道酬勤,历经一段时间的刻苦练习,他的引体向上顺利达标。2016年,他担任领队,带领10名本科国防生赴武汉参加在海军工程大学举行的"联合精英-2016"军事项目竞赛,一举获得了国防生组团体总分第二名、总评第三名的优异成绩。队友们浸透汗水的外套、贴满膏药的后背,以及满是鲜血的手掌,令他始终难忘。"大家用行动诠释了海大国防生'荣誉、责任、忠诚、奉献'的队训,一直激励我不忘入伍初心,不负母校培育,以身为海大国防生为荣,并努力为她带来更多荣誉。"艾夏禹说。

春风化雨育桃李,励精图治谱新篇。

十八年来,中国海大谨遵培养适应海洋战略需求、面向世界、着眼未来的高素质海军后备军官这一目标要求,在"海味"十足、科学合理的优势学科体系的滋养下,累计有1452名国防生从这里走出,步入军营,扬帆远航。

学业优良、作风过硬:校园里一道亮丽的风景线

在一年一度的中国海洋大学运动会开幕式上,入场的各方队中,令师生翘首以盼的莫过于国防生方队了,他们手握钢枪、步伐整齐、口号嘹亮,英姿飒爽,赢得现场雷鸣般的喝彩和掌声,"圈粉"无数。

十八年来,中国海大国防生以其严明的纪律、扎实的学业、优良的作风、过硬的素质深受广大师生喜爱,俨然成为校园里一道亮丽的风景线。

北海苑3号楼,是中国海洋大学的国防生宿舍楼,步入其中,一股浓郁的蓝色军营气息扑面而来。从军容镜,到强军格言,再到英雄墙、荣誉墙、风采墙、励志墙,无不昭示着生活在这栋楼里的同学"铸剑海大、建功深蓝"的使命与担当。

这栋楼的447宿舍,承载了6名2014级国防生的青春岁月。初入学时,面对国防生的高强度训练他们有些吃不消。"我们决定在训练之余每晚都进行加训,突破自己,实现更高目标,学校要求跑5000米我们自己就跑8000米,俯卧撑要求做60个,我们就做100个。"舍长于清正说。体育锻炼贵在持之以恒,半途而废的例子很常见。但在献身海洋、报效国防这一使命的感召下,6个人始终团结一致、互相鼓励,一步一步坚持了下来。"每周5小时的国防生训练对我们已经不算难题,我们每月的锻炼时间都在100小时以上。"于清正说,锻炼不但没有影响学习,反而吸引了更多的同学加入进来。"为此,我们成立了'风流夜跑团'。所谓'风流',是因为我们都是海洋与大气学院的学生,而'风''流'正是影响气候与海洋的两个重要因素,也是海大学子奋发图强的象征。一个人跑出的是健康,一群人跑出的是青春正能量。"鉴于他们的优异表现,团中央学校部、全国学联授予他们宿舍"中国大学生百炼之星"优秀寝室荣誉称号。

"练武"的同时,如何兼顾"习文",做到"文武兼备",这对广大国防生来说,既是矛盾,也是挑战。在中国海大,国防生的科学文化知识学习同样优秀,其中不乏"文武双全"的佼佼者。第六届文苑奖学金获得者、2002级海洋技术专业国防生尚启春大学前三年所有课程平均分达90.6分,始终名列班级第一,连续三年荣获"学习优秀一等奖学金"和"校级优秀学生"。第十五届文苑奖学金获得者、2011级物流管理专业国防生秦芙蓉大学前三年平均学分成绩91.97分,连续三年获得"国家奖学金""学习优秀一等奖学金",以及"优秀学生标兵""优秀学生""海军优秀国防生"等荣誉称号。

如何搭建一个舞台,使国防生在搞好"文武"知识学习的同时,提升综合素质,增强

履职能力呢？中国海大敢为天下先，走出了一条与众不同的道路。

每逢大学新生的开学季，部队都面临着军训教官调派的压力。2004年，中国海大首次挑选出10名优秀国防生，由他们辅助部队教官开展新生军训工作。"这是一种全新的尝试，把国防生的日常教育教学引入到普通新生的军训中来，理论与实践相结合，国防生的理论素养、军事管理能力、军事指挥能力和军人作风养成等都得到了锻炼提升。"曲凤桐说。

2007年，中国海大实现了完全由国防生带训的历史性跨越。国防生教官与大学生年龄差距小，共同语言多，便于沟通和交流，很容易打成一片。此外，国防生军训团敢于创新，打破"为军训而军训"的固定思维，创造性地推出了"连长课堂""模拟实弹射击""消防演练""海军旗语""男子擒敌拳""女子防身操""应急棍术表演"等项目，开启了国防教育与军事训练有机融合的"大军训"模式。一时间，中央电视台新闻联播、教育部网站等媒体纷纷予以报道，并于2008年荣获山东省高校思想政治工作创新奖。一花引得百花开，很快这一大学生军训新模式也在兄弟高校间推广开来。

"十多年来，每逢新生入学季，国防生教官的海军蓝与新生的迷彩服始终是海大校园里一道独特的风景。伴随着最后一届国防生毕业，这将成为历史。"曲凤桐说。

"炎炎夏日，梧桐大道的柏油路上总有海魂衫穿过；呼啸寒冬，北区操场上总有浪花白迎接第一缕朝阳。"2020届海洋科学专业国防生蓝云杰在毕业出征仪式上的发言里充满了对母校的不舍与国防生岁月的留恋。

每个清晨与傍晚，中国海大行远楼前的国旗总伴随着太阳同升同落。日复一日，年复一年，升旗、降旗，以及"哒哒哒"正步走的声音已经成为中国海大人心目中相知相守的默契。这份默契与陪伴也留在了无数人的朋友圈，孙婧老师写道："下午骤雨突至，当路上的行人们纷纷避雨时，一名男生却顾不得打伞，极速冲到国旗杆下，娴熟地降旗、收旗，待我拿着手机准备记录下这一幕时，他留下的只是渐行渐远的背影，阳光伟岸！"张静常务副书记亦心有灵犀："这样的风景天天上映，我看到过校外访客遇到此景后驻足拍照，看到过新入学的'美眉'驻足观看……有时在行远楼办公室听到声音后，我会走到窗前，大多的每一天可能没人看到，但他们天天一丝不苟……"

滴水穿石，久久为功。历经十八年的涵养与磨砺，国防生这一群体所折射出的精神气度已成为中国海洋大学浓厚校园文化的一部分，成为永驻中国海大人心间的一个文化符号，一个审美印记，一抹挥之不去的亮色。

逐梦深蓝、护我海疆：在军营大熔炉里淬炼成钢

"好男儿志在四方，正值青春的我们应该到基层去，到祖国最需要的地方去。"一届又一届中国海大国防生立下铮铮誓言。

十八年来，中国海大国防生100%服从组织分配，100%志愿到艰苦地区工作，在祖

国的万里海疆,担负起守望蔚蓝、谋海济国的重任,在军营大熔炉里淬炼成钢。

2003级国防生杜志新,毕业后被分配至海军某作战支援舰支队。在部队,杜志新始终把"当好战士"牢记于心,放下架子、铺下身子虚心学习,向书本学习、向官兵学习、向实践学习,他每天早晨提前半小时起床背记条令条例,晚上坚持自学业务知识,为了尽快学会使用各种仪器、软件,他把数百个指甲大小的按钮全部记录在笔记本上一遍遍记、一遍遍背,并重新学习了几种常用的编程语言教程,写下上万字学习笔记。正是靠着"衣带渐宽终不悔"的执着精神,他仅用半年的时间就完成了常人一年半才能完成的任务。

"只要把本职工作当事业干,平凡岗位同样大有作为。"这是激励杜志新成长的座右铭。一年盛夏,在一次海上作业任务中,由于海面风急浪高,船体摇摆非常厉害,部分同志开始晕船,杜志新也不例外。但面对时间紧、要求严、标准高的作业任务,杜志新拿了一个垃圾桶固定在身边,难受极了就吐出来,吐完以后就继续工作,在作业一线连续奋战了10多个小时,反复投放20多类仪器100余次,确保了数据的可靠性,顺利完成了此次测量任务。此外,他还利用外海作业的时间,对仪器操作规范、仪器使用环境等各个方面进行了详细而又精确地描述,完善了16个细则方案,改进和创新了多种方式方法,为以后的工作提供了较可靠的参考依据。

2010年11月,在海军组织的专业比武竞赛中,杜志新获得个人全能第一名、个人实作第二名的好成绩,被其所在支队党委记二等功一次。面对大家的祝贺,他说:"我就是干了一点应该干的活,我比武竞赛的目的不是为了记功、拿奖金,我就是想通过这样一个机会,看看自己的实力到底在什么样的水平,看看我们的船在整个海军处在什么位置。我想不仅是我,换成其他人,只要肯钻研、多用功肯定会取得比我更好的成绩。"

同是2003级国防生的张学忠也在部队凭着扎实的作风、奋斗的劲头实现了从国防生到优秀军官的蜕变。初登海岛,张学忠既兴奋又新鲜,时间久了,他感到有些迷茫。老班长的一席话令他茅塞顿开,要想军旅之路走得更踏实更长远,必须从基层干起,从基础学起。2009年6月,组织上安排他担任某航标水文分队分队长,这让刚刚步入军营2年的他犯了愁。凭着一股拼劲,他虚心向机关、队领导和有经验的老同志请教,找战士谈心交心,很快进入角色,负责起整个分队的工作。

2011年,某新型航标遥测遥控装备列编,让航标班的同志既兴奋,又有点苦恼。兴奋的是新装备下发,将改变以往的人工作业方式,极大地减轻日常工作量,苦恼的是新装备信息化程度高,全部靠电脑操作,一大堆按键和数字,不知从何下手。张学忠考虑到大家有着多年海上航标补给和陆上装备维护保养经验、动手能力普遍较强的实际,他尝试着让大家先熟悉新装备电脑软件中键位设置,通过死记硬背的方法,了解每个按键的功能,然后再熟悉软件显示数据内容的含义,进而掌握操作使用的一般方法,同时按照说明书的要求,让大家学习掌握维护保养方法。在此基础上,他又采取理论教学、形象比喻等方法,让大家从熟悉操作使用逐步到掌握基本原理和构造,从而从感性认识上升到理性认识。通过这种先学操作使用、再学基本原理,先学维护保养、再学基本构造的培训方法,官兵们在较短时间内就熟练了新型航标遥测遥控装备的操作技能,确保了新装备很快形成战斗力。

在海军组织的第二届航标业务技能比武竞赛中,张学忠率领分队成员最终取得团体总成绩第一名、2个团体项目第二名、2个个人项目第一名、1个个人项目第三名的优异成绩。他本人也获得了军官个人项目第一名,并被授予三等功。

从辽宁舰入列到亚丁湾护航,从南沙群岛守礁到青藏高原戍边,从内陆部队到海上军事斗争前沿,处处闪现着中国海大国防生的身影。

中国海军第11批赴亚丁湾索马里护航编队中,有4名是中国海大毕业的国防生。其中,青岛舰副航海长张成堡结合工作实践,利用休息时间写出1000多行源代码,开发出"战斗海图作业系统",改变了以往航海中传统的纸质作业法,大大提高了作业效率,减少了误差。气象工程师孙成学是护航编队当之无愧的"首席气象预报员",在各种任务的气象预报中,他每次都能做到准确预报,万无一失。

据不完全统计,中国海大毕业国防生中有3人荣立二等功,100余人荣立三等功,13人在新中国成立70周年时在天安门广场光荣接受党和人民检阅,60%以上成长为部队技术骨干,在部队海洋水文气象、航海保障、装备维修、科研试验、作战训练等领域发挥着重要作用。

峥嵘十八载,砺剑育英才。

2002年起航,2020年收官。今后,中国海大校园虽然不再有国防生的身影,但在辽阔的万里海疆,他们正时刻谨记"海纳百川,取则行远"的校训精神,不断书写更加绚丽的强国强军篇章。

(本文刊于 2020 年 8 月 11 日,第 62 期)

二十年磨一剑　深耕南海踏浪行

——记"南海立体观测网"的构建与应用

王红梅

　　在国内海洋界有这样一支海洋研发团队，团队成员们热爱所从事的海洋事业，忠于"把事情做好"的简单信念，构建了世界上规模最大的区域海洋观测系统——"南海立体观测网"，他们是中国海洋大学南海观测研究团队。

　　4月10日，习近平总书记在海南省三亚市考察中国海洋大学三亚海洋研究院，了解发展海洋科技情况，三亚海洋研究院副院长赵玮教授向总书记汇报了学校自主研发的系列深海潜标等海洋观测装备、构建的"南海立体观测网"、牵头建设的"南海海洋大数据中心"及海洋信息应用服务等工作。

　　一路走来，南海观测研究团队用了 20 年时间实现了从无到有的种种突破。

南海科学观测的探索期

南海，是西太平洋最大的边缘海，是"21世纪海上丝绸之路"的重要海域，也是我国建设海洋强国的核心战略海区。早在2003年，海洋与大气学院教授田纪伟就萌生了开展南海观测研究探索的想法。但当时在南海开展深海观测研究困难重重，需要大量的经费和政策支持。时任学校科技处处长闫菊适时地向田纪伟传达了学校挺进深远海、发展南海观测研究的战略部署，这坚定了田纪伟探索南海的信念。

就这样，在学校各级领导和国家项目的持续强力支持下，田纪伟开启了6年近500天的南海观测研究之路。针对南海深海环流、中尺度涡、内波和湍流混合等海洋科学前沿问题，田纪伟克服了观测设备不足等重重阻碍，在非常有限的条件下实现了深海复杂地形下温盐流全剖面连续观测和深海湍流混合直接观测等，获取了南海海洋动力环境的第一手观测数据。

6年的南海海洋科学观测实验，探明了南海与太平洋的唯一深水通道吕宋海峡的全水深水体交换通量，发现了南海深海强混合现象，刻画了南海中尺度涡三维结构，取得了若干科学发现和新的认识，积累了丰富的海洋观测经验，开创了中国海洋大学南海观测研究新局面，为下一步开展南海海洋环境长期连续组网观测奠定了基石。

"南海潜标观测网"的构建

南海是一个无时无刻不在变化的非线性系统，多尺度动力过程相互耦合作用，调控着复杂的生物地球化学循环和生态过程。然而，长期连续观测资料的匮乏，极大制约了对南海海洋环境空间结构与演变规律的深入认知。

2007年底，赵玮结束了迈阿密大学助理研究员工作，回到母校，在"十一五"国家"863"计划项目支持下，与田纪伟一起组建了一支集装备研发、海洋观测、科学研究于一体的南海观测研究团队，基于自主研发的系列深海潜标开展南海海洋环境长期连续组网观测，投入到南海观测研究事业中。

潜标是实现对深海长期连续观测的最有效手段，但当时国内潜标回收率仅为50%～60%，远远落后于国际水平，低回收率无法保证对全海深海洋动力环境的多层次、多要素同步长期连续观测。

经过2年潜心研究，团队突破了潜标水动力学优化设计、高可靠高稳定锚系单元研发等关键技术，自主研发了深海动力环境自容监测潜标。2009年，2套该型潜标在南海吕宋海峡布放，并于半年后成功回收，顺利获取了海洋深层环流观测数据。至今，这2套潜标作为"金钉子"，还继续守护在南海与太平洋的关键通道上。这一成功验证了自主研发潜标技术的可靠性，让团队更加坚定了"走自己的路"的信心。在此基础上，团队进一步创新研发了可实现海洋全水深环境长期连续监测的"海洋环境实时监测潜标""海洋环境自容监测潜标"等系列高可靠性深海潜标,布放回收成功率始终保持100%。

在国家"863计划"、国家"973计划"、国家重点研发计划、国家海洋专项、国家自然科学基金、青岛海洋科学与技术试点国家实验室项目和中国海洋大学等大力支持下,团队基于40余套自主研发的系列深海潜标构建了"南海潜标观测网",并于2017年实现了观测网对南海深海盆的全覆盖。

瞬息万变的深海大洋开始以一种多层面、多尺度的完整面貌呈现。

向"南海立体观测网"拓展升级

"南海潜标观测网"的构建显著提升了对南海海洋环境的认知,但在数据的时效性、观测平台多样性、时空分辨率等方面仍存在不足,亟须进一步拓展升级,切实形成南海海洋环境保障能力。

2019年3月,服务于海南自贸港建设和国家南海战略,中国海洋大学三亚海洋研究院在三亚崖州湾科技城启动建设。作为扎根南海的海洋人,赵玮带领团队参与建设并创建深远海立体观测网支撑保障与信息服务中心。

三亚作为"南海的门户",为"南海潜标观测网"的拓展升级提供了得天独厚的地理优势。在国家重点研发计划、国家海洋专项、国家自然科学基金、青岛海洋科学与技术试点国家实验室项目和中国海洋大学的持续支持下,团队又得到了三亚崖州湾科技城大力支持,以"南海潜标观测网"为主体,融合锚系浮标、水下滑翔机、Argo浮标等其他海基观测装备,陆基的雷达,空基的无人机和天基的遥感卫星等观测装备,构建了海地空天一体化的"南海立体观测网",这也是国际上规模最大的区域海洋观测系统。

目前,观测网已经连续运行十几年,获取的南海长期连续观测数据占国家80%以上,守护着南海这片蓝色国土。

深挖潜力、开拓应用

对接国家重大战略需求,"南海立体观测网"在应用中开掘潜力、服务国家。

基于观测网获取的数据,团队率先突破了内波预测技术,实现了南海内波的准确预测,在南海海洋安全和油气资源开发方面发挥重要保障作用;在海洋预报系统的模式检验与优化过程中发挥关键作用,有效提升了对南海关键海洋动力环境要素的预报准确度,为国家防灾减灾服务;为系列国产海洋仪器的研发提供深海长期试验与检验平台,推动了自主海洋仪器产品的市场化进程。

在三亚崖州湾科技城的大力支持下,中国海洋大学三亚海洋研究院作为牵头单位启动建设"南海海洋大数据中心",以"南海立体观测网"获取的大量数据为主体,融合其他科研机构在南海的观测数据,将海基、岸基、空基、天基等不同类型的观测数据交叉融合、优势互补，集成开发海洋动力环境、生态环境等系列数据产品，服务于国家海洋安全、资源开发、生态环保、海洋经济、防灾减灾、科学研究等方面。

2021年10月，"南海立体观测网"入选国家"十三五"科技创新成就展，展布上这样写道："历时十余年，在南海组织航次29次，总航时1 000余天，开展潜标作业累计13 000余人天，成功布放潜标430套次……"一个个数字背后是20年里数不清的日日夜夜，是每一位团队成员的全身心投入。

"坚持在一线调查是认知海洋的重要途径。"从南海到印度洋，从西太平洋到马里亚纳海沟，团队的航迹遍布"两洋一海"的蔚蓝远海。

接下来，团队将谨记习近平总书记的殷切嘱托，加强原创性、引领性科技攻关，扎实推进"南海立体观测网"的拓展升级与应用服务，努力培养一批扎根海洋的高层次专业人才，为"加快建设海洋强国"这一实现中华民族伟大复兴的重大战略任务作出更大贡献。

（本文刊于2022年4月25日，第78期）

行走在黄河入海口
——记中国海洋大学的黄河三角洲建设者

李华昌

　　黄河，是中华民族的母亲河，从西部高原倾泻而下，横穿华北平原，流入渤海。

　　在黄河入海口，有着被誉为"共和国最年轻的土地"—— 黄河三角洲。这片土地因河而生，因油而兴。现在，这片神奇的土地已成为黄河流域生态保护和高质量发展的战略要地，孕育着无限生机。

　　6月8日是世界海洋日暨全国海洋宣传日，主题是"保护海洋生态系统人与自然和谐共生"。黄河入海口是综合型生态系统之一，几十年来，中国海洋大学科研工作者开拓创新、薪火相传，行走在河海之间，为国家能源勘探和生产安全、黄河三角洲的发展，以及河口生态保护修复贡献智慧和力量，谱写了一曲黄河与大海的协奏乐章。

为祖国找石油

"到祖国最需要的地方去,到最艰苦的工作岗位上去,坚决服从组织分配。"这是李庆忠 1952 年大学毕业时在分配志愿书上写下的誓言。石油是工业的血液,新中国刚刚成立之时,国家百废待兴,急需石油能源。可是,外国专家却给中国扣上了"贫油国"的帽子。为了尽快为国家找到石油,李庆忠毅然投身于艰苦的石油地球物理勘探事业中,一干就是 60 多年。

黄河三角洲地面以下是一个古老的盆地,地质上称为济阳坳陷。外国专家曾断言"华北无油"。新中国的建设者们却不信这个邪。1961 年 4 月 16 日,华八井在现在的山东省东营市东营村被发现,标志着胜利油田的发现。

胜利油田被誉为"石油地质大观园",区域地质构造极为复杂,断层密布,落差悬殊,像"一个盘子摔在地上,摔得粉碎,又被踢了一脚"。采用传统的二维地震方法很难搞清地下的情况,不是深度有误差,就是断层位置不对,勘探的技术难度非常大。技术上的落后严重制约了胜利油田的石油开发。面对这一难题,李庆忠于 1965 年提出了改进地震勘探的 8 字方针:去噪、定向、辨伪、归位,开始了野外地球物理勘探实验和技术研发。1967 年,我国第一张三维归位构造图在东辛油田诞生,对这个储量逾亿吨的复杂断块油田的勘探开发,起到了重要指导作用。1974 年李庆忠设计了"束状三维地震"采集测线,组织开展了三维地震的试验。根据这些地震资料,科研人员绘出了 T4 构造图,在沙三段上部发现高产油层,探明储量 1 100 万吨。

1995 年,李庆忠当选为中国工程院院士。在担任中国海洋大学海洋地球科学学院名誉院长期间,李庆忠积极推动中国海洋大学与胜利油田的持续合作和创新研究,并推进了高层次专业人才的联合培养。如今,学院李予国、姜效典、刘怀山、童思友等一批专家学者以及后续的青年科技人才,在地球探测与信息技术领域,特别是海洋油气资源勘探领域继续深入探索着,并不断取得可喜的研究成果,为国家的物探事业,特别是海洋油气资源勘探开发作出中国海大人新的贡献。

为油田保安全

为了给胜利油田生产和黄河三角洲建设提供稳定的环境,1976 年 5 月,经人为改道,黄河由清水沟流路入海。1983 年,为支持胜利油田发展,推动黄河三角洲地区开发,山东省委省政府报请国务院批准,东营建市。但是,黄河水少沙多,下游泥沙淤积严重,河道善决善徙,对黄河三角洲的开发构成了极大的威胁。因此,东营市发展和胜利油田生产首先要解决黄河入海流路和黄河口稳定的重大现实问题。

从 1985 年开始,山东海洋学院(中国海洋大学前身)与美国俄勒冈州立大学、威廉玛丽学院、路易斯州立大学等合作,开展黄河口及渤海中南部沉积动力学的多学科综合调查研究,这也是首次由教育部高校独立进行的中美合作大型综合性海洋调查。

"在改革开放的春风中,中国海洋大学第一次独立组织实施的中美合作大型海洋调查取得了丰硕成果和成功经验,也为学校开展中法、中日等联合海洋调查研究提供了经验。这种国际合作是一个双向、互动、双赢的过程,双方受益匪浅。"时任中方首席科学家兼考察队长、著名海洋地质学家、中国海洋大学教授杨作升对当年综合调查的情景记忆犹新。

该次综合调查首次揭示了黄河口高浓度泥沙沉积动力过程、水下三角洲的浅地层结构,特殊的海底地形地貌以及相关的水文和生物过程,发现了黄河口复杂的海底失稳过程,以及风暴作用下水下三角洲滑坡的复活等现象。美国自然科学基金委(NSF)对本次综合调查给予了高度评价,称其为"最富有成效的双边合作",标志着对黄河三角洲及其近岸海域的海洋地学研究进入了新阶段。该次综合调查,培养了一支优秀的人才队伍,取得的丰硕成果成功地应用于解决胜利油田浅海油气开发中的海底失稳问题,在埕岛油田海洋油气开发工程及海底管线和海上平台、人工岛建设方面产生了重大的经济效益。

在随后的科技部"八五"攻关、"九五"攻关重大项目支持下,杨作升团队与东营市密切合作,聚焦区域发展的重大需求,揭示了黄河河口异重流输沙的动力机制,论证了河口工程措施的有效性,实现了黄河入海流路的稳定。黄河清水沟流路至今已安全行水近 50 年,为东营市长期发展和胜利油田安全生产提供了必要条件。

随着胜利油田的开发由陆地向海洋不断拓展,海洋环境荷载作用下海上石油平台的过度振动成为困扰胜利油田安全生产的关键技术难题。例如,年产量超 200 万吨的大油田——埕岛油田的中心二号平台,存在过度振动现象,成为"中石化十大安全隐患"之一。中国海洋大学教授李华军主动联系胜利油田,选在风大浪高的恶劣天气登上平台进行检测,获得了宝贵的监测数据,最终找到了平台过度振动的原因,并成功解决了多年来困扰油田生产的重大技术难题,避免了平台被拆,挽回了数亿元的损失。

新生的黄河三角洲沉积速率高,三角洲海底普遍存在工程软弱层,海底刺穿、海底滑坡等地质灾害频发,对胜利油田的海底管线、石油平台以及沿岸大堤的安全构成了重大威胁。中国海洋大学教授李广雪团队围绕黄河水下三角洲工程地质灾害开展了长期调查研究,首次报道了黄河口切变锋现象,揭示了黄河水下三角洲海底刺穿现象及其形成机制,提出了海底土体工程软弱层对工程设施的危害,解决了胜利油田海底管线、石油平台的重大安全问题,为胜利油田,特别是海上油田及海底管道的安全提供了坚实保障。

为黄河定海港

20 世纪 60 年代,黄河三角洲靠海无港、有河无航的现实严重制约着东营市、胜利油田的发展和黄河三角洲、渤海湾石油的开发。胜利油田的原油需要经过蜿蜒的输油管道,通过加温加压输送至 300 千米外的黄岛油港,才能向外输出,每年耗资巨大,建设黄河海港迫在眉睫。但是,泥沙大量淤积的黄河三角洲一向被认为是建港的禁区。

1982 年,已经 64 岁的山东海洋学院教授侯国本勇挑重担,带上助手,乘上小船,从黄河口进入波涛汹涌的大海中勘查。经过两年多调查研究,侯国本发现,渤海湾的两股沿岸海流在黄河三角洲的桩西沿海交汇,使黄河口的神仙沟形成天然无潮区。侯国本撰写了研究报告,提出黄河三角洲神仙沟的无潮区具有潮差小、流速大、不淤积、地基良好的特点,具备建设深水大港的良好条件。

"东营拥有 300 亿立方米黄河口淡水,可开发出 3 万多平方千米盐碱地,再加上东营港和储油 40 多亿立方米的胜利油田,东营的明天肯定会更加美好。"侯国本对于黄河三角洲的发展潜力充满信心。

1988 年,黄河海港建成并投入运营。1992 年,黄河海港改称东营港,现已发展成为年吞吐量突破 6000 万吨的国家一类开放口岸。

"海洋大学为侯先生的成就感到骄傲,更为曾经拥有这样一位科学家而感到自豪。"在 2014 年 12 月 23 日举办的纪念侯国本先生诞辰 95 周年座谈会上,时任中国海洋大学工程学院院长史宏达对侯国本先生的成就和为人治学给予了高度评价。

史宏达团队也是东营港的建设者之一。2006 年前后,东营港进行改建和扩建,当时有两套工程方案,一套是向东营港外侧建设栈桥,将码头建设在自然水深满足要求的水域;另一套则是开挖航道,并以外堤掩护。论证时专家意见不一,争执不下。为给工程方案的确定提供科学、准确的依据,史宏达建议试挖航槽,并带领团队在东营港开展现场观测,在每次大风过后获取回淤观测数据,最终确定了栈桥推进的扩建方案,为东营港提升吞吐能力奠定了坚实的基础。

为河口保健康

"对于黄河三角洲来讲,波浪、潮流会造成侵蚀,如果充分利用小浪底库区淤积的泥沙,把它们释放下来,能够基本实现维持黄河三角洲的大致平衡。"2019 年 12 月,在黄河流域生态保护和高质量发展专家解读与研讨会上,国家杰出青年基金获得者、中国海洋大学海洋地球科学学院院长王厚杰介绍了黄河调水调沙对下游、河口和三角洲的重要影响,对黄河流域的生态保护和高质量发展提出了建议。

20 世纪 80 年代以来,黄河中游水土保持、退耕还林(草)、大型水库及水沙调控导致黄河入海水沙发生剧烈减少,引起黄河三角洲环境的快速响应。在国家杰出青年基金、国家重点研发计划项目的资助下,王厚杰团队系统揭示了流域大型水库在调控河流物质输运方面扮演的"过滤器、反应器、缓冲器"角色,阐明了水库调控对黄河三角洲环境演化的"遥控器"效应。

"黄河流域最大的矛盾是水资源短缺,最大的问题是生态脆弱,最大的威胁是洪水,黄河调水调沙的后续动力明显不足,流域环境快速变化下三角洲不稳定性明显增强。"王厚杰一一列举了新时期黄河三角洲面临的挑战,提出未来中国海洋大学的多学科综合优势在推动黄河三角洲高质量发展中大有用武之地。

"让黄河成为造福人民的幸福河。"当前,黄河流域生态保护和高质量发展已成为国家战略,中国海大人将继续耕耘在河海交汇处。

黄河落天走东海,万里写入胸怀间!

(本文刊于 2022 年 6 月 16 日,第 80 期)

扎根中国大地，
培养有"底色"的优秀外语人才

——记 2022 年国家级教学成果奖获奖项目"基于价值引领的外语学科'五协同'育人模式创新与实践"及其团队

冯文波

　　2023 年 7 月，教育部公布 2022 年国家级教学成果奖获奖项目，高等教育首次将研究生教学成果奖单独设立、单独评审，共 147 家单位的 284 项研究生教育成果获奖，其中，全国外语学科评出 4 项，中国海洋大学外国语学院原院长、外国语言文学学科带头人杨连瑞教授领衔的"基于价值引领的外语学科'五协同'育人模式创新与实践"荣获二等奖。荣誉背后，是团队成员及老师们十余年间落实立德树人根本任务，在教学科研一线辛勤耕耘，不断深化教育改革，创新育人理念和教学方式，提高人才培养质量的使命担当与无私坚守。

在我国第 39 个教师节来临之际，记者采访了参与该项目的团队成员，听他们讲述扎根中国大地，坚守育人初心、创新教学理念、招揽国际名师、深化科教融合、打造一流学科，培养有"底色"优秀外语人才的不平凡历程。

坚持价值引领，服务国家战略

外语是国家的重要战略资源。进入新时代，中国全面融入国际事务，急需大批高端外语人才。但长期以来，我国外语研究生培养存在着外语育人价值观不清晰、外语教育理念泛化、学科与专业融合度不高、外语人才培养中的关键要素协同困难等诸多问题。

长期从事外语教育教学研究与实践的杨连瑞对我国外语人才培养过程中的症结了然于心，一直在探索变革，希望开辟一条新路径，实践一种新模式，进而打开高水平外语学科人才培养新局面。

从思考到实践，需要一个机遇。

2009 年，杨连瑞教授主持山东省高等学校教学改革项目"创新型外语专业人才培养体系的研究与实践"等一系列教育改革项目，由此开启了基于价值引领的外语学科"五协同"育人模式创新与实践的探索之路。

"我们的'五协同'是指学科与国家战略协同、团队与国际名师协同、课题与优质课程协同、过程与培养质量协同、成果与社会需求协同，系统优化组合，就形成了学科建设、科学研究、'本－硕、硕－博贯通式'人才培养的良性互动。"杨连瑞说。

"坚持以德为先、家国情怀、国际视野的价值引领，培养外语学子为人、为国、为天下的责任担当。"中国海洋大学外国语学院原党委书记鞠红梅说，在探索与实践的过程中，随着"五协同"育人模式的持续推进，大家对价值引领的内涵更加明确，对其重大意义的认识也愈来愈深刻。

一致的立场，共同的心声。

2021 年 9 月 17 日，中国海洋大学外语课程思政中心揭牌成立。作为率先成立的课程思政中心，学校领导、学术同行以及主管部门都对它寄予厚望，希望这一中心深度挖掘提炼外语专业课程体系中所蕴含的思想价值和精神内涵，全面总结外语课程思政教育的特色做法和典型案例，为培养担当民族复兴大任的时代新人做出外语学科应有的贡献。

外语课程思政中心谨记期许，在探索中砥砺前行，积极推动七语种《习近平谈治国理政》等素材进课堂，将思想政治教育有机融入专业课教学和教材建设，铸魂育人。《习近平谈治国理政》的翻译汇集了众多翻译界的精英，他们无论政治素养上还是翻译水平上在国内都是顶尖学者，具有中国文化思想和独特实践的语言素材融入外语课堂和学习，既提高了学生的理论修养，也提升了专业水平，对培养新时代优秀外语人才意义重大。"杨连瑞表示。

长期以来,人们对外语学科存在偏见,认为外语就是交流的工具,甚至有学者提出外语不是专业,更不是学科。在担任外国语学院副院长期间,杨连瑞就一直在思考,如何破解外语人才培养过分注重"工具性"的难题,外语学科发展如何与一流大学建设的定位相匹配。

外国语学院副院长陈士法教授依然清晰记得十年前那个秋季的午后。在二楼的院长办公室里,大家各抒己见,畅所欲言,围绕外语学科属性、人才培养理念等深度研讨。经过激烈的思维碰撞,结合多年的思考与积淀,杨连瑞带领大家在我国外语界率先提出了外语人才培养由"工具性"向"人文性""思想性"和"科学性"转变,由"学外语"向"用外语学"转变的教学理念。"这次讨论,让我们坚定了高水平外语学科发展的定位,从而心无旁骛地开展外语学科育人模式的创新与实践。"陈士法说。

作为一所以海洋学科见长的高校,中国海洋大学的外语人才培养必然与海结缘,"海味"十足。依托学科优势和学校特色,着眼服务海洋强国建设、"一带一路"建设,不断拓展外语学科外延,打造特色鲜明、独具优势的东北亚区域研究、海洋文化研究、极地研究等涉海研究领域便是应有之义。

曲金良教授主编的《中国海洋文化发展报告》集中反映了我国海洋文化学界、政府海洋相关各界对海洋文化观念、海洋文化历史、海洋文化产业等领域的基本面貌、存在问题、对策措施等的全面研究与综合发展研判,旨在推进中国海洋文化相关领域研究,服务国家海洋强国和文化强国建设。在这一过程中,外语学科研究生积极参与中国海洋文化"走出去"创新实践,拓宽了视野,坚定了文化自信,增强了服务海洋强国建设的学识与能力。

郭培清教授积极推动中俄在北极地区的合作,依托中俄北极论坛这一制度化、常态化交流平台,服务"冰上丝绸之路"建设。多年来,他把极地研究与外语人才培养相契合,在极地与海洋门户网站创建与维护、极地与海洋研究生论坛组织开展、《科学制定我国北极战略》研究成果凝练等方面不断赋予高端外语人才培养的涉海特色。

延揽顶尖人才,打造一流师资

人才培养关键在教师,一流的教育质量必须要有一流的师资。

团队与国际名师协同是"五协同"育人模式的关键一环。十多年间,外国语学院依托中国海洋大学人才强校战略,用足用好人才政策,广揽国际名师,培育青年教师,为培养优秀外语人才提供雄厚师资保障。

"绿卡人才工程"是中国海洋大学招揽国际知名学者的重要人才政策。在学校的支持下,外国语学院充分运用这一政策,先后聘请了9位国际名师,其中5位是全球排名前2%的语言学家,师资队伍建设和人才培养的国际化进程不断加速。

美国北亚利桑那大学教授 Naoko Taguchi 是国际二语语用学研究领域的领军学者。2022 年,当中国海洋大学外国语学院向她发出聘任邀请时,她表现得十分谨慎,先是利用参加学术会议的时机向美国同行打听中国海洋大学的办学实力以及外语学科教学科研的情况,后来又向中国的有关学者咨询外国语学院该领域学术的研究水平等情况。经过一番细致的考察,她欣然接受了聘任。在博士研究生联合培养、将语用学的前沿理论与外语／二语教学和测评实践相结合等领域开展合作,让学生直面国际最前沿的学术问题,极大开阔了视野,增长了本领。

作为应用语言学领域国际知名学者,美国爱达荷州立大学教授 Brent Wolter 连续六年受聘中国海洋大学,参与外国语学院研究生联合培养,开设相关课程,广受学院师生喜爱与好评。2020 级博士研究生李旎目前正在美国跟随 Wolter 学习,她以前只在阅读文献的时候对这种"学术大咖"有所了解,心生敬仰。现在,国际名师变成了可以手把手传授知识并且随时交流学术观点的"学术导师",令她兴奋不已。Wolter 一般每年来中国海大集中授课和研究两次,回国后,他多次提到中国海大的老师和学生,对中国海大外语人才培养的理念和方式表示赞赏。

在高水平师资队伍建设方面,外国语学院不仅把目光瞄准国外,还积极聘请国内高校的名师为学院发展、学科建设和人才培养出谋划策,把脉领航。

2018 年 8 月 24 日,中国海洋大学校长于志刚分别向北京外国语大学博士生导师金莉教授、浙江大学博士生导师许钧教授、广东外语外贸大学博士生导师王初明教授颁发聘书,聘请他们担任学校外语学科发展顾问。"在三位顾问的精准指点、学校的全面保障和外国语学院师生的共同努力下,用 3 至 5 年时间,使学校外语学科进入高水平快速发展阶段。"于志刚校长对三位学者受聘中国海大表示衷心感谢,也对外语学科未来发展寄予厚望。

一个学科,一次育人的创新与实践,之所以应者云集,是因为它引发了并肩偕行、逐梦未来的时代共鸣。

金莉教授表示,海大的外国语言文学一级学科博士点是山东省外语学科领域获批的第二个博士点,能拿到这个博士点很不容易,也说明兄弟高校对海大外语学科这些年的发展是认可的。许钧教授此前多次到访中国海洋大学,曾以专家组组长的身份对学校的翻译专业硕士点进行考察,还曾对学校的韩国学研究基地进行过评审。他说:"我之所以欣然应邀,就是因为被中国海洋大学的良好学风和外语学科快速发展的势头所吸引,尤其是中国海洋大学研究生培养的过程性质量监督,在全国是非常有名的。"王初明教授说:"海大特别重视研究生教育,这里的二语习得方向的研究生的体量是全国最大的,也培养了很多拔尖人才,相信未来会更多。"

如今,五年之约期满,回头看,人才培养质量、科学研究水平都有大幅提升,外语学科发展势头更加强劲!

"外语学科很好地运用了'学科发展顾问'和'绿卡人才工程'两个制度,在借助外部资源方面是不求所有但为所用的典范。"于志刚校长对外国语学院用好用活政策引育人才助推学科发展和人才培养的创新实践赞赏有加。

名师的引进,受益的不仅是学生,还促进了学术骨干和青年教师的成长与发展。中国海洋大学外国语学院青年教师王智红博士论文的研究方向选取的是二语习得研究,美国宾夕法尼亚州立大学陆小飞教授是这一领域的权威学者。通过阅读文献,王智红对陆小飞教授的学术思想、科研方法十分敬佩,却没有机会当面请教。在一次博士生课上,她与大家分享了陆小飞教授的最新研究成果,杨连瑞教授建议她给陆小飞教授发邮件联系。"我很快收到了陆老师的回信,他非常高兴我阅读他的最新文献并在团队分享。之后的交流中,导师杨连瑞教授真挚邀请,陆老师接受了受聘海大的建议。陆老师作为语料库语言学与二语习得国际领军学者,在语料库分析上给予我许多非常具体的指导,对我的学术研究帮助很大。"王智红说。

谈起招揽名师、助力学科发展和人才培养的经验,杨连瑞幽默地说:"与校长抗争!"抓准、抓牢外语学科发展的底层逻辑,做好顶层设计,积极争取学校支持,用好用足政策,有时甚至要突破现有政策。

在"五协同"育人模式的实践过程中,外国语学院打造了一支拥有博士生导师20余人、硕士生导师近80人,老中青结构合理的人才梯队;共聘任12名国际著名学者为特聘教授,与本校教师组建外国语言学及应用语言学、外国文学、翻译学、涉海区域研究等6支团队,开设了近20门国际前沿课程,为创新人才培养和研究生教育内涵式发展提供了坚强的师资保障。

科研服务教学,教学反哺科研

教学与科研相互促进、相辅相成,在"五协同"育人模式创新与实践中,外国语学院坚持人才培养与学术创新并重,依托主持的近60项国家社科、教育部人文社科等课题,实行课题课程化、课程教材化,重构优质课程群,将学术前沿成果融入研究生教学内容,构建语言学、外国文学、翻译学、区域国别研究四大研究生课程群及30余门课程,其中16门课程获省级研究生教育优质课程项目,出版37部高水平研究生教材。

在全球化的今天,人们在掌握了母语之后,再学习另外一种语言,已经是一种常态,这一现象称为"二语习得"。

杨连瑞认为,在二语习得中,由于缺乏语言环境,社会文化各异,两种语言的认知、心理表征不同等,始终存在学习效率低、不能学以致用等全球性费时低效难题。

作为中国二语习得研究会的会长,杨连瑞积极谋划学科建设与发展,团结全国学者,引领本学科学术研究与国际学术研究并行,解决中国外语教育的独特问题,服务国家对外改革开放战略。近年来,他指导的十余名博士、硕士研究生立足国际学术前沿,解决中国当下现实问题，获得了很多重要发现，众多研究成果在国际重要期刊发表。他首次提出构建中介语语言学的构想，开创性地构建了中国英语学习者中介语语言特征体系。他带领中国海洋大学二语习得跨学科研究团队不断从社会学、心理学、教育学、认知科学层面去探索和揭示中国学生两种语言、多种语言的习得、加工、表征与规律。

杨连瑞目前主持国家社科基金重点课题"中国英语学习者二语语用能力发展研究"，主持完成国家社科基金和省部级社科课题 10 余项，在 *International Journal of Applied Linguistics*、*Applied Linguistics Review*、《外语教学与研究》《外国语》《现代外语》等国内外重要期刊发表学术论文 160 余篇，出版国家出版基金资助计划《二语习得新发展研究》（清华大学出版社，2022）、《中介语语言学多维研究》（外语教学与研究出版社，2015）、《二语习得研究与我国外语教学》（上海外语教育出版社，2007）等著作 10 余部，相关成果多次荣获山东省社会科学优秀成果二等奖、三等奖。

杨连瑞总是让学术研究成果冒着"热气"进入课堂，给学生讲解当今二语习得最前沿的研究热点，开拓学生的视野，培养学生的创新意识。每周二是他和团队教师一起给博士生上课、开展学术讨论的时间，是许多学子盼望的日子，也是大家最快乐的时光。

"那一刻，我们的教室就像热闹的集市。常常是 30 多位博士研究生、硕士研究生参加杨老师的课，近 10 位学院青年教师和国内访问学者不约而至。大家分享国际学术文献研读心得、报告自己研究成果，发言踊跃，思想碰撞激烈。"外国语学院副院长陈颖教授说。

纵观世界范围内大规模、机构性、制度化翻译实践历史可以发现，由国家策动、主导、赞助、监管的翻译实践是翻译史的主流。中国海洋大学外国语学院任东升教授率先提出"国家翻译实践"概念体系，作为我国学者自创译学概念，历经十年发展已经被国内学界认定，并成为热点研究课题。

2014 年 12 月，中国外文局成立"沙博理研究中心"并下设中国海洋大学研究基地，任东升教授担任基地主任。其后，他主持中国外文局委托课题"沙博理翻译艺术研究"。针对长期存在的教学、科研"两张皮"现象，任东升尝试把课题资源转化为特色课程，打造了硕博选修课沙博理翻译艺术研究，并出版了同名专著。课程一经推出深受学生喜爱，历经一段时间运行，凝练形成了"项目-课程-成果"的育人路径，这一创新实践生动诠释了科教融合的理念。

海外韩国学重大项目是韩国教育部为推动韩国以外地区韩国学教育、科研的高质量发展而策划的国家级全球招标项目，每年从全世界范围内遴选在韩国学教研方面根基扎实、表现优异的高校和研究机构进行资助，是世界韩国学学界影响最重大的项目之一。自 2006 年项目启动以来，包括哈佛大学、牛津大学、东京大学、巴黎大学在内的多所世界知名高校获得资助，而中国海洋大学是目前唯一获得三个阶段资助的高校，资助额折合人民币约为 1044 万元，是学校文科海外重大科研项目领域的标志性成果。

依托这一重大科研项目,中国海洋大学韩国研究中心主任李海英教授与朝鲜语系师生积极推进科教融合,助推朝鲜语系学科建设和人才培养质量提升。作为教育部"国别与区域研究中心",近年来,出版"海大韩国学研究丛书"中韩文 20 余部,主办高层次国际性学术会议 10 余次,邀请知名学者到校讲座 100 余次,在塑造学术品牌、构建韩国学研究新高地的过程中,实现了学科体系优化升级,为培养致力于中韩文化、学术交流的优秀人才夯实了基础。

在"五协同"育人模式实践中,外国语学院注重搭建创新平台和学术阵地,助力拔尖人才培养,成立语言与脑科学实验室,举办中国二语习得研究国际论坛等学术品牌活动,共建 15 家科研实践基地,引导学生走入社会,发现问题,对接社会需求,探索解决教育、科技、语言康复等问题,加强创新实践能力培养。

以一流学科建设为引领,协同培养创新型人才

"世界一流大学建设需要高水平外语学科的有力支撑和高水平外语学科的自身发展。"杨连瑞认为,中国海洋大学要想在 21 世纪中叶实现建成特色显著的世界一流大学的目标,需要拥有一流的外语学科做支撑。

在"五协同"育人模式创新实践中,外国语学院促进学科与专业深度融合,走出"两张皮"误区。围绕外国语言文学一级学科研究方向,创建跨学科跨语种的研究生课程体系;辐射到五个本科专业,推进优质教学资源共享,构建了相应课程体系,打造专业品牌化和课程精品化,有效衔接,学科与专业共生共荣。统筹规划,强化质量为本和内涵发展,学科带动专业,在本科阶段开设语言学、翻译学、外国文学等 30 余门前沿课程,彻底扭转外语专业过分注重工具性,忽略人文性和科学性的发展难题,实施了本-硕、硕-博贯通培养机制。同时,把涉海区域研究纳入外语学科建设和人才培养中,服务国家海洋强国建设。

2017 年,中国海洋大学外国语言文学一级学科博士学位授权点正式获批,成为当年山东省文史哲众多学科门类中唯一获批的博士授权点,也是学校唯一从硕士一级学科直接评审增列为博士一级学科的学位授权点。2020 年入选山东省高水平优势特色学科(唯一外语学科)。2022 年进入软科学科排名全国前 15%。学院 5 个本科专业全部入选一流专业,学科建设和人才培养已经进入全国本学科和专业前列。本学科硕士和博士生培养的某些领域达到国际一流水平,成为全国外语学科发展由弱变强的典型范例。

"学科建设要入主流,有特色。主流就是认准外国语言文学这条主路,脚踏实地前行;特色就是在本学科里有我们高水平的优势特色研究方向,以及依托学校优势特色,构建高水平的涉海区域国别研究。经过多年积累,我们不仅进入了主流,并在某些领域开始引领主流。"杨连瑞自豪地说。

在研究生培养中,外国语学院突出强调"过程与培养质量协同",坚持全球化资源导

入、全方位科研训练、全程化质量监控，实施"动态考核，持续改进"质量评价机制，坚持十年研究生学位论文校外双盲外审，每年获 A 等（优秀）论文率 85％左右，12 篇获评为山东省优秀硕士论文及研究生优秀成果奖。

教学改革离不开老师们的无私奉献与辛勤付出，新育人模式的施行更是摸着石头过河，基本无经验可循，更要花费大量的心血和精力去探索、实践和总结。

陈士法教授是大家公认的"老黄牛"，一心扑在教学科研和研究生教育管理、实验室建设工作上，兢兢业业。他自己说，教书育人是他生活的一部分，同事们却说，是他生活的全部，周末去学院办公室准能找到他。

2013 年，陈士法参与筹建了中国海洋大学第一个文科科研实验室——语言与脑科学实验室。2022 年在该实验室基础上申报的二语习得跨学科研究中心获批山东省高校文科实验室。在外语学科实验室建设中，实现了从无到有、从有到优的发展。依托该实验室，陈士法先后主持国家社科基金项目 2 项，主持省部级项目等 3 项，在国内外重要学术期刊上发表学术论文 60 余篇，相关成果获山东省社会科学优秀成果二等奖等奖励。依托该实验室，他积极开展外语人才培养。有的学生一入大学就向他请教，他悉心指导，考上硕士研究生他继续指导，再后来考上博士研究生他依然指导。他始终是学生信赖的引路人，培养了一批成绩优异的硕士生和博士生。

2020 年 11 月 13 日，中国海洋大学外国语学院研究生教育改革暨导师立德树人研讨会召开。会上，举行了首届外国语学院师德先锋颁奖仪式，陈士法被授予师德先锋荣誉称号。这是学院和师生对他立德树人、为人师表的有力褒奖。

"平易近人""一丝不苟""井井有条""凡事有交代，件件有着落，事事有回音"……提起陈颖教授，师生不吝赞美之词。作为骨干教师，她任劳任怨，勇挑重担。在"五协同"育人模式探索中，陈颖善于思考，勤于总结，与同事一起研讨教改方案和提升人才培养质量的举措，总是反复推敲、不厌其烦地打磨修改，力求精益求精。

学生在学习、社会实践和生活中遇到问题与困难，找到她，她都热情回应，耐心解答，积极施以援手，日久天长成为学生心中和蔼可亲的知心姐姐。

科研上，陈颖潜心二语习得研究，着眼"中国人学外语费时低效、高分低能"等重大现实难题，20 年来致力于探索构建"教－学－用－测"协同发展机制；主持国家社科基金项目、国际合作项目等 9 项，在国际顶级期刊 Applied Linguistics 以及国内《现代外语》《外语界》等期刊发表论文 20 余篇，出版著作 3 部。

教学改革最大受益者是学生，学生培养质量也是检验改革成效的关键指标。这一场源于 2009 年的教改创新与实践，截至目前使 1 500 余名硕博研究生受益。学生综合素质显著提高，学术能力普遍增强，拥有很强的国际合作和跨文化交际能力。学生在 Applied Linguistics Review、Lingua、《外语教学与研究》《外国文学评论》等 SSCI、A&HCI、CSSCI 高水平期刊发表论文 360 余篇。学生志愿者参与上海合作组织领导人峰会等均获好评，

12人次获省市级"先进个人""优秀志愿者"等称号。毕业生就业率持续保持在95%以上，50余名毕业生任职于中国外交部、欧洲议会等机构，近30名毕业生在剑桥大学、北外、上外等知名高校担任教职。

桃李不言，下自成蹊。

"五协同"育人模式抓住了高水平外语学科人才培养的"牛鼻子"，成效显著，声名远播。成果报告在北外《外语教育研究前沿》、上外《外语高教研究》等学术期刊发表。杨连瑞教授应邀在北京大学、上海外国语大学等全国外语学科建设学术会议上作为理论探索和改革案例作主旨报告近30次。厦门大学等30余所兄弟高校前来交流，学习借鉴这一人才培养的海大模式。

风雨兼程，春华秋实。一路走来，这一当初被寄予殷切期望的育人模式，已从"试验"走向"示范"，由美好愿景变成累累硕果。在全面提高人才自主培养质量，着力造就拔尖创新人才助力一流大学建设的征程上，"五协同"育人模式示范效应明显，发展前景广阔，未来可期。

（本文刊于2023年9月8日，第87期）

逐梦"一带一路"，
发展海洋特色来华留学生教育

王红梅

回顾学校留学生教育的悠久历史，可以追溯到 20 世纪 20 年代。1924 年，学校创立之初便招收了来自南洋和朝鲜的 9 名留学生。1960 年，学校招收首批来自越南的本科留学生。

21 世纪以来，随着经济全球化和中国加入 WTO，高等教育国际化进程加快。2012年，学校开始实施国际化战略；2013 年，我国提出"一带一路"倡议；2015 年，教育部全面推动"一带一路"教育行动。随着来校留学生数量稳步增长，留学生工作越来越受到重视，并与全球科教发展与时代进步一道，展现了国际人才培养的不同方面和重点领域。

从"合作"到"共生"，高校国际合作进入新时代，国际化战略迎来新的历史起点。2014 年，学校建校 90 周年，70 多位来自国内外顶尖海洋高等教育和科研机构的一流学者聚首青岛,达成《未来海洋青岛共识》;2017年,学校进入国家"世界一流大学"(A类)建设行列。

学校一方面不断拓展深化和欧美国家、科教机构在优势学科领域的密切合作,建设新的高层次国际合作平台;另一方面,积极拓展与"海上丝绸之路"沿线国家涉海科教机构的合作,培养具有海大底蕴的、"知华友华爱华"的国际化人才。学校代表国家先后加入了北极大学联盟、东盟水产网络+联盟等,牵头成立了全球涉海大学联盟、中挪海洋大学联盟,在合作中践行"海洋命运共同体"理念。

《发挥海洋学科优势,提升"一带一路"来华留学生教育质量的探索与创新实践》便是其中的代表性成果。这是由中国工程院院士、工程学院教授李华军带领团队牵头申报的项目,在今年7月份获得2022年(研究生)国家级教学成果奖二等奖。

聚焦"一带一路"倡议,发展海洋特色来华留学生教育,团队交出了海大答卷,也在实践中进一步深化理论研究成果。

锚定"三个服务",打造"留学海大"品牌

"希望的明天就在眼前,此刻虽然是黑暗,但是黎明就要到来,别放弃,继续前行……"2020年,新冠疫情在全球蔓延,一首 *Keep on Keeping on* 的原创歌曲在海大园中孕育流传。

2016级汉语言专业的 Blessing Kataware 和 2017级计算机科学与技术专业的 Simbarashe Chari,共同作词、作曲,为大家加油打气,献上了温暖与爱心。他们正是"津巴布韦来华留学生委托培养项目"的学生,这也是学校首个"政校企"合作来华留学项目,被联合国当作中国对南南合作贡献的优秀案例并入选"一带一路"教育国际交流分会首批优秀案例。

2015年,习近平主席提出中津两国"守望相助、精诚合作",是"真正的全天候朋友"。对此,学校积极推动由国家留学基金委和青岛恒顺众昇集团共同出资设立"津巴布韦来华留学生委托培养项目",得到了两国政府的高度重视。

2016年和2017年,时任津巴布韦总统穆加贝亲自送学生启程赴华留学,涵风与辛巴分别是其中的一员。他们与同伴们从遥远的非洲东南部大陆,跨越山海来到海大,学习汉语言、国际经济与贸易、工商管理和计算机科学与技术等专业,也在课余时间感受学校学习氛围、体验青岛的文化生活。

目前,141名学生顺利毕业回国。回国后,他们有的在中国中铁津巴布韦子公司、中电集团津巴布韦分公司等单位工作,继续为中津友谊注入力量,担当传播中国文化、促进两国交流的友好使者。

从非洲大陆到欧亚大陆,学校的国际化教育进程与时代同频,多线并行。

2017年11月1日,泰国曼谷,于志刚校长与泰国农业大学 Chongrak Wachrinrat 校

长为"中泰海洋和水产中心"揭牌,也揭开了两校崭新合作的新篇章。

泰国农业大学是一所以农学为特色的大学,水产学科在泰国水产渔业研究领域中建立最早、排名第一,学术资源丰富;而学校海洋科学、水产学科在全国名列前茅。两校优势学科"强强联手",于2018年面向全球招收硕士研究生,共同制定培养方案,由双方导师共同指导并组成答辩委员会,符合各自授位条件后由两校分别授予渔业科学与技术、水产品加工与贮藏、水产养殖、微生物和生化药学等学位。

一流的学科需要一流的课程。为提高中泰海洋和水产中心人才培养质量,水产学院、医药学院、食品科学与工程学院等共建了11门国际化专业课程,构建了水产学科群全英文硕士课程体系,从招生、师资、课程、培养计划、培养过程到毕业条件等方面严把培养质量关,同时与科学研究与产业推动挂钩,为留学生提供深造和就业机会。

"尽管受新冠疫情影响,项目一度进展缓慢,但双方携手应对,通过线上授课、线上指导、更换实验材料、邮寄实验样品和试剂、将实验移至泰国农大开展等方式,最大程度地保障了留学生学业的推进,完成了双方师生合作发表同行评议期刊论文的毕业要求。"中泰海洋和水产中心执行主任、水产学院教授李景玉介绍道。截至2022年,4届32名学生在海大留下了学习的足迹,部分学生顺利完成学业。

作为学校第一个海外办学机构,中泰海洋和水产中心是两国建立的第一家联合中心,也是中国面向东盟国家人才培养、海洋和水产科教研究的桥头堡,对提升来华留学生教育质量,打造"留学海大"品牌提供了可供借鉴和示范的案例。同时,将来华留学生教育纳入学校"双一流"建设也取得了一定成效,服务学校一流大学建设的来华留学生教育多次赢得国家留学基金委的赞扬。

"来华留学生是促进世界各国人民民心相通、推动构建人类命运共同体的中坚力量,来华留学生教育也是搭建国家与国家之间沟通与交流的桥梁,我们一定要服务党和国家的外交大局,发挥来华留学生教育积极的作用。"海德学院党委书记、原国际教育学院院长秦尚海谈道,基里巴斯来华留学生项目以实际行动落实了习近平总书记提出的"携手构建更加紧密的中国同太平洋岛国命运共同体"的号召。

2019年9月,中国与基里巴斯恢复大使级外交关系。得知国家留学基金委拟将在我国台湾地区留学的基里巴斯学生转学至大陆高校的信息后,国际教育学院主动联系、积极争取,校领导高度重视并表示:"将尽最大努力支持国家外交大局,特殊事宜给予特殊政策,各部门、各学院全力支持,共同做好接收工作。"

来到学校后,基里巴斯学生在充实的校园生活之余,也尽情感受着中国传统文化的氛围。在2022年青岛电视台春晚舞台,他们穿起自己的民族服饰,跳起热情洋溢的舞蹈,给北半球的寒冬带来了浓郁的热带岛国风情。由3位基里巴斯籍学生创作的《我眼中的中国》短视频,发布在中国驻基里巴斯使馆FACEBOOK主页,在基里巴斯当地获得了热烈反响。

两国政府都十分关心基里巴斯学生。今年3月，基里巴斯共和国内政部长来校访问，提出了"希望未来能有更多基里巴斯的留学生来到中国海洋大学学习"的期许。校长于志刚说道："学校将在巩固现行培养专业的基础上，探索在海洋和水产方面的人才培养和科技合作，聚焦海洋空间规划、海洋资源开发等领域，为中基友好关系发展作贡献。"

聚焦"海上丝路"，构建国际涉海科教平台

2013年9月和10月，习近平主席先后提出构建"丝绸之路经济带"和"21世纪海上丝绸之路"的重大倡议；2015年3月28日，《推动共建丝绸之路经济带和21世纪海上丝绸之路的愿景与行动》发布，"一带一路"教育行动开始全面推进。国家就持续加大对中国－东盟科教合作制订了细致的支持计划和项目，设立"中国－东盟海上丝绸之路奖学金"，面向东盟10国提供1000个奖学金名额。这些政策的出台为"一带一路"教育国际交流提供了难得的机遇。

2017年4月，学校主办"中国－东盟水产教育网络校长论坛暨海洋与水产科技研讨会"。来自印度尼西亚、马来西亚、泰国、菲律宾、越南、柬埔寨、老挝、缅甸等东盟国家的20余所科教机构、国际组织和中国高校的120余位专家学者参加会议。会议聚焦"海上丝绸之路"水产科教合作和推进"一带一路"教育行动计划，以"共商、共建、共享，推动中国东盟水产科教协同创新"为主题，交流学术，凝聚共识。

"十三五"期间，学校先后与泰国、马来西亚、印度尼西亚和菲律宾等东盟国家十余所科教机构签署了校际合作协议，打造"一带一路"建设的重要战略支撑平台，中泰中心和中马中心是代表性实践项目。

2019年10月28日，学校与马来西亚登嘉楼大学共同推动的"海洋联合研究中心"揭牌仪式举行。中心以海洋生命技术为核心，汇聚海洋生命、水产、海洋药物、海洋地质、海洋工程等多学科优势资源，通过联合培养研究生、开展海洋领域科技合作等，进一步提升合作层次，推动作为"东盟水产教育网络＋"成员的学校与东盟国家的密切合作，为构筑"海洋命运共同体"贡献智慧。

由此，中泰中心以国际化人才培养为主体，中马中心以科技合作和产业推动为两翼，形成了"一体双翼"发展模式。在此基础上，2020年学校申报山东省与东盟交流合作研究中心建设并成功获批，形成了集人才培养、科技合作、产业推动和教育智库功能为一体的国际合作平台。

从"海上丝路"到"冰上丝路"，从"理论研究先行"到实践探索检验，学校一直行走在开放办学、实施国际化战略的探索之路上。

2012年，学校发起创立中俄北极论坛，至今已成功举办11届，见证了我国在极地深远海领域话语权和影响力的稳步提升，这对于中俄两国在北极的交流合作有着重要作用，已发展成为中俄两国北极学者之间制度化、常态化的交流平台。

4 月 23 日是中国人民解放军海军建军节。在 2015 年海军节，学校创办了"极地与门户"网站，更新极地与海洋每周新闻、智库动态、要闻评论，开辟极地政治、极地法律、极地开发等 9 个栏目更新学术与新闻动态，这是国内迄今为止唯一具有新闻报道和学术研究双重功能的极地研究交流平台。研究团队和顾问团队几乎囊括了北极八国和域外国家一流的北极研究者，累计访问人次达百万之巨，访客来自 100 多个国家和地区，为研究人员和实业界提供了"公共产品"，初步实现占据话语高地和议题引导的目标。网站的作用得到了国家海洋局极地考察办公室和自然资源部国际合作司的高度评价。

团队还与北京理工大学成立联合研究团队，引入大数据方法，建成系列大数据库和质量监测模型，建成了"一带一路"教育政策大数据库、留学生招生大数据库、学术人才简历大数据库、"全痕迹"大数据库和问卷大数据等五大类数据库，厘清招生质量与规律，绘制共建"一带一路"国家留学生流动图谱，追踪高质量生源流动轨迹。团队据此向教育部、外交部等高层管理部门提供咨政建议，受到国家重视。

契合"海洋命运共同体"理念，构建国际涉海科教平台与网络，形成了协同育人新模式：拓展与共建"一带一路"国家及海洋岛国的生源分布，搭建国际涉海大学联盟，牵头中国-挪威海洋大学联盟，参与北极大学、国际南极学院……学校形成了"国际涉海组织-国家-高校-院系-学生"多层面交流互动的来华留学生培养机制以及集人才培养、科技合作、产业推动和教育智库于一体的国际合作平台。

这些布局和探索既契合"一带一路"倡议，又凸显了学科特色和优势，成为引领"海上丝路"来华留学生教育的样板。目前，学校留学生来自五大洲 80 多个国家，覆盖了"一带一路"沿线的主要国家，其中来自共建"一带一路"国家的留学生占到 80％。

引入"新海洋观"，讲好中国故事

"国际课程非常棒，教学质量也好，当涉及科研督导时，还有最好的支持与指导系统。"

"学校拥有卓越的科研能力，配备了最先进的实验室和现代化的设备，还有强大的师资力量，像我们实验室的现代化设施和设备支持前沿的研究和创新。"

谈起在海大读书的"吸引力"，环境和自然资源保护法 2021 级博士生 Alida 和化学工程 2022 级博士生 Afzal Ali 便打开了话匣子，在海大读完研，他们都选择了留下来继续攻读博士学位，他们喜爱这里"最好的学习环境"，也对海滨城市青岛"宜人的气候""理想的环境""舒适的生活"赞不绝口。

留学生们的交口称誉自然得益于学校在提升来华留学生教育质量上的探索与实践，一流的平台、模式与敬业向上的团队，在其中发挥了不可或缺的作用。

在平台建设上，学校整合教育资源，与青岛市政府合作，聚焦海洋科技转化、海洋产业升级、蓝色智库等研究热点，开展"一带一路"建设研究，培养来华留学生；探索"高校 +

政府＋企业"培养新模式,获得教育部和省、市的来华留学生奖学金支持,与政府和企业共同设立来华留学生培养项目。

以中印高级商务硕士项目教学培养为例,来自印度企业、政府、高校等各行各业的学生每周会到中国企业访学参观、实习实训,走进物流仓库、银行、港口、海尔和海信的厂房车间,现场学习中国企业管理经验、流水线工作办法,亲身感受中国速度,探究中国高速发展背后的故事,回到印度后,在自己的实践领域应用、传播这些先进经验、技术,对项目高度赞扬,也为学校带来连续不断的生源。这个项目被印度总理称赞是中印两国高等教育机构合作的典范。

这种"双向奔赴"还发生在留学生与授课老师之间。经济学院副院长李剑教授及其团队为留学生讲过很多课,深知其中的酸甜苦辣。"给留学生上课,光是英语水平过关是不够的,这个过程不是把教给中国学生的内容翻译成英语,整个教学内容、方式方法都要进行调整,因为教学对象改变了,是拥有不同宗教信仰、文化背景的留学生们。"

这意味着,从上课开始,授课教师们就面临很多难题:是否记住留学生的名字,国际教材如何融入中国案例,分组讨论如何开展,小组展示如何控场,授课过程中面对时不时的提问如何调整教学节奏……一路"过五关斩六将"下来,老师们也练就了一身本领,不仅能帮助留学生习得知识、获得情感态度及价值观培养,还能反馈到对中国学生的教育教学上,"老师们必须热爱这个工作、投入这个工作才有可能做好",李剑多次说道。

此外,各学院立足专业特色,开展了形式丰富的文化活动。"'国际范系列沙龙'邀请来自不同国家的留学生主讲多样的文化趣事,为促进相互理解、开拓师生视野、打通国际交流渠道提供了机会。"国际事务与公共管理学院宋文红教授介绍道。

在各学院教师们全身心的指导下,留学生们打通第一、第二课堂,在学习中成长,在生活中体悟,也在丰富多彩的文化体验活动中感受中华传统文化。国际教育学院统筹协调,国际合作与交流处、教务处、研究生院等职能部门建立全链条质量保障体系,坚持质量为先、趋同管理、同质教育、提质增效,做好管理与服务工作;开设系列中国传统文化课程,传递中国文化精髓;开展校园文化主题活动,设立国际月、国际文化节、国际美食节,培养传播中国文化的国际使者;搭建实习实践平台,组织全球海洋夏令营、企业参观实习等活动,讲好中国故事。

团队还创造性地提出了"和平和谐、生态保护、文化交融、合作共享"的"新海洋观",与"海洋命运共同体"一脉相承,依托海洋与水产学科优势,创新海洋科技体系,开设"海洋知识英文系列讲座",组织留学生进行航海实践和"东方红3"船科考活动,培养留学生对海洋研究的兴趣。

经过近十年的实践,学校"一带一路"来华留学生教育质量的探索与实践成效显著。李华军院士这样总结:"我们在开展理论研究先导、海洋特色引领、科教产融通、政校企协作的来华留学生教育创新与实践中,不断总结经验,进一步深化成果,为培育谋海济世、'知华友华爱华'的国际化人才提供了有力的支撑。"

从成果的推广应用效果看,来华留学生结构不断优化、层次和质量得到提升,"一带一路"沿线国家来华留学生学历生达到 553 人,比例从 2016 年的 33.2% 增加到 90% 左右;2020 年,"一带一路"沿线国家研究生学历生达 294 人,海洋、水产优势学科研究生比例达到 40.5%;2022 年来华留学生论文盲评通过率达 90%,论文质量不断提升。学校涌现了许多优秀的毕业生,他们有的成为巴基斯坦、印度的高级科学家,有的在 IBM 等世界知名企业任职,有的获得尼泊尔总统授予个人的最高荣誉、尼日利亚地球科学领域的国家最高奖,有的成为斯里兰卡"一带一路"组织创始人之一,持续致力于与中国的合作交流……一系列成果对国内外其他涉海高校产生了示范与借鉴作用。

值得高兴的是,今年 5 月,学校通过了来华留学生高等教育质量再认证,获得了"学校来华留学生教育进入提质增效、稳步发展阶段"的评价,这标志着在第一次认证后的 7 年里,来华留学生教育进入内涵建设、稳步发展阶段,取得了阶段性的成果。

展望未来,学校将继续深入实施国际化战略,逐梦"一带一路",引领"海上丝路"来华留学生教育高质量发展,朝着建设特色显著的世界一流大学的目标破浪前行。

(本文刊于 2023 年 9 月 26 日,第 88 期)

问道沧海篇

生命的进化：
为你讲述海洋生物遗传育种的故事

冯文波

今年两会期间，中共中央政治局常委、国务院总理李克强参加山东代表团审议时，对中国海洋大学的办学成绩，特别是海洋生物技术的发展给予了肯定。环顾海大，最能代表其海洋生物技术发展水平的单位就是坐落于鱼山校区始建于 1930 年的海洋生命学院，它是我国最早从事海洋生物教学与科研的单位之一，林绍文、童第周、曾呈奎、方宗熙等一批著名的海洋生物学家都曾在这里执教。接下来就让我们窥斑见豹，在对海洋生命学院培育的海水养殖生物新品种的梳理中，感受海大海洋生物技术的进步以及在不同历史时期对海洋事业发展的推动作用。

海带遗传育种"带带"传

海带作为众多海洋植物的一种,因其富含碘、维生素等营养成分,而成为家家户户餐桌上的美味。在普通人眼里海带只是一种可口的海洋蔬菜,殊不知海带全身都是宝。作为国际上最重要的海藻化工原料,它提取的甘露醇和褐藻酸被广泛地应用在食品、纺织印染、化妆品、海洋医药等领域。然而这一在常人看来普及范围较广、价格低廉的海水养殖种类,在中国海洋大学却有一批人把它当成孜孜以求、探索不已的"宝贝",并长年累月、代代相传地从事着海带遗传育种工作。

方宗熙开海带单倍体育种之先河

走进历史悠久、树木参天的海大鱼山校区,海洋生命学院楼前伫立着一座新落成的雕像,和蔼中透着坚毅,他就是我国海洋生物遗传学和育种学的奠基人方宗熙教授。20世纪50年代,应童第周教授邀请,方宗熙来青执教,开启了全世界海洋生物遗传学和育种学研究的序幕。

在山东海洋学院期间,方宗熙教授将教学与科研紧密结合,与有关同志一起,着手对海带的遗传育种进行研究,发现和揭示了海带经济性状的数量遗传规律,并建立了海带选择育种技术理论与方法,先后培育出"海青一号"宽叶品种、"海青二号"长叶品种和"海青三号"厚叶品种等海带新品种,使中国成功跻身国际上实现海洋生物良种培育的国家,开启了我国海水养殖业良种化养殖的序幕。20世纪70年代,方宗熙教授带领的研究团队经过多年努力,首次发现了海带雌性生活史,成功培育了雌性孢子体。方宗熙教授指导完成的海带、裙带配子体克隆培育,解决了大型海藻不能实现长期保存的世界难题,使我国成为国际上唯一一个实现大型海藻种质资源长期保存的国家。他领导完成的"单海一号"海带单倍体新品种,使海带单倍体遗传育种获得成功,不仅开创了我国海洋生物细胞工程育种的里程碑,而且是我国褐藻遗传育种的标志性成果。方宗熙教授实现了不同物种和种系海带配子体克隆间的杂交,建立了杂交育种和杂种优势利用技术,成功培育出了高产、高碘、抗病性强的"单杂十号"等优良品种。至今,上述的海带遗传育种技术体系仍是国内外大型经济型褐藻育种研究沿用的技术手段,为我国海藻养殖业良种培育作出了卓越贡献,并且深远地影响和带动了我国海水养殖生物品种遗传改良工作。

从"荣福"到"爱伦湾":开启第三次海带品种更替新时代

有方宗熙教授奠定的良好基础,海大人在海带遗传育种的道路上不断前行,且硕果不断,继1992年和1996年成功培育"荣海一号"杂交品种和"远杂十号"远缘杂交品种之后,又于2004年在刘涛老师等第三代海洋生物遗传育种工作者的努力下,成功培育出"荣福"海带新品种。该品种是利用中国南方福建种海带雌配子体克隆和北方山东"远杂十号"海带的雄配子体克隆进行杂交选育而成的"混血"海带,具有经济性状稳定、增产效果明显、耐高温性状突出的特点,并成为南北方养殖户共同青睐的品种。"荣福"海带新品种的培育成功是对海大育种人多年辛勤付出的回报。面对成功的喜悦,刘涛和他的团队没有沾沾自喜,而是选择继续前行。正是他们这种孜孜以求的探索精神,使得海大的海带遗传育种工作捷报频传,2011 年刘涛团队潜心培育的"爱伦湾"海带获得国家水产新品种证书。该品种具有加工率高、产量大、增产效果明显等优点,在山东、辽宁地区近海进行了大规模养殖推广,平均亩增产可达 25% 以上,创造经济效益近 3 亿元。"爱伦湾"海带、"荣福"海带新品种的培育和推广,标志着我国以"优质、高产、抗逆"为标志的第三次大规模海带品种更替工作的开始,并对支撑我国海带产业高效发展、优化改善近海养殖生态环境等具有重要应用价值。

三代人的坚持:培育受老百姓欢迎的海带

面对海带良种选育的一次次成功,刘涛认为这是海洋生物遗传育种实验室三代人坚持的结果。"老前辈们对我们提出了要求,要更多地贴近生产一线,培育受养殖户、老百姓欢迎的海带。我们的定位,就是充当国家海带事业的核心力量,无偿为社会作出贡献。我们更多关注品种的社会效益和产业贡献,这是最关键的。"在这一目标的指引下,海大育种人持续不断地进行育种技术创新和品种改良工作,相信用不了多久,一个新颖的海带品种就会出现在人们的餐桌上。

扇贝良种培育:助推扇贝养殖可持续发展

20 世纪 70 年代初,以中国海洋大学贝类学家王如才教授为代表的专家学者攻克了扇贝半人工采苗技术和室内全人工育苗技术,于是扇贝养殖这一新产业在我国逐渐形成,并被誉为海水养殖业的第三次浪潮。20 世纪 90 年代后期,我国扇贝养殖业爆发了大规模的流行病害,由于忽视种质资源的保护和对国内品种的改良选育,个体小、产量低、病害频发成为制约我国扇贝养殖业发展的"老大难"。

"蓬莱红":破解扇贝良种匮乏"老大难"

面对扇贝养殖业出现的难题,中国海洋大学海洋生命学院的包振民教授看在眼里、急在心里,并积极致力于扇贝新品种的研发。十多年的时间里,包振民教授和他的科研团队在扇贝的分子标记、选择育种、分子标记辅助育种等方面进行了深入研究,建立了以 BLUP 育种技术为核心的扇贝育种技术体系,并成功培育出了扇贝新品种"蓬莱红"。谈起新品种的名字,包教授说,由于这一品种的研发最早是在烟台蓬莱进行的,且贝壳的颜色是红的,就给它起了个响亮的名字"蓬莱红"。该品种于 2006 年获国家新品种证书。"蓬莱红"具有生长速度快、产量高、肉柱大、抗逆性强、壳色鲜红、遗传性能稳定等特点,非常适合在我国黄、渤海近海区域养殖。该成果先后于 2005 年、2007 年、2008 年获国家海洋局创新成果一等奖、教育部科技进步一等奖、国家科技进步奖二等奖。行业专家认为，"蓬莱红"的培育成功不仅改变了我国扇贝养殖无良种的局面，而且也给深受病害打击的扇贝养殖业带来了生机，标志着海水养殖动物育种技术实现了历史性突破。

"海大金贝"：校企合作同创新 扇贝培育立新功

科学没有终点，创新永无止境。面对"蓬莱红"新品种的推出，包振民教授并没有沉浸在成功的喜悦之中，而是继续在扇贝新品种培育的道路上前行。2003年包教授受大连獐子岛渔业集团的邀请，去探讨良种选育，在生产车间里发现了一只肉柱呈金黄色、在他人看来是"次品"的扇贝。后来包教授抓住这种扇贝研究，通过控制其基因，成功研发出了富含对人体有益的类胡萝卜素且具有抗氧化、抗疲劳、抗肿瘤等健康保健功能的"海大金贝"，并于2009年获得了国家新品种认定。"海大金贝"也成为国内第一个由高校和企业进行产学研密切合作推出的水产新品种，其名字就是组合中国海洋大学"海大"和獐子岛集团金贝广场中"金贝"两个名词得来的。同时，"海大金贝"表现出的高产、抗逆性也为正在遭受扇贝病害打击的养殖户带来了信心，在2009年夏季大连海域虾夷扇贝暴发大规模病害期间，"海大金贝"的优异表现使很多养殖户提出"养殖'海大金贝'的要求"。目前"海大金贝"已成功实现产业化，因其肉柱金黄，色泽鲜艳，符合人们的饮食消费习惯，且比普通虾夷扇贝增产23.5%，死亡率降低30%，而产生了巨大的市场和广阔的应用前景。

描绘扇贝"族谱"，打造我国扇贝种业

包振民教授的导师王如才教授曾成功解决了扇贝的人工苗种问题，奠定了中国扇贝养殖业的发展基础。如今，包教授接过"接力棒"已20余年，在20多年的研究中，他和他的团队建成了一套完整的贝类育种体系——BLUP育种体系。这是一套多线性混合模型遗传性状分析技术，是一种可将选育品种的遗传分析、育种管理，实验室研究和产业生产集成一体的技术体系，也是国内外在贝类第一个实现的育种系统。简单说，养殖企业或养殖户在育种时，可以把亲本的长度等生物形状信息输入电脑，这套体系就能依靠计算机的强大计算功能，迅速考察出该亲本的"族谱"。近期，包振民教授和他的团队又建立了贝类全基因组选择育种平台，利用该平台可以在基因组范围内对扇贝经济性状进行育种值评估，这使得扇贝新品种培育工作更加准确、高效，育种进程更加快捷。目前，"一个系统"和"一个平台"已放在网上，供育种企业和养殖户免费使用，并进行联合育种。谈起我国扇贝育种的未来，包振民教授说："我们的目标是建立一个高效率、高水平的扇贝育种技术体系，实现分子设计育种，使得扇贝养殖业像农业、畜牧业一样有良种、良法，能高效平稳健康地可持续发展。"

"981"龙须菜：开辟我国第三大海藻养殖种类

琼胶，是一种广泛应用于食品工业，具有凝固性、稳定性，能与一些物质形成络合物

的特殊物质,常用于糖果、饮料、果冻、肉类罐头的加工生产。琼胶珍贵,却不能人工合成,只能从产琼胶红藻中提取。于是,富含琼胶的江蓠属海藻龙须菜成为深受沿海居民青睐的栽培新品种。

上限水温提高三度,成功实现北菜南移

2000年以来,我国的龙须菜栽培业开始发展,但并未形成规模,其产量和产值也不高。因为适宜龙须菜生长的温度为10℃～23℃,于是夏季的高温和冬季的低温就成为阻碍其生长的"瓶颈",甚至在北部沿海形成了两个自然分割的生长季节,即春夏之交和秋冬之交,这既不能有效地积累生物能量,也难以进行大面积栽培。如何提高龙须菜的适温范围,延长栽培期,并提升琼胶含量,这一系列疑问都曾是海洋生命学院张学成教授苦苦思索的难题。如今,这些难题都随着一个名为"981"的龙须菜新品种的诞生而破解了。2007年获得国家海水养殖新品种证书的"981"龙须菜是张学成教授和中国科学院海洋研究所的费修缋研究员采用化学诱变技术和选育技术,历时多年培育出的适合南方海域养殖的龙须菜新品种。新品种上限生存水温达到26℃,比野生种提高了3℃,使原来只能生长在北方低温海区的龙须菜实现了在福建和广东高温海区的大规模栽培,且秋冬春连续生长。与野生种相比,新品种生长速度提高了30%以上,亩产提高了3～5倍,琼胶含量提高了10%,凝胶强度增加80%。"981"龙须菜的问世,使龙须菜养殖从小到大,成为我国第三大海藻养殖种类,使我国的龙须菜养殖产量和琼胶产量双双跨入世界先进行列,改变了全世界江蓠养殖无良种的历史。

蓝色农业育新种,一生钟情龙须菜:年内实现"07-2"新品种审定

谈起当初为什么会选择龙须菜育种研究,今年已73岁高龄的张学成教授向记者娓娓道来。1985年在曾呈奎院士的举荐下,张学成前往加拿大深造。临行前,曾呈奎院士和方宗熙教授为其选定了伴其一生的研究方向——龙须菜研究。从此张学成与龙须菜结下了不解之缘,在加拿大师从藻类遗传学家 J. P. van der Meer 学习新品种培育技术,1987年回国后又在曾呈奎的介绍下结识了中国科学院海洋研究所的费修缋,于是两人联手一个搞品种培育,一个搞栽培实验,在他们的精诚合作下"981"龙须菜应运而生。说到这位年逾80的老搭档,张学成教授十分高兴,龙须菜俨然成了他们一生友谊的见证,并叮嘱说一定要在文章中多提提费老师。老骥伏枥,志在千里,虽已退休多年,但张学成教授依然喜欢待在实验室和办公室,从事着自己一生钟情的龙须菜新品种研究。他说,今年将有一个名为"07-2"的龙须菜新品种通过农业部的审定,如今已在汕头、威海等地区进行了大面积的推广栽培,且"07-2"在抗逆性、耐高温、琼胶含量等方面都有所提高,是在"981"的基础上又上了一个新台阶。

海带、扇贝、龙须菜新品种培育只是中国海洋大学海洋生物技术发展的一个缩影。此外,海洋生命学院在角膜组织工程研究、海洋微生物学等领域也独树一帜,且取得了非凡的成绩,2008年在美国基本科学指标(ESI)数据库统计中,海大的植物学与动物学

率先进入全球科研机构前 1% 的行列。"21 世纪是生命科学的世纪，也是海洋的世纪。"海大党委书记于志刚说，李克强总理心里装着中国海洋大学，对学校海洋生物技术的发展给予了肯定，这让我们海大人"心头一热"。在"心头一热"之后，我们海大人不仅要保持住在海洋生物技术领域的优势，还要在其他领域积极寻求突破，力争在建设海洋强国的征程中发挥战略性大学的作用。

采访手记：隔行如隔山

◎ 缘起

为了改进新闻报道的样式，为重点报道教学、科研、服务社会等一线的工作情况，网站开辟了新栏目"回澜阁"，通过此多写一些有深度、会思考的稿子，为师生提供全面、立体，有血有肉的新闻报道。

于是，我和网络部的同事忙活起来，一人一个选题，一周一期，提前策划，积极准备，联系采访，审阅修改……忙得不亦乐乎！

◎ 头疼

我的第一个选题是"海洋生物遗传育种"，乍一听这选题有些蒙，对这一领域的了解根本就是空白，更别说采访专家和写稿子了。简直是头疼至极。领导还给提了条点拨性的建议：从单倍体到多倍体。弄得我更是云里雾里，不知从哪儿入手。一连几天都在想这事，甚至一度想换个选题，后来抱着"死马当活马医""做不好还做不坏"的想法开始着手准备。找来了很多海带、扇贝、龙须菜遗传育种的论文和相关材料静心研读，连《方宗熙文集》都找出来了，几天下来，也大致了解了这个行业，也知道了点皮毛。接下来就是边学习、边思考、边梳理的过程，理清逻辑顺序，文章的大致框架搭建起来，整理出采访提纲。此刻，心里稍微有了点底。但是，接下来还有更头疼的——约访。

◎ 采访

和人打交道是一件让我想起来就害怕的事情，熟悉的人还好说，陌生人简直就是头疼，若不是工作需要，我会敬而远之。采访人选我定了 3 个，海带——刘涛老师、扇贝——包振民教授、龙须菜——张学成教授。本想和他们预约下，想想还是不忍心打这个电话，用我们领导的话说，直接打手机成本太高。干脆，直接杀奔鱼山校区，来个不请自来吧！

清晨起个大早，一路颠簸，走进参天古树掩映中的"科学馆"，一打听，3 人都不在办公室。最后一招，打电话找人。刘涛老师在崂山校区开会（早知道还不如在崂山校区等呢），让发给他电子版，他倒是个痛快人，电话那头很是配合我们的工作，发邮件的第二天就收到了他的修改意见和照片资料。包振民教授在外地出差，也是发电子版到邮箱，然后回去等信。最后打到张学成教授那儿，竟然在学校，10 点半去办公室，还不错，此行没落空。张学成教授已经 73 岁了，身体不错，很健谈，倒是谦虚得很，一再说自己已经退休了，没啥好宣传的。但谈起龙须菜，老头的话匣子打开了。网络上能找到的龙须菜的照片少得可怜，几乎没有，仅有的几张还是张教授当年发论文时的插图，小得可怜，找他要照片也是此行的目的之一。想要一张他的工作照时，老先生犯难了，没有，他说："我是拍照的那个人，所以照片里找不到我的身影。"迟迟等不来包振民教授的回信，打了很多次办公室电话，一直无人接听。清明节假期后上班的第一天竟然打通了，说稿子确实有需要修改的地方，但很忙，没时间。第二天再催一次，如故。我决定再跑一趟鱼山校区，约了 9 号上午。

◎ 修改

开始，一直苦于没有合适的由头把这个稿子推出来，毕竟一则新闻的发布总得有个契机吧！不能从天而降，搞得读者发蒙。正好赶上学校传达学习十二届全国人大一次会议精神，全国人大代表麦康森传达了李克强总理对海大办学成绩的肯定和海洋生物技术的赞赏。救命的稻草来了，于是，就有了文章开头的那段话。

9 号上午，我如约而至。老包对稿子提了很多意见和建议，虽然先前储备了一些海洋生物遗传育种的知识，但在他面前"小巫见大巫"，况且涉及很多专业术语，如何用新闻语言表述出来，真是让人煞费心思。几次接触，3 位学者给人的感受是严谨、认真、谦虚、忙。包教授很严谨，看得仔细，修正了稿子中很多不恰当的提法。临了，还嘱咐，稿子发出来提醒他看下，或许还要改。

◎ 定稿

几多波折，稿子完成。

（本文刊于 2013 年 4 月 12 日，第 2 期）

体质不强，何谈栋梁：
探访海大体育运动之路

左　伟

　　在 2012 年 12 月召开的全国推进学校体育工作电视电话会议上，教育部部长袁贵仁说，从 2013 年起要全面开展学生体质健康监测。对学生体质健康水平持续 3 年下降的地区和学校，在教育工作评估和评优评先中实行"一票否决"。他表示，学校体育工作关乎每一个孩子的身心健康、一生幸福。必须高度重视学生体质健康，抓住关键环节，努力提高学校体育工作实效性。2013 年 4 月 27、28 日，习习暖风、阵阵花香的季节里，中国海洋大学即将举办第 67 届运动会。体育运动在海大发展如何？海大学子的体质又如何？请跟随记者一起探访海大体育运动的发展。

独乐乐不如众乐乐：海大运动会走过 70 余载

77 年前，1936 年的春天，在青岛汇泉公共体育场上举行了国立山东大学（中国海洋大学前身）第一届春季运动会。1947 年 5 月，国立山东大学复校后的第一次运动会在鱼山路运动场举行，自此之后，运动会就由校外转到校内的运动场举办。

（2006 年）中国海洋大学第 60 届运动会是一届具有标志性意义的运动会。经校内外专家教授反复查证核实，校运会在 1936—1948 年举办 8 次，1949—1965 年举办过 17 次，1972—2005 年举办过 34 次，一共举办过 59 次。专家学者建议，海大 2006 年体育运动大会是第 60 次举办类似的校运会，可以冠名为"中国海洋大学第 60 届运动会"。

2001 年是运动会的改革之年。在此之前，由于项目限制和专业水平的要求，学校的田径运动会参加者多为体育特长生和高水平运动员，比赛项目也较单一，仅是小部分运动员的"自娱自乐"。体育系主任许冠忠回忆说："那个时候十几个学院，参加运动会的总共就只有四五百人。运动会没有达到增强同学们锻炼意识、养成经常锻炼习惯的目的。"

2001 年，学校将运动会的名称由原来的"田径运动会"改为"体育运动会"，同时，在项目设置、参赛报名、竞赛方式和计分方法等方面更加贴近了师生。例如在项目设置上，取消了难以开展的铁饼、标枪、撑竿跳等项目，增设了集体迎面接力、拔河、跳绳、踢毽、健美操等团队项目，进一步吸引和调动了师生参与运动会的积极性。此外，还将"体育与健康"征文大赛作为竞赛项目，列入团体总分。改革使得运动会更具有群众性、广泛性和趣味性。

2012 年，第 66 届体育运动会上又新增了团队战鼓、有轨电车、能量传输线三个比赛项目。体育系副主任李传发介绍说，增加的项目在平时的体育课程中就有过训练。"毕竟有些同学身体素质并不能与运动员抗衡，而这些团体项目便给了他们展示自己运动风采的空间，这三项比赛并不需要强健的体育能力，更注重团队的合作。"

2012 年学校第 66 届体育运动会有 22 个大项比赛，报名参加人数为 9 500 余人，是 2000 年参赛人数的近 20 倍。运动会项目的不断传承和革新，使得运动的舞台向外延伸，让更多的师生亲身感受到体育的魅力。

大展拳脚：运动场馆日趋完善

据《中国海洋大学大事记》记载，1924 年私立青岛大学建校之初，就有运动场所的规划和建设。《青岛市志·体育志》上写到，1924 年 5 月私立青岛大学成立，日后成为青岛培养体育人才的重要基地。1924—1936 年，关于校园区域没有发生变动的历史记载，运动场所主要为现今的大学路操场。

20 世纪 20 年代初，现代体育相继传入青岛，篮球、排球、足球、网球和田径等西方体育初在商界,后在学界开展起来。1932 年,国立青岛大学已有篮球场 1 个,排球场 1 个,运动场 1 个。1933 年,又新增了 2 个篮球场和 2 个网球场。1934 年,学校扩建了田径赛场,又修建了 1 个足球场。1935 年 11 月,国立山东大学体育馆(位于大学路 1 号楼处,1946 年冬被毁)竣工并投入使用。体育场馆的建设,为体育运动的开展提供了保障。1936 年 1 月,国立山东大学足球队荣获青岛市高级组锦标,从而连续 4 年保持青岛市足球高级组盟主地位。

1935 年夏,国立山东大学的运动场迎来一批特殊的训练者,他们是参加次年在德国柏林举办的夏季奥运会的部分中国代表团成员,他们的教练员就是时任国立山东大学体育部主任的宋君复。宋君复曾在 1932 年带领刘长春赴洛杉矶参加第十届奥运会。虽然刘长春在预赛中被淘汰,但却是中国人第一次出现在奥运会的舞台上。1935 年,宋君复奉命筹备中国体育代表团。在《中国近代体育史话》一书中记载:"1935 年 7 月 10 日—8 月 20 日,在青岛山东大学还曾举行过'全国体协暑期训练班'。这个训练班是为迎接第十一届奥运会而进行的运动员集训。可见,这类短期训练班多是作为一种临时措施而举办的,它在当时培训体育师资及其他体育专业人才方面还是起了一定的作用。"

时代在变迁,学校在发展,体育场馆的建设也迎头赶上,适应新时代体育锻炼的要求。截止到 2012 年底,学校大大小小的运动场馆共 55 处,超过了《普通高等学校体育场馆设施、器材配备目录》中基本配备类要求。校园内的体育建筑、场地、器材是学校体育文化的基础,也为开展体育运动提供了物质保障。

海大学子 2012 年体质健康测试 90% 合格

最近,青岛市体育局发布了"2012 年青岛市国民体质测定结果",数据显示,20～29 岁年轻人力量素质、柔韧性素质和心肺机能的达标率都是各年龄段成年人中最低的,年轻人更要加强锻炼。记者面向在校生发放了 200 份健康问卷,收回有效问卷 182 份。通过调查,虽然有 99% 的同学认为运动有益于身体健康,但仍然有 13% 同学不常运动。在调查中,当被问及参加体育锻炼的目的是什么,有 18% 的同学称是为了应对体育测试。

学生体质健康测试 90% 的总合格率能够反映出海大学子的体能素质在耐力、力量、速度等方面达到国家体质健康的基本要求。但是,在我们的调查问卷中,有 56% 的同学认为自己上大学以来体质比以前有所下降,有 5% 的同学感到体育测试难达标。

许冠忠主任在接受采访时分析了海大学子在体育运动方面存在的问题,一是学生的健身意识、对体育锻炼的认识是清楚的,但初步养成体育运动习惯的比例不高;二是学生的身体素质、健康水平普遍不高;三是由于缺乏体育运动活动,学生的作息习惯、生活习惯不健康;四是学生没有充分利用体育运动来培养团结、忍耐、坚毅和顽强的品质。

作为中国第一批体育专家、体育教育家的宋君复认为,体育乃是依据天然的方法,直接以发育我们的身心,间接增进我们的知识和知道的一种科学。所以体育的意义在于防止人类体格和本能的退化,增进人类的健康和幸福,增强人类生活的能力和知识道德。

把身体叫醒:每天锻炼一小时

在 2012 年 12 月的全国推进学校体育工作电视电话会议上,教育部袁贵仁部长用"体质不强,何谈栋梁"8 个字来形容学生体质的重要性,并且强调要确保每天锻炼一小时;把一小时锻炼作为刚性要求,不得以任何借口取消、改变;因地因校制宜开展体育锻炼,千方百计让学生参与运动。

这种带有"强迫"性质的体育要求,早在 20 世纪初清华大学的马约翰教授就曾采用过。他指出:"现在大学里除每星期一次或两次体育课外,还规定有课外活动时间,这个时间的锻炼很重要,不能取消。"清华大学的"强迫运动"是从 1914 年 9 月开始的,规定周一至周五下午 4:30—5:30(冬季 4:00—5:00),教室、图书馆和宿舍一律关门。全校的每个学生都必须到操场上锻炼。虽然"教育是一个主动有机的过程",但是必要的"强迫"性活动,能够使同学们走向操场,走向大自然。

中国海洋大学党委书记于志刚说,1957 年,时任清华大学校长的蒋南翔教授提出"争取健康地为祖国工作 50 年"的口号,后来这一口号演绎为"每天锻炼一小时,健康工作五十年,幸福生活一辈子"。于志刚认为,时至今日,这句口号对广大师生在培养体育习惯上仍然具有重要的指导意义,大家应树立"健康、积极、向上"的运动理念,把每天进行体育运动作为一种生活习惯,并长期坚持下去。只有在锻炼好身体的基础上,个人才能得到全方位的发展。

中国科学院院士冯士筰认为,现在的学生念书太多,锻炼就少了。竞技体育不等于健康,健康是以大众体育为基础的,我们提倡的是体育精神,需要的是全民体质的提高。现在学生的锻炼还没有形成一种习惯。冯士筰说,他在上中学和大学的时候,下午 4 点就很自然地出去进行锻炼,每天锻炼一至两个小时,当时课业也不比现在少。大学中要形成运动的风气,要形成这种校风,就要有教育家作为带头人。体育也是一门学问,应该受到重视。

记者在采访许冠忠主任时,他反复强调一句话:"让文化学习在海大,身体运动在海大,健康成长在海大成为海大师生新的理念和风尚。"这句话饱含了体育人的热切希望,让我们以此共勉,携手阔步走在健康、幸福的大路上。

后记

写专题对我而言是个剥茧成蝶的过程,虽然没能化成一只美丽的、展翅飞的蝴蝶,但至少在茧上凿出一个小洞,让阳光照进来。在此,想感谢几位对本文撰写提供支持的老师和同学，他们是体育系许冠忠老师、矫健老师、陈平老师，校报王宣民老师，档案馆杨洪勋老师，新闻中心网络部的各位同仁，以及"观海听涛"新闻网学生记者团的王来、党沛龙和周畅浩。

（本文刊于 2013 年 4 月 26 日，第 4 期）

聚焦北极

李华昌

　　当地时间 2013 年 5 月 15 日上午，在瑞典北部城市基律纳召开的北极理事会第八次部长级会议上，8 个成员国一致同意中国成为北极理事会正式观察员国。6 月 3 日至 5 日，第 16 届北极大学理事会会议在美国阿拉斯加大学费尔班克斯分校召开，中国海洋大学以全票通过答辩成为北极大学的准成员（associate member），成为我国首个加盟北极大学的高校。

　　北极，这片冰冷的海域为何成为当下的"热海"？成为北极理事会正式观察员国，对于中国究竟意味着什么？中国高校加入"北极大学联盟"又有着怎样的意义？这些问题需要认真思考和解答，而中国海洋大学的专家学者们正为此而不懈努力。

【背景】冰海缘何成为"热海"?

北极,通常是指北纬 66 度 33 分以北的区域。北极地区包括北冰洋及附属岛屿、北美大陆和欧亚大陆的北部边缘地带,主要由北冰洋和环北极国家濒临北冰洋的沿海地区组成。

北极地区蕴藏着丰富的油气资源。据估计,在全世界尚未发现的矿藏储量中,至少 20% 的石油和 30% 的天然气埋藏在北极圈。除此之外,北极地区还有富饶的渔业、森林和矿产资源。近年来,北极地区油气勘探活动频繁。在格陵兰岛附近海域的最近一轮石油勘探招标中,壳牌、挪威国家石油公司、埃克森美孚、雪佛龙公司等 13 个公司中标。

随着全球变暖,北极海冰加速融化,北极的航运价值也逐渐引起重视。北极航道主要有两条:一条是加拿大沿岸"西北航道",一条是西伯利亚沿岸的"东北航道"。东北航道已经通航,但每年全线通航时间只有几个月。如果像科学家预测的那样,到 2040 年夏天北极冰层融化殆尽,北极两条航道可以常年通航,新航道将成为联系东北亚和西欧、联系北美洲东西海岸的最短航线,将会节省 40% 的成本。

于是,拥有丰富自然资源和重要战略位置的北极引发了各国对北极资源的争夺。英国《金融时报》称,北极地区正成为全球地缘政治斗争的中心。

【现状】冰融相见 or 兵戎相见?

伴随着北极海冰的融化,相关国家对于北极的争夺也日益激烈起来。由于地理位置和历史原因,对北极的争夺主要在北极 5 国,即加拿大、美国、丹麦、挪威和俄罗斯之间展开,争夺的焦点主要围绕海上边界和沿岸大陆架的划分以及北极航道控制权。此外,为捍卫各自在北极利益,北极五国不仅纷纷制定北极战略,开展各项科学考察活动,还不断强化在北极的军事存在。

2007 年 8 月 2 日,俄罗斯科学考察船队出动深海潜水器,将一面用钛合金制成的俄罗斯国旗插在了 4300 米深的北冰洋洋底。这一举动背后有俄罗斯的深远谋略:按现行规则,各北极国家除了 200 海里专属经济区外,还可以根据大陆架自然延伸申请更大权益。早在 1948 年,苏联科学家就在北冰洋洋底发现一条绵延 2000 千米的罗蒙诺索夫海岭,认为它是西伯利亚大陆架的延伸。2007 年俄罗斯插下的这面小旗,实际上就是要把这个大陆架的延伸标定出一个证据来。

俄罗斯的这次"张扬"的深海科考引起了连锁反应。在俄科考一周后,加拿大总理哈珀亲自率队赴北极展开 3 天的考察,为表明拥有这块区域,他宣布打算在北极建造深水港口,并在加领土的极地地区建造军事基地。而丹麦人也不甘落后,也随即向北极派出科考队,希望收集证据证明罗蒙诺索夫海岭是格陵兰(丹麦所属岛屿)大陆架的延伸。美国人则在当年 8 月 17 日对北极圈内的楚科奇海北部进行科考,并表示将研究把这部分区域纳入美国大陆架的可能性。看到美国在 2008 年 8 月 14 日向北极派出破冰船对阿拉斯加大陆架延伸进行测绘后,俄罗斯便决定于当月 17 日向北极地区派出一个大型科考队,研究极地气候变化和论证在极地建立漂移考察站等问题。

除了科学考察,各国还争相在北极地区"秀肌肉",举行各式军演。北极军演大概可分为两个层次。一类是以北约为首的集团性军演,往往针对俄罗斯。从地缘角度看,俄罗斯在北美与欧洲方向的北高加索地带都受到压制,对于自己的战略空间被压制,俄罗斯都曾作出一系列反击行动,比如插旗、战略轰炸机巡视北极。另一类是北极国家单独的军演。其中,地缘优势明显的加拿大表现最为突出,军演已机制化、常态化,每年 8 月都会举行军演。此外,美国、挪威每年也都有类似军演。军演是宣示主权、"抢地大战"的"先遣队",目的是在北极事务中争取主动,为未来航道、资源开发、争夺领地做准备。

【渊源】中国和北极的历史情结

1908 年,流亡海外的康有为在今天的挪威埃季岛写了一首题为《携同璧(其女儿)游挪威北冰洋那岌岛颠,夜半观日将下没而忽升》的诗,记录了极昼景象,成为中国人到达北极的最早记录。

1925 年,段祺瑞临时政府签署了《斯瓦尔巴德条约》。根据这一条约,签字国公民均有权利自由出入北极圈内的斯瓦尔巴德群岛。这是中国正式以官方形式与北极发生联系。

1951 年,武汉测绘学院高时浏到达地球北磁极,从事地磁测量工作,成为第一个进入北极地区的中国科技工作者。

1958 年,新华社记者李楠从莫斯科出发,先后在苏联北极第 7 号浮冰站和北极点着陆,成为第一个到达北极点的中国人。

1999 年,中国派出首支北极科学考察队,至今已总共发起了 5 次北极考察活动。

2004 年,中国在挪威的斯匹次卑尔根群岛建立了北极黄河站,成为永久性的科研据点。

2006 年,中国开始申请成为北极理事会的正式观察员。

2007 年,中国成为北极理事会的"特别观察员"。

2012 年,中国再次申请成为北极理事会的正式观察员。

2013 年,中国成为北极理事会的正式观察员国。

【意义】"合法身份"拥有更大发言权

北极理事会成立于 1996 年,是由加拿大、丹麦、芬兰、冰岛、挪威、瑞典、俄罗斯和美国 8 个成员国组成的政府间组织,主要协商讨论与北极有关的事务。根据理事会对观察员的准入标准和职责的规定,要成为观察员,必须承认北极国家的主权、主权权利和管辖权。只有北极八国可以确定世界各国在北极的行为准则,其他国家必须遵守。

北极理事会的观察员制度是近距离跟踪北极事务动态的窗口。观察员不具投票权,无权在年会上发言,也不能参加部长级会议。但观察员在北极议题上具有合法的权利,可列席理事会的会议。

有评论称,中国成为正式观察员国后,将以"合法身份"在北极事务中拥有更大发言权,并扮演更重要角色。此外,中国还将在北极科考、气候研究以及航线开发等方面拥有更大的运作空间。

有观点认为,中国成为永久观察员国是"强化项"而非"必要项",因为不管是否从"特殊"变"永久",中国一直在积极参与科考等北极事务,而成为"永久观察员",可以更好地和北极国家进行交流,体现了中国的合作姿态。

目前中国对北极的关注主要集中在科考领域,暂时还没有涉及对资源、能源的勘探和开发,在航线开发方面的参与也不多。

如果未来北极航线能够常年通航,对于中国将有重要意义。近年来,经过马六甲海峡、苏伊士运河的航线海盗猖獗,对中国海运安全构成严重威胁。而且苏伊士运河和巴拿马运河通行能力已经饱和,拥塞现象严重。北极航线可以降低中国的海运成本。有人测算过,以上海为例,北极航线将会使得上海到欧洲(鹿特丹)、上海到北美洲东岸(纽约)的海运里程缩短约 3 000 海里。

【行动】关注北极,海大人在行动

中国海洋大学一直积极参与着国家极地科学考察与法律、政治等相关领域的研究工作。中国第一次南极考察的 75 位科学家中一半以上是学校毕业生,中国第一个登上南极的科学家是校友董兆乾,中国第一个徒步考察南极的科学家是校友蒋加伦,中国第一个南北两极都登上的科学家是校友赵进平。

为了共同促进极地科学研究,2007 年 7 月 27 日,中国海洋大学与国家海洋局极地考察办公室签订合作协议,共同建设"极地海洋过程与全球海洋变化重点实验室",中国第一个南北两极都登上的科学家赵进平教授任实验室主任。极地海洋过程与全球海洋变化重点实验室的建设目标是针对两极变化对全球海洋变化的深刻影响,建设一支科研与教学相结合的专业研究队伍,在极地物理海洋学、极地海洋生态过程、极地生物光学、极地海洋遥感、极地海冰气相互作用、全球海平面变化以及与极地过程有关的全球海洋变化等方向形成有特色的研究实力,成为我国在这些研究领域的中坚力量,并逐渐成为国际北极研究的骨干力量之一。该实验室将针对极地领域的国家需求,积极参加我国的极地考察与研究工作,广泛开展国际合作,拓展研究领域,推进极地科学研究的发展和科研水平的提升;通过研究工作,加强对研究生和博士后的培养,为国家培养高水平的极地科学研究人才。

2007 年,中国海洋大学法政学院刘惠荣教授受国家海洋局委托,主持我国首个北极战略研究专项的子课题"国际北极法律对我国极地开发与科考的影响分析及对策研究",最终提交了近 30 多万字的研究报告和 70 多万字的我国第一部有关北极的专题法律法规汇编,研究报告中关于我国极地战略特别是国际法视角下开展国际合作的策略成为我国极地考察"十二五"规划相关部分的重要参考。此后她又主持了我国首个有关北极法律问题的国家社科基金课题"海洋法视角下的北极法律问题研究"、中国极地战略研究基金重大课题"北极考察与开发区域合作机制研究"、中国海洋发展研究中心专项课题"保障和拓展我国北极权益的法律途径研究"、国家海洋局委托课题"南极生物勘探的法律规制与我国相关战略研究"等。在研究过程中,刘惠荣教授同《中国海洋大学学报(社科版)》合作,创建了"极地问题研究专栏",迄今已持续四年时间,发表了数十篇论文,其中由她发表的论文《国际法视野下的北极环境法律问题研究》入选我国北极科考 25 周年 25 篇代表性论文,是其中两篇社科类论文之一。此外,刘惠荣教授以课题为平台,探索形成了符合社会科学研究规律的"纵横结合、分工明确、双层运行"的工作机制和"责任到人、定时定量、严格要求"的管理模式,并形成了一支以她和郭培清教授为带头人,以一批横跨国际法、国际政治、公共管理学科的青年副教授、讲师为核心力量,以数十名有学术志愿和研究能力的各学科博士生和硕士生为助研的团队。

目前,中国海洋大学极地法律与政治研究所与北京的海洋发展战略研究所、上海的中国极地研究中心极地战略研究室、国际问题研究院、复旦大学和同济大学的相关研究机构遥相呼应,形成中国极地社科研究的三个中心,也是国家拟定极地政策战略倚重的主要智库之一,相关成果已经引起国外学界的高度重视。

中国海洋大学不仅在北极科学考察、政策研究方面作出了重要贡献,学校师生还积极组织丰富多彩的北极科普文化活动,宣传北极科学文化知识,增进师生们对北极的认识。例如,学校海洋环境学院举办了海洋极地文化周、极地科考讲座、海洋极地知识竞赛、"风雪飘舞"极地展等形式多样的活动,寓教于乐,效果良好。

【进展】加入北极大学联盟,机遇与挑战并存

北极大学(University of the Arctic)是一个主要由北极国家大学和研究组织共同组建的大学联盟,在北极理事会领导和支持下 2001 年 6 月 12 日成立;多年来致力于北极研究与教育,目标是通过合作研究,推动环北极地区的可持续发展和原居民文化的保护。北极大学的成员包括两类:一类是正式成员(full member),来自北极八国;另一类是准成员(associate member),来自非北极国家或地区。截至中国海洋大学申请之前,北极大学共 143 个成员校,其中 138 个正式成员,5 个准成员。

北极大学设立北极大学理事会,所有成员校均可选派代表参加,正式成员的代表拥

有北极大学理事会的投票权,准成员可以参加北极大学理事会的会议,但没有投票权。北极大学理事会秘书处设立于芬兰拉普兰大学。北极大学的主题专题网络（Thematic Networks）涵盖人文社科和自然科学,包括北极法律、北极治理、北极地缘政治与安全、北极海岸带和海洋事务、北极可持续发展、北极环境影响评价等。北极大学为成员学校之间创造丰富多样的学生交流机会,包括校际留学计划（Bachelor of Circumpolar Studies）、"南方学生"到北极体验的 north2north 和 GoNorth 计划,成员之间教师资源的交换计划,如 NorthTREX 和 Northern Research Forum。

我国作为非北极国家,缺乏参与北极事务的平台和支点,北极大学无疑为我国提供了良好机会。加盟北极大学有利于多渠道实施我国政府"十二五"极地考察规划中提出的加强在北极地区"实质性存在"的战略方针,更多角度参与北极治理,利用北极国家高校资源为我国北极科学研究事业培养后备人才。加入北极大学,还可以成为我国最近大力提倡的"公共外交"的有机组成部分,有利于我国通过学术外交,提高中国北极国际话语权。

【观点】北极圈上的"冷思考"

极地法律与政治研究所执行主任、中国海洋大学郭培清教授:

北极的主体是一片由主权国家领土环绕的海洋,因此,北极问题实质上是海洋问题。北极之于人类的价值主要有四个方面——环境、科研、资源和航道。

对于非北极国家却身处北半球的中国,环境利益处处可见。例如,影响我国四季气候的冷空气的主要来源地是全球两大冷源之一的北极,然后经过西伯利亚地区得到加强而吹向中国。毫无疑问,北极深刻影响我国的气温和降水,有必要深究其机理。至于科研价值,多国纷纷不惜巨资北极建站、开展北冰洋科考的事实已经说明问题。在一个有全球战略的国家看来,资源是不分"远近"的。通过正确的外交战略和产业链接,资源外围国家分享的利润未必少于资源所在国。因为在全球化时代,资源利益通过产业链条不断向外围国家分配,油气资源的开采、运输等环节都对外部资本的进入提供了机会,因此中国至少间接拥有北极资源利益。北极航道对于中国同样具有特别的意义。未来开通的北极航道是对中国最现实的。北极航道是联系亚、欧、美三大洲的最短航线。我国外贸大部分途经马六甲海峡和苏伊士运河,这条航道因为大国控制和海盗猖獗,安全系数降低,航运成本提高。而且苏伊士运河通行能力已经饱和,近年雍塞现象严重,北极航道则不存在这方面的问题。因此,可以认为中国在北极地区拥有重大利益,应该抛弃在北极的"局外中立论",强调"建设性参与者"的积极角色定位,从易合作、敏感性低的层面逐步参与到北极事务中来。

2011 年 5 月召开的北极理事会,宣布了观察员的准入标准和职责:欲申请成为北极理事会观察员的国家必须承认北极国家的主权、主权权利和管辖权（三个承认）;观察员的职责限制在只能参与科学研究或财政资助等,且资助额度不得超过北极国家。该宣言强调理事会8国在北极拥有"特权",以此排除"非北极国家"参与到北极事务中来。这完全是北极版本的"门罗主义",北极毕竟不是"北极圈国家"的北极,8国今后不可能实现排斥非北极国的意图,这是因为,首先,北极圈8国分歧严重,内部不可能"一致对外";其次,8国也表示将按《联合国海洋公约》处理争端,而这个国际性条约显然不仅仅是北极国家之间的事;最后,北极的保护、开发、利用,显然也离不开"非北极国家"的积极参与。

北极理事会的观察员制度是近距离跟踪北极事务动态的窗口。虽然观察员不具投票权,无权在年会上发言,也不能参加部长级会议,但观察员在北极议题上具有合法的权利,可列席理事会的会议。成为正式观察员国后,中国将以"合法身份"在北极事务中拥有更大发言权,并扮演更重要角色。此外,中国还将在北极科考、气候研究以及航线开发等方面拥有更大的运作空间。

中国成为北极理事会的正式观察员后,应该充分利用这一平台,加强与极地国家政府的交流,现在有些极地国家,如北欧国家,十分希望与中国合作,通过不同方式、多种层次的合作,将中国的观念融入进去;其次,应该进一步加强科学研究,组建研究团队,积极开展与重要极地国家的研究机构和学者的交流;再次,中国应该加强与重要的非极地国家的协调,寻找共同利益点;第四,要制定中国的极地战略,并将极地战略纳入到全球战略中。

极地海洋过程与全球海洋变化重点实验室主任、中国海洋大学赵进平教授:

中国从2006年开始申请成为永久观察员国,至今终于如愿。

在接纳中国的多年讨论中,8个北极国家中的若干国家曾经多次提出反对意见,导致迟迟未能获得批准,表明北极8国对于中国成为永久观察员国的担忧和芥蒂。8国的立场更多的是封闭性的,不希望非北极国家涉及北极事务。在8国中,对中国的立场也是有区别的,强国多持反对态度,而相对弱小的国家欢迎中国介入。

今年中国的申请获得批准不是偶然的,有很多方面的因素。从我国的方面看,我国的国力增强,在国际上的发言权提高;外交战略和策略行之有效;与8国的国家关系加强;中国对北极的贡献增多,都是促使局面发生改变的因素。从北极国家的角度看,他们日益认识到,将北极封闭起来的想法越来越不现实,北极是世界的北极,非北极国家也拥有了解北极的权利;世界经济不景气也是北极国家改变立场的原因,他们希望有经济实力的国家介入北极事务,对涉及北极经济的问题发挥一些带动作用。

然而,北极8国的立场并没有实质性的变化,北极理事会批准永久观察员国的目的还是要这些国家承认8国的政治特权和对北极资源的独享权,这也是申请加入永久观察员的国家纠结所在。实际上,北极国家出于一己私利而垄断北极事务的欲望本来就没有法理支持,与南极的条约体系相比,北极理事会的作用更像是一组游戏。

　　然而，加入这场游戏在政治上是重要的，因为中国这样的大国不该游离于游戏之外。游戏是否有法理依据并不重要，重要的是参与游戏，才能了解游戏，干预游戏，从游戏中获益。北极的事务并不是可有可无的游戏，而是涉及我国在北极的权益，因此，国家从政治上考虑加入北极永久观察员国的立场是正确的。

　　北极8国制定的游戏规则是不允许永久观察员国干预北极理事会的事务，没有发言权和投票权，只有"听"的权力，充分暴露了这些国家害怕被干预的心理。我国自然要遵守规则，避免有些"小家子气"的敏感国家担心。实际上，中国并不觊觎别人家门口的资源，更多的是合作的愿望。

　　但是，中国在北极却有自己的不可剥夺的权益。北极是世界气候系统的冷极之一，北极的变化对中国的气候有重要影响，研究北极是中国不可剥夺的权利。北极冰一旦大规模融化，北极航道将会对中国的航运与贸易产生重要影响。中国对北极资源的态度是"不求为我所有，但求为我所用"，未来对北极国家资源的购买和运送也是我们关注的问题。北冰洋一半的面积是公海，中国的各种船舶有权进入公海。中国成为永久观察员国，有利于维护我国的权益。

　　我们在北极理事会中只能听，不能说，但并不代表我们不能做。作为北极永久观察员国，中国有权利和义务为北极多做一些事，即使有些国家不高兴看到。我们可以加大对北极的投入力度，逐渐提高我国在北极有关领域的地位，加强我国在北极的存在，对北极施加强大的影响。这些北极理事会之外的行动必将影响北极理事会中8国的态度和观点，就像水壶外面的火一样可以让水壶里的水沸腾。换言之，接纳我国为北极理事会永久观察员国，实际上等于为我国敞开了北极的大门。

　　虽然我们可以在北极做很多事，但真正可以做，而且北极国家也支持我们做的事就是北极的科学研究。科学是高尚的，不涉及经济和政治利益，不涉及野心和欲望，不涉及破坏自然和环境。近年来，北极正在发生快速变化，加强对北极的研究成为科学界的共同愿望，中国加大对北极的研究将是对世界的重要贡献，北极国家举双手赞成。

　　我国科学界对北极的研究有强烈的欲望，经过十余年的努力，中国对北极环境及其变化有了越来越深入的了解，中国在北极科学领域的发言权越来越大。但是，中国的北极研究团队弱小，研究规模有限，研究实力与发达国家有很大的差别，中国对北极科学的整体贡献依然是微不足道的。我们希望在我国成为北极理事会永久观察员国之后，能够对北极科学有长线的战略考虑，培植北极的研究力量，加强对北极的科学研究，使我国在5—10年的时间里，成为北极研究的强国。

　　中国海洋大学是北极研究人才的摇篮，为国家培养北极研究的高级人才;也是我国北极的支柱性研究力量，每年取得大量研究成果。我校与国家海洋局极地考察办公室共建的"极地海洋过程与全球海洋变化重点实验室"是北极研究的领军力量，中国海洋大学科学家参加了迄今为止的所有北极考察，海大在北极物理海洋学、大气物理学、海冰物理学、遥感物理学、海洋生物学、极地法律与政治等方面具有较强的研究实力,并正在形成具有鲜明特点和强大创新能力的群体。在国际合作的层面,学校与美国、加拿大、挪威、俄罗斯有关科研院所有着密切的合作关系,同时,正在积极介入与瑞典、芬兰和冰岛的合作。中国海洋大学2012年在北欧海布放了一个大型海气耦合浮标,形成了对北欧海的强大实时观测能力。中国海洋大学有具有战略眼光的科学家,一直努力介入国内外北极事务。在多个国际组织中都有中国海洋大学的科学家作为国家代表,中国海洋大学已经成为中国北极研究力量的主力军。

未来随着国力的增强和国家在北极地位的改善,我国在北极发挥作用的阻力将越来越小。然而,如果我们不能有效地提高研究能力和水平,将会让别人轻视和嘲弄。因此,我国成功获得永久观察员资格的同时,对科学界的要求在进一步增强,这就需要我们用国际研究水平来要求自己,不断取得高水平的研究成果。我们的实力离国家的要求还有相当大的距离,提高研究水平不能一蹴而就,需要全校各级领导、管理人员和研究人员一道,提高研究水平,加强人才培养,推进国际合作,面向未来不懈努力,使中国海洋大学真正成为在北极领域国内领先、国际知名的研究力量。

全国海洋观教育基地主任、中国海洋大学干焱平教授:

成为北极理事会观察员国对于中国有着极其重要的战略意义。我个人认为战略意义至少有三点。

一、北极丰富的资源对我国发展有重要意义,整个北极地区是一片浮冰覆盖的海洋,总面积约2100万平方千米。其海中和海底的资源极为丰富,有资料统计,仅北极地区石油和天然气蕴藏量就约占全球的23%和27%,还有大量的矿产,如煤炭、黄金。北极地区的海洋生物资源极为丰富,科学家们讲是一个待估计的天文数字。如果说北极地区周边区域的资源属于相邻国家的话,那么北极地区中部区域,按照有关国际法则,是人类共同继承的财富。中国是占世界人口近五分之一的大国。按照以上原则,当然应该享有自己的权益。中国正在快速发展中,急需大量的资源支撑,今天中国成为北极理事会观察员国,为我们今天和未来享有这一地区资源,提供了难得的发言机会。

二、北极是各国海上交往不可多得的重要通道之一。北极地区冰雪目前正在快速融化,成为各国交往的海上正式通道越来越成为可能。有专家称,北极融化将为世界减少至少30%以上的通行费用,缩短行程减少费用,对海洋贸易占很大比重的我国来说,拥有北极观察员的身份当然极为重要。

三、中国成为北极观察员对我国国家安全,海军作用的发挥也有重大的现实意义。

总体来说,由于地理上的原因,同一些国家相比,我们距离南极和北极是比较遥远的国家。但是,由于我们国家综合国力的上升,特别是近些年的发展,更由于我们海洋资源意识和海洋权益意识不断增强,我国在南极北极地区工作成绩显著,这就为我们以上两地区未来的开发提供了重要的话语权,这是值得十分庆幸的。但是由于世界陆地资源日益减少,人口增加,资源和生存的矛盾、资源和发展的矛盾日益突出,南极和北极资源的重要性已经充分显露出来。资源的争夺将会越来越激烈。我国将怎样依照有关国际法规享有、维护和捍卫以上地区的正当的权益,应对以上地区已出现或将出现复杂的局面,已是摆在我们面前的重大议题。

所有事情要做好,首先是认识上要到位。海上的事情,海洋权益的维护,首先也是要先解决认识问题及提升国民海洋意识和海权意识。南极和北极地区对我国未来生存和发展都十分重要。提升国民的海洋意识、南极意识、北极意识都是我们目前急需要给予充分的重视和要做的工作。

【结语】北极离我们并不遥远

"一只南美洲亚马孙河流域热带雨林中的蝴蝶,偶尔扇动几下翅膀,可以在两周以后引起美国得克萨斯州的一场龙卷风。"这是美国气象学家爱德华·罗伦兹提出的"蝴蝶效应"。北极虽然距离中国数千千米,但它却对中国的社会经济发展和人民生活产生着重要的影响。因此,对于北极的关注和研究必将持续下去,海大人也将在这一进程中作出自己应有的贡献。

(本文刊于 2013 年 6 月 24 日, 第 8 期)

五十年后的回响
——"东方红"海洋实习调查船专业队的故事

冯文波

2014 年 4 月 10 日上午 9 点，鱼山校区胜利楼前迎来了 12 位年迈的老者，他们或白发苍苍，或听力下降，或行动不便……但这些都难掩老友相见的激动心情，握握手、拍拍肩、聊聊天，问候现在，回忆过去。50 年前，他们因为一条船走到一起；50 年后，他们再聚首，依然情谊不改，深如海。他们都曾共事于一个特殊的集体——"东方红"海洋实习调查船专业队。

一支队伍：因船而生的"三好"专业队

1959 年 3 月，历经私立青岛大学、国立青岛大学、国立山东大学、山东大学变迁的鱼山路 5 号，又发展成了山东海洋学院。

当时,以赫崇本为首的科学家就提出了建造海洋实习调查船的构想,在校工作的苏联专家列昂诺夫也积极呼吁此事。在副院长侯连三、教务长赫崇本等人的多方奔走、积极协调下,1960年国家计委同意了学校建造海洋实习调查船的申请,并于1962年立项列入国家计划,相关设计方案经专家审核通过后,年底在上海沪东造船厂开工。

"当时国家正处于三年经济困难时期,许多大型的工业项目都纷纷下马。高教部只有两个大项目做了保留:一个是清华大学的原子反应堆,投资1500万元;另一个是山东海洋学院的实习调查船,投资近1000万元。"提起当年造船的不易,"东方红"海洋实习调查船专业队的队长王滋然依然记忆犹新。

时任教育部副部长、高等教育部部长蒋南翔对学校的造船工作给予了特别的关心和支持。"1960年底北戴河会议期间,蒋南翔副部长、海军赵启民副司令员和国家计委范綦汉副主任一致认为应该保留建造实习调查船的计划,向李富春副总理汇报后,列入国家计划。"在船上工作时间最长的专业队队员柴心玉告诉记者。

海洋实习调查船不同于其他船舶,它的首要任务是服务于学校的教学工作,为学生出海实习、进行海上调查提供支撑和便利。于是,船上实验室、仪器设备、专业人员配备就显得尤为重要。

其间,山东海洋学院领导赴京汇报海洋实习调查船设计工作时,蒋南翔部长叮嘱他们:一定要从骨干教师和应届毕业生中挑选政治好、业务好、身体好的人员充实到船上的实验室中,打造一支精良能干的队伍。

1963年3月1日,山东海洋学院副院长许亮、侯连三主持召开各系领导会议,确定了"以教学为主,适当考虑科研;海上、陆上兼顾;确实有把握的设备要上,没把握的不上"的实验室建设和使用原则。同月28日,学校初步确立了船上专业人员的编制:水文气象(含天气预报人员)10人,物理7人,化学10人,生物3~4人,地质3人。

"为了落实蒋南翔副部长的讲话精神,1964年初,曲相升院长主持召开了学校行政会议,确定专业队编制为27人,由人事处、教务处负责审查,提交学校党委常委会研究确定后,专案报高教部。"柴心玉说。

1964年3月,给"东方红"海洋实习调查船配备的具有大学本科学历、政治可靠、身体健康、有培养前途的业务骨干,从各系抽调完成,正式成立了专业队。

"学院领导和赫老等老一辈科学家一再强调,从事海洋工作不能叶公好龙,一定要到实践中去锻炼成才。"曾经的专业队队员刘龙太说。

"东方红"海洋实习调查船专业队的队员分属6个实验室:水文实验室(王滋然、喻祖祥、高慎月、匡国瑞),气象实验室(刘龙太、王衍明、潘若琰、苏长荣、胡家松),化学实验室(隋永年、李福荣、李继亮、郝恩良、王思杰、颜景山、王希锡),物理实验室(郭田霖、孙曰彦、王宝升、魏世雄),生物实验室(姜学泽、柴心玉、纪绪良),地质实验室(徐家振、吴铭先)。

"队长是王滋然，原定的 27 人中还有张就滋、于圣睿，但由于各种原因没能参加进来，化学实验室的王希锡在专业队组建不久就调往青海工作。最终的 24 个人组成了专业队。"柴心玉告诉记者。

专业队成立直属党支部（属处级单位），队长王滋然兼任党支部书记，直接受学院党委领导。

从此，这支平均年龄不到 30 岁的年轻队伍，搭载着我国自主建造的第一艘海洋实习调查船，开启了海洋调查的新篇章。

一路同行：怀念那些栉风沐雨、巡海阅洋的故事

专业队接受的第一项任务就是赴上海沪东造船厂参与船上实验室的监造工作，首批前往的是 6 个实验室的组长。

据王滋然介绍，在海洋实习调查船的设计上遵循"先工作，后生活"的原则，首先确保实验室的位置和面积需求，再考虑生活起居的需要。

"一开始我们住在沪东造船厂附近的高庙旅馆，后来 24 名队员陆续到位，就又搬到了位于浦东的上海海运学院。每天与造船厂的人员商讨实验室的设计建造方案。这期间，侯连三副院长、冯起副书记还专程到海运学院给我们召开了座谈会，对专业队寄予厚望。"回想起当时的生活工作场景，柴心玉面带笑容。

1965 年 6 月初至 9 月底，专业队先后参与了"东方红"海洋实习调查船的系泊试验、倾斜试验、工厂试航、重载试航等。

其中的"重载试航"给专业队人员留下了深刻的记忆。1965 年 11 月 25 日，"东方红"在欢送队伍的瞩目中，缓缓驶离沪东船厂码头。承载着来自山东海洋学院、沪东船厂、教育部、国家海洋局、新华社、中央新闻电影制片厂等单位的 200 余人向青岛驶去。

历经两天的航行，27 日上午 8 时许，高挂五星红旗的"东方红"驶入青岛大港码头。"这是'东方红'号第一次与学校师生见面，当时码头上站满了欢迎的人群，国家海洋局领导、山东海洋学院领导和师生代表 200 多人欢迎船到青岛，大家还登船进行了参观。"柴心玉介绍说。

重载试航主要开展了 2 个连续站、6 个大面站的试验，试验场选在青岛海西湾和胶州湾。各实验室的观测效果良好，在进行底栖生物拖网时，获得海底生物 20 余种，且数量很多，20 多厘米长的大对虾就有 11 只，还有海马、文昌鱼等。

1965 年 12 月 28 日，"东方红"海洋实习调查船交接仪式在上海沪东造船厂举行，侯连三副院长与沪东船厂厂长分别在交接书上签字。

"交船仪式结束后，侯连三副院长召集我们专业队开会，鼓励我们好好干，不要辜负国家和学校的期望。侯副院长现场还做了一首诗，我只记得最后一句是'三五计划出雄鹰'。"柴心玉说。

交船后，"文革"前夕，"东方红"海洋实习调查船主要执行了两次任务。一次是由专业队和海洋系、化学系部分教师执行学生的海上实习任务，一次是海洋系海洋气象专业三年级学生的海上实习任务。后者历时 15 天，南起长江口、北至鸭绿江口，通过这次实习，不仅对"东方红"海洋实习调查船的性能进行了一次综合性检验，也对专业队的能力进行了考验。

在气象实验室工作的老队员潘若琰依然记得他们第一次成功地把探空气球释放的高兴场景。"当时，我们有个口号——在陆上能做的试验，在船上也能做。我们释放了探空仪，成功获取了高空的气象资料，这在我国是第一次，也填补了国家的空白。"提起当年的工作，老先生脸上写满喜悦和自豪。

对于年轻的专业队来说，出海调查时的晕船是他们最害怕而又经常遇到的事情。据老队员、已退休的化学系教师李继亮回忆，有一次出海正赶上风浪很大，他连续 2 天都在呕吐，到后来都开始吐胆汁了，好在这时候风停了。

在艰苦的条件下，队员们也结下了深厚的情谊。潘若琰属于 24 人中为数不多的晕船较轻的队员，工作之余他就承担起了照顾队友的责任。"有一次，我拿着饼干从前甲板走到后甲板，一个浪头打过来，我一下趴地上了，饼干也飞了出去。回到陆地上，刘龙太他们说，在船上你照顾我们，下船来我们照顾你。吃完饭，他们都抢着洗碗。"

在船上的日子，专业队内部结下了深厚的感情，与来自北海分局的船员们也是同吃同住同劳动，大家生活工作在一条船上，互相关心，互相帮助。赶上修船，大家齐上阵，敲铁锈、刷油漆，忙得不亦乐乎。海上试验任务繁忙的时候，船员们也帮着专业队做一些像海水取样之类力所能及的工作。

1966 年 6 月 20 日，搭载着专业队员和实习学生的"东方红"海洋实习调查船完成任务，回到青岛。

因不能出海从事海洋实习调查，专业队响应党中央抓革命、促生产的号召，尽职尽责，做好船的轮流值班、检修和实验仪器保养工作，以待时机，再次出海。

一串故事：专业队的故事太多了，永远讲不完

"文革"期间，专业队和"东方红"海洋实习调查船还承担了三次接待外宾的任务。一是 1966 年 6 月越南民主共和国主席胡志明乘船游览了青岛前海海域，二是 1973 年 7 月柬埔寨民主统一阵线中央政治局主席宾努亲王和夫人乘船观赏青岛风光，三是 1974 年接待了以佐佐木忠义为团长的日本海洋学家访华团。

当时，船上工作人员的工资是按照在上海造船时上海的工资级别发放的，比青岛高一块儿，即"工资差"；另外，船上工作人员还有一部分"生活补贴"，即"船岸差"。两项加起来，每月多拿 17～18 元。"'文革'期间，也没有太多的出海任务，专业队就主动要求取消'工资差'和'船岸差'，当时的 18 块钱可不是小钱，但那时候人的觉悟就是那

样,不想赚国家的一点儿便宜,也不想多拿一分钱。"柴心玉告诉记者。

他还给记者讲了两则小故事,正好与上面的示例相互印证那个时代人的思想境界。化学实验室的队员郝恩良喜欢吸烟,有一次他打开舷窗倒烟灰时,不小心把烟灰缸掉海里了,自己又悄悄买了一个换上。1966年6月在执行成山头东西定点连续调查时,一名学生不小心把海流计掉进了海里,学生竟执意下海去捞回来。

"文革"期间,师生忙于搞运动、闹革命,出海实习调查的任务也少,专业队的政治学习和行政活动归船舶办公室负责,业务工作由各系负责。时间久了,有的队员觉得找不到进取的方向,专业队已名存实亡,没有存在的意义。一度向学校提出了解散专业队的申请,但都不了了之。

1978年12月30日,根据国务院副总理王震、方毅的批示和国家海洋局《关于山东海洋学院改变归属的通知》,"东方红"海洋实习调查船不再属于海洋局建制,正式移交山东海洋学院。

1979年1月,"东方红"海洋实习调查船进行交接,建制划归学校后,专业队面临着是否有存在之必要的问题。当时,学校成立了由赫崇本教授任所长的海洋研究所,其下设海洋调查研究室,专业队大部分人员在此研究室工作,另有部分人员回到系里从事教学科研工作,还有的调任其他工作岗位。"东方红"海洋实习调查船移交后,考虑到修船以及实际工作需要,学校决定由海洋调查研究室负责船上的实验室、附属设备的管理和维护工作,专业队从此正式解散。

从1964年正式组建,到1979年取消建制,"东方红"海洋实习调查船专业队历时15年,不仅开启了我国海洋调查事业的新篇章,也培养了一批海洋事业的骨干力量,同时也增强了专业人员到第一线去的海洋意识,为今后更好地管理、使用海洋实习调查船积累了经验。

据队员李继亮介绍,"文革"后,专业队成员中先后有5人以访问学者的身份出国深造。"我和魏世雄、隋永年3个人去美国,刘龙太去日本,吴铭先去加拿大。"言语间,老先生为专业队成员能在那个年代出国深造感到自豪。

后来,专业队员的职业发展也不错,王滋然任学校党委副书记、徐家振任副校长、喻祖祥任校党委办公室主任、刘龙太任校长办公室主任、郭田霖任总务长、潘若琰任研究生部部长,其他人员也都成长为教学、科研和业务战线上的教授、专家。

一生记忆:这是一辈子的念想,不能忘,也不会忘

2014年是专业队成立50周年,在船舶中心的组织下,曾经的队友们又聚在了一起,当年建队时都还是风华正茂的年轻小伙,如今已是七八十岁的老者了。

专业队的24名队员,当天的活动只来了12人,有1人回老家耽搁了,2人身患疾病不能前来,4人已经离世,5人在外地。

去世的 4 人中,纪绪良的离开过于突然,队员们回想起来依然感叹不已。1982 年 4 月,纪绪良随"东方红"海洋实习调查船出海作业在东海绿华山锚地突发脑出血,被紧急送往上海第七人民医院,经抢救无效不幸逝世,终年 45 岁。同年 4 月 23 日,山东海洋学院党委追认他为中国共产党党员。

24 名队员中,柴心玉、李福荣、孙曰彦一直没有离开船,后来他们又参与了"东方红 2"船的建造,并一直在船上工作到退休。其中,李福荣于 1985 年参加了国家海洋局组织的第一次南极科学考察,这位见证两代"东方红"船诞生,并与他们风雨同舟几十年的海大人,因生病没能参加当天的活动,现在养老院安度晚年。因为在海洋实习调查船的管理和使用方面积累了丰富的经验,柴心玉于 1976—1989 年被聘任为全国海洋调查船专业标准审查委员会委员,并获先进工作者称号。孙曰彦曾代表学校两次赴南极考察。他们在各自的岗位辛勤工作、努力付出,为学校和专业队增光添彩。

专业队的老朋友,陪伴他们战风斗浪、巡海阅洋的"东方红"海洋实习调查船在"文革"之后,不仅担负着开展海洋调查、为祖国培养海洋科技人才的任务,而且还成为对外友好交流的使者,先后于 1983 年 10 月、1987 年 5 月、1992 年 10 月等多次访问日本。

1996 年"东方红"海洋实习调查船正式退役,该船安全运行 30 年,按船检要求证书期满,报废转卖。"东方红"海洋实习调查船是我国自行设计建造的第一艘海洋实习调查船,它的诞生,凝聚了无数人的心血和寄托,上至国家领导人,下至山东海洋学院的普通师生;它的存在,是新中国一个历史时代的见证,也是一所大学咬定信念、坚韧不拔的写照。

念念不忘,必有回响。50 年后再聚首,昔日的老哥们、老同事依然亲密无间、开怀长谈。柴心玉说:"专业队解散以后,在校园里,队友偶尔相见,依然有说不完的话,离开时总觉得恋恋不舍。后来,大家相继退休,情谊更深,这份感情直到离世也不会淡化、消融。"

共同的事业追求,以及在专业队时的相互尊重、信任、团结和包容铸就了他们之间这份深厚的情谊。如潘若琰所说:"这是一辈子的念想,不能忘,也不会忘。"

(本文刊于 2014 年 6 月 10 日,第 16 期)

对大海之底的叩问
——中国海洋大学的探海问底、凿地求藏之路

廖 洋　冯文波

位于青岛市鱼山路 5 号，洋溢着欧陆风情和印记着历史沧桑的中国海洋大学鱼山校区内，有一座名为"地质馆"的新哥特式风格建筑分外引人注目，在海风吹拂中，巍然屹立，逾百年而不衰，同时，也在时光的雕刻中见证了这所大学海洋地球科学的传承与发展之路。

溯源："稀土矿床之父"何作霖的创系之举

走进中国海洋大学海洋地球科学学院的一楼门厅，首先映入眼帘的是一尊近 2 米高的花岗岩人物雕像，细看雕像下面的碑文，他就是我国稀土矿床的发现者、中国岩组学的奠基人、中国海洋大学地质学科的创建者何作霖院士。

抗战胜利后的 1946 年春,国立山东大学(中国海洋大学前身)在青岛复校。复校之初,百业待兴,为一批新系科的成立创造了条件,地质矿物学系就是在那时诞生的。

1946 年,何作霖受老师李四光的推荐,应国立山东大学的聘请到达青岛,承担起建系的重任。"地矿系刚成立时,只有何老一位教授,另外还有一名讲师(司幼东),一名助教(张保民),1946 年夏天首次招生,仅招了 6 名学生。"回忆起创系之初的情景,1952 年地矿系毕业曾留校任助教的陈书田历历在目。

创系之初,在师资极其匮乏的情况下,何作霖亲自讲授普通地质学、矿物学、岩石学、光性矿物学、构造地质学、X-射线结晶学、岩组学等多门课程,并四处聘请名师、招揽人才,在不到一年的时间里就构建起了一支实力雄厚的地质大师队伍。留学德国的张寿常教授曾是中央研究院地质研究所的研究员,因仰慕何作霖在岩组学方面的科研成就,特意利用假期时间到青岛交流学习,在何作霖的盛情邀请、诚恳挽留下离开原单位到校任教。王庆昌教授,曾在英国剑桥大学学习古生物学,与何作霖同属北京大学校友,在何作霖的邀约之下也加盟地矿系。

该系第二届学生、俄罗斯自然科学院院士王东坡对当时地矿系的师资阵容记忆深刻:"我是 1947 年从上海考入国立山东大学地质矿物学系的,当时的地矿系教师阵容十分强大,除了担任系主任的何作霖先生外,还有留学德国波恩大学的小型地质构造专家张寿常教授、留学英国剑桥大学的古生物学家王庆昌教授、留美的矿床学家胡伦积副教授、留美的古脊椎动物专家周明镇副教授以及主讲矿物学的潘丹杰教授和司幼东讲师、张保民助教,青年教师有北京大学地质系毕业的关广岳、赫祥安、王麟祥等老师。"

新中国成立之初,在以何作霖为首的诸位地质学家的带领下,地矿系取得了一个又一个令人瞩目的成就。

1949 年 8 月,应华东工矿部的邀请,何作霖率领由 5 名教师和 10 名学生组成的勘探队伍赴淄博-莱芜-泰安一带从事地质调查和找矿工作。在莱芜发现了 9 条热液型镜铁矿重晶石脉,并大胆预测当地可能含有工业铁矿床,这一预测,为后来发现莱芜铁矿打下了重要基础。

1950 年春,周明镇博士带领地矿系学生在莱阳进行野外地质考察时,发掘了我国第一具最早、最完整的棘鼻恐龙化石骨架。为了纪念该系师生在恐龙化石发掘和研究方面做出的贡献,我国古脊椎动物学的奠基人杨钟健教授将其命名为"青岛龙"。周明镇博士也由此开启了中国恐龙研究的新篇章,后成为我国著名的古脊椎动物学家,被誉为"中国恐龙研究之父",1980 年当选中国科学院学部委员。

1951 年,经华岗校长举荐,何作霖出任学校教务长兼地矿系主任。正当他从学校层面谋划着地矿系的长远发展和美好未来之时,1952 年夏天,高等教育界拉开了大规模院系调整的序幕,地矿系迁往东北,与东北地质专科学校合并,建立东北地质学院,后发展为长春地质学院。何作霖受恩师李四光的邀请回到北京中国科学院地质所,专心从事矿物学和岩石学研究。

1946—1952 年,何作霖在青岛度过了 6 年时光。6 年中,他创系兴学,延揽名师,勇于探索,培养人才,重视科研,为中国地质科学事业的发展和人才培养作出了重要贡献,为国家培养了一批岩矿鉴定工作者,后来这些人大多成长为我国地质、冶金、轻工、化工等部门的业务骨干。1952 年院系调整时,地矿系已成为具有一定基础设施及办学规模、师资力量雄厚、课程设置齐全,具有地质与岩矿并重的办学特色、理论联系实际的专业大系。

2010 年 5 月 5 日,在何作霖诞辰 110 周年之际,由其弟子出资雕刻的何作霖雕像在中国海洋大学揭幕,置于海洋地球科学学院一楼门厅,以纪念他对学校地质学科的开创之功,并以此激励后代学人秉承先贤理想,继续前行。

科研:探海问底,开启地质学的另一扇窗

1959 年,历经私立青岛大学、国立青岛大学、国立山东大学、山东大学不断变迁的鱼山路 5 号,发展成为山东海洋学院,以赫崇本为首的老一辈海洋科学家高瞻远瞩、运筹帷幄,组建了海洋地质地貌系,于 1960 年正式招生,并由此翻开了我国地质学教育的新篇章——从陆地走向海洋。

及至 1962 年,由 1959 年院系调整后留青的山东大学时期的地质系成立的山东地质学院宣布撤销,师生员工、实验设备、图书资料并入山东海洋学院海洋地质地貌系,1963年更名为山东海洋学院海洋地质系,1988 年更名为青岛海洋大学海洋地质系,1995 年更名为青岛海洋大学海洋地球科学学院,2002 年更名为中国海洋大学海洋地球科学学院。

多年来,在中国海洋大学特色发展之路的引领下,海洋地球科学学院在地球系统科学的范畴中走出了一条探海问底、凿地求藏之路。

海底“黑烟囱”是指海底富含硫化物的高温热液活动区,因热液喷出时形似“黑烟”而得名。其周围广泛存在的嗜热微生物,被认为是古老生命的孑遗,是世界海底调查的热点。2007 年 8 月,搭乘“大洋一号”深海考察船执行中国大洋科考第 19 航次任务的科学家在 2 800 米水深的西南印度洋中脊上,使用中国自主研制的电视抓斗抓取到了珍贵的烟囱体样品、生物样品以及大量的块状硫化物,并在取得的样品上发现了附着的生物个体,标志着中国已跃入世界上少数能够自主在洋中脊海底热液活动区采样的先进国家行列。

采样用的“深海电视抓斗”就是由海洋地球科学学院赵广涛教授领衔研发而成的。该技术发明,是我国“863”计划实施中的成功范例,不仅打破了少数发达国家的技术垄断,而且提升了我国在国际大洋资源环境调查舞台上的核心竞争力。

地震勘探是钻探前勘测石油与天然气资源的重要手段,在煤田和工程地质勘查、区域地质研究和地壳研究等方面也有广泛的应用。长期以来,我国用于地震资料处理的系

统软件却主要依靠国外进口。

为破解这一难题,打破国外技术垄断,"十五""十一五"期间,海洋地球科学学院王修田教授主持承担了"863"计划关于海洋资源开发方面的课题,结合我国深水区中深层油气勘探的需要,成功研发了"基于模型的地震勘探数据处理系统(MBP)"。该系统将射线理论和波动理论相结合,推出了"快速叠前偏移"和"叠前深度偏移"两套处理模式,是一套集交互与并行运算于一体,具有自主知识产权的地震数据处理系统。该系统目前已为中海油、中石化和地矿部门处理了 6 000 余千米长的地震剖面资料,处理效果得到了用户及"863 软件测评组"的认可与赞扬,打破了我国在地震资料的生产性处理方面主要依靠国外软件的局面。

在科学研究方面,海洋地球科学学院紧密围绕海底科学与探测技术这一中心,在海底资源勘探、海洋地质环境、海底动力学等领域多点布局,全面开花。截至目前,海洋地球科学学院主持"973 计划"项目 1 项,主持国家自然科学基金重点项目 5 项,主持"863"计划重大项目 1 项,主持海洋重大专项课题 20 余项,近 3 年年均到位科研经费超过亿元。特别是围绕国家重大需求,李广雪、刘怀山、曹立华教授团队在国家海洋探矿领域的地位越来越高,实现了海洋地质系多年的梦想。

育人:与石头交朋友,与海洋做伙伴

海洋地球科学学院在"涵海励志,博古崇今"这一院训的指引下,突出海洋特色,强调实践教学,鼓励学生与石头交朋友,与海洋做伙伴,为祖国和社会培养了一大批海洋地球科学的优秀人才。

2013 年中国工程院新当选的 51 名院士中,中国石油化工股份有限公司副总工程师李阳名列能源与矿业工程学部,他是海洋地球科学学院 1998 届海洋地质专业的硕士毕业生,也是学院第 3 位获此殊荣的杰出校友。

针对地质学科的特殊性,学院注重学生实践能力的培养,建立了一套完整的实践教学体系,提高本科生的创新能力,采取实践教学四年不间断,把地质认识实习、海洋实习、地质旅行实习、实践教学实习、课程间青岛周边实习、毕业实习贯穿于学生的整个大学时期。

南京汤山地质结构复杂,地貌多样,是久负盛名的地质学实习基地,有"地质工程师摇篮"的美誉。自 1960 年起,海洋地球科学学院师生就在此开展实践教学,连续开展了43 年。这样的实习基地还有很多,如安徽巢湖地质实习基地、辽宁兴城实践教学基地、山东桃村应用地球物理实习基地、校园测量实习基地、山东半岛海洋地质实习基地。

根据传统,每年年初,海洋地球科学学院都要召开教学工作研讨会,对上一年度的教学工作进行总结,并为新一年教学工作的开展谋篇布局。学校分管教学工作的副校长,学院的院长、教授以及学生代表汇聚一堂,积极参与这场关于海洋地球科学人才培

养的大讨论：从开放办学、联合办学，到加强与国外地学高校的合作与交流，再到通过实习基地建设，进一步把地质思维传递给学生，以及做好双语教学和网络课程建设等工作，在不断的交流中碰撞出智慧的火花，形成好的思路和想法，为学院的人才培养指明方向。

海洋地球科学学院坚持开放办学理念，注重联合办学，不断加强与国外高校科研院所、国内兄弟高校、地方单位的合作，提高人才培养质量，拓宽学生就业渠道。

2013 年 5 月，中国海洋大学与山东省煤田地质局共建的工程博士联合培养暨实习基地在泰安揭牌。根据协议，山东省煤田地质局将中国海洋大学作为山东省涉海地质工作的主要人才培养和技术支持单位；双方共同建设山东海洋地质工程勘查院和大学生实习实训基地，积极探索校地联合培养人才的新机制，提升学生从事地质工作的能力，培养造就一批创新能力强、适应经济社会发展需要的海洋地球科学人才。学院毕业生、该局党委书记兼局长刘焕立说："这个基地的建立为双方打开了一个通道，是大学生从中国海大校园到我们单位就业的通道，特别是下一步我们局进军海洋，进行海洋能源勘探，迫切需要海洋人才。"

此外，海洋地球科学学院还与浙江省地质勘查局、山东省第四地质矿产勘察院等单位签订了人才培养合作协议，与美国得克萨斯 A＆M 大学、德国莱布尼茨海洋科学研究所等国外机构实现了互派留学生，与中国地质大学（北京）、吉林大学、中国石油大学等兄弟院校达成了互派推免生和协同发展的协议。

69 年来，海洋地球科学学院已培养学生 4000 余人，成为国内海洋地质、海洋地球物理领域办学最早、培养人才最多的院系。毕业生大多活跃在国内外海洋、石油、地矿行业和高校、科研院所及政府管理部门，有的成为突出贡献的专家学者，有的已走上重要领导岗位，有的成为优秀企业家。

学科：高高山顶立，深深海底行

学科是一个学院建设和发展的纲，历经 69 年几代人的辛勤耕耘，海洋地球科学学院形成了以海底科学与探测技术为中心，以海洋地质和地球探测与信息技术为两翼的学科发展思路，并创造了国内地质学科发展史上的 3 个第一：1959 年创办我国第一个海洋地质专业；1970 年创办我国第一个海洋地球物理专业；2010 年应国家海洋事业发展需要，又开辟了海洋测绘与地理信息系统专业方向。

20 世纪 70 年代末、80 年代初，伴随着改革开放的步伐，国家愈加重视河口海岸的研究工作，先是中山大学成立了针对珠江口的河口海岸研究所，接着华东师范大学建起了以长江口为基地的河口海岸研究所。当时，学校领导班子和以赫崇本教授为首的老一辈科学家抢抓机遇、主动作为，向教育部建议在山东海洋学院成立一个针对黄河口的研究所，1983 年教育部同意学校成立河口海岸带研究所，首任所长由赫崇本教授担任。

1984—1987年，该所以杨作升、范元炳教授为代表的科研人员主持了中美加黄河口联合调查，这是改革开放后教育部系统第一次获批海洋领域的大型国际合作计划。"这次调查不仅使山东海洋学院的地质学研究引入了国际合作，而且还为此后黄河口成为学校科学研究和人才培养的重要实践基地打下了坚实基础。"谈起此次调查的深远意义，杨作升教授如是说。

在海洋地球科学学院，类似河口海岸带研究所这样的研究所还有3个，即海洋地球化学研究所、地质地球物理研究所、洋底动力学研究所。它们的设立既是出于科研的考虑，也是学科发展的必要之需。

"金锤奖"是中国地质学会为鼓励青年地质工作者奋发进取而设立的奖项，2007年，第十一届青年地质科技奖"金锤奖"授予了在"中国东部古元古代－中新生代构造演化"研究领域做出突出成就的李三忠教授。近年来，李三忠通过研究华北克拉通古元古代和中生代这两个变革阶段岩石圈结构和构造－岩浆－变质动力学演化，不仅为分析探讨渤海、黄海、东海油气盆地的形成演化机制奠定了基础，而且促进了洋底动力学这一学科方向的快速发展。"之前我国没有专门从事洋底动力学研究的机构，2012年，在我们学院名誉院长、中国科学院院士张国伟教授的建议和支持下我们率先成立了洋底动力学研究所，希望尽早谋划，抢占先机，在这一领域取得更大突破。"李三忠告诉记者。

实验平台建设是学科发展的支柱。多年来，海洋地球科学学院在平台拓展和实验室建设上下功夫、用气力，成效显著。2013年10月19日，由中国海洋大学控股管理的2650吨的"海大号"海洋地质地球物理调查船交付使用，成为海洋地球科学学院开展海底科考的又一利器。此外，海洋地球科学学院还拥有海底科学与探测技术教育部重点实验室、海洋油气开发与安全保障技术教育部工程研究中心等多个科学实验室和支撑平台。

经过多年的耕耘与发展，海洋地球科学学院学科布局愈加科学合理，且成绩斐然。学院目前设有两系（海洋地球科学系、地球探测与信息技术系）四所（河口海岸带研究所、地质地球物理研究所、海洋地球化学研究所、洋底动力学研究所）；有海洋地质学、海洋地球物理学、海洋地球化学3个博士点和能源与环保领域工程博士点；有地质学和地质资源与地质工程2个一级硕士点。海洋地质学为国家重点学科，地球探测与信息技术为山东省重点学科。2009年10月，据美国基本科学指标（ESI）数据库统计，中国海洋大学在地球科学学科（领域）跻身全球科研机构前1%行列。

师资：地质大师之"矿"与青年英才之"海"

对于海洋地球科学学院的学生来说，有一位老先生深得他们的喜爱与尊敬，无论是在刚入学时的新生见面会上，还是在谈"学习"与"成才"的讲座上，都被他丰富的阅历和渊博的学识所吸引。他就是我国石油地球物理探测领域的著名专家、中国工程院院士李庆忠。谈起李庆忠院士,海洋地球科学学院院长李广雪的言语间充满了尊敬与感动,"李院士是 2001 年到学院工作的,现在担任我们学院的名誉院长,虽然 84 岁高龄了,但依然坚持给本科生上课,培养博士研究生,并进行学术著作的编写,总是闲不住。我们能做的就是保护好老先生,给他创造一个好环境,让他干点自己喜欢的事。"

2003 年,海洋地球科学学院又聘任著名构造地质学家张国伟院士担任名誉院长,还依托海底科学与探测技术教育部重点实验室聘任了刘光鼎、秦蕴珊、张国伟、金翔龙、李阳院士和国务院参事张洪涛等专家学者作为学术委员会委员。经过多年筑巢引凤、招揽名师的努力,海洋地球科学学院已建立了一支由李庆忠、张国伟院士为指导者,知名教授周华伟、董平和国家杰出青年科学基金获得者翟世奎、李三忠为学术领军人才,多个教授团队协同发展的人才队伍。

在青年教师的培养中,海洋地球科学学院不乏薪火相传、以老带新、长征接力的案例。1946 年"中国地质学之父"李四光推荐自己的爱徒何作霖到青岛的国立山东大学创办地矿系,何作霖谨遵师命,并带了两名北京大学地质系的优秀弟子一同前往,其中 1 位就是海洋地球科学学院退休教师、曾任海洋地质系系主任的张保民教授。谈起恩师严谨治学的精神,这位 94 岁的老人记忆犹新:"我从北大一毕业就跟着何老师来到了青岛,地矿系刚成立之时,我的身份是助教,尽管当时师资匮乏,很多课都是何老师一个人在讲,但他坚持助教不能上讲台。直到 1949 年,经过严格的试讲、考察,他才允许我登台讲课。"1952 年院系调整时,张保民去了长春,后又回青岛任教,培养了中国海大最初的几批地质学研究生。

这位岩组学专家毫不保留地把李四光、何作霖等老一辈地质学家为人为学的精神传递给了自己的学生。"当时,张老师年近 70,仍然坚持给我们上课,带领学生搞科研,老先生那种勤奋、严谨的治学态度令人敬佩。"他的学生说起恩师,依然心怀崇敬。学院青年教师杜同军在教学中亦传承了这一学脉,无论在课堂教学中,还是主题班会讨论中,都善于用地质学家的成才之路与感人故事启发学生,引导他们养成地质思维方式,热爱地质科学。2008 级地质学专业的宫伟同学说:"杜老师对我们的影响是潜移默化的,作为班主任,他没有空洞的说教,而是用生动的事例和一些小的细节、行为影响我们。4 年下来,同学们庆幸自己入学时的选择,也更加热爱自己的专业。"

"筑峰人才工程"是中国海洋大学为吸引和造就具有国际先进水平的学术大师和学科领军人才而推出的人才引进计划,海洋地球科学学院抓住这一机遇,引进了以美国地质调查局(USGS)徐景平教授为代表的 3 位特聘教授。结合学校推出的"青年英才工程",海洋地球科学学院引进了在美国工作的邹志辉博士,作为后备拔尖人才重点培养。此外,海洋地球科学学院还聘请了 10 余名外籍客座教授,不定期地到校讲学,开展科研合作交流。

经过近 69 年的发展建设,从这里走出了以国家海洋局原局长孙志辉,中国工程院院士孟伟、李阳和中国科学院院士张经等为代表的一大批优秀毕业生。同时,学院自身也逐渐构建起一支学历结构合理、梯队层次分明的优秀师资队伍,其中院士2人,国家杰出青年科学基金获得者2人,"筑峰人才工程"特聘教授3人,教育部新世纪人才2人,山东省"泰山学者"1人,英才计划2人,并有多人获山东省、青岛市教学名师和优秀教师称号。

未来:点亮大海深处的地质之光

在海洋强国建设的浪潮中,海底科学已成热门之学、先导之学,如何在服务国家战略中获得更大的进步与发展,李广雪说国家海洋强国战略早已为学院未来发展指明了方向。

"十二五"期间,海洋地球科学学院将重点做好学科"高地"建设和创新"异峰"培育,鼓励学科交叉,培植新兴学科,使海洋地质的国内优势学科地位愈加稳固,地球探测与信息技术在国内同类学科中崭露头角,人才培养和科技工作的整体实力与水平跻身国内同类科研院校前列,初步将海洋地球科学学院建设成海洋特色显著的研究型学院。更长远的目标是要建设成为国际先进的海底科学与技术高层次人才培养基地和科技创新基地。

风劲帆满海天阔,俯指波涛更从容。中国海洋大学海洋地球科学学院在地球系统科学理论的指导下,着眼深蓝覆盖下的世界,点亮大海深处的地质之光,走上了一条探海问底、凿地求藏的特色发展之路。

(本文刊于 2015 年 1 月 22 日,第 21 期)

击水中流正此时

——中国海洋大学的以工兴海之路

廖 洋 冯文波

刚刚过去的 2014 年，中国海洋大学度过了 90 岁生日。90 年，这所大学不仅书写了一段因海而生、凭海而立、向海而强的传奇佳话，还开辟了一条中国综合性海洋大学的创建与发展之路。作为中国大陆唯一的一所综合性海洋大学，这里不仅汇集了海洋领域的传统优势学科，也有发展前景广阔的新兴学科。刚刚步入而立之年的海洋工程学科便是诸多新兴涉海学科中的一员。32 年来，中国海洋大学在开发、利用、保护、恢复海洋资源这一工程学科领域走出了一条以工兴海特色发展的道路。

追根溯源：传奇教授侯国本的"海工传奇"

2013 年 10 月 26 日，中国海洋大学崂山校区图书馆第二会议室里人头攒动，洋溢着喜庆热烈的气氛,工程学院建置 30 周年庆祝大会正在此举行。在现场,上至白发苍苍的老者,下至风华正茂的学子,谈起中国海洋大学海洋工程学科 30 年的发展历程,传奇教授侯国本的事迹总是被大家津津乐道。

20 世纪 60 年代初,作为我国著名水利工程专家的侯国本正在陕西工业大学任教,山东海洋学院时任教务长赫崇本教授派人三下西安将他请到了青岛。在他的带领下,山东海洋学院在海洋工程领域开始了艰难的探索之路,也取得了一个又一个令人瞩目的成就,日照港的建设便是其中之一。

20 世纪 70 年代,由于山东兖州煤矿的发现和开发,每年有数千万吨的煤炭需要外运,但运力不足,建设深水大港成为迫切需要。"文革"时期,侯国本曾在日照的石臼所一带劳动改造,发现当地海域宽广,水深滩短,不冻不淤,属于花岗岩岸线,远离江河入海口,是一个适宜建设深水港的优良港址。1978 年 9 月,侯国本联合山东海洋学院、中国科学院海洋所、海军工程部等单位的专家,联名上书国务院和时任国家副主席李先念,阐述在日照石臼建港的优越条件。历经无数次的论证、研讨,1980 年 3 月 5 日,国家计委正式批准新建石臼港工程。时任全国人大常委会副委员长费孝通如此称赞侯国本:"侯先生,你了不起,在地图上把日照一个小点变成一个圈。"如今的日照港就是在石臼港的基础上扩建起来的,现已发展成为年货物吞吐量达 3 亿余吨的山东第二大港。

日照港的获批动工,一时间使侯国本和他所在的山东海洋学院蜚声中国海洋工程界。当大家纷纷投来羡慕的目光的时候,山东海洋学院又把国家海洋工程人才的培养提上了日程。

1980 年 9 月 20 日,经国家教委批准,山东海洋学院设立了海洋机械工程专业,随后学校又成立了海洋工程系。"海洋工程系的创建是山东海洋学院从理科院校向综合性大学迈进的第一步,也是'文革'后学校创建的第一个新系。"海洋工程系的第一任书记陈一鹤谈起创系时的情景依然记忆犹新。"人才是专业建设的首要条件。海洋系、水产系等都给予了极大的支持,把他们系里有志于工科教学的教师都输送给了我们,侯国本教授就是从海洋系调过来的。"

创系之初,条件虽然艰苦,但是全系上下怀着培养海洋工程事业未来发展人才的美好憧憬,依然干劲十足。1983 年,海洋工程系迎来了海洋机械工程本科专业的首批 32 名学生。1984 年创建了海岸工程专业,并于 1985 年开始招生。现任中国海洋大学工程学院院长史宏达告诉记者:"我们的第一批学生是 1983 年招收的,我们认为'有生之年'才是我们学院的开始,这也是我们 2013 年庆祝建院 30 周年的来历。"这一时期,海洋工程系还增设了海洋工程动力学教研室、海洋工程动力实验室、海岸工程研究所、泥沙研究所,并创办了《海岸工程》季刊这一海洋工程领域的知名学术刊物。

侯国本说:"手里有真理,就掌握了雄师百万,攻无不克,战无不胜。"凭着这样的胸怀和气概,他带领新生的海洋工程系屡创奇功。

东营市是黄河三角洲上的璀璨明珠,虽靠海,但无港,特别是 1961 年胜利油田被发现之后,丰富的石油资源更是面临着外运的压力。1982 年,应胜利油田第一书记李晔之邀,侯国本开始对黄河口、渤海湾海域进行水文和地质、地貌调查。隆冬时节,海面上寒风刺骨,63 岁的侯国本指挥由山东海洋学院"东方红"海洋实习调查船、海军舰船和 5 条渔船组成的科考船队,在海面上一字排开,进行了 8 天的连续调查,最终形成了"黄河三角洲无潮区深水港港址可行性研究报告",详细客观地论证了在渤海湾黄河口附近无潮区可以建设深水港的观点。李晔在给侯国本的信中说:"人间事最为难能可贵的是吼出天下第一声。将来一旦实现了这一宏愿,那我们也就无愧于华夏后代炎黄子孙了。"1984 年 2 月 13 日,中共中央总书记胡耀邦在东营接见了侯国本,听取了关于建设黄河海港、稳定河口流路及黄河三角洲开发利用的汇报。1985 年 6 月,彭真委员长亲笔题写了"黄河海港"四个大字,康世恩副总理亲临奠基,1988 年建成并投入运营。"黄河海港"后改名为"东营港",现已发展成为年货物吞吐量近 5 000 万吨的国家一类开放口岸。

从 20 世纪 70 年代末的日照港,到 80 年代中期的东营港,再到黄河治理——挖沙降河理论的提出,不仅使侯国本的人生事业达到巅峰,在这一系列重大工程项目中也极大地带动了山东海洋学院海洋工程学科的发展,为这个新生的系科指明了方向、夯实了基础。

科学研究:迎风搏浪敢弄潮

1988 年,山东海洋学院更名为青岛海洋大学,从学院到大学的转变,不仅是名称的改换,而是办学方向和发展思路的调整以及可调配资源和发展舞台的拓展,这也为新生的海洋工程系创造了提质增速、发展壮大的良好契机。1993 年 4 月 22 日上午,在青岛海洋大学水产馆前,简朴而热烈的工程学院揭牌仪式正在举行,每个人的脸上都写满笑容,10 年来,作为海洋工程系发展的亲历者、见证者,大家都为这"从系到学院"的跨越感到高兴。新成立的工程学院下设机电工程系、土木工程系、海洋工程动力教研室、海洋工程动力实验室和海岸工程研究所。

成立工程学院之后,海洋工程学科发展的舞台更宽广了,于是勤劳质朴的海工人在海洋这片广袤的领地上围绕一个个科技难题战风斗浪、搏海弄潮,取得了无数在我国海洋工程发展史上具有里程碑意义的成就。

在中国海洋大学的校园里,我们经常可以看到一位身材不高、头发花白的老者,或步行,或骑单车,从容地行进在风景如画的校园;他虽已年逾七旬,却仍专注于海洋防灾领域的科学研究以及学生培养工作,他就是中国海洋大学海洋防灾研究所所长、"复合极值分布理论"的提出者刘德辅教授。2005 年无疑是美国海洋灾害多发的一年,"卡特里娜"飓风和"丽塔"飓风先后袭击美国,给当地带来了巨大的人员和财产损失。殊不知,造成如此严重损失的原因除了两股飓风的威力之大以外,还有美国国家海洋和大气管理局(NOAA)的错误预判。而刘德辅教授运用其1980年提出的"复合极值分布理论"(Compound Extreme Value Distribution,简称CEVD)及其对美国大西洋沿岸和墨西哥湾飓风特征的长期概率预测结果就表明:"卡特里娜"和"丽塔"飓风影响范围的A区(墨西哥湾东部)和1区(佛罗里达东海岸)复合极值分布预测的50年一遇值和千年一遇的飓风强度明显超过美国国家海洋和大气管理局(NOAA)的SPH(standard project hurricane)和PMH(probable maximum hurricane)值。事后两场飓风的破坏强度再次证明了刘德辅"复合极值分布理论"的准确性。如今,他的这一研究成果已被广泛应用于国内外台风、洪水灾害的分析预测和河口海岸城市综合防灾减灾分析。

在工程学院建院30周年庆祝大会上,曾经担任学院院长的李华军教授讲述了他多次走进人民大会堂的经历,其中第一次印象最为深刻。2004年,李华军领衔完成的"浅海导管架式海洋平台浪致过度振动控制技术的研究及工程应用"项目获国家科技进步奖二等奖,李华军作为获奖代表进入人民大会堂领奖。该项目从根本上解决了困扰中石化3年多的安全生产技术难题,避免了平台倾覆和污染事故,确保了中心平台的安全生产和可持续发展,产生了显著的经济社会效益。以此为依托,李华军科研团队还发展了海洋结构动力特性识别技术和健康诊断技术,成功地诊断了埕岛油田9座海洋平台的健康状况,发现了生活平台过度振动的原因,为制定有效的振动控制措施提供了科学依据。

2006年3月29日,2005年度长江学者特聘教授、讲座教授受聘仪式暨长江学者成就奖颁奖典礼在人民大会堂举行,在新聘任的102位长江学者特聘教授中就有李华军的身影。"光华工程科技奖"是中国工程领域的至高荣誉,每两年评选一次,旨在奖励在工程科技及管理领域取得突出成绩和做出重要贡献的中国工程师和科学家。2006年6月6日在北京举行的"第六届光华工程科技奖"颁奖典礼上,李华军作为海洋工程领域的杰出代表荣获青年奖。2010年,李华军科研团队主持的"海洋工程安全与防灾若干关键技术及应用"获国家科技进步奖二等奖,该技术解决了海洋工程设施全生命周期安全防灾的关键技术难题,这也成为李华军第3次走进人民大会堂的宝贵经历。

2014年底,国家自然科学基金委公布了"十二五"第四批重大项目评审结果,李华军教授牵头申报的"大型深海结构水动力学理论与流固耦合分析方法"项目获批立项,成为国家自然科学基金委在海洋工程领域资助的首个重大基金项目。此外,中国海洋大学工程学院还主持了数十项国家自然科学基金重点和面上项目、"863项目"等国家级科研项目,承担了一大批省部级重点攻关项目和企业合作开发项目,年均科研经费达5000万元。累计出版专著和教材数十部,发表学术论文近千篇,其中SCI、EI收录300余篇。获得国家科技进步奖、省部级科技奖励多项,获得发明专利数十项。

人才培养：与卓越同行，与海洋相伴

历经 32 年的探索、发展，中国海洋大学工程学院凝练形成了以"优化课程设置，注重知识关联；强化实践环节，开展基地建设；深化专业训练，提升人才技能；融化海洋背景，确立特色优势"为内容的人才培养理念和以"培养具有坚实的理论基础、扎实的工程实践能力和创新意识的卓越工程师"为内容的人才培养目标，以此为引领，培养了一大批高素质创新型人才，他们在各自的岗位上挥洒青春、激扬梦想、奉献力量。

在工程学院有一个特殊的班集体和一个特殊的奖学金，两者都是以同一个人的名字命名的，他就是该学院 1997 届港口航道及治河工程专业毕业生郝文平。2000 年 9 月 13 日，身为海军北海舰队炸礁队助理工程师的郝文平在宁波万吨轮码头施工中，为保护集体财产和战士生命安全，与突发而来的 6 号台风搏斗近一个小时后壮烈牺牲，年仅 27 岁。郝文平所在部队党委追认他为革命烈士并记二等功，同时为弘扬烈士精神，鼓励大学生成才报国，部队炸礁队与学校共同出资设立了"郝文平奖学金"，并在他大学期间所在的港口航道与海岸工程专业设立了"郝文平班"。时至今日，"郝文平奖学金"已颁发了 10 届，"郝文平班"也传承了 10 届学子，在日积月累的传递中，众学子不仅领悟了郝文平这位优秀毕业生的奉献精神，也激发了努力学习、发愤图强、敢于担当、勇于献身国家海洋事业的使命感和责任感。

32 年来，在这所以"海洋工程师的摇篮"著称的特色学院里走出来的毕业生，不仅养成了大海一样的宽广胸怀和奉献社会的高尚品格，还具备扎实的专业理论知识和过硬的实战本领。

2010 年底，我国首座 40 万吨矿石码头在青岛港董家口港区全线贯通，并投入生产。在青岛港建港指挥部指挥长苏建光看来，这是他自 1989 年于青岛海洋大学港口及航道工程专业毕业以来在职业生涯中啃下的又一块"硬骨头"。2010 年初，苏建光率领建港大军，卷起铺盖，抵达董家口，在这片光溜溜的荒土地上开启了艰难的建港之路。当时令苏建光犯愁的不是凛冽的寒风，也不是荒凉的土地，而是在董家口 35 千米范围内没有过多可开采的碎石资源，严重影响了施工进度。为了找石头，苏建光不仅跑遍了 30 千米之外的胶南藏南镇、张家楼镇附近山头，甚至还跑到了 60 千米之外的潍坊、诸城、日照五莲等地区。在他的不懈努力下，最终如期完成了建设任务。"至少在青岛港近 10 年的发展建设中都凝聚着他的智慧和心血，他不仅是海洋工程领域的知名专家，也是我们杰出校友的代表。"史宏达如此评价这位师出同门的师兄。

工科教育源于实践而最终又要归于实践，在海洋工程人才的培养中，该学院不断强化实践环节，开展实习实训基地建设，先后与胜利油田、日照港、青岛港等单位合作建立了 70 余个教学实践基地。同时，为培养学生的创新能力和综合素质，工程学院还鼓励和引导学生积极参与诸如水中机器人大赛、海洋航行器设计与制作大赛等各类国际国内赛事和创意文化活动，并屡次获得金奖、冠军等荣誉。32年来，在"以工兴海、以工强国"这一整体发展理念的指引下，中国海洋大学工程学院为国家和社会输送了6000余名优秀人才，他们犹如一棵棵树苗，在海洋工程这片肥沃的田野上逐渐锻炼成长为国家海洋工程建设的精英力量。

学科发展：描绘工程世界里的海洋蓝

学科建设是学院各项事业发展的"龙头"，也是关系学院发展全局的一项长周期的活动。中国海洋大学工程学院32年的风雨发展历程，也是不断凝练学科方向、培育办学特色的过程。

斋堂岛隶属青岛市黄岛区，位于琅琊台东南方的海中，相传为秦始皇当年求仙其侍从斋戒之处。该岛屿不仅山清水秀、景色迷人，而且周围海域蕴藏着丰富的波浪和潮流能资源，是天然的海洋可再生能源研发基地，中国海洋大学工程学院史宏达教授、王树杰教授的科研基地就建立于此。2014年1月15日的斋堂岛海域天气寒冷、风高浪急，史宏达教授带领科研团队在寒风刺骨的海面上成功完成了"10 kW级组合型振荡浮子波能发电装置"的投放，该装置解决了多数传统装置"小浪不发电、大浪易损坏"的固有问题，标志着中国海洋大学在国内波浪能阵列化开发与工程应用领域率先取得了实质性突破，也是继2013年王树杰教授领衔研发的"100 kW潮流能发电装置"成功投放之后，中国海洋大学在海洋可再生能源开发领域迈出的又一大步。"这两个装置都是目前国内输出功率最大的潮流能和波浪能发电装置之一，其技术水平也是国内领先的，为我国潮流能、波浪能资源的低成本、规模化开发利用奠定了重要基础。"史宏达告诉记者。

在学科建设中，工程学院还注重通过搭建实验平台来支撑带动相关学科的发展。2011年10月27日，服务于港口、海岸及近海工程，具有自主创新能力，立足山东，面向国家，胜任高水平科研任务和高层次人才培养的海洋工程与技术综合性开放实验平台——山东省海洋工程重点实验室在中国海洋大学揭牌。该实验室的建立，不仅带动了港口、海岸及近海工程国家重点学科的发展，也对培养高层次人才和产出高水平科技成果起到了推动作用。2012年通过全球竞标，该实验室承担了巴拿马铜矿码头水工物理模型试验项目，这也是该实验室承担的第一个国际港口工程试验项目。"既赢得了客户的好评，也展示了实力，还锻炼了队伍。"在史宏达看来这是件一举三得的事情。

2010年6月，教育部启动了"卓越工程师教育培养计划"，旨在培养造就一大批创新能力强、适应经济社会发展需要的高质量工程技术人才，此举被认为是促进我国由工程教育大国迈向工程教育强国的重大举措。2011年，中国海洋大学成为第二批卓越工程师教育培养计划高校，在学校入选的5个专业中，工程学院的港口航道与海岸工程、机械设计制造及其自动化两个专业名列其中。如今，从这两个专业选拔出来的部分优秀学生正在按照卓越工程师的教育计划和方案加紧培养。史宏达说："这两个专业的'卓越计划'培养的是高素质应用型人才,他们更加注重实战和创新,是未来国家海洋工程领域的精英力量。"

历经 32 年艰苦创业、励精图治,工程学院在"立足本源、突出特色、引导创新、质量为本"的专业建设理念的指引下,从只有一个本科专业、不到 20 位教师、仅 30 多名本科生的海洋工程系,发展成为今天这样一个拥有国家重点学科、国家级特色专业、120 多位教职员工、2 000 多名全日制在读学生的工科大院,实现了办学规模、办学水平和办学模式的突破,成为中国海洋大学办学规模最大、发展速度最快、发展潜力最大的学院之一。"2010 年 3 月,中国海洋大学在工程技术学科(领域)进入了 ESI 全球科研机构前 1% 行列,成为学校继植物与动物学、地球科学之后第 3 个进入全球前 1% 的学科(领域),这里面离不开工程学院的突出贡献。"在工程学院建院 30 周年大会上,时任学校党委书记于志刚如是说。

师资队伍:当好梦之队的筑梦人

32 年来,中国海洋大学工程学院已构建起一支实力雄厚的师资队伍,他们中既有德高望重的老一辈学者,也有初露锋芒的青年专家。这支队伍是学院培养优秀工程人才的主力军,也是学院科学研究、社会服务与文化传承创新的中坚力量。

在工程学院有一个特殊的奖项叫"昊阳恩师奖",说它特殊,一方面是它的授奖对象是老师,而不是学生;另一方面它是由该学院 1998 届毕业生、青岛昊阳网络科技有限公司董事长刘武出资设立的。"'昊阳恩师奖'主要面向奋斗在教学一线,品德高尚、技艺精湛、对学生影响深远的教师,由学生和老师一起评选产生。任何人不得申报,但任何人都有可能被提名。"史宏达向记者讲述了该奖项评选的条件。现已退休的杨新华老师是第二届"昊阳恩师奖"的获得者,据史宏达介绍,杨新华老师从 1983 年海洋工程系招收第一届学生时到校执教,32 年来一直兢兢业业、默默无闻、任劳任怨,工作在教学一线,她的工龄与工程学院的院龄一样长。"即使现在退休了,也闲不住,依然坚持给学生上课。每一位向她求助的学生,她都热情接待,她也因此深得每一届学生的喜爱。"

为进一步加强对创新型青年人才的培养,完善人才资助体系,自 2012 年起,国家自然科学基金委员会设立了优秀青年科学基金,截至目前,中国海洋大学共有 6 名教师获得这一殊荣,在海洋工程系担任港口航道与海岸工程专业教研室主任的刘勇便是其中之一。在工程学院建院 30 周年庆祝大会上,刘勇作为教师代表发言,他说:"这里是年轻教师追求梦想、探索科学的美好舞台。"他是这样说的,也是这样做的,2007 年到校工作,2013 年获评优秀青年科学基金,现在已是工程学院最年轻的教授。"青年教师积极进取,追求上进是好事,学院应更多地做好服务和支持工作,给他们创造发展的空间。"史宏达说,学院正在酝酿设立"优秀青年教师培养基金",为优秀青年教师学习、培训、团队培育等提供更多的支持和帮助。

在充分发挥中老年教师作用、着力促进青年教师健康成长的同时,工程学院还积极引进国际化人才,强化教师队伍建设。"齐鲁友谊奖"是山东省政府为表彰外国专家在推动本省经济建设和社会发展方面作出的突出贡献而设立的奖项,在 2012 年度的颁奖礼上,中国海洋大学工程学院聘请的 2011 年度教育部海外名师、来自韩国海洋科学技术院的李东永教授获此殊荣,成为学校第 2 位获此奖励的外国专家。据李东永教授的学生、海洋工程系副主任梁丙臣教授介绍,李东永教授自 2000 年始就和中国海大有学术和科研上的合作交流,2011 年通过教育部"海外名师项目"正式到中国海洋大学工作。对于这位汉语不是很流利,有时还得靠英文辅助沟通,已经与工程学院合作了 15 年的老朋友,师生们对他在科研和教学上表现出的勤奋、严谨的精神与态度有口皆碑。李东永与工程学院的科研人员共同建立了山东省沿海海洋信息系统,该系统为有效保护山东半岛沿海环境、提升灾害防御水平提供了保障。他通过对黄海和东海沿海的研究,改良了海浪和风暴潮数值模型,为沿海和海洋结构设计等制定了新的标准。他还改良了沿海循环的沿岸输沙模型,从而妥善解决了油泄漏、搜寻和救援、环境和生态等问题。"他每天都会按时上下班,有事外出会向学院请假,除了从事科学研究,他还给研究生上课,给本科生开讲座,是一个特别敬业、随和、受人爱戴的老先生。"梁丙臣说。

历经 32 年的发展建设,中国海洋大学工程学院打造形成了一支年龄结构、学缘结构、学历结构相对合理的高水平师资队伍,其中涵盖教育部"长江学者"特聘教授 1 人,国家杰出青年基金获得者 1 人,入选国家万人计划首批百千万工程领军人才 1 人,国家级突出贡献中青年专家 2 人,教育部新世纪人才计划 7 人,山东省教学名师 1 人,山东省突出贡献专家 1 人,山东省技术拔尖人才 2 人,青岛市技术拔尖人才 3 人。

未来发展:乘风破浪天地宽

"在国家建设海洋强国的时代背景下,在学校建设国际知名、特色显著的高水平研究型大学的过程中,工程学院如何找准自身定位,自觉地将学院的发展融入到国家和学校事业发展的大格局中,寻求支持和动力,并作出自己独特的贡献。"在建院 30 周年大会上,学校时任党委书记于志刚对工程学院的未来发展提出了期望。

谈及工程学院的未来发展,史宏达告诉记者,学院将紧扣"以工兴海"的主题不动摇,发挥海洋特色优势,打破传统工科发展的固有模式,努力建设成为一个真正为国家海洋事业发展作贡献的学院。"虽然学院的学科门类比较多,方向分散。但我们还是希望它成为一艘大船,而不是 4 艘小船(4 个系),一艘船意味着只有一个舵,一个方向,这个方向就是进军海洋。"史宏达指出,除了与海洋密切结合的海洋工程系,现在机电工程系、自动化及测控系也已经下海,下一步将继续往海里走,并将走向深海。土木工程系也正在思考下海的方式,比如跨海大桥、海底隧道、偏远海岛的建筑规划。

史宏达表示,工程学院还将紧扣国家和区域发展战略重大需求,以发展海洋高新技术为核心,充分发挥学科特色和人才优势,更加积极主动地融入国家和区域自主创新体系,积极探索面向行业产业和区域发展的"产学研用"协同创新机制,推进与科研院所、行业企业的深度合作,努力创新工科学院的发展模式,在服务海洋事业的辽阔舞台上寻求更大的支持,实现更高水平的持续快速发展。

(本文刊于 2015 年 2 月 10 日,第 22 期)

中国海洋大学海洋气象专业历届系主任合影留念

心归大海 梦在云端
——中国海洋大学海洋气象学科发展之路

廖　洋　冯文波

　　4月3日晚,清华大学新清华学堂星光璀璨,吸引着全球华人的目光,由凤凰卫视主办的"世界因你而美丽——2014—2015年影响世界华人盛典"在此举行。当来自美国夏威夷大学气象系的王斌教授第一位上台领奖的时候,远在青岛的中国海洋大学师生们为这位1966届的杰出校友感到骄傲和自豪。2014年底,王斌因在热带动力学和季风过程及其可预报性研究领域取得的重大成就,而被美国气象学会授予了有"大气科学界诺贝尔奖"之誉的卡尔·古斯塔夫·罗斯贝奖,并因此入选2014—2015年影响世界的11位华人(或团体)之一。谈起这位世界知名的校友,中国海洋大学海洋环境学院院长管长龙说:"其实王斌本科阶段学的是海洋水文专业,不是海洋气象,他的成功,也印证了长期以来学院坚持的海洋科学与大气科学协同发展理念的正确性。正因为具备了海洋的背景,我们的大气科学研究才有了自己的特色和优势,并在国内大气科学界占据一席之地。时至今天,我们的海洋气象专业已经走过了 80 年的发展历程……"

溯源:百年青岛气象与一所大学的弥久情缘

青岛是一座久负盛名的海滨城市,在众多迷人的景色中,令海内外游客流连忘返的当数"青岛十景"了,而十景之中的"穹台窥象"便是因青岛观象山的观象台而得名。青岛观象台这座欧洲古城堡风格的七层建筑,不仅见证了青岛逾百年的气象发展史,也见证了青岛气象观测事业与一所大学的弥久情缘,更为可贵的是推动并促进了我国海洋气象科学的创建与成长。

青岛的气象事业源远流长,却又命运多舛,先是 1898 年初德国侵略者于馆陶路设立"气象天测所",1912 年又在观象山建成观象台,1914 年日本取代德国统治青岛,观象台亦落入日本人手中。直至 1924 年 2 月 15 日,中方才正式接收青岛测候所(即观象台),北洋政府任命中央观象台气象科科长蒋丙然为台长。其后不久,在北平、青岛、南京等地的蔡元培、高鲁、蒋丙然、竺可桢、彭济群等名流学者经过周密协商、认真准备,于 1924 年 10 月 10 日在青岛观象台成立了中国气象学会,选举私立青岛大学(中国海洋大学前身)的创建者之一高恩洪等人为名誉会长,蒋丙然任会长。在蒋丙然的主持下,青岛观象台的工作开展得有声有色,成为与上海徐家汇观象台和香港观象台齐名的远东三大观象台之一,业务范围不断扩大,还开创了海洋方面的观测研究工作。在观象台的业务工作步入正轨并节节攀升的时候,蒋丙然又在为中国未来气象事业的发展考虑了。作为中国近代气象事业的开创者之一,蒋丙然早年曾留学比利时,并获气象学博士学位,他深知培养气象专业人才的重要性。抵达青岛的十年间,他也一直在为气象人才的培养寻找突破口和落脚点。经过深思熟虑和多番考察之后,他选定了与中国气象学会同龄的国立山东大学(中国海洋大学前身)。

1935 年,蒋丙然在国立山东大学物理系创立了天文气象组,由他本人及青岛观象台的高级技术人员兼任有关气象课程的教授,并以观象台为实践教学基地让学生边学习、边操作。据中国海洋大学海洋气象学系王启教授介绍,当时国内共有四所大学设有气象专业,其中东南大学(中央大学的前身,现为南京大学)、清华大学和浙江大学皆设在地学系内,唯独国立山东大学的气象组设在物理系。正是从那时起,中国海洋大学开启了为国家和社会培养气象人才的序幕。

1937 年 7 月 7 日,日本帝国主义发动了全面侵华战争,四个月后战争波及山东,国立山东大学被迫内迁安徽安庆,后又迁至四川万县,至 1938 年 2 月停办,刚刚成立不到三年的天文气象组也宣告解散。

1946 年,国立山东大学在青岛复校,并于 1949 年在物理系恢复气象组设置。与此同时,在美国留学的赫崇本博士冲破重重阻力,回到祖国,受聘为国立山东大学教授,并于1950年调至物理系气象组工作。曾是该校气象专业学生、时任青岛观象台台长的王彬华也受聘兼任气象组教授。此二人的到来,不仅充实了气象组的师资力量,他们的学术背景也为这所大学的气象学科将来走向海洋埋下了伏笔。"当时赫崇本主要讲授'理论气象'和'气象仪器与观测'两门课程,王彬华则开设'天气学'和'普通气象学'。"中国海洋大学海洋气象学系原系主任周发琇告诉记者。

1952年,中央人民政府仿照苏联模式,对全国原有高等学校的院系进行调整,厦门大学海洋系理化组部分教师调入山东大学与海洋研究所合并,组建了山东大学海洋学系,赫崇本担任系主任。此后不久,学校原归属于物理系的气象组也并入刚成立的海洋学系,气象组教师王彬华、于宝琛、左中道、杨文民、陈绍鑫等也一起进入海洋学系。院系调整之后,身为系主任的赫崇本觉得自己肩上的担子更重了,他深知,要培养出优秀的海洋学家,仅仅具有广博的海洋科学知识是不够的。若要学"海洋",还要有"海洋"之外的学科配合,协同发展。他坚持再设一个海洋气象专业,使海洋与气象两个姊妹学科互相渗透、借鉴、促进,达到共同发展。为了给海洋气象专业的成立储备力量,他又邀请了在四川大学任教的牛振义教授到校讲授气象学的课程。谈到赫崇本为何力主开设海洋气象专业,王启告诉记者,这与他的学术背景有关。"赫崇本早年毕业于清华大学物理系,但1943年赴美留学时改学气象,于1947年获美国加州理工学院哲学博士学位。后又跟随现代海洋学奠基人斯韦尔德洛普从事海洋研究。"

时光荏苒、岁月流转,在赫崇本等人的精心准备下,1957年9月,经高教部同意,海洋气象教研组扩充为海洋气象专业,自1935年蒋丙然创建天文气象组到1957年设立海洋气象专业,历经22年的辛勤耕耘,终于梦圆。与此同时,原有的物理海洋学专业更名为海洋水文专业,海洋学系也更名为海洋水文气象系(下辖海洋水文、海洋气象两个专业),赫崇本任系主任,王彬华为系副主任。

1958年10月,山东大学主体迁往济南,海洋水文气象系留在了青岛,连同其他留青部分于1959年发展成了山东海洋学院。从1924年创办私立青岛大学起,历经国立青岛大学、国立山东大学、山东大学几个办学时期,停办、合校、迁徙、复校,历时35载,几经坎坷、曲折,学校从此走上了稳定持续的特色发展之路。置身于这艘科教之船的海洋气象专业,在以海洋为航向的特色之路上,逐步成长、壮大,并因其特有的海洋气质在中国乃至世界气象学界赢得了同行的瞩目与青睐。

科研:站在海洋与大气的交汇点上

中国作为一个拥有300万平方千米"蓝色国土"的海洋大国,不仅具备研究海洋气象的便利条件,更有这方面的迫切需求。于是,站在海洋与大气的交汇点上,中国海洋大学的大气科学研究走出了一条与众不同的道路。

中国是一个多风暴潮灾害的国家,在不同的季节里,由台风等因子引起的风暴潮频繁地袭击我国沿海地区,给人民的生命和财产造成了巨大损失。于是,研究风暴潮发生和发展的规律,及时准确地进行预报成为摆在中国海洋气象学界科技工作者面前的一项长久任务。20世纪70年代初期,在"文化大革命"的风波还未褪尽的时候,山东海洋学院海洋气象专业的秦曾灏副教授已经与他的同事冯士筰、孙文心着手这方面的研究了。他们从动力学机制方面研究了风暴潮的发生和发展过程,建立了我国独特的浅海风暴潮理论体系和预报方法,提出了超浅海风暴潮的理论和数值预报模型,为我国沿海风暴潮的预报奠定了理论基础。1975年,他们三人撰写的我国第一篇风暴潮动力学研究领域的论文刊发于《中国科学》杂志上。1982年,秦曾灏主持的"浅海风暴潮的动力机制及预报方法的研究"获国家自然科学三等奖。鉴于山东海洋学院在海洋气象学领域的科研实力和突出表现,1984年国务院批准学校海洋气象专业成为国家第二批博士点之一,秦曾灏被遴选为博士生导师,这也成为山东海洋学院继1981年物理海洋学获批成为全国首批博士点之后的第二个博士点。"秦曾灏教授不仅在浅海风暴潮研究领域成绩突出,而且还开辟了'海-气相互作用'这一新的研究领域,并牵头组建了我国第一个'海-气相互作用研究室'。"中国海洋大学海洋气象学的学科带头人刘秦玉教授告诉记者。

围绕"海洋-大气相互作用"这一研究领域,中国海洋大学的海洋气象科技工作者们揭示并破解了一个又一个海洋动力过程如何通过影响海表温度进而影响气候变化的规律与难题。2004年2月,在夏威夷召开的国际季风大会上,来自中国海洋大学的刘秦玉教授向大会作了特邀报告,她关于"冬季南海是印度洋-太平洋暖池的一个'豁口'"的重大发现,引起了与会学者的高度关注。通过这一发现,刘秦玉构建起了季风驱动下的南海海洋环流的理论框架,阐明了南海海表温度的季节与年际变化机制,揭示了南海与热带太平洋ENSO之间的联系。此外,刘秦玉教授还揭示了不同季节热带印度洋海温异常对东亚季风年际变化的不同影响,改变了学术界在这一问题上的传统认识。她2007年发表的关于热带印度洋海表温度变化的主模态影响亚洲夏季风的学术论文截至目前已被SCI刊物论文引用220次以上。她在2007年首次提出的有关春季热带印度洋对亚洲夏季风影响的成果已被国内外气象部门采用作为气候预测的新指标。21世纪初,刘秦玉与美国科学家合作共同发现了夏威夷群岛超长"尾迹"效应,揭示了海岛附近海洋-大气相互作用的独特性,推动了国际上有关海洋岛屿附近海洋-大气相互作用的研究进程。她与谢尚平教授、郑小童副教授合作撰写的《热带海洋大气相互作用》学术论文和开设的有关课程在推动海洋气象学科发展中都起到了十分重要的作用。

80年来,历经几代人的辛勤耕耘与不断积累,中国海洋大学的海洋气象学研究体系日益完善、格局更趋合理。"我们的研究主要集中在海雾、海-气边界层、热带气旋及海上灾害天气、大尺度海-气相互作用这四个方向……"中国海洋大学海洋气象学系主任黄菲告诉记者。截至目前,中国海洋大学在海洋气象学领域共承担国家级科研项目近百项,其中包括"973 计划"项目课题近十项,科研经费数千万元,发表学术论文近千篇,凭借其鲜明的海洋特色优势,在中国以及世界气象学界的影响力与日俱增。

育人:风浪历练,方成气象

在人才培养上,中国海洋大学海洋气象学系谨记"浩海求索,立言济世"的院训,以大气科学为根,以海洋科学为魂,为国家和社会培养了一批批"海味"十足的气象人才。

2011 年 9 月 29 日 21 时 16 分 3 秒,中国首个目标飞行器和空间实验室"天宫一号"在酒泉卫星发射中心发射升空。当全国人民为祖国的航天技术又前进了一大步而欢欣鼓舞的时候,可曾想到为"天宫一号"发射寻找"黄金窗口"的那位"捕天"高手,正是中国海洋大学海洋气象专业的毕业生,即现在的酒泉卫星发射中心气象室主任尹洁。1998 年 9 月,从青岛海洋大学(2002 年更名为中国海洋大学)毕业后,怀着对绿色军营的向往和祖国大西北的憧憬,尹洁主动申请到酒泉卫星发射中心工作。17 年来,这位外表文弱的大学生不仅经历了从"神一"到"神十"的发射考验,而且凭借其过硬的业务本领赢得了同事和领导的赞扬。"思维严密、预报精准,多次在飞船发射任务中以准确的天气预报结论引起各级领导的重视。"酒泉卫星发射中心气象室原主任刘汉涛这样评价她。截至目前,尹洁已圆满完成了 10 次神舟飞船和数十次卫星发射任务的气象保障工作,获得军队科技进步二等奖 1 项、三等奖 5 项。

风云变幻观气象,阴晴冷暖问海洋。80 年来,中国海洋大学的海洋气象学专业不仅培养出了许多战斗在气象观测预报一线的业务标兵,而且还为中国乃至世界气象科研事业的发展输送了大批研究型、创新型人才,如现任中国气象科学研究院院长端义宏、美国麻省大学终身教授陈长胜、河口海岸研究专家朱建荣等。

"百名南粤杰出人才培养工程"是广东省委、省政府在 2011 年至 2015 年重点实施的一项人才战略工程,旨在着力培养一批有实力竞争两院院士的后备人才。在 2014 年 2 月公布的第三批培养对象名单中,中国科学院南海海洋研究所副所长王东晓研究员名列其中。谈起这位 1987 级的校友,黄菲言语间尽是敬佩之情。王东晓 1987 年考入山东海洋学院海洋气象专业,虽然身患肌营养不良症,行动不便,但他依然坚持刻苦攻读,用 9 年时间完成了从本科到博士的学业,后又出国深造。1999 年王东晓进入中国科学院南海海洋研究所工作。凭借其在海大 9 年的专业学习沉淀和国外 3 年的视野开阔经历,在南海这片广阔的舞台上,王东晓在海洋环流动力、海-气相互作用领域取得了一系列令人瞩目的成果。他揭示了南海与邻近大洋的重要水交换形式,发现了印度洋"类 ENSO"现象和印度洋年代际气候突变,发表论文、出版专著共 150 余篇(部);先后当选国家首届中青年科技创新领军人才、国家杰出青年科学基金获得者、"973 计划"项目首席科学家,并于 2006 年获全国"五一劳动奖章"。谈起为何选择南海作为科研的舞台时,王东晓说,这源于读研究生二年级时与时任系主任周发琇老师的一次交谈。"周老师告诉我,南海尚属气象研究的薄弱区域,数据匮乏、条件苛刻,但也是大有可为之地,于是在周老师的指引和鼓励下,我与南海结下了缘分。"

步入中国海洋大学海洋环境学院大厅,首先映入眼帘的是一块巨大的显示屏,上面清晰地显示着最近三天的天气情况,令人惊奇的是最后的落款不是中央气象台,也不是青岛市气象台,而是该学院海洋气象学系的同学们。黄菲告诉记者,这是毕业班的同学正在开展的"天气预报实习",此类实践教学活动,他们还有很多。多年来,在学校和学院的支持下,海洋气象专业的实践教学开展的扎实而稳固,先后与山东省气象局、天津市气象台、河南省气象局、青岛市气象局签订了交流合作协议和共建实习实训基地协议,每年定期派遣学生赴这些单位实习。与此同时,中国海洋大学还充分发挥自身的硬件优势,组织学生搭乘 3 500 吨级"东方红 2"海洋综合科学考察实习船出海实习,开展海上气象观测预报和各类科学实验,让学生在"海味"熏陶中、风浪历练中成长成才。截至目前,中国海洋大学海洋气象学专业培养了约两千名毕业生,他们犹如一粒粒蒲公英的种子,在世界各地扎根发芽、旺盛生长,并以自己特有的海洋气象专长注视风云变幻,预测阴晴冷暖。

学科:海天之间正扬帆

学科是大学的基石和支柱,不断加强学科建设是一所大学得以持续发展的关键,对于几乎与中国海洋大学同龄的海洋气象学科来说,80 年来耸立于海天之间,走过了一条不断凝练学科方向、优化学科布局、突出特色、提升水平的发展道路。

在历史悠久的中国海洋大学鱼山校区,有一座地势不高却景致极美的小山——八关山,20 世纪二三十年代,因中国现代文学史上许多著名的作家在此聚集而远近闻名。如今,登临小山,虽不见文人作家的身影,但一座历经风雨的三层小楼以及山坡空地上树立的一只只百叶箱总能引起人们的好奇心,这就是具有 50 多年历史的八关山气象观测站。"八关山气象站建成于 1972 年,它的前身是 1960 年成立于大学路 2 号楼的'海洋气象实习台',55 年来,这个台站不仅见证了学校海洋气象学科的发展,而且成为海洋气象系进行实践教学的重要基地。"谈起这座气象站的历史,周发琇如数家珍。2012 年5 月,为更好地发挥学校的学科优势为社会服务,进一步推进观测资料共享,中国海洋大学与青岛市气象局签约共建八关山气象观测站,按照共建协议,青岛市气象局将八关山观测站纳入全市区域气象观测网,给予编号,并提供技术指导、仪器维护及检定。八关山气象观测站主要进行痕量气体、辐射、土壤温度、通量和雾滴谱观测及低空边界层探测,相关资料向青岛市气象局开放,而青岛市气象局的常规资料、区域自动观测站、风廓线、天气雷达和浮标站资料也提供给中国海洋大学师生共享。"现在我们学生每天开展'天气预报实习'所用的数据资料都是通过青岛市气象局捐赠的 VISA 小站接收信息资料,我们的'天气会商室'与青岛市气象局开通了视频连线,便于学生学习观摩。"黄菲向记者历数这一校局共建的成果。

学科建设离不开实验平台建设,80 年来,中国海洋大学海洋气象学系通过不断提升自主创新能力和借力外部资源使得科研平台建设不断跃上新台阶。20 世纪七八十年代创建的海–气相互作用研究室,现如今已发展成为"海洋–大气相互作用与气候实验室",并于 2006 年获批成为山东省重点实验室。此外,海洋气象学系还在学校、学院的支持下积极探索联合共建实验室的新模式。2009 年 3 月,海洋环境学院与广东省气象局签订了共建"海洋气象联合开放实验室"协议。6 年来,依托这一科研平台,校局之间实现了资源共享、优势互补,在海气边界层、季风与灾害性天气过程和海雾等与业务化预报有关的海洋气象研究领域都取得了重大进展。

中国海洋大学海洋气象学系这一全国唯一冠为"海洋气象学"的历史悠久的教学和科研单位,自 1984 年海洋气象学专业获批成为全国第二批博士点后,1999 年又发展成为山东省重点学科,2003 年获批成为大气科学博士学位授予权一级学科点,并设有博士后流动站和山东省"泰山学者"岗位,现如今已成为我国培养海洋–大气相互作用与气候、海洋气象学及大气环境等方面人才的重要基地之一。

师资:沿着大师的足迹前行

大师是大学的一面旗帜,也是一所大学的脊梁和砥柱。中国海洋大学的海洋气象学科便是一个由大师开创并与后来者勠力同心、共谋发展的特色学科。

2004 年 10 月 18 日,在中国气象学会成立 80 周年庆祝大会上,组委会把国内气象领域首次设立的最高奖项"气象终身成就奖"颁发给了一位 90 岁的老人,他就是中国海洋气象学的开创者、中国海洋大学海洋气象学专业的奠基人之一王彬华教授。这位在中国乃至世界海洋气象学界德高望重、令人敬仰的科学家的一生就是一部传奇。他早年曾跟随中国近代气象名家蒋丙然、竺可桢等学习气象学。抗日战争爆发后,他毅然投身军营,以技术人员身份加入中美合作所气象组,从事战区天气预报工作。"在艰苦的条件下,王彬华凭着扎实的理论功底和丰富的预报经验,为包括美国陈纳德将军援华飞虎队在内的飞行活动提供精准、及时的天气预报,为抗战胜利作出了贡献。"中国海洋大学海洋气象学系盛立芳教授在《追忆缅怀王彬华教授》一文中写道。20 世纪 50 年代,王彬华正式转入山东大学执教,专心从事气象教学与科研工作,并开创了我国海雾研究的先河。1983 年,他积 40 年海雾研究经验,撰写的《海雾》一书出版,1985 年由中国海洋出版社和世界著名的图书出版公司 Springer–Verlag 公司组织翻译成英文,在世界各地发行。"出国参加学术研讨会,当我们介绍说来自中国青岛时,国外学术界的同行会投来羡慕的目光,他们都知道在青岛有一个研究海雾的权威——王彬华教授。迄今为止《海雾》仍然是世界上唯一一部全面系统研究海雾的权威专著。"黄菲告诉记者。在王彬华教授的带动和鼓励下,历经两三代人的努力,中国海洋大学海洋气象学系的海雾研究已经形成了一支优秀的团队。2012 年 1 月,由傅刚教授、张苏平教授、高山红教授和李鹏远博士组成的海雾研究小组出版了海雾研究英文专著 *Understanding of Sea Fog over the China Seas*,成为继《海雾》之后这一领域的又一力作。2011 年 5 月,这位受人爱戴的海洋气象学家与世长辞,盛立芳教授写道:"让我们时刻铭记王彬华教授留给我们的精神财富,学习他的高尚品格和实事求是的科学态度,用我们不懈的奋斗为中国的海洋气象事业作出应有的贡献。"

沿着大师的足迹,在中国海洋大学海洋气象学系,一批青年才俊正接过老一辈手中的接力棒乘风破浪、奋力向前。2014 年 10 月 27 日,由北京大学组织的"2014 年谢义炳青年气象科技奖"揭晓,5 位青年学者和 1 位博士研究生获奖,中国海洋大学海洋气象学系副教授郑小童因在印度洋海-气相互作用研究领域取得重大进展而名列其中。这位"80 后"的青年学者成为继该系黄菲教授荣获中国气象学会颁发的 2002—2003 年度"涂长望青年气象科技奖"之后,又一位脱颖而出的气象新秀。

每年 6 月,当中国海洋大学海洋气象学系的应届毕业生进行论文答辩的时候,在评委席上同学们总能见到许多他们仰慕已久的海洋气象界的学术大师和业界泰斗。近年来,通过学校实施的杰出人才引进机制,海洋气象学系招揽了一大批世界知名的海外专家学者,如美国大西洋海洋和气象研究所的王春在教授,美国夏威夷大学气象系王斌教授、谢尚平教授等。"除了平时的科研合作交流以外,在每年毕业季,我们会集中把这些专家请到一起,对毕业生的论文进行点评指导,既给学生创造与大师交流接触的机会,也通过他们给学生未来的学术成长和发展指引方向。"黄菲告诉记者。此外,海洋气象学系还利用局校合作的契机,聘任省、市气象业务单位的高级技术人员担任兼职教授,为学生讲解气象操作和应用方面的知识。截至目前,中国海洋大学海洋气象学系已构建起一支老中青年龄梯队结构合理,以中青年教师为主体的师资队伍,含"长江学者"2 人、泰山学者 1 人、教育部新世纪优秀人才 1 人,且 60% 以上的教师有在发达国家进修和访问一年以上的经历。

21 世纪是海洋的世纪,在国家大力建设海洋强国和推动实施"一带一路"倡议的宏观背景下,中国的海洋气象学科迎来了难得的发展机遇。谈及中国海洋大学海洋气象学科的未来发展,管长龙表示:"我们不仅要在中国的大气科学界争得一席之地,还要筑起一座高峰,当国内涉及海洋气象学领域的问题时,让大家自然而然地就想到中国海洋大学。"

(本文刊于 2015 年 5 月 29 日,第 23 期)

在"线上"与"线下"的融合中实现课堂翻转

——记中国海洋大学的"混合式教学"模式

冯文波

　　"以前上课能给学生 15 分钟自由讨论就很不错了,更别提看视频、搞活动了,现在这些都可以在'线上'完成,弥补了课时不足的难题。在课堂教学中,学生有备而来,我有更多时间引导他们在广度和深度上进行拓展与挖掘,现在上课感觉特别畅快。"从事英语教学 20 余年的教师林峰对中国海洋大学自 2015 年始推行的"混合式教学"改革赞赏有加。"简单的知识点通过网络视频就可以轻松掌握,困难的知识点由老师在课堂上讲解;小组讨论和课堂展示环节,让我对所学内容理解更加透彻。"对于这一新型教学模式,参加试点课程学习的刘思鹏同学也给予拥护和支持。

　　在"互联网+"大行其道的当下,如何培养受信息技术影响而成长起来的新一代大学生?面对这一课题,中国海洋大学主动打破"灌输式"教学模式,将传统面授教学与信息技术有机融合,基于"线上"平台资源和"线下"翻转课堂,推行"混合式教学"模式,通过构建情境、交互、体验、反思融为一体的深度学习场域,来增强学生的自主学习意识,培养创新精神,提高实践能力,获得了事半功倍的效果。

思变:"一支粉笔一本书,一块黑板一张嘴"的模式之困

"中国大学的教学长期以来一直沿用'一支粉笔一本书,一块黑板一张嘴'的灌输式教学方法,只不过现在的'一块黑板'又换成了'一块屏幕',多媒体也还是单媒体。"中国海洋大学教务处处长方奇志认为教学方法的创新是当今大学教学改革的关键。

"传统的教学模式下,老师是演员,学生是观众,学生上课记笔记,下课做作业。现在有些学生连笔记也不记了,直接用手机拍PPT,在老师满堂灌的情景下,学生逐渐丧失了学习的积极性与主动性。"中国海洋大学食品科学与工程学院教师刘尊英说。

对于教学方法的创新与变革,中国海洋大学一直在努力。案例式、讨论式、新生研讨课……"都有一定的效果,但始终没形成气候。"方奇志坦言,以互联网为代表的信息技术的飞速发展,为大学教学模式的创新提供了契机。"传统面授教学和网上在线学习相融合的'混合教学'模式应运而生。"

在广泛调研和深入论证的基础上,中国海洋大学认为学校具备开展"混合式教学"改革的条件。在移动互联网技术普及的今天,学生获取知识的时间和空间都得到了无限延展,作为网络"原住民",他们对网络教学更加容易接受。近年来,以慕课为代表的在线课程的盛行,也使广大教师、学生对网络教学有了一定的接触与认识,为教学模式的变革奠定了思想基础。

"混合式教学"既不是彻底解放老师把课堂迁移到网上,也不是"线上"与"线下"的简单机械相加,而是通过课前导学、线上自主学习、课堂重点难点讲解、线上线下深度讨论、过程性考核等方式,将传统的以"教师讲授为主"的模式向以"学生自主学习为主"的模式转变,提高学生自主学习的能力和兴趣,锻炼学生独立思考的能力,使其养成良好的学习习惯,从而取得最优化的学习效果。

2015年4月24日,中国海洋大学教务处向各院系发布通知,征集首批"混合式教学"改革试点课程,标志着该项工作的正式启动。对于为何采取自愿报名的方式,而没有采取以往项目化或者分派任务的形式,方奇志认为,教学方法改革成功与否很大程度上取决于老师的内生动力,根据以往经验,单纯的项目或者任务驱动效果并不好。此次试点改革的目的在于选取典型案例,总结经验,以便后期推广,重质量不重数量。"自愿报名的老师大多是在教学上较为投入,希望提高自身课堂质量的教师,积极性比较高,事实证明也确实如此。"方奇志说。

融合："线上"＋"线下"，让教师由"演员"变"导演"

"为打破学生被动接受知识的窘境，多年来我尝试过'问题解决'教学策略、'主体性'教学策略、'项目教学法'等各种教学方式，我们也建设有国家精品课程网络平台，虽然教学效果有一定提升，但由于缺乏系统的教学理论与模式支撑，学生以考试为目的的学习方式并未彻底改变。学校推行'混合式教学'改革时，我眼前一亮，这正是我多年来要寻找的教学模式。"刘尊英与"混合式教学"模式一见倾心。

登录中国海洋大学的网络教学综合平台，点开刘尊英主讲的食品保藏原理与技术课程，在"课程学习"栏目下面，10个单元的91个知识点清晰在列，每一单元的菜单里又设有课前导学、学习任务单、知识点PPT、知识点微视频、电子教材、在线测试和小组协作学习等内容。"里面的每一项内容都是我结合课程特点认真思考、科学设计出来的，这些知识和任务需要学生在线上自主学习完成。"刘尊英说，线下面授阶段，她会结合学生在线上自学的情况，就其中的难点、重点和易错点进行深入讲解升华，并指导学生进行以小组协作学习为模式的深度讨论，之后还要撰写"课程日记"或"反思报告"。"老师是'导演'，学生是'演员'，在课堂的翻转中引导学生对知识主动探索、主动发现，并实现对所学知识的自主构建。"刘尊英说。

2015年12月15日下午，在中国海洋大学国际私法的课堂上，一场名为《谢远芳女士的遗产继承案》的法律情景剧正在上演，演员是学生，课堂教学总主持人是任课教师梅宏。"情景剧的素材是学期初老师就发布在网络教学平台上的，其中的呈现形式、角色设定、知识点串接也是我和同学在网上讨论确定的。"在剧中扮演律师的卢怡彤同学谈及这一新颖教学模式下的课堂依然记忆犹新。

"在之前的教学工作中，我会申请一个邮箱，把密码告诉同学们，有问题大家都在里面以邮件的形式探讨，往往需要往返三四封邮件才能把一个问题说明白。既不利于交流，而且讨论的共性话题，也不利于其他同学参与探讨和掌握。"梅宏表示，正在他为此事犯愁的时候，学校推行"混合式教学"改革，搭建了网络教学综合平台，他的困惑迎刃而解。"我们可以在论坛里发帖提问，不仅老师可以解答，学生也可以各抒己见、阐发思想，每个人的观点都在上面显示出来，一目了然。"卢怡彤对梅宏老师在网络教学平台上开设的BBS栏目很喜欢。

"线上"和"线下"是两种不同的教学手段，"混合式教学"模式需要任课教师结合课程特点进行科学合理的组织设计，把"线上"和"线下"贯通起来。刘尊英认为，正是这种"因课施教"的组织设计才是最费精力、最考验教师智慧的环节，也是这一新型教学模式的精髓所在。"这就好比学校给每位老师一块地，至于你在上面盖什么样的房子，采用什么样的设计、装修风格，那是你的事，最主要的是把这块地用好，有高质量的产出。"林峰说。

为了获得高质量的产出,不仅教师的工作量增加了,学生学习的任务量也增加了。先期报名参加试点的是 42 门课程,正式开课时只剩下了 14 门。有的老师认为工作量太大,便主动退出了。"刚开始那会儿,有学生抱怨说,我们每周比其他班的同学多写几千个单词。"林峰说,一学期下来,学生发现这种方式在词汇拓展、英语写作、阅读理解、听力口语等方面对自己帮助特别大,相比以往的教学模式这种方式效果更佳。"我们是学生自主选课,一学期之后,我发现我的学生没有逃跑,他们还是会选我的课,说明同学们对这种教学模式还是认可的。"这让林峰感到欣慰。

愿景:构建移动式学习环境,推行智慧教学

"92.85% 的同学认为通过网络开展本门课程的学习很有价值;90% 的学生对这种形式的课程很满意,10% 的同学对这种形式持中立态度;88.57% 的同学认为相比非网络课程,这门网络课程的质量更好一些;40% 的同学认为与修读的其他非网络课程相比,利用该教学形式增加了学习难度。"学期末,刘尊英对自己主讲的课程进行了问卷调查,调查结果更加坚定了她推行"混合式教学"模式的信心。

教学模式的变革,不仅提升了教学质量,还推动了教材的编写和教师教学、研究水平的提升。"我一直在寻找一种可以把自己的教学研究和信息技术结合起来的教材呈现形式,现在找到了,就是'互联网 + 教材'。"梅宏说。

三年多来,中国海洋大学召开了多场"混合式教学"改革总结交流会。近期,教育专家、教学督导、任课教师、学生代表等都对这一教学模式提出了中肯的意见和建议,认为有全校推广的价值和意义。

APP 版何时上线?老师多出的工作量怎么计算?学生多出的学时要不要计算学分?技术支撑队伍如何建设?"混合式教学"如何从传授知识向培养能力与启迪思维转变?如何引导学生深度学习?如何培养学生的创新性?"困难和挑战还有很多,但教学模式的变革不可能一蹴而就,还是要循序渐进。"方奇志表示,"中国海洋大学正抓住建设'世界一流大学'的契机,积极推进信息技术与教育教学的深度融合,大力推行以'混合式教学'为代表的智慧教学模式,为学生创造富有挑战性和更有意义的学习经历,使'混合式教学'改革成为一个全校性的有组织、有规划的行为"。

(本文刊于 2018 年 11 月 23 日,第 47 期)

博学雅正 方能行稳致远

——中国海洋大学通识教育改革的实践与启示

冯文波

"感谢学校给予我的信任和期许，我将尽己所能，为学校的通识教育工作作出自己的贡献。"2018年11月29日，著名文学翻译家林少华从中国海洋大学校长于志刚手中接过聘书，正式成为学校首位"名师工程"通识教育讲座教授。

"名师工程"只是中国海洋大学在通识教育改革中打造优质师资的关键一环，回溯学校15年来在通识教育领域的探索与创新，有太多故事值得挖掘，有太多精彩值得记录，有太多启示值得思考。

通识为体、专业为用，携立德树人之梦起航

进入21世纪，教育部推动实施了"新世纪高等教育教学改革工程"，以推动教学改

革向纵深发展。作为部属高校,中国海洋大学应声而动,自2001年始,酝酿、启动了新一轮本科教学改革,历经两年的调研与实证、思想的启蒙、观念的更新与理念的整合,2003年正式提出了"通识为体、专业为用"的本科教育理念,并付诸实施。中国海洋大学的通识教育探索之旅开始扬帆起航。

"我们认为,教育的本体价值在于促进学生的全面发展,教育的工具价值在于促进社会发展,'通识教育为体、专业教育为用'表明大学的教育总体上应当是'做人的教育'和'做事的教育'两者之间的相渗透而不是相分离,和谐统一而不是相互对立。"于志刚说。

改革之路从无坦途,对于一所大学来说,教学理念的重塑、教学体系的重构可谓困难重重,举步维艰。但惟其艰难,才更显勇毅;惟其笃行,才弥足珍贵。

作为一所以海洋和水产学科见长的理工类高校,中国海洋大学的人文社会科学学科相对薄弱,用于支撑优秀通识课程建设的师资严重不足,并且全校上下对于通识教育价值的认识也是参差不齐。

2003年,被认为是中国海洋大学通识教育改革元年。这一年,为调动广大教师参与通识课程建设的积极性,学校设立了专项基金给予支持。"自2003年始,规定每名学生都要修满12个学分的通识课,为解决通识课开出'量'的问题,学校想尽一切办法鼓励老师开课。"中国海洋大学分管教学工作的副校长李巍然表示。2007年,又成立了中国海洋大学文史哲通识教育中心,以此吸引和鼓励文科院系教师参与通识课程建设。在各项政策的激励之下,中国海洋大学初步形成了以认识论与方法论、社会与行为科学、语言与文学、自然科学、历史学与传统文化、美学与艺术等六大模块为核心的通识教育课程体系,平均每学期可开设120余门通识课,但依然满足不了学生的选课需要。"为此,我们每学期都要引进十几门的网络课程以弥补课程建设的不足。"中国海洋大学教务处处长方奇志说。

为总结经验、启迪未来,2010年12月13日,中国海洋大学召开了第二届本科教育教学研讨会暨通识教育课程建设专题研讨会,对7年来在"通识为体、专业为用"这一教育理念指引下开展的通识教育改革工作进行总结、反思和研讨,并对初具规模的课程体系进行整合优化,最终形成了科学精神与科学技术、社会发展与公民教育、经典阅读与人文修养、艺术与审美、海洋环境与生态文明五大通识教育课程模块,内容涉及政治、经济、科技、文化、艺术等各个领域,以期培养学生具有深厚的知识文化素养和强烈的社会责任感。

源于20世纪90年代中期的通识教育改革,对我国高校来说大多是"摸着石头过河",在这一过程中不可避免地会出现这样或那样的问题,中国海洋大学亦不例外。"一些课程'水分较多',质量还不尽如人意,一些师生将通识课程看作仅仅是拓宽知识的途径,忽视了其核心价值。"于志刚说。

通识教育改革不能止步于对问题的揭露，还应有直面问题的勇气和解决问题的能力。"历经十多年的探索与实践，'通识为体、专业为用'的教育理念已为广大师生所认同，但是和它应该取得的成绩相比，和大家的期望相比，还有很大的提高和发展的空间。"于志刚说。于是，在中国海洋大学通识教育领域开展一场更深层次的变革呼之欲出，提升课程质量、确保教学效果成为大家的共识。

一所书院、一个中心，引领通识教育再扬帆

"行远书院是学校通识教育的实验区和本科教育教学改革的'特区'，旨在帮助学生拓宽人生视野，在人格培养和能力训练上打下基础，使我们的学生既有宏观见解，又有解决微观问题的能力，逐步迈向'既能登高望远、又能探幽入微'的境界。"2015年5月14日，中国海洋大学发展史上第一所书院——行远书院正式成立，揭牌仪式上，校长于志刚向大家述说着书院的定位与方向。

行远书院院长由博雅教育的倡导者、美籍物理学家、香港科技大学创校学术副校长钱致榕教授担任。"我带着惶恐的心情接受了这个任务，就是想将它变成一个催化平台，推动高水平的通识教育，惠及全校。"当时已年逾古稀的钱致榕被这所大学上下推动通识教育改革的决心和决断所感动，欣然接受了聘请。

行远书院从人类寿命越来越长和社会经济结构不断调整变化着眼，思考当下教育在未来人才培养方面的缺陷。"必须从学生未来的需求开始思考，思考我们开什么课，可以帮助学生未来50年不断地自学新知识、不断地找到新工作、不断地保持自己走在社会发展的前沿。"钱致榕说。思考的结果是推行"博雅教育"，"博"即广博的知识、视野和胸襟；"雅"即认真的态度、高雅的标准。这一理念与中国海洋大学实行的"通识为体、专业为用"的教育理念不谋而合，人才培养的路径可谓异曲同工。

"课程要一门一门地建设起来。"秉承这一思想，行远书院成立3年多来，先后开设了大学之道，宇宙大历史，日常物理，世界文明史，数学、天文与物理，全球化与人类社会，大海洋，行远专题等8门通识教育核心课程。这些课程皆是"大口径"给学生打基础的跨领域、跨时空的博雅课，重在奠定学生"厚基础"的自学根基，提升他们"宽口径"的从业能力，以及养成"深识见"的思维自省，以期发掘自我，进而造福国家和社会。"育才是百年大计，需要几代人的努力，长期不懈的积累。"钱致榕说。正是出于这样的考虑，行远书院坚持"人才要一个一个地培养出来"的理念，对入院学生按他们好学的决心进行严格选拔，3年来，共有250余名学生进入"行远山门"，截至目前已有66人完成了全部8门核心课的学习，修成正果，顺利结业。

作为"通识教育再起航"计划的试验田，行远书院只有8门通识课程，每年仅有不到100名幸运儿因为他们决心向学得以进入这一"特区"学习。要满足全校15 000余名本科生对高质量通识课的诉求，就必须以这片试验田上发展出来的教学方法及课程内容培

养新一代的师资向全校推广。如何借鉴行远书院这一"点"的经验,在高质量通识课程建设和学生健全人格养成方面全"面"铺开,使"通识教育再起航"计划走得更长远,中国海洋大学开始了新的谋划。"我们设计了从'点'和'面'两个方面着力,并逐步实现'点面结合、耦合互动'的方案,即'通识教育再起航'计划。"于志刚说。行远书院便是先行先试的"点",所谓"面",就是成立通识教育中心。

2017 年 5 月 4 日,恰逢青年节,在这个特别的日子里,中国海洋大学通识教育中心正式成立,标志着学校"通识教育再起航"计划实现了从"点"到"面"的转折,高质量的通识教育开始惠及全校学生。

课程建设方面,通识教育中心充分借鉴行远书院的经验,重新构建起融知识传授、能力培养、价值塑造于一体的通识核心课程体系,截至目前已立项建设了中国文化传统,成长:来自心理文化的解读,数学——宇宙的语言,海上丝路与中国传统文学的创新,神奇的高分子世界,工程思维与创意行动等 9 门核心课程和 29 门基础课程,约占全校每学期通识课程开出数的 1/3。

"每节课都是精心准备、认真去讲的,可学生的学习效果却并不理想,通过教务处的教学质量测量和诊断,发现课前导学和课后反思环节欠缺,于是及时弥补了这一不足。"谈起学校开展的通识教育课程教学质量"测量—诊断—支持"项目,教师们表示很受益。自 2017 年起,中国海洋大学联合复旦大学高教研究所对学校的通识教育课程进行了为期两年的测量和诊断,形成了"建设—诊断—支持—改进"的有效闭环,助力教师开展通识教育教学学术研究,持续提升教师的教学水平和通识教育课程的教学质量。

依托通识教育中心这一平台,中国海洋大学还组织开展了通识教育课程教学工作坊、通识教育大讲堂、专家观摩听课、通识教育访谈等丰富多彩的研讨活动和交流环节,不断营造适于通识教育开展的浓厚氛围,让"通识为体、专业为用"的教育理念浸入每个人的心田,使学校在通识教育改革的征途上风正帆悬航自远。

中国风 + 现代化 + 海味浓,打造特色鲜明的通识教育课程体系

通识教育最早源于古希腊的自由教育或博雅教育,在西方国家已是十分完善的育人路径,这成为国内高校广泛学习和借鉴的典范。如何在借鉴国外大学通识教育丰富经验的同时,立足中国大地的优秀文化和社会经济发展,进行自主创新,扩展通识教育的外延,丰富其知识内涵呢?

2016 年,国家"十三五"规划纲要提出,"实行学术人才和应用人才分类、通识教育和专业教育相结合的培养制度",第一次把通识教育在人才培养中的重要性提高到国家意志的层面,也对探索构建新形势下的通识教育课程体系提出了新要求。在中国海洋大学的管理者看来,不管是从适应时代发展要求的视角看,还是从传承创新中华文明的视角看,通识教育课程体系都大有不断发展创新的空间。"通识教育首先是'经典的',但

不一定只能是'经典的',它也需要随着时代的发展而发展,并因不同国家和民族文明的不同而各呈特色。"于志刚说。

在实行自主选课制的中国海洋大学,学生可以通过教务平台自由地选择搭配课程表,但也有在选课系统里找不到的课,通识教育核心课中国文化传统便是例外。它实行的是学生发邮件申请,然后面试确定上课人选的"复杂"方式。这门以"明本清源、继承智慧、分享绝唱、陶铸精神"为教学目标的课程,其教学阵容可谓豪华强大,除了由黄亚平、陈篱担任责任教授以外,还有马树华等4位骨干教师,以及3名学生助教。作为学校开设的首门通识教育核心课,其"中国化"的印记十分鲜明,龙凤呈祥、发现汉字、道法自然、意境美学、戏曲人生、中医之道……单从其精心构思的13个话题中便可感受到浓浓的"中国风"。在中国海洋大学,通过精选优秀中华文明元素,借助古今融合、中西对比的方式丰富通识教育内涵的课程还有很多,大学之道、汉字文化、中国茶文化、道家的智慧……一门门"中国化"的课程在传承和弘扬中华优秀传统文化的同时,启迪着当代学子的智慧,均衡着他们的知识结构,并开阔他们的视野,助力他们健全人格的养成。

在行远书院众学子眼中,钱致榕不仅是他们的院长,还是宇宙大历史的主讲教师。我是谁?从哪里来?到哪里去?课堂上,钱致榕带领学生以自我审视的视角,探讨宇宙及人类138亿年的变化,并把数学、物理等学科领域的最新发展与人类社会文明的最新成果融合进来,培育学生的大气象、大情怀和大格局。这令于志刚"眼前一亮",这正是他希望看到的通识教育课程"现代化"。现代社会,地球科学、生命科学、生态文明等学科的发展日新月异,并不断刷新着人们对宏观和微观世界的看法,教师如果能够掌握这些知识,并进行适当的凝练和人文学科间的交叉融合,形成新的"整合性"课程,纳入到学校通识教育课程体系中,这种与时俱进的做法无疑会令学生受益无穷。当下,这种"现代化"的通识课在中国海洋大学日渐增多,并越来越受到学生的青睐。

作为一所因海而生、凭海而兴的大学,中国海洋大学的通识教育自然要体现海洋特色,做到"海味"十足。

在中国海洋大学通识教育的课堂上,除了朝气勃勃的优秀中青年学者,还有白发苍苍令人起敬的先生。年逾八旬的物理海洋学家侍茂崇教授在"通识为体、专业为用"教学理念的感召下,毅然开出了大海洋课程,通过对海洋的过去、现在和未来的解读,引导学生们关心海洋、认识海洋,为开发利用和科学保护海洋奠定思想和知识基础。在极地探秘的课堂上,史久新等多位教授在娓娓道来中引领学生探索极地地理、冰雪、海洋、生物、社会等多个学科的研究进展,了解极地科学发展的基本过程,掌握从"未知"到"已知"再到"探索未知"的科学规律,潜移默化中提高学生主动学习的能力。此外,为响应海洋强国建设和"一带一路"建设,拓宽学生国际视野,中国海洋大学还于2017年6月成立了涉海国际事务课程中心,邀请国际海洋领域的知名专家学者到校开设通识课。近年来,已有海洋政治学、海洋经济管理、全球化博弈与跨文化治理等十余门优质课程走进海大校园,在助力学子成长成才的同时,使这所大学通识教育课程体系的底色愈加鲜明闪耀。

全过程育人、全方位育人,创建"通"向共"识"的校园生活与文化

通识教育不是单纯的知识教育,它更加注重人的培养,强调能力的训练和人格的养成。因此,"重视学生的自主探索和体验,注重教育的过程而非仅仅是教育结果"成为 15 年来中国海洋大学通识教育改革者始终不变的初心。

行远兴衰,责任在我。作为中国海洋大学通识教育的实验区和本科教育教学改革的"特区",进入行远书院学习的学生皆有一份"荣誉感"加身。为了维护好这份荣耀,他们不仅课堂上更勤奋、更刻苦,在书院的生活训练中亦要养成严格的自治自律能力。"跨专业、跨年级集中住宿""荣誉不监考""行远团膳""暑期训练营"等丰富多彩的活动成为学生锻炼自我,提升自我教育、自我管理能力的舞台。"通过组建自治会及担任小助教,我们秉承荣誉精神,不断挑战自我,在一步一步、稳扎稳打的前行中,我们学会了选择。"行远书院第零期学生崔晓宇说。

"助教制度""小组讨论""课前预习""课后作业""读书报告""实践体验",以及行远书院的"3+1+2+3"课程模式,关于通识课程建设,中国海洋大学历经 15 年的探索,逐渐形成了一套完整的制度体系。

又至学期末,中国海洋大学新一轮选课活动正在进行,同学们认真研读下学期将要开设的通识课的学习要求,选择自己心仪的课程。历经两个学期的摸索,王萍教授决定把她担任责任教授的通识教育核心课"成长:来自心理文化的解读"在 2019 年春季学期增设为 2 个班,每班控制在 60 人以内。扩容的动力源自"通识为体、专业为用"的育人理念使她体验到了从未有过的教与学的崭新滋味。"我见过不少的课堂讨论经常呈现'形式大于内容'的尴尬,不少学生打'酱油'混时光。不料在这个课堂上,我完全改变了对于'讨论'价值的怀疑。"王萍说,讨论要求学生每星期至少要有 20 000 字左右的阅读量;在问题设置上,不仅要有学术意义,同时还要是引起学生兴趣的成长中的突出问题。发言既有观念的认同,也有质疑甚至反对。"我看到了有些上课时习惯于垂着头的学生,讨论的时候眼睛里闪烁着灼热的光;我见证着有些羞涩的学生,在小组里有理有据地从容地表达内心的思想。这种成长不是老师灌输产生的,而是在提问、倾听、支持、反驳中冲破阻碍其自我完善的屏障后获得的成长。"这令她对"以学生为中心"的教学有了更深刻、更真切的理解。"课程结束了,成长还要继续。""为老师和课程打 call!在这里感受到了同学小组之间的温暖,体验到了由陌生到熟悉彼此的奇妙过程!而且,好多心理知识是真的对生活有很大帮助!"课程结束时,学生写下的一段段学习感悟成为王萍努力把课程建好的不竭动力。

千里之行,始于足下。在这一"通"向共"识"的教改活动中,受益的不仅有学生,教

师对"教学相长"有了更深的体会。"同学们对这门课的认同,让我作为人文学者,感受到了自身存在的价值。当然,承担大学之道这门课也有很多心不能及、力所难逮的困难。第一轮课程结束,如释重负之后的成就感至今还记忆犹新。"在行远书院第零期和第一期学生结业典礼上,朱自强教授如是说。同样的感受,赵栋梁教授也在行远书院第二届结业典礼上与大家分享:"通过大海洋的教学,让我真正体会到了什么是教学相长。教学中不要面面俱到地灌输知识,而是将问题的来龙去脉讲清楚,深入认识和理解问题,激发学习兴趣和对问题的思考,掌握学习方法,让知识真正为我所用。"

在这一过程中,王萍教授则对培养一个优秀的课程研发团队产生了更多期待。相对于之前的"个人劳动形态",在通识教育核心课的构建中她借助了学校心理健康教育与咨询中心的专业力量,与其他 6 名青年教师一起分工协作,进行课程模块设计和教学实践,既使青年教师的教育能力得到了提升,也加深了他们对通识教育的理解与认识。"我还期待以后能够跨越学科界限,加强同其他教师的联系与合作,比如聘请在人文艺术领域里具有深入研究和独特见解的教授走进心理课堂,让学生感受人文精神的熏陶,促进健康人格养成。"王萍说。

一步一个脚印推进实施,一点一滴抓出成果。15 年来,中国海洋大学围绕着通识教育的宗旨和理念,始终以学生成长为中心,不断完善通识教育的校园生活和文化建设,已切实将通识教育贯穿于学生大学生活的全过程。

"我们现在建设实验区和'特区',更期望将来能够把行远书院打造成一个特色鲜明的通识教育的示范区,在教育的理念、内容、方式等方面为我们学校乃至为我们国家的其他兄弟高校提供宝贵的教育教学经验。能否成为示范区要看我们的努力,要看书院的成效。"在行远书院揭牌仪式上于志刚如是说。如今,3 年过去了,中国海洋大学通识教育的师资、课程、教材和制度逐渐固化下来,行远书院这一"点"的经验已经在全校推广,并朝着影响和带动国内通识教育的改革与实践迈进。

大道之行,一以贯之。15 年,只是中国海洋大学悠久办学历程中的一小段,面向未来,在建设世界一流大学的征途中,中国海大人将继续秉承"通识为体、专业为用"的育人理念,持续深化教育教学改革,乘风破浪、扬帆远航。

（本文刊于 2018 年 12 月 27 日，第 49 期）

风雨兼程十年路 砥砺奋进再扬帆

——写在中国企业营运资金管理研究中心成立十周年之际

冯文波

孟秋新雨，金风送爽。正是喜迎丰收的好时节。

"组建中国企业营运资金管理研究中心""这是财政部全国会计领军人才培养工程的一个创举""这是中国会计学会倡导会计学术研究面向现实需求的一个风向标"。10年前，在青岛，在中国海洋大学，中国企业营运资金管理研究中心应运而生。

风雨兼程，春华秋实。一路走来，这一当初被寄予殷切期望的研究中心已从"试验田"变为"示范田"，由美好愿景变成累累硕果。

承载各界期盼，2019年8月相约青岛。中国企业营运资金管理研究中心成立十周年暨金融服务实体经济专题研讨会如约而至，来自相关高校、企业和研究机构的150位专家学者和财会从业者、爱好者齐聚一堂，把脉金融服务实体经济，用思想碰撞智慧之光,为研究中心开启新征程汇聚起磅礴力量。

求是创新:一座财会界的"新地标"

2008年1月,一封来自加拿大圣玛丽大学的信件,令中国会计学会决策层眼前一亮。

"以中国海洋大学为依托设立中国企业营运资金管理研究中心,研究中心作为全国会计学术领军人才培养工程的一个合作研究基地,吸收学术类、企业类领军班学员参与研究,同时充分利用青岛名牌企业荟萃的优势,每年在《会计研究》发布中国上市公司营运资金管理调查及绩效排行榜,开发中国上市公司营运资金管理数据平台,以进一步扩大中国会计学会的影响,丰富中国会计学会的信息资源。"信件言辞恳切,观点新颖,中国会计学会决策层对中国海洋大学教授王竹泉在访学期间闪现的灵感赞叹不已。

财政部支持,中国会计学会认同,中国海洋大学欢迎,2009年8月8日,全国会计领军人才培养工程设立的首个合作研究基地——中国企业营运资金管理研究中心,正式定居青岛,落户中国海大。

新机构如何立得住、叫得响、走得远?

创特色,树品牌。

定期开展"中国上市公司营运资金管理调查",发布"中国企业营运资金管理绩效排行榜"是研究中心的一大亮点,可谓另辟新路、独创一格。历经十年滴水穿石,研究中心倡导的基于渠道管理的营运资金管理理念正被越来越多的人所认同和接受。

信息时代,数据先行。十年间,王竹泉带领研究中心成员以蚂蚁啃骨头的精神,一点一滴积累,成功打造了"中国上市公司营运资金管理数据库"和"中国资金管理智库数据平台"两大数据"金矿"。前者可实现对1997—2016年共20个年度中国上市公司营运资金管理数据的在线查询,截至目前,已有170 000余人次访问该数据库,相关数据和案例累计下载90 000余人次,被业界誉为我国资金管理领域的"思想库""文献库""信息库"和"案例库",声誉远播,影响日盛。

十年跋涉,一路创新。

研究中心不仅构建了丰富翔实的数据库,还编撰了厚重严谨的著作。无论是7部《营运资金管理发展报告》(共计1 130万字),还是4部《资本效率发展报告》《财务风险发展报告》(两者计645万字),抑或是他们发起创办的《中国会计研究与教育》学术刊物(已出版11辑),皆是研究中心成员苦心孤诣、孜孜以求的心血结晶。

从研究中心发展的长远计,王竹泉觉得需要搭建一个交流互鉴的平台,让广大知名专家学者和青年师生碰撞思维、凝聚智慧、分享成果,避免闭门造车、孤芳自赏。

从创意到实现,需要一个机遇。

2010年6月,中国会计学会2010年学术年会在青岛召开。机遇乘风而来。

在本次年会上,研究中心主办的"名牌企业论坛"和"企业营运资金管理研究论坛"

两项特色活动令参会的名家大咖耳目一新,对刚刚成立不到一年的研究中心由衷赞赏。

良好反响,是前行的动力。

时至今日,营运资金管理高峰论坛(2017年起改为中国资金管理智库高峰论坛)已成功举办8届,品牌效应日益显现,每年下半年,都会吸引来自四面八方的财会界人士齐聚青岛,共享这场学术盛宴。8年来,已有200多所高校、企业界的2000余人参加研讨,编撰的系列高峰论坛论文集已刊载了100余所高校、近千名师生的研究成果。

研究中心不仅有平台的创新,还有学术的突破。10年来,以"资本效率与财务风险分析体系""基于渠道管理的营运资金管理理论""资本管理创新理念""政府社会资本与企业混合所有制"为代表的新体系、新理论不断涌现,共获得国家和省部级重点课题资助50余项,在《管理世界》《会计研究》《中国工业经济》等权威期刊发表论文200余篇。据中国知网统计,在营运资金管理领域被引率最高的10篇论文中,研究中心占5篇。

桃李不言,下自成蹊。

在青岛,在中国海大,我国财会界一座充满创新活力的"新地标"正拔地而起。

服务社会：一所实业界的"智慧库"

2019年8月8日,青岛又一次吸引财会界的目光。

百余位专家汇聚黄海之滨,总结经验、规划未来、凝聚共识,把脉金融服务实体经济,推动研究中心迈向高质量发展。

"中心面向国家经济发展的重大需求,积极推进协同创新","已成为我国资金管理领域的学术高地和权威智库之一。"中国海洋大学校长于志刚为此感到自豪。

"积极发挥智库功能,多次为国家宏观经济管理提供政策建议,为大型央企、地方国企民企提供专题咨询。"中国会计学会副秘书长田志心如是说。

"坚持问题导向,瞄准国家、地方经济社会发展和企业管理的重大需求做研究。"山东省会计学会会长、山东财经大学副校长綦好东对研究中心十年如一日坚守服务社会初心由衷敬佩。

"始终扎根中国大地,关注和解决中国企业的现实问题。"全国会计领军人才特殊支持计划入选者、中山大学刘运国教授亦为之点赞。

总览研究中心十年发展,服务社会始终是主旋律。

2016年,中国石油天然气集团公司慕名而来,希望研究中心在资本配置策略研究方面提供支持。王竹泉带领研究中心成员以创新的资金概念和创新的资本效率与财务风险评价体系为中石油资本配置问诊把脉开良方,方案实施后,成效显著。成果先后荣获中石油软科学优秀成果奖、管理创新成果奖等奖项。其后,研究中心又为中石油进行了存货压控策略优化研究,并于2019年再次获得软科学优秀成果奖。

十年来,无论是为海尔"小微组织"市场化结算关系体系构建提供战略咨询,还是为辽河油田优化分公司资金配置,抑或是对山东省重点国有企业进行财务风险评估……研究中心上下始终铭记"科研要为社会服务"的初心,砥砺前行。

十年深耕不辍,始终面向国家重大需求。研究中心主办的历届营运资金管理高峰论坛的主题便是最好的见证。

2011 年的"营运资金管理协同与创新",2012 年的"营运资金管理与财务风险评估",2013 年的"营运资金管理与企业财务管理评估",2014 年的"混合所有制与资本管理",2015 年的"企业改革与资本管理——关注新常态",2016 年的"资本效率及相关指数的构建及应用",2017 年的"财务风险指数与资本错配",2018 年的"资本效率、财务风险与经济发展质量评价",乃至本次研讨会聚焦"金融服务实体经济",既紧扣研究中心的主线主业,又聚焦国家经济社会发展的热点话题,在研究中与之同频共振、同向发力、同步前行。

2019 年 2 月 22 日,习近平总书记在主持中共中央政治局第十三次集体学习时强调,金融要为实体经济服务,满足经济社会发展和人民群众需要。

企业融资难融资贵的症结何在?金融服务实体经济"最后一公里"如何打通?这也是王竹泉和研究中心团队苦苦求索的问题。他们决定从自己擅长的资本效率和财务风险视角破解谜团,找到答案。

"在中心成立十周年之际,王竹泉教授团队的研究成果《中国实体经济资金效率与财务风险真实水平透析——金融服务实体经济效率和水平不高的症结何在?》一文在《管理世界》2019 年第 2 期发表,得到了学界同仁的高度认可。"《管理世界》杂志社社长李志军如是说。

"传统财务分析体系使资金效率被低估 30% 以上,而财务风险则被高估 40% 以上,让本来处于转型升级艰难时期的实体经济'雪上加霜'。"研究中心的这一成果甫一问世,便引起了业界的广泛关注和研讨。据此形成的调研报告被国务院发展研究中心采纳,其中的重要观点还被《清华金融评论》刊发。

守正笃实,久久为功。在学术创新成果涌现,服务社会成效显现的同时,研究中心的影响力持续攀升。2016 年,入选中国智库索引(CTTI)首批来源智库。2018 年,入选高校百强智库(A 级),成为全国高校会计和财务类研究机构唯一入选单位。

时间是最忠实的记录者,也是最客观的见证者。如今,研究中心已开启高质量发展的新阶段,随着时间的推移,这所以服务实体经济发展为己任的"智慧库"将更加硕果累累。

聚才育才:一只高校界的"金摇篮"

一所机构之所以应者云集,是因为它引发了并肩偕行、逐梦未来的时代共鸣。

"我本人正是在研究中心成立之时加入中心,加入海大的,中心成立当年我便在海大会计学科开始招收博士研究生,成为海大会计学科教师队伍的一员。"綦好东教授依然记得十年前加盟研究中心时的那份喜悦。

"作为研究中心的学术带头人,王竹泉教授为人治学的魅力,让我觉得不为中心做一点事情,就有一种愧歉。"刘运国教授为研究中心团队十年磨一剑的精神所折服。

志合者,不以山海为远。

2012年,在之前由中国会计学会、中国海洋大学共建研究中心的基础上,又新增财政部企业司、青岛市财政局、山东省会计学会、大唐电信科技产业集团等7家单位共建,构建了"政、产、学、研"协同创新的营运资金管理研究新模式。

伴随着建设单位的扩容升级,营运资金管理协同创新中心、中国混合所有制与资本管理研究院、中国资金管理智库协同创新中心等相继成立。

此举不仅吸引了中国企业财务管理协会、浙江大学、南京大学、中山大学、中南财经政法大学、中国石油天然气集团公司、海尔集团等学术组织、知名高校和企业,还汇聚了刘玉廷、李心合、栾甫贵、刘运国、姚铮、温素彬等一批财会界的名家大咖。海纳百川,取则行远。研究中心协同发展的"朋友圈"越来越大。

十年发展,研究中心既是聚才引智的"蓄水池",也是科教融合、育才养才的"金摇篮"。

"特别高兴地看到,中国企业营运资金管理研究中心积极开展科教融合,助力人才培养。"

"在会计和财务的许多领域,中国海洋大学都走在了全省乃至全国的领先位置,在特色发展方面为山东省会计学科树起了一面旗帜。"

"我校会计学科在学科建设、人才培养、科学研究和服务社会等各个方面都取得了较为丰硕的成果,已经成为我们学校新的具有明显优势的特色学科。"

"2019年,中国海洋大学成为山东省唯一获得会计硕士专业学位教育质量认证A级的单位,其中研究中心功不可没。"

"为中国海洋大学会计学国家特色专业、山东省强化建设的会计学特色重点学科等提供了核心支撑。"

"2018年,由中国海洋大学会计学科牵头,联合山东财经大学、江西财经大学、南京理工大学、山东科技大学等单位申报的'科教融合,产学协同,理实一体,构筑财会专业研究生教育特色资源共享平台'获高等教育国家教学成果二等奖,将中心的政产学研合作推向了新的高度。"

…………

十年间,研究中心助力财会人才培养和学科建设的点点滴滴,大家看在眼里、记在心里。

十年积淀涵养,研究中心形成了怎样的工作环境和文化氛围?那些伴随中心成长的亲历者深有体会。

作为研究中心从无到有的见证者、参与者和奉献者,十年相伴,孙建强教授既有研究中心初创时的兴奋,也有研究领域向营运资金管理拓展的艰辛,更有目标实现的喜悦。"心往一处想,劲往一处使。"他说,这是一个团结向上的集体。

2009年,刚入职时,听闻要成立研究中心的消息,杜媛既好奇又懵懂。十年后,研究中心发展的规模和取得的成就使她更加佩服王竹泉教授的远见卓识。高效、创新、节节高是她对研究中心争先恐后搞创新的深刻体会。她也觉得研究中心是一个张弛有度、相亲相爱、互相鼓励的大家庭,时刻感受着来自同事的温暖。

"80后"青年教师王贞洁是研究中心最年轻的"博导",因在求学期间聆听了王竹泉教授的一次讲座而做出了到中国海洋大学任职的决定。伴随研究中心成长的过程中,她受益最深的是"追求卓越,止于至善"的文化。

青年教师孙莹觉得自己十分幸运。2008年有幸成为中国海洋大学在营运资金管理方向招收的首位博士,2009年有幸赶上了研究中心成立,2011年毕业留校,有幸与研究中心共成长,见证研究中心不断创造奇迹。那种"忙碌又愉悦,充实又温暖"的工作氛围令她非常喜欢并甘愿付出。

青年教师王苑琢对研究中心每一个人身上散发出的那份执着与亲和印象深刻,在浓郁文化氛围的熏陶下,她不仅专业上有了长足的进步,而且也养成了心无旁骛、持之以恒的耐心和意志力。

"研究中心每一位老师和同学对待工作与学习的积极态度,融洽而又和谐的师生关系,不断激励我追求上进。"在这一团结友爱、斗志昂扬的队伍里,博士研究生宋晓缤感觉充满了奋勇向前的正能量。

首批全国会计领军人才、首批全国会计领军人才特殊支持计划入选者、财政部会计名家培养工程入选者……十年耕耘,作为研究中心的学术带头人王竹泉亦收获满满,赢得了业界的赞许和认可。

涓涓细流汇成大海,点点星光映照银河。伴随着大量优秀人才的汇聚和培育,这只高校界的"金色摇篮"愈加熠熠生辉、光彩夺目。

逐梦未来:一支资本界的"风向标"

2019年8月8日10时许,中国青岛,"海洋名城"见证重要时刻。

中国企业营运资金管理研究中心、《管理世界》经济研究院、海尔金控、青岛银行四方共同签署战略合作协议。政府部门、产业企业、金融机构、高校科研院所强强联合、优势互补,携手打造资本市场"风向标",为金融更好服务实体经济助力加油。

风雨兼程十年路,砥砺奋进再扬帆。

"学校将大力支持'中心'深化改革、大胆探索,为服务金融供给侧结构性改革做出新贡献。"于志刚校长的话语令人振奋,备受鼓舞。有中国海洋大学作坚强后盾,研究中心的明天必定会更加美好。

"学会相信中国企业营运资金管理研究中心未来在理论突破、人才培养和服务社会方面均大有可为。""祝愿研究中心发展顺利、队伍壮大、成果丰硕,早日成为在资金管理领域具有重要国际影响的学术高地和权威智库!"田志心副秘书长的期许温暖且充满力量,令人感动。有中国会计学会的支持,研究中心定能走深走实,行稳致远。

"研究中心未来将瞄准国家经济发展的重大需求,强化资金管理原始理论创新、特色人才培养和高质量服务社会的协同与互动,努力打造国内一流、国际知名的高端智库。"王竹泉主任表态诚恳,决心坚定,在研究中心成员心中激荡起逐梦前行的力量。

一致的立场,共同的心声。

从青岛放眼全国、举目世界,从现在回眸历史、眺望未来,研究中心发展的图景更加可期。

（本文刊于 2019 年 8 月 18 日,第 55 期）

在蔚蓝大海谱写绚丽的生命乐章
——写在中国海洋大学海洋生命学院建置 90 周年之际

冯文波　廖　洋

　　5 月 10 日，我国著名生物学家、实验胚胎学奠基人童第周先生和著名海洋生物学家、海藻学奠基人曾呈奎先生铜像落成暨揭幕仪式在中国海洋大学举行，以此纪念两位先生为学校海洋生命学科发展建设作出的突出贡献，并庆祝海洋生命学院建置 90 周年。

　　沧桑砺洗，春华秋实。一场简朴而不失隆重的仪式，既是对中国海洋大学海洋生命学科 90 年风雨历程的深情回望，亦是对先贤智者的致敬与怀念，更是站在新起点上海洋生命学院逐梦蔚蓝、扬帆远航的号角。

为探究海洋生命奥秘，应国家需要而生

　　漫步在历史悠久的中国海洋大学鱼山校区，有一栋青藤缠绕、古朴厚重的建筑格外

引人注目。其正门上方"科学馆"三个字苍劲有力,周围矗立的雕像、参天的树木无不昭示着这个学院走过的沧桑历程。

1930年,国立青岛大学(中国海洋大学前身)建校伊始,时任校长杨振声便倡设"海边生物学",打造"海边生物学研究之中心",并力邀著名生物学家曾省担任生物学系主任,使学校成为蜚声国内的海洋生物学教育与科研发祥地之一。

建系之初,生物系可谓名师荟萃,实验胚胎学家童第周、藻类学家曾呈奎、比较解剖生物学家刘咸、无脊椎动物学家张玺、无脊椎动物学家林绍文等纷纷来此讲学论道,使生物系向海而生、凭海而兴的"海味"风格日渐浓郁。

抗日战争时期,伴随着学校的内迁以及后来停办,生物系发展亦步履维艰、风雨飘摇。

抗日战争胜利后,国立山东大学在青岛复校,重新调整系科设置,设立动物学系、植物学系,分别由童第周、曾呈奎担任系主任,两系发展势头强劲,优势明显。

岁月不居,时节如流。

1959年3月,山东大学主体迁往济南后,留在青岛的部分正式成立山东海洋学院,海洋生物系成为学校五大学系之一,由我国著名生物学家、海藻遗传学奠基人方宗熙担任系主任,迎来了发展的新机遇。

一时之间,方宗熙、高哲生、李嘉泳、郑柏林、李冠国、薛廷耀、黄世玫、李永祺、王筱庆、王秋、邹源琳、方同光等一大批知名学者云集于此,搭建起推动学科建设与发展的"人才梦之队"。

二十世纪六七十年代,在社会动荡的艰难岁月里,以方宗熙、李嘉泳、郑柏林等为代表的教授学者依然心无旁骛、齐心协力推动海洋生命学科稳步发展。

1978年3月,全国科学大会在京召开,举国上下迎来了"科学的春天",方宗熙出席大会并获奖,海洋生命科学亦步入了快速发展的新阶段。

改革开放以来,海洋生命学科蓬勃发展。1994年7月,海洋生物系建置海洋生命学院,经首任院长李永祺倡议,由中国科学院海洋研究所、中国水产科学研究院黄海水产研究所、原国家海洋局第一海洋研究所共建。从此,学校的海洋生命学科迎来了更加广阔的发展前景。

进入21世纪,海洋生命学院已形成了以国家重点学科为中心,以海洋生物学为特色,学科专业布局合理、学位点覆盖全面,涵盖本科生、硕士生、博士生以及博士后的完整人才培养体系。

当今的海洋生命学院,其学科布局更趋优化,特色优势更加显著,科技创新更加突出,服务社会更加广泛,正按照党和国家的教育方针、学校的办学理念,在逐梦蔚蓝、经略海洋的征程上,乘风破浪、砥砺前行。

成就梦想的沃土，人才成长的摇篮

"教授高深学术，养成硕学宏材，应国家需要"是中国海洋大学始终如一的办学宗旨。90 年来，在海洋生命人才培养中也形成了与这一宗旨一脉相承的育人理念——家国情怀、国际视野、基础厚实、勇于创新。

聚焦"培养什么人、怎样培养人、为谁培养人"这一根本问题，海洋生命学院始终把立德树人作为中心环节，按照"厚基础、宽口径、重实践、求创新"的教育思想，坚持课堂教学与实践教学相结合、知识技能传授与思想品德教育相统一，为我国生命科学特别是海洋生物科学研究及生物技术产业发展培养了大批高素质创新创业人才。

2019 年 11 月，第十五届国际遗传工程机器大赛（iGEM）决赛在美国落下帷幕。以海洋生命学院学子为主组建的 iGEM 团队 OUC-China 凭借新颖的创意、别致的设计和精确的表述荣获国际金奖。作为由麻省理工学院创办、国际合成生物学领域的顶级学术竞赛，国际遗传工程机器大赛每年都会吸引世界各地数千人参赛，被评为"小平科技创新团队"的 OUC-China 依靠卓越的表现连续四年荣获金奖，展示了中国海大生命学子不畏挑战、矢志创新的勇气和毅力。

所谓大学者，非谓有大楼之谓也，有大师之谓也。在 90 年的发展历程中，海洋生命学院亦是人才济济、名师荟萃。

2017 年 11 月 27 日，中国工程院公布 2017 年院士增选结果，贝类遗传学和育种学家、中国海洋大学海洋生命学院院长包振民当选。从 1978 年就读于山东海洋学院海洋生物学专业到留校任教，在近 40 年的学习和从教生涯中，包振民在为海洋生命学科发展壮大贡献智慧和汗水的同时，也接受着学院这片沃土的滋养，终成我国海洋生命学科的一代名师。

如今的海洋生命学院拥有一支涵盖院士、全国模范教师、全国优秀科技工作者、国家杰青、优青、青年长江学者等优秀人才在内的高水平师资队伍。

春风化雨，桃李芬芳。

90 年来，受益于自由创新、活力包容的学院文化和诸多大师名家的谆谆教诲，以中国科学院院士庄孝惠、张致一，中国工程院院士雷霁霖、张偲、包振民，国际欧亚科学院院士孙松，美国微生物科学院院士赵玉琪，我国第一个徒步考察南极的科学家蒋加伦，美国丹纳赫集团牙科产品中国和亚太区总裁邢军等为代表的一批批优秀学子谨记"求是笃行、谋海济国"的院训精神，从这里走出，成长为海洋和生命事业的领军人才与骨干力量。

90 年，薪火相传，生生不息。

"站在新的历史节点上，谋划未来，学院将继续坚守教育报国初心，勇担立德树人使命，为国家海洋生命科学事业发展、人类的进步培养栋梁之材，为海洋强国建设和海洋命运共同体构建作出应有的贡献。"海洋生命学院党委书记初建松说。

汇聚向海图强的澎湃动力

九十载栉风沐雨,九十载披荆斩棘。

创新,始终是中国海大生命人矢志不移的追寻,在探究海洋生命奥秘的道路上他们接续奋斗、屡攀高峰,谱写了代代相传的华美乐章。

海洋生命学院楼前矗立着一座雕像,和蔼中透着坚毅,他就是我国海洋生物遗传学和育种学的奠基人方宗熙。20世纪50年代,应童第周教授邀请,方宗熙抵青执教,开启了海洋生物遗传学和育种学研究的序幕。

在山东海洋学院时期,方宗熙将教学与科研紧密结合。与其他学者一起,着手对海带的遗传育种进行研究,发现和揭示了海带经济性状的数量遗传规律,并建立了海带选择育种技术理论与方法,先后培育出"海青一号"宽叶品种、"海青二号"长叶品种和"海青三号"厚叶品种等海带新品种,使我国成功跻身国际上实现海洋生物良种培育的国家之列,开启了我国海水养殖业良种化养殖的序幕。他领导完成的"单海一号"海带单倍体新品种,在海带单倍体遗传育种方面获得成功,成为我国海洋生物细胞工程育种领域的里程碑。此外,他还成功培育出了高产、高碘、抗病性强的"单杂十号"海带优良品种。至今,他所构建的海带遗传育种技术体系仍是国内外大型经济型褐藻育种研究沿用的技术手段,在加快我国海藻养殖业良种培育进程的同时,也为世界海水养殖生物品种遗传改良工作作出了贡献。

现如今,浩瀚海洋已是人类获取优质蛋白的重要来源,在琳琅满目的海鲜中,扇贝早已成为老百姓餐桌上最为常见的食材之一。数十年来,在推动我国扇贝养殖业良种化进程、助力渔民增收致富、丰富百姓餐桌方面,包振民功不可没。

"蓬莱红""蓬莱红2号""海大金贝""獐子岛红""海益丰12",十多年来,包振民团队已培育了5个扇贝新品种,彻底扭转了我国扇贝养殖业长期依赖野生苗种的局面。他领衔完成的创新成果"扇贝分子育种技术创建与新品种培育"荣获2018年度国家技术发明奖二等奖,成为该年度水产科学领域唯一的国家技术发明奖。

在倡导"绿水青山就是金山银山"的当下,保护海洋环境、呵护海洋生态越来越成为人们的共识。一直以来,海洋生命学院以李永祺、唐学玺和汝少国等为代表的海洋生态环境保护与修复团队,聚焦蔚蓝、潜心钻研,在有机磷农药对海洋生态系统和海洋微藻影响研究、揭示塑料添加剂双酚S(BPS)环境毒理学效应和健康危害等领域屡有突破。

此外,勤奋执着的中国海大生命人还在揭示典型海洋生物独特的生命特征及其环境适应的分子机制,发现虾夷扇贝"化石基因组"特征和海洋无脊椎动物Hox基因家族分段共线性(STC)调控模式,提出模型动物文昌鱼个体发育和系统发育新认识,阐明海洋细菌在硫循环中的新功能,构建人类角膜内皮、上皮和基质细胞系,成功揭示鱼类卵胎生进化特征,并在纤毛形成机制及纤毛遗传病发病机理研究、表观遗传学研究、海洋生物多样性分类鉴定及资源开发等领域不断创新突破,收获累累硕果。学院累计荣获国家技术发明奖二等奖 2 项、国家科技进步奖二等奖 5 项、省部级奖励 40 余项,获得授权专利 200 余项。

科技创新节节攀升的同时,也为学科发展不断赋能,海洋生物学成为国家重点学科,生物科学专业入选国家级一流本科专业建设点,生态学专业入选省级一流本科专业建设点。2009 年、2012 年、2013 年中国海洋大学先后在"植物学与动物学""生物学与生物化学""环境学与生态学"学科领域进入 ESI 前 1% 行列。此外,海洋生命学科的发展,还为学校"材料科学""农学""药理学与毒理学"进入 ESI 前 1% 行列作出突出贡献。

求是笃行,行必致远。

"面对海洋科技创新这一时代命题,海洋生命学院将着力实施一流国际化师资队伍和创新团队建设工程、拔尖创新创业人才培养模式改革工程,以打造基础研究高峰和海洋生物产业高地为抓手,主动作为、攻坚克难,不断续写更精彩的华章。"包振民说。

助推蓝色浪潮奔涌向前

在海洋经济成为国民经济新的增长点的当下,沿海地区应时而动,纷纷擘画蓝图,做足"海文章"。在这一过程中,中国海大生命人始终以"舍我其谁"的担当精神,主动参与、积极服务,为蓝色经济浪潮奔涌向前,提供源源不竭的动力。

"'带带'相传,一'带'更比一'带'强"是海洋生命学院海带育种人一以贯之的坚守。

20 世纪 90 年代,继方宗熙之后,以中国海洋大学教授崔竞进为代表的中国海大生命人又接连培育出了"荣海一号"杂交品种和"远杂 10 号"远缘杂交品种,在满足提取褐藻胶工业原料成分含量的基础上,进一步提高了海带养殖产量。

进入 21 世纪,中国海洋大学教授刘涛带领团队先后培育了"荣福"和"爱伦湾"两个海带新品种,由此掀起了我国以"优质、高产、抗逆"为标志的第三次海带品种更替浪潮。

2013 年,刘涛团队采用分子辅助选育技术培育出了"三海"海带新品种,不仅耐高温、高产,其养殖范围北起辽宁大连,南至海南临高,是迄今为止国际藻类栽培范围纬度跨度最大的品种。作为中国海大生命人精心培育的第 11 个海带品种,"三海"海带标志着我国海带遗传改良技术已从群体选育、细胞工程育种正式迈入分子育种时代。我国海带养殖产业的发展前景更加可期。

龙须菜是江蓠科海藻,因富含工业原料琼胶而成为备受我国沿海渔民青睐的第三大海藻栽培种类。

20 世纪末,我国龙须菜栽培业开始兴起,但野生龙须菜品种只适宜在 10 ℃～23 ℃

的水温中生长,炎热的夏季和寒冷的冬季均不能实现生物量有效增长,严重制约了产业发展。为攻克难关,中国海洋大学教授张学成和中国科学院海洋所研究员费修绠合作采用化学诱变技术和选育技术,自主培育了我国首个龙须菜新品种"981"。

在他们的联合攻关下,"981"龙须菜上限生存水温达到26 ℃,比野生种提高了3 ℃,实现了在福建和广东高温海区的大规模栽培,且秋冬春三季连续生长。与野生种相比,新品种生长速度提高了30%以上,亩产提高了3～5倍,琼胶含量提高了13%,凝胶强度增加80%。

"一枝独秀不是春,龙须菜栽培要解决品种单一化的问题。"年事已高的张学成依然行进在发展蓝色农业的道路上。在中国海洋大学教授臧晓南等团队成员的辛勤耕耘下,2014年,可以耐受28 ℃高温的龙须菜"2007"新品种顺利诞生。一上市,便成为广受沿海养殖户青睐的"发财菜"。

2015年,隋正红教授团队为龙须菜家族再添一位新成员——"鲁龙1号"。该品种外观透红艳丽、分枝密、藻体细长,生长速度快、产量高,琼胶含量比野生型提高了20%,凝胶强度比野生型提高了30%,蛋白含量比传统品种增加12%,藻红蛋白含量比传统品种增加11%。如今,"鲁龙1号"已在山东、福建和广东沿海广为栽培。

在海洋生命学院,深耕海洋、助力蓝色经济蓬勃发展的案例还有很多:"工程紫菜"的问世,助力我国紫菜养殖业再上新台阶;海洋生物医用材料、农用材料和生物资源开发持续创新,加快培育海洋新兴产业,推动海洋领域新旧动能转换等,中国海大生命人不负使命、奋发有为。

勇攀高峰争创一流

在90年的发展历程中,中国海洋大学海洋生命学院始终坚定不移地走国际化发展道路,"走出去"与"请进来"相结合,以开放的姿态、创新的思维推动人才培养和科学研究的交流互鉴、合作共赢。

联合国教科文组织中国海洋生物工程中心是专门为亚洲地区青年科学家开展高级课程培训等科技服务的世界性学术组织,1995年7月正式落户海洋生命学院。25年来,该中心不仅开设了多门培训课程,还组织召开了数次国际学术研讨会,成为各国生物学者交流合作、信息共享的重要平台。

打造一座世界一流的海洋分子生物学研究机构一直是中国海大生命人的梦想。近年来,在学校的支持下,在全院的努力下,他们在实现梦想的道路上迈出了关键性的步伐。2018年7月3日,中国海洋大学校长于志刚与挪威卑尔根大学校长 Dag Rune Olsen 共同签署成立"方宗熙－萨斯海洋分子生物学中心"合作协议,一幅美好的国际合作画卷由此展开。2019年11月,方宗熙－萨斯海洋分子生物学中心首届科学咨询委员会会议在青岛召开,中国、德国、新加坡、美国、挪威等国的专家学者汇聚一堂,共商中心发展大计。同期,于志刚在访问卑尔根大学时表示:"方宗熙－萨斯海洋分子生物学中心是通过国际合作方式建立的重要实验室平台,是学校一流大学建设的实质性创新举措,学校将对中心的建设给予全力支持。"校长的话语令人备受鼓舞,大家争创世界一流的信心更足了。

2019年10月28日,海洋联合研究中心在马来西亚登嘉楼揭牌,它由中国海洋大学和马来西亚登嘉楼大学基于前期合作而共同推动。由此,中国海洋大学与马来西亚登嘉楼大学的合作翻开新的一页,海洋生命学院也在21世纪海上丝绸之路沿线增添了新的研究支点,实现在积极融入和主动服务国家战略中发展壮大的夙愿指日可待。

在中国海洋大学海洋生命学院,不乏通过搭建国际合作交流平台助推学科发展的案例。2019年2月,学院联合青岛市有关社会组织向联合国大学申请的"区域可持续发展教育中心(青岛)"正式获批,成为继安吉、北京、香格里拉、杭州、呼和浩特、昆明和天津之后,我国第8个被联合国大学批准授权的可持续发展教育专业区域中心。该中心成立以来,充分发挥学院的生态学科优势,联合各类学校、社会组织、海洋和环保等政府部门以及企业,组织开展了系列以保护滨海湿地生物多样性为核心的可持续发展教育活动,在宣传海洋生态保护理念、提升全民海洋可持续发展意识的同时,逐渐发展成为学院生态学科服务社会的新窗口。

90年峥嵘岁月,90年弦歌不辍。

站在90周年的新起点上,中国海洋大学海洋生命学院已经踏上新征程,正抢抓"双一流"建设的重大机遇,主动服务海洋强国建设,积极融入海洋命运共同体构建和"一带一路"建设,向着世界一流学科和"百年名院"的目标阔步迈进!

(本文刊于2020年5月27日,第60期)

一枝一叶总关情
——中国海洋大学定点扶贫云南绿春县工作侧记

金 松

　　"衷心感谢中国海洋大学,用心用情迅速开展扶贫行动,扎实有效推进帮扶工作,助力绿春顺利实现脱贫摘帽……"今年6月,在中国海洋大学推进云南省绿春县定点扶贫工作座谈会暨定点帮扶合作协议签约仪式上,红河州政协副主席、绿春县委书记李国民对远赴绿春调研定点扶贫工作的中国海洋大学党委书记田辉动情地说。

　　2019年8月,中国海洋大学被确定为定点扶贫高校,2020年1月起定点扶贫云南省绿春县。彼时起,这所位于黄海之滨有着无穷蓝色魅力的高校,与远在彩云之南、因"青山绿水 四季如春"得名的边城相遇、相识、相知,用责任与担当谱写了扶贫路上一曲大爱之歌。

用心用情山海"联姻"结对

接到对口支援任务后,学校党委高度重视,将定点扶贫工作当作一项重要政治任务来完成。去年11月22日,学校领导班子专题学习《习近平扶贫论述摘编》;12月3日和13日分别召开定点扶贫绿春工作推进会,研究2020年校内扶贫工作重点任务分工;12月19日,学校党委常委会审定定点扶贫绿春县工作方案,并将定点扶贫工作列入学校年度工作……

按照"1+2+5"的思路,即贯彻1条"应绿春所需,尽学校所能"的工作原则,建立有力的领导体制和良好的工作机制,持续深入推进产业帮扶、教育帮扶、消费扶贫、智力扶贫、文化扶贫等5项工作,坚持以固边兴边富民强县为己任,发挥优势特色,坚持点面结合,搭建帮扶平台,凝聚所有扶贫资源,汇聚各方扶贫力量,精准施策,尽锐出战。

"2020年4月7日,学校党委召开扶贫挂职干部座谈会,次日,我到达绿春;4月13日,于志刚校长、李国民书记出席中国海洋大学-云南省绿春县定点扶贫工作视频会;5月4日至8日,学校专家组赴绿春县调研茶叶产业,并举行中国海洋大学-云南省绿春县2020年春季茶叶种植管理技术培训班……"翻开曹少鹏的工作笔记本,前几页记满了工作日志。曹少鹏原来担任材料科学与工程学院办公室主任,现在绿春县政府挂职办公室副主任。国庆前,他提早回到青岛打前站,为绿春县代表团到校学校交流、到山东省招商做好筹备。

"在绿春每一天都很忙,但是忙并充实快乐着。"曹少鹏指着工作笔记说:"你看,6月1日到5日,田辉书记带队调研绿春县定点扶贫工作,并签署学校定点扶贫绿春合作协议;5月11日到15日,王剑敏总会计师到绿春推进定点扶贫工作并签署学校和绿春教育帮扶合作协议,5月26日又出席学校和绿春干部能力素质提升专题培训班线上开班仪式。8月下旬,学校又协助绿春县代表团在山东四地开展产业招商工作……"

在曹少鹏看来,学校领导密集调研指导帮扶工作,旨在搭好沟通桥梁,用心用情"联姻"结对海这边、山那端。"毕竟,亲戚越走越亲嘛。"他说。

真责真功保帮扶出真效

在3月20日举行的学校定点扶贫绿春县工作推进会上,党委书记田辉与全校各单位代表一一签订定点扶贫责任书,把每项任务层层分解和落实,并明确指出这是必须高水平完成的一项政治任务,是底线任务。

学校党委明确了扶贫工作重难点,强化顶层设计,建立和完善了有效的领导机制和工作机制,实行一把手负责制,成立党委书记和校长担任"双组长"的扶贫工作领导小组,组建扶贫工作领导小组和定点扶贫工作组。今年4月起,学校党委常委会每两周听取定点扶贫工作情况汇报,研究部署推进工作。学校主要领导亲自讲扶贫、抓扶贫,主持专题会议研究部署具体举措,落实责任分工,加强督促指导检查。学校还制定了《2020年定点扶贫绿春县工作方案》,建立工作台账,明确牵头部门、负责人和办理时限,各责任单位按照分工逐项落实扶贫工作;建立中国海洋大学-绿春县定点扶贫联席工作机制,定期研究落实举措和工作推进情况,高质量扎实推进各项工作。

尽真责下真功,帮扶方能真出效、出真效。截至目前,学校圆满完成了定点扶贫绿春县的各项任务指标,计划用2~3年实施开展茶叶精深加工技术专项,以推广茶叶种植、采摘、加工技术,帮助企业制定技术标准;发挥教育优势,管理干部培训完成线上培训1138人,培训茶叶等方面的专业技术人员270人;学校"采购+"帮助销售绿春县农产品计405万元;青岛海大生物集团捐助价值60万元的生物有机肥,专门用于绿春县茶园;捐助海洋、科普、文学类图书42万码洋;捐赠价值近11万元的中国扶贫基金会爱心包裹和400套蓝书包及文具;捐资设立40万元"行远"奖助学金,援派的研究生支教团5名成员已在绿春开始教学……10月12日,第二期中国海洋大学-绿春县党政干部素能提升专题培训班在中国海洋大学鱼山校区顺利开班。

"蓝海洋"助力"红土地"的扶贫故事,正继续在黄海之滨和彩云之南娓娓道来。

多管齐下助推脱贫攻坚

志合者,不以山海为远;知己者,不以天涯为遥。学校充分发挥自身优势,在产业帮扶、教育扶贫等方面多管齐下,助推绿春脱贫攻坚、高质量发展。

扶贫要找准"病根"精准帮扶,产业帮扶就是学校开出的一剂良方。绿春盛产梯田红米和茶叶,经过前期调研科学研判,学校投入210万元帮扶资金用于援建红米线加工车间,目前主体已完工年底可运营。为助力打造"一县一业"茶叶产业,学校在绿春举办春季茶叶种植管理技术培训班,设立茶叶精深加工技术专项,开展茶叶加工试验,执行期内预计年均产值2200~4400万元。食品科学与工程学院汪东风教授率队走到绿春田间地头,手把手为茶农示范、支招。学校穿针引线,挂职干部充分做好调研工作,立足绿春县地理气候等特点,根据绿春县产业发展情况,积极动员朋友圈、校友圈,汇聚帮扶资源,选准适合绿春县发展的产业,积极协助绿春县在鲁开展精准招商,2项目拟在绿春县落地发展。

扶贫要扶智,教育要重视。"教授,您深厚的学问令我折服,您的课让我走进远古春秋,伴太公独钓碧溪,听孔子宣讲仁义,观管仲施展谋略……"第一期中国海洋大学-绿春县干部能力素质提升线上专题培训班让学员大呼过瘾。7月底到达绿春一中的研究生支教团,8月2日即开讲"七彩假期·四点半海洋小课堂",吸引近百名中小学生。教育信息化建设扶贫扶智项目,丰富了山区教学方式,提高了教育信息化水平;"云上科学营"让中学生得以探秘海洋、认识海洋;"行远"奖助学金让寒门优秀学子求学路上行稳致远……

　　"以购代帮",消费既能扶贫也是扶贫。学校通过集中采购、动员教职工和校友采购、教育超市帮助销售、e 帮扶平台购买等方式,购买或帮助销售农产品目前达 400 多万元;策划的"山海新创"大学生定点扶贫创客工作室建设方案,将致力打造"绿春印象"系列文旅纪念品,助力农特产品销售。

　　智力扶贫更高效。"践商研学 智援绿春"智营销与旅游 DIY 大赛持续一个半月,20 所高校 1300 余名学子运用"互联网 +"思维和专业知识,升级农产品包装,设计营销方案,开展电商平台营销,助销 110 多万元因疫情滞销农产品;制作的旅游宣传片播放近 30 万次,开发设计的 50 余条绿春自驾旅游线路,被国家旅游地理等 10 余家媒体报道。学校绿春"十四五"旅游规划专项课题专家近期将赴绿春实地调研,助推文化旅游事业发展。

　　"心在绿春不因山海远,不忘初心 不怕困难与艰险……"这首人文风景视频歌曲《心在绿春》词曲韵味十足。学校同时深入推进文化扶贫,依托校内外媒体,讲好绿春故事、扶贫故事,借力文化擦亮绿春名片。

　　"一枝一叶总关情。中国海洋大学与绿春县因脱贫攻坚结缘,于山海之间遇见。学校将进一步强化责任担当,应绿春发展所需、尽学校所能,持续深入推进各项帮扶工作,带着感情责任把各项措施落实落地,为绿春县决胜全面建成小康社会、决战脱贫攻坚贡献海大力量。"党委书记田辉如是表示。

（本文刊于 2020 年 11 月 9 日,第 64 期）

通智卓识　行稳致远

——写在中国海洋大学行远书院创建六周年之际

冯文波

4月17日晚，夜色如漆，繁星点点。青岛崂山区会场村迎来了40余名"不速之客"，他们在沙滩旁搭起帐篷，架好赤道仪、天文望远镜，开启了一场别开生面的天文科普小课堂。

"冬季星空即将落下，春季星空正在冉冉升起。""这是'火星合月'，那是礁湖星云与三叶星云。""猎户座、双子座、狮子座、天蝎座……"浩瀚星空下，迎着习习海风，中国海洋大学行远书院的同学们正在青年教师路越的指引下仰望星空之美，探索宇宙奥秘。

行远书院是中国海洋大学为推进通识教育改革而重点打造的通识教育的实验区和本科教育教学改革的"特区"，时至今日，已走过了6年的风雨历程。从无到有，从单薄、匮乏一步步走向丰满、成熟，6年来，在这一"摸石头过河"的教改实践中，行远书院不走寻常路,实现了多个从"不可能"到"可能"的跨越,博雅教育的理念正在中国海大这片沃土上生根发芽,滋养莘莘学子成长成才。

一所备受期待的书院

行远书院是中国海洋大学近百年办学史上创建的第一所书院,"行远"二字正是取自该校"海纳百川,取则行远"的校训,寓意之深,期望之大。

培养什么样的人,怎么培养人,是任何一所大学都要考虑的问题。

21世纪初,中国海洋大学提出了"通识为体、专业为用"的本科教育理念,把做人的教育和做事的教育相互渗透、和谐地统一起来,希望在实现人的全面发展的基础上,培养具有一技之长的优秀人才。"经过十多年的实践,取得了一定成绩,但是和它应该取得的成绩,和大家的期望相比,还有非常大的提高和发展的空间。"中国海洋大学校长于志刚说。

2013年,一个偶然的机会,于志刚与美籍物理学家、香港科技大学创校学术副校长钱致榕相遇,并被他倡导的"博雅教育"理念所吸引。"'博'即广博的知识、视野和胸襟;'雅'即认真的态度、高尚的品位。"钱致榕说。打造"厚基础"的自学根基,提升"宽口径"的从业能力,以及养成"深识见"的思维自省,这与中国海大"通识为体、专业为用"的教育理念,培养学生既能登高望远,也能探幽入微的能力异曲同工。

一致的认识、共同的心声成为书院建设的坚实思想基础。

2015年5月13日,钱致榕正式成为了一名中国海大人,受聘担任中国海洋大学顾问和行远书院院长。

钱致榕学识渊博、履历丰富、视野高远,他不仅长期在美国约翰·霍普金斯大学从事物理学教学、高能物理实验研究,还参与了南京大学-约翰·霍普金斯大学中美文化研究中心以及香港科技大学的创办。2009年,又在台湾政治大学创办博雅书院,担任总导师,推动和实践博雅教育。为了让博雅教育的理念发扬光大,培养更多文理兼备、关怀社会的复合型人才,年逾古稀的他再一次展示了自己的胆识与魄力。

行远书院从人类寿命越来越长和经济社会结构不断调整变化着眼,思考当下教育在未来人才培养方面的缺陷。"必须从学生未来的需求开始思考,思考我们开什么课,可以帮助学生未来50年不断地自学、不断地找到工作、不断地保持自己和社会发展不脱节,"钱致榕说,"我们没办法预测20年后需要什么知识,因为那时候的知识如今还在研发中,唯一的办法只有给学生打基础,开'大口径'、不会轻易落伍的课,培养他们自学的能力及习惯,这就是博雅教育。博雅教育的目的是给学生非常广博的知识、非常开阔的胸襟和非常宏观的视野。"

"无论是办公场所的选定,人才培养方案的反复推敲与制定,优质师资的遴选与配备,还是为满足跨专业集中住宿所需学生宿舍的调配,以及双学院管理流程衔接等等,学校各部门密切配合,一路绿灯支持行远书院的探索和实践。"行远书院一路走来的亲历者、执行院长修斌如是说。

"这所凝聚着学校殷殷期望和钱先生的理念和心血的书院,就像一棵小树苗,今天正式在我们这个美丽的校园中扎下了根。我们把它定位为通识教育的实验区和本科教育教学改革的'特区',希望逐步探索出一条符合人才成长规律,符合中国自身实际,能够更好地来实施通识教育,培养未来栋梁之材的新路径。"揭牌仪式上,于志刚对书院给予厚望。

课程要一门一门地建设,人才要一个一个地培养

第零期13人,第一期27人,第二期26人……6年来,行远书院一共招收了七期总计255名学生。"海大创办行远书院,这是一个细水长流、百年树人的计划。人才要一个一个地培养,循序渐进,不可急功近利。"钱致榕说。

为了确保生源质量,在招生选拔上,行远书院有一套严苛而规范的流程。"自愿报名、材料审核、笔试、面试,面试又划分为无领导小组讨论和评委面试两个环节。面试通过后,还要参加为期一周的暑期集训,集训通过后正式录取,"修斌说,"之所以是如此严苛复杂的程序,我们的出发点是选出真正认同博雅教育理念,愿意好好学、愿意为未来奋斗的学生。"

"第一期,面向2015级新生,共拟招收30余人。当时我觉得很厉害,加入书院,就是从3000多人中脱颖而出,可谓是真正的百里挑一。"第一期学生张子琰对入选行远书院时的那份激动与自豪记忆犹新。

为了培育出能适应未来30至50年社会需求的"博雅"人才,让"博雅"推动终身学习,以应对瞬息万变的未来,行远书院开设了大学之道,宇宙大历史,日常物理,世界文明史,全球化与人类社会,数学、天文与物理,大海洋,行远专题8门课程,形成了一整套"文理融通、大口径、高要求"的核心课程体系,用以培育古今贯通、中西荟萃、文理兼备的人才。

在行远书院众学子眼中,钱致榕不仅是他们的院长,还是宇宙大历史这一课程的主讲教师。我是谁?从哪里来?到哪里去?课堂上,钱致榕带领学生以自我审视的视角,探讨宇宙138亿年的演化及人类上百万年的发展,并把数学、物理等学科领域的最新发展与人类社会文明的最新成果融合进来,培养学生的大气象、大情怀和大格局。

"在大学任教的第33个年头,在行远书院钱致榕院长的感召下,我第一次承担了大学之道这门对我而言是真正意义的通识课,将以往我对通识教育的理解和认识,第一次付诸了实践。"著名儿童文学理论家、中国海洋大学教授朱自强为钱致榕的真诚与执着所打动,欣然授课,从"何为大学、知识、知识分子"的问题切入,激发行远学子的问题意识,培养大家的社会责任感。在讲授大学之道这门课的过程中,朱自强也遇到了很多心

不能及、力所难逮的困难。"所以,我第一次在整整半年时间里,除了做已经安排的工作,其他时间,包括在候机室,在机舱里,在高铁上,在会议的间歇,都在紧张地备课。"朱自强说,当第一轮课程结束时,那种如释重负之后的成就感至今还记忆犹新。

学生毕业时,带不走或者闲置的自行车、电动车成为"长眠"校园的"僵尸车",既影响校园秩序和环境,也挤占公共空间资源。在 2019 年、2020 年秋季学期的行远专题课上,行远学子认真思考,积极研讨,形成了一整套整治校园"僵尸车"的方案,被学校相关部门采纳,成为运用课堂所学解决实际问题的典范。"行远专题这门课被称为'拱心石',一般放在书院教学的最后一门,由学生自主选择专题题目,侧重锻炼提升学生发现问题、分析问题和解决问题的能力。"任课教师钟月岑教授说。

2020 年 11 月,宇宙大历史、日常物理 2 门课入选首批国家级一流本科课程。

行远讲座、博雅讲坛是书院在课程教学之外精心打造的品牌育人模式,主讲人皆是博古通今、学贯中西的名师大家。台湾"中央研究院"院士朱云汉讲全球化与世界秩序重构、美国工程院院士黄锷谈地球气象史、中国科学院院士王贻芳谈大科学装置、温铁军教授讲述全球化危机与中国生态文明、周立教授谈城乡一体化、孙智彬教授讲述三星堆与金沙遗址……截至目前,行远讲座已开设 21 讲,博雅讲坛已举办 11 讲,为行远学子创造了一次次与名师面对面的机会。近年来,受疫情影响,邀请名师到校举办线下讲座受限,书院又开设了"行远在线",通过观看名家视频的形式,进行反思讨论,启迪智慧。

行远兴衰,责任在我

4 月 18 日晚,行远书院 N241 教室,一场日常物理的月考正在进行,黑板上写着"做一个堂堂正正的人",同学们埋头作答,却不见监考老师的身影。原来,这是行远书院一贯倡导的"荣誉不监考"制度,以此教诲学生为人坦荡,诚信应考,树立荣誉感。

"大道之行也,天下为公……"走进行远书院,映入眼帘的是墙壁上的《礼运大同篇》,每一个行经于此的人都会被这浓厚的家国情怀和强烈的社会责任感所感染,何况是每天求学于此的行远学子。

荣誉、知识、关怀是行远书院的核心价值。"荣誉是做人之本,书院希望用发自内心深处的荣誉感激发同学树立高标准的自我定位和自我期许。"钱致榕说。

为了确保"荣誉自主"的精神在行远书院成为一种文化和风气,书院创造性地提出了"行政-教学-管理"三结合的管理制度。书院办公室的每一位年轻教师,除了开展日常的行政工作以外,都要全程听课,担任课程助教,通过学习上的接触,真正融入学生,了解学生,从而更好地开展学生服务与管理工作。每个月,钱致榕和全体年轻教师都会坐下来集中研讨博雅教育的理念,分析书院面临的挑战与机遇,确保博雅教育的理念和荣誉育人的精神在书院得到充分贯彻,促进每一位师生都能不断地学习成长。

在行远书院人人都是主人,学习、生活、管理大都依靠学生的独立、自主和自觉。

"3+1+2+3"课程模式和"二级助教"制度是行远书院教学的首创。在这一独特的课程模式下,学生要课前预习3小时,课上讨论1小时,聆听教师授课2小时,课后反思和完成作业3小时。每门课程除了有书院秘书担任的大助教之外,还会在学生中间选出多个小助教,小助教负责组织本小组的学生进行课上讨论,课后答疑,督促作业完成,协助老师对作业进行批改等,既实现了学生的自我管理、有效互动,也促进了共同学习、相互提高。"通过组建自治会及担任小助教,我们秉承荣誉精神,不断挑战自我,在一步一步、稳打稳扎的前行中,我们学会了选择。"第零期学生崔晓宇在结业典礼上如是说。

"跨专业集中住宿""行远团膳""院长下午茶""新生暑期训练营"……行远书院鼓励学生自我管理,在这一过程中逐渐明确自我定位,在实践中不断培养聆听、表达和思辨的能力,以期达到自主学习,自我实现和自我超越。

读万卷书,行万里路。

暑期将至,路越和他的同事们正在为学生赴江西婺源的社会实践活动做准备。2017年,在钱致榕的倡议下,在江西正博实业有限公司董事长朱江的大力支持下,双方共建实习实训基地。每年暑假,行远书院的师生们都会前往婺源,在工厂里做工,在小学支教,到敬老院开展义工服务,走进田间地头,亲身体验耕耘、播种的艰辛与快乐,走街串巷地搞调研,察实情、访民意,并尝试思考破解难题之道。

"两岸三校交流"也是行远书院在课堂教学之外开展的交流互访活动。行远书院与台湾政治大学博雅书院、西安交通大学启德书院约定,每年在台北、西安、青岛三地开展师生交流互访活动。在两岸三校的巡回考察、交流中,设计了"课程体验""交叉分组""城市探索""导生团膳""每日反思"和"三校联合成果发表"等丰富多彩的环节,在朝夕相处中,实现海峡两岸、东西部、沿海与内陆三校师生的思维碰撞与深度交流。

学生身着正装,接受校长和院长颁发结业证书、佩戴徽章,颁发院长奖、博雅奖,合唱《青青校树》致敬恩师……一年一度的行远书院结业典礼,满满的仪式感和荣誉感令行远学子倍感自豪。

"行远兴衰,责任在我"是行远书院每一个人都耳熟能详的话。"每个行远人必须抱持这样的胸襟和情怀,行远的传统才能建立起来并一代一代传承下去。"钱致榕说。

走深走实,行稳致远

"愿君细究何处来,愿君敢为天下先。""初心易得,始终难守;勿忘初心,方得始终。""坚持理想,永不放弃。"结业典礼上,钱致榕深情寄语行远学子。

历经两年博雅教育的熏陶,钱致榕希望行远学子结业后能够将在书院学到的宏观视野、自学能力和团队精神带到各个专业去,做各个班级的"领头羊"。"在书院的时候,你们有'只要有我们,行远没问题'的决心;回到各自专业后,你们必须要有'只要有行远,海大没问题'的决心,那将是行远书院对中国海大的贡献。"钱致榕说。

近年来,在中国海洋大学,行远书院的示范带动效应已经开始显现。借鉴行远书院这一"点"的经验,学校在高质量通识课程建设和学生健全人格养成方面已全"面"铺开。"我们设计了从'点'和'面'两个方面着力,并逐步实现'点面结合、耦合互动'的方案,即'通识教育再起航'计划。"于志刚说,行远书院便是先行先试的"点",所谓"面",就是成立通识教育中心。

2017年5月4日,中国海洋大学通识教育中心正式成立。"行远经验"不断散播开花,高质量的通识教育逐步惠及更多学子。

时间是最忠实的记录者,也是最客观的见证者。六年砥砺,栉风沐雨,行远书院这棵充满生机和活力的新苗正一步一步健康地不断成长壮大。

"我们是老师们播下的种子,在书院这温暖的泥土里生根发芽,终有一日我们能长成参天大树,给更多人带去真的、善的、美的东西。"第零期学生朱芮在结业时写下自己的心声。

（本文刊于 2021 年 5 月 11 日,第 66 期）

畅游文化海洋　共绘蓝色梦想
——全国大中学生海洋文化创意设计大赛十周年回眸

李华昌　　张　慧

　　有一项赛事，它像一支神奇的画笔，描绘着多姿多彩的海洋；它又像一堂丰富的创新实践课，让同学们学会关心海洋、认识海洋；它更像一座四通八达的桥梁，让五湖四海的年轻学子们携起手来，共同助力经略海洋！

　　它，就是全球唯一以海洋文化为主题的公益设计赛事——全国大中学生海洋文化创意设计大赛。

春江潮水连海平，海上明月共潮生

　　21世纪是海洋的世纪。很多国家都把维护国家海洋权益、发展海洋经济、保护海洋环境列为本国的重大发展战略。我国政府相继提出了建设海洋强国、构建"海上丝绸之路"等一系列国家战略。在国家海洋战略规划推进实施过程中,传播海洋文化、提高全民海洋意识,是十分重要的一环。通过培育、塑造面向海洋世纪的新型海洋文化,有助于国家海洋战略的顺利实施,促进生态文明建设。

我国于 2008 年 7 月 18 日首次开展了全国海洋宣传日活动,该活动在全国范围内掀起了关注海洋、保护海洋的热潮。同年 12 月 5 日,第 63 届联合国大会决定自 2009 年起将每年的 6 月 8 日定为"世界海洋日"。我国于 2010 年起将"全国海洋宣传日"定在 6 月 8 日,与"世界海洋日"同一天,同时举办"世界海洋日暨全国海洋宣传日"活动。

为了更好地开展海洋文化传承创新,需要建立海洋文化传播和创意的新平台、新载体、新媒介。以造就国家海洋事业的领军人才和骨干力量为特殊使命的中国海洋大学责无旁贷,积极探索将海洋文化传播与创意设计同创新实践教育有机结合,以达到实践育人的目的,可谓"一举三得"。2012 年 6 月,由中国海洋大学发起,与国家海洋局宣传教育中心共同创办了"全国大学生海洋文化创意设计大赛"。作为"世界海洋日暨全国海洋宣传日"的主要活动内容之一,大赛旨在青年学生中普及海洋知识,培养学生创新精神和实践能力,增强全民的海洋意识,在全社会营造关注海洋、热爱海洋、保护海洋的良好氛围。

"中国海洋大学有责任、有义务在普及海洋知识、传播海洋文化、树立海洋意识方面发挥自己应该发挥的作用,我们也有决心、有能力把海洋文化创意设计大赛一届一届办下去。"大赛组委会主任、中国海洋大学副校长李巍然如是说。

万事开头难。大赛创设初期,由于经验欠缺,人员及软硬件条件配备不足,大赛筹备及组织工作困难重重,压力巨大。在大赛组委会秘书长、中国海洋大学管理学院吴春晖教授的带领下,组委会全体师生团结协作,加班加点,攻坚克难,确保了首届大赛的如期顺利举行。

自第二届起,大赛更名为"全国大中学生海洋文化创意设计大赛",参赛范围进一步扩大。从第五届开始,自然资源部北海局、中国海洋发展基金会和海南热带海洋学院也先后加入主办方,中国海油公益基金会参与协办,并成立了"中国海洋大学海洋文化创意发展中心",为大赛的可持续发展奠定了坚实的基础。

在新冠疫情期间,大赛秘书处的老师们克服各种困难,利用大赛网站、微信、QQ 等平台,并通过线上宣讲交流等方式推广大赛。其中,吴春晖教授先后在线上举办 35 场宣讲活动,直接参与宣讲直播活动的高校有 120 余所,参与师生 16 000 余人。10 年来,吴春晖教授先后在 600 余所高校开展线下、线上宣讲交流,受到各高校及师生的普遍欢迎。

从首届大赛只有 123 所大学的学生提交 2 380 余件作品,到今年的第十届大赛,共有 1 685 所高校、385 所中学及职业学校组织学生参赛,参赛学校涵盖全国各省、自治区、直辖市、香港特别行政区、澳门特别行政区、台湾地区,共征集作品 26 万余件。参赛学校数量有了 10 余倍的增长,征集作品的数量更是有了 100 余倍的增长。当年破土而出的稚嫩幼苗，已成长为枝繁叶茂的参天大树。

正如自然资源部宣传教育中心党委书记、副主任李航所言："从一定层面上讲，一届又一届的海洋文化创意设计大赛，它是提高民族海洋意识、特别是提高青年人海洋意识的一个过程。"

乘着"海洋世纪"的东风，大赛犹如春天的江潮，浩浩荡荡，与大海连成一片。一件件精美的大赛作品脱颖而出，如同明月伴着海潮从海面上升起，耀眼夺目。

海阔凭鱼跃，天高任鸟飞

全国大中学生海洋文化创意设计大赛主题鲜明，内容涉及多个学科，其学术和实践价值资源丰富，为广大青少年搭建了一个普及海洋知识、参与海洋文化交流的良好平台。

十届大赛的主题分别是：海洋·人类·和谐、美丽海洋、海洋强国梦、丝路海洋、创意海洋、智慧海洋、透明海洋、生态海洋、资源海洋、经略海洋。各具特色和时代特征的大赛主题充分体现了人与自然和谐共处的精神诉求。大赛作品类别涵盖了平面设计、产品设计、景观设计、媒体动漫、管理策划等多个方向，是创作设计和营销广告等多学科结合的综合性设计赛事。

"大赛最初是通过教学实践的环节，让学生了解海洋、认识海洋、热爱海洋，搭建一个全民都能关注海洋的平台。"吴春晖秘书长非常重视发挥大赛在教学实践方面的重要作用，通过举办大赛，实现以赛促教，以赛助学。

大中学生通过积极参与大赛活动，并创作各种创新性的参赛作品，提升了学生的综合素质，促进了学生的全面发展。在大赛中，学生不仅查阅了大量海洋文化资料、思考了相关理论难题，而且动手实践、思考海洋文化与海洋生态文明建设等社会问题，极大地提高了学生的动手能力、策划能力和综合实践能力。

大赛还激发了学生的创造力，引导学生通过广告设计实践活动，锻炼创意思维，挖掘创意潜能，提升设计实践能力，培育创新精神，提升创业技能。此外，大赛还增强了学生的社会责任感。在大赛中，学生收获的不仅仅是创意设计能力，更重要的是提升了对海洋的责任感和热爱，逐步认识到人与海洋和谐相处的重要性，一幅幅作品展现了学生们的"海洋强国梦"。

"在大赛作品里，我们看到了同学们对海洋生态文明的关注，体现了当今青年学生艺术与科学融合，建设海洋强国的责任和担当。"大赛终审主席之一、清华大学何洁教授对于大赛作品所展示出的青年学生强烈的社会责任感给予了充分肯定。大赛终审主席之一、西安美术学院郭线庐教授对举办大赛的重要意义给予了高度评价："大赛对于未来建设海洋强国，对于海洋文化的建设与发展，让一代又一代的青年接班人了解和掌握丰富多彩的海洋文化，意义更加深远。"

在大赛中,学生们通过创意设计一件件精美的作品,展示和讴歌着自己心中美丽的海洋。同时,大赛也拓展了学生们的学习空间,培养了团队精神。大赛允许学生们跨专业、跨校组队参赛。据统计,约30%的参赛学生是以团队方式参加。通过组队参赛,实现优势互补,协同作战,既交流了创意设计知识和实践技能,又培养了团队合作精神,为将来的学习和工作积累了丰富经验。

大赛得到了诸多高校和老师的大力支持与帮助,很多高校的设计专业课程都把大赛命题纳入课堂作业中,在专业设计实践环节开展得有声有色,成果十分显著。大赛成果在国内部分高校保送研究生、评定奖学金、出国留学、创新实践学分等方面得到广泛认可。

"感谢海洋大赛给我们提供了表达创意海洋的机会,作为青年学生,我们要保护好海洋资源,推动海洋生态文明建设,开展海洋创意设计,使海洋资源更好地服务于人类社会,并可持续发展,实现人类与海洋长久共生。"这是大赛获奖学生代表钟春宁同学、赵玉莹同学的心声。获奖学生代表、美国留学生玛丽亚呼吁:"让我们一起携手关爱海洋,使人类能与海洋和谐共处。"

长风破浪会有时,直挂云帆济沧海

十届大赛,十大主题,数十万件作品,如百舸争流、百川归海,展示着青年学子们对于海洋的妙想奇思。

为了不断扩大大赛的影响力,丰富大赛的内容与形式,大赛组委会将获奖作品在全国范围内进行巡回展出,迄今累计有160余所高校(展览馆)参与巡展,受到各高校及师生的普遍欢迎。其中,台湾巡展开启了海峡两岸大学生海洋文化设计交流的先河。获奖作品还分别受邀在海南国际海洋旅游博览会、中国海洋经济博览会、美国华盛顿世界海洋大会等国内外盛会展出,扩大了赛事影响。

大赛作品中有2件作品入选第十二届全国美术大展,1件作品入选墨西哥国际海报双年展,多件作品分别在"丝路精神"——首届西部国际设计双年展、第七届"未来之星"、全国大学生视觉设计大赛、首届中国国际大学生设计双年展、白金创意全国大学生平面设计大赛中获得奖项。历届大赛的创意设计作品由吴春晖教授编辑出版,大赛实践案例被《中国海洋文化蓝皮书》收录。

为进一步拓宽获奖作品的传播途径,大赛秘书处积极扩大赛事作品文创衍生应用的外延,将优秀作品设计元素融入产品设计,转换成海洋文化创意产品投放市场,使大赛作品得到了传承。

此外,在每年的大赛颁奖典礼期间,还会举行海洋创意论坛与专家圆桌对话等活动,专家和嘉宾们围绕着海洋文化创意设计、海洋文化资源产业等建言献策,以期为海洋文化事业的发展指明新的方向。论坛的举办进一步丰富了大赛的文化内涵,确保了大赛的可持续性与高品质,获得了良好的社会反响。

2017年6月5日,时任中共中央政治局委员、国务院副总理刘延东来到中国海洋大学视察指导工作,其间参观了历届大赛获奖作品展览,并对学生们用艺术创意的形式来深度认识海洋给予了充分的肯定,同时勉励同学们要珍惜青春,勇于创新,用创意来诠释美丽的海洋。

时任巴基斯坦驻华大使哈立德,来自柬埔寨、埃塞俄比亚、乌克兰等14个国家的61名官员和技术专家,都曾参观历届大赛获奖作品展览,对大赛的重要意义和作品质量给予了高度评价。

十年来,大赛项目被山东省教育厅评选为"山东省高校校园文化建设成果评比一等奖",荣获中国海洋大学首届创新创业教育突出贡献奖和个人贡献奖,荣获中国海洋大学教学成果二等奖,获上海市奉贤区"东方美谷艺术节"突出贡献奖,中国海洋文化浪花奖。凭借为大赛作出的突出贡献,吴春晖教授获2013年度中国广告优秀策划人,被评为2018中国十大海洋人物候选人之一,并受邀参加2020年全国海洋日公益短视频宣传活动,为"海洋大赛"做代言。

"希望海洋文化创意设计大赛与人才培养、区域发展更加紧密耦合,搭建平台,创新机制,促进相关专业领域高端人才培养和海洋文化创意产业等的发展;希望大赛从宣传海洋意识、推广海洋教育,转化到设计领域,并带有鲜明的海洋特色,更好地服务于人才培养和海洋经济发展。"在2021年7月4日举办的第十届大赛"设计遇见海洋"论坛上,中国海洋大学校长于志刚对大赛提出了殷切期望。

十年砥砺奋进,十年春华秋实。曾经在探索中蹒跚起步的大赛,现已成长为我国海洋文化创意、教育、传播的最大交流平台。面向未来,大赛将继续秉承"创新、协调、绿色、开放、共享"的新发展理念,把握时代脉搏,聆听时代声音,强化"海洋文化"内涵,不断提升核心竞争力,继续保持良好的发展模式,提高社会责任感,努力成为在全球有影响力的、以海洋文化创意为核心的大型公益设计赛事。

(本文刊于2021年10月29日,第69期)

汪东风：制茶广业 精准帮扶

王红梅

　　有这样一位品茗人，40 余年坚守，高山云雾间追寻，坚持发扬"人在草木间"的华夏最高饮食美学形态。

　　有这样一位学者，年逾六旬，主动请缨参与乡村振兴，倡导设立"一县一业"茶叶专项，无偿捐赠近 50 万元的茶叶国家发明专利。

　　有这样一位教授，不畏路遥，不惧山海，将课堂从红瓦碧海间的讲台，带到青山绿水中的田埂，把论文写在了祖国大地上。

　　这就是汪东风，食品科学与工程学院二级教授，首届全国高校黄大年式教师团队负责人，"万人计划"教学名师。从去年 5 月到今年 10 月，他 6 次前往绿春，捐赠专利"一种富含茶多糖茶饼的制备工艺"，开发东仰云海系列高香白茶，在四季如春的绿春留下了浓墨重彩的印迹。

"我是做茶之人"

绿春县坐落在红河哈尼族彝族自治州西南部,拥有23.3万人口和24.3万亩茶叶地,茶叶种植面积居红河州第一、云南省第八。这里作为茶叶生产基地的优势突出,年降水量2000多毫米,日照足,湿度大,云雾浓,拥有黄连山国家级自然保护区,生态环境和土壤条件适合茶树生长。

自然环境优越,产业优势显著,茶叶产业是绿春县"十四五"期间重点发展的"一县一业"。但2020年以前,绿春是红河州第6个贫困县,毛茶价低至5元1斤,并未形成良性有序的茶叶市场,茶农生活刚达到温饱水平。

2020年是国家脱贫攻坚战的决胜之年,1月份学校启动定点帮扶绿春县。彼时,卖得跟菜价一样的绿春茶,让从事茶学40余年的汪东风倍感痛心,他为好茶的低价感到可惜,更为茶农们并不富足的生活而心痛,他说:"我是做茶懂茶之人,职业操守让我必须来到这里。"65岁的他主动请缨扶贫,带科技下乡,倡导设立学校-绿春县"一县一业"茶叶专项,走上了茶叶扶贫振兴之路。

2020年5月,他第一次前往绿春,深入茶农家、茶园地和制茶间,针对其产业现状提交了《绿春县茶产业发展前景及对策建议》,确定了发展白茶的基本方针;11月中下旬,他用脚步丈量各个茶厂作坊,带领研究生指导企业试制了24个茶叶小样,开展茶多糖茶饼的检测、品鉴;今年3月份,他和绿春县茶叶协会明确了打造有明显香气的"高香白茶"的品牌定位,并先后在5月和10月反复试制和完善制茶工艺,确定不同等级的白茶品质特点,指导彤瑞等多家茶厂高香白茶的加工、制作,进行系列中期考核和现场培训……

"茶叶培训仅仅停留在理论上效果并不好,必须深入茶厂、农户,了解要解决的具体问题才能做到有的放矢、精准扶贫。"每去绿春,汪东风都把时间排得满满的,每天在各个茶厂间来回奔波。县城和茶厂往返需要6到10个小时,这期间他还随时在线处理各种事务,准备相关材料,累了便在狭窄的前座上睡得左右摇晃,一下车他便振作起来,精神饱满地和当地茶企、茶农沟通,传授茶园管理、病虫害防治的相关知识,进行茶叶加工工艺的指导培训,帮助企业制定加工工艺标准和提升精制方面的技术。

绿春县交通落后,山地多,而茶厂一般在山间乡村,路途艰难,雨天会有塌方。但汪东风克服困难,走进茶园、深入车间,讲授、示范茶叶种植及加工技术。"汪教授令人敬佩,是一位造诣颇深的大咖,更是一位热心敬业的长者!"绿鑫生态茶叶有限责任公司总经理白冰说,"汪教授还根据不同茶企的技术和优势,帮助确立了不同发展路线:绿鑫依托先进的设备,专注需要技术投入的茶饼制作;其他茶企分别进行红茶、白茶的制作。"

面对面谈技术、手把手授经验、户到户做指导,做着不辞辛苦的事情,汪东风说:"有能力时就努力改变现状，没有能力便适应现状。"今年，大水沟乡茶叶价格和茶农收入翻了一番，党委书记李卢芳说："汪教授传授的制茶新技术帮绿春茶铺成了销路，现在茶农们生活好了很多。"但汪东风想做和能做的远不止这些。

"让高香白茶走出云南"

绿春茶最适合做白茶，其外形细秀，形如凤羽，色如玉霜，多为芽头，绿叶白毫，如银似雪；绿春白茶光亮润泽，如月光之辉，有"月光白茶"之称。

如何把月光白茶做得更香是汪东风最关心的问题。他通过考察和调研，将绿春白茶定位成月光白、清香白、高香白三种类型，并着力打造高香白茶的品牌效应。

彤瑞茶厂位于绿春县大水沟乡，是斗茶大会选出的高香白茶试验生产基地，拥有2000多亩茶园，有机认证的茶园面积较大，足够经验丰富的茶农漫山遍野走一整天。

"白茶制作工艺一般分为萎凋和干燥两道工序，关键是萎凋。汪教授来之前，我们的技术不成熟、知识也不完备，他千里迢迢来给我们培训，还传授了让茶叶变香的诀窍。"彤瑞总经理尚晓谈起汪教授对茶厂的帮助时，脸上堆满笑意。

高香白茶的制作诀窍便是加入做香工艺，传统白茶制作流程中没有这一步。"摊青、摇青可以让香气更高，但不能摇得太快、摊凉太短，轻摇可以轻微破坏叶面细胞，让细胞液里面的水解酶和糖苷类物质发生作用，产生回甘和高香。"白茶界"翘楚"福鼎白茶规定了白茶标准，却不是放之四海而皆准；根据绿春种植环境和白茶感官品质，汪东风与团队正在积极申请高香白茶的国家流通协会标准。

每次到彤瑞，汪东风先直奔车间记录温度、湿度数据和对应条件下萎凋的茶叶形态，再到厂房帮助做茶师傅们手动摇青，大大的簸箕在他的手里灵活翻转，茶鲜叶也跟着匀速摇晃，它们像"着魔"一样，非常听话地在簸箕上转圈跳动，一根都没掉。"这个手艺真的很难，我们不少师傅都不会，但是汪老师摇得特别好。"彤瑞晓慧师傅对汪教授十分钦佩，她学了一个月才能熟练摇青。

"我们的茶做出来给别人喝，他们都会问这个茶怎么这么香，该不是加香气了吧？"尚晓在2018年成立了彤瑞茶厂，今年才开始盈利。她说，这多亏了中国海大的扶持和汪教授的帮助。"我们的销路好了，微店的高香白茶全卖光了，一直缺货；汪教授的技术扶持也让茶叶品质更好了，以前均价不到50元一斤的白茶，现在能卖到100多元一斤，茶农们收入更高了。"

不谋万世者，不足谋一时；不谋全局者，不足谋一隅。目前绿春高端茶项目已逐渐成熟，富含茶多糖系列饼茶、高香白茶年均产能预计可达200吨，年均产值最高可达4400万元。对此，汪东风说道："我们希望尽快克服困难，把国标申请下来，让绿春白茶走出云南、走向全国。"

"把论文写在祖国大地上"

汪东风从 20 世纪 80 年代便开始指导茶叶生产加工,他不仅在茶多糖化学、生物活性研究及功能性产品开发等理论创新层面取得了重要进展,获中国茶学会科技进步一等奖,还先后在高纬度和高海拔茶区推进成果转化,践行理论联系实践的科教理念。

今年 10 月份,在茶叶精深加工关键技术及应用项目进展汇报中,他就绿春县近万吨晒青散茶提出进行高值化精深加工等解决办法,他说:"绿春当前只有四个企业在卖产品,多数在卖原料,我们应该把原有品牌恢复,做好高香白茶和茶多糖茶饼,进入更高端市场,创造更高端的产值。"

"有了汪老师的帮助,绿春茶在品质方面有了很大提升,富含茶多糖的茶饼既有口感,也有更高的营养价值,市场认可度高,绿春的经济也慢慢提上来了。"绿春县茶叶协会会长陶晓林非常珍惜向汪东风学习的机会,对他来说,每一次交谈都能产生新的火花,高香白、清香白和月光白系列概念及其质量要求和加工技术便是他们思想碰撞的产物。

范明昊是汪东风的博士研究生,多次跟随导师行走在一线茶厂,跟着老师在茶农饭桌上学习"哈尼族食品风味品鉴",陪伴老师在冗长车程里聊茶、聊当地发展前景。在他眼里,汪老师非常认真,做事雷厉风行。"高香白茶从提出到产品上市仅用了半年,汪老师一直在推动这个项目;做茶过程中遇到湿度过大、阳光太强等天气条件,他总有相应的解决方法,如烘干机温度控制、室内阴干,有着丰富的实践经验。"

对汪东风来说,指导茶农、茶企产生的效益获得好评,比他发表几篇 SCI 论文更值得高兴。广袤的茶园和厂房是他教学的讲台,淳朴热情的茶农和茶厂工人是他的学生。在公益扶贫的同时,他对第二课堂教学感悟颇深:"工农医科要重视实践,走出学校,把论文写在大地上,这不是高校的考核标准,却是社会发展的需要。"汪教授对自己的谆谆教导,也让范明昊坚定了在基层服务的决心,他说:"我要像汪老师一样,在为老百姓办实事中实现自己的人生价值。"

多次去绿春,汪东风曾在夜里 10 点赶过车,不厌其烦地跟农林局人员推介高香白茶;也曾在乡里简陋的招待所里,对抗过山风无孔不入的"怒吼";还曾在颠簸的旅程中从梦中被惊醒,忽地扶住车上的把手,司机老李这时会低声安抚"没事儿的,我们慢慢开"。只有在这种时刻,人们才会想起汪老师曾遭遇两次车祸,身负六级和九级伤残的事实;更多时候,人们只记住了他说"大家能靠茶过上好日子我就满足了"时的爽朗笑声。

"从海洋大学到哈尼圣地东仰/从大海之滨到大山深处/不畏山有多高/不惧路有多险/一路风雨兼程/用脚步丈量一座座茶山/用汗水滋润一片片茶叶……"绿春县副县长李永祥有感于汪东风的无私辛劳,献诗《茶山情》,质朴的文字里流淌着绵绵情意。

缘于热爱而坚持,因于使命而行走。40 多年来,汪东风持之以恒地扎根基层,身体力行地践行乡村振兴的使命,以一名学者的担当与作为,谱写着为人民服务的乐章。

(本文刊于 2021 年 12 月 7 日,第 72 期)

用心，用爱，跨越山海
——写在中国海洋大学研究生支教团成立 20 周年之际

冯文波

　　"一个志愿者就是一把泥土，但我们存在的意义，不是被淹没，而是与无数把泥土聚集在一起，成就一座山峰，一条山脉，一片群峰。这样的山峰，可以改变风的走向，可以决定水的流速。"

　　这是一首诗吗？不，这是一段誓言，是一个青年群体对自己、对社会立下的山盟海誓，这誓言有关青春的抉择，有关梦想的坚守，有关人生价值的实现。

　　这个群体就是中国海洋大学研究生支教团。从 2002 年至今，这所地处黄海之滨以"教授高深学术，养成硕学宏材，应国家需要"为宗旨的大学，连续组建了 20 届支教团，累计派出了 276 名支教志愿者，他们的足迹遍布贵州、西藏、云南 3 省区的十几个贫困县乡，给大山深处和雪域高原的孩子带去新知识，为他们点亮梦想与希望的灯火。

虔心支教：播撒希望，点亮求知梦想

德江县，位于贵州省东北部乌江下游，是中国海洋大学研究生支教团支教之路的第一站。

简陋的校舍、坑洼的道路、辍学的儿童、贫穷的乡亲、孩子们求知的眼神、父母无助的泪水……2002年8月，由3名海大学子组成的第一批研究生支教团志愿者抵达德江县，当地教育水平和经济发展程度的落后令他们印象深刻。"西部山区的落后震撼着我，激励着我，教育着我，更加坚定了我为当地教育事业作贡献的信念。"中国海洋大学团委书记张欣泉曾担任第一届支教团的队长，20年前初到德江的印象依然历历在目。

"大山里的孩子，他们看我的目光也是怯怯的，但是他们的目光如山泉一般的清澈透明。"赵媛媛是中国海洋大学第二届研究生支教团的成员之一，2003年8月，初到德江时便被山里孩子的目光所吸引，但教学中遇到的挑战也令她措手不及。

"我在课堂上讲得声嘶力竭，可学生们依然瞪着一双迷茫的大眼睛；知识点强调了一遍又一遍，第二天课堂提问时又忘得一干二净……"赵媛媛感到失落。

终于，在支教的第4天，赵媛媛的情绪爆发了。她激动地向学生们讲述着对他们的期望，在他们身上寄托着的梦想，当然还包括对他们的失望。教室里出奇地安静，只有她沙哑的声音和几个学生轻轻的抽泣声。

下午，当赵媛媛打开宿舍门，准备去上课时，被眼前的一幕震惊了。午后火辣辣的太阳底下，整整齐齐地站着68名学生，人手一份检查，一一交到她的手中并深鞠一躬……那一刻，她潸然泪下。

"只要方法得当，没有教不好的学生。"赵媛媛及时调整教学策略，针对学生们的基础和特点制定了"各个击破"的战略战术。除了白天上课，晚上批改作业之外，周末她还主动给成绩差的学生辅导，并进行家访，日积月累写下了10万字的支教手记。历经一年坚持不懈的努力，学生们的成绩有了很大进步，也更爱学习了。支教期满，回到海大，学生们经常给她写信。有时因忙于学业回信不及时，孩子们就让家长给她打电话催问："赵老师，你什么时候给我们家孩子回信呀！"

初登讲台的困惑，第四届研究生支教团成员王晓晨在德江县煎茶中学也曾遇到。150分的英语试题大部分学生只能考20多分。为了改变这种状况，她开设了"零基础英语补习班"，从26个字母教起，每次上课教室里都满满的。经过努力，她任教的两个班高考英语平均分达到68分，比一年前提高了30多分。

2004年，中国海洋大学开始向西藏派遣研究生支教团志愿者。多年来，西藏拉萨师范学校、山南地区职业技术学校、尼木县中学、西藏职业技术学院、拉萨北京实验中学等都留下了海大学子支教的身影。

袁也是中国海洋大学第十九届研究生支教团成员，2021年暑期刚刚结束在拉萨北京实验中学的支教工作。因为她在学校老师之中年龄比较小，加上比较活泼幽默，善于和学生打成一片，学生们亲切地称呼她"小袁老师"。初为人师，她遇到的第一个挑战是每天的早读课，叫同学们"起床"，让他们集中注意力，不要打瞌睡。"每天与孩子们斗智斗勇，日子过得充实而快乐。"回到海大，袁也很怀念那段时光。

为了给当地的孩子们普及海洋知识、提升海洋意识，袁也和支教团的成员一起开设了海洋科普选修课——在日光城听海。在他们生动翔实的讲解中，孩子们加深了对海洋的认识，也更加向往大海。此外，为增强学生自信心，培养团队合作意识，愉悦身心，支教团成员还开设了啦啦操选修课，赢得了学生们的热情参与和一致好评。

"我不想我的 22 岁和我的 18 岁、19 岁、20 岁一模一样，我希望 22 岁的我在贵州能活得更有温度。"2016 级文化产业管理专业的王亦欣说。怀着"到西部去，到基层去，到祖国最需要的地方去"的青春理想，2020 年她抵达了贵州省遵义市播州区乌江中学支教。

中国海洋大学从 2010 年开始向乌江中学派遣研究生支教团志愿者，他们的表现，乌江中学校长包强看在眼里、感动在心里。"从第一届到现在，尽管他们在生活习惯、饮食等方面遇到了很大困难，但他们没有一个人打退堂鼓，没有人旷过一节课。"包强说，正是因为有一届又一届支教志愿者的奉献，很多当地学生走出了乌江，走出了大山，实现了自己的梦想。现在乌江中学设立了以中国海洋大学冠名的"海大班"，学校的老师们都以上这个班的课为荣。

忆起一年的支教经历，中国海洋大学第十六届研究生支教团云南服务队的李燕妮用"收获"和"感动"作结。她说："我们收获着成长也收获着感动，感动在学生的一句评价'你是最好的班主任'，感动在家长的一句挽留'你再教孩子到初中毕业好不好'，愿下次在巍山相聚，我与你们都成了更好的自己。"

扶贫帮困：大爱无疆，铸就山海情缘

海风吹进偏远山区，润泽希望的种子；朝霞照进幼小心灵，陪伴孩子们一路学习成长。你们发起一场"爱的接力"，用一年温暖一生，诠释"海纳百川，取则行远"的真谛。你们以爱的名义，为青春献礼！你们是有责任有担当、新时代大学生的杰出代表！

2018 年 1 月 30 日晚举行的 2017 年度"感动青岛"道德模范颁奖典礼上，中国海洋大学研究生支教团被授予道德模范群体。典礼现场的颁奖词如是评价。

20 年来，在这场"爱的接力"中，一届届海大研究生支教团扶危济困、扶弱助贫，续写着厚重的山海情缘。

"用一年不长的时间，做一件终生难忘的事。"怀揣青春誓言，2006 年 8 月，中国海洋大学第五届研究生支教团成员迟远达抵达西藏山南地区职业技术学校支教。

初上高原，头疼脑涨、干燥、流鼻血等高原反应随之而来，迟远达谨记自己的使命与责任，咬牙坚持，第三天就走上了讲台。日久天长，西藏农牧民家庭的贫困令他感到震撼,怀着对西藏的深厚感情,他决心尽己所能帮助贫困家庭的孩子。

教学之余,迟远达和队友深入到服务地的偏远山村,足迹遍布山南地区的 7 个县走访失学儿童,走进贫困学生的家。西藏稀薄的氧气和强烈的紫外线对他的身体是严峻的考验,而西藏偏远山村交通的极度不便更是让他的每次行程都异常艰辛。他自备药物、食品、翻山越岭,寻找着需要帮助的孩子。"让更多的孩子能够安心读书是我不懈的追求,也是让我感到最幸福的事。"他乐此不疲。一年时间里,他与慈善机构合作,寻找并长期资助了乃东、洛扎等 7 个县的 154 名家庭贫困学生,当年资助额达 4.26 万元。他还用自己微薄的生活补贴捐助了 2 名小学生。为帮助西藏学生开阔视野,了解外面的世界,他和队友携手联系促成 30 多名学生与中国海洋大学师生结成对子,为促进西藏和内地交流,增进民族团结贡献力量。

"支教助学、名扬雪域""情系学子、捐资助学"一面面鲜红的锦旗,一条条雪白的哈达是藏族人民对迟远达和队友工作的充分肯定。

"因为这个选择,西部的明天更加美好;因为这个选择,我们的青春更加壮丽",在西藏支教的 365 天,迟远达写下了 365 篇支教日记,记录着他在"第二故乡——西藏"的点点滴滴,并将永远珍藏。

在贵州德江县有一条"海大路",承载着中国海洋大学研究生支教团与当地的深情厚谊。德江民族中学与 326 国道之间有 800 多米路段基础已铺平,但由于缺乏资金,一直没有对路面进行水泥硬化。晴天时扬尘满天飞,下雨时路面泥泞,十分不方便师生和当地居民的出行。2003 年,在学校的支持下,第二届研究生支教团与青岛市公路管理局协调争取到 33.6 万元善款,用于路面硬化,解决了困扰当地群众的出行难题,为表示感谢,当地人把这条路命名为"海大路"。

2004 年 3 月,支教团成员到煎茶镇石板塘小学走访时发现,从各村寨到石板塘小学的必经之路有一座小石桥,一场山洪将石桥冲毁,只剩下几个石桥墩立在河里,孩子们只能踩着这几个桥墩去上学,若是遇到下雨天,孩子们只能蹚水过河,十分危险。支教团的 5 名成员便从 600 元的生活费里,凑了 3000 元钱,一部分用于资助 10 名面临失学的孩子,一部分用于修缮被山洪冲毁的小桥。一个月后,中国海洋大学领导率考察团到德江慰问支教团成员时,发现修过的桥又被大水冲垮了。考察团当即决定捐资 2.3 万元在原地修一座水泥桥,为了表达感激之情,石板塘小学全体师生称此桥为"海洋桥"。

2010 年,中国海洋大学第九届研究生支教团在德江支教时,发现煎茶镇大路村的大土小学教学设施简陋,全校 117 名学生,仅有 4 名教师,不同年级的学生挤在一间教室上课,办学十分艰难。支教团多方筹集资金积极援建大土小学,为该学校修缮、硬化了 800 平方米原本坎坷不平的操场以及破旧不堪的露天厕所,还为该小学修建了主席台、台阶、乒乓球台等,购置了 50 套桌椅、黑板、彩电、音响设备、健身器材、校牌及其他教学设备,有效地改善了该小学落后的教育设施及教学条件。大土小学为表示对海大和支教团的感谢,将校名更名为山海小学,取支教团奉献西部,海大与贵州山区山海情深之寓意。

在接续奋斗的支教路上,一届届中国海大学子热心公益、无私奉献,望海小学、山海小学、海情小学、行远小学、百川小学,一所所以"海"命名的小学,连接山海,传为佳话。

20年来,中国海洋大学研究生支教团积极引入社会资源,开展"一帮一"爱心助学活动,共筹集奖助学金近220万元,资助2500余名学生完成学业;向服务地学校及周边小学捐助空调、桌椅、图书等价值近100万元的学习物资,极大改善了当地的办学条件。山海英语角、学生辩论赛、四点半课堂、"凤鸣之声"广播站等校园文化品牌活动拓宽了当地学生视野,促进他们全面发展。"花蕾行动""幸福书单活动""微笑小屋""微笑百里行""百家全家福"等为农民工子女、留守儿童和困难群众送去青年一代的关怀和温暖。20年来,海大支教团累计服务覆盖人数超35000人次,为支教地的教育提升、乡村振兴、扶贫济困和文化建设等作出了应有的贡献。

2011年,贵州省德江县委、县政府在给教育部发出的感谢信中写道:"海大研究生支教团为促进德江县教育事业发展作出的贡献,赢得了人民群众的赞许和好评,对海大研究生支教团这种'爱心支教,践志愿精神;扶贫帮困,显大爱无疆'的力行深表感谢,并致以崇高敬意!"

赓续传承:一年支教路,一生支教情

"支教一年,自教一生。"这句话,在中国海洋大学研究生支教团成员间,经常被提及,俨然是一届届支教团共同的心声。

在黔东北的大山深处、在云南边陲小城、在西藏雪域高原,中国海洋大学研究生支教团成员秉承"奉献、友爱、互助、进步"的志愿服务精神,二十年如一日,扎根基层教书育人,写下了充满激情和奋斗的人生历程。同时,在向实践学习,向当地人民群众学习中,他们丰富了阅历、磨炼了意志、增长了才干,可谓收获满满,情谊绵长。

"老师来我家吧。""老师,你什么时候再回来?""老师,你怎么不教我们了?"……支教时光短暂,但那份"被需要"的自豪感却始终伴随着每一位支教队员。

同样令他们难以忘怀的还有细微之处学生和当地人民展现的热情与温暖回馈:教师节时,一束带着露珠的野花;悄悄放在窗台上带着湿润泥土的山芋;一张张支教队员的肖像画;一杯热乎乎的雪域奶茶;一份藏于怀中的热糍粑;几个挂于办公室门前的香热棕;一张张写满不舍的纸条贺卡……

"一年支教带给我们的财富是受益终身的。看到学校孩子们简陋的学习生活条件,我们艰苦一点又算得了什么呢?这一年的经历教会了我面对生活时的坚韧与感恩。"中国海洋大学第九届研究生支教团成员马弋丁说。

"大海向往着大山,大山眷恋着大海,山海相连,山海相依,山和海原本是一家!祖国的东部和西部就好比一个人的左手和右手,祖国大家庭就是需要我们左手温暖右手,右手温暖左手！"2008 年 11 月，在贵阳举行的全国电视演讲大赛上，第七届研究生支教团成员牛晓把这段山海情缘讲给大家听，真情实感令人动容，最终他获得了一等奖。

"我想把自己的感动告诉给更多的人，让他们和我一起感动，众人拾柴火焰高，我们一起帮助孩子们来圆梦！"返校后，牛晓继续把自己的经历与感动分享给周围的同学们。

在中国海洋大学，赴西部支教已成为实践育人的重要举措。在支教队员选拔中，构建了"学院推优、综合测试、试讲面试"三级选拔体系。"学校共青团从整体上做好支教团志愿者实践学习的'大学校'，做到'拉手'和'放手'相结合，既加强管理监督，又给予适宜的发展空间，探索研究生支教团'接力服务、定期轮换'的长效工作机制，形成了从宣传动员、招募选拔、管理培训、跟踪培养、复盘总结到分享宣讲的工作闭环。"张欣泉说。

"听完支教团的报告，我深深被他们的事迹所感动，他们是我们的骄傲。看到西部落后的现状，我们更应该珍惜现在的学习环境，看到国家对西部教育的关注和支持，我们更应该好好学习、立志成才，用实际行动响应国家号召，为社会和人民做出自己的贡献。"许多海大学子将报名研究生支教团作为毕业后的选择之一。

为了铭记这段宝贵的人生经历，为了让分散各地的溪流汇入大海，为了更好地发挥研究生支教团的作用，2013 年 6 月，中国海洋大学校友会研究生支教团校友联盟正式成立。作为中国海大第一个经历类校友分会，该联盟为服务校友发展、汇聚社会资源，继续发扬志愿服务精神，推动学校事业发展和服务国民经济进步架起了校友沟通交流的平台。

"通过支教工作，支教团成员在服务当地的同时也收获了个人的成长。他们将这些经历和感受带回海大、传递给师生，对于学校的人才培养发挥了很好的促进作用。"中国海洋大学校长于志刚说。

20 年坚守，中国海洋大学研究生支教团赢得点赞无数，亦获得诸多荣誉。2005 年，学校研究生支教团被中宣部、共青团中央确定为全国纪念五四运动 86 周年先进集体典型，并获团中央中国青年志愿者扶贫接力计划研究生支教团贡献奖。2009 年，学校第十届研究生支教团获得贵州团省委志愿者服务中心颁发的"优秀志愿者服务队"。学校报送的《十年支教路，千里山海情——中国海洋大学充分发挥研究生支教团实践育人作用》获 2011 年全国高校校园文化建设优秀成果一等奖。2016 年，学校第十五届研究生支教团西藏服务队申报的"当日光城遇上海洋——海洋文化月暨大型海洋系列文化宣传公益活动"项目获得第三届中国青年志愿服务项目大赛全国金奖。

20 年，山中桃李开了一茬又一茬，支教志愿者走了一届又来一届。尽管没有人知道，这场接力赛何时结束，但他们都坚信用一年时间，做一件可以影响一生的事，值！

（本文刊于 2022 年 3 月 4 日，第 77 期）

梅花香自苦寒来
——环境科学与工程学院实体化运行 20 周年回眸

李华昌

　　"如果你想让自己的未来更精彩，那就选环境学科；如果你想为美丽中国建设作出自己的贡献，那就选环境学科！"高会旺教授在讲授"环境学科导航讲座"时常常这样启发学生。自他从老一辈手中接过环境学科的接力棒，一晃就是 20 年。

　　二十年风雨兼程，二十年春华秋实。从最初的"三无学院"，到目前成为有国际影响的海洋环境人才培养和创新研究基地，中国海洋大学环科人用智慧、勇气和毅力，闯出了属于自己的新天地！

大势所趋，呼之欲出

　　罗马不是一天建成的。环境科学与工程学院成立并实体化运行也经历了坎坷曲折的筹备过程。

与国内其他大学的同类学科相比,中国海洋大学环境学科具有鲜明的海洋特色。这种特色的形成,发源于学校各相关分支学科在不同历史时期的深厚积淀。

20世纪40年代至60年代初,学校的有关系科、专业已分别开始了海洋环境、海洋生物的调查、教学与研究,并尝试开展近岸水温等环境要素预报,指导渔业生产。70年代,以关注青岛胶州湾污染为契机,海洋、化学、生物、地质、水产等各专业教师开始合作研究,为创建学校海洋环境学科作出了奠基性的贡献。1983年,学校受城乡建设环境保护部委托,承担《〈中华人民共和国海洋环境保护法〉实施细则》送审稿的起草工作,再次促进了相关系、所的合作,为开拓海洋环境管理与法学方向打下了基础。

1984年,学校成立海洋环境保护研究中心。这既是校内首次出现冠名"环境"的实体机构,也是全校围绕"环境"的第一次大规模人员调整。1985年,教育部同意学校增设环境生态学专业。1987年,国家教委同意学校增设水文地质与工程地质专业。这些机构和专业均为后来环境学科的发展提供了支持。

1990年,物理海洋学与海洋气象学系作为学校的龙头,也只有物理海洋学和海洋气象学两个博士点。因此有人建议:"应该在环境海洋学方面开拓一下,建立一个新的博士点。"文圣常教授和冯士筰教授积极推动这项工作。但当时国家正在压缩学位点,时机似乎不太适合。在此背景下,学校迎难而上,向国务院学位委员会提交了环境海洋学博士点的申请,值得庆幸的是,学校获批新增国内第一个环境海洋学博士点和硕士点,这是学校首个冠名"环境"的学位点,冯士筰教授成为我国第一位环境海洋学博士生导师。

1992年,学校调整科研机构,成立海洋环境科学研究所(与原海洋环境保护研究中心一个实体、两个名称),这是学校首个冠名"海洋环境科学"的研究所。1993年,海洋环境科学研究所与海洋科学系、海洋气象学系、物理海洋研究所和物理海洋实验室一起,组合成立海洋环境学院,这是学校首个冠名"环境"的学院,冯士筰教授任院长。

之后的三年里,学校先后成立了海洋生命学院、海洋地球科学学院和化学化工学院。前两个学院虽然院名中没有"环境"二字,但有冠名"环境"的专业或者系(环境生态专业、环境建设系);化学化工学院于1999年增设环境科学专业,这是学校首次出现了冠名"环境科学"的专业。

1998年,为加强环境学科的建设,学校决定成立环境科学与工程研究院,暂时挂靠于海洋环境学院。这是全校围绕"环境"的第二次大规模人员调整,也是校内首次有了以一级学科"环境科学与工程"冠名的实体机构。

"环境科学与工程研究院的成立,并不是一帆风顺的。"谈及研究院的成立,首任院长李凤岐教授感慨万千。

当时,环境学科在国外方兴未艾,前途非常好。最初设想,一个研究院可把学校涉及环境的队伍全部组合起来,既能发挥学校在海洋环境方面的整体优势,也能借国家环境学科发展的东风提升学校服务社会的能力。但不少院系对此持不同意见,研究院的筹建工作遇到了不小的阻力。冯士筰教授和李凤岐教授找到学校领导,详细陈述单独建设"环境"机构的必要性,并特别强调如果不尽快建设支撑环境学科的机构,学校就会延误或失去环境学科发展的最佳时机。在冯士筰教授和李凤岐教授等人的不懈努力下,学校最终同意组建环境科学与工程研究院,并任命李凤岐教授为院长。后来,李凤岐教授又担任了环境科学与工程学院筹建组的组长。

从研究院成立到学院成立的三年中,环境学科平台又得到了进一步提升。1999年获批"长江学者特聘教授岗位"。2000年获批"环境科学与工程博士学位授予权一级学科",这是全国仅有的6个同类一级学科之一,同时也是当时学校的3个一级学科之一,表明环境学科的整体实力进入了全国同类学科的先进行列,为学院的高起点发展奠定了基础。

2001年9月,学校第三次围绕"环境"进行人员和机构调整,在环境科学与工程研究院的基础上,将海洋地球科学学院的环境建设系和化学化工学院的环境科学系划入,成立了环境科学与工程学院,学校环保中心、测试中心也挂靠于该院,并聘任中国工程院院士刘鸿亮教授为名誉院长,任命陈永兴为学院首任党总支书记。2002年4月,学校任命高会旺教授为院长,学院正式踏上了实体化运行的新征程!

艰苦创业,稳中求进

万事开头难!对于刚刚成立并实体化运行的环境科学与工程学院来说,更是这样。

当时,学院虽有组建方案,但办公地点还没有落实,使得学院有办公室主任,但还没有办公室;从2001年9月发文成立学院到2002年4月任命行政班子的一段时间里,虽然有党总支书记,但还没有其他党员;在2002年4月实体化运行前,学院聘任了名誉院长,但还没有院长。因此,学院一度被调侃为"三无学院"。

首任院长高会旺教授对学院初创时期之艰难记忆犹新。20年后的今天,他无意翻出了当年学校下发的关于环境科学与工程学院行政班子的任命文件,文件的背后有他写的几行字:基础雄厚,特色鲜明,前途光明,困难重重。"这就是当年我对学院工作的心态写照。""学院的成立也没有实现研究院筹建时的初衷,没能把学校涉及'环境'的队伍整合起来,办学条件非常艰苦,不过多年走过来,我们有苦也有甜。"高会旺教授笑着说。

重重困难并没有吓倒开创者。在高会旺院长的带领下,学院的工作稳步启动。2003年,学院制定了第一份发展规划,参加了第一次全国学科评估;2004年,学院积极响应学校"拨改贷"支持学科发展改革方案,购置第一批大型仪器设备,对推动学院教学和科研走向正轨奠定了部分物质基础;2005年,全面规范学院管理,制定学院"十一五"发展规划和2005—2025事业发展规划;2006年,学院整体搬迁至崂山校区,结束了学院"9

处办公"的格局。这5年是学院组建队伍、完善制度的艰苦创业期,专任教师的规模从25人增加到52人,学院也实现了从"蹒跚学步"到"稳步前行"的转变。

学院在人才培养上的最明显特点是研究生多于本科生,在建院初期即如此。学科曾于2003年自主设置了环境规划与管理博士点,包括环境经济学、环境法学、环境规划与管理等研究方向,为学校经济学、法学、管理学学科的培育和发展作出了积极贡献,并培养了一批本领域的专家学者和专业型领导干部。

2005年,环境科学与环境工程两个本科专业均已有毕业生,就业率达到95%以上。但当时社会上就有环境专业毕业生"宽而不精"的议论,再加上国内不少学校新开办了此类专业,因此环境专业毕业生就业情况不容乐观。在此背景下,学院提前谋划,深入讨论两个本科专业人才培养方案,并确定了分方向培养这一解决方案。从本质上讲,这就是"大类招生"思想在专业内部的具体实践。

学院建设之初,就将海洋特色和地学特色作为发展的出发点,也将环境科学、海洋科学、地球科学的交叉作为发展策略。在科学、务实的人才培养理念指导下,学院的人才培养质量稳步提升,培养了一批优秀学生。其中2000级环境科学专业的张鑫,在校期间曾获校优秀学生标兵,被北京大学免试录取攻读硕士学位,其后分别在美国耶鲁攻读博士学位,在普林斯顿完成博士后研究,现为马里兰大学副教授;2003级环境工程专业的张潇源,在校期间曾获文苑奖学金、校优秀学生标兵、山东高校十大优秀学生提名奖,被清华大学免试录取直读博士,目前为清华大学长聘副教授,博士生导师,他连续多年为学院捐赠"传承奖学金",表现出了优秀校友的风范。

2007年,本科教学评估是对学院教学工作的一次大检验,也是一次规范教学、提升教学质量的重要契机。教学评估的院长报告再次展现了学院对教学的重视:学院坚持教学中心地位,充分发挥研究项目对人才培养的支撑作用,以科研促教学,提升学生的综合素质和创新能力。同时,学院在教学实验室建设方面逐渐走出了一条理念先进、管理规范、运转有序的可持续发展之路,成为学校教学实验室科学管理的典范,2012年环境科学与工程实验教学中心获批国家级实验教学示范中心。

2007年,成功获批环境科学国家重点学科,进一步提升了环境学科在学校和全国同行中的地位,为积极争取发展机会起到了非常重要的作用。

我校环境学科参加了历次的全国学科评估。在2012年之前开展的前三次全国学科评估中,均取得了可喜成绩,也彰显了学校环境学科的整体实力,为学校大力发展环境学科提振了信心。

2009年,教育部组织地球科学领域的重点实验室评估,2007年刚通过验收的海洋环境与生态教育部重点室就在参评之列。这是该实验室首次参加教育部重点实验室评估,学校领导非常重视,学院精心准备。尽管建设时间短,成果较为单薄,却得益于实验室的海洋特色而得以过关,在此后的3次评估中不断进步,均取得了较好成绩。

在学科点建设方面，2011 年又是一个里程碑式的节点。在这一年，国务院学位委员会首次开展工程博士专业学位授权点申报工作。申报条件对是否有国家重点学科、是否承担国家重大专项等多个方面有十分严格的规定，致使很多强校无缘申报。幸运的是，中国海洋大学达到了申报条件，并最终成为全国首批 25 个试点单位之一，从此跟上了国家设置博士生招生新类别的步伐，拓宽了博士生招生渠道。

在这一时期，学院也积极开展国际合作，除了举办一些国际学术会议之外，2007 年以后还进入到"上层海洋与低层大气研究（SOLAS）"国际计划科学指导委员会，依托学院成立了国际工程地质与环境协会（IAEG）海洋工程地质委员会，多位教师开始担任国际期刊编委、副主编等。学院实施中德研究生联合培养项目，发起并推动中国海洋大学与英国安格利亚大学的合作，形成了本科－硕士－博士多层次人才联合培养体系。英国安格利亚大学也成为我校两个海外战略合作伙伴之一。

学院实体化运行的头十年，是艰苦创业的十年，也是稳中求进的十年。就如同一个蹒跚学步的婴儿，经过了十年的刻苦锻炼，成长为一名朝气蓬勃的少年，正朝着梦想的方向疾步前行！

凝心聚力，加速发展

2013 年 6 月，环境科学与工程学院院长换届。与绝大多数学院不同，新院长来自其他学院。

"当时大家都感到很奇怪，但是我知道把我调来似乎也合情理。"海洋环境学院（现为海洋与大气学院）原副院长江文胜教授对自己调任环境科学与工程学院院长一职并不感到很突兀。"我师从冯士筰院士和孙文心教授，博士专业就是环境海洋学。在环境科学与工程学院成立之初，我所在的浅海动力学研究室全体人员就属于学院的'双跨'人员，而且我也承担了部分教学和学生指导工作，对这个学院并不陌生，也很有感情。"

当时的环境科学与工程学院已经过了十年的实体化运行，发展势头良好，机遇与挑战并存。江文胜院长和全院师生员工一道，凝心聚力，交叉融合，求是创新，将蓄积的势能释放为动能，使学院事业发展获得新的"加速度"，驶上"快车道"！

在学科点建设中，2012 年自主增设环境地质工程博士点，逐渐理顺了部分导师研究方向与学科方向存在偏差的问题，同时根据导师队伍的变动情况，于 2018 年撤销了环境规划与管理博士点。于 2011 年获批的能源与环保工程博士点，在 2018 年随国家政策变化统一调整为资源与环境领域工程博士点。至此，学院的研究生培养进入"学术"＋"工程"双轮驱动时期，招生规模从十年前的 140 人，增长到如今的 260 人。

研究生是学院开展科学研究的生力军，数量增长对学科发展是一个基本保证，但培养质量更加重要。为了提高研究生的生源质量，学院每年举办优秀大学生夏令营活动，重视推免保研学生的遴选以及创新人才培养专项计划等。同时，学院抓实各培养环节，并对毕业要求进行了修订,提高了对学术型硕士毕业学术成果的要求。各种奖学金评定中,对成果的要求也促进了学术论文的发表。目前,研究生在国际顶尖期刊发表论文已经成为常态。学校第一篇以中国海大为第一署名单位的 *PNAS*(美国科学院院刊)文章即是学院硕士生以第一作者在 2020 年发表的,学院第一篇 *Nature* 子刊的文章也是学院博士生以第一作者在 2022 年发表的。

学院本科生的招生规模自建院之初就保持在 100 人左右。2020 年、2021 年环境科学、环境工程两个专业相继入选国家级"双万"专业。2022 年环境工程专业通过艰苦努力,终于通过工程教育认证,使学院的本科人才培养又上了一个新台阶。

最近十年,学院承担的科研项目层次不断取得突破。2013 年,高会旺教授获批"国家重大科学研究计划"项目,这标志着学院整体科研实力上了一个新台阶。同年,王震宇教授获批国家自然科学基金杰出青年基金项目,这是学院首次获得此类人才项目。2014 年,贾永刚教授获批国家自然科学基金重大科研仪器专项,这也是学校首次获得此类项目。其后,2015 年王震宇教授获批国家自然科学基金重点基金,2018 年贾永刚教授获批国家重点研发计划项目,这些也都是学院取得的新突破。

国家自然科学基金是教师获得科研资助的重要渠道,学院一直重视国家自然科学基金的申报工作,每年都进行基金申报动员并交流申报经验,使得获基金资助的项数和比例在校内多年名列前茅。在不断增多的科研项目支持下,科研论文产出和引用也有大幅进步。2013 年,学校的环境科学与生态学进入全球 ESI 前 1%,其后位次不断提升,目前已经达到 3‰。除了论文之外,获授权专利数逐年上升,由 2012 年的 8 项增加到 2021 年的 36 项,其中含数项英国、日本等国际发明专利。成果的积累也体现在科研获奖上的进步,近十年来学院实现了国家奖的突破,并获省部级一等奖 3 项、省级二等奖 3 项。

学院师资数量稳步增长,现有专任教师 80 名。师资水平和影响力也在不断提升,目前有 2 位教师获得国家杰青项目的资助,3 位获得国家优青项目资助,1 位入选国家青年拔尖人才计划。此外,还有 2 位山东省杰青和 2 位山东省优青及 5 位青年"泰山学者"。其中,2 位优青项目获得者和 1 位青年拔尖人才计划入选者是学院培养的本科生,体现了学院人才培养水平的不断进步和人才成长环境的持续优化。

学院的发展依赖于科研平台的建设。目前由学院牵头的科研平台主要是两个省部级平台,即海洋环境与生态教育部重点实验室和山东省海洋环境地质工程重点实验室。另外,2022 年 8 月青岛市海洋岩土装备工程研究中心正式获批建设。学院大力支持各重点实验室的工作,把各实验室作为学院的科研突击队,各实验室也充分利用各自的平台,为学院的发展贡献力量。

学科是学院的立身之本。没有高水平的学科作为支撑,就不可能有高水平的人才培养,也不会有高水平的成果,在第四轮全国学科评估中,环境学科获得了 B⁺ 的好成绩。在学校"双一流"一期建设的工程技术研发创新平台中,学院负责的海洋环境保护方向是平台的三个主干方向之一,为学校在"双一流"评估中取得好成绩并进入新一轮"双一流"建设贡献了力量。在 2022 年启动的新一轮一流大学建设中,学校布局将环境科学与工程作为海洋科学学科的三个支撑学科之一,这将为学院发展带来新的契机。

2015 年学校与海南省政府签署战略合作协议。在此基础上,2019 年 2 月,学校与海南省政府、三亚市政府签署共建三亚海洋科教创新园区战略合作协议,成为第一批签署共建合作协议的高校。在学校的整体布局上,将海洋生态环境保护与资源开发工程实验室列为三个重点建设的内容之一,由学院具体负责推进建设。经过三年的团结协作,实验室建设进展顺利,已成为学院未来发展的一个重要窗口,也是学院服务国家战略的一个重要平台。

"目前,学院处在一个良好的上升期,它承载着建院之前学校各位前辈的付出和建院之后各位同仁的共同努力,正是那时的奋斗为今天的发展奠定了基础,而我们今天的努力也要为今后更快的发展做好铺垫。"面向未来,江文胜院长信心满怀。"今后要继续坚持发展具有海洋特色的环境学科,建设完善更高水准的学院内部治理体系,特别要重视服务国家重大战略和地方发展,体现工科的价值,以开放包容的态度开展国内外合作与交流,将学院建设成为有重要国际影响的教学与科研基地。"

党的二十大报告指出,人与自然和谐共生的现代化是中国式现代化的基本特征和本质要求。在校、院两级党组织的领导下,中国海大环科人志存高远,努力为美丽中国建设作出更大贡献。

（本文刊于 2022 年 12 月 21 日,第 84 期）

扬帆廿载风正劲　踔厉奋发正当时

——写在中国海洋大学引领学生"全面发展、个性成长"的本科教学运行体系施行 20 周年之际

冯文波

一所大学，因秉承"教授高深学术，养成硕学宏材，应国家需要"的办学宗旨，在树人立新、谋海济国的道路上不断书写耀眼篇章。

一种理念，因富有前瞻性而历久弥新，成为学校全面深化教育教学改革、创新发展的不竭动力。

一套体系，因科学规范、运行高效而行稳致远，成为学校持续提升本科人才培养质量的坚实保障。

今年，是中国海洋大学提出"通识为体，专业为用"本科教育理念，施行"有限条件的自主选课制"和"学业与毕业专业识别确认制"为核心的本科教学运行体系二十周年。

回溯这一本科教学运行体系的探索与实践过程,一条线索清晰可见,谨记为党育人、为国育才的初心使命,凭着敢为人先的勇气和魄力,久久为功的恒心和韧劲,持续汇聚起中国海洋大学立德树人的澎湃力量。

擘画新蓝图:以使命之责,促理念之变

1999 年,伴随着第三次全国教育工作会议的召开,我国高等教育改革不断向纵深发展,"如何培养迎接 21 世纪挑战的人才"成为各高校共同面对的重要课题。

这一年,学校第七次党代会召开,报告明确提出:要牢固树立"培养人才是根本任务、教学工作是主旋律、提高教育质量是永恒的主题、教学改革是各项改革的核心、本科教育是基础"的主导思想,继续深化教学改革,不断提高教学质量和办学效益。

风起新世纪,潮涌海大园。

迈入 21 世纪,伴随着我国加入 WTO,以及高校合并与扩招,引发了社会各界对高等教育质量问题的担忧。在全面加强素质教育的时代背景下,海大应该为党和国家培养什么样的人、怎样培养人一度成为全校上下热议的话题,这也是 2001 年 7 月新上任的副校长于志刚苦苦思索的问题。

"2000 年担任校长助理,协助时任分管教学工作的侯家龙副校长工作时,我就开始思考通识教育和专业教育的关系。当时谈得比较多的是'素质教育',大家的共识是厚基础、宽口径,重视人文素养和科学精神等。"忆及二十年前对本科教育的思考,中国海洋大学原校长于志刚如是说。

这一时期,正在德国汉堡大学访学的海洋地球科学学院教授李巍然接到了于志刚的邀请,请他回校出任教务处处长,携手推动学校教育教学改革。起初,面对好友的邀请,他婉拒了。"还是想在自己的专业领域里探索发展,婉拒之后,我就去巴黎等其他城市的高校和科研院所交流考察了,以为这件事就放下了。"中国海洋大学原副校长李巍然说。

"我感到非他莫属,便极力邀请,动员他回来,为学生的全面自由发展做些事,发扬光大'学在海大'。至今我还记得他的夫人姜效典老师说'我们老李滴酒不沾',我说'我不会让老李喝酒,需要的时候,全部由我来喝';这一点,我很好地践行了自己的诺言。"谈起力邀好友回校共事的曲折过程与趣事,于志刚说,已记不清写了多少封邮件,记得还打过国际长途电话。

一周后,待李巍然再次回到汉堡大学,发现邮箱里有于志刚发来的 8 封邮件。当时与他一同在德国访学的夫人也劝说他:"老于诚心邀请你回去,学校也正是用人之时,你怎么好意思拒绝。"感动于好友的真挚邀请,加上对母校的热爱之情,思虑再三,他决定接受这份邀请。"学校需要我,我还是应该不辜负这份信任,并担负起这份责任。"谈起当时的情景,李巍然记忆犹新。

改革创新,既要传承成功经验,更要解答新的时代命题。

自 2001 年起,于志刚和李巍然、时任校长助理徐国君、高教研究室的马勇教授等人多次长谈,深入讨论,广泛调研,总结学校人才培养经验,分析学校办学中存在的问题和面临的挑战,尝试简明扼要地凝练出符合海大实际与特色的本科教育理念。

从欧美发达国家的人才培养理念,到清末洋务派提出的"中学为体,西学为用",以及清华大学老校长梅贻琦提出的"通识为本,专识为末"……他们广泛借鉴。针对"拓宽专业口径与就业市场对学生专业知识和工作技能要求高之间的矛盾",以及"学生专业志向变化与学生专业身份相对固定的矛盾",他们深入思考,认为还是必须促进通专融合,既要促进学生全面发展,能够应对未来变化挑战,又要使学生具有一技之长,离开学校后能尽快立足社会。如果把教师"教内容"比喻为"给面包",那么"教方法"就是"给猎枪",价值塑造则是学生人生道路的"指南针",海大就是要构建这样的本科人才培养体系。

历经两年的调研与实证、思想的启蒙、观念的更新与理念的整合,2003 年正式提出了"通识为体,专业为用"的本科教育理念,并付诸实施。

2003 年 9 月 2 日,时任校长管华诗主持召开校长(扩大)办公会,研究实施新的教学运行体系。于志刚作《实施"本科教学质量工程",建立现代教学体系,创造本科教学国优品牌》的汇报。"现场汇报后,大家很兴奋,给予充分肯定,认为应当坚定不移、大胆地干! 冯瑞龙书记、管华诗校长也鼓励大家解放思想,充分发挥副职的积极性、主动性和创造性,我也注意调动部门和院系同事们的积极性。这一理念和体系就这样在海大这片沃土上,生根、发芽、成长、完善,逐渐铺展开来。"于志刚说。

"有人把通识教育和专业教育比作人才培养的'两个轮子',我不以为然,独轮车也可以走。我认为二者是'血和肉'的关系,相互融合,缺一不可,共同发挥作用。"李巍然说。

"通识为体,专业为用"是指学校实施通识教育和专业教育并行不悖。通识教育以全面提高学生个体内在素质为目标,注重学生心智、情趣和责任感等方面的综合发展,其核心是关于"成人"和"做人"的教育;专业教育以增强学生的职业能力为目标,强调学生对某一专业领域相关知识和具体技能的掌握,其核心是关于"成器"和"做事"的教育。通识为体,既是对通识教育在学校本科人才培养中价值观念的确立,也是对学生本科阶段成长成人根本目标的要求;专业为用,既是对专业教育在学校本科人才培养中特殊功用的强调,也是对学生本科阶段应具备的专业知识和专业技能水平的规定。通过通识教育与专业教育相渗透,实施完整和均衡的本科教育,促进人的全面发展。

重构新体系:以理念之新,推育人之变

现任职于美国国家卫生基金会(NSF)的中国海洋大学 2009 届毕业生张帆,回忆起

十多年前在母校的学习经历,依然深有感触。"升学时,我填报的专业是音乐表演,入学后,发现可以自主选课,就选修了水产养殖专业的课程,大学四年累计获得290.5个学分。虽然辛苦,但是收获更大,2009年毕业时,我获得了双学位并考取了水生生物专业的硕士研究生,师从麦康森院士,继续从事水产动物营养与饲料学方面的学习和研究。"张帆说,正是得益于母校的这一自主选课制度,使他拓宽了视野,提升了素质,至今对工作也帮助很大。

令张帆校友念念不忘的"有限条件的自主选课制"和"学业与毕业专业识别确认制"便是中国海洋大学在"通识为体,专业为用"本科教育理念指导下,开创的本科教学运行体系的核心内容。

当时光的指针拨回到二十多年前,这一体系的创建并非一帆风顺,而是经历了一番波折。

"当时像复旦大学等兄弟高校也在推行选课,我们参考了其他高校的经验,也考虑咱们学校的现实问题,一些专业就业不是很好,就简单地想,再让学生学一个好就业的专业不就可以了吗?"李巍然说,当时正是怀着这一最朴素的想法,开始探讨在学校推行有限条件的自主选课制。

"'有限条件的自主选课制'核心思想是学校所有的课程面向学校所有的学生开放,学生可以跨专业、跨年级选修学校开设的所有本科课程。在充分利用学校现有教学资源和充分保障学生优先选修其录取专业课程的条件下,学生在教师指导下可以自主制定学习方案,形成'套餐 + 单点'的课程修读计划。"中国海洋大学教务处副处长宋宇然说,"套餐"是指每一个专业教学计划中设置的完整课程系列,学生要取得某个专业的毕业资格,选修的课程必须满足该专业教学计划规定的全部课程要求和学分要求。通过选课,学生可以自主构建自己的专业知识和专业技能体系,实现学习专业的转换。

把蓝图变成现实、将愿景化为实景需要一个载体——科学合理的选课系统。

"第一代选课系统主要是由信息科学与工程学院魏振钢教授带领研究生开发的,当时计算机和网络不像现在一样普及,考虑到选课的公平性问题,不能采取先选先得,我们设置了许多限制条件,如本专业学生选本专业的课优先、高年级优先,还赋予每一位同学100分的权重分,出权重分高者先得等等。"原考试与选课中心主任陈旭回忆起当年设计开发选课系统的不易与艰辛恍如昨日。"当时,就是白天指导学生选课,晚上处理数据,选课过程中还断过两次电,幸亏每次及时备份,才没有出现大的波折。"陈旭说。

"学业与毕业专业识别确认制"的设计与系统研发同样经历了一段不平凡的历程。

中国海洋大学继续教育学院院长董士军曾担任教务处综合科科长,谈起二十年前设计研发这一系统的日日夜夜,记忆尤深。"当时每到饭点,在师苑餐厅,李巍然处长就把他的想法与学生们交流,听取同学们的意见和建议,我就一一记录下来,回到办公室再进一步的思考和完善。"董士军说。

这一系统的研发,仍然是依靠海大人自己的力量,董士军从计算机科学与工程学院、海洋生命学院挑选了一些热爱计算机编程的本科生,历时半年多制作出了第一代学业与毕业专业识别确认系统。"下班后,从鱼山校区回到浮山校区,晚上就和几个同学在那边的办公室开发系统,虽然艰苦,但还是实现了从0到1的突破,至今我们的这套系统还是领先的。"董士军说。

"'学业与毕业专业识别确认制'指的是,将每个专业教学计划所规定的课程要求和学分要求都作为一个标准模式,将每位学生所修的所有课程及所得学分均作为一个待识别模式,通过逐一比较待识别模式与标准模式的'贴近度',来确认学生的实际主修专业,以及是否能够毕业和能够从什么专业毕业。"宋宇然说,学校逐学期、逐学年对学生已修课程进行"模式识别",识别结果适时向学生通报,帮助学生及时了解自己的学业状况,为学生在校学习期间重新确立自己的专业取向、调整自己的方向,自主安排学习内容和学习进程,提供选择的机会和发展的空间。

配合"学业与毕业专业识别确认制",中国海洋大学还实施了3至6年的弹性学习年限制度和柔性转换行政班级制度,为学生各自量力而行、适时完成学业(包括完成不同专业的学习)提供制度上的保障。此外,为使学生理性选择专业、有效选修课程,学校不仅向学生公开所有专业的培养方案,还设置了学业指导教师、开设专业"导航性"课程,引导学生的学习兴趣,培养自主学习能力。

新的本科教学运行体系首先在2003级学生中施行。教学改革是否以学生为中心,新体系运行得好与不好,学生最有发言权。

2017级的贾源喆同学高考成绩是629分,填报志愿时,他第一志愿选择了中国海洋大学的会计学专业。那一年,海大会计学专业的录取分数较高,他最终被化学专业录取。"我对于化学并没有特别强烈的兴趣,当时第一志愿选择报考会计学专业很大一部分是为就业考虑,实际上我最喜欢的学科是数学。学校可以通过自主选课转换专业,既然没能如愿进入会计学专业,干脆直接选择自己喜欢的数学专业吧。"贾源喆说。2021年,他在数学科学学院以基础数学第三名的优异成绩毕业,并推免至复旦大学数学科学学院攻读硕士研究生,后又考取复旦大学基础数学系博士研究生。"如果一个人因为自己年少时的一次不成熟选择而限制住自己一生的发展,被迫割舍掉自己真正有天赋的部分去'扬短避长',将会是一件很糟糕、谁都不愿意看到的事情。母校的教学体系恰好是尊重每一名学生自由发展的好政策,我每每想起都心存感恩。"

打造新生态:以举措之实,护体系之稳

一套体系要想高效运转,需要打造高质量的支撑系统。为了让这一本科教学运行体系行稳致远,中国海洋大学通过构建新的课程体系、培育优质课程资源、扩宽人才成长路径、开发智慧教学管理平台等有力举措,为其保驾护航。

2、4、3,这三个数字意味着什么?

在中国海洋大学,这意味着"用战略的思维、时代的要求、发展的眼光来审视课程体系建设"的底层逻辑——

即将全校本科课程分为"通识课"和"专业课"两大类,每个专业的课程按照"本科通识教育""学科基础教育""专业知识教育"和"工作技能教育"四个层面进行设置,每个层面分别设置必修课、限选课和任选课三种不同修课要求的课程。在本科通识教育层面,特别建设了"文学与艺术""哲学与人生""历史与文明""社会与文化""科学与技术"五大模块的课程,并将通识教育理念充分融入专业人才培养,在知识传授的基础上,强化课程能力培养和价值塑造功能,使得课程教学既强调学生综合发展和全面素质的提高,为"做人"准备良好的综合知识和思想基础,也重视学生要学有所长,为"做事"准备好扎实的专门知识和专业技能。

丰富的优质课程资源,是选课制的生命活力之所在。中国海洋大学一方面改革、调整原有课程,另一方面通过引进国际学术大师讲授学科前沿课,构建由文学家、文艺理论家等授课的"名家课程体系",引进网络学习系统等途径开发、开设新课程,更好地满足学生的选课需求。

"行远书院是学校通识教育的实验区和本科教育教学改革的'特区',旨在帮助学生拓宽人生视野,在人格培养和能力训练上打下基础,使我们的学生既有宏观见解,又有解决微观问题的能力,逐步迈向'既能登高望远、又能探幽入微'的境界。"2015年5月14日,中国海洋大学迎来发展史上第一所书院——行远书院,揭牌仪式上,时任校长于志刚向大家阐释了书院的定位与方向。

行远书院院长先后由博雅教育的倡导者、美籍物理学家、香港科技大学创校学术副校长钱致榕教授和著名儿童文学理论家、翻译家、作家、"国际格林奖"获得者朱自强教授担任。作为"通识教育再起航"计划的试验田,行远书院施行博雅教育,"博"即广博的知识、视野和胸襟;"雅"即认真的态度、高雅的标准。这一理念与中国海洋大学实行的"通识为体,专业为用"的教育理念不谋而合,人才培养的路径可谓异曲同工。8年来,共有473名学生进入"行远山门",截至目前,已有287人完成了全部8门核心课的学习,顺利结业。

2003年在毕业生中聘任首批教育教学信息员,2005年在"教学督察制"基础上实施"教学督导制",2007年成立教学支持中心,2014年成立学习支持中心,2017年成立通识教育中心……在为本科教学运行体系护航的道路上,中国海洋大学脚踏实地走好每一步。

此外,中国海洋大学以学生选择需求为基本依据,结合社会经济发展需要,适时淘汰落后专业、积极改造传统专业、及时布局新兴专业。从2003年到2023年,停办本科专业10个,新增本科专业22个,拥有国家级、省级一流专业建设点专业52个,结构更加合理,办学水平得到大幅提升。"根据学生发展需要,成立行远书院通识教育改革示范区、崇本学院基础学科拔尖学生培养示范区、创新教育实践中心专创融合改革示范区,开设了 ACCA、CFA 等特色班,海洋历史文化、创新创业管理等微专业,不断完善主辅修培养方案,为学生多样化成长提供支撑。"宋宇然说,历经二十年持之以恒地探索与实践,已构建起保障本科教学运行体系科学、高效运转的优良生态系统。

奋进新征程:以实践之路,创育人之范

碧空如洗,暮春的阳光洒在黄海之滨的中国海大校园,云蒸霞蔚的樱花、枝繁叶茂的梧桐、四季常青的松针、高耸入云的水杉,满眼色彩斑斓。一场"以习近平新时代中国特色社会主义思想为指导,持续推进一流本科建设,打造人才培养的海大模式"的主题研讨,正催动整个校园处处生机勃发,热潮涌动。

2023 年 4 月 13 日,以学校第十一次党代会精神为指引,中国海洋大学第五届本科教育教学讨论会启动会暨本科教育教学审核评估工作推进会在崂山校区拉开大幕。在为期一年的时间里,全校上下将深入调研、碰撞思想、启迪智慧,总结海大人才培养的经验与成效,形成新时代创新人才培养的海大行动计划。

2005 年、2008 年、2013 年、2018 年,同一所校园,同样的场景曾多次呈现。时间在变,人员在变,但是开展本科教育教学大讨论的初心却始终如一,夯实本科人才培养底色,增强本科人才培养亮色的探索实践从未止步。

二十载风雨兼程,二十载春华秋实。

2005 年,"以'学业与毕业专业识别确认制'为核心的本科教学运行新体系的建立"荣获国家级教学成果二等奖。

2017 年,时任中共中央政治局委员、国务院副总理刘延东到校调研时指出,中国海洋大学的人才培养工作,将通识教育和专业教育紧密结合,注重培养学生的创新创业意识,提倡学科交叉,这是非常好的人才培养方法。

2018 年,本科教学工作审核评估专家组如是评价:学校坚持以立德树人为根本,以学生为中心,确立了突出学生发展需求的"通识为体,专业为用"的本科教育理念,构建了以"有限条件的自主选课制"和"学业与毕业专业识别确认制"为核心的教学运行体系,通识教育与专业教育相渗透,分类培养与系统教学相统一,促进了专业建设改革、形成多样化人才培养模式,强化了学科交叉融合培养创新人才,推进了优质课程资源共享以提高教学质量,人才培养质量不断提高,取得了效果。

二十年间,中国海洋大学有90%的学生选修了毕业专业要求以外的课程,平均多修读了 10 个学分;有8%的学生通过自主选课,实现了转换专业毕业;400 余名同学通过修读不同专业的课程获得了辅修、双专业或双学位证书;134 名同学用 3 年时间修完全部专业课程,提前一年毕业;学校开设的课程由 2003 年不到 3 000 门次提高到 2023 年的

6300 多门次。

一切都充满着蓬勃的力量,一切都孕育着无尽的希望。

2023 年 2 月 17 日,学校第十一次党代会胜利召开,绘就了中国海洋大学教育教学改革的新蓝图,指引着人才培养的前进方向——

"始终坚持把立德树人作为根本任务,培养堪当民族复兴大任的时代新人。""深化教育教学改革,完善一流人才培养体系,全面提高人才自主培养质量,擦亮'学在海大'名片。""深入实施一流本科教育行动,完善一流本科专业体系和一流人才培养模式,强化实施'拔尖计划 2.0''强基计划''卓越计划 2.0'。持续提升通识教育水平。"

2023 年 11 月 1 日,中国海洋大学本科人才培养方案修订工作研讨会召开。刘勇副校长指出,要立足学校一流大学的办学定位和人才培养目标,高起点高标准编制培养方案;要抓住专业核心课程建设这一关键要素,深入研讨课程体系和课程内容,确保培养方案有效支撑人才培养质量提升,为打造人才培养的海大模式贡献智慧和力量。

扬帆廿载风正劲,踔厉奋发正当时。中国海洋大学实现学生全面发展与个性成长和谐统一的改革永远在路上。

（本文刊于 2023 年 12 月 2 日,第 90 期）

以文化人篇

西沙行

刘邦华

  2012 年 6 月，国务院批准设立地级三沙市，下辖西沙、南沙、中沙诸群岛及海域，政府驻地位于西沙群岛永兴岛。新形势下国家加强南海管辖与管理的这一重要举措，使得以前在公众眼里遥远而神秘的南海以及诸岛礁逐渐成为关注的焦点。

  5 月 9 日，我和同事与水产学院西沙群岛生物多样性调查队一起，乘坐从青岛飞往海口的海航飞机，开始了期盼已久的西沙之行。

  永兴岛，我们来了！

辗转西沙行

  青岛与永兴岛的空间距离约 3 000 千米，在交通日益便捷的今天并不算遥远，但要想一睹碧海白沙之美，还是要颇费一番周折。

起飞时，天正阴着，没有看到日落。而随着飞机的不断爬升，一缕阳光从舷窗里照射进来，透过窗户看过去，一抹夕阳正静悬在升腾翻卷的云海之上，绽放着一天之中最后的温柔的光。面对这样的美景我却有些心不在焉，因为我的心早已飞到了遥远而神秘的西沙。

永兴岛位于海南岛东南约 180 海里，乘坐每周一班的通勤船需要航行 15 小时，也是我们此行的目的地。5 月 9 日晚上 11 点半，飞机准时降落海口美兰国际机场，赶到市区，安排好住宿已是 10 日凌晨，而在登船之前还有许多准备工作要做，带着一点紧张与期待，在海口夜晚的喧嚣与酷热中勉强入睡。

上午，调查队在海口采购完采样所需物品，已是中午，午饭没来得及吃，我们就赶往距离海口近 80 千米的文昌清澜港。

清澜港，位于海南省文昌市东南部。明代曾设清蓝守御所，后改写成"清澜"。自古以来，文昌清澜港就是海南岛东海岸重要商港，有"琼州之肘腋""文昌之咽喉"的美称，自建港至今已有 600 多年的历史，明洪武元年（1368 年），这里就形成了渔商小港，而现在这里已是海南东部水运物资集散地，是沟通西沙群岛、中沙群岛和南沙群岛的重要枢纽，是三沙市的重要补给基地。

下午两点，我们到达清澜港，目前沟通海南与三沙的通勤船"琼沙 3 号"正静静地停在泊位。三沙市成立后，为进一步提高驻岛军警民的后勤保障力度，被西沙军警民誉为"生命之舟"的"琼沙 3 号"轮增开了前往永兴岛的航次。从 1978 年建成的"琼沙 1 号"，一直到"琼沙 2 号""琼沙 3 号"，均担负着运送三沙驻岛干部职工、渔民和部队官兵上下岛及补给生活物资的重要任务。"琼沙 3 号"轮 2007 年 2 月 10 日上岗，船长 84 米、宽 13.8 米，总吨位 2500 吨，可载客 200 人、载货 750 吨。"琼沙 3 号"轮每月四次往返海南本岛和西沙永兴岛。由于"琼沙 3 号"不是商业运营船，因此想乘船去西沙，仍需申请获批。

此时的清澜港，在亚热带正午阳光的强烈照射下，天气炎热，而码头上一片繁忙，大量物资正在紧张装船。办好登船手续，我们拿到了登船凭证。公务乘船并不需要船费，票上印有乘船人姓名、单位、身份证号等信息，作为登船凭证以供查验。下午四点，一声长长的汽笛，"琼沙 3 号"缓缓启航，我们站在甲板上，迎着徐徐的海风，看着岸边高高的椰林、茂密的红树与片片渔排渐行渐远，当陆地在视野里渐渐消失，夕阳西下，海面上暮色低垂……顺着船前行的方向，目光仿佛穿透了浓重的夜色，看到了永兴岛上升起的第一缕晨光。

初识永兴岛

5 月 11 日清晨，当第一缕阳光穿过天边的云层，永兴岛的轮廓沐浴着南海的朝阳，远远地出现在海平面上。

我国是最早发现、命名并持续对西沙群岛、中沙群岛、南沙群岛的岛礁及其海域行使主权管辖的国家。从西汉武帝元封元年(公元前 110 年)在海南设置珠崖、儋耳郡开始，历经唐、宋、元、明、清诸朝代，中央政府对南海诸岛的管辖从未中断。明朝时始将南海诸岛划归琼州府领属的万州管辖，并明确区分为"南澳气""七洋洲""万里长沙"和"万里石塘"等四大岛群(即今天的东沙、西沙、中沙和南沙群岛)。

三沙市不仅是我国最年轻的地级市，同时还是陆地面积最小(13 平方千米)、海洋面积最大(260 多万平方千米)、人口最少(约 1000 人)、岛屿岛礁最多的城市。三沙市政府所在地永兴岛，面积约 2.13 平方千米，是南海诸岛中面积最大的岛屿。全岛地势平坦，平均高出海面约 5 米，最高处 8.5 米，生活设施较为完备。

由于永兴岛住宿接待能力有限，我们一行 6 人就借宿于中国科学院南海海洋研究所西沙海洋科学综合实验站，而就餐则在三沙职工食堂。等我们安顿好食宿，办理完出海采样所需手续，已是上午 10 时，今天不再安排出海。此时室外已是骄阳似火，我和同事决定利用这宝贵的时间，在岛上走一走，熟悉一下情况。

永兴岛林木茂密，原名茂林岛。1939 年 3 月，侵华日军占领西沙群岛。1945 年 8 月日本战败无条件投降。次年 11 月，中国海军"永兴""中建"两舰进驻，收复西沙群岛并在岛上竖立收复纪念碑，纪念碑为水泥制成，碑上刻有"卫我南疆"四字，该碑后被入侵的南越军队损毁。1948 年，时任第一任海军管理处主任的张君然重立石碑，碑刻"南海屏藩"，该岛也因"永兴舰"得名永兴岛。

走在椰影婆娑的路上，阳光虽然强烈，海风轻吹仍不时带来一丝清凉。在路旁，除了海军收复西沙纪念碑，还有"中国南海工程纪念碑"等几块石碑，共同构成永兴岛碑群，宣示着中国对南海诸岛无可争辩的主权。而三沙市的设立，意味着我国对南海及其附属岛屿、岛礁及有关领海的控制与管理，在历史的基础上迈出了更重要的一步。

永兴岛的中心道路名为北京路，道路不长，集中了岛上大部分的生活服务设施。路旁高高的椰树整齐排列，有些建筑仍在紧张施工中。由于岛上有重要活动，很多地方不能进入，我们对永兴岛的初体验并不完整，但对于这个扎根在浩瀚南海的美丽岛屿的印象，已经渐渐清晰起来，而这仅仅只是一个开始。

午后，一场雷雨不期而至，虽然时间不长，但热带海洋的风云变幻，仍然在我心里打了一个问号，此行的调查任务，能不能顺利进行呢？

西沙"红烧肉"

出海第一天，天气晴好，微风。

调查队分为两组，一组三人前往七连屿海域潜水采样，一组则跟随另外一个调查队的船前往更远一些的西沙洲进行潮间带调查。

西沙洲因位于南海西沙群岛的宣德群岛最西端而得名。1935 年公布名称为"西滩"。

1947年和1983年公布名称为"西沙洲"。中国渔民称其为"船暗尾"。西沙洲是一椭圆形沙洲，其上白沙一片，是中国固有领土。沙洲长约600米，宽400米，面积0.2平方千米，海拔2米。由于草木少，白沙反光，故远处可见，因面向西北，海岸水流甚急。

七连屿是个群岛的名称，位于西沙群岛东北部。原指南沙洲、中沙洲、北沙洲、南岛、中岛、和北岛等七个小岛，海南渔民称为七连岛。1983年命名时把基于同一礁盘的1972年由台风形成的东新沙洲和西新沙洲归属七连屿，并确定七连屿为标准名称。

热带海洋上，日照强烈，无论是在海上还是岛上，如果不加以防护，暴露在外的皮肤都有被灼伤的危险。

在海上作业，因为有风，温度并不是太高，但船上空间狭小，阳光肆无忌惮，人根本无处躲藏，再加上船的摇晃，如果晕船，滋味就不是那么好受了。所以在潜水作业期间，等候的间隙，船上人员就下水享受片刻的清凉，但上船后，更易被晒伤。相对于海上，西沙洲全岛仅在中心有小片植被，其他大部分都是漫漫白沙，像镜子一样反射阳光，在潮间带采样，上烤下蒸，人无异于身处一个巨大的烤箱，个中感觉非亲历无法体会。经此一天，虽然自己没有晕船之忧，但想象中出海作业的美好已经荡然无存，取而代之的是皮肤被晒伤的灼痛，间有一些痒，却无论如何不敢触碰。

从上午九时许，潜水作业开始，平均每次作业一个小时，共潜水四次。午饭是早餐时在餐厅买的馒头加咸菜，在这样的环境下，虽然辛苦却很难有胃口，只是少吃一点，聊胜于无。下午四点，作业完成开始回返。由于采样结果不太理想，加上一天的疲累，大家都有些沉默，只在船的起伏与发动机的隆隆声中，看一轮晴日缓缓西沉，回头望去，海面上七连屿的白沙渐渐远去。

等到在码头与另外一队会合，彼此相视一笑，沉郁的气氛一扫而空。短短几个小时，大家都有些面目全非，脸部、胳膊，甚至凉鞋没有被遮蔽的脚面，全变得黑红油亮，如此情状，让我想起一道菜，美其名曰"西沙红烧肉"。

"烤"验，才刚刚开始。

一半是海水一半是火焰

鉴于昨天被"烤"的惨状，为了防止加重晒伤，出海之前作好防护非常必要。我们每人找了一双袜子，剪开一端，然后穿在胳膊上，另外用毛巾，两个角扎住，套住帽子，护住了颈部与手臂。全副武装后，虽然看上去不甚雅观而且闷热，但至少可以最大程度地避免皮肤直接暴露于阳光之下。否则，再晒一天，还不知要成什么模样。

今天的计划是，同事在船上拍摄潜水采样，而我则跟随负责潮间带调查的老师登岛作业。由于海况较好，小船经过约一个小时的航行，到达七连屿海域，正值涨潮，我们很顺利地登上了七连屿最北端的小岛，站在雪白炽热的珊瑚沙上。当小船发动机的声音渐渐消失，天海之间只听到清澈晶莹的海水轻柔地涌上沙滩发出的沙沙声，除此之外一片静寂,而在沙滩刺眼的白光里,一阵炽热扑面而来,如同无形的火焰将我们包围其中。由于采样要等退潮,所以必须先找到藏身之处,否则在这沙滩上待久了,非得被活生生烤成肉干不可。

与西沙洲不同,北岛上有大片丛生的名为羊角桐的低矮灌木,丛生交错无以容身,在岛的一端,有几棵椰子树,树上搭有几间简易房屋。当我们靠近时,一条被晒得懒洋洋的狗有气无力地叫了几声,惊动了屋子的主人——一个三十岁左右青年男子,走出来邀请我们进去,一阵海风吹来,一杯甜茶入喉,暑热立减。经过了解,岛上目前共住有三户,说是三户其实就是三个男人,都是渔民,每年海况较好的时候来这里住下,下海捕鱼,其他时间就撤走,只留正趴在阴凉处吐舌头的那条狗驻岛,而岛上没人的时候,狗就在海边捕食螃蟹为生。在屋子前面,国旗在风中飘扬,一抹红色在绿白蓝的世界里分外醒目,旁边有一块石碑,上面的文字抄录如下:

北岛,因位于七连屿北部而得名。我国渔民俗称长崎、长岛。该岛属海南省三沙市西沙群岛之宣德群岛,地理位置为北纬 16 度 57.8 分,东经 112 度 18.6 分,距海南岛约 274 千米,岛体呈长条形,西北至东南走向,长约 1.42 千米,面积约 0.27 平方千米。

由于退潮还早,我决定出去考察一下,考虑到在设备之外再背一大瓶水太沉,而且绕岛一周也不过 3 千米左右,所以我只是喝了几大口水,然后检查一下护具,背上器材出发。

刚走出椰子树的荫凉,仿佛投身于火焰,汗水如同埋藏在皮肤之下的泉水,不是滴,而是淌,白沙的强烈反光加上汗水经常流入,只得眯着眼睛走。几步入海,一股清凉漫上脚面,被烤的感觉略减。海面的沙地极细又很软,脚经常陷进去,拔出来就是一鞋的沙子,如同在脚底之下放了一张粗糙的砂纸,极不舒服,考虑到走的时间长了恐怕要磨出血泡,又因为沙滩上不时有坚硬的礁盘又不能打赤脚,所以不得不停下来把沙子冲洗干净。走过一段沙滩,开始有大片的礁盘出现,清澈如无物的海水涌上来,景象就在清晰真实与柔和虚幻之间不断转换,阳光透过浅浅的海水,在沙滩和礁盘上投下金色的光影,如同跃动的音符,演奏着一首西沙梦幻曲,闭上眼轻风拂过,如闻天籁。在沙滩与礁盘的尽头,是一片浓得化不开的绿,在这海天之间,演绎着坚韧而执著的生命力。

一边走一边拍,身上的衣服被海水和汗水很快湿透,紧紧贴在身上。很快,出发前喝的那点儿水就消耗殆尽,口唇之间开始变得干燥,此时才走了不到全程的一半,而太阳的威力仿佛才刚刚展现。到后来我已顾不上拍摄了,只希望快点到休息点,而原先想象中不远的距离,现在似乎遥不可及。再往前走,脚步开始变得沉重,汗水也不像刚开始那样多了,我知道身体开始缺水,奈何身边一碧汪洋,却不能解片刻燃眉,背包似乎也变成了不堪承受的负累。在如此的极端环境下,人其实很脆弱,想象那些在沙漠中跋涉的行者,其实就是游走在死亡的边缘,唯一能为自己赢得生之希望的,只有坚忍的意志。

一半是海水,一半是火焰,除了前行,别无选择。

好在，我的希望要真实得多，而且也不算遥远。

回到休息处，发现自己竟然在炽热的沙滩上走了两个多小时，喝过水，吃着带上来的馒头咸菜，同行的孙老师说："你再不回来，就要去找你了。怕你中暑。"

海边有风，但酷热如烤，椰林无阳，却湿热如蒸，如果说昨天在西沙洲是"烧烤"，那今天就是"烘焙"了。

休息过后，走到海边，痛痛快快地洗了个海水澡，一身黏腻尽去，身心俱爽。海水清澈如碧，天空通透如洗，望远白云卷舒，揽近渔舟自在，抬头天高海阔，俯首光影荡漾……自思量，这西沙之大美，岂是言语所能穷尽，即使是影像，恐怕也只得其万一吧。

下午，潮水渐退，礁盘始露。我们告别了守岛人，开始到海边采样。此时阳光西斜，热力稍减。走在湿滑的礁盘上，必须时时小心，以防摔倒。沿着海岸走了很远，所能见到的最多是普通的螃蟹与普通的贝类，而且很多贝壳也被寄居蟹占据，所以收获甚微。眼见已到了约定登船的时间，我们决定往尚没有露出水面的礁盘里走一走。海水清澈，齐膝深的海水下面，遍布犬牙交错的礁盘，几乎难以立足。礁盘上偶尔可以看到灰黑色的枝杈，是已经死亡的珊瑚，颜色鲜艳的活珊瑚寥寥无几，三两形态各异的小鱼游动其间，景色虽美却难掩珊瑚礁退化的残缺与所获寥寥的遗憾，最终仅得几只海胆，聊胜于无，权作一天蒸烤的安慰。

五点左右，潮水再落，已不能耽搁，如果不及早出去，小船搁浅在礁盘上，就只得在岛上过夜了。

走过齐腰深的海水，艰难地爬上小船，在初起的暮色中，踏上归程。

半日天堂

由于几天来的采样结果都不是很理想，所以调查队决定到更远一些的海区进行潜水作业。今天海上的风浪略大，所在船速比较慢。航行了近两个小时后，我们的船到达七连屿北部的赵述岛海域。

赵述岛，位于北纬 $16°59'$、东经 $112°16'$，在永兴岛北部，为西沙群岛中两大群岛之一的宣德群岛的一个岛屿，与七连屿之北岛隔赵述海门相望，与西沙洲同属一个礁盘。形状近圆形，四周白沙堤、海滩岩环绕，岛长 600 米，宽 300 米，面积约为 0.19 平方千米，为七连屿中第三大岛，高出水面 3～4 米，岛四周有沙堤，上被一层鸟粪覆盖，由于沙层薄又有污染，地下水不能饮用。岛西端在东北季风影响下发育出一条沙嘴，利于渔船锚泊。

早在宋朝，海南省琼海市潭门镇墨香村的渔民就发现了这个小岛和大面积的环岛珊瑚礁，这里成了渔民们重要的渔业基地。该岛曾名树岛，俗称船暗岛、船晚岛，意即船只可来此岛避风。为纪念明洪武二年（公元 1369 年）明太祖遣使赵述至三佛齐（存在于大巽他群岛上的一个古代王国，在鼎盛时期，其势力范围包括马来半岛和巽他群岛的大部分地区。唐、宋、明代三佛齐王国多次来朝，明王朝在此地设置过旧港宣慰使)，1947年命名为赵述岛。今天，岛上保留有明、清古庙遗迹，设有中国边防警察警务碑和灯塔，居住有琼海潭门渔民 170 余人。

我们的船在赵述岛东侧作业，由于岛屿与礁盘的阻挡，西南风吹起的海浪有所减弱。站在船上，可以遥望远远的一抹绿色和岸边停泊的航船。下午三时许，完成几次潜水后，我们决定登岛考察一下潮间带。慢慢地，小船驶上赵述岛与西沙洲之间的礁盘，水越来越浅，水底深色的礁盘与白色的珊瑚沙交替，阳光透过海水洒在其上，光影荡漾。两个渔民，一个驾船，一个蹲在船头观察水底情况，指引着前进的方向。礁盘的面积非常广阔，小船曲折前行，海面上变幻的美景让我们目不暇接，没有人说话，船上马达"突突突"的声音似乎消弭于一片静寂之中，时间仿佛凝固下来，四周弥漫着美与浪漫的气息，让人在恍惚中感觉宛若置身于天堂的一角。

我们在赵述岛西侧沙嘴上岸。岸边泊着几条大船，船成漆成红色，似乎正在修缮，有几个渔民正在工作，用我们听不懂的方言谈笑着，却也悠闲而不忙碌，对于我们的到来只是看了一眼，丝毫不以为意，似乎我们是透明的。由于正是退潮，船主给的停留时间只有一个小时，我们不敢耽搁，沿海边向前走去。

岛的北侧，岸边多是海滩岩，呈红褐色，其上覆盖了一层黑色的物质，散发着一种臭味，似乎是海鸟或者家禽的排泄物。海滩上处处可见成片的贝壳，几乎难以立足，估计是岛上渔民食后的弃物……一群鸭子单足立于水中小憩，我们的到来惊扰了它们，嘎嘎叫着摇摇摆摆地走入水中——白鸭、碧水、小舟、椰林——近乎完美的一幅图画，虽然有少许的瑕疵，但凡极美之地总有这样那样的不如意之处，或杂色，或噪声，或异味，本也正常，何必求全？

再往前走，人声渐渐远离，耳畔只有风的呢喃与海的吟唱，海边呈现出一种完全自然原始的状态，滩岩犬牙交错，海水轻柔舒缓，一刚一柔，一静一动，水底光影舞动，几只螃蟹东奔西突，一群小鱼悠然自得，远远的七连屿北岛隐约可见，彼此相望……边走边拍，时间不知不觉过去，隐约听到后面的老师在喊我，时间到了，但我不甘心就此罢休，如此大美之地，一生可能仅得一次，至少要留一个完整的印象。后面的路基本未作停留，只得匆匆一瞥。

本想探访一下岛上先民的祈福之地——明清古庙遗迹，却难以如愿，到底还是留下了遗憾。想这孤悬海中的岛屿，虽然风景奇美，却是生存多艰，无论古今，能到此地并扎根于此的，必是艰苦卓绝之人，从古代先民牧海，到今天英雄守礁，其间绵延不绝的，是国权的根脉，将这浩瀚的南海与祖国大陆紧紧相连。

涉水登上小船，从岛的西南侧缓缓驶离赵述岛。色彩斑斓的礁盘渐渐消失，海水的颜色越来越深，浪逐渐增大。在起伏颠簸中回首望去，灯塔静静伫立，岛上的五星红旗，正与茂密的椰林一起，沐浴着海风与阳光，高高飘扬。

无言珊瑚海

调查队每天早晨出海，下午五点返回，晚上处理样本——拍照、鉴定……工作基本要到半夜。几天的采样下来，调查队员都有些疲惫，身上晒伤的地方开始蜕皮，程度不一，但无一幸免。经过几天的调查，潜水 20 余次，对作业海区的海底生态情况有了基本的了解，而碧海白沙背后隐藏的危机与隐忧也渐渐清晰而强烈起来。

根据近年来有关单位组织的对西沙群岛区域造礁石珊瑚种类、覆盖度、补充量等要素的调查，结果表明西沙群岛造礁石珊瑚正呈现逐年退化的趋势，活造礁石珊瑚覆盖率已经从 2005 年的 65％下降到 2009 年的不足 8％，而死珊瑚的覆盖率则从不到 5％增加到约 73％。在此次调查中，根据潜水员在不同采样点的观测，永兴岛周围海区，活造礁石珊瑚仅有零星分布，覆盖率不足 1％，即便在情况较好的赵述岛附近，覆盖率也不到 10％。虽然目测结果未必精确，但造礁石珊瑚的退化状况在进一步发展却是不争的事实，而底栖生物的采样结果也佐证了这一点，与 2009 年对西沙海区的采样结果相比较，此次采样无论种类还是数量都有下降。当然，更严谨、全面、科学的结论尚有待进一步的调查研究。但是，照这样的趋势发展下去，留给我们的时间还有多少呢？

万事知易行难。何况虽然珊瑚退化已成定论，但具体是什么原因导致了目前的危境，却仍然众说纷纭，更不用说采取何种措施去挽回颓势了。

珊瑚无言，碧海之下的片片荒芜似乎在提醒人们：不要因为表面的美丽而忽视了隐藏的危机。至少作为普通的公众，应该了解真实的现状并有义务去思考：我们能为三沙做些什么？

后记

返程比预期时间晚了两天，站在甲板上看永兴岛在南海的暮色中渐渐消失不见，来时的兴奋已荡然无存。由于时间的关系，此行的观察与了解并不全面，但窥斑见豹，关于西沙群岛的印象不再模糊、神秘，而是渐渐清晰起来，她的美丽与富饶是如此的令人震撼，而她的伤痛与脆弱又是那样的让人警醒。作为关注、关心这片海洋国土的每一个普通人，所能做的不仅是被其美丽而感动，更要因为警醒而有所行动。

但愿，这一切时犹未晚。

（本文刊于 2013 年 5 月 30 日，第 5 期）

南海调查行记

刘邦华

2013 年 3 月，中国海洋大学"东方红 2"海洋综合调查船赴南海执行国家基金委春季共享综合航次调查任务。我跟随学校海洋环境学院师生从第二航段上船，在南海东北部进行潜标回收与布放作业。

4 月，北方的青岛依然春寒料峭，而南国的厦门已是遍地芳菲。飞机抵达厦门时已经接近中午，而泊在锚地的"东方红 2"船计划晚间启航，时间紧迫，调查队从机场乘车直接赶往码头，乘交通船前往锚地。

重返故地

今天海上风浪不大，登船比较顺利，等到大家都安顿好，已是傍晚。在汽笛声中，"东方红 2"船缓缓启航，驶向作业海区。

由于 2012 年已参加过一个航次的调查任务,所以对于南海已经不再陌生,这次算是故地重游。而对于潜标作业队而言,第一次作业就是回收去年布放的潜标。

经过一天多的航行,4 月 4 日晨,到达作业海区。潜标是依靠重力锚系泊在海面以下,用于长期观测海洋环境要素的系统,在底端配置声释放器,可从海面按指令回收。在一套潜标上,在不同深度配置多普勒海流剖面测量仪(ADCP)、声学海流计等仪器,依靠浮球悬浮于一定水深,进行水下温度、盐度、海流等海洋环境要素长期、定点、连续和多要素同步观测。海洋潜标系统具有观测时间长、隐蔽和测量不易受海面气象条件影响等优点。在国外,20 世纪 70 年代开始得到广泛应用。20 世纪 90 年代以来,随着我国海洋科学研究、海洋综合利用和国防事业发展的需要,海洋潜标系统逐渐得到较广泛的应用。由于每次布放的海洋潜标系统的站位、布放深度、海流等环境条件、仪器测量层次会随监测任务的不同而变化,所以每套潜标系统都需要依据监测任务、布放环境等因素进行独立设计。

在潜标回收过程中,当船到达回收地点后,发送指令给释放器,释放器从重力锚脱离,潜标系统借助浮球浮出水面。在上浮的过程中,会由于海流的作用偏离原位,这时就需要由人眼观测寻找潜标,如果天气条件或者海况不好,就会给潜标回收带来困难。发现潜标后,调查船要缓慢靠近并调整船的位置,以方便从后甲板进行回收作业。这个过程中,潜标在海流与风浪的作用下漂浮不定,如果操作不当,会把潜标卷入船底,影响回收甚至对仪器设备造成损坏。回收后的潜标,还要及时获取观测数据并对仪器进行维护,至此,一具潜标的回收作业才算完成。

潜标回收工作从上午 9 点一直持续到下午 5 点。当天的最高温度并不算太高,30 度上下,可湿度却达到 80% 以上,在这种又热又湿的室外环境下作业,其辛苦程度可想而知。

第二天又是一个湿热的天气,上午的潜标回收持续了 3 个多小时。中午吃饭前,全体调查队员在餐厅里开了一个会,主要有三个内容。一是陆地上禽流感有蔓延的趋势,在调查船这样狭小的空间里,更要提高警惕。二是对取水进行分配。共享航次参加单位较多,海水取样要求不一,必须事先进行统筹安排,以提高作业效率。第三件事让初次上船还没有习惯的队员们心里又打起了鼓,根据天气预报,一股强冷空气正在南下,很快就会影响作业海区,预计将有七到八级风和四到五米的巨浪。

考验即将到来!

一只饭碗

一语成谶。

半夜,睡梦中醒来,发现海上风浪渐起,船左右摇摆得厉害,人在窄窄的床上颠来倒去,一会儿左右摇晃如钟摆,一会儿头下脚上如倒悬,没有片刻安稳。虽然自己不惧风浪,也无晕船之忧,在这动荡飘摇中却再也难以安然入睡。大海似乎在和人们游戏,让你在半梦半醒之间陪着它在夜里一起躁动不安。有脾气,又要跟谁去发呢?

早餐时,餐厅里的人寥寥无几,大部分是船员,少见考察队员。船依旧晃得厉害,人几乎难以站稳,行路时如宿醉初醒,迈着四方步,左右踉跄,不时用左脚或右脚在地上画着曲线,样子古怪而滑稽。

有人开始晕船,脸色蜡黄,精神萎靡,痛苦之状让人不忍卒睹。由于今天的风浪依旧,预定的作业无法进行,虽然早已到站,但也只能任船在风浪里漂着,等待着风消浪止。

初上船,我只取了一只碗,取饭就不得盛粥,略有不便。于是问船上政委:"饭碗在哪里?我少一只碗。"政委笑言道:"要这么多碗有什么用,船晃得厉害,碗多了两只手只顾护着碗了,还怎么吃饭?吃完一次再取一次不好吗?"一想也有道理,于是作罢。

也许这便是生活的智慧了,在身体,双手双足是人自然进化的结果,是经过了效率、美观、平衡等多重标准的优选,在行动或取物时,贪多求全反致不便,留出余地而生从容;于心灵,人多追求精神上的富足与充盈,然心力有限,在顾此失彼的挣扎间,疲累渐生,莫若择其次者弃之,使内心有可以闪展腾挪的空间。如同房间,塞屋充栋只可作仓储之地,又怎能容得下生活百姿千态的舒展……便如那船晃之时在桌面上跑来跑去的两只碗,不仅扫了早餐之兴,若洒了水流了汤,岂不狼狈,何若只取一碗,任尔风吹船摇,我自安之若素,少了紧张与麻烦,多的只是从容与洒脱吧。

上午,工作之余,到厨房帮厨。所谓帮厨不过是择菜而已。这次择的菜有两种,一是芹菜,一是小白菜。船离开青岛码头已近二十天,靠泊厦门时也未补给,虽然船上有冷库,但已到大部分蔬菜储存的极限,芹菜基本上叶黄根枯,有些已经变成黄褐色不可食用,这还尚好,小白菜更甚。因为放在冷库里,表面一层被冷风吹着基本上变成了"干菜",水分的流失使菜叶变皱变薄,如同孩子画画用的皱纹纸,正不知如何处理,旁边的师傅告诉我不要扔掉,用水一泡,叶子吸水后就会变得舒展,还可以食用。与此相比,压在下部的菜由于长时间不通风加上水分含量较大,有很多已经腐烂,菜叶的形状也无,只成黏糊糊的一团,散发出一阵阵怪异的味道,师傅们熟练地拿起一棵菜,将外面的烂叶一把扯掉,露出里面的一点菜心,看上去仍然水灵鲜嫩,放到择好的菜筐里。

师傅一边择着菜,一边告诉我,由于储存条件的限制,绿色蔬菜的储存一直是船上伙食的大问题,而人们长时间在海上工作,艰苦的工作环境下又不能没有蔬菜供应。绿色蔬菜特别是叶子菜不可能一次上太多,即便如此最后仍有大部分因为干枯腐烂而丢弃,像这样的菜在岸上一般早就无人问津了,在船上还是要尽量择出一些能够食用的,他们笑称是"化腐朽为神奇",而最后的结果,一百斤菜仅能择出三十斤左右。等到这些也没有了,就需要土豆、白菜等耐储的菜来填补了。

由此我想到了古时与近代的航海家们,他们横渡大洋探索世界,最终打通了隔绝几大洲的篱藩。在这个过程中,他们面对的最大威胁往往不是海洋的未知与危险,而是饮食上存在的问题导致的一系列疾病。今天,技术的进步使得需要长时间在海上工作的人们可以不再受如此的威胁。但是,海上生活的艰苦,仍然一点点剥去我眼中关于出海的浪漫美好的想象,开始还原其真实的面貌。而这些,不在海上,不去经历,是无法发现和认识到的。

南海北风

冷空气如约而至。

虽然温度未降多少,但天阴如幕,风奔如雷,偶尔细雨飘忽,还是凉爽了很多。

南海和南海诸岛全部位于北回归线以南,属典型的热带海洋性季风气候,常年平均温度在 25 摄氏度以上,正所谓"四季皆夏"。但在每年的冬春季,亚洲大陆上强劲的东北季风,仍然可以沿着我国曲折绵延的海岸线,长驱南下,在广阔的南海,特别是南海北部,吹起猛烈的北风,掀起四五米的巨浪。虽然强度未必及得上夏秋季的台风,但台风影响的范围毕竟有限,持续时间也较短,船可以及早避风;而北风一旦起来,整个海区强风呼啸,白浪翻卷,几乎无处可避。三千多吨的调查船只得顶着风缓慢前行,在恶劣的海况面前,直如一叶漂萍,左右摇摆、起伏颠簸。走出舱室,海面风疾浪高,天上乱云飞渡。所有作业都停了下来,人们都躲在房间里,甲板上阒无人迹。五六米高的大浪一阵阵扑上来,甲板上到处都是海水,随着船的左右摇摆,在仪器设备间横冲直撞。

第二天,虽然冷空气已是强弩之末,但余威尚存,强劲的风依旧在海面上撒野,裹挟着海水,一副不依不饶的架势。晚上,船停了,到了 CTD 采水站,水深 3 000 多米,而由于海流的原因,缆绳要放 4 000 多米才能到达预定深度,一放一收耗时超过两个小时。这段时间,除了潜标组要作放潜标的准备工作,其他考察队员无事可做,而船员们则活跃起来,拿出网,扯出线,立在船边开始抓鱿鱼。在灯光的照射下,一群群鱿鱼在海水里飞快地游来游去,浮出海面的,多被网所获,远处深处的,则有荧光鱼钩在等着它们。这鱼钩不用挂饵,只在船边灯光下照一照,即可发出蓝绿色晶莹的光,然后抛出去,用手一下下扯着线,诱使那些逐光的鱿鱼们来咬,除了耗一些体力以外,真是无本儿的好买卖,不多久,捞客和钓客们各有所获,欢呼声不绝于耳,几天来船上沉闷的气氛一扫而空。

真正吸引我目光的,却是绕船而飞的一群白鹭,刚开始是三五只,继而数十只,最后发展成两三百只的一大群,在船周围、在暗黑如磐的夜幕中鸣叫着迎着激荡的海风上下翻飞,忽远忽近,忽高忽低,如同漫天飞雪,又似落英缤纷,令人目眩而神迷。奈何光线太暗,无法用镜头留住这美好甚至有些诗意的场景,于是我只是痴痴地看,抬着头,转动着脖子,追随着翻飞的白影,看它们渐渐消失在黑暗里,复又在视野里一点点清晰,美妙之极却不可把握。

天上又飘起了细雨,在灯光的照耀下飞舞的雨丝如一群夏日水畔细小的虫儿飘忽不定。潜标作业又开始了,一直持续到近夜半才结束。

潜标潜标

今天下午开始,作业强度骤然加大,在 24 个小时里,连续布放了 7 具潜标,一具潜标从准备到施放完毕平均需要 2~3 个小时。如此算来,整整一天的时间里,几乎是在不间断地工作,全体参加人员的工作强度几乎达到了极限,而海上作业又容不得半点马虎,所以对所有人的身体和精神承受能力都是极大的挑战。

布放潜标对于海况的要求没有回收那么严格,夜间也不影响作业。但是,一具潜标从顺利布放到成功回收,需要在幽深黑暗的海里静静停留一年的时间,这期间海水巨大的压力、腐蚀、海流与海底环境的变化等等因素,都会对潜标的安全构成威胁。因此,布放时的每一个细节都关系到一年后能不能顺利回收潜标并获得有效数据。一天的时间里,布放完一具潜标,在船驶往下个站位的过程中,工作人员马上进行下一具潜标的布放准备工作,从仪器更换电池到状态初始化、从浮球的组装到与设备的链接、从锚链、缆绳的连接到防锈防腐的处理等等……千头万绪,却不能有丝毫马虎。很多人实在困倦得不行,就在工作的间隙就地休息一会儿,而一投入工作,马上就是另外一种状态。这种考验,比恶劣天气与海况更要严苛。

海上风力与涌浪再次加大,船在作业中上下起伏,一下跃上浪尖,一下又跌入波谷,不时有海水从船尾扑上甲板,风裹挟着水雾,如烟似雨,一阵阵袭来,一会儿工夫便衣衫尽湿。此次出海到现在,海况一直不佳,很多调查与作业队员经常夜以继日,在身体极度疲累的情况下又要保持精神高度集中,其中辛苦,自是三言两语难以描述的。好在潜标回收与布放都很顺利,而其他作业也基本上按照计划进行。

天气预报说,又要起北风了。上午还晴好的天,又有厚重的云在聚集,太阳一会儿被薄幕所掩,一会儿为浓云所蔽,天海间忽明忽暗,阴晴不定。海面上云影斑斓,飞快地变幻着形状,远看刚才还波光粼粼的海面,只一转瞬间就灰蓝一片,那一片光,早已在别处闪烁。下午,风浪又大起来,感觉比前几日的还要狂野,听船员说,往年一般到这个时候,海况基本很好了,而像今年这种情况,真的比较少见。不过有了前几天的底子,大部分人都习惯了。风越来越大,一个个浪从侧面拍打着船身,不时有海水扑上来,几个在甲板上工作的人全身尽湿,还不时跳跃着躲避横冲直撞的海水。船在浪峰与波谷间起伏,船外,一会儿如一堵水墙扑面而来,一会儿如一个深渊黑不见底,再远处天海尽墨,唯听着阵阵风的咆哮,如有千百只怪兽在黑暗的深处吼叫着,声势骇人。

今夜,注定无眠。

厦门一夜

4 月 15 日下午,船返回厦门锚地,有一批调查队员要下船,还有新队员要上船。因为早就计划好要在岸上住宿一晚,明天再上船,所以我也不急着去逛街购物,只在街上漫无目的地走，先找住宿之地。

在中山路附近觅得一家快捷商务宾馆，办好入住手续。随即背包上街，对其他地方都是陌生，只有中山路算来过一次，有几家卖土特产品的店尚有印象，于是一家家地找过去。街道两旁，入眼全是熟悉的招牌，商业经济时代，全国一盘棋，如同潮水涌上沙滩，把一切与众不同的印迹抹平，呈现的只是一样的面孔。在这方面，厦门应该还算不错的，至少它的建筑有自己的特色，哪怕已经老旧，仅仅一角的装饰，窗台的绿植，从某个窗户里飘出的一声隐约的家常话语，仍在提醒着我这样的过客，此地正是南国。当然，尚有一家两家出售文化产品的店值得一去，虽然现在很多地方一点点儿文化家底都披上了商业化的外衣，炒得不亦乐乎，身份变得有些让人怀疑，但只要不过分，尚是可以承受的。因为文化也要生存，在这言必称经济效益的时代，如果不沾些孔方的雨露，只孤芳自赏，阳春白雪恐怕也没有出路。况且，毕竟不是口耳相传的年月，文化的传承需要有物的承载，哪怕只是一些旧影像、老物件，只要不媚俗，不从众，接地气，总会吸引一些喜欢探细究微的人，在点滴处寻找属于一座城市的精神、气质与神韵。

跑了一下午，晚上回到宾馆，渐生倦意。早早地躺在宽大、柔软的床上，却是一点儿睡意也无，本想好好休息一下的，不承想在这安静、安稳之地，却意外失眠了。结果一晚上，乌七八糟的梦一大堆，安稳静好的睡却无片刻，只在那个滚来滚去够不到边儿的床上辗转反侧，朦胧中一看时间，已是早晨七点多，窗外，隐隐的已有城市晨醒的第一个哈欠。看来，还是回到那张窄窄的摇来晃去的硬床上补觉吧。

早早退了房，走到大街上，一缕晨光透过现代化的高楼的缝隙，洒在两旁都是老旧的房屋的街巷，如早起人脸上的一抹晕红。路边的店家很多还没有开门，街上很安静，一户人家的窗外挂着刚洗过的衣服，下面一摊水迹，亮晶晶地映着阳光，上学的孩子们背着书包轻轻地走，老人们在门口安静地坐着，旁边的公园里有晨练的音乐，一个妇女在街边处理一些小虾子，不时转过头与屋里的人说着什么……我觉得一个城市的早晨更让人感觉亲切，没有如潮的游人，没有商业的喧嚣，舒缓、安静、祥和，妆容未整，素面朝天……

我在这样的街巷间转来转去，走过没有城隍庙的城隍庙巷，走过没有步行人的步行街，似一粒浮尘飘过不留任何痕迹，又像一个最熟悉的陌生人，与这个城市相视无语，静默两相知……

理发与包子

出海日久，相比工作上的辛苦与疲累，船上生活的单调与枯燥更折磨人。习惯了现代信息社会的人们，一下子被扔进一个无网络、无电话、无电视信号的环境里，周围仿佛一下子都空了、静了，工作之余无着无落，无所适从，经常有大把大把的时间不知如何打发，舱外绕船一圈一百余米，除了海还是海，舱内绕室一圈仅三五步，除了墙还是墙，如果不能学会自我调适,那这船上的生活,简直就和被囚禁着一般无二。

与我同住在四层后舱的有三个人,一是随船医生,年龄稍长,另外两个都是船上实验室的小伙子,其中一个热闹的几乎无片刻安稳,也许长时间在海上,需要有一些方法来自我调剂。另一个则安静许多,偶尔和他聊起,知他有女尚幼,而自己却常常在海上无法顾及,闲时只是关起门来写写钢笔字聊以排遣。一天上午,突然听到走廊里传出一阵琴声,时有时无断断续续,循声找去,原来是那个热闹的年轻朋友静静地坐在房里,弹着一把电吉他,声音从一只桌面音箱里传出来,音质不太好,有些嘶哑,但旋律大致不差。我安静地听了一会儿,正要离去,他却停下来,抬起头有些羞涩地说:"不好意思,就会弹这几首。"我报之以微笑,说:"不错,挺好听的。"刚回到自己房间,一阵极有穿透力的嘶吼传来……本不是安静的人,也难为他了。

因为天气较热,所以大部分船员都留短发,剃光头者亦有之。一天闲暇,其中一个找来工具,为另外一个理发,弹电吉他的手拿起了剃刀,马上安静下来,神情专注,俨然一个雕刻家在细细雕琢一件可以传世的艺术品。某个晚上,他们会将钓来的鱿鱼简单处理,一洗、一切、一烫、一拌,便是一盘上好的酒肴,然后邀我同饮。于是,一杯烈酒穿喉过,几句闲言随口出,快乐与不快乐似乎都化作碰杯时的一声脆响,一切都因为距离而变得不再沉重。

今天,最后一个潜标布放完毕,预计明天剩余作业即可完成,27 日即可回返,可赶在五一假期回到青岛。

晚上,厨房里包包子。工作即将结束,大家的情绪也放松也下来,加上海况良好,一些调查队员也跑到厨房帮忙,包得好不好不重要,用一句话说叫"包的不是包子,是快乐"。船上的气氛难得愉悦起来,还没等包子出炉,已有很多人在餐厅候着了,吃饭时自然是热闹非常,如一个茫茫大海之上的小 Party。

吃完饭,来到甲板上,夜幕渐浓,一轮圆月已经悬于东天,如新生儿的脸一样有淡淡的红润,散发着轻纱薄雾般柔软的光。看着月亮,不由得想起了临行前对友人的承诺,现在正可掬一捧月光以遥赠。有人说幸福是生活中没有恐惧,我觉得幸福还应该是心有所安情有所在,爱恨有所依,苦乐有所出,唯有如此生活才有了踏踏实实的根基,即便平凡也不至空茫,心灵与精神无所归依的空要比恐惧更能消弭生命的内质,好比一座老房子,只要有烟火在,虽然破旧,尽管放心住着,十年八载也不用担心它倒掉,而一旦人去屋空,虫蛀蚁侵,便离倾颓不远了。就如在这茫茫大海上,虽然有辛苦有寂寞,但每个人无不尽心竭力,不存丝毫懈怠,以此恪守自己得以安身立命的本职;在内心,则有至亲至爱的人遥相牵挂,正所谓此心安处是吾乡,心有所安,情有所归,即便漂泊千里之外,又有什么能够扰了内心的安宁呢?

夜半,隔室赠鱼肴,自备小菜,对月小酌,一轮朗月当空,几枚散星零落,心静而意远,目迷而神飞! 此情此景,岂敢耽溺,乐而享之!

终点 起点

"假如我们蓦然面对自己的渺小,假如我们突然发现自己的卑微……我们能逃往何处?"

常年生活在海边,什么时候曾真正静下心来去看看海洋,感受海洋?

船行东海上。当最后一抹晚霞消失在海的尽头,淡淡的月色轻轻地洒下来,星光闪烁,天海间笼上一层淡灰色的薄雾,一切宁静而美好。此时此刻,任何的虚妄、浮躁与焦虑都显得不合时宜,这样的夜晚,如一个温暖的怀抱,可以包容一切,疗救一切,身处其中,感觉如一个新生的婴儿,不再有任何的恐惧、忧伤、怨愤、妒忌,纯净的自然,自然的纯净,深吸一口海风,感受生命之初的味道,是留恋,是希望,是依赖,是信任,是爱,是一个对未来不离不弃的承诺。

当人们对海洋的浩渺与深邃只是心存敬畏而不是恐惧,人与海的关系也会随之而不同。

船已经开始返航。几天来天气海况都很好,电视与手机也有了信号,一切又都似乎回到了原初的状态。船员们却又开始忙碌起来,他们要抓紧时间对船上设备进行维护,对甲板破损的漆面进行保养,五月一日船回到青岛后,只有短短的一两天时间补充给养,五月三日就要出航执行下一航次五十天的任务。利用返航的时间完成船的维护与保养,一方面可以保证不影响下航次的任务,另外船员们可以充分利用船靠港的这段时间,陪陪家人,好好休整。今年"东方红2"船的出海计划300余天,每个船员基本上都要在海上工作近半年的时间,老船员因为家事少有负累还好一些,年轻船员则多是上有老人下有幼子,两端都难顾及,其中的牵挂与纠缠,岂是他人所能体会半分。与此相比,体力上的辛苦与劳顿,不过如天边的浮云罢了。

归期日近。

明天早晨,青岛海岸的山影就会如约出现在地平线上,迎接着我们的归来。对于我和科考队员来讲,这将是一个结束。而对于"东方红2"船和全体船员而言,却又是一个新的开始。

而我们走向海洋的路,仍然漫长而修远。

(本文刊于 2013 年 6 月 8 日,第 6 期)

何中华：中国传统文化与大学文化建构

左 伟

编者按： 6月7日上午，中国海洋大学党委中心组（扩大）举行第24次专题学习，邀请山东大学哲学与社会发展学院博士生导师何中华教授作"中国传统文化与大学文化建构"的报告。近三个小时的讲座中，何中华教授分别论述了中国传统文化的主要特点、中国传统文化同现代性的冲突及其困境、中国传统文化的当代启示价值、大学文化建构需要弘扬传统文化精神等四个方面。何中华教授充满哲思的辩证思想通过鲜活的事例、精辟的讲解传递给在场的听众。"师者，所以传道受业解惑也。"作为大学主体的教师，让我们从传统文化中汲取养分，将教书育人作为自己的志业，在校园里营造出全方位的文化氛围，培养出知识的"巨人"和精神的"巨人"。

党的十七届六中全会通过了深化文化体制改革的决定，提出"培养高度的文化自觉和文化自信""增强国家文化软实力，弘扬中华文化，努力建设社会主义文化强国"的问题，特别是首次把"建设文化强国"作为国家战略目标加以确认。这意味着文化问题被放在了国家战略和国家安全的高度予以定位和重视。

从世界的情形看，亨廷顿曾提出了所谓"文明冲突"的说法，认为人类在21世纪的冲突将主要是文化的。这有一定的道理。相对而言，古代战争主要是基于经济利益的冲突和博弈，近代战争主要是由于政治利益的矛盾和考量，现代战争则主要是缘于不同文化传统之间的异质性。从中国的情形看，自晚清以来的现代化运动，第一波是经济领域的变革，即洋务运动；第二波是政治领域的变革，即戊戌变法和辛亥革命；第三波是文化领域的变革，即五四新文化运动。改革开放以来，现代化问题被再次提上日程。我们的改革在一定意义上重演了中国历史上的这三次浪潮，经济体制改革、政治体制改革、文化体制改革依次展开。无论国际还是国内，今天的发展问题都格外地凸显了文化的空前的重要性。应该说，在当下这个背景下提出文化问题，是有其必要性和紧迫性的。

一、中国传统文化有哪些主要特点？

中国传统文化博大精深、内容宏富，是一个多面体。因此，对它的任何一种归纳和概括，都不得不以遮蔽其他可能的视野为代价。但为了说明的方便，我们仍不得不做出某种可能的概括，只是在作概括时应该自觉地意识到它的局限性。那么，中国传统文化的最主要的特点是什么呢？我把它大致概括为以下六个方面。

1."天人合一""阴阳互补"

中国传统文化从总体上说是自然主义的。中国人讲究"天人合一"，主张顺天应时。钱穆先生说得好："中国文化的特质，可以'一天人，合内外'六字尽之。"在这个意义上，可以说，人道顺应天道构成中华民族文化传统的基本原型。孔子在称赞"尧之为君"时说："唯天为大，唯尧则之。"《易传》曰："天生神物，圣人则之；天地变化，圣人效之；天垂象，见吉凶，圣人象之；河出图，洛出书，圣人则之。"《诗经》曰："物其有矣，唯其时矣。"孟子说："不违农时，谷不可胜食也。"荀子亦说："春耕、夏耘、秋收、冬藏，四者不失时，故五谷不绝，而百姓有余食也。"孔子说："天何言哉！四时行焉，百物生焉，天何言哉！"即使主张"制天命而用之"的荀子，也强调"不为而成，不求而得，夫是之谓天职"，主张"不与天争职"。先秦著作中不少地方都提到"秉时""顺时""不违天时""应时""节四时之适""审时以举事"。中国文化特别讲究天时地利人和，讲究"日出而作、日入而息"。人们追求物质生产节奏完全与自然节奏相吻合，这当然与中国的农耕文化有关，因为中国人不需要征服自然而只要顺应自然就可以获得维系生存的基本条件。老子提倡"道法自然"，庄子主张"依乎天理""因其固然"。《庄子·天地》有对"机械""机事""机心"的嘲讽。既然弃绝"功利机巧"，中国人就不必也不愿向外探求，所以从历史上看科学技术不发达。李约瑟提出"近代科学为什么没有在中国产生"这一难题也就不难理解了。对于国人来说，"吾非不知，羞而不为也"。拿这种眼光看，"机械"一词在中国文化语境中甚至带有某种程度的贬义,因为它意味着投机取巧之器。所以,科学技术被中国人视之为奇技淫巧,也就不足为怪了。

　　"天人合一"除了可以在实体意义上被理解——把"天""人"理解为自然界与人类——之外,还可以在境界的意义上被理解,即把"天""人"理解为自然而然(即无为)与他然(即有为或人为)。例如《庄子》上说:"有天道,有人道。无为而尊者,天道也;有为而累者,人道也。"据《庄子》记载,河伯曰:"何谓天?何谓人?"北海若曰:"牛马四足,是谓天;络马首,穿牛鼻,是谓人。"当然,儒家的观点与道家存有差异,按照儒家的观点,我们似乎可以推论出在它看来"络马首,穿牛鼻"之类当属"天"而非"人"。这正是魏晋玄学自然与名教之辩的所在。后来的宋代理学家朱熹恰好就是这样认为的。例如他说:"如穿牛鼻络马首,这也是天理,合当如此。若络牛首,穿马鼻,定是不得。"显然,在朱熹看来,这是该当如此者。他还说:"饥者食,天理也;要求美,人欲也。"因为"私欲"乃是"不当如此者"。而"饥而欲食,渴而欲饮,又此欲岂能无?"因为这是"合当如此者"。尽管这是人的需要,但因为是合当如此者,所以在朱熹看来仍然属于"天"而非"人"。倘若追求"美味佳肴",就属于奢侈了,它超出或偏离了人的本来的和自然的需要,因此就不再是天理而是人欲了。可见,儒道两家的分歧不在于是否追求自然,而仅仅在于确认何为自然。在道家看来是人为的繁文缛节的,在儒家那里却被认为是天道的体现。这种分歧只是枝节上的,而非根本取向上的。就像西方的科学与宗教在中世纪和近代所发生的冲突,它并没有影响西方文化传统的内在整合性。

　　阴阳互补的太极图式,构成中国传统文化实现其真善美追求的最基本的模式。让我们以《周易》为例,所谓"易以道阴阳"。首先,《周易》具有认知功能。"夫《易》彰往而察来,而微显阐幽,开而当名辨物,正言断辞,则备矣。"所谓"观乎天文,以察时变""通天下之故"等等,皆为认知取向之萌芽。在中国文化传统的形成和发展中,"阴""阳"作为两个基本符号被用来解释自然现象和人本身。如《黄帝内经》就认为:"阴阳乖戾,疾病乃起。"人的疾病盖源于阴阳二气的失衡,所谓"阴胜则阳病,阳胜则阴病;阳胜则热,阴胜则寒"。因为"阳强不能密,阴气乃绝;阴平阳秘,精神乃治;阴阳离决,精气乃绝"。人体只有"和于阴阳,调于四时"才不至于生病。西周时期的大夫伯阳父就认为地震的原因在于阴阳失序,也就是所谓"阳失其所而镇阴也""阳伏而不能出,阴迫而不能蒸,于是有地震"。汉儒董仲舒用阴阳观念解释自然现象,例如他说:"大旱者,阳灭阴也。……大水者,阴灭阳也。"即欲防止大旱,就必须"开阴闭阳";而欲防止大水,则须"开阳而闭阴"。汉代的王充认为"阴阳之气,凝而为人",故"人所以生者,阴阳气也。阴气主为骨肉,阳气主为精神"。他还用阴阳关系来解释雷电现象:"实说雷者,太阳之激气也。……盛夏之时,太阳用事,阴阳乘之,阴阳分事则相校轸,校轸则激射。激射为毒,中人辄死,中木木折。"其次,《周易》具有价值功能。阴阳关系及其普遍模式为人的价值选择和伦理定位提供了根本的坐标系。《象传》曰:"观乎人文,以化成天下。""人文"在这里具有道德含义,所谓"文明以止,人文也"。显然,它强调的是人文的教化功能。这种价值功能主要表现在三个方面:一是预卜吉凶,所谓"以定天下之吉凶"。"圣人设卦观象,系辞焉而明吉凶。"二是为伦理秩序提供合法性来源。男女之间的伦理关系根源于阴阳之道,所谓"乾道成男,坤道成女",而"天尊地卑,乾坤定矣"。《序卦》曰:"有天地然后有万物,有万物然后有男女,有男女然后有夫妇,有夫妇然后有父子,有父子然后有君臣,有君臣然后有上下,有上下然后礼义有所错。"而"天"为乾,"地"为坤。"乾,阳物也;坤,阴物也。"显然,由阴阳关系衍生出了尊卑长幼之序,诚如汉儒董仲舒所说的:"君臣、父子、夫妇之义,皆取诸阴阳之道。君为阳,臣为阴;父为阳,子为阴;夫为阳,妻为阴。"三是君子人格的建构。《周易·象传》提出"天行健,君子以自强不息""地势坤,君子以厚德载物",实际上就是给出了理想人格的模式,所谓"刚柔者,立本者也"。君子的刚健进取的人格,其根据来源于"天"的阳刚之"象"。孔颖达注曰:"乾象天。天体运转不息,故为健也。"而君子的宽容敦厚的人格,则是对"地"的阴柔博大之"象"的模拟。此所谓"天垂象","圣人则之";"天地变化,圣人效之"。对于中国人来说,道德约束体现在孔子所说的"乐而不淫,哀而不伤"之中。再次,《周易》还具有审美功能。阴阳互补的太极模式构成中国传统文化的最高审美范式。例如高低、松紧之间所形成的张力结构成为书法结体的基本关系。中国的传统绘画和书法,都讲究用墨的深浅、浓淡、干湿、涩润,用笔的曲直、轻重、藏露、刚柔,线条的疏密、长短、粗细、繁简等等。汉代蔡邕说:"夫书肇于自然。自然既定,阴阳生焉。阴阳既生,形势出矣。"中国的古典诗歌也讲究虚实相生、有无相成等等的对比关系。中国诗歌中常用对比的手法来塑造特定的意境,而这种对比手法隐含着阴阳互补关系的结构。例如"直-圆"对比:"大漠孤烟直,长河落日圆。""一-多"对比:"忽如一夜春风来,千树万树梨花开。""孤雁不饮啄,飞鸣声念群。谁怜一片影,相失万重云。""烽火连三月,家书抵万金。""时-空"对比:"海上生明月,天涯共此时。""动-静"对比:"细草微风岸,危樯独夜舟。星垂平野阔,月涌大江流。"如此等等,不胜枚举。再如中国的古典音乐。《乐记》则把音乐的发生同天地阴阳的和合相联系:"乐者敦和。"因为"地气上齐,天气下降,阴阳相摩,天地相荡,鼓之以雷霆,奋之以风雨,动之四时,暖之以日用,而百化兴焉,如此,则乐者,天地之和也"。《吕氏春秋》则曰:"凡乐,天地之和,阴阳之调也。"中国古典文艺作品中的"大团圆"结局,也同样折射着阴阳相互整合的太极图式,从而透露出其中的阴阳消息。

2. 人性本善、德性优先

中国文化传统的人性论从主流看是性善论的。性恶论可以荀子为代表,但在总体上却不占主导地位,就像西方文化中也有性善论但不是主流一样。中国传统德性论具有浓厚的自然主义色彩。这大致可以从两个方面看。

一是以血缘关系为纽带建构起来的伦理结构成为道德观念的发生学基础。例如孔子所说的"父为子隐,子为父隐,直在其中矣"。在孔子看来,"父子之道,天性也"。显然,孔子信任的乃是最本然的情感取向。这种自然主义的道德哲学必然以人的血缘关系作为道德的发生学基础。值得注意的是，"德"之古字即为"悳"。孔子说："君子务本，本立而道生。孝弟也者，其为仁之本与！"他还说："夫孝，德之本也，教之所由生也。""夫孝，天之经也，地之义也，民之行也。天地之经，而民是则之。则天之明，因地之利，以顺天下。"由此出发，"君子之事亲孝，故忠可移于君；事兄悌，故顺可移于长；居家理，故治可移于官。是以行成于内，而名立于后世矣"。在这里，隐藏着这样一条线索：血缘关系→伦理关系→道德自觉。作为时间顺序，它形成"礼→仁"的发生学结构。为了道德的建构，中国文化特别注重血缘关系的维系、稳定和传承。孟子说"不孝有三，无后为大"，其真正用意在此。以血缘关系为纽带建立起来的宗法制社会，同伦理本位主义文化之间具有内在的关联。中国传统社会悠久的重农抑商政策，其文化含义就在于避免商业关系对血缘关系的解构和颠覆。

二是学理层面上的道德自足论。从逻辑预设的角度看，中国传统文化特别强调道德的"当然"性质，这是就道德的逻辑规定而言的。自足就是自然，而自然在"天"表现为必然，即必然如此者；在"人"则表现为当然，即应该如此者。必然者表现在人事方面或领域则具有当然的性质。从这个角度看，传统文化又表达了"仁→礼"的逻辑在先结构。仁的观念的造成离不开对礼的践履和体会，但仁之所以成立的理由，却不是由礼提供的。相反，礼的合法性倒是来自仁。仁的理由只能来自仁本身。所以孔子说："为仁由己。""我欲仁，斯仁至矣。"他还说："仁者安仁。"屈原《九章·抽思》云："善不由外来兮，名不可以虚作。"唐代大文豪韩愈说："足乎己，无待于外之谓德。"道德的自足性典型地表现在对"慎独"境界的追求上，即《大学》所谓的"君子必慎其独"。

由于这种道德观上的自然主义的取向，在中国文化看来，最本然的也就是出于自我本性的。对本然性的追求表现为两个层面：一是在个体方面，中国文化强调对"赤子之心"的回归和保持。二是在类的方面，中国文化特别强调祖先崇拜，所谓"慎终追远"，有一种复古情结。中国先秦的孔孟和老庄同样有着对原始淳朴状态的向往。《中庸》称："仲尼祖述尧舜。"宋儒朱熹注曰："祖述者，远宗其道。"所以孔子曰："生乎今之世，反古之道。"孔子自称"述而不作，信而好古"。他还说："我非生而知之者，好古敏以求之者也。"因此，孔子承认："周监二代，郁郁乎文哉，吾从周。""温故而知新。"孟子紧步孔子的后尘，所谓"孟子道性善，言必称尧舜"。朱熹注曰："性者，人之理也。浑然至善，未尝有恶。人与尧舜初无少异，但众人汩于私欲而失之。尧舜则无私欲之蔽，而能充其性尔。故孟子……每道性善，而必称尧舜以实之。"孟子曰："大人者，不失其赤子之心者也。"所谓"儒者之道，古之人若保赤子"。老子也有"执古之道，以御今之有"的说法。他对"小国寡民"状态的向往和推崇，对"复归于婴儿"的向往，无不反映了他的复古情结。庄子所谓的"哀莫大于心死"，同样体现了对"赤子之心"的肯定。古代哲人的这种追求，绝非现代人所肤浅地认为的那样是一种迂腐，相反，它恰恰体现了人类古老的智慧。因为每当人类误入歧途之时,都不得不回眸先知们的遗训。这难道是偶然吗?

德性优先的诉求内在地决定了中国传统文化走的是内在超越之路,所以中国文化没有一种征服的性格。中国文化的最高偶像是圣人,西方文化的最高偶像则是英雄。圣人是征服自我的,所以孔子说"克己复礼为仁";而英雄是征服世界的。英文中的"hero"既含有"英雄"之义,也含有文学作品中的"主角"之义,这种词源上的联系耐人寻味。由于偏于内向,中国文化也就不具有对外部世界的占有姿态。在中国文化看来,道德乃是人成其为人的最后的和最高的根据或判准。因此,当人的肉体生命与道德两者不可兼得时,孔子教导的选择是"志士仁人,无求生以害仁,有杀身以成仁"。孟子也说:"生亦我所欲也,义亦我所欲也,二者不可兼得,舍生而取义者也。"表现在义利关系上,中国文化主张义对利的优先性。例如孔子就说:"君子喻于义,小人喻于利。""见利思义""见得思义""义然后取",而君子"罕言利"。孟子也说:"王何必曰利?亦有仁义而已矣!"这种德性优先的倾向表现在两方面:一是从人的个体的层面看,孔子说:"朝闻道,夕死可矣!"孟子就把有无德性作为人与禽兽之间的最后区别,由此奠定了中国人自我意识的基本类型。二是从人的类的层面看,中国人的自我中心化情结也表达为对德性的推崇,如中国的观念凸显出南蛮、北狄、东夷、西戎在道德上的差异。"非我族类,其心必异"所强调的主要也是道德上的差异。

3."自强不息""厚德载物"

《易传》上有两句众所周知的话:"天行健,君子以自强不息。""地势坤,君子以厚德载物。"这两句话很恰当、很凝练地概括了中国文化传统所蕴含的刚柔相济、阴阳互补的关系和内在结构。它既是个体人格特征,同时又是整个传统文化的特征。自强不息表达的是刚健进取的品格,厚德载物则体现着宽容敦厚的品格。

"君子"与"小人",其境界有高下以至霄壤之别。就个人修养而言,孔子在总结自己的一生时说道:"吾十有五而志于学,三十而立,四十而不惑,五十而知天命,六十而耳顺,七十而从心所欲而不逾矩。"这里显然有一个人生境界的不断提升问题,其中最高的境界乃是天人合一,亦即所谓的"从心所欲而不逾矩"。这是一种既自然而然又自觉自愿的状态,天道与人道泯然为一,毫无二致。君子的人格境界有其超越的一面。所谓"君子谋道不谋食""君子忧道不忧贫""君子不器"。"道"属于"形而上者","器"乃"形而下者"。这样一种境界落实下来,无非就是刚柔相济、内圆外方,亦即"自强不息"同"厚德载物"的互补整合。

尽管君子的人格有其刚健进取、奋发有为的一面,但它并不有违"天人合一"的文化原型。因为君子人格中的自强不息精神,仍然不过是"人道"顺应"天道"的结果。此所谓"天垂象""圣人则之"。君子的自强不息性格,恰恰是"天"的刚健之"象"的人格化表达,它的合法性和终极根据依然源自刚健之天象。这就从更深刻的层面上贯彻了"天人合一"的原则。

4."内圣外王""德治仁政"

中国传统文化讲究"格致诚正修齐治平",所谓有德者为王。"德治仁政"始终是中国政治哲学所孜孜以求的理想。钱穆先生认为:"中国政治是一个礼治主义的。倘使我们说西方政治是法治主义,最高是法律,那么中国政治最高是'礼',中国传统政治理想是礼治。"其实,"仁"与"礼"是互为表里的。"仁"是"礼"的内在理由,"礼"是"仁"的外化了的形式,或者说是仪式化、制度化了的"仁",它们共同构成德治仁政的基础。

在中国传统文化的语境中,政治的合法性不是来自多数人的同意(民主),而是来自道德的高尚。孔子说:"为政在人。"而这里的"人"应该是道德上的楷模。孔子指出:"为政以德,譬如北辰,居其所而众星拱之。"由此可见,道德楷模及其感召力在政治统治中具有何其重要的作用和意义。他还说:"道之以政,齐之以刑,民免而无耻。道之以德,齐之以礼,有耻且格。"

从总体上说,中国传统文化是不太信任法律的。因为法律无法使人达到慎独的境界,只有道德才能构成一个社会达成公序良俗的"底线"。中国人往往把打官司看成是丢人的事。譬如孔子就说:"听讼,吾犹人也。必也使无讼乎!"老子也说过:"法令滋张,盗贼多有。"这也同中国文化重德治而轻法治的传统有关。

5. 中庸之道、过犹不及

中国传统文化特别强调中庸之道。比如中国人对自己欲望的看待,认为是过犹不及,既不禁欲亦不纵欲,而是限欲。孔子有所谓"乐而不淫,哀而不伤"的说法。《吕氏春秋》曰:"天生人儿使有贪有欲。欲有情,情有节。圣人修节以止欲,故不过行其情也。"《毛诗大序》亦曰:"发乎情,止乎礼仪。"朱熹仔细甄别了正当的欲望与非正当的欲望,他认为合乎自然而然的要求的欲望本身就是"天理",只有那些人为制造出来的,从而超出了自然限度的欲望才属于"人欲",才在祛除的范围。显然,中国人是容易满足的,中国文化没有培养出贪婪的民族性格,而是非进攻性的,没有占有的冲动,这与中国人的中庸之道思维方式有内在关系。这一点表现在日常生活中就是知足常乐、安贫乐道。

中国人对于事物的"度"是持敬畏和守望的态度。这同西方文化性格形成了鲜明的对比。人类始终面临着人的欲望的无限可能性同满足欲望的对象的有限性之间的紧张。人类始终受到稀缺性的困扰。如何解决这个无限性与有限性之间的矛盾,决定着不同民族的文化性格。从总体上说,中国人试图约束自己的欲望来缓解这个矛盾;而西方人更致力于释放欲望,追求满足欲望对象的增殖来缓解这个矛盾。"奥林匹克精神"就是"更高、更快、更强"。胡适当年就曾认为西方是一个不知足的民族,而中国是一个知足的民族。当然,胡适是为了批评中国人的惰性而说这番话的。

6. 言近旨远、含蓄委婉

中国语言的特点是象形文字,所谓"观物取象,近取诸身,远取诸物"。这就从文化基因层面上注定了中国式表达的象征和隐喻的特征。杜甫有句诗,叫作"窗含西岭千秋雪,门泊东吴万里船"。一个小小的门和窗,就把无限的时间和无限的空间蕴含其中了。这正是黑格尔意义上的"真正的无限性"的表征方式,即形式的有限性同内涵的无限性的统一,它乃是扬弃了无限与有限的外在对立而达成的合题。这也就是中国的那种"言有尽而意无穷""言近而旨远"的表达所具有的性质。

中国的语言在一定意义上是诗歌语言,是一种诗意化的表达。这种诗化的表达方式,不重定量分析,而重定性分析。中国文化从总体上说是诗化的文化,注重写意而非写实。最突出的表现就是中国人比较含蓄,中国人表达感情的方式也很含蓄。我们不像西方人那样有情人节、母亲节,那么直露。中国人举手投足之间都是有蕴含和寄托的,喜怒哀乐也不愿意显之于形,从而意味无穷。这种诗意化表达的基础是象征性和隐喻。西方文化具有抽象性,是科学语言式的,它的符号和意义之间是一一对应的确定关系;而中国人的文化则具有象征性,其符号和意义之间不是对应的关系,而是相似的关系,这就造成了意义的暧昧性和不确定性。因此,解读中国文化符号更像是一种猜谜游戏。由此决定了中国传统文化的文本具有意义的深度空间,它是开放的、有弹性的。所以中国人表达自己的情感、表达对于世界的感受,都是相当含蓄的,它非常有韵味。"韵者,有余味之谓也"。它所营造的是一种可以回味无穷的意境。由此也可以从一个侧面解释近代科学为什么没有能够在中国发生这一"李约瑟难题"。

二、中国传统文化同现代性的冲突及其困境

晚清以来中西文化的遭遇、对峙和激烈的碰撞,大体经历了一个"器物→制度→心理结构"层层深化的过程,它们在时间上似乎没有先后,西方的坚船利炮隐藏着制度安排,进而取决于文化动机,而文化观念的同化也总是需要借助于物质手段和制度安排。在这样一种特殊的历史语境下,中国人遇到了一个特有的文化心理上的爱憎情结:对于西方文化而言,我们是因憎而爱,即如魏源所说的"师夷之长技以制夷",亦即以其人之道还治其人之身;对于本位文化,我们则是因爱而憎,即如鲁迅先生所说的"哀其不幸,怒其不争""爱之深,责之苛"。这几乎成为国人的一个难以打开的情结,直到今天依然困扰并折磨着我们。

中国传统文化同西方文化所内蕴的现代性之间冲突的具体表现,可以从不同方面加以刻画。这里尝试着做出一种可能的描述:(1)群与己。西方的现代性所体现的自由主义传统蕴含着个人主义的文化因子,具有重视个体的权利和价值的取向;当群与己发生矛盾和冲突,从而两者不可兼得时,己无疑具有优先性和至上性。与此不同,中国传统文化则强调群体的至上性。这是五四新文化运动以来,中西文化传统发生冲突的一个重要方面。(2)义与利。中国文化重义轻利,更强调道义优先。这同西方文化特别是近代西方文化精神中的功利主义取向相抵牾。(3)德治与法治。中国具有悠久的伦理本位

主义传统,所以政治上推崇德治,尽管历史上也有严刑酷法,但它本身的合法性仍然需要借助于道德来得到辩护。从历史上看,西方文化是由古希腊的理性主义传统、希伯来的宗教传统和古罗马的法律传统融合而成的。法治精神是其中的一个不可忽视的重要内容。德治总是相信人格的道德魅力,从而缺乏一种制度上的制衡和保障,特别是当现代性的因子植入中国本土文化之后而出现道德失效时,德治传统就缺乏足够的疗治措施和有效手段。(4)道与器。西方自文艺复兴以来及至启蒙精神对人的"发现",重点在于以理性视野发现了肉体存在的人。对人的需要的肯定也必然着眼于经验意义上的对象。由此决定了人的物化倾向。这也正是现代性语境中人的异化的实质。中国传统文化则着重超越性,从道的层面提升人的境界,追求人的精神的安顿和心灵的皈依。由此决定了中西文化之间的内在超越与外在超越、性善论与性恶论的根本分野。

从一定意义上说,中西文化在近代的遭遇,乃是中国的伦理本位主义传统与西方的科学理性主义传统的对立。很难说谁对谁错,谁是谁非。因为文化原本就没有对错是非可言。关键在于具有不同偏好和旨趣的文化相遇了。这是具有悲剧意味的。中西文化冲突的实质何在?科学的理性精神和价值的人文关怀之间的冲突,规定了两种文化传统在总体上的摩擦。发生在 20 世纪 20 年代的"科学与人生观论战"就具有象征意味。从某种意义上说,理性与价值的矛盾不过是人的存在的二元分裂在不同文化传统之间的表达,所以极其深刻。它体现着人类学本体论悖论。

晚清以来的中国传统文化的历史语境是:被抛入一种客体化的命运——注意这里的被动语态。中国的现代化是一种"防御式的现代化"(美国学者布莱克语),它实际上不过是"被现代化"而已。文化本来是一个民族的生命,是一个民族成其为这个民族的最为本然的根基,是民族的标记。民族这个概念首先是文化的,而不是地域学和人种学的。在这个意义上,对于文化只能作生命观。所以,文化只有作为主体性规定,才能以其本真的方式彰显出来。然而,近代以来,随着中西方文化的相遇,中国文化却陷入了被对象化的命运,中国其实是"被发现"的,东西方文化不是"相遇",而是西方"发现"了东方。这种不对等造成了中国文化主体性的丧失。我们的确找到了一个西方的镜像,开始反省自己的文化,但这是把自己的文化当作一种对象来加以审视,这本身就已经使其变成身外之物了。因此,吊诡的是文化的自我发现,同时也就是文化的自我丧失。这正是现代新儒家之所以产生文化焦虑的根本原因。文化客体化的一个重要的历史后果是什么呢?那就是"自我殖民化",也就是中国人在文化意义上的自性迷失。"我是谁?我从哪里来?我又到哪里去?"找不到答案。这是中国人文化信心重建所面临的最深刻的障碍。这有点类似于女性解放面临的难题。其后果就是文化自主性的丢失,陷入"文化孤岛效应"。

西方现代性的自我解构,为我们的文化拯救提供了历史契机。西方文化出现了一种自反性的辩证法,即以自然界的祛魅和人之生为特征的启蒙精神,导致的是自然界的返魅和"人之死"的辩证法。后现代对于逻各斯中心论的消解和对主客二分模式的颠覆，意味着西方文化本根处出现了致命的危机。它不再是枝节性的和个别结论的问题，而是根本预设的问题。西方思想家的绝望源自这里。后现代对于现代性的解构的确深刻地触及了现代性的缺陷，但是却未能提供一种建设性的拯救之道。它的自身逻辑内在地决定了它只能带来纯粹颠覆性和绝对破坏性，而无法给出一条积极的思路。西方文化的后现代维度所造就的这一新的历史语境，使中国传统文化的启示和拯救价值得以彰显。例如天人合一的文化原型，对于改善人与自然的关系具有启示意义。伦理本位主义的取向，对于优化人际关系也具有启示意义。诗意化的文化偏好，对于矫正技术的工具化格局，同样不乏启迪作用。中国文化对于人的欲望的看待方式，对于约束现代人的放纵，同样会有深刻的启迪作用。如此等等。

三、中国传统文化在当代背景下的启示价值

我们正生活在一个日益深度的市场化和全球化的时代。市场化取向和全球化趋势，构成了当代文化的最深刻的时代背景，它为现代性提供了历史基础，同时也暴露了自身所固有的矛盾和危机。应该说，中国传统文化在现代性语境中自我解构之时，西方文化恰恰对现代性进行解构。在后现代语境中，中国传统文化的价值有可能得到重估和彰显。

1. 中国传统文化精神的尺度意义和启示意义

对于世界上任何一个民族来说，它所属的文化传统都具有生命的意义。"文化"就是"生命"，"传统"就是"我们"。分别言之，"传"乃是通过给出文化基因而在时间上实现延续（复制和再现）而实现的文化整合，"统"则是通过提供文化原型而在空间上的涵摄（识别和选择）而实现的文化整合。

从尺度意义上说，对文化传统持一种敬畏与同情的态度，并不是复古主义的"乌托邦"，它仅仅是为了从文化源头上寻找一种参照和判断的尺度。毫无疑问，没有谁会天真地相信中国传统文化能够在完全的和绝对的意义上被现实生活所再现和重演；但这绝不意味着它就因此而没有积极的价值和意义。在一定意义上，起源就是目标。汉儒董仲舒说："天不变，道亦不变。"与时俱进不是绝对的。永恒之物是一个民族、一个时代的永远的参照系。它就积淀并浓缩于一个民族的文化传统之中。所以，保持对永恒之物的敬畏，就必须首先保持对于民族的文化传统的尊重。就启示意义而言，中国传统文化有利于启示当代人类内在地约束和限制人的自我中心化的扩张，使人对自我的把握真正成熟和健全起来；另外，它也有可能启示当代人类限制并约束自己对自然界的占有姿态。启示意义是永恒性的，它将永远伴随现代人，成为一种不能也不应被遗忘、即使遗忘也必将在某个历史的关键时刻被重新唤醒的文化资源。这就是智慧的魅力之所在。

传统文化的上述意义都是"后现代"的。如果说，它对于西方文化还存在民族性距离，从而有可能在很大程度上妨碍这种意义的实现，那么对于我们而言则是本土化的资源。就此而言，也就更容易被"激活"，从而更容易得到实质性的认同、弘扬和传承。

2. 在人与自我的关系维度上，中国传统文化精神有助于强化文化意识上的自我认同和德性人格上的自我实现

人在现代性同化中的自性迷失，造成了人的文化认同危机。非西方国家的现代化不是内源性的现代化，它不像西方国家是以回归传统为姿态的，而是以"置换"掉本土文化为代价实现的。在全球化的背景下，随着西方强势文明的扩张，文化多样性面临着空前的挑战。对于人类的存在而言，文化多样性同生物多样性一样重要。现代人的最深刻的危机也许不在于生存环境的恶化，而在于安身立命的问题悬而未决。我们面临着"文化失忆"的危险。我们突然发现，在传统丢失之后，无法真正融入西方文化。因此，重建文化认同的基础，复兴传统文化精神，就成为一个不容回避的问题。回忆和唤醒被遮蔽、被遗忘的文化基因，进行文化上的"寻根"，在当代背景下具有迫切的拯救意义。

在人格意义上，真实的自我究竟是什么？是肉体还是精神？人始终面临一个"做人"的问题。中国传统文化一般是把道德作为人之所以异于禽兽者的标志。在中国人看来，人的德性人格的充实，也就是人的自我实现。孔子所谓的"杀身成仁"，孟子所谓的"舍生取义"，都鲜明地体现了超越人的肉体存在的取向。"真实的自我"与"虚假的自我"的冲突，使"做人"成为一个无法回避的问题。在一定意义上，人是选择的动物。人们面临的选择大致可分为三类：一是做想做的事——任性；二是做能做的事——符合自然律，按科学行事；三是做应做的事——道德律的要求。16世纪的法国人拉伯雷有一本书叫《巨人传》，其中描述德廉美修道院作为个性解放的象征，它的唯一规则就是"做你想做的事"。这让我们想起美国科学哲学家费耶阿本德科学无政府主义的那句有名的口号"怎么都行"。其实，只有"道德"才体现着人对自然界的超越关系，从而构成"真实的自我"的"标志"。"应该的"也就是出于人的本然之性、固然之理、当然之则的规定。这正是中国传统文化教导我们的。

3. 在人与自然的关系维度上，"顺天体道"的文化取向有利于改善当代人类的生存处境

西方文化的现代性取向内在地蕴含着理性的独断化姿态，其结果只能是"戡天役物"。这种逆自然而行的诉求所导致的实践后果和观念后果，正是全球性问题在20世纪中期的突然暴发，从而使人类陷入生存危机的原因。现代社会违背自然的表现在于：一是人的欲望的人为塑造（市场逻辑）；二是对大自然占有的姿态（工业逻辑）。近代英国哲学家兼科学家培根说："人类知识和人类权力归于一；因为凡不知原因时即不能产生结果。要支配自然就须服从自然。"在他看来，"我们若不服从自然，我们就不能支配自然"。这里所谓的"服从"，其前提乃是"认识"，其过程乃为科学之探索，其结果乃为科

学之理论。由此不难看出科学的用意所在。"戡天役物"的取向典型地体现了西方文化的态度和特质。培根的观点可以被视为是"知识就是力量（或曰权力）"这一名言的最好也是最贴切的注脚。值得注意的是，西方人"认识自然"并非为了"顺应"自然，而是为了"改造"和"创造"自然。他们相信"人的意识不仅反映客观世界，并且创造客观世界"，因为"世界不会满足人，人决心以自己的行动来改变世界"。这同孟子所说的"不违农时，谷不可胜食也"可谓大异其趣。因为在中国人的心目中，"天"具有神圣性和超越性。中国人对于"天"有着一种宗教般的情感。

现代工业把生产变成了科学的应用，亦即技术的宰制。"归真返璞，顺其自然"乃是恢复科学技术的古典精神的唯一可能的选择。海德格尔区分了古典技术和现代技术。他所描述的古典技术尚不存在与天道对立的性质。只有现代技术由于离开了"在"而把持"在者"，才形成了今天的困局。他开出的药方是技术的艺术化。按照海德格尔的观点，如果说科学技术使"在者"之"在"遮蔽，那么"艺术却把在者之在敞开"。而艺术不过是真理的澄明，真理的澄明归根到底不过是本来如此者的显现。用中国古代思想家的话说，亦即所谓"道法自然"。因此，使现代科学技术由对"在者"的把持回归到"在"本身，真正达到这一点，就必须恢复技术的道法自然的原始本性。唯其如此，人们才能向"诗意地栖居"回归。正是在这个方面，中国传统文化的自然主义取向能够为现代人提供必要的精神资源。

4. 在人与人的关系维度上，"仁者无敌"对于"争于气力"时代的昭示意义

古希腊神话有所谓"黄金时代、白银时代、青铜时代、黑铁时代"之说，中国先秦的韩非子也说过："上古竞于道德，中世逐于智谋，当今争于气力。"现代性在学理和实践的层面上颠覆了道德的合法性。最典型的例子就是20世纪这一从进化论模式考量应该是最文明的时代发生了两次世界大战，出现了人类有史以来规模最大、手段最残酷的杀戮。强调必然性逻辑对人的自由意志的剥夺，使人们无法也不愿充当道德责任的主体。科学理性只教会人们做能够做的事，却不能教会人们做应当做的事。市场逻辑在事实层面上解构了道德存在的基础。因为"零和等局"的博弈论范式，把人们抛入了一个"一切人反对一切人的战争"格局之中，使"利己"与"损人"之间无法剥离开来，并且具有了内在的因果关系。但是面对这样一个时局，我们究竟何去何从？当代人类无可逃避地面临着一个痛苦的抉择。究竟是按照肉体原则向物的世界沉沦，还是按照心灵的原则向精神的世界拯救？可以说，这是一个哈姆莱特式的问题。相信"知识就是力量"，还是相信"德性就是力量"？中国文化主张选择道德的拯救。这才是人类在未来的真正出路。

按照《说文》的解释，"儒，柔也"。一个"柔"字，颇值得玩味。老子曾说："柔弱胜刚强。"的确，道德在表面看上去是孱弱的，因为道德就是人为自己立法，属于人工规则。作为人工规则，道德规范的一个最大的特点就是它的可违反性。因此，道德往往显得很脆弱。这也正是许多人之所以不相信道德的力量的一个重要原因。但是，只有道德才能

彰显人的崇高和尊严。它就像帕斯卡尔所说的那根能思想的芦苇。在这个意义上，道德又是一种最强大、最坚韧、最深沉的力量。所以孟子说"仁者无敌"，相信德性的力量。中国文化传统讲究"以德服人"，这在很大程度上塑造了中华民族的文化性格。长城这个最大的建筑工程是防御性的，而不是征服和扩张性的。郑和下西洋同哥伦布发现新大陆，显示了东西方文化的截然不同的旨趣和性格。在出现道德衰弱的今天，我们欲拯救世道人心，改善并优化人与人之间的关系，实现社会的和谐，就不得不回首被人遗忘了的古老传统。正是在那个遥远的绝响中，我们依稀听到了希望的声音。

四、大学文化建构需要弘扬传统文化精神

1. 对于大学来说，为什么文化问题特别重要？

对于大学来说，为什么文化问题特别重要？主要有三点：第一，因为大学代表了一个民族的文化高度和厚度，你到一个国家去找文化，去哪里找？不到大学找，还能去哪里找？大学不讲文化是失职的，丧失了担当。第二，大学扮演着文化传承者的角色，唐代大文豪韩愈说"师者，所以传道受业解惑也"。老师的使命是传道、受业、解惑，其中排在第一位的是传道，道指的是大道不是小道，是我们整个民族的文化道统。第三，大学担当着文化创造者的使命。大学不仅要继承文化，还要创造文化，大学是创造文化的场所。一句话，大学的特殊角色决定了文化对大学而言特别重要。

2. 大学文化建设存在的主要问题是什么？

大学文化建设存在的主要问题有三方面。第一，大学文化建设存在着有"知识"而无"文化"的现象，知识和文化不是一个概念，文化比知识内涵深刻。文化涉及做人的问题，知识解决不了做人的问题，知识只是一个工具，而文化是做人的根基，塑造的是人的存在方式。什么是文化？就是一个民族的生活样法，是生活的活法，对人而言不是用，而是体，是根本。第二，"学高为师，身正为范"方面有待加强，老师的楷模作用需要增强。最近，大学里发生了一些负面事件，使得大学教授甚至成为某些人口中的贬义词。一方面是社会上有些人对大学教授有偏见，另一方面极少数大学教师自身做的事有缺陷，大学老师需要自省。第三，有"大楼"而无"大师"的问题也需要解决。大楼用钱能买到，大师用钱买不到，大师不是制造出来的，也不是一日之间培养出来，是慢慢成长起来的。一个大学的价值，一个大学的文化高度，只能体现在大师这个方面，不是体现在大楼上，社会上到处都有大楼，但只有大学有大师，这正是大学不能被其他地方所代替的原因。

3. 如何建构大学文化？

人在现代性同化中的自性迷失，造成了人的文化认同危机。非西方国家的现代化不是内源性的现代化，它不像西方国家是以回归传统为姿态的，而是以"置换"掉本土文

化为代价实现的。在全球化的背景下,随着西方强势文明的扩张,文化多样性面临着空前的挑战。对于人类的存在而言,文化多样性同生物多样性一样重要。现代人的最深刻的危机也许不在于生存环境的恶化,而在于安身立命的问题悬而未决。我们面临着"文化失忆"的危险。我们突然发现,在传统丢失之后,无法真正融入西方文化。因此,重建文化认同的基础,复兴传统文化精神,就成为一个不容回避的问题。回忆和唤醒被遮蔽、被遗忘的文化基因,进行文化上的"寻根",在当代背景下具有迫切的拯救意义。

1)大学人——个体层面

大学人包括教师和学生两部分,都是大学的主体。对于大学人的个体层面,建构大学文化首先要确立健全的职业观,也就是怎样看待我们的工作岗位。看待工作岗位有三种境界,第一种境界就是职业的态度,把工作当成混饭吃的工具和行当,这是最低境界,是功利的态度,把工作当成手段而不是目的。这种境界的人在工作时业绩是不能达到一流的。第二种境界是把工作岗位当成事业,在这种境界下可以把工作做得很好,能够回到事情本身,做的事情就是目的而不是手段。最高的境界是把你从事的工作当成志业,这种境界下的人把工作当成生命本身。例如,山西应县有个宋代佛塔,一千多年了,全木结构,里面不含一根铁钉,现在依然完好无损。周围的建筑由于战乱、自然灾害,重建了很多次,但佛塔直到今天没有换过一根木头。当年的技术条件、物质条件、人力条件都不如今天,但那时候的人是用心在建。其次,改进自身的素质,将为学和为人相统一,不要光追求做学问,不追求人格的健全,这是非常危险的。现在社会就出现物质"巨人"、精神"侏儒"这样畸形的人格,在大学也存在着知识"巨人"、精神"侏儒"的人格。一个人的知识能力越大,人格越糟糕的话,危害越大,做坏事的能量也越大。

2)大学——学校层面

对于学校层面,建构大学文化有四个方面。第一方面,要营造全方位的文化氛围,文化是"泡"出来的,不是学出来的。怎么"泡"?必须要有氛围、要熏陶、潜移默化。不光大学有书,社会上也有书,大学之所以不能被替代,就是大学营造的氛围在社会上其他地方找不到。大学中的硬件设施都要有内涵,为学子提供全方位的文化氛围来营造、塑造、熏陶、改变人格,成为有文化的人。第二方面,确立健全的"人才观",现在社会上看人有片面性,是种功能主义的人才观,强调人才起的作用,这本身就是把人才工具化了。比如捕鼠器,如果下一个功能主义定义,捕鼠器就是把一个自由的老鼠变为一个不自由老鼠的装置。而这只是关注实没实现捕鼠的功能,不去追问构成捕鼠器的材料,是塑料的、金属的,还是木材的。我们对人的要求也是这样,只需要其一技之长,而不过问其人格、亲和力、合作精神、道德水准。我们党提出的德才兼备、以德为先的人才观是恰当的。第三方面,加强硬约束,树立职业操守。所谓的硬约束就是制度建设,当大家都普遍缺乏自律的能力和精神的时候,外在的他律就派上用场,当德治失灵的时候,法治就有必要的。但是要注意,制度设计时要有一种保障机制,使得违法的成本要高于守法的成本,有这样的机制进行保障才能使得制度有效。第四方面,文化寻根、回归经典。在大学教育中要重视经典,经典是经过了时间淘洗、不朽的、具有永恒价值的精神财富。在课程体系的设置上,要给予古代经典足够的位置和重视,体现中国传统文化对现代人心灵的滋养。

(本文刊于 2013 年 6 月 9 日,第 7 期)

行走的力量：海大学子"三下乡"实践纪实

王　静　鞠　琪　马文卓　张纯纯

　　2013 的夏日，一样的骄阳似火，一样的酷暑难耐，但却有着不一样的我们。聆听梦想的启迪，顺从远方的呼唤，我们行走在实践的路上。131 支团队的集体实践，1 000 余名同学的共同参与，遍布全国 23 个省市的坚定足迹，我们以梦为马，共赴青春盛宴。骄阳似火，敌不过我们对远方的向往；酷暑难耐，止不住我们对行走的渴望。只因我们知道，远方才是青春的模样，行走才能看到真实的世界。带着梦想与激情，接受社会的洗礼，聆听实践的教诲，挥洒青春的热血，这就是实践的魅力，这就是行走的力量。

一、远方才是青春的模样

　　你未到达的地方，哪怕相距咫尺，也叫远方。
　　每个人都对远方充满幻想，你可以到达任何你想到达的地方。只有灵魂和身体同时在路上,才是真正的行走与成长。

"力行而后知之真",在"三下乡"这个舞台上用心丈量过的我们深有体会。今年由131支队伍、近千人参与的实践乐章,让我们再一次明白:远方才是青春的模样。回首火热八月,梦想、坚持、感动、责任、奉献、友爱等等已在心里落地生根。感谢三下乡,让我们的青春真实、丰满、充满正能量。

二、一路故事,且行且珍惜

世界上最美妙的时刻便是邂逅。与"三下乡"的初次邂逅便是在不经意间发生的。偶然的听说让我们初次对它怦然心动,而随后的"三下乡"宣讲会上往届优秀队员的精彩讲说让我们彻底被它精彩的实践过程、美丽的自然风光以及那丰硕的实践成果折服,那时的我们悄悄对自己说道,我们也要进行这样一场关于青春与梦想的旅行。

准备,在梦想刚刚起航的刹那便已开始。从最初通过拜访往届的优秀队员,通过书籍、网络等各种途径来了解"三下乡",到最终立项、联系实践基地与媒体,一切的一切仿佛还在昨日。忘不了我们在深夜间的在线会议,忘不了见面讨论时的唇枪舌剑,忘不了一遍遍修改的立项书、一遍遍修正的路线流程,忘不了第一次拿起电话联系实践基地与媒体报道时的忐忑,当然更忘不了在终获立项资格时的喜笑颜开与踌躇满志。那个小小的编码,那个以 A 或 B 开头,后面跟着三个数字的编码,却让我们如此满足。

虽然我们不说,但我们依旧知道能最终立项成功我们需要感谢的人有很多。我们知道学校为开展"三下乡"从很早就开始筹划,我们知道校团委为让我们更好地实践而组织一场场的宣讲与培训,我们知道院团委在答辩时严格而饱含关怀的点评,我们知道公正评选出立项团队背后所需的艰辛,我们知道学校为我们购买保险、队旗、队服的付出,其实我们都知道。因为我们知道,所以更加努力,努力踏着"实践激扬青春志,奋斗成就中国梦"的实践主题奏响的激昂鼓点,奋力谱写"三下乡"的乐章!

在轰轰的火车奏鸣中,我们启程了。忘不了候车厅里大大小小的行李,沉重却满载着期待与热情;忘不了火车上那一张张疲倦的睡脸,也许长途的奔波只是乐章的些许点缀;忘不了车窗外那一幅幅多彩的画卷,或是碧翠的山丘映入眼帘,或是苍茫的草原一望无际,或是荡漾的海面水天相接,抑或是青砖碧瓦,古色古香,抑或是高楼耸立,美轮美奂。一幕幕,触发着久违的感动,交织着汗水与泪水,欢声与笑语。探寻井冈山的光荣历史,踏访香港的交流学习,一个个蓝色的精灵为这个夏天增添了一抹绚烂的色彩。行访千里,心系留守儿童;大美新疆,魅力天山孩童;工地走访,田间地头,茫茫戈壁间传递着我们的感悟;年画艺术,傣药文化,民族文化传承发扬。

也许没有踏过坎坷的山路,队友间的友谊就不会展露无遗;也许孩子们的脸上还透着稚嫩,最朴素的梦想却流露出最朴素的感动;也许一顿水饺无法完全表达我们的真诚,为爷爷奶奶捶背捏脚,和他们聊聊天,却带去了一份温暖与关爱。一切的也许都是我们这些穿着蓝宝石队服的海大学子创造的希望。戈壁间有我们坚定的足迹，风沙再大也阻挡不住我们的脚步；茶园里有我们嗅过的茶香，浓浓淡淡间有我们的延承。有了蛙鼓的脆亮、知了的聒噪、蚊蚋的低吟、鸟鸣的婉转，这个夏的奏鸣曲才会更加富有韵味，更加真实地鸣出我们的乐章。

1. 美丽乡村，美丽中国梦

国家富强、民族复兴、人民幸福、社会和谐，这是中国梦的深刻内涵，也是我们的共同渴望和追求。今年夏天，我们来到了素有"中国西瓜第一乡"之称的山东省昌乐县尧沟镇，到瓜农中间进行中国梦宣讲，探寻他们的幸福生活梦、绿色科技梦和生态环保梦。

我们原本的计划是在村里社区活动室，就绿色有机梦和幸福生活梦开展宣讲会，并走进瓜农们家中走访倾听他们对中国梦的理解和感触。实践的实际情况却与我们想象的大相径庭。老乡们普遍不愿接受采访，他们忙于大棚里的农活，即使有的愿意和我们聊几句，也不愿意接受拍照、录音或录像。一次次的采访被婉拒，接近中午时，又降下滂沱大雨，无奈之下，我们只好先回旅社，再另行商量对策。就在我们一筹莫展的时候，突然注意到旅社老板刘先生竟然就是当地的"西瓜销售大王"，于是我们商量着以刘先生作为切入点。令我们高兴的是，他爽快地接受了我们的采访，为我们详细讲述了他在惠农支农新政策下，依靠科学方法不断实验、改良瓜种、种瓜致富的过程。在听说我们的困惑之后，刘先生愿意帮助我们牵针引线，由他出面与乡亲们协调沟通。事情到此就顺利开展下去了，接下来的两天里，我们走进了村民们的育苗棚和种植棚，放下了录音笔和笔记本，挽起裤腿，一边帮瓜农们干活，一边与他们聊天。目前阶段，瓜农们最担忧的问题是病虫害，只能通过药物控制。谈起种植大棚西瓜的发展历程，瓜农们朴实简单的话语中却饱含了艰辛与汗水：从借鉴先行者经验到主动学习西瓜种植新技术的书籍资料，在学习中不断探索，在摸索中不断学习，从失败中总结经验，从经验中寻找精华。

谈到梦想，瓜农们朴实黝黑的脸上透出淡淡的微笑：西瓜有好的收成和销路，家人身体健康，孩子们好好学习有出息……大棚瓜农们心中的幸福生活梦是如此简单而质朴。他们怀着朴实的梦想在党和政府的惠农政策和科技帮扶下辛勤耕作，感激着、满足着并期待着一个更好的明天。每一份幸福致富的小的梦想融合起来就是我们的中国梦想，每一个人筑梦的力量汇集起来就是实现我们中国梦的伟大力量。与瓜农们的交流让我们感动也深感振奋。我们不禁思考，作为当代青年学生，我们能为瓜农们、为实现我们的中国梦做些什么呢？

我们连夜修改原定方案，加紧排练，将原定于 7 月 13 日上午的宣讲环保改为"中国梦绿色梦宣讲演出"，地点就定在村头大槐树下的小广场。我们表演了手语舞蹈《国家》，并为乡亲们演示了一个废旧电池污染的环保实验。越来越多的老乡们围拢过来，我们开始进行环保宣讲，介绍废旧电池的危害以及环保农药的选择等。宣讲之后的有奖问答环节，孩子们踊跃回答问题。最后一个环节，是鼓励老乡们把生态环保梦付诸实践，让废旧电池归队行动:用我们的旧书,来换老乡们手中的废旧电池。我们两年来积攒的《读者》《青年文摘》《意林》等杂志被"洗劫一空",战果是 122 块废旧电池,包括 1 号电池、7 号电池、5 号电池、纽扣电池、手机锂电池等各种废旧电池。我们把这些电池收好,移交给昌乐环保局做集中处理。

此次我们的"三下乡"之旅,虽然过程不是一帆风顺,但我们亲身体验了大棚西瓜种植的艰辛,并在与瓜农们的交流走访中,了解到基层瓜农对中国梦的理解,也加深了我们自身对美丽中国梦深刻内涵的认识,并结合所学专业知识为瓜农的幸福生活梦中增添绿色梦、环保梦、生态梦等元素,为美丽中国梦的具体内涵赋予新的色彩。此外,我们实地探访、了解了温室大棚瓜菜种植技术,拓宽了我们的知识视野,对于我们环境科学专业知识的拓展也有帮助,提升了专业技能,达到在实践中学习的目的,更感受到了自己肩膀上的责任担当。圆梦,我们在路上。

2. 以此为名,以兹为始

连日的高温闷热,都无法淹没这短暂五天的记忆。当我们挥手告别唐山,为我们的"三下乡"暂时画上句号时,我相信,一切都还是开始。

从我们踏上唐山的那刻开始,就注定我们的记忆和感触是沉甸甸的。忘不了,参观唐山海都水产食品有限公司加工厂的触动:大型的冷冻室,水产品处理加工的整套先进流程,精密的实验室等等。这些零星的片段串联起的是现代水产加工的今天,更是水产发展的未来。忘不了,在育苗场中,在还相对原始艰苦的条件下,那种水产人苦中作乐的洒脱与自在:为自己设立了休闲娱乐室,还重装修厕所,努力一点点地提升自己的生活质量。忘不了,第一次见到传说中的海上大型养殖网箱时的激动与震撼:在一片辽阔的海区中由网箱划分出结构,在其中畅游以逆时针方向集群的河豚景象的辽阔与壮观。更忘不了,那些长期驻扎于此的淳朴热情的渔民,他们在漫长孤独的日子里与大海为伴,在对远方亲人的思念中固守一份坚毅与乐观。身为一名水产专业的大学生,第一次有机会接触到真正的水产,打消了我们的茫然。

是的,我们不得不承认自己之前对于水产行业的认识是多么片面与消极。水产其实是很靠经验的领域,我们在大学学习到的很多知识,在面对实践时还略显苍白。水产与陆上的其他农业领域不同,限于水上环境的复杂,即使在科技发展的今天,水产领域还是需要更灵巧的人力作为主要的生产方式,而这与我们大学的学习又有一定的相悖。可是今天,当接触水产后,我们知道,水产的路,是广阔的:它不是大多数人认为的"一人一船一网"的捕捞模式,也不是单纯的水池养鱼。它牵涉了太多的东西。"养殖-加工-销售"的全新生产流程、海洋牧场构建、海上网箱养殖、休闲渔业,这些对于我们水产专业的大学生来说耳熟能详的名词,不再仅仅是老师在课堂上讲授的水产发展的前沿,而是真实的存在,就发生在今天,它们不仅是水产未来的方向,更是水产的今天。

所以,我们在想,以一名水产行业的大学生为名,以此为名,想要用自己哪怕是微不足道的力量,将实用技术推广,让这些朴实勤劳的水产人可以少一丝辛苦。而我们也知道,这其实是很漫长的路。就像校友唐山海都有限公司李卫东先生说的那样,真正一线的水产人最关注的其实是生产的结果,而绝非我们研究的详细过程。我们的研究,可以精确细致甚至漫长;但在投入生产时,就必须可行简化有效。而这,其实正是今天我们在从事水产研究时的问题所在。其实,这并不矛盾:渔业生产需求推动科学研究,而科学研究又提升渔业生产。两者需要找到联系点,这便是实用性。这便是我们应该在未来研究中注意的问题。先辈为我们拓宽了水产的定义,提升了水产的空间;而我们也需要践行这样的水产,怀抱水产人的乐观与坚持,定义水产。感谢"三下乡"给我们机会,让我们看到了水产的良心,也触碰到了水产的今天和未来。

3. 拳拳服三农

"云霞萦绕一幅画,人杰地灵是栖霞,八方宾客乘风来,太虚宫里有神话,春到果园万树花,秋来果香满山崖……"哼着这首优美的《栖霞之歌》,我们"中国海洋大学赴烟台栖霞暑期社会实践服务团"一行8人来到了著名的果都栖霞进行社会实践活动。

在这个盛夏的季节,我们奔波在栖霞的路上,只为了解栖霞苹果产业最真实的情况,只为能通过所学为美丽的栖霞贡献一份我们的力量。我们走访了栖霞市果业局,走访了慧恺果蔬合作社冷库、田欣果蔬有限公司,走访了附近的大小村落,走访了周围的无数果农。看着那通过自己艰辛努力才得到的调研结果,终于真正明白了调研的意义。那一串串数字,不是我们从网上下载的资料,不是指导老师给的参考,而是我们8个人通过这几天的走访而获得的一手资料。我们不仅从那一串串的数字中读出了栖霞苹果发展的现状,更从中聆听到了果农真正的心声。

看着当地冷库仍然使用着较为落后的冷藏技术,看着果农们在这个信息时代却仍然摆脱不了传统的"果农—本地经销商—外地经销商—百姓"的销售渠道,我们不禁开始思考我们能为他们做些什么。那些朴实淳朴的果农,无论春夏,不懈耕耘,但优质的苹果售价却仍不高。不要觉得城市超市的苹果贵,果农们的利润就高,其实大部分的利润都进了经销商的腰包。但在栖霞这个"果农—本地经销商—外地经销商—百姓"的销售渠道一家独大的情况之下,果农们却仍别无选择。果农们的一家生计几乎都维系在他们的果树之上,而由经销商掌控价格的果树却无法为果农们带来他们想要的生活。还有当地的冷库,在这个科技日新月异的年代,他们却仍然使用着传统的冷藏技术,不仅缩短了苹果的储藏时间,更加速了苹果的水分流失。想要利用所学帮当地改变的信念从来没有如此强烈过,想要努力学习帮更多的人改变现状的热血也从来没有如此沸腾过。尽管在调研的最后,我们将较为先进的冷藏技术报告提交给了当地果业发展局,将网络营销策略告诉给了当地果农,我们却仍觉得做得不够。但也欣慰,在我们离开之后,当地果业发展局反馈给我们说新的冷藏技术及网络营销已经在当地开始了试点工作。那一瞬间的兴奋安慰了我们整个夏天的艰辛。

都说只有义无反顾地付出，才可以理直气壮地收获。几天下来，我们累了，乏了，却掩饰不了我们内心的喜悦与踏实。面对月盼日盼的暑假的到来，我们抗拒了诱惑，耐住了寂寞，最终坚持下来了。独自面对空荡荡的寝室，空荡荡的校园，只留下了那浓浓的思乡之情，才下眉头，却上心头；只留下了那拳拳服务三农之心，默默奉献，风雨无阻。唯有情，才有爱；唯有爱，才有这种情；这种情，让我们不管旅途的艰辛，生活的艰苦，春风依旧。只因自己满腔的激情，只因自己曾许下的诺言，只因自己心中那最原始的真诚。我们不虚此行。

4. 梦回周村，品悟历史文化厚重

我们到达周村的时候，天空已经飘起了雨丝。蒙蒙细雨中，我们慢慢行走在周村古商城的青石板路上，聆听着雨滴敲打在历经几百年风雨的红墙绿瓦中发出的清脆声音，于是便陡然生出一种时空交错之感。这历经几百年风雨的古商城，穿越明清，穿越民国，缓缓走入现在，以亘古不变的姿色审视着外部社会的前行与发展，而自己，则仿若岁月凝固般，保留着几百年前那个时代的音容笑貌，如一位老者般，向如今的我们，展现那个时期的车水马龙，人声鼎沸，用百年前的不变的味道、熟悉的乡音、古朴的商铺银行和票号，告诉着我们那些曾经的故事，在几百年的斗转星移中，把晨昏朝暮演绎成似水流年。

周村烧饼，作为中华传统美食之一，富有鲜明的地域特色和深厚的历史文化内涵。形如满月、薄如秋叶、香甜可口，一张张周村烧饼是经传统手工技艺加工而成的艺术品，折射着当地的历史文化以及性格。在岁月凝洗中，食物已经成为一种标志、一种文化符号、一种性格。这种对于传统食物传统文化的传承，让我们在发展的过程中得以有历史的依托。

我们是有五千年历史的文明古国，我们有古老的文明，我们曾经有先进的科技，我们有充满着奇思妙想享誉世界的建筑……除了周村古商城这条老街之外，我们本应该还有更多这样的地方，从秦汉到唐宋到明清到民国再到现在，那些经历史岁月的洗练遗留下来的古老文化至今保存完好的还有多少呢？

铭记历史传承历史，我们才会变得更加厚重与深沉，其实在前行的过程中我们真的应该看看前面走过的路，前人留下的脚印与记忆，因为这才是深入中国人骨髓的东西。现在为了一时经济的发展，我们总能看到各种新闻，譬如强拆，拆掉那些古老的民居改建成有现代特色的高楼大厦；譬如掺假，为了一点蝇头小利而丝毫不顾几百年传下来的诚信……在经济的飞速发展中，某些本应传承保留的东西正一点一点消失，一座城市的文化底蕴蕴含在这座城市的方方面面，里面有我们难以割舍的故事和情怀。如果所有的城市都变成标准的高楼大厦，如果所有的产品都变成标准的工业化生产，那么我们，又该怎样去述说我们的历史和文明？我们又怎样去体悟每件产品中包含着的专属于手工的温度？或许在目前，这样的话太过矫情，因为我们总忙着行走，而懒得思考。但只顾向前跑，丢了历史，也就丢了我们的魂。

请相信,会有一天,我们不会再仅仅去在乎它们的商业利益,而是由衷地去珍视和保护这样的古城,这样的技艺,还有这样的味道。因为它们会告诉我们曾经走过的路,因为它们已经融入我们的文化和性格之中。

5. 给力最好的未来

"每种色彩,都应该盛开。"

"每一个人,都有权利期待。"

"每个梦想,都值得灌溉。"

"每个孩子,都应该被宠爱。"

"他们是我们的未来。"

这是最好的未来,我们用爱,筑造完美现在。

第一眼见到一群小孩心情格外欣喜,因为还没有熟识,学生都很羞涩。当走上了三尺讲台,讲着生动的内容的时候,才真正意识到支教生活的开始,履行神圣职责的开始。我们拿着粉笔用板书强调重点,他们记着笔记认真地聆听;我们向他们抛出种种问题,他们异口同声地用稚嫩的童声回答。那一瞬间的满足与幸福值得我们一生回味。突然觉得 45 分钟好短好短,怎么可以一溜烟的工夫,一节课就过去了,我们还没有写完,还没有讲完,还没有记住他们每个人的面庞。那一双双渴望而又真诚的眼睛更加迫使着我们去尽心尽力备课,顿时体会到了"要给别人一杯水,自己得有一桶水"的含义,也让我们懂得了什么是作为一名教师的幸福,它来源于没有功利、天真纯洁的孩子们的面庞,也来源于平凡工作的每一滴感动。

下课后我们给他们布置了作业,看到他们交上来的作业,有一种说不出的感觉,欣慰?兴奋?开心?感动?也许都有吧。当看到他们作业的那一刻,我们才深刻体会到我们的老师之前对我们说过的一些话。也许老师真的不会太在乎一份作业答对题目的多少,而在乎的是你在这份作业中用心的程度。同学们的正确率其实并不高,五道题平均也只能答对两道,但看他们的作业,却能感觉到他们的用心。他们在作业本上的涂涂抹抹与写写画画,在别人看来这是多么不整洁,但是在我们看来这却是他们用心的最好体现。

我们还做了很多,炎炎烈日下我们穿过了大街小巷,经过了农田山野,徒步进行家访,只为更深入地了解到学生们的家庭、经历、性格,只为知道他们真正需要的是什么。我们还组织了捐款捐物,进行"一对一"的帮扶,并为他们精心准备了礼物,看到他们笑颜如花的瞬间,我们觉得付出的一切都是值得的。我们还和孩子们一起学习折纸,一起大声唱歌,一起在阳光下开心地笑。我们给他们画画,告诉他们,青岛有美丽的大海,有洁白的海鸥和帆船,有五月的风,有明媚的阳光。我们告诉他们,有梦,就要敢于去追逐,我们告诉他们,我们在大学里等着他们。我们告诉他们,我们等待着他们去创造最好的未来。

在贫困地区的希望小学，我们看到了因为自身生长环境的限制而更加渴望成长的他们，他们渴望长大，渴望变得强大，强大到可以走出深山见识外面的世界，强大到可以让辛劳的父母不再远走打工，强大到能够建设自己的家乡，使其也能繁荣发达；在留守儿童的集聚小学，我们看到了留守儿童渴望的不只是知识与经验，他们更渴望的是爱，一份可以无私地给予他们的爱。我们希望通过细微的努力，传递给他们乐观与希望，希望他们想起这段时光时，会有幸福和期待在回忆里闪闪发光。

"千万溪流，汇聚成大海。千山万水，传递着关怀。"

我们应该关怀的，不仅仅是我们的亲人，我们认识的人，还有那些我们不认识的，但与我们生活在同一片天空下的人。一个志愿者就是一把泥土，但我们存在的意义，不是被淹没，而是与无数把泥土聚集在一起，成就一座山峰，一条山脉，一片群峰。这样的山峰，可以改变风的走向，可以决定水的流速。

同一片天空下相互关怀，这是我们最好的未来。

三、写给未来的路

有人说，"三下乡"只是一场形式主义的演绎，有人说，"三下乡"只是另一种形式上的旅游，还是让这些认真做着社会实践的人告诉读者什么才是真正的"三下乡"吧。

也许你会困惑，为什么大家都在做着同样的实践，结果却如此不同。那是因为我们不敢忘记实践前勇于探索的初心，不敢忘记实践前诚恳调研的承诺。只要你愿认真实践，实践亦会如此对待你。当有的人纠结于是否要牺牲掉难得的假期时，我们已在为组队默默准备；当有的人仍在怀疑自己是否有勇气踏出校园时，我们已拿起手中的电话开始联系接收地、联系相关媒体；当有的人终于心有不甘决定加入实践队伍时，我们早已在实践的路上。出发前的态度早已决定了出发后的结果。

"三下乡"也是个性化、创意化的秀场，活动的立意、设计、开展、收官，每一步都需要精密布局、创新思维，从中体会一个项目孕育的全过程，做好社会职场人的实战操练。

"三下乡"中难免也有缺憾。也许当我们热血沸腾带着自己所认知的新技术去践行科技支农时，到实践当地后却发现当地的技术比自己所带去的技术更先进；也许当我们兴致勃勃准备在广场中用横幅宣传绿色环保时，却被赶来的城管执法人员告知此处不能私自悬挂横幅；也许当我们千修万改好不容易确定实践行程时，到达目的地后却发现行程根本无法符合当地要求，只能拖着疲乏的身体在简陋的宾馆中继续挑灯夜战。生活总是充满偶然，调研总是难免碰壁，但庆幸我们从未气馁，从未放弃。不断受挫，爬起来继续前进；不断碰壁，换个方向继续前行，坚持到最后所有的心酸苦涩终酿成香醇的美酒，这也是三下乡的魅力。

我们逐梦，在路上。走进田间地头，我们体验现代农业产业；走进工厂一线，我们参与实际生产过程；走进红色老区，我们宣讲中国梦想；走进山区学校，我们为一个个孩子打开外面的世界。我们敢于踏入实践调研,我们用心服务奉献,晒黑的皮肤、感动的泪水以及饱含汗水的沉甸甸的调研报告证明了"三下乡"不是自欺欺人的敷衍,我们的经历不是毫无意义的形式!

也许有的人看着我们实践归来的感想会觉得矫情,但当你真正实践归来,你会发现那些不叫矫情,而是我们最真实的体悟,最直白的感情抒发,亦是我们在这个夏天最难忘的心灵的悸动。当我们体验红色精神归来,我们明白了国家与责任的含义;当我们深入生产一线归来,我们明白了书本与实际的差距;当我们体验农村生活归来,我们明白了城市与乡村的距离;当我们支教归来,我们明白了梦想与温暖的重量。

实践归来,我们要做的还有很多,我们能做的还有更多!

（本文刊于 2013 年 11 月 29 日,第 11 期）

海大体育史话：
追忆先贤事迹　弘扬体育精神
——杨振声、宋君复、郝更生、高梓与海大的体育情缘

冯文波

　　四月底、五月初的海大园，气温攀升，梧桐渐绿。时至春末夏初，正是运动的好时节。一年一度的中国海洋大学运动会在大学路操场如期举行，适逢建校 90 周年，也为这届运动会平添了不寻常的韵味。此时此刻，不妨让我们追忆那些曾经生活工作在这所校园里的名师先贤的感人事迹，从中汲取他们为祖国体育事业进步，为学校体育教学发展而拼搏奋斗、无私奉献的精神。

杨振声："填谷不易，凿山尤难。体育场亦为建校第一年中根本之图。"

学校自成立之初就重视体育教学工作开展，私立青岛大学时期就有运动场所的规划和建设，并成为青岛培养体育人才的重要基地。

国立青岛大学时期，在办学经费极度紧张的情况下，校长杨振声依然注重体育场馆建设和体育运动开展。1931 年 5 月 4 日国立青岛大学成立后的第 8 个月，学校召开师生员工大会，杨振声校长在讲话中重点提到了体育场的建设，并把其放在与图书设备、科学设备并列的三项实事之一：

谁都承认中国今日之弱，是由于体育太坏。但提倡体育而没有体育场，则体育绝不会练习得好。我们学校成立的历史虽短，但大家体育的进展甚长，若没有好的体育场，何以符此精神？故体育场亦为第一年中根本之图。惟我们的校址虽大，多系山地与沟谷。填谷不易，凿山尤难。今已决定体育场地点在大门前左方，一部分系浅沟，须填平。此事正在进行，约七八千元。

学校初立，百业待建，杨振声校长力倡先做好诸如实验室、体育场这样的基础设施建设，只求坚实，不务虚张。他说："我们的经费能多花在这基础上一文，这一文便有它百年的价值，文化的贡献。故在行政上多花一文，这一文便是虚耗，在基础上多花一文，这一文便是建设。这个钱是为百年的文化造基础，如此我们对得起地方人民的膏脂，山东父老的期望。"身为一校之长，其为教之心，犹历历在目。

在本次会议上，杨振声还指出，体育规则作为学校各种章制中的一种，亦为第一年中根本工作，希望大家循序而善行，使校园体育运动蔚然成风。

在学校体育事业的发展中，除了积极推动体育场馆建设，杨振声还积极搜罗体育名师来校任教。宋君复这位在中国体育史上举足轻重的人物曾受杨振声的邀请来校任教。

宋君复：两度担任国立山东大学体育部主任的奥运先行者

1931 年"九一八"事变后，日本侵略者占领了东北，东北大学被迫迁徙北平，战火中该校的体育教学难以维持。1932 年春，杨振声发函邀请时任东北大学体育系教授的宋君复到国立青岛大学任教。

宋君复（1897—1977），浙江绍兴城区小坊口人。作为中国早期著名的体育教练，宋君复一生致力于中国体育的发展壮大，曾经两次担任国立山东大学体育部主任，第一次是 1932—1937 年（1932 年春至 9 月仍为国立青岛大学），第二次是 1946—1949 年。这期间，他分别于 1932 年、1936 年和 1948 年征战第十届、第十一届和第十四届奥运会，成为新中国成立前唯一一位参加过三次奥运会的中国人。有学者认为"他和众多名师如老舍、梁秋实、童第周、王普、傅鹰等共同托起国立山大的辉煌"。

"九一八"事变后，国民党政府主管体育工作的教育部以国难当头为"由"，拒绝中华全国体育协进会（1931 年国际奥委会正式承认的中国奥委会）的要求，宣布不派运动员参加第十届洛杉矶奥运会。1932 年春，日本帝国主义抓住这个机会，拟以"伪满洲国"的名义，派遣东北选手刘长春、于希渭代表"伪满洲国"参加奥运会。刚到青岛任教不久的宋君复看到报纸刊登的消息后，十分愤怒。刘长春是其在东北大学体育系的学生，两人有着良好的师生关系。在老师宋君复的感召下和爱国心的驱使下，刘长春发表声明：苟于之良心尚在，热血尚流，又岂能忘掉祖国，而为傀儡伪国做马牛。

时任"中华全国体育协进会"会长的王正廷通过外交途径，迫使国际奥委会撤销了"伪满洲国"的报名资格，以接纳中国代表团。1932 年 7 月 1 日，张学良在出席东北大学毕业典礼时宣布：宋君复为教练员、刘长春为运动员、郝更生为领队，代表中国出席第十届奥运会。这是中国人第一次出现在奥运赛场上，虽未取得名次，但中国人冲破种种艰难险阻，第一次进军奥运会，已经是开创了中国奥运历史的新纪元，具有不同寻常的意义。

在国立山东大学任教期间，宋君复还积极促成了学校的第一座体育馆的建设。据宋君复回忆：民国二十三年（1934 年）冬季，因为校中实际的需要和赵太侔校长热心的提倡，虽然经费困难，毅然决然地开始建筑了一座很合适用、设备完全的体育馆（现在的大学路 1 号楼处）。该馆也是青岛唯一的体育馆，于民国二十四年（1935 年）4 月落成后，馆内自早到晚的学生川流不息，青岛市的社会团体以及其他学校的学生也经常到体育馆来参加各种比赛。该体育馆于 1946 年冬被毁。

当时，国立山东大学《学则》规定体育 8 个学分、军事训练 6 个学分是各学系学生必修课程，而这两门课程均由体育部负责。文理学院院长黄际遇的《万年山中日记》曾记载：1934 年 7 月 1 日，学校以黄际遇任总负责，宋君复为领队，带领国立山东大学学生到青州军训。到达青州军营后，发生学生抗议青州军人的军训程序设置，进而集体罢训事件。

1935 年 7、8 月，为备战 1936 年第十一届奥运会，宋君复率领中国体育代表团在青岛进行了紧张的体育训练，国立山东大学的体育场馆是运动员的主要训练基地。现在的鱼山校区运动场外伫立着的石碑"一九三六年第十一届奥运中国体育代表团运动员训练场旧址"即为对此事的纪念。

1948 年 8 月，宋君复教授作为中国篮球教练，参加了在英国伦敦举办的第十四届奥运会。第十四位出场的中国代表团，走在队伍最前面的是篮球队教练宋君复和足球队领队容启兆。

作为近代中国体育事业的开拓者，宋君复不但积极作好体育训练工作，而且也积极作好体育教育工作。在宋君复等人的努力下，学校一直坚持把智育与体育密切结合，要求学生德智体全面发展。国立山东大学的学生不但在功课上出人头地，而且在体育的表现上也居领导地位。在体育教学方面，宋君复强调以前淳厚的学风及传统的精神要永久保持，并且还要发扬光大。今后本校的体育实施，必须合乎教育原则，必须努力使其合乎教育哲学及教育心理学。无论为娱乐，为比赛，为健康，为锻炼，都应当包括在今日体育的里面。他认为在运动场上能使人们学到在书本上所学不到的东西，譬如守规则、合作、刻苦、奋斗、不自私自利的精神等，而这种种美德，将来又能帮助人们在其他事业上取得成功，中华民族也需要这样的青年去担当重任。

新中国成立之前，中国共参加了三次奥运会，这里面都离不开在国立山大任教的宋君复教授的辛勤付出和忙碌身影。当时，在战火不断、家园被毁的艰苦条件下，宋君复为了祖国体育事业的发展多方奔走、砥砺梦想，不仅是中国奥运的先行者，也是中国体育事业的开创者、奠基者。

郝更生、高梓：在国立山东大学任教的体育眷侣

在国立山东大学时期与宋君复教授一起撑起学校体育教学工作的还有一对教授夫妇——郝更生、高梓。据国立山东大学文理学院院长黄际遇的《万年山中日记》记载，1932 年 9 月 6 日赵太侔校长约其商谈学校教员名录时提到了"郝更生及夫人"。一周后，即 1932 年 9 月 12 日，郝更生夫妇到校。黄际遇还记载了在校期间与郝更生、高梓、宋君复等人饮酒、下棋、聊天的场景。

郝更生、高梓和宋君复并称为学校体育事业发展的"三驾马车""三剑客"。这对中国体育界的"神仙情侣"在校任职时间虽然不长，但他们为中国体育事业发展做出的贡献和他们的人生故事无论何时何地都感人至深。

郝更生（1899—1975），中国近代体育史上的风云人物和著名体育学者，江苏淮安人，早年赴美国哥伦比亚大学学习土木工程，后感于中国人体格孱弱，遭外人讥笑，转而就读于美国春田大学专攻体育。毕业回国后任清华大学体育系副教授，并担任"北京中学以上学校体育联合会"会长。

高梓（1901—1997），原籍安徽贵池市棠溪乡，生于江苏南通县。1917 年高梓升入南通师范学校预科，后又转入上海体育师范学校。1920 年，赴美留学，先入加利福尼亚州私立密尔斯女子大学体育系就读，一年后转入威斯康星大学体育系。在威大，她是女子篮球队的中锋。当时，中国女学生入选美国学校代表队，高梓是第一人。1923 年高梓毕业回国，先在上海母校任教两年。1925 年担任北京国立女子师范大学体育系主任。进入北京女师大不久，即被推选为"北京中学以上学校体育联合会"副会长。在联合会中，她认识了会长郝更生。

因两人酷爱体育，趣味相投，一见如故。当时郝更生任教的清华大学距离北京城 10 多里，沿途尽是旷野，进城要坐出租车，单趟就要五块大洋。郝更生经常乘车进城，掏大洋付车费毫不吝惜。郝更生进城一方面是为了处理北京中学以上学校体育联合会的工作，另一方面的原因是与高梓约会。高梓生性活泼，为人直爽，且学有专长，早成为大家

注目的风流人物。追求她的男士很多,其中有大学校长、教授,甚至有年龄稍大一点的学生。有位教师献殷勤地形容说:"高教授在运动场上,就像蝴蝶在花丛中飞翔。"这只"蝴蝶"翻飞纷舞,却飞到郝更生身旁,令众多"捕蝶者"扑了个空。友人向郝更生打趣说:"你是从千军万马中杀出来的。"郝更生听了嘿然一笑。

1926 年两人正式订婚。1929 年 2 月 6 日在北京举行婚礼。婚礼之日,众多友人前来祝贺。他们的好友徐志摩特地用三张宣纸,写了一幅长篇累牍的结婚贺词。徐志摩与新婚夫妇彼此十分熟悉,开惯了玩笑,因此贺词写得诙谐幽默,令人捧腹。还有一位天津的音乐家朋友叫杜庭修,专程从天津赶到北京参加婚礼,他送了一幅自撰自写的贺联:

> 两位体育名家,两体合为一体。
> 一件结婚大事,结婚不许离婚。

上下联对仗工整,全是实话,可实在不雅,似有恶作剧的味道。贺联高高挂起,众人读了哈哈大笑,郝更生非常难堪,急忙叫人把贺联撤下。杜庭修坚持不允,郝更生不顾冲了大喜之日,竟当着众人面与这位结识多年的音乐家朋友翻了脸。后来人们才知道,郝更生是怕老婆不悦才大发脾气。

1930 年,郝更生辞去清华大学职务,去东北开拓体育事业,并在东北大学担任体育系主任,高梓意欲同往。消息传出,女师大全体师生挽留,高梓只好答应再留教半年。

1931 年,日本帝国主义侵略东北,郝更生体育梦碎,与高梓离开沈阳回到北平。

1932 年为促成刘长春代表中国政府参加第十届奥运会,郝更生多方奔走,不遗余力。据刘长春回忆,郝更生先是游说张学良出资资助,同时,千思百计函电各方以明真相,并函电外交部寻求对付办法,又与全国体育协进会王正廷(任外交部长,体育协进会董事)、张伯苓(体育协进会董事,天津南开大学校长)磋商同意,由张伯苓先生急电国际奥委会为刘长春报名。一切要事在几日内匆促办妥。

1932 年 7 月 1 日在东北大学毕业典礼上,张学良宣布宋君复为教练员、刘长春为运动员、郝更生为领队,代表中国出席第十届奥运会。7 月 2 日晚,郝更生、高梓二人陪同刘长春和宋君复离开北平前往上海。7 月 8 日郝更生陪同刘长春、宋君复登上了开往美国的"威尔逊总统"号邮船。在船上,郝更生与刘长春谈了许多有关政治、历史、地理、外交等方面的知识,使刘长春收益甚大。待船驶出吴淞口时,郝更生才换乘小火轮返沪。

在船上,宋君复曾写信给郝更生介绍沿途刘长春的精神和身体状况,同时也表达了对郝更生的钦佩之情。"此次得能参加世界运动会,皆我民族我兄所赐,感激之心笔难形容。此行弟深觉使命重大,在沪时尚有我兄之辅助,以后一切责任无人分负,自当格外谨慎,处处留心,不负国人期望及我兄一向推爱之苦也。"

1932 年 9 月中旬,郝更生携夫人高梓到青岛的国立山东大学报到,任体育部教授。高梓后又任青岛文德女子中学校长。

1933 年 10 月 10 日,第五届全国运动会在南京举行,同时改选"中华全国体育协进会"，郝更生和高梓均当选为协进会常务董事（由9人组成）。随后郝更生应教育部部长王世杰之聘，出任教育部简任督学（直到1970年退休），这期间他还担任了第11届柏林奥运会中国政府代表兼体育考察团总领队，第14届伦敦奥运会中国代表团顾问兼总教练；高梓应聘任国立中央大学体育系教授。

黄际遇的《万年山中日记》记载，1933年11月8日，"郝更生来辞行，往就教育部督学。以注重国民体育，节制球戏各节勖之"。应该就是此时，郝更生、高梓两位教授离开了国立山东大学，去开创更加伟大的国民体育事业。

1949年，郝更生、高梓夫妇到台湾。

1975年10月9日晚，郝更生在台北县板桥华侨中学校园内散步，被一位年轻人骑摩托车撞倒，12日在医院去世。就这样，一对中国体育界的神仙伴侣被拆散，高梓独自一人又继续生活了22年。1997年10月1日，在台北县板桥市寓所内，这位96岁的老人在睡梦中安详离世。

（本文刊于2014年4月30日，第15期）

透明的服务，更值得信任

——中国海洋大学后勤集团的变革与探索

冯文波

"还没开学，我就知道自己住在几号楼，哪个房间，什么床位，舍友是谁……"对于今年新考入中国海洋大学的 2014 级学生来说，他们还未入学就被这所大学提供的便利服务感动了。原来令新生们交口称赞的是今年后勤集团在网上新推出的"宿舍查询"服务，每一位新生只要输入自己的姓名和身份证号，个人的住宿信息一目了然。其实，这只是近年来中国海洋大学后勤集团加强信息化建设的一个缩影，数字后勤服务大厅、后勤服务一号通、《海大后勤报》、微信、微博……系列创新举措让这所特色大学的后勤服务工作更加透明，更加高效，也更加深入人心。

透彻：一张报纸读懂后勤

2012年9月在中国海洋大学后勤集团成立10周年之际，一份名为《海大后勤》的报纸正式创刊，由著名书法家启笛题写报名。从此，中国海大师生又多了一个了解后勤、关注后勤的窗口。

报纸每月一期，每期四版，以全校师生员工为受众，主要刊登后勤集团发展建设中的新闻和与广大师生员工息息相关的服务信息。报纸朴实厚重的风格，一经印刷发行，就吸引了许多校园读者竞相传阅。在日积月累的阅读中，不仅加深了学校师生员工对后勤工作的理解，改变了他们以往对后勤工作的认识和看法，也赢得了大家的支持与尊重。"以前总抱怨学校的饭菜品种少、难吃、价格高，通过阅读这张报纸才知道其实他们一直在努力降低成本，让我们吃得更好。"2012级的张晓媛同学告诉记者。2011级的王智杰同学则通过阅读这张报纸更加懂得感恩。"看了报纸才知道食堂的工作人员每天清晨4点就要起床给我们做早餐。早上5点，当我们还在睡梦中的时候，清扫教学楼的保洁人员已经开始工作了，为我们每一天的第一堂课做准备。今后我要更加尊重他们的劳动成果，爱惜粮食，爱护环境。"

同样通过这张报纸读懂后勤的还有集团内部的员工。"平时因为自己工作忙，很少和其他部门的同事交流，不了解其他人都在忙些什么，通过这张报纸，我不仅了解到了别人的辛苦，也看到了许多比自己更优秀的人，今后要踏实工作，向他们看齐……"在学生社区服务中心工作的米岩说。

如今，《海大后勤》已经创刊两年了。两年来，它用一行行朴实真诚的文字和一张张生动翔实的图片传播着中国海洋大学后勤集团"为教学服务，为科研服务，为师生员工服务"和"服务育人，管理育人"的工作宗旨，并逐步发展成为后勤集团内部开展企业文化建设的一块示范性园地。

透明：看似一方朴实的平台，也是一个斑斓的舞台

2012年岁末，正在寝室浏览中国海洋大学校园网的2011级学生赵雪同学发现在首页新增了一个名为"数字后勤服务大厅"的链接，点进去才明白是学校后勤集团新推出的网上服务监督平台。想起宿舍走廊的灯已经好几天不亮了，她抱着试试看的心态用自己的学号登录进去，填写了维修申请，3分钟后这条信息竟然显示在了"数字后勤服务大厅"的首页，状态为"已审核"，2分钟后变成了"已派出"，又过了不到5分钟她就看见了维修工人在她们宿舍走廊里忙碌的身影。下午，她还收到了后勤集团综合服务平台客服人员打来的回访电话，赵雪在电话里对这次网上报修服务表示感谢和满意。挂断电话，她又通过该网站，报修了洗漱间的水龙头、洗手间的门锁等，也收到了和前一次一样满意的效果。激动和高兴之余，她把这一网上服务监督平台也告诉了身边的同学。一传十，

十传百,这一平台迅速在师生间传播开来⋯⋯

"数字后勤服务大厅"是中国海洋大学后勤集团精心打造的"一站式"服务监督平台,主要依托网络这一信息化手段,实现线上、线下联动,为师生提供高效、快捷的服务,还受理师生员工的服务投诉、建言献策等内容,并以此作为员工绩效考核、综合评比的参考依据。为建好这一平台,总经理王哲强亲自带队,数次赴兄弟高校调研学习,进行深入交流,借鉴他人的先进经验。"我们主要学习了陕西师范大学的模式,它的云后勤和移动校园系统都给我们的后勤信息化建设很多启发,我们先争取和他们做的一样好,然后再考虑在这个基础上的升级和跨越。"话语间王哲强描绘着海大后勤的未来。

综合服务平台的工作人员滕旭征表示,平台开通以来,平均每天的有效信息录入量在 70 条左右,高峰期能达到 120 条。他们要尽快审核,并做好分类整理工作,及时准确地反馈给有关单位和负责人进行处理,后期他们还要进行回访,听取师生对后勤服务工作的意见和建议。"通过真诚沟通,用心服务,我们的工作也赢得了师生的认可与赞扬。这方看似朴实的平台,其实也是一个斑斓的舞台,只要努力,一样可以出彩。"在这方平台上,凭着自己的付出与努力,滕旭征获得了首届"服务明星"的称号。

"数字后勤服务大厅"网站开通运行一年多来,其高效、快捷、透明的服务也赢得了师生的认可与好评。一名 2013 届毕业生在平台的留言栏里这样写道:"昨天晚上很晚反映的十号楼厕所灯的问题,已经得到解决,白天就不再长明灯了。节约用电,人人有责。后勤服务平台高效工作的同时,还能及时回访,服务很到位。在即将毕业的时候,感受到后勤集团服务日益改进,很是欣慰。愿后来的学弟学妹们在如此好的服务环境下,努力学习,争创优秀成绩。"此外,后勤集团还开通了 24 小时服务的"后勤服务一号通——66781000",由综合服务平台的工作人员负责接听。师生有需求只要打个电话,就可以得到热心的解答和优质的服务。

按照王哲强的设想,一个完善成熟的"数字后勤服务大厅"还要有餐饮服务监督平台、校园环卫监督平台、车辆智能管理平台、学生社区服务监督管理平台、供暖测温监督平台等多个组成部分。目前的后勤服务监督平台是中国海洋大学"科技后勤"建设迈出的一小步,却是全面提升后勤管理水平和服务质量的一大步。

透亮:"7S"管理,让"美食如家"

"特价菜不仅要好看,还要好吃,有营养。要在加强管理、采购时令菜等环节上降低成本,切不可降低菜品质量和提高价格。"在 2012 年底学校召开的第七次"真情·责任·发展"座谈会上党委书记于志刚就同学们反映的特价菜"难看又难吃"问题做出指示。在现场参加会议的后勤集团总经理王哲强向同学们表态:马上改,请大家监督,并当场公布了自己的手机号。

近年来,中国海洋大学后勤集团为了让广大师生吃上安全、可口的营养餐确实下了不少真功夫。2013 年 4 月，后勤集团饮食服务中心正式启动了"7S 管理"新模式，即在整理 Seiri、整顿 Seiton、清扫 Seiso、清洁 Seiketsu、素养 Shitsuke、安全 Safety、节约 Save 这 7 个环节上出实招、下实劲、求实效，并成立了 7S 推行委员会，在员工之间做好宣传培训工作，加大监督检查力度，对发现的问题及时整改，做到标准化、精细化管理和人性化服务。

为了让广大师生吃得放心、消除误解，后勤集团每年都会举行"食堂开放日"活动，邀请师生代表走进"食堂一线"，沿着食品采购、安全检测、食品存放、食品加工、卫生保障等从原料到成品的流程逐一观摩，期间工作人员负责对师生关心的食品安全问题进行详细解答，并认真记录师生提出的每一条意见和建议。参与活动的隆英俊同学这样描述参观后的感受："曾听到有同学说食堂的碗、盘子不干净，经过我们走访一线，发现餐具的管理与洗刷有严格的规定，即'一洗、二刷、三冲、四消毒、五高温蒸汽消毒'，因此同学们大可放心，学校食堂是我们师生自己的食堂，食堂的管理者一定会以保证广大师生的健康为己任。"任霄惠同学表示："食堂的蔬菜都是在农贸市场上经过检测后才运来学校的，但为了确保安全，学校又设了专门的检测室来对蔬菜进行抽检，确保我们吃到的蔬菜都干净卫生。如此周到的防护措施，让我们不得不感叹食堂卫生工作的尽心、细心。"此外，在青岛市食品药品监督管理局的协调支持下，鱼山校区食堂开展了"后厨亮化"行动，通过在厨房安装监控，并在大厅设置屏幕显示的方式实现厨房透明，使师生对工作间的卫生条件、原料使用、操作过程等一目了然。

在中国海大吃饭不仅吃得饱，还能吃得好，这一点来自湖南的李志林同学深有体会。2013 年 10 月的一天，他和往常一样去第一食堂二餐厅吃饭，竟然看到了自己的家乡菜——梅菜扣肉，他激动不已，赶紧打了一份，浓浓的家乡味。后勤集团饮食服务中心结合党的群众路线教育实践活动的开展，广泛征求师生意见，在饭菜的花色品种上下功夫，推陈出新，开设了"特色菜窗口"，卤水猪蹄、水煮鱼、梅菜扣肉、香辣五花肉、粉丝肋排……一道道味道鲜美的菜肴滋养着师生的味蕾，熨帖着大家的心房。另外，饮食服务中心还积极秉承"如家饮食"的品牌服务承诺，根据师生反馈，兼顾地域口味和季节特点，及时调整特色菜的品类花色，给师生家一样的用餐感受。

透心：满意服务是一场没有终点的旅程

在微博、微信、App 快速发展的信息时代背景下，中国海洋大学后勤集团充分发挥这些微资源的优势与特点，构建微生态，打造"掌上后勤"服务新平台，让广大师生足不出户就能享受科技后勤带来的便捷。

2013 年 5 月，因为一份提案，中国海洋大学后勤集团迎来几位特殊的客人——青岛市商务局蔬菜副食品办公室主任姚新一行。原来他们是专程就后勤集团委托政协委员向青岛政协提交的"关于农校对接"的提案来进行答复的。近年来，为了确保食堂饭菜价格稳定不走高,后勤集团在坚持阳光采购的基础上,积极推动"农校对接"工作,倡议青岛市加快步伐,加大源头采购力度,力求减少流通环节、降低成本,让广大师生受益。

中国海洋大学后勤集团在工作中的系列创新性举措也引起了部分兄弟高校的关注,哈尔滨工程大学、郑州大学、复旦大学、中国石油大学(华东)等学校先后到校学习调研,开展合作交流。同时,也获得了上级有关单位的赞扬与奖励,全国高校学生公寓管理服务工作先进单位、全国高校后勤系统信息宣传工作先进单位、山东省高校后勤工作先进单位、山东省高校餐饮服务示范单位系列国家级、省部级荣誉称号纷至沓来。

服务犹如一场没有终点的旅程,中国海洋大学后勤集团正在不断的升级与跨越中让师生满意。

（本文刊于 2014 年 8 月 30 日,第 17 期）

师生之间那份多年不变的暑期约定

冯文波

　　8月24日，是中国海洋大学2015年暑假后开学的第一天。小别后相聚，师生们都在谈论着暑期的见闻和外出旅行的感受。但对极地海洋过程与全球海洋变化重点实验室的20余名师生来说，他们的这个暑假却与众不同，这种不同，源自一个延续了多年的暑期约定。

一个自发的暑期约定

　　"暑假对本科生来说是一个休息、放松的好机会，但对研究生来说，如果科研中断一个暑假，却未必是好事情。"谈起40天的暑假，极地海洋过程与全球海洋变化重点实验室主任赵进平教授有自己的观点。

　　2005年进入中国海洋大学后，赵进平一直在思索，如何把暑假的时间利用好，促进科研工作,使研究生的科研能力有所进步和提升。2008年暑期,赵进平和自己的学生在学校举办第一个为期10天的"暑期研究班"。师生们的热情很高,通过集中定向开展研究工作,学生在科研上取得很大进步,科研能力有很大提高。但也存在一些问题,如个别学生重视程度不够,工作纪律松散。此后,他们决定正式开办暑期研究班。暑期班坚持两个原则:第一是自愿参加,以确保参加的学生都有科研积极性;第二是半军事化管理,以保证学生的工作效率和安全。

2011年第二届暑期研究班选在了吉林省延吉市。十多人一人一台电脑,乘火车到达延吉。延吉的夏天比较凉爽,师生集中住在一个旅馆,租用了一个大会议室用于日间研究工作,便于管理。"换一个陌生的环境,大家都有新鲜感。"赵进平表示。

随着时间的推移,暑期研究班越办越好,参加的人也越来越多。"经过几年的积累,暑期班已经成为师生之间一种自发的约定。甚至寒假刚过,就有学生盼着暑期班的到来。"赵进平说。

2015年第四届暑期班在青岛举行,极地海洋过程与全球海洋变化重点实验室绝大多数研究生和所有在国内的老师都报名参加,年级跨度从硕士一年级,到博士、博士后全涵盖,还有5名来自上海海洋大学的研究生参加。

暑假期间,赵进平往往会参加北极科学考察,暑期研究班只好暂停。这也是为何七年来暑期班只开办了四届。"只要没有北极考察,我在国内,一般会组织暑期班。"赵进平说。

暑期班不是"夏令营"

对王晓宇博士来说,今年已经是第三次参加这样的暑期研究班了。"2011年,我研二时就参加了延吉的暑期班,2013年去兰州那次我也参加了,今年的暑期班赵老师让我来组织。"作为新一届研究班的班长,王晓宇体会到了组织暑期研究班的不易。

"暑期班不是夏令营,更不会寓教于乐,而是高强度的科研训练,比平时上课的强度大很多。"王晓宇说,他们每天的科研、学习时间为8:30—21:30,实行半军事化管理,不准迟到、早退,有事需要请假。

每一届暑期研究班都会有一个科研主题,从"北极海洋海冰研究"到"南北极和辽东湾海冰研究",再到今年的"南北极和北欧海研究",参与的每一个学生都要围绕主题列出自己的研究项目,经老师们审议通过后,再开展研究。"学生可以设定自己感兴趣的题目,但不会跳出极地研究的范畴。"赵进平说。

侯赛赛是该实验室今年新招的硕士研究生,与其他还没有入学的2015级研究生相比,他是幸运的,参加了今年的暑期研究班。"因为以前是学物理的,对海洋科学、极地科学了解不多。"侯赛赛坦言。"导师指导我确定了研究的方向,师兄师姐也乐于帮助我,15天下来,我不仅掌握了一些科研入门的本领,也强化了对极地科学的认知和感受。"侯赛赛向记者历数暑期研究班的收获。

暑期研究班，在开展科研的同时，还会组织多场讲座或报告。"因为低年级、高年级的学生都有，我们在报告的内容选择上既有基础科研方法，又有前沿学术探讨。"赵进平说。"暑期班一方面是强化提升学生的科研能力，另一方面也是给大家搭建一个交流互通的平台。"王晓宇表示。在暑期班的一次报告会上，孙永明博士把自己从哥伦比亚大学学到的数据处理的技巧和质量控制问题与大家分享，师兄弟们都觉得受益匪浅。

"陈显尧教授讲的如何阅读外国文献、怎样画好每一张图表令我受益匪浅。还有史久新教授、苏洁副教授的专业分析也对我坚定专业方向有很大的帮助。"作为暑期班的新人，侯赛赛不仅敬佩老师，也羡慕师兄师姐。"师兄师姐的发言也很精彩，他们宽阔的视野，丰富的知识储备令人羡慕。"不过，他也有进步，暑期班结束的时候，他完成了导师史久新教授为他设定的课题"南极罗斯海 Terra Nova Bay 冰间湖研究"，理清了该冰间湖的面积大小、变化规律和开始结束的时间等。

暑期班的"后效应"

暑期班的最后一天，每个学生都要汇报自己在暑期班的科研进展情况和心得体会，今年也不例外。"8 月 15 日从早到晚，25 人作了报告。"赵进平说，虽然辛苦，但更让他感到高兴的是，有 10 余名学生的研究工作做得很好，再加以打磨，就能形成不错的成果。

"每次暑期班上形成的成果，再稍加修改完善，都能形成高质量的论文。前几届暑期班已经在《极地研究》《海洋学报》刊发了专辑，有些成果还在国外刊物发表。"赵进平说。

暑期班产生的"后效应"除了形成论文以外，还为学术同行之间合作开展科学研究创造了机会。李涛博士通过参加 2013 年在兰州举行的暑期班，与中国科学院寒区旱区环境与工程研究所的科研同行建立了密切的联系，在极地、冰川研究中相互取长补短、深入合作。

"之前也参加过其他学校的暑期班，但大多以方向性的学术讲座为主，老师上面讲，学生下面记笔记，和平时上课没啥区别。暑期研究班以自己研究为主，老师们和我们一起从早到晚进行学习，随时可以和老师讨论问题。"上海海洋大学物理海洋专业的刘喻道同学说，一个暑期班下来，他基本完成了对自己第一篇科研论文的所有数据分析和结论归纳工作，接下来只需稍加修改即可完成论文。

"暑期班的氛围好、效率高，能激发人的灵感。"王晓宇表示，他在参加第二届暑期班的时候，受老师的启发，尝试做了一点海冰的研究，从此为自己开拓了一个新的兴趣点。他同时表示，暑期班也能让人看到他人的努力和付出，不要好高骛远。"在兰州参观冰冻圈科学国家重点实验室时，认识到他们从事的高原寒区冰川冻土研究存在很大的危险性，好几位科学家已经献出了生命。与他们相比，我们的极地科学研究却安全得多，我们应脚踏实地,做得更好。"

"暑期班的作用主要有两点:一是提高学生的科研能力,二是推动科研工作。"赵进平表示,虽然学生的起点不同,研究方向不同,思维方式也不同,但通过暑期班的强化,加上后天的努力,还是会有进步的。同时,暑期班的开展,对实验室承担的国家自然科学基金重点项目"北极海冰与上层海洋环流耦合变化及其气候效应"和"973计划"项目"北极海冰减退引起的北极放大机理与全球气候效应"也产生了推动作用,并形成了一批成果。

赵进平说:"其实,暑期班更适应研究生的心理。每个学生心里都有一座火山,都希望能够喷发,研究生教育就是为了引燃这些火山。但是,制约学生发展的因素很多,社会问题、家庭问题、选题问题、兴趣问题等。即使聚焦在科研方面,也会有困扰、失败、沮丧、烦恼,容易形成学生的惰性和惯性,使科研能力的提升大打折扣,草草毕业者大有人在。暑期研究班使学生暂时忘记了社会因素,专注于科学研究,老师的现场指导可以为研究生释难解困,因而,短暂的暑期班可以大大促进学生研究能力的提升,甚至取得不错的成果。通过暑期班,很多努力工作的学生获得了科研的经验,感觉在科研能力上发生了跃变。暑期班培养的科研经验和自信心为学生未来一段时间的研究工作起到了巨大的推动作用,取得了良好的后效。不过,外因只是创造了条件,能否进步还是要靠学生自己的努力,也有个别所获甚微的学生。"

暑期班结束了,又到了梳理经验、总结教训的时候,赵进平认为:"最好还是去外地,在青岛师生的时间难以保证。在外地,暑期班的效率更高,效果更好。"在外地办暑期研究班也有让他担心的地方。"异地环境不熟,社会复杂,有一定的安全风险。"不过他也提出了自己的建议:"如果其他学科也想举办暑期班,大家可以集中找一个地方,租一所中学,吃住办公都在里面,就没有后顾之忧了。"

"只要不去北极考察,还会继续办。"当记者问起明年的暑期研究班时,这位已年过花甲、首位南北两极都登上的中国科学家笑着说:"年轻人成长很快,以后就靠他们了。"

(本文刊于2015年8月24日,第24期)

树人的尝试

——聊聊海大园的特色通识课

冯文波

    "君子多识前言往行,以畜其德。""博览古今者为通人。""通人胸中怀百家之言"……这些脍炙人口的经典言论皆阐释了通识教育的重要性。近年来,中国海洋大学在通识教育教学改革中,注重"博"与"专"的结合,积极开展"名家进课堂"活动,不断加强特色课程建设。仅 2014 年一年,学校通过延揽名家、外聘师资,就开设了中国花鸟画、古琴和柔道三门通识课程。三年时间里,这三门课程的发展建设情况如何?育人成效怎样?未来之路如何规划?带着这些疑问,我们一起来聊聊这些开在海大园的特色通识课。

学百家法 走自己路——花鸟画里绘人生

在中国海洋大学崂山校区教学楼，经常有一位年逾古稀的老者在给学生讲解绘画，从构图，到调色，再到下笔……老人不厌其烦地演示，学生们围拢在他的周围，看得仔细、学得认真，甚至有学生掏出手机把老人绘画的全过程记录下来，用作课下揣摩研习的教程。这位老人就是中国花鸟画绘画技法课的主讲教师谷宝玉先生。

在海大学子眼中，谷宝玉是传授绘画技法的教授，是和蔼可亲的长者，在中国画界他更是位令人敬仰的大师。早年他曾跟随我国著名画家李苦禅、王雪涛学习绘画，是齐白石的第三代传人，目前担任青岛中国画研究院院长。2014年7月初，谷宝玉正式受聘中国海洋大学，与谷鹏、王军、左华昌、耿俊萍等教师一起讲授中国花鸟画绘画技法这一通识教育课程。

"画院招收的入室弟子都有一定的绘画基础，他们以提高为主；海大的学生大部分是零基础，则以普及为主。"谈及在海大讲课和在他的绘画工作室带徒弟的不同，他如此概括。"希望通过我们的努力，让青年学生了解中国画这一民族瑰宝，也希望他们在学习专业知识的同时，初步掌握花鸟画的绘画技法。"

作为齐白石第三代传人，在课堂教学中，谷宝玉秉承老一辈"学我者生，似我者死"的祖训，用中国传统绘画的六法原则（气韵生动、骨法用笔、应物象形、随类赋彩、经营位置、传移模写）来教导学生，既要有所传承，又要创新突破。他把这归结为"学百家法，走自己路"，并将这8个字装裱起来张贴在海大的中国画教研室内。在与学生的相处中，谷宝玉奉行"交朋友"的原则。"课堂上我教你学，课下彼此是朋友。"他说，只有感情上融洽了，学生学起来也就轻松了。作为一名画家，谷宝玉社会活动较多，但即使再忙，他也会按时上课。据和他一起上课的王军老师回忆，2015年9月，受四川画院邀请谷宝玉出席一场文化交流活动，对方希望他多住一晚，再多画几幅作品，谷宝玉谢绝挽留，于当晚11点赶回青岛。"尽管有我们4位老师在这里给学生上课，但他依然放心不下，必须亲自到教室。"王军说，"看见谷老师这样认真，我们更不敢有一丝懈怠。"

"这真是零基础的学生画的吗？我不敢相信。"2016年4月13日，学校党委书记鞠传进在参观学生优秀作品展时，对同学们历经一学期学习所掌握的绘画技艺赞叹不已。自2015年以来，这样的画展，已经举办了四届。"一是想给学生一个展示自我的机会，给他们一点鼓励和信心；二是对我们的教学工作做一个总结，给学校一个交代。"谈及举办画展的初衷，谷宝玉这样说。历经两年多的积累，这一开在海大园里的画展已小有名气，不仅受到广大师生的关注，还吸引了青岛、潍坊等地的绘画爱好者前来观看，甚至有美术画廊愿意以每张一两百元的价格收购学生的作品。看见学生绘画技艺不断提升，高兴的不仅是老师和学校领导，还有家长。参加该课程学习的高洁同学在母亲生日时，画了一幅寿桃以示祝福。"看见我的礼物，妈妈很开心，夸我画得好。"类似的故事，学生喜欢和谷宝玉等任课老师分享。

除了传授给学生绘画的技巧以外，谷宝玉和他的团队还关心学生的生活，于点滴中传递着为师者的关怀与温暖。这一点，汉语言文学专业2012级的张璐同学深有感触。"学生上课总是伏在桌子上，感觉很吃力。有一次，在微信的聊天中我得知孩子患有腰椎间盘突出，严重时都疼得下不了床。"左华昌说，"我就把这一情况向谷老师做了汇报，王军老师帮着联系了部队疗养院的专家免费给学生做复位治疗。""左老师开车带我去治疗，真的很感动，那是一种他人救我于水火之中的感觉，一下子看到了希望。"张璐说，经过3次治疗，她又可以和往常一样上课学习了，2016年大学毕业时，张璐被保送到武汉大学继续深造。武汉大学与美国匹兹堡大学建有孔子学院，国家汉办在武汉大学选拔中文教师时，张璐报了名，当面试人员问她会什么传统才艺时，她拿出了自己的绘画作品。"面试人员也没让我现场演示，只是问我学习了多久，跟谁学的，就顺利通过了面试。"她也赶紧把这一喜讯告诉了远在青岛的老师们。"听到这一消息，为学生感到高兴，也证明了我们的课对学生的成长成才是有帮助的。"谷宝玉说。

在这种亦师亦友的关系中，学生不仅更加喜欢这门课，而且也喜欢和这门课的老师们聊天，甚至会三五成群地跑去谷宝玉的中国画研究院拜访。尽管毫无准备，但每当有学生来，谷宝玉都会放下手头的工作，给予热情接待。"谷老师您顺利回去了吧？今天非常荣幸，非常开心，您陪我们聊天，送给我们画册，请我们吃饭，还亲自开车送我们回来，老师您真好！谢谢老师！"谷宝玉说，在他的手机里类似的信息还有很多，出于安全考虑，他把学生送回来，学生反过来又关心他的安危。"我们的学生太懂事了，也很可爱。"

从2014年秋季学期时的两个班不到60人，发展到现在的8个班200余人，这门课越来越受到学生的欢迎，有的学生选不上课就来旁听，甚至已经结课或者毕业的学生也会继续跟着学习。郑瑶琦是2012级的学生，自2014年秋季学期便在谷宝玉的课堂上学习绘画，时至今天已经两年半了。"我以前很少和人交流，见了老师就紧张。花鸟画的课堂气氛活跃，老师一对一地给我指导，鼓励我，使我变得自信，性格也开朗起来，并善于和周围的同学、老师交流了。"她如此阐述自己的变化。2016年夏天，大学毕业时，郑瑶琦凭借优异的成绩获得了保送研究生的资格，在选择去外校还是在本校时，她毫不犹豫地选择了本校，"在海大可以继续学习绘画，我也决定将来找一份与此有关的工作"，这是她对这所校园恋恋不舍的理由之一。

在中国花鸟画绘画技法的课堂上，学习绘画的不仅是海大的学生，中国海洋大学的部分教师以及在青岛大学执教的外籍友人也慕名而来学习。谈起2年多来，这门课程的建设与发展，谷宝玉说，首先感谢学校对美术教育的重视，把这一门课引入海大，也感谢与他共同执教的整个团队，这份口碑和荣誉是集体努力的结果，还要感谢同学们对他们的信任。

谈及课程的未来发展，谷宝玉的脑海中有着一幅清晰的蓝图："要尽快把教材编写出版出来。花鸟画的教学已经完善成熟，今后要考虑增加山水画、人物画的内容，让学生更加全面详细地掌握中国画的绘画技巧。"

琴之为器 德在其中——古琴声声在海大

"'琴'字，自三皇五帝时代一直延续到民国初年皆指的是'古琴'，后来西洋乐器传入中国，渐渐有了更广泛的代指。"2016年12月15日下午，在中国海洋大学崂山校区教学楼里，青岛古琴家协会秘书长张林向记者讲述起古琴这一中国传统乐器的发展史。而之所以能在海大园里见到张林，源于他的另外一个身份——中国海洋大学古琴学理论与实践课的主讲教师。

此前，张林所任职的青岛古琴家协会与中国海洋大学艺术系在人才培养方面有着良好的合作基础。2014年秋季学期，在学校深入实施的"名家进课堂"活动中，决定面向全校学生开设"古琴"这一艺术通识教育课程。"我们和艺术系探讨更深入的合作时，把报告提交到学校层面，校领导建议面向全校学生开一门古琴的选修课。"张林说，就这样在崂山校区的校园里响起了悠悠古琴声。

古人把"琴棋书画"奉为文人四艺，"琴"位列其首，被视为大雅之乐，又称为道德之器，弹奏它可以陶冶情操、锻炼心性。但这一高雅艺术，在进入海大的初期却没有引起学生的共鸣，甚至预设的30个名额都没有报满。"2014年秋季学期开课的时候，错过了学生的最佳选课时机，当时大部分学生把课都选好了；学生对这一乐器还是不了解，许多人把'古琴'当成'古筝'了，认为这是女孩子弹奏的乐器。"张林说。他依然记得，第一学期开课时，分管教学工作的李巍然副校长进入教室的第一句话："怎么都是女孩子啊！"张林说："琴、筝不分，更说明了'古琴进校园'的意义重大。"

来海大之前，张林已在青岛六十六中学、嘉定路小学开设了古琴课程，但是面对大学生这一新的施教对象，他在教学上经历了一个逐步探索的过程。考虑到学生在课下没有充分时间练琴，而且只有32个课时，张林觉得，学生能把基本的指法学会，并能弹奏一个简单的曲子就不错了。令他意想不到的是，在上到第16节课的时候，学生已经把指法都掌握了。"学生的悟性很高，稍微点拨就会。"张林说，他和另一位任课教师赵霄鹏商议后，调整了教学目标，并添加了新的教学内容。"会弹奏《仙翁操》是及格，能弹奏《酒狂》就是优秀，最后还加了4节斫琴工艺的理论课。"古琴体现着中国古代漆艺的至高境界，在张林看来，对于斫琴工艺的讲解，不仅能告诉学生古琴是怎么来的，也蕴含着对中国古代漆器艺术的传承。

钢琴、小提琴大多是从儿童时代开始练习，而古琴更适合从高中阶段开始学起。"古琴需要一定的理论支撑，太小的孩子对理论不感兴趣，也理解不了，只能在技巧上练习，但是提高比较困难。"赵霄鹏说，大学生知识面广，理解能力强，上手快，掌握了基本的指法后，很快就能弹奏曲子。张林和赵霄鹏都属于"九嶷琴派"的第四代传承人，在教学中，他们却没有把学生锁定在自己的门户之内，而是给学生讲解不同派别的演奏风格，多方借鉴。"人们关注流派，多是受武侠小说的影响。"赵霄鹏说，古琴流派间的差异更多表现为演奏指法、风格的不同，同一首曲子，不同流派皆可演奏，各有各的特色。

不知不觉间，已经有近 300 名海大学子完成了古琴课的学习，在他们的口耳相传中，这一课程越来越受欢迎。"你来课堂的时候女生多，现在男生也多了。每学期没报上名的，来旁听的也坐满了。"张林在发送给李巍然副校长的短信中这样写道。他们还为这一课程编写了内部教材——《琴学理论与演奏》，为了方便学生课下练琴，张林还把教室的钥匙交给班长，每周一、三晚上由学生自学。"我们的学生很自律，不仅课上认真学习，课下也严格要求自己。"考试通过的学生，张林不仅给他们对应的成绩，还为每人准备了一张中国民族管弦乐学会颁发的"社会艺术水平考级证书"（四级）。据赵霄鹏介绍，有的学生在课上培养起兴趣后，并没有放弃学习，通过自己的不断努力，目前已经达到十级演奏水平。

在这一课程的带动下，在张林和赵霄鹏的指导下，学生自发成立了"海大琴社"，在课余时间进行古琴技艺的交流与学习。"因为学校距离市区较远，对学生的指导还是不太方便。"谈起面临的困难，张林说，结课后，有一些想进一步提高深造的学生也面临着同样的难题。甚至个别学生会跑到华阳路的青岛古琴家协会去请教他们，但是这种方式不经济，学生来回跑也不安全。

"海大开设古琴课，也响应了国家倡导的'非物质文化遗产进校园'的提议，这一点，我们在全国高校里面是先行一步的。"张林说。着眼未来，他希望在教学之余，为海大选拔培养出一支优秀的古琴演奏团队，对内丰富活跃校园文化，对外树立学校形象，提升海大知名度。"在其他兄弟高校开始谋划'古琴进校园'的时候，我们已经开花结果了。"张林说，力争打造一个品牌，使我们的古琴教育继续走在全国高校的前列。

精力善用 自他共荣——大学校园里的柔道馆

"老师是个大牛，得过金牌，脾气很好。""这是我上过最难的一门体育，但这门课很充实。""上课学动作，就是有点累，老师人超级好。"……在百度搜索框输入"中国海洋大学柔道"这一关键词，会看到许多诸如此类的评语。而发帖者评论的焦点都与自2014年春季学期始学校开设的一门公共基础课——柔道有关。3 年时间里，令无数海大学子对这门课程产生好奇之心和向往之情的除了柔道这一独特的运动项目外，还有这门课的任课教师。

2004 年夏天，在雅典奥运会的赛场上，25 岁的青岛姑娘刘霞获得了柔道 78 公斤级银牌，从此被更多的人所熟识和关注。在 2007 年、2008 年她不负众望，又分别获得了世界柔道团体赛冠军和德国柔道世界杯冠军。2009 年，在获得第十一届全国运动会无差级别冠军后，她选择了退役，离开了相伴 15 年的国家队。在竞技赛场上退下来的刘霞，并没有离开自己的专业。"对这个项目还是热爱、喜欢,有感情。"刘霞说,在教练徐殿平的指导下,她选择继续从事柔道运动的普及与推广工作,而"柔道进校园"便是这一工作的重要内容之一。

2014年,在中国女子柔道队教练徐殿平和中国海洋大学领导的积极协商与共同努力下,决定把柔道这一特色体育项目引入中国海洋大学,设为体育课,并在崔永元非常道基金会的支持下成立一座柔道馆,以任课教师刘霞的名字命名。"中国海洋大学刘霞柔道馆不对外招生,只为海大的教学服务,致力于在青年大学生中推广这一运动",刘霞表示,柔道这一运动项目,在青岛的小学、中学推广得还不错,但在大学开设柔道课,海大走在了全国高校的前列。

从教学场地的选择,到房间的设计与布置,再到服装的购买和垫子的铺设……各个环节刘霞都亲力亲为。2014年春季学期伊始,同学们迎来了海大园的第一堂柔道课。根据学校以往的体育课开课惯例,新学期第一节课学生会在运动场集合,就在刘霞把学生领去柔道馆上课的路上,港航专业2010级的杨洋同学拦住了她。"我早就听说学校新来了一个世界冠军教柔道。那天我刚好下课,看见刘老师带着一队学生走过。"杨洋说,他向刘霞表达了想和她一起学柔道的愿望,但是他没选上这门课。"刘老师热情地欢迎我来上课。"毕业后,杨洋去了重庆工作,但依然没有忘记学校的柔道课,2016年12月12日,他利用回青探亲的机会,专程到学校看望刘霞老师,并跟着老师又上了一次柔道课。随着时间的推移,刘霞的柔道课越来越受学生喜爱,但名额有限,选不上课的学生就想方设法找到她的手机号、QQ号或者微信号,希望去旁听这门课。"这些学生是发自内心的喜欢,我欢迎他们来上课。"

"精力善用、自他共荣"是柔道运动倡导的精神理念。刘霞希望学生通过一学期的学习,真正理解和掌握这一理念,"这比让他们学会几个技巧,几个动作重要得多,这也是柔道进校园的目标之一。"柔道是非常重视礼仪的,讲求"以礼始,以礼终",即使面对对手也要心怀敬意。教学中,刘霞也十分侧重对学生进行这方面的训练和培养。上课前,鞋子都要摆得整整齐齐,进入场馆要行礼,见老师要行礼,与搭档配合要行礼,课程结束后要行礼……有学生做得不到位,刘霞就会让他们重新做。"后来,不用我监督,他们也会自觉地把鞋子摆成一条线。许多同学在选修这门课后,变得更加懂礼貌、感恩,也更加自信和勇敢。"刘霞说。

在海大讲授柔道课的3年里,给刘霞的感受是,学校层面重视这门课的发展建设,学生的悟性也很高,对柔道的动作要领掌握较快,只是由于身体素质的差异,个别同学在灵活性、协调性方面稍微有些不足。对此,她及时进行总结,并修改教学方案,着重加强学生这方面的训练。"这是一个教学相长的过程,学生也在帮助我进步。"有时,刘霞也会发现一些适合练习柔道的"好苗子",忍不住去夸赞说:"你这身体太适合练柔道了,你如果年龄小的话,我一定推荐你去练柔道。"这样的学生,她会引导他们在大众柔道的道路上不断发展。基于对这门课程的喜爱,2015 年学生自发成立了"海大柔道社",刘霞也乐于对他们进行指导,在完成每周一、二、三、五的教学任务后,在周四下午陪社团的学生练习。"没有什么特殊的事,我会来指导。学生那么喜欢,我发自内心地想去指导他们。"为了培养学生对柔道的兴趣和爱好,刘霞也积极地建议和协助学生参加各种柔道赛事。2015 年 8 月,第二届青岛沙滩柔道赛举行期间,虽然正值暑假,刘霞还是把这一消息告诉了海大的同学们。最终,中国海洋大学有 4 名同学参赛,并收获了一银、一铜两块奖牌。"成绩倒是次要的,重在参与,关键是学生爱好这项运动。"刘霞坦然地说道。

对于学生在网络上对这门课的评价,刘霞也部分接受。"要说难,我承认这门课确实比较复杂,既要求有速度和力量,还要做到灵活和协调。"至于有学生反映的"累",刘霞笑笑说:"如果上一堂体育课,身体一点反应也没有,那就不叫体育课了。"

"我很喜欢海大的氛围,也很享受和学生在一起的过程。学生对新鲜事物的好奇、渴望与探索,也激发我特别希望把自己所知道的教给他们。""我希望有一天,创建一支'中国海洋大学柔道队',为学校争光,让更多的人了解海大,了解柔道运动。"刘霞说,这还只是她的一个初步设想,真正付诸实施,还需各方的协调与共同努力。

(本文刊于 2016 年 12 月 22 日,第 34 期)

永远的青春风景
——林少华与他的《挪威的森林》

李华昌

  1987 年 9 月，村上春树的作品《挪威的森林》由日本讲谈社出版，至今已过去 30 个春秋。2017 年 12 月 10 日，"我和村上春树——《挪威的森林》出版 30 周年分享会"在上海中华艺术宫举行。村上春树系列图书翻译出版的重要人物、中国海洋大学林少华教授应邀出席活动，并分享了他与《挪威的森林》之间的故事。

缘起：无心插柳柳成荫

  林少华与《挪威的森林》的相识，并不是读者想象中的一见如故。相反，可以说完全是一场偶然。

  1987 年 10 月，《挪威的森林》在日本出版一个月后，林少华来到日本，在大阪市立大学留学一年。当时林少华每次去书店都能见到一红一绿——上下两册《挪威的森林》各带一条金灿灿的腰封摆在进门最抢眼的位置,仿佛整个日本都进入了"挪威的森林",几乎无人不看。据了解,《挪威的森林》在日本问世 17 年后,也就是到 2004 年,该书的上、下册印刷发行就达到 826 万册,至 2009 年即已超过 1 000 万册,创日本小说单行本印刷发行纪录。

而当年在日本留学的林少华却未曾留意这本书。因为当时林少华正专心为他所承担的"中日古代风物诗意境比较研究"项目搜集资料,计划写两三本砖头般的学术专著。因此去书店几乎都是直奔古典文学和文学理论书架,没时间也没闲心打量这本"花红柳绿"的当代流行小说。

1988 年 12 月,林少华留学回国两个月后,日本文学研究会的年会在广州召开。在副会长李德纯先生的大力引荐和推介下,生活窘迫的林少华最终与漓江出版社达成合作,开始翻译《挪威的森林》。

在那个异常阴冷的冬天,在《高山流水》《渔舟唱晚》和《平沙落雁》等中国古琴曲的陪伴下,林少华克服了艰苦的生活环境,在《挪威的森林》中流连忘返。美妙的语汇、句式纷至沓来,自来水笔尖在稿纸上一路疾驰,转眼间便填满一个个绿色的方格。

就这样,林少华于 1989 年完成了《挪威的森林》全书的翻译,也就此开始陪伴村上春树作品的"中国之旅"。

《挪威的森林》最初在中国大陆的印刷发行并不像在日本那般火热。直至 1999 年该书改版后,才真正在国内引起轰动效应。2001 年,上海译文出版社接盘出版《挪威的森林》,并不断扩充品种,沪版时代由此开始。在《挪威的森林》率领下,村上春树系列作品从最初的 17 种,继而 32 种,再而 41 种,鱼贯而出,首尾相望,蔚为大观,至今仍气势如虹,总印数已达 980 万册,其中仅《挪威的森林》即已印刷发行 443 万册。而且印数逐年增多,尤其近几年,每年印数都为 45 万～50 万,在大陆的受欢迎程度可见一斑。

兴发:花儿为何这样红

三十年时间里,包括诺贝尔文学奖得主在内,陆续登陆中国的现当代外国作家有很多。但是,至少近二十年来,似乎还没有哪一位现当代外国作家像村上春树这样炙手可热,没有哪一本书像《挪威的森林》这样拥有无数"粉丝"。

是什么原因产生了"村上热"? 也许我们可以从众多关注村上春树并阅读其作品的读者那里得到答案。

根据林少华教授收集整理的材料得以确认,国内关于《挪威的森林》最早的读者评论发表于 1990 年 1 月 6 日的《文汇读书周报》,那时距离该书在大陆出版还不足一年时间。读者来信更是不计其数,他们或为故事的情节所吸引,或为主人公的个性所打动,或为韵味的妙不可言所感染,或为语言的别具一格所陶醉。有人说像小河虾纤细的触角刺破自己的泪腺,有人说像静夜皎洁的月光抚慰自己的心灵,有人说它引领自己走出四顾茫然的青春沼泽,有人说它让人刻骨铭心地懂得了什么叫成长……

文学评论家白烨先生也很早就阅读和关注《挪威的森林》。他撰文说,《挪威的森林》"以纪实的手法和诗意的语言"注重表现"少男少女在复杂的现代生活中对于纯真爱情和个性的双重追求……超出了一般爱情描写的俗套,而具有更为深刻的人生意义"。传媒界知名人士秦朔也较早注意到了《挪威的森林》,他在 1991 年一、二期合刊号《旅潮》撰文:"1990 年的秋天,带着将逝未逝或者永不消逝的青春梦幻,我走进了一片《挪威的森林》……就像卡夫卡说的,'我们大家共有的并非一个身躯,但却共有一个生长过程,它引导我们经历生命的一切阶段的痛楚,不论是用这种或那种形式'。"

美国著名华人学者李欧梵教授在他的散文集《世纪末的反思》中,将《挪威的森林》列为二十世纪对中国影响最大的十部文学译著之一。进入二十一世纪之后,《挪威的森林》又入选"金南方·新世纪 10 年阅读最受读者关注 10 大翻译图书"之列。主办方是广东南方电视台,经由读者投出 18 万张选票并由专家或公共知识分子推选最后评选出来。担任终审评委的国内著名哲学、史学专家,中山大学袁伟时教授认为,《挪威的森林》体现的对于个人主体性的尊重和张扬,逐渐形成社会共识和风潮后,将有助于推动多元化公民社会的形成。这被林少华教授视为对《挪威的森林》的最大肯定和最高评价。

当然,作为《挪威的森林》中文版的译者,林少华教授对该书也有着自己的认识和评价。他认为,《挪威的森林》是村上春树最有名的小说,也是其作品中最容易看和写实的一部。没有神出鬼没的迷宫,没有卡夫卡式的隐喻,没有匪夷所思的情节,只是用平静的语言娓娓讲述已逝的青春,讲述青春时代的种种经历、体验和感触——讲述青春快车的乘客沿途所见的实实在在的风景。对于中国读者来说,很可能是另一番风景,孤独寂寞、凄迷哀婉而又具有可闻可见可感可触的寻常性。可以说,描写如此风景的小说,在村上文学世界中仅此一部。

远跋: 林叶殷红犹未遍

三十年太久,只争朝夕。

距离《挪威的森林》正式出版,已过去 30 年。在这期间,包括《挪威的森林》在内,林少华教授已翻译出版了 41 本村上春树的作品,并逐步形成了"林家铺子"的"翻译观":文学翻译不仅仅是语汇、语法、语体的对接,而且是心灵通道的对接、灵魂剖面的对接、审美体验的对接。换言之,翻译乃是"监听"和"窃取"他人灵魂信息的作业。林少华教授认为,一般翻译和非一般的区别,就在于前者描摹皮毛转述故事,后者"窃取"灵魂信息、美学信息,重构审美感动。

上海译文出版社文学编辑室编审、《外国文艺》副主编沈维藩先生曾先后担任《挪威的森林》等 36 种村上春树作品系列图书的责任编辑,他对林少华教授"林家铺子"的翻译风格给予了充分的肯定与支持。在有读者向林少华的译作提出疑问时，沈维藩先生总是力排众议，认为技术性误译是可以接受批评的，但属于文学性、艺术性的，"林译则一字也不能动，一动味就变了"。他诚恳地开导对方："没有错误的翻译，这世界上哪儿都没有。好比担水上山，水总要洒一点儿出去——不但要看洒了多少水，而更要看担上去多少水。"

也正是在沈维藩先生等诸多好友的支持和鼓励下，林少华教授才能坚持风格，笔耕不辍，为村上春树系列作品的"中国之旅"披荆斩棘、跋山涉水。

今年7月，上海译文出版社正式宣布取得村上春树最新长篇小说——《刺杀骑士团长》中文简体字版权，并计划由林少华教授担任该书的翻译。任务紧迫且艰巨，林少华教授却异常兴奋，当即表示"即使分文不取也要翻译"。为了确保翻译质量，并按时完成任务，林少华教授回到乡下老屋，闭关翻译。历时共85天，50万字的译作宣告完成，甚至比原计划还提前了20多天。按照责任编辑沈维藩先生"担水"的说法，林少华教授的这"第四十二桶水"——《刺杀骑士团长》现已担上山顶，最迟明年三月即可"装瓶"，以飨读者。

逝者如斯夫，不舍昼夜。从《挪威的森林》到《刺杀骑士团长》，林少华教授的"村上之路"还在继续延伸着。而早年的《挪威的森林》读者如今已经四五十岁，又一代人跟着《挪威的森林》涉入青春的河床。《挪威的森林》，不仅是青春的安魂曲或"墓志铭"，更是青春的驿站和永远的风景线。

（本文刊于 2017 年 12 月 22 日，第 41 期）

红色之光辉耀海大

——中国海洋大学庆祝建党一百周年文艺晚会侧记

冯文波

欢庆的时刻,欢乐的海洋。

6月17日和18日晚,浩瀚星空下,中国海洋大学体育馆灯火璀璨、流光溢彩,处处洋溢着喜庆祥和的节日气氛,一场以"传承红色基因•铸就蓝色梦想"为主题的庆祝建党100周年文艺晚会在此隆重上演。

动感的旋律、嘹亮的歌声、欢快的舞蹈、灿烂的笑容、热烈的掌声、无尽的欢呼,海大师生尽情释放着发自内心的共同澎湃——

祝福中国共产党100岁生日快乐!

18时30分,伴随着悠扬唯美的小提琴演奏,《启航》乐曲响起,全场静坐倾听。刹那间,屏幕上一艘画舫自南湖畔冲破迷雾乘风破浪而来,船头站立的热血青年们正在马克思主义的指导下,谋划着救国救民的道路,开天辟地的中国共产党应运而生。

乐曲婉转深情,画面激昂奋进,一场文化盛宴拉开大幕。

整场晚会,划分为"海上星火""沧海月明""浩海求索""拥抱蔚蓝"四个篇章。

这是红色基因的情景再现——

作为国人在齐鲁大地上创办的第一所本科起点的现代意义上的高等学府,中国海洋大学前身私立青岛大学在 1924 年建校伊始就种下了红色基因,燃起了点点革命的星火。

"今天是海上星火,明天是民族巨浪!巨浪,巨浪,巨浪在不断地增长,我们要担负起天下的兴亡!"

舞台剧《觉醒》把观众的思绪拉回到 1924 年私立青岛大学初创之时,面对列强入侵,进步青年大学生罗荣桓发出振聋发聩的呐喊,呼唤国人从迷梦中醒来,奋起抗争。

身着二十世纪一二十年代学生装的演员雄赳赳、气昂昂地走上舞台,唱响《毕业歌》,誓要成长为社会的栋梁。屏幕上鲜艳的党旗高高飘扬,大家纷纷举起右手,高声唱《我宣誓》《举起右手那一刻》,不忘初心、牢记使命的铮铮誓言在体育馆上空久久回荡。

"红烛啊!你心火发光之期,正是泪流开始之日。"在演员情深意切、慷慨激昂的演说中,舞台剧《红烛》把爱国诗人、学者、民主战士闻一多的拳拳报国心、殷殷赤子情演绎得淋漓尽致。舞台另一侧,身影婀娜的红衣女子,翩翩起舞,娉娉婷婷中犹如一盏跳动的烛火,扮靓了舞台,也点亮了现场观众炽热的爱国心。

在海大师生之间,每每谈起老校长华岗,都心生敬仰。他不仅政治大课讲得好,而且还是继陈望道之后第二位把《共产党宣言》(英文版)翻译成中文的学者。"全世界无产阶级联合起来!"这划破黑夜长空的庄严宣告和呐喊便是出自他的译笔。校长成仿吾曾五译《共产党宣言》,是第三位把《共产党宣言》(德文版)译成中文的学者。

8 位外国语学院师生分别用中文、英语、法语、俄语、西班牙语、朝鲜语、日语、德语 8 种语言深情诵读"一个幽灵,共产主义的幽灵,在欧洲游荡""全世界无产阶级联合起来"等《共产党宣言》的经典片段,以此致敬革命先贤,传承红色基因。

在新中国海洋事业的发展史上,赫崇本功不可没。舞台剧《归来》展示了我国物理海洋学的奠基人、一代宗师赫崇本 1949 年冲破重重阻力,几经周折,毅然回国,献身海洋科研,潜心人才培养的至诚报国故事。

话剧《海之魂》讲述了青年教师王成海、叶立勋致力于水产事业,开展海岛调查时不幸殉职的感人事迹。台上,演员真情流露;台下,观众热泪盈眶。"两位老师用生命深刻阐释了水产人的担当和使命,作为一名青年党员和新时代的水产人,我要以他们为榜样,在牧海兴渔的道路上奋勇前进,让红色基因、革命薪火代代相传。"即将毕业远行的 2017 级水生生物学博士研究生田源说。

这是活力澎湃的视听盛宴——

舞台背景板上,中国共产党成立100周年庆祝活动标识高悬,光彩夺目,熠熠生辉。巨大的LED矩阵分设于舞台的后方和两侧,整散相间、长短相谐、错落有致,既形似起伏的波浪,又好像朵朵花儿绽放,更像一扇扇通往锦绣前程的幸福之门;炫目的色彩饱和度和灯光对比度,使整个舞台美轮美奂;制作精细的道具和布景,以及悦耳动听,音色优美的音响,呈现出精美震撼的舞台效果。

"此次演出不仅在舞美、灯光设计上精雕细琢,而且节目编排上也下了功夫,有红色基因,有学校特色,有科学精神,也有人文情怀,在庆祝建党百年之际,力求给师生献上一场精彩纷呈的视听盛宴。"晚会总导演王琳舒说。

整场晚会不仅有匠心独运的舞美、灯光设计,节目同样动感十足、活力无限,令广大现场观众心潮澎湃。

党的生日,人民的节日。

海大人用舞蹈庆祝——《勇者乐海》舞姿蹁跹、刚柔并济,鼓声阵阵、催人奋进,展现了一代代中国海大人不惧风浪,追求卓越,向海图强的无畏精神。情景歌舞《少年》由老教师合唱团与青年大学生共同演绎,海大学子的蓬勃朝气,老教师童心未泯、志在千里的乐观豁达令全场沸腾,如潮的掌声、喝彩声响彻天际。

海大人用歌声表白——《在灿烂的阳光下》展现了青年一代沐浴在党的阳光下健康成长、励志担当的有为故事;《唱支山歌给党听》在75岁的刘秦玉教授的深情演唱下,引发了观众的强烈共鸣。"唱支山歌给党听,我把党来比母亲;母亲只生了我的身,党的光辉照我心。"台上台下一起唱,熟悉的旋律令人回味,更令人陶醉。

海大人用讲述致敬——《沧海明月入梦来》中2012年"感动中国"人物李文波、2008年奥运射箭冠军张娟娟、我国载人航天工程的第5位零号指挥员王洪志等校友分别讲述了自己的"守礁梦""奥运梦""飞天梦"……赵进平教授带领学校的极地科考研究团队,向大家生动讲述了他们逐梦天涯、探索极地的蔚蓝梦想,于娓娓道来中,一个极地科学的"中国时代"已然来临。建党百年,恰逢毕业季,《致青春》中林少华教授为即将高飞的"鸟儿们"送上母校的祝福、师长的叮咛:"要有'道之所在,虽千万人吾往矣'的担当精神","要有'心事浩茫连广宇'的家国情怀","要做1%,要争第一。"学子们谨记教诲,奔赴五湖四海,踏上新的学习或工作岗位。

这是逐梦深蓝的庄严宣誓——

百年风雨兼程,百年沧桑巨变。

舞台剧《回答》以时空对话的形式于一问一答间向先师先贤汇报。"今日的中国山河无恙,国富民强。""今日的中国是咱们的中国,中国人在自己的土地上堂堂正正地耕耘奋斗。""今日的海上,'东方红3'船乘风破浪。""关心海洋、认识海洋、经略海洋,我们永不停歇!""这盛世,如您所愿!"

话语铿锵,掌声雷动。光影交错,快门频响。

"风雨同舟,日月同行""向海的梦,向海的心""满载着我们的梦远行",原创歌曲《拥抱蔚蓝拥抱你》歌词入心,曲调悦耳,伴舞优美,在观众心中激荡起"海阔天晴任前行"的力量。

诗朗诵《走向深蓝》在8位师生声情并茂的朗诵中,把中国海洋大学在党的领导下谋海济国、勇往直前的使命担当和中国海大人矢志不移、逐梦深蓝的壮志豪情一一呈现在大家面前。

胸怀梦想,让我们走向深蓝。

胸怀梦想,让我们拥抱深蓝。

胸怀梦想,让我们探索深蓝。

胸怀梦想,让我们建功深蓝。

盛世图景,灯火绚烂。普天同庆,天涯此时。

短片《不忘初心》展示了从遥远的极地,到祖国的西北戈壁,再到南沙群岛,又到云南绿春,及至西藏拉萨……有科学家,有青年大学生,有省派驻村第一书记,有边防战士,有奋战在施工一线的工程师,有支教队员,有学校领导,有校园保卫人员和后勤员工……这一刻,遍布世界各地的中国海大人,同母校一起,向中国共产党深情祝福。

舞台光影屏上,花蕊绽放,描绘更加美好的愿景;党旗招展,凝聚不忘初心、继续前进的力量。

"晚会效果令人震撼,既有党的百年辉煌历史及海大人在其中的奉献,又有一代代海大人为祖国海洋事业发展的奋斗历程和所做出的贡献,极大地激发了海大人的使命感、责任感、自豪感。"海洋与大气学院院长管长龙说。"四个篇章如同时间轴,打开了记忆的闸门,唤出一帧帧珍贵的画卷。这是一堂特别生动感人的思政大课,汇聚起强大的正能量,让我们师生重温了几代海大人艰辛求索的历程,更加坚定了不负党的嘱托、实现海洋强国的蔚蓝梦想。"晚会结束了,马克思主义学院王萍教授依然沉浸在激情磅礴的氛围里。2017级化学专业王雪同学表示:"十分有幸在毕业季见证如此令人震撼的晚会,这将成为我人生中一次特别难忘的经历。晚会将历史中海大英雄人物的故事搬上舞台,观礼过程中为一代代人的红色传承几度哽咽,为坚定不移的蓝色梦想几度心潮澎湃。感恩海大历史的厚重,让我可以传承这份红色基因,扬帆继续我们的蓝色梦想。"

回望历史,碧海涛声悠远回荡。放眼未来,海大再谱逐梦华章。

（本文刊于 2021 年 6 月 21 日，第 67 期）

多措并举学党史

冯文波

　　在全党开展党史学习教育，是党中央立足百年党史新起点、着眼开创事业发展新局面作出的一项重大战略决策。一年来，中国海洋大学党委根据党中央统一部署和教育部指导意见，在教育部党史学习教育高校第八巡回指导组的具体指导下，立足工作实际和自身特色，将党史学习教育与特色显著的世界一流大学建设相结合，精心策划、认真部署，全面展开、扎实推进，多措并举学党史，明理增信悟思想，全心全意办实事，谋海济国开新局，持续推进党史学习教育走深走实，成效显著、亮彩纷呈。

　　通过党史学习教育，全校党员师生深刻感悟了真理力量和实践力量，普遍提高了历史自信和历史自觉，切实增强了党的意识和党员意识，积极践履知行合一，不断提升把握新发展阶段、贯彻新发展理念、构建新发展格局的政治能力、战略眼光、专业水平，更加满怀信心地听党话、跟党走，在新时代新征程中传承红色基因，铸就蓝色梦想，推动一流大学建设再上新台阶，服务国家战略再创新辉煌。

为了全面展示学校党史学习教育的具体举措以及所取得的丰硕成果,特推出专题报道《学党史,悟思想,办实事,开新局——中国海洋大学党史学习教育纪实》,分篇章介绍学校党史学习教育的开展情况。

习近平总书记在党史学习教育动员大会上强调指出:"坚持集中学习和自主学习相结合,坚持规定动作和自选动作相结合,开展特色鲜明、形式多样的学习教育。"

原原本本学指定书目和原汁原味学原著原文、邀请人民艺术家王蒙讲"文学里的党史与党史中的文学"、时任山东省委书记刘家义与师生交流党史学习体会、省教育厅厅长邓云锋到校宣讲党的十九届六中全会精神、学校党委书记田辉为新生讲授"开学第一课"、在国之重器"东方红3"船开设流动的"海上思政课堂"、以校史上的英模人物为原型演绎红色经典话剧、走进沂蒙革命老区追寻红色足迹传承革命精神……

在党史学习教育中,中国海洋大学注重方式方法创新,既原原本本地读原著、学党史,也深挖红色校史资源、上好思政课、讲好党的故事,师生还走出校园,在社会大课堂中学习鲜活党史。一系列形式多样、内容丰富的学习活动使整个党史学习教育求实、务实、扎实,广大党员师生受到了一次全面深刻的政治教育、思想淬炼、精神洗礼,学校全体党员的历史自觉、历史自信大大增强,创造力、凝聚力、战斗力大大提升,更加满怀信心地在新时代新征程中传承红色基因,铸就蓝色梦想,推动一流大学建设再上新台阶,为海洋强国建设作出新的更大贡献。

读原著学原文,让党史学习夯实根基

欲知大道,必先为史。

在党史学习教育中,中国海洋大学深入学习贯彻习近平总书记在党史学习教育动员大会上的重要讲话精神,为师生党员购买并发放了习近平《论中国共产党历史》《毛泽东、邓小平、江泽民、胡锦涛关于中国共产党历史论述摘编》《习近平新时代中国特色社会主义思想学习问答》《中国共产党简史》等指定学习书籍,让大家原原本本研读著作,准确把握党史主题主线和主流本质,切实树牢"四个意识"、坚定"四个自信"、做到"两个维护"。

中国海洋大学全体党员制订出个人学习计划,加强自学。学校领导、二级党组织负责人等带头领学。通过举办读书分享会、阅读沙龙、党史知识竞赛等活动在青年学生中掀起学党史的热潮,使广大师生党员沉下心,钻进去,认真悟,学透彻,弄明白,搞清楚,使所学党史知识入脑入心、融入血液,并转化为爱党、爱国、爱社会主义的真情实感和行动自觉。

中国海洋大学党委严格落实"第一议题"学习制度,将习近平总书记重要讲话作为党委常委会会议等重要会议的第一议题,及时传达学习。

2021年7月1日,庆祝中国共产党成立100周年大会隆重举行,中国海洋大学党委

理论学习中心组在崂山校区集体收看大会直播，认真聆听习近平总书记重要讲话。学校迅速掀起学习"七一"重要讲话精神热潮，并面向大一、大二8000余名本科生推出"学习贯彻习近平总书记'七一'重要讲话精神"形势与政策课专题。学校青年马克思主义者宣讲团以"请党放心，强国有我——学习贯彻习近平总书记'七一'重要讲话精神"为主题开展理论巡回宣讲，引领广大青年学生把青春奋斗融入党和人民的事业，不负时代，不负韶华，在实现中华民族伟大复兴的历史征程中奋勇争先、建功立业。

多彩思政课，让党史学习入脑入心

习近平总书记强调指出："'大思政课'我们要善用之，一定要跟现实结合起来。"

中国海洋大学谨记"教授高深学术，养成硕学宏材，应国家需要"的办学宗旨，积极推动"大思政课"建设，以别样的思路、新颖的方式，让党史学习入脑入心。

"中国海洋大学具有红色基因、革命传统，在近百年的办学历程中，始终坚持教育报国、谋海济国，与国家同呼吸、与民族共命运。"2021年9月15日，学校党委书记田辉为2021级4000余名本科学生讲授"开学第一课"，通过鲜活的红色校史故事和厚重的红色文化基因，教育引导广大青年学子牢记谋海济国的使命担当，青春向党，逐梦深蓝，努力成为堪当民族复兴重任的时代新人。

2021年5月13日，在临近毕业季的"校长下午茶"活动中，中国海洋大学校长于志刚与师生代表围绕《习近平与大学生朋友们》一书进行学习交流。在学习交流中，于志刚希望同学们牢记习近平总书记的嘱托和期望，志存高远、脚踏实地，不断充实自我，努力成长为海洋强国建设的栋梁之材。

何谓英雄？何谓人民英雄？如何传承和弘扬英雄精神？

自2021年春季学期始，一堂题为"人民英雄永垂不朽"的形势与政策课在中国海洋大学正式开讲。学校党委常务副书记张静带头为学生授课，一位位令人敬仰的英雄人物、一段段可歌可泣的动人事迹、一幅幅感人至深的画面令听讲的同学们心潮澎湃，潜移默化中筑牢铭记英雄、崇尚英雄、捍卫英雄、学习英雄和关爱英雄的信念之基。

开设"中国共产党为什么能"形势与政策专题课，举办"中国共产党的海洋战略——思想和行动的轨迹"学术沙龙，召开"学党史·感党恩·跟党走"少数民族师生座谈会，组织党政管理干部参加"党史百年"网上专题班学习……中国海洋大学的思政课堂可谓异彩纷呈，亮点频现。

名家讲座、辅导报告往往会起到醍醐灌顶的作用。在党史学习教育中，中国海洋大学积极倡导"请进来"的学习模式，邀请知名专家学者为广大党员举办党史学习教育辅导报告，讲党史、谈感悟、话传承。

"当今时代我们要居安思危，深入学习贯彻党的十九届六中全会精神，牢记历史，珍惜当下，报效国家。"2021年12月10日，耄耋之年的抗美援朝老战士赵国珍、郑振华为海大师生带来了一堂"忆峥嵘岁月，传红色精神"的特别党课。

截至目前，已有 35 位专家学者走进中国海洋大学作党史学习专题讲座或辅导报告，通过高屋建瓴、条分缕析的讲解，使广大师生党员深刻理解中国共产党为什么能、马克思主义为什么行、中国特色社会主义为什么好，开阔了视野，提升了格局，坚定了信念。

舞台 + 展台，让党史学习鲜活生动

党史学习教育搬上舞台，师生演绎百年峥嵘岁月。

在党史学习教育中，中国海洋大学善用艺术的方式讲党史，打造沉浸式红色文化体验空间，让党史学习教育"活"起来。

2021 年 6 月 17 日晚，浩瀚星空下，中国海洋大学体育馆灯火璀璨、流光溢彩，处处洋溢着喜庆祥和的节日气氛，一场以"传承红色基因 铸就蓝色梦想"为主题的庆祝建党 100 周年文艺晚会在此隆重上演。

晚会划分为"海上星火""沧海月明""浩海求索"和"拥抱蔚蓝" 4 个篇章。共和国元帅罗荣桓、爱国诗人闻一多、物理海洋学的奠基人赫崇本、献身海洋的革命烈士王成海和叶立勋……在师生们声情并茂的演绎中，再现了近百年来，中国海洋大学扎根中国大地传承红色基因，崇尚学术、谋海济国的价值追求。

"震撼""感动""决心牢记党的全心全意为人民服务的宗旨，继续为海洋科学的发展作贡献""历史内涵深厚，反映了党对学校发展的历史作用和伟大贡献"……教育部党史学习教育高校第八巡回指导组现场观摩并给予高度评价，学校师生纷纷表示这既是一堂生动的党史校史教育课，也是一堂触及灵魂的思想洗礼课，令人备受鼓舞和启发。

海鸥剧社是中国海洋大学历史上最悠久的社团之一，以宣传革命、唤醒劳苦大众、振兴中华为己任，被誉为"预报暴风雨的海鸥"。在党史学习教育中，海鸥剧社等社团深入挖掘校史红色资源，以校史和党史上涌现出的红色英模人物为原型编排打造了《永不消逝的电波》《海之魂》《青春万岁》《红岩》等一批感人至深的红色精品话剧，在一场场演出中，使青年大学生不断从校史人物、党史故事中汲取青春奋进的力量。

"党史 + 音乐"，让党史学习"声入人心"。"永远跟党走"曲艺周、"艺心向党"主题音乐会、"致敬红色经典，弘扬爱国精神"草坪音乐节等文艺演出精彩纷呈。原创歌曲《举起右手的那一刻》《风华正茂》《拥抱蔚蓝拥抱你》《青春的模样》等在中国海洋大学师生中广为传唱，深受喜爱。

在中国海洋大学党史学习教育中，不仅有美轮美奂的舞台，还有令人流连忘返的展台。

在中国海洋大学，有一位与党同龄的老人，他就是我国海浪研究的开拓者和物理海洋学的奠基人之一、中国科学院院士文圣常。

2021 年 10 月 25 日，在文圣常院士百岁华诞之际，"耕海踏浪谱华章——中国科学

院院士文圣常成就展"隆重开幕。逐梦向海洋、浩海求索是、大爱育桃李、博学耀青史、为霞尚满天,在展览的 5 个篇章中,一幅幅照片、一段段文字、一帧帧影像,生动展现了文圣常身上折射出的爱国、创新、求实、奉献、协同、育人的科学家精神,诠释了一名共产党员 70 余年如一日浩海求索、丹心报国的无悔追求。

物理海洋教育部重点实验室教授陈显尧表示:"我们要学习文圣常院士忠诚为党、矢志为民的奉献精神,学习他急国家之所急、勇于攻坚克难的创新精神,爱国奉献、勇攀高峰、淡泊名利,担负起建设海洋强国的神圣使命。"崇本学院 2020 级郝宽同学表示:"我们被文院士的家国情怀、科研精神、高尚品德与执着追求深深触动。作为未来中国海洋科学领域追梦人,我愿在学思践悟中坚定理想信念,在奋发有为中践行初心使命,向海而生,逐梦蔚蓝!"

此外,"党在高校一百年——校史中的红色印记"主题展、"马克思主义传播在中国——文献中的百年党建"主题展、"书载伟业 百年辉煌"——庆祝建党百年馆藏图文展、"奋斗百年路 启航新征程"画展等样式丰富的展览在回顾展示党的百年辉煌历程的同时,使海大师生在观展中不断砥砺初心使命,强化使命担当。

行走的课堂,让党史学习走深走实

习近平总书记强调指出,同人民一道拼搏、同祖国一道前进,服务人民、奉献祖国,是当代中国青年的正确方向。

中国海洋大学把党史学习教育课堂延伸到祖国的江河湖海、乡村的田间地头和红色教育基地,把学校的小课堂与社会的大课堂结合起来,让青年学子在行走和调研中体悟民生民情、领略祖国的辽阔壮美,在红色教育基地中汲取前行的力量。

2021 年 12 月 31 日,以红旗智援博士团为代表的中国海洋大学青年学子爱国力行、智援扶贫事迹为原型创作的红色舞台剧《心系山海皆可平》成功入选《百年珍贵记忆——全国高校庆祝中国共产党成立 100 周年原创精品档案》。该社团成立于 2016 年,致力于为革命老区和贫困山区人民提供帮扶,向高中生和大学生宣讲老区红色精神,并为其注入新时代内涵,号召更多青年投入乡村振兴中。

目前,红旗智援博士团已联系 34 所高校的 49 支智援团队共同成立了"博士智援"联盟,带动了近 6000 人次的高校师生与扶贫地的政府、企业、农户对接,面向山东乐陵、云南绿春等 7 个贫困地区开展了累计 34 万小时的智力帮扶,在全国 13 个省份已累计开展 109 场红色文化宣讲,被评为"三下乡"国家级重点服务团队、山东"青春担当好团队"、全国高校"百个研究生样板党支部",获得"青年红色筑梦之旅"全国银奖等荣誉。博士团创始人、学校管理学院农业经济管理专业博士马贝说:"只有将专业所学应用在祖国大地上,才是最有价值的学术实践,更是我们青年学子应有的责任担当。"

社会是个大课堂,生活是本教科书。

2021年暑期,中国海洋大学组织400余支团队、3000余名海大师生开展"永远跟党走 奋进新征程"社会实践活动,引导和帮助广大青年学生上好与现实相结合的"大思政课",在社会课堂中受教育、长才干、作贡献,在社会实践中学党史、强信念、跟党走。

"海艺行远"文艺服务团赴山东潍坊经济开发区前阙庄村,为当地学校的师生献上了一堂别开生面的红色艺术展演课;"青年马克思主义者宣讲团"走进岛城中小学开展党史宣讲;化学化工学院的硕博调研团,到黄河济南段调研周边生态环境现状,为保护母亲河建言献策;三亚海洋研究院的学子们,探访祖国最南端的地级行政区三沙市,缅怀西沙海战中为捍卫国家主权牺牲的烈士;海洋生命学院的学子们,把海洋文化从黄海之滨带到云南山区小学,给孩子们燃起向海图强的梦想……一串串脚印,一滴滴汗水,一份份热情,广大学子在行走中自觉传承红色基因、赓续精神血脉,用青年之声讲好红色故事,在党史学习教育中不断激扬青春奋进力量。

（本文刊于 2022 年 1 月 10 日,第 73 期）

明理增信悟思想

王红梅　纪玉洪

习近平总书记强调:"对历史进程的认识越全面,对历史规律的把握越深刻,党的历史智慧越丰富,对前途的掌握就越主动。"

成立党史学习教育领导小组、印发学习教育实施方案、召开动员部署大会,开展自学、专题学习,挖掘校史中的红色基因、在社会实践中感悟党的精神,深入研究党的百年奋斗历程、阐释习近平新时代中国特色社会主义思想……

一年来,中国海洋大学立足实际,注重内容的巩固和形式的创新,做好顶层设计,稳步推进党史学习教育常态化。广大师生在学中"明理",在行中"增信",在研究中"进一步感悟思想伟力"。从学校党委常委、中层领导干部,再到每一个党员师生,大家纷纷表示:通过学习,更加深刻地领悟了中国共产党为什么能、马克思主义为什么行、中国特色社会主义为什么好等道理,将进一步树牢"四个意识",坚定"四个自信",坚决做到"两个维护"。

好学深思：读书本悟，学讲话悟

问渠那得清如许，为有源头活水来。

为确保党史学习教育入脑入心，学校要求师生党员原原本本学党史、全面系统学党史、联系实际融会贯通学党史，及时跟进学习习近平总书记最新重要讲话精神，从党的奋斗历史中汲取前进力量。

"学习党史才让我意识到党的百年奋斗历程的艰辛和不易。""读前辈们从枪林弹雨中走来的故事，我们更加坚定了忠诚于党的信念！""党和国家是每一个国人的沃土和家园，没有共产党，就没有新中国！"打开党员们的自学笔记，这样的心得体会比比皆是。

"盛世伟业，其道大光。"2021年7月1日，学校组织全校师生收看庆祝中国共产党成立100周年大会的现场直播，习近平总书记在会上庄严宣布："中国人民绝不允许任何外来势力欺负、压迫、奴役我们，谁妄想这样干，必将在14亿多中国人民用血肉筑成的钢铁长城面前碰得头破血流！"一席话收获了观众经久不息的掌声。已是耄耋之年的原校党委书记、校长施正铿动情地说："我18岁前生活在国统区，和四亿同胞一起经历了备受欺凌、穷病交加的黑暗时代，深知党领导人民摆脱穷困、站起来和强起来的不易和豪迈，我感恩党的教育、培养。"

学校领导干部以身作则、示范引领，带头做专题讲座，交流学习体悟。

"历史告诉我们，办好中国的事情，关键在党。"2021年9月，学校党委书记田辉以"勇立潮头担使命 奋斗青春谱华章"为题，为2021级4000余名本科学生讲授"开学第一课"，带领同学们学习习近平总书记在庆祝中国共产党成立100周年大会上的重要讲话。听课学生纷纷表示"开学第一课"有深度、有温度。运动训练专业学生董浩岳说："实现中华民族伟大复兴的中国梦离不开每一个青年人的担当，我们将秉承中国海大人敢于担当、勇于奉献、成才报国的追求，让青春在为祖国、为人民的不懈奋斗中绽放绚丽之花。"

在"校长下午茶"活动中，校长于志刚围绕《习近平与大学生朋友们》一书，与师生代表共话"读书与成长"。于校长寄语广大青年学生，认真学习党的奋斗历程中的英雄人物和先进模范，鼓起迈进新征程、奋进新时代的精气神。3个小时的交流结束后，大家仍意犹未尽，师生们真切感受到了习近平总书记对青年们的亲切关怀和殷切期望，表示要从现在做起、从我做起，志存高远，在攀登知识高峰中追求卓越，在肩负时代重任时行胜于言，展现出海大青年应有的精神风貌和青春担当。

"站在当下，回望百年，中华民族走过的历程是中国共产党和中国人民用鲜血、汗水、泪水写就的。"在学校庆祝中国共产党成立100周年暨表彰大会上，校党委常务副书记张静带领全体师生重温中国共产党人的精神谱系，在场师生备受鼓舞，表示要在无悔的奋斗历程中赓续精神血脉，厚植家国情怀。

学校组织广大师生党员及时跟进学习习近平总书记最新重要讲话精神,通过理论学习中心组、"三会一课"、主题党日、教职工理论学习、干部培训等形式深入开展学习研讨。

2021年11月8日至11日,中国共产党第十九届中央委员会第六次全体会议在北京召开。各级党组织和广大师生员工认真学习、深刻领会,迅速掀起了学习热潮,师生纷纷发表学习感悟。

食品科学与工程学院薛长湖教授表示:"党的十九届六中全会重点研究了党的百年奋斗重大成就和历史经验问题,为我们明确了前进方向,提振了谋事创业的信心。创新与国运相牵,人才与国脉相连,当前国家激发科研工作者奋力拼搏的良好环境前所未有,作为一名高校科研教育工作者,将继续积极投身科技强国、教育强国建设,勇于攻坚克难,深入研究关键核心技术领域的'卡脖子'问题,为建设一流大学勠力奋进。"

学校还积极组织师生党员学习习近平总书记在纪念辛亥革命110周年大会上的重要讲话,领悟"辛亥革命永远是中华民族伟大复兴征程上一座巍然屹立的里程碑"的革命情怀;学习习近平总书记在中国科学院第二十次院士大会、中国工程院第十五次院士大会、中国科协第十次全国代表大会上的重要讲话,感悟"我国自主创新事业是大有可为的!我国广大科技工作者是大有作为的"万丈豪情;学习习近平总书记在全国脱贫攻坚总结表彰大会上的重要讲话,体悟"上下同心、尽锐出战、精准务实、开拓创新、攻坚克难、不负人民"的脱贫攻坚精神等。

随着党史学习教育的常态化,全校师生学党史、学讲话的积极性和主动性不断提高,政治觉悟进一步提升,优秀党员师生层出不穷。博士研究生李卓然在央视"全国大学生党史知识竞答大会"中斩获第三名,展示了海大学子扎实的党史知识基础和爱党爱国的深厚情感。

大道行思:实践中悟,服务中悟

"党史学习教育有自身的特点和规律,要发扬马克思主义优良学风,坚持分类指导,明确学习要求、学习任务,推进内容、形式、方法的创新,不断增强针对性和实效性。"

根据习近平总书记的指示精神,学校以整合专业特色、创新供给为抓手,在积极引进学习资源的同时深度挖潜,让党史学习教育的形式更"活",内容更"实",引领师生在实践活动中悟思想,在服务群众过程中悟思想。

习近平总书记说过,每到井冈山、延安、西柏坡等革命圣地,都是一种精神和思想上的洗礼。2021年8月,学校组织"学党史、悟思想,奋进新时代"干部培训班,让干部们纷纷走进革命圣地延安,走入梁家河的窑洞,在现场教学中学习党在延安时期的成长历程,带着"奔赴延安,学习什么?走进延安,寻找什么?离开延安,带走什么?"问题,践行"党史学习教育一直在路上"。培训结束后,干部们深有感悟:"简陋的窑洞与崇高的历史使命感形成了鲜明的对比，这一切使我更加坚信：中国共产党的领导是中国人民的历史选择。""这次培训加深了我们对党的初心使命和以人民为中心情怀的深刻理解。""通过现场感受延安精神的精髓，体验习近平总书记在梁家河七年知青岁月的奋斗故事，体悟了一代代共产党人艰苦奋斗、攻坚克难、勇于担当的人格魅力和精神品质。"

在行中思，在思中悟。各学院也动脑筋、想方法，发挥专业优势、立足具体实践，让党史学习教育走新又走心。

井冈山精神、女排精神、抗疫精神、创新精神……海洋生命学院"百年党史与中国精神调研队"按照百年党史的历史脉络，分阶段梳理中国精神，并整理了百幅中国精神图文汇编成册，号召师生从百年党史汲取奋进力量、做中国精神传承弘扬发展者。"历史从哪开始，精神就从哪产生，百年党史也是一部中国精神的传承史，中国精神沉淀着弥足珍贵的红色基因，我们要做传承红色基因的有心人，用实际行动迎接中国共产党成立100周年。"《中国青年报》以《做传承红色基因的有心人》为题报道了调研队的故事。

从"开天辟地的红船"到"新时代"的鲜活的党史，从故事的视频演绎到"四史"的线上宣讲，国际事务与公共管理学院从"会议精神""历史事件""指导思想""重大战役""党员典型"等5个模块梳理录制了38个党史故事，带领师生感悟党先进的政治属性、崇高的政治理想、高尚的政治追求和纯洁的政治品质。

海洋地球科学学院举办"定向越野赛 重走长征路"活动，将党史知识竞赛与越野赛相结合，寻足迹、学党史、悟初心；基础教学中心举行"致敬红色经典，弘扬爱国精神"草坪音乐节，用异彩纷呈的节目编排唱响青年一代的传承和担当；文学与新闻传播学院策划"红色经典诗歌解析与诵读"主题讲座，以诗歌为媒传承红色基因。

这是二级党组织丰富多彩的红色实践中的一抹剪影。2021年，学校32个二级党支部以重点明确、特色突出的创新形式学习党史，策划了50多个活动，用微党课、专题报告会、音乐会、党史知识竞赛、读书思辨会、志愿服务、实践调研等方式将党史学习教育内化于心、外化于行。

"要鼓励创作党史题材的文艺作品、让红色基因、革命薪火代代传承。"

作为山东省最早的革命红剧团体，学校海鸥剧社排演了《永不消逝的电波》《海之魂》《心系山海皆可平》等红色话剧，深入挖掘校史红色资源，凝聚精神力量。观众在回顾英雄人物的事迹中得到精神的洗礼，更加坚定了报效国家、无私奉献的理想信念："如今的繁荣与和平，是英雄给予我们的馈赠；长河无声奔去，唯爱与信念永存。我们将继续传承王成海、叶立勋等革命烈士的红色传统，践行他们的科研情怀，怀着对祖国的深情和对海洋的热爱，打造祖国的美好未来。"《中国日报》等媒体以《中国海洋大学海鸥剧社推出红色话剧〈永不消逝的电波〉》为题予以重点报道。

纸上得来终觉浅，绝知此事要躬行。广大青年学子在实践中将红色基因和光荣传统内化为精神动力，将小我融入大我，在行稳致远中实现人生价值。11月9日，《光明日报》

在"红船初心"特刊分别以《将谋海济国的信念书写在蔚蓝大海上》《青春向党 逐梦深蓝》《汲取精神滋养向海图强》为题,整版介绍了学校在党史学习教育中的创新做法。

研精覃思:研究中悟,阐释中悟

述往思来,向史而新。

稳步推进党史学习教育走深走实,学校发挥科教融合的优势,力促学懂弄通党的创新理论,将其与"树人立新、谋海济国"的使命担当结合,运用多学科理论和方法开展研究阐释,在宣讲、研讨会中领悟中国共产党百年奋斗的重大成就、历史意义和宝贵经验。

"如何建构新型邻里关系、共建社区共同体"是理解习近平总书记对中华优秀传统文化和社区建设观点的重要问题。国际事务与公共管理学院王琪、陈霞教授以《传承优秀邻里文化 推进社区共同体建设》为题在《光明日报》发表理论文章,进一步探讨社区共同体的建设,并结合实践提炼出了宝贵经验。

"进一步回答好'中国共产党是什么、要干什么'这个根本问题,是新时代中国共产党人在新的赶考路上要交出的无愧于历史和人民的新答卷。"马克思主义学院党总支副书记王付欣以"牢记中国共产党是什么、要干什么"为主题在《青岛日报》发表访谈,从"是什么"关系到党的性质宗旨,"要干什么"关系到党的使命任务,永葆赤子之心、坚持自我革命等方面阐释了《中共中央关于党的百年奋斗重大成就和历史经验的决议》。

理论是行动的先导,思想是前进的旗帜。马克思主义学院将党史学习教育与理论学习研究阐释、马克思主义学科建设有机结合起来,开设中国共产党历史和中华人民共和国史等通识课程,创立"中国近代史基本问题研究""中国化马克思主义研究"研究团队,开创"马克思主义海洋观""海洋灾害史"等研究方向,从百年党史中汲取培根铸魂的精神力量。

学校积极创新宣讲、研讨形式,让党史学习教育"活"起来。

青年马克思主义宣讲团、"学习贯彻党的十九届六中全会精神"宣讲团打造"教师+学生"宣讲队伍,在校园内外举办130余场党史学习专题宣讲,夯实信仰之基;国际事务与公共管理学院依托"时代先声"理论宣讲团,开展"四史"线上宣讲,坚定理想信念;全国涉海高校马克思主义学院联盟成立大会以"四史如何融入思政课教学"展开热烈讨论,感悟真理力量;"庆祝中国共产党成立100周年"学术研讨会聚焦党的百年历史在世界发展史上的地位与贡献,传承红色基因。

各学院在课程和社科项目建设上与时俱进,不断增强党史学习教育内容的立体感,强化党史学习教育整体效果。

法学院召开《习近平法治思想概论》集体备课会,将专业特征与中国特色社会主义法治建设实践相结合;经济学院刘曙光教授主持的国家社科基金"研究阐释党的十九大精神重大专项"——"习近平新时代中国特色社会主义思想指引下的海洋强国建设方略研究",以习近平新时代中国特色社会主义思想为指导,以探索党的十九大以来海洋强国建设方略为目标,提出今后我国海洋强国建设的对策建议。

以史为鉴,硕果累累。学校关于马克思主义理论、"四个自信"、高校思政等的研究成果获青岛市社科规划项目立项 3 项,获学校人文社会科学青年教师科研专项立项 2 项。学者们从"人类命运共同体的传统思想来源研究""青岛红色文化融入高校、意识形态建设的内在机理与实现路径研究"等方向切入时代脉搏,推进党史学习教育迈向新高度。

扎实开展党史学习教育,广大师生深刻认识到红色政权来之不易、新中国来之不易、中国特色社会主义来之不易,更加坚定了对马克思主义的信仰,对社会主义、共产主义的信念,对实现中华民族伟大复兴中国梦的信心,为学校开创特色显著的世界一流大学建设新局面,注入了新的强劲动力。

（本文刊于 2022 年 1 月 14 日,第 74 期）

全心全意办实事

冯文波

习近平总书记在党史学习教育动员大会上强调指出,"既要立足眼前、解决群众'急难愁盼'的具体问题,又要着眼长远、完善解决民生问题的体制机制,增强人民群众获得感、幸福感、安全感。"

"崂山校区学生宿舍项目封顶""浮山校区人才公寓项目封顶""西海岸校区东区学生宿舍主体结构顺利封顶"……日前,中国海洋大学先后有多项惠及师生的基建项目迎来封顶,成为学校在党史学习教育中为师生办实事、解难题的典型案例,在改善住宿环境,提升师生幸福感方面赢得连连点赞。

顺应师生期盼,改善居住条件只是中国海洋大学在党史学习教育中扎实开展"我为师生办实事"实践活动的一个缩影。在创新育人方式、提升育人成效,改善民生、增进师生福祉,智慧赋能提质增效解民忧,开展志愿服务、助力乡村振兴等方面,学校也屡出新招。在获得广泛赞誉的同时,广大师生的创造力、凝聚力、战斗力大大提升,全校上下加快世界一流大学建设的干劲更足了,服务海洋强国建设的热情更加高涨。

育人为本：开拓创新育英才

大学之道，育人为本。

作为一所综合性海洋大学，工科是中国海洋大学实现一流大学建设的关键支柱，以工兴海是中国海大人始终如一的追求。在国家大力倡导新工科建设的时代背景下，学校以"我为师生办实事"为契机，加强育人平台建设，以新理念扎实推进新工科建设新态势，不断取得新成效。

"终于有了我们自己的工程训练中心。""再也不用一早坐车去校外借用别人的场地进行实习实训了。""这样的工程训练中心太高大上了。"……2021年8月26日，中国海洋大学工程训练中心正式揭牌运行。该中心突出海洋装备与仪器特色，着力培养学生的海洋工程意识和创新思维能力，在保证工程实训教学任务的同时，还承担大学生科技竞赛和科学研究项目的实践、试验工作，为培养担当强国重任的海洋工程人才保驾护航。

在中国海洋大学有一门十分火热的"宝藏课"——"海大味道"饮食文化与实践。该课程独辟蹊径，把课堂搬进食堂，大厨变身老师，锅碗瓢盆就是教具，同学们利用16个学时的时间，学习烹饪基本知识和技能以及食物的营养与搭配等。"为落实国家努力构建德智体美劳全面培养的教育体系的号召，学校开设了这样一门劳动教育课，让同学们在学习中探究中华饮食文化魅力，领略独特的中国海大校园风味。"中国海洋大学后勤保障处副处长、饮食服务中心主任李永贵说。课程自2021年6月开课以来异常火爆，报名通知一经发布，几分钟之内就满员。海德学院的王子牛同学表示："这门课程让我有机会亲手去做菜，期间会遇到很多困难，比如调味料用量和火候的把握，不亲手尝试永远不会知道这些问题多难处理。"其他同学也表示，通过这门课程，磨炼了意志，培养了吃苦耐劳的品行，也更加懂得去珍惜别人的劳动成果。

5000吨级新型深远海综合科考实习船"东方红3"，是中国海洋大学服务海洋强国建设的国之重器。在党史学习教育中，中国海大探索"大思政课"方法路径，把课堂搬上"东方红3"船，开设海洋科考认知实践课程，面向全校所有专业研究生开展安全教育和应急演习，学习海洋调查基本知识和海洋多学科常规要素观测方法并配以海上科考实验。在"海味儿"十足的讲述中，告诉青年学子，中国海洋大学是一所凭海而立、因海而兴的大学，希望青年学子坚守"崇尚学术，谋海济国"的价值追求，传承不畏艰险、探索不已、勇于超越、敢为人先的精神，为实现中华民族向海图强的宏愿作出应有贡献。

聚焦民生：提升师生的获得感、幸福感、安全感

民生无小事，枝叶总关情。

党史学习教育开展以来，中国海洋大学聚焦师生需求和急难愁盼问题，打造"三上三下"工作机制，深入开展调研，建立重点民生项目清单，积极为师生群众办实事、办好

事、解民忧,不断提高师生员工的幸福感和满意度。

2021年9月9日,在第37个教师节来临之际,中国海洋大学附属实验学校奠基仪式举行,标志着海大教职员工期盼已久的附属实验学校建设驶入快车道,人民群众在家门口享受优质教育的愿望即将变成现实。这既是崂山区与海大深化务实合作、回应人民群众期盼的大喜事,也是践行以人民为中心发展思想的民生工程、德政工程。"期待!""可喜可贺!""好棒!互相促进!""什么时候建成呀?"……广大师生员工翘首以盼,给予点赞。

民以食为天。营养可口的饭菜、良好的就餐环境是一所大学增强人文关怀和提升师生员工归属感的有力保障。中国海洋大学的教工餐厅是一个集就餐、休息与交流于一体的舒适餐厅。运营一段时间以来,也面临着就餐时排队拥挤、就餐效率低等现象,老师们的就餐体验感不足。老师的需求,就是办实事的动力。2021年,学校尽快完成了对崂山校区教工餐厅的扩建,增强了老师们就餐的舒适感。"水果品种丰富,蔬菜种类齐全,想吃的菜基本都能买到,价格也不贵。"食品科学与工程学院副教授赵元晖说。"老师吃完饭后,还可以买点蔬菜和肉类带回家,非常便捷。"马克思主义学院教授王萍对教工餐厅处处为老师着想的良好服务赞不绝口。

近年来,中国海洋大学浮山校区家属区自来水管线老化严重,给教职工生活用水带来极大不便。在党史学习教育中,学校把其作为"为民服务解难事"的重点来抓,下决心实施"一户一表"改造,提升教职工生活用水质量,消除供水安全隐患,实现便捷缴费,彻底解决这一长期困扰教职工生活的"老大难"问题。"改造过程中施工难度大,涉及范围广、周期长,但这关系到广大教职工长远供水安全及用水便利,我们正克服困难加快推进。"中国海洋大学后勤保障处能源与修缮管理科科长高世江说。截至目前,已完成室外管网安装DN150管395米,DN100管445米,砌筑井室33处,完成楼外供水主管道敷设和814户室内水表及管道安装。"'一户一表'改造是利民工程,想群众之所想,急群众之所急,我们单元12户已经全部改造完毕,大家都非常感谢学校的便民政策。"12号楼的朱慧英对学校切实保障改善民生的做法感到十分满意。

开展校园电动自行车治理,启用非机动车登记管理系统,规范车辆停放,保障师生的交通出行安全。在鱼山校区设计改建"微浴室",为学生提供生活便利。在食堂洗手池加装热水器,寒冷冬天,师生洗手有热水,暖手更暖心。举行学生公寓墙绘活动、改造宿舍区晾衣场、打造东海苑"一站式"学生社区……一桩桩、一件件,都是解民忧暖民心的好事实事。

截至目前,中国海洋大学重点民生项目办结率为85.7%,二级党组织各类办实事事项共计672项,办实事任务办结率为94.9%,未完成事项属长期项目,正在按计划推进,预计2022年全部完成。

提质增效:让数据多跑路,让师生少跑腿

信息时代,数据先行,智能服务,群众所需。

在职证明、收入证明、成绩单、学籍证明、奖学金证书……在高校,这些证明类材料需求量巨大,以往师生需要前往不同的部门提供材料,才能开具出来,有时候不止跑一次,既浪费了师生的时间,也影响学校管理部门的形象。在党史学习教育中,中国海洋大学借助信息化手段,有效打通部门间信息壁垒,实现数据汇集互联和共享,推进证明事项一键办理、办事流程一键查询,让数据多跑路,让师生少跑腿。如今,在崂山校区和鱼山校区宽敞明亮的智能化自助服务大厅里,师生可以利用里面的智能服务系统自助下载、打印 20 余项证明材料,流程得以优化,师生办事"最后一米"的困境得以解决,极大提升了学校协同服务和综合管理水平,推进了校园治理数字化、智能化,提升了师生线上线下办事的体验度和便利度。

"原来办证需要在工作日,带齐各种证件去对应的部门办理,现在改为自助办理,只需两三分钟就办好了,而且是全天候服务。"到智能化自助服务大厅开具成绩单的李鸣同学感到这种集下载、打印、验真于一体的"一网好办"模式十分便捷。"身为毕业生,我超喜欢这个功能。""对学生非常实用,简单方便。""这也太方便了吧!果然是办实事!!!"同学们纷纷留言点赞。

信息化时代,如何提升资产管理的效率与水平?

在党史学习教育中,中国海洋大学主动创新资产管理与服务模式,打造了"一站式"平台。现已建立资产业务网上审批服务大厅,上线网上商城、电子合同、仪器设备维修申请等服务模块,实现面向师生审批业务的全流程网上办理,极大提高了工作效率和信息化管理水平。自上线以来,平台已办理资产业务 18 526 笔,签署生效电子合同 1 720 份,完成仪器设备维修审批 308 笔,办理大桶水采购业务 378 笔。此外,学校还打造了实验室安全管理与服务平台,为师生提供危险化学品、普通实验耗材购买、存储、使用、废弃回收全流程的"一站式服务",便捷师生的同时,使实验室安全管理更加智能化。

智慧课堂、智慧教务、智慧后勤……在为师生办实事的过程中,愈来愈多的信息化、数字化和智能化服务正不断地融入中国海洋大学师生的工作、学习和生活,在丰富校园治理体系、提升校园治理能力的同时,为广大师生提供了更加高效、便捷的服务。

服务社会:助力乡村振兴,青春奉献社会

云南省绿春县,青山绿水,四季如春。

2021 年 8 月,绿春县入选国家级乡村振兴重点帮扶县,也是中国海洋大学的定点帮扶对象。学校先后出台了《2021 年度定点帮扶云南省绿春县工作计划》《关于引进"云南省绿春县乡村振兴专项基金"的说明》等计划和举措,发挥优势,积极作为,助力当地乡村振兴。

绿春产茶,驰名中外,茶叶产业是当地重要经济支柱和农民主要经济收入来源。

中国海洋大学食品科学与工程学院的汪东风教授主动请缨,从茶叶入手,为绿春乡村振兴贡献智慧和力量。年过六旬的他带领团队 6 次奔赴绿春,深入茶村,走访茶农,来

到茶园田间地头,走进茶叶制备车间,手把手教方法、面对面传经验,为当地培训了400余名技术人员、茶农和农村干部,并将价值近50万元的高端茶制备专利——"一种富含茶多糖茶饼的制备工艺"无偿捐赠给了当地,为绿春县茶叶产业发展提供强大技术支撑,并协助当地开发了"东仰云海"系列高香白茶。

滴水穿石,久久为功。

经过中国海洋大学和绿春县的共同努力,绿春高端茶项目已经逐渐成熟,富含茶多糖系列饼茶、高香白茶年均产能预计可达200吨,年均产值最高可达4400万元。汪东风表示,作为一名科技工作者,要在国家全面推进乡村振兴的进程中,奋力当好科技自立自强的排头兵,让广大农民过上更加美好的生活,这是义不容辞的使命。

社会实践活动,是青年大学生深入社会、了解社会、服务社会和培养自身社会技能的重要途径。

"永远跟党走 奋进新征程""请党放心,强国有我"……在中国共产党成立100周年之际,中国海洋大学通过暑期社会实践、志愿服务、文化活动等丰富多彩的形式引导广大青年学子走出校门,走到社区,走进乡村,运用多种形式为群众讲党史,为百姓做好事,上好与现实相结合的"大思政课",在党史学习教育中不断激扬青春奋进力量,努力成长为担当民族复兴大任的时代新人。

中国海洋大学水产学院博士调研团以模范鱼饵企业为样本,与行业代表探讨人工钓饵与环境友好的关系,探索行业标准的制定规范。信息科学与工程学部团队走访东营市海洋规划局、现代水产养殖示范园区,总结推广渔业示范区成功经验。红旗智援博士团党支部深入革命老区开展专题调研,运用自主研发的"多维贫困因子介入诊断术",为当地制定乡村振兴方案。其他团队深入全国各地调研并推广"莱西经验""江北生态发展模式""吕艺特色农创小镇""祁东黄花菜产业致富经"等乡村振兴案例。食品科学与工程学院"希望小屋"儿童群体结对帮扶实践团走访禹城市5个"希望小屋"获助家庭,制订了"一对一"结对计划,通过线上方式延续帮扶成果。基础教学中心"深蓝帆船梦之队"实践团结合自身所学专业,向青岛市小学生积极开展帆船知识技能宣讲培训活动……点点滴滴、桩桩件件,中国海大学子在投身实践、服务人民中绽放青春、收获成长。

在党史学习教育中,中国海洋大学还组织学生开展志愿服务活动,点亮火热青春。2021年学校有19名本科毕业生前往贵州德江县、贵州遵义市、西藏拉萨市及云南绿春县开展为期一年的支教工作。此外,在疫情防控、第十四届全国学生运动会、创建文明城市、关爱老人、海洋科普等方面,众学子也积极践行志愿服务精神,强化责任担当,不断建树中国海大青年良好形象。

(本文刊于2022年1月15日,第75期)

"海之子"榜样
中国海洋大学2020-2021学年优秀学生颁奖典礼

谋海济国开新局

李华昌　金　松

　　学习历史是为了更好地走向未来。开新局,就是要进一步总结和用好党的历史经验,不断提高应对风险挑战的能力水平,在危机中育先机、于变局中开新局。

　　中国海洋大学党委认真落实党中央和教育部的决策部署,精心组织开展党史学习教育,传承红色基因,赓续精神血脉,把党史学习教育与特色显著的世界一流大学建设紧密结合,与"十四五"规划谋篇布局紧密结合,加强前瞻性思考、战略性布局、整体性推进,以前所未有的责任担当、干事创业、改革创新和勇于斗争精神,抓好立德树人这一根本任务,聚焦海洋强国建设关键核心技术问题,主动担当、勇于作为,为国分忧,接续开创学校事业发展的新局面。

贯彻新发展理念：学校事业发展取得新成就

"教育是国之大计、党之大计。要从党和国家事业发展全局的高度，坚守为党育人、为国育才。"习近平总书记的嘱托，是广大教育工作者不断前行的最大动力。

党史学习教育期间，学校党委认真贯彻落实习近平总书记对办好一流大学、落实立德树人根本任务的重要指示要求，立足新发展阶段，贯彻新发展理念，融入新发展格局，聚合全校师生"奋进"力量，学校事业发展取得丰硕成果。

一年来，学校党委坚持社会主义办学方向，把立德树人作为教育的根本任务。全面落实一流本科教育行动计划，聚焦国家级、省级一流专业的人才培养模式改革、专业内涵建设、一流课程建设等，深入实施"新时代本科知识重构计划"。海洋科学、生物科学入选教育部基础学科拔尖学生培养计划2.0基地。新增8个国家级和省级一流本科专业建设点，4个项目入选教育部首批新文科研究与实践项目。学校持续深化研究生教育综合改革，优化学科结构布局，进一步完善研究生培养质量保障体系。以理想信念教育为核心，以爱国主义教育为重点，开展"同上一堂奥运思政大课""修身立德·行稳致远"研究生品牌活动等，引导学生践行社会主义核心价值观。

学校党委积极落实"一线规则"，领导干部带头讲党课和思想政治理论课，深入一线与学生面对面千余次；修订学院学生思想政治工作考核评估指标体系，推进本硕博思政课一体化建设，中国马克思主义与当代获评山东省思政课"金课"。学校3门课程获评教育部首批"课程思政示范课程"，12门课程入选2021年山东省课程思政示范课程。创新创业实践教育深入开展，招生就业工作稳步推进。

在"园丁"们的辛勤浇灌下，"海之子"们茁壮成长，屡创佳绩。OUC-iGEM团队连续6年斩获国际遗传工程机器设计竞赛金奖；郭亭亭获评"中国大学生年度人物""全国向上向善好青年"等荣誉称号；李卓然参加全国大学生党史知识竞答大会获全国第三名。24名学生获评"山东省优秀学生干部"；3100余名学生参与各类科技竞赛，2100余名学生获奖，其中，国际金奖1项、二等奖3项，国家级特等、一等、二等、三等奖145项，省级特等、一等、二等、三等奖近300项。

"希望大家牢记'强国有我'的铮铮誓言，汲取榜样的力量，不负时代，不负韶华，不负党和人民的殷切期望，努力成长为堪当民族复兴大任的时代新人！"在2021年年末举行的"海之子"榜样优秀学生颁奖典礼上，学校党委书记田辉对海大学子提出了殷切期望。

随着党史学习教育的全面深入开展，全体海大人凝心聚力、干事创业，喜报频传。

学校微生物学进入全球ESI学科排名前1%，成为第10个进入全球ESI排名前1%的学科。李华军院士获山东省科学技术最高奖，包振民院士获齐鲁最美科技工作者称号，朱自强教授获第十八届"国际格林奖"，李三忠教授获李四光地质科学奖，刘秦玉教授获曾呈奎海洋科技奖——突出成就奖,薛长湖教授团队领衔完成的成果荣获国家科技进步奖二等奖,汪东风教授、李志清教授获评首届全国教材建设先进个人,史宏达教授团队入选全国"黄大年式教师团队"。

学校科研立项再创新高,年度累计到账科研经费首次突破 9 亿元大关,达 9.2 亿元。国家自然科学基金各类项目新立项 168 项、总经费 1.64 亿元,面上项目和青年基金项目平均资助率达 27.6%,高出全国 10 余个百分点,居一流大学建设高校前列。国家重点研发计划项目本年度经费到账 1.16 亿元。获批驻鲁部属高校"十四五"服务山东重点建设专项——海洋工程技术与装备创新研发平台、山东省海水高效种质创新与蓝色种业中心,首批批复 1.648 亿元,创学校服务地方项目历史新高。由学校与澳大利亚阿德莱德大学合作共建的中外合作办学机构——海德学院揭牌,国际化创新人才培养再添新平台。

海阔凭鱼跃,天高任鸟飞!乘着新时代的东风,中国海大人以新发展理念为指引,以造就国家海洋事业的领军人才和骨干力量为特殊使命,在特色显著的世界一流大学建设新征程上阔步前行!

心怀"国之大者":服务国家战略迈上新台阶

"我国高等教育要立足中华民族伟大复兴战略全局和世界百年未有之大变局,心怀'国之大者',把握大势,敢于担当,善于作为,为服务国家富强、民族复兴、人民幸福贡献力量。"习近平总书记的重要讲话,为我们扎根中国大地建设世界一流大学指明了方向。

作为国人在齐鲁大地上创办的第一所本科起点的现代大学,中国海洋大学在创校之初就开宗明义:以"教授高深学术,养成硕学宏材,应国家需要"为宗旨,彰显了学校与国同运、为国图强的使命担当。多年来,中国海洋大学秉承"崇尚学术、谋海济国"的价值追求,筚路蓝缕,薪火相传,为国家经济社会发展,特别是为国家海洋事业作出了历史性贡献。

党史学习教育开展以来,学校党委认真学习贯彻习近平总书记的指示批示和重要讲话精神,坚持把服务国家作为最高追求,聚焦海洋强国建设等国家重大战略需求和山东省"走在前列、全面开创""三个走在前"总遵循,以提升服务能力为重点,以改革创新为动力,为国家重大战略和区域经济社会发展贡献"海大智慧",提供"海大方案",交出"海大答卷"。

"习近平总书记建设海洋强国的谆谆教诲、殷切期望,深深地印刻在海洋人的心中,成为激励奋斗、实现梦想的不竭动力。"在 2021 年 6 月举行的"612 蓝色药库共同梦想"主题活动暨"蓝色药库"开发高峰论坛开幕式上,中国工程院院士、中国海洋大学青岛海洋生物医药研究院院长管华诗动情地说。大会由学校联合海洋试点国家实验室等多单位共同举办,旨在进一步贯彻落实习近平总书记关于海洋强国、健康中国和"打造中国的'蓝色药库',这是我们共同的梦想"重要指示精神,加速推动国家海洋战略科技力量形成与发展,充分发挥创新联合体驱动我国海洋生物医药产业培育壮大的潜能和优势。

同月,在距离青岛西海岸新区120多海里的黄海冷水团海域,青岛国家深远海绿色养殖试验区的"深蓝一号"网箱中的三文鱼正式收鱼。这标志着我国首次深远海规模化养殖高价值鱼类取得成功,也是全球首次低纬度温暖海域远海养殖三文鱼获得技术成功。学校董双林教授团队历经十多年的技术攻关,终于让"蓝色粮仓"变成现实。"作为一名党员,要将党史学习教育成效转化为科研动力,提高服务海洋强国建设、服务国家粮食安全战略的能力。"董双林教授说。

一年来,学校孜孜以求,硕果累累。创新三亚海洋研究院体制机制,加快建设南海资源保护开发利用产业创新平台;积极筹建深圳研究院,推动合作共建青岛海洋气象研究院、蓝色金融研究院;加快建设山东海洋干部学院;中国新农科水产联盟建设扎实推进,网络教学资源共享平台建成并投入使用;有序推进与黑龙江省政府、知名企业等战略合作;全面落实定点帮扶云南省绿春县任务,扎实推进绿春乡村振兴与脱贫攻坚有效衔接,绿春茶项目和西藏双湖卤虫项目获教育部乡村振兴创新实验项目立项支持;"蓝色智库"决策咨询服务取得新进展,发布《海洋经济蓝皮书:中国海洋经济分析报告(2021)》;香港董氏慈善基金会捐资支持学校建设"董氏国际海洋可持续发展研究中心",服务海洋强国建设;中国−挪威海洋大学联盟在学校成立,将辐射带动中挪两国在海洋相关领域的广泛合作,为构建海洋命运共同体作出贡献。

此外,由中国海大人自主研发的海洋大气一体化辐射测量系统和新型海洋光学剖面测量系统,打破国外对关键海洋水色遥感卫星定标检验关键设备的技术垄断,有效服务于中国自主海洋卫星和商业小卫星。"长岛典型海草床生态系统特征及其退化生境修复技术研究"被央视新闻等媒体报道,将有效提升我国海草床生态修复技术水平。"河湖堤岸生态防护与修复技术"入选水利部"成熟适用水利科技成果推广清单"。

"广大科技工作者要攻坚克难、敢为人先,取得更多原创性成果,解决更多'卡脖子'问题,转化更多创新成果,不断汇聚科技创新的伟力,全面塑造山东高质量发展的新优势,为建设科技强国作出新的更大的贡献。"在2021年4月16日举行的2020年度山东省科技创新大会上,科学技术最高奖获得者李华军院士发出了中国海大人谋海济国的铿锵誓言。

奋楫笃行向未来:一流大学建设再绘新蓝图

"过去一百年,中国共产党向人民、向历史交出了一份优异的答卷。现在,中国共产党团结带领中国人民又踏上了实现第二个百年奋斗目标新的赶考之路。"习近平总书记在庆祝中国共产党成立100周年大会上的重要讲话,为有着近百年建校历史的中国海洋大学更好地谋划未来事业发展提供了重要遵循。

站在"两个一百年"奋斗目标的历史交汇点，置身中华民族伟大复兴的战略全局，面对世界百年未有之大变局，作为国家长期持续重点建设、承担国家海洋强国建设重要使命的大学，中国海洋大学正面临着前所未有的发展期待和前所未有的发展机遇，也面临着前所未有的发展挑战。

党史学习教育开展以来，中国海洋大学党委深入学习贯彻习近平总书记重要指示批示和重要讲话精神，不断巩固深化拓展党史学习教育成果，着眼长远，科学谋划，以推动内涵发展、特色发展、高质量发展为主线，制定了"十四五"事业发展规划和新一轮一流大学建设方案，还制定了党建和思想政治工作、学科建设、师资队伍建设、校园建设、服务国家重大需求和区域经济社会发展、资源汇聚6个专项规划（行动方案），为学校未来五年乃至更长期的建设发展进一步擘画了蓝图。

"十四五"时期是我国开启全面建设社会主义现代化国家新征程、向第二个百年奋斗目标进军的第一个五年，也是学校积极服务和融入新发展格局、加快特色显著的世界一流大学建设的关键时期，科学编制"十四五"规划对于学校未来事业发展至关重要。

"要牢牢抓住全面提高人才培养能力这个核心，深度融入社会发展进程，加快实现治理体系和治理能力现代化，通过'十四五'重点建设，形成与综合性研究型大学相适应的更加完善的学科布局，大幅度提升学校人才培养能力、原始创新能力和服务重大需求与经济社会发展的能力。"校长于志刚对学校"十四五"规划的编制工作提出指导意见。

2021年9月29日，学校召开党委全委会，听取并审议《中国海洋大学"十四五"事业发展规划》（以下简称《规划》）。与会委员围绕学校"十四五"建设目标、重点任务、主要办学指标等内容畅谈了意见建议。经过表决，会议审议通过了《规划》。

《规划》全面总结了学校"十三五"时期主要建设成就，深入分析了学校未来发展面临的机遇与挑战，凝练提出了学校"十四五"时期事业发展的发展目标和指导思想，科学描绘了学校未来五年事业发展蓝图，是指导学校今后五年改革发展的重要纲领性文件。

"要建立上下贯通、执行有力的组织体系，加强组织领导，注重统筹协调，确保《规划》系统推进；要分解目标任务，明确路线图、时间表，制定实施方案，确保《规划》每一项建设改革任务落地；要加强评估督导，健全公开制度，确保《规划》各项工作取得扎实成效，奋力开创特色显著的世界一流大学建设新局面。"学校党委书记田辉对于推进实施《规划》提出了明确要求。

开局关系全局，起步决定后势。

2021年是"十四五"规划的起步之年，也是党史学习教育深入开展的一年。通过一年的学习教育，全校党员干部师生将明理增信落实为超强智慧和非凡勇气，不断增强历史自信,回应"三个前所未有";将崇德力行落实为前所未有的责任担当、干事创业、改革创新、勇于斗争精神,不断增强历史自觉,加快推进特色显著的世界一流大学建设,学校事业呈现健康快速发展良好态势。

"学党史、悟思想"永远在路上,"办实事、开新局"一起向未来。

海洋强国的集结号已经吹响,海洋强省、强市的冲锋号已经吹响。即将迎来建校百年的中国海洋大学,必将不忘初心,牢记使命,紧扣教育强国、人才强国、科技强国、海洋强国、"一带一路"建设等重大战略和区域经济社会发展需求,充分发挥人才、技术优势,深度融入经济社会发展进程,开创特色显著的世界一流大学建设新局面,为海洋强国建设和实现中华民族伟大复兴的中国梦作出新的更大贡献!

（本文刊于 2022 年 1 月 15 日,第 76 期）

五月的花海，用青春拥抱时代
—— 与党同心、跟党奋斗的中国海大青年

王晓鹏　张彦臻

　　"实现中国梦是一场历史接力赛，当代青年要在实现民族复兴的赛道上奋勇争先。"5月10日，庆祝中国共产主义青年团成立100周年大会在北京隆重举行，习近平总书记发表了重要讲话，激昂与振奋回荡在这个壮丽的五月。

　　5月13日，中国海洋大学召开庆祝中国共产主义青年团成立100周年大会，学习贯彻习近平总书记重要讲话精神，总结回顾了学校共青团的青春历程，充分肯定了共青团和广大青年在学校事业发展中发挥的重要作用。

　　1924年，一所以"教授高深学术，养成硕学宏材，应国家需要"为宗旨的高等学府在青岛应运而生。从此，海上燃起星星之火，红色基因种在了一批批中国海大青年学生心中，他们与国家同命运，与民族共呼吸。

近百年来，中国海大青年始终紧跟党走、勇立潮头，坚守"崇尚学术、谋海济国"的价值取向，传承"海纳百川，取则行远"的校训精神，在各个历史时期都勇当先锋，积极投身革命、建设和改革的伟大实践，在实现中华民族伟大复兴中国梦的征程上奋勇前进，唱响了壮丽的青春之歌。

4月10日，习近平总书记考察中国海洋大学三亚海洋研究院，为学校未来发展指明了前进方向、提供了根本遵循、注入了强大动力，鼓舞和激励全校师生奋进新征程、建功新时代。坚定不移跟党走，为党和人民奋斗，中国海大青年生逢其时、重任在肩，施展才干的舞台无比广阔，实现梦想的前景无比光明。

奋楫扬帆正青春！出发吧，在这个希望的五月。

五月的风——星星之火海上起

"誓死力争，还我青岛！"伟大的五四运动以收回青岛主权为导火索，亦成就了今天青岛的精神地标五四广场"五月的风"。中国海洋大学这所坐落在青岛的学校，亦是国人在齐鲁大地上创办的第一所本科起点的高等学府，迅速受到马克思主义的影响。在伟大五四精神的感召下，一批进步青年纷纷觉醒，他们不畏强权、义无反顾，奋勇投身新民主主义革命浪潮中，为救亡图存奔走呐喊、为民族独立挺身而出。从此，海大园的革命之火绵延百年、星火燎原。

1923年，在中共一大代表邓恩铭的筹备和领导下，青岛党团组织成立。1924年，时年22岁的共和国元帅罗荣桓作为中国海洋大学的前身——私立青岛大学创建后的首届新生入学。1925年，他目睹胶州湾内停泊的日本海军主力舰"比睿丸"后，内心无比沉痛，从此发愤读书、立志救国。1925年5月，当局派兵镇压青岛大康纱厂工人运动，反动军警开枪射击手无寸铁的工人，制造了震惊中外的"青岛惨案"。罗荣桓与张沈川、彭明晶等进步学生立即召开学生大会，选出学生会，宣布立即罢课，并冲破阻挠走上街头，向群众揭露惨案真相、声援工人运动；罗荣桓和彭明晶还受青岛学联派遣，分赴上海、北京向民众揭露惨案真相。他们积极投身反帝爱国运动激流，满腔热血，点燃了青年学生的革命热情。

在前辈精神的感召下，"九一八"事变后，进步师生发起成立学校赴南京请愿团，揭开了山东学生抗日救国运动的序幕。1932年3月，海鸥剧社在革命洪流之中成立，由中共地下党员、时年23岁的王林、时年20岁的俞启威等人负责，成员有王东升、崔嵬、张福华等。从成立之时起，海鸥剧社就以弘扬爱国主义、振兴中华为己任，相继演出了诸多宣传抗日救国的话剧，而其中影响力最大的当数《放下你的鞭子》，揭露了日本帝国主义残暴统治，激发了广大民众强烈的抗日救国热情。当时中共领导的左翼作家联盟的机关刊物《文艺新闻》以"预报了暴风雨的海鸥"为题，报道了海鸥剧社的演出，一只红色海鸥从海大园里腾空跃起。

此后,学校又成立学生抗日救国会、抗日民族先锋队,广泛开展抗日救国的各项活动,无数青年师生继续接过救亡图强、振兴中华的历史使命。时年30岁的闻一多、35岁的老舍、32岁的童第周、41岁的赫崇本、37岁的曾呈奎等一批爱国志士和学术大家来校治学育人。伴随着解放战争节节胜利,学校进步青年师生革命热情空前高涨,积极参加了1947年的"反饥饿、反内战、反迫害"运动,为青岛乃至华东地区的解放作出了贡献。

五月的海——勇立潮头担使命

春秋代序,初心如磐。伴随着新中国的成立,1949年12月25日,中国新民主主义青年团国立山东大学总支部正式成立,1950年9月10日青年团国立山东大学第一次代表大会召开。在党的坚强领导下,一代代中国海大青年接续奋斗、勇挑重担,在谋海济国,兴海强国的伟大事业中贡献青春力量,用青春的能动力和创造力激荡起民族复兴的澎湃春潮。

1956年,党中央发出"向科学进军"的号召。1958年,为改变我国缺乏基本海洋资料的局面,摸清"海洋家底",国家科委海洋组成立全国海洋普查领导小组,开展新中国首次大规模海洋调查;1958年至1960年,200余名学校师生参加渤海、黄海、东海和南海普查,其中青年学生更是担当了主力军,在中国海洋事业发展的历史上竖起了一座光辉的里程碑。极地科考是改革开放之初举国上下瞩目的一场壮举,1984年,"向阳红10号"乘风破浪,拉开了中国首次南极考察的帷幕,考察队员中共有75位科学家,39位是海大毕业生。其中就有时年30岁的赵进平教授,他此后16次参加北极考察,成为我国首位南北极都登上的科学家。

"但愿苍生俱饱暖,不辞辛苦入海蓝。"在谋海济国的征途上,一批批先进青年笃志海洋、探索海洋,甚至献身海洋,谱写了可歌可泣的青春篇章。1991年10月22日,36岁的青年教师叶立勋在威海镇铧岛海域带病潜水进行海洋资源调查时不幸以身殉职,29岁的青年教师王成海在营救他时,因体力不支,也献出了宝贵的生命。2000年9月13日,27岁的青年校友、北海舰队炸礁队技术员郝文平在宁波万吨轮码头施工中,为保护施工船只的安全与突来的6号台风搏斗近一个小时,直至壮烈牺牲。革命烈士王成海、叶立勋、郝文平用奋斗和奉献为学校留下了丰富的精神遗产,激励一代代青年学生接续点燃海洋事业的灯塔。

还有获评"感动中国"2012年度人物的"南海守礁王"、1981级校友李文波,他27岁起驻守南沙永暑礁,20年来累计守礁2 900天,将青春和热血献给祖国海防。2004级校友张娟娟,在2008年北京奥运会为中国夺得射箭项目第一枚奥运金牌。研究生支教团276名成员自2002年起跨越山海青春接力20载,奔赴云贵藏三省(自治区)扶贫帮困,照亮山区孩子筑梦之路,播撒爱与希望。数不清的中国海大青年主动投身党在不同历史时期的中心任务,发挥了生力军和突击队作用,续写了海大园一脉相承的家国情怀和责任担当。

五月的鲜花——奋楫扬帆正青春

"为实现中华民族伟大复兴的中国梦而奋斗,是中国青年运动的时代主题。"在中国特色社会主义新时代,2017 年 11 月,学校第十三次团代会召开。中国海大共青团团结带领广大青年学生高举习近平新时代中国特色社会主义思想伟大旗帜,勇做走在时代前列的奋进者、开拓者、奉献者。"五月的鲜花"青春绽放,中国海大青年筑梦复兴新征程,矢志奋斗新时代。

在神舟飞天、嫦娥奔月的航天发射场,在极地科考、蛟龙探海的浩瀚海域,在海浪预报、海水养殖的广阔天地,在亚丁湾护航、辽宁舰入列的工作一线……世界各地、各行各业,到处都有中国海大青年担当的身影和奋斗的成就。

"天宫二号"零号指挥员王洪志,22 岁从中国海洋大学毕业追梦大西北,投身航天事业,2016 年 10 月 17 日,"点火,起飞!"在他铿锵有力的指挥声中,火箭底部烈焰喷涌,轰鸣声响彻戈壁,托举着神舟十一号载人飞船的长征二号运载火箭拔地而起,开启"问天"之旅。2018 年 10 月 23 日,港珠澳大桥正式开通,大桥岛隧工程 V 区总设计师、时年 35 岁的校友宁进进在伶仃洋上凝望大桥,碧波之下,是他为之奋斗了近 7 年时光的海底隧道,怀揣着"以工强国"的梦想,他将青春岁月和青春智慧献给了举世瞩目的大国工程。

新时代,新使命,新征程。在抗击新冠疫情过程中,中国海大青年众志成城,高扬的党旗下涌现出一大批抗疫"先锋队",他们心中有责任,肩上有担当,在做好个人防护的基础上自觉肩负维持秩序、通风消杀、物资运输等任务,"红马甲""蓝马甲"忙碌的身影遍布校园各个角落。在乡村振兴战场上,成立于 2016 年初的中国海洋大学红旗智援博士团主动走进乡村,创设"党员 + 博士 + 老区"的精准帮扶模式,汇聚高校科研力量,对接社会实际需求,持续为国家乡村振兴战略贡献力量,彰显了新时代青年的智慧与担当。在科技创新浪潮中,平均年龄 39 岁的"蓝色药库"开发青年创新团队和青年科学家何艮、王师、高珊、毛相朝、常耀光聚焦重大需求,立足原始创新,攻克技术难关,获评"山东青年创新突击队""山东五四青年奖章""山东青年创新榜样"等荣誉。在奥运赛场上,2013 级校友李倩在里约奥运会和东京奥运会上分别勇夺在女子拳击 75 公斤级铜牌、银牌。在海洋强国建设征程上,中国海大青年浩海求索、谋海济国,青年科学家赵玮教授向习近平总书记汇报自主研发的海洋观测装备以及构建的海洋立体观测网,一大批由青年主导的海洋科技成果不断涌现,为学校加快建设世界一流大学、服务海洋强国建设持续注入青春动能。

同样,以全国向上向善好青年郭亭亭、中国大学生年度人物马贝、全国党史知识竞赛第三名获得者李卓然、服务联合国机构志愿者冯晓华、国家奖学金获奖学生代表名录入选者于书萌等为代表的在校青年学子,以海鸥剧社、研究生支教团、红旗智援博士团、iGEM 团队、青年志愿者服务团队等为代表的优秀青年团体,他们如"五月的鲜花"般正在绽放,他们也必将自觉接过一代代中国海大青年的精神火炬,用奋斗和担当继续书写谋海济国的青春答卷。

"时代各有不同,青春一脉相承。"回顾近百年办学历史,一代代中国海大青年在党的领导和关怀下,睁眼观照世界,勇攀思想高峰;在一脉相承的红色基因孕育之下,勇于担当奋斗,走在时代前列,共同绘就了一幅砥砺奋进、接续奋斗的历史画卷。

"青春孕育无限希望,青年创造美好明天。"新时代呼唤新青年,新时代要有新作为。点燃理想吧!勇立潮头吧!奋楫扬帆吧!中国海大青年,让我们拥抱新时代、逐梦新时代、奋进新时代,高举伟大旗帜,勇担时代使命,让青春在为祖国、为人民、为民族的奉献中焕发出更加绚丽的光彩。

"我们是五月的花海,用青春拥抱时代!"

（本文刊于 2022 年 5 月 25 日,第 79 期）

心怀家国振翅飞
——写在中国海洋大学海鸥剧社成立 90 周年之际

王晓鹏　张彦臻

　　"广大青年要坚定不移听党话、跟党走，怀抱梦想又脚踏实地，敢想敢为又善作善成，立志做有理想、敢担当、能吃苦、肯奋斗的新时代好青年。"习近平总书记在党的二十大报告中对新时代青年提出殷切希望。在中国海洋大学，有这样一群有理想有担当的热血青年，从 1932 年起就用爱国情、报国志影响和激励着一代代海大人，他们就是学校历史最悠久的社团——海鸥剧社。

　　九十年前，红色"海鸥"从历史深处飞来，以弘扬爱国主义、振兴中华为己任，播撒下革命的星星火种；到今天，新时代"海鸥"翱翔在传承红色基因、传播话剧艺术的天空，以活跃的艺术创作与表演实践展示青春风采、践行爱国初心。海鸥乘风勇逐浪，心怀家国振翅飞！

预报暴风雨的"海鸥"

"使你们挨冷受苦、无家可归的是日本帝国主义,是不抵抗的卖国汉奸!我们若不赶快起来自救,这样的灾难将落到我们每个人的头上!"这是话剧《放下你的鞭子》中由崔嵬饰演的青年工人的呐喊,燃起无数爱国志士的革命热情。

1931年"九一八"事变后,国立青岛大学(中国海洋大学前身)立即掀起了声势浩大的抗日救国运动,9月30日,中共青岛市委直接领导建立了学校首个中共党支部——国立青岛大学地下党支部,由王林任书记。党支部组织学生请愿团赴南京,要求抗日。请愿失败后,又尝试通过成立话剧社以文艺形式唤醒民众抗日救国。1932年初,山东省第一个革命红剧团体——海鸥剧社在革命的滚滚洪流中诞生,由中共地下党员俞启威负责,成员有王林、王东升、崔嵬、张福华和李云鹤等十几人。剧社的创始人在新中国成立后多成为作家、戏剧家和党的高级干部。

海鸥剧社成立后,在俞启威的努力下,赶排了两场话剧。1932年5月28日,在国立青岛大学小礼堂首场演出了《月亮升起》和《工厂夜景》。两部话剧都是表现了底层人民对剥削压迫的反抗,具有浓厚的斗争精神和爱国主义色彩。在6月6日的《国立青岛大学周刊》中,刊发了题为"海鸥剧社公演盛况"的新闻,记录了这次演出的盛况:"是日观众不下千余人,济济一堂,诚属空前盛举,二剧表演均佳、恰到好处,颇得观众之赞美。"

海鸥剧社将文艺当作刀枪,把舞台视为战场,将自己的愤怒和激情融入作品,"为抗战发出怒吼、为大众谱出呼声"。1932年6月30日,当时中共领导的左翼作家联盟机关刊物《文艺新闻》以"预报了暴风雨的海鸥"为题,热情报道、赞扬了海鸥剧社的演出。

1932年冬,一个反映人民群众抗日思想的话剧剧本《放下你的鞭子》从上海传到青岛。俞启威提出为宣传抗日,要下乡为农民演出;崔嵬将其改编成适宜于农村街头演出的形式,取名为"广场剧",台词上不用话剧腔,而用当地方言,剧名也改为《饥饿线上》。剧社成员带着简单的服装道具深入崂山王哥庄农村为农民演出,这在青岛、山东以及全国的革命戏剧史上都是开创性的。海鸥剧社深入人民群众当中积极宣传革命精神,极大鼓舞了青岛人民抗日救亡的斗志。

展翅再起航的"海鸥"

"心怀对祖国的深情和对海洋的热爱,必将像一股巨浪涌向远方,涌向明天,那是我们的海洋事业,我们的国家所向往的明天。"这一句饱含深情的独白,出自海鸥剧社根据革命烈士、中国海洋大学水产学院教师王成海、叶立勋的事迹创作的原创话剧《海之魂》。

在经历了战火硝烟、波澜起伏的风雨后,经过几代爱好话剧的学生们的努力,在校团委的组织推动下，1998年海鸥剧社在中国海洋大学恢复成立，并在5月17日成功演出了《雷雨》《项链》《深情》《风雨起兮》等剧目，宣告了海鸥剧社的新生。

复建后的海鸥剧社继承和发扬老一辈仁人志士的精神，秉承学校的创校宗旨，"应国家需要"是海鸥剧社的不变信念。如前辈一样，他们走进基层、深入群众，定期到五四广场等文化场所并深入社区开展演出；积极参加"三下乡"社会实践，赴四川地震灾区、辽河油田、沂蒙山革命老区等地，到乡间地头、乡镇企业、部队、学校开展文艺下乡活动。剧社成员在艺术实践中观察社会、感受社会、回报社会，并从现实中汲取养分与灵感，立足生活进行话剧创作，创作出富有爱国主义情怀和海洋文化特色的优秀话剧，其中最有代表性的就是以学校师生、校友为原型创作的"海鸥四部曲"系列经典话剧《海之魂》《山海情》《谁打了我的鸭子》《守望》。

《海之魂》是根据海大青年教师王成海、叶立勋在进行海洋资源科研调查时不幸牺牲的事迹而创作，展现了海大人不畏艰险、探索不已的精神；《山海情》取材于中国海洋大学研究生支教团的事迹，展现了海大人服务社会、甘于奉献的精神；《谁打了我的鸭子》展现了海大资助育人、实践育人的成效；《守望》则以2012年"感动中国"人物、校友李文波为原型，表现了他恪守使命20年坚守岛礁、奉献国防的事迹和精神。

为集中演出优秀话剧，海鸥剧社自2002年起开展"飞翔的海鸥"话剧周活动，已连续开展20年，于每年6月份和12月份定期进行话剧演出，多种类型和风格的话剧在话剧周期间展演。"飞翔的海鸥"话剧周凭借其朝气蓬勃的青春活力和别具一格的艺术魅力，成了最具影响力的校园文化品牌活动之一，"话剧周看一场话剧"成为海大学子"毕业前不可不做的一件事"。

翱翔新时代的"海鸥"

"五分钟，你超时了，李侠！"在中国共产党成立百年之际，海鸥剧社推出以学校校友、中国共产党无线电通信事业的创始人之一张沈川为原型的原创话剧《永不消逝的电波》，把革命先烈的人物形象和高尚品格鲜活地呈现在观众面前，带来一次触动心弦的党史学习教育。

弦歌不辍九十载，薪火相传青胜蓝。新时代的海鸥剧社以习近平新时代中国特色社会主义思想为指导，落实学校文化引领战略，实施文化融入"3+1工程"，即以弘扬中华优秀传统文化、革命文化、社会主义先进文化为方向，以大学文化为基础，将文化引领融入话剧艺术的创作和表演中。再现传统文化经典，海鸥剧社多次演出《四世同堂》等传统经典话剧，联合大学生艺术团推出舞剧《赵氏孤儿》，将舞蹈艺术进行戏剧化编排，展示中华优秀传统文化的精神内核。弘扬革命文化，海鸥剧社多次演出《日出》《雷雨》《窝头会馆》等抨击黑暗旧社会、讴歌伟大劳动人民的作品，演出以学校校友张沈川为原型的改编话剧《永不消逝的电波》、讲述国歌歌词作者田汉波澜壮阔一生的话剧《狂飘》、以经典红色电影改编的话剧《风声》等剧目。展现时代风采,海鸥剧社登上央视"五月的鲜花"文艺汇演舞台和中国教育电视台"放飞梦想"青春歌会舞台,参加湖南卫视"天天向上"、中国青年报"五四"百年巡展等节目的录制,助力先进文化的传承传播。弘扬海大文化,在学校庆祝建党100周年文艺晚会上,海鸥剧社创作舞台短剧《觉醒》《红烛》《归来》《回答》,以校友、教师罗荣桓、闻一多、赫崇本为人物原型,再现了一代代海大人为了国家海洋事业的发展前赴后继、感人肺腑的事迹;将《海之魂》《山海情》等海鸥经典原创话剧进行二次创作,完善故事情节和剧情设置,扩展为90分钟完整版,更加全面、准确地表现了海大师生谋海济国的价值追求。毕业于中央戏剧学院的海鸥剧社指导教师朱琳说:"红色是海鸥剧社的底色,是剧社赖以生存发展的根基,挖掘红色故事是海鸥剧社责无旁贷的使命。"

正是源于自成立便融于血脉的红色基因,海鸥剧社吸收中华优秀传统文化精髓,传承革命文化底蕴,坚持社会主义先进文化引领,扎根校园文化沃土,着力凝练出以红色革命精神和爱国主义精神为核心的海鸥精神,使海大校园中的先进文化具有了鲜明的特色和深厚的底蕴,生生不息、传承不衰。海鸥剧社曾被评为"全国十佳社团标兵""全国百佳学生社团",荣获全国高校校园文化建设成果一等奖;曾在"金刺猬"中国大学生戏剧节获得"优秀剧目奖"(第一位),礼敬中华优秀传统文化,践行社会主义核心价值观的先进事迹被《光明日报》报道;多部原创话剧作品在各级各类艺术展演、话剧节中获得佳绩。

九十年心怀家国,九十年砥砺奋进,海鸥剧社一脉相承、与时俱进。"全面建设社会主义现代化国家,必须坚持中国特色社会主义文化发展道路,增强文化自信,围绕举旗帜、聚民心、育新人、兴文化、展形象建设社会主义文化强国。"习近平总书记在党的二十大报告中提出铸就社会主义文化新辉煌。海鸥剧社在民族存亡之际腾空跃起,坚持守正创新,用话剧艺术传承红色基因、涵养家国情怀、演绎榜样故事,必将继续在新时代承担起文化育人的崇高使命,为学校"双一流"建设,为全面建设社会主义现代化国家贡献新力量。

飞翔吧,海鸥!

(本文刊于2022年12月31日,第85期)

后记:听涛十年写沧海

　　2013年春,"回澜阁"专栏初创,是按照一周一篇的文章刊发节奏设定的。后来,主创人员工作繁忙,分身乏术,加之有时策划的选题采写并不顺利,创作周期较长;更有甚者,文章写好又因各种缘故未能刊发。这也是十年间,这一专栏才刊发了91篇文章的缘由之一。平均下来,一年不足十篇,有些惭愧。令人欣慰的是,十年间,这一专栏竟然跌跌撞撞地存活了下来,没有成为杂草丛生的荒原,在断续的更新中,还收获了些许鼓励与肯定。

　　《回澜阁》第一辑的结集出版凝聚着各位名家、院士、领导和同事的热心、关心、智慧与汗水。年近九旬的著名作家、人民艺术家王蒙先生欣然为该书题写了书名。老先生与我们充分交流,询问并满足我们的诉求。他的字苍劲有力,写出了回澜听涛的磅礴气势。我国著名海洋工程专家、中国工程院院士李华军欣然为该书题写了序言。麦康森、吴立新、宋微波、李华军、包振民、薛长湖六位院士为"回澜阁"专栏创办十周年和本书出版题写了寄语。在这一过程中,离不开学校文学与新闻传播学院党委书记周妮妮老师、王蒙文学研究所所长温奉桥教授以及王蒙先生的秘书武学良老师的牵线搭桥和鼎力相助。各位院士的秘书、助手或同事周慧慧老师、邹卓延老师、高凤教授、张林强老师、王志刚老师、杜亚楠老师也都热心地提供了帮助和支持,积极促成寄语题写,令人十分感动,在此深表谢忱。

　　"回澜阁"专栏历时十年存续更新,是众人勠力同心的结果。新闻中心历任领导运筹帷幄,主创人员扎实采写,通讯员积极提供新闻线索或供稿,广大读者热心阅读并提出意见或建议……大家都是参与者、见证者和贡献者。因每一篇文章都有署名,在此就不再赘述各位作者的努力与成果了。该专栏的建设发展,还有许多隐性的付出或显示度不高的工作,许多老师兢兢业业、任劳任怨,甘当"幕后英雄"。李华昌老师不仅采写了"回澜阁"专栏的十多篇文章,还认真审校了每一篇稿件,一个标点、一个字词他都认真把关，反复推敲，付出了太多的心血和汗水，那种"较真"的精神令人动容。为使"回澜阁"区别于其他栏目，页面更加美观、大方，在第二期时，刘茁老师为它设计了标志徽，并精心设计排版了每一期页面，特别是每一期开头的 banner 图，总令人眼前一亮，带给读者赏心悦目的阅读体验。他还拍摄了许多精美的照片，使文稿内容更加立体全面，增色不少。"回澜阁"专栏所刊发文章中部分配图或页面设计所用素材图由刘邦华老师或其他同事拍摄。左伟老师、赵奚赟老师等同事帮助分担了其他新闻采编工作，使得该专栏主创人员有更多时间和精力采写专题文章。在此，向各位同事致敬，感谢大家多年来的努力与付出。

《回澜阁》第一辑得以顺利出版，亦离不开新闻中心同事的辛勤付出。该书作者之一王红梅老师十分工整地整理了"回澜阁"专栏的全部书稿，按照不同主题进行了初步的类别划分和统计，并对书稿进行了认真审读。袁艺老师为该书设计了精美的封面，赢得责任编辑和同事的一致好评。她还协助购置了题词本、笔，并把王蒙先生题写的书名和院士们题写的寄语进行了数字化。该书的责任编辑邵成军老师在策划、组稿、排版、审校等多方面尽职尽责、不遗余力，敬业精神令人敬佩。在此，一并向为该书出版付出辛勤劳动，给予关心支持和帮助的各位同仁表示衷心感谢。挂一漏万，还请海涵。

学府问道一百载，听涛十年写沧海。

飞阁回澜碧海阔，心如皓月映澄波。

世纪海大恰是风华正茂，"回澜阁"专栏茁壮成长，让我们携手奔向下一个十年。

冯文波

2024 年 7 月 3 日